MW01591649

THE NAUGHTY LIST

EIN LIEBESROMAN - SAMMELBAND

JESSICA F.

INHALT

Veröffentlicht in Deutschland:

Von: Jessica F.

© Copyright 2021

ISBN: 978-1-63970-106-3

❀ Erstellt mit Vellum

THANKFUL

Weihnachts-Romanze

Jessica F.

1

KLAPPENTEXTE

Eine charmante junge Dame wie Karin ist zu gut für meinen dämlichen Cousin.

Daher stehle ich sie. So funktioniere ich.

Solch eine niedliche Sub ist sie. Was für ein Juwel.

Ich fände es toll, sie zu behalten und zu trainieren.

Leider kommen meine Partner, Dale und Andrew, dazwischen.

Sie glauben, dass wir ihr nicht vertrauen können. Sie denken, dass sie mich schwach macht.

Ich weiß, dass es ihre Schuld ist, als sie nach einer Konfrontation verschwindet.

Ich kann sie jedoch nicht loslassen. Sie ist alles, was ich von einer Frau möchte … und sie trägt mein Kind.

Ich muss zumindest sichergehen, dass sie beide versorgt sind. Ich bin ein Dieb – kein Arschloch.

Das Schlimmste ist, dass die Jungs ihr bereits auf den Fersen sind. Und sie sind sich sicher, dass sie uns verraten wird.

Ich weiß, dass sie nichts Gutes im Schilde führen. Wenn ich ihnen in die Quere komme, werden sie sich auch gegen mich wenden.

Das ist mir verdammt noch mal egal. Ich verprügele sie beide, wenn es nötig ist.

Auch wenn Karin nichts mehr mit mir zu tun haben will, kann ich die beiden sie nicht verletzen lassen – oder unser Baby.

KAPITEL 1

Karin

Frohes Thanksgiving! Ich hoffe, ihr habt einen tollen Tag. Bitte entschuldigt mich kurz, ich spüle nur schnell einige Schmerzmittel mit meinem Wein herunter.

Ich bin so kaputt vom Kochen. Ein gefüllter Truthahn, eine Kasserolle aus grünen Bohnen und Pilzen, Salat, Kürbiskuchen und eine Apfelpizza. Meine Kreationen auf meine Kosten. Ich habe den ganzen Tag lang gekocht und geputzt und noch mehr gekocht. Und das alles in der winzigen Küche meiner kleinen Wohnung.

Der Müll ist herausgebracht, die Wohnung glänzt. Fünf Gäste sitzen an meinem gebraucht gekauften Esstisch, als ich mich endlich auch hinsetze, um zu essen. *Gott sei Dank ist es geschafft,* denke ich mit einem Seufzer. Meine Füße schmerzen so sehr wie mein Kopf nach der Anstrengung.

Ich lächele meinen Gästen zu. „Das ist der letzte Teller, Leute. Danke, dass ihr gewartet habt!"

Immerhin habe ich das Gefühl, etwas geschafft zu haben, um meine Erschöpfung und Frustration zu dämpfen. Meine Wohnung sieht großartig aus. Vor allem, weil ich Zeit damit verbracht habe, sie zu schrubben und leere Bierdosen und schmutzige Teller wegzuräumen. Mit den impressionistischen Drucken und lavendelfarbenen Wänden sieht sie gut genug aus, um Gäste zu empfangen, selbst wenn sie klein ist.

Ich bin entschlossen, den Abend so sehr zu genießen, wie ich kann – doch das könnte schwierig werden.

Mein Freund Terry ist sitzt den fünften Feiertag in Folge betrunken am Tisch. Er war den ganzen Tag über hier, hat die Couch besetzt und mehr Chaos gestiftet, das ich beseitigen musste. Sein einziger Beitrag zum Thanksgiving-Essen waren drei Sixpacks wässrigen Biers, von denen er zwei bereits selbst heruntergekippt hat.

Seine einzige Interaktion mit mir, die länger war als: „Bring mir ein Sandwich", war seine Beschwerde darüber, dass ich zu beschäftigt war, um einen Quickie zu haben, bevor die Gäste kamen.

Seine ungekämmten, rötlichen Locken verstecken seine stumpfen, kleinen, schwarzen Augen, während er sich über seinen Teller beugt. Er ist leise und ablehnend, seit ich angemerkt habe, dass etwas Unterstützung seinerseits mir Zeit geben würde zu … helfen, wie er es nennt, bevor die Gäste kamen.

(*Hilfst du mir nun oder nicht?* Das ist der Paarungsruf des Terry Branham).

Die Logik begriff er nicht – oder er war zu faul. Anscheinend ist Sex es nicht wert, Truthahn zu füllen oder Geschirr zu spülen. Kein Wunder, dass er immer noch bei seiner Mutter wohnt.

Während ich ihm dabei zuschaue, wie er sich Essen in den Mund schaufelt und mir ab und zu einen grimmigen Blick zuwirft, merke ich, wie ich langsam das Ende meiner Geduld erreiche. Ich bin nicht einmal traurig darüber. Es ist eher eine Art Resignation – sogar eine Erleichterung.

Weißt du was? Ich habe achtzehn Monate lang verhandelt, diskutiert, gewarnt, Konsequenzen gezogen und habe doch nichts erreicht bei diesem unreifen, arbeitslosen, jammernden Trinker. Ich bin keine Märtyrerin. Ich habe es satt.

Heute Abend, wenn die Gäste gegangen sind, sage ich es ihm. Es ist besser, Weihnachten allein zu verbringen, als ihn ein weiteres Familienfest versauen zu lassen.

Ich werde es wahrscheinlich allein verbringen oder fast allein. Die meisten der Gäste sind seine Familie, da ich mit meiner nicht in Kontakt bin – außer meiner Schwester, die neben mir sitzt und meinen Teller belädt. Sie ist gerade erst in die Stadt gekommen, ansonsten hätte ich Hilfe beim Kochen gehabt.

Samantha ist alles, was ich nie geschafft habe. Sie ist eine erfolgreiche Malerin mit ihrer eigenen Galerie in San Francisco, sie hat eine Familie, die dort auf sie wartet, und sie ist selbstsicher und schön. Elegant, stilvoll und groß, sie sieht aus wie ein Model mit ihrem dunklen, schmal geschnittenen Anzug und dem geglätteten und platinblond gefärbten Haar, um die blau-grünen Augen unserer Familie hervorzuheben. Und hier bin ich, kaum in der Lage, meine widerspenstigen Locken in eine Frisur zu zwingen und in gebraucht gekauften grünen Samt gekleidet, den ich selbst umgeschneidert habe.

„Großartiges Essen, Schwesterchen", sagt Samantha mit einem kessen Lächeln, „und jetzt bekomm etwas davon in den Magen. Du musst ausgelaugt sein, nachdem du den ganzen Tag ohne Hilfe gearbeitet hast."

„Da stimme ich zu. Das ist wirklich lecker", kommt eine andere Stimme von der anderen Seite des Tischs. Sie ist samtig und gepflegt und mit einem leichten Carolina-Akzent, der meine Haut immer kribbeln lässt. Das trifft auch auf den Mann zu, dem die Stimme gehört.

„Kompliment", fährt Terrys Cousin mit einem leichten Lächeln fort, seine schokoladenfarbenen Augen funkeln. Und plötzlich ist die Hälfte meiner Erschöpfung vergessen.

Die Zeit bleibt einen Augenblick lang stehen und ich halte die Luft an, als sein warmer, sanfter Blick mich hypnotisch fixiert. Er heißt James Beaumont und ist ein richtiger Leckerbissen. Ich kann nicht glauben, dass er Gene mit Terry teilt. Und ich wollte noch nie jemanden so sehr ficken wie ihn.

Ich habe ihn letztes Jahr an Thanksgiving im heruntergekommenen Bungalow von Terrys Mutter kennengelernt, während wir trockenen Truthahn und orangenen Schleim mit Marshmallows, den sie Süßkartoffeln nannte, herunterwürgten. Sie jammerte das ganze

5

Essen lang darüber, wie schwer es alleine vorzubereiten gewesen war, während ihr Sohn und Ehemann das Ergebnis genervt verschlangen. Mir war etwas schlecht vom furchtbaren Essen und ich hatte Mitleid mit jedem, der mit zwei Terrys fertigwerden musste, sodass ich anbot, das nächste Jahr zu kochen.

Nach dem Essen kam der unglaublich heiße Typ mit messerscharfem Schnitt seiner rotbraunen Haare zu mir, kein Tropfen Sauce auf seinem eleganten grauen Anzug. Er stach aus seiner Familie hervor wie eine Golduhr aus einem Beet voller Unkraut. Ein Blick in seine Augen und ich vergaß, dass Terry nur ein paar Schritte entfernt war.

Er stellte sich als James, Terrys Cousin, vor und bedankte sich leise dafür, nächstes Jahr das Kochen zu übernehmen. Ich lud ihn mit den anderen zusammen ein und war – natürlich – glücklicher als ich es hätte sein sollen, als er zusagte. Ich verbrachte den halben Abend damit, mich mit ihm zu unterhalten und hatte heiße Träume von ihm in jeder Nacht der folgenden Woche.

„Danke", sage ich schüchtern und seine Lippen zucken.

„Ja, danke, dass du dein Versprechen gehalten hast. Von diesen beiden kann ich das nicht sagen." Terrys Mutter, Caroline, ist breit gebaut und verblasst hübsch, mit den gleichen Löckchen wie ihr Sohn.

Sein Vater ist eine ältere Version von ihm, abgesehen von seinen glatten Haaren, die dünn und grau-blond sind. Der Sohn starrt, der Vater schaufelt einfach weiter Essen in seinen Mund als säße er an einem Vier-Sterne-Buffet. Ich bin mir nicht sicher, ob er schlecht hört oder es ihm einfach scheißegal ist. Vielleicht lechzt er einfach nach richtigem Essen.

„Sei du nicht auch noch eine Zicke, Mama. Davon habe ich schon genug durch meine sogenannte Freundin", grummelt Terry ärgerlich und schaut mich wütend an.

Oh Scheiße. Und jetzt? Ist er betrunken genug, um unsere Beziehung vor seiner Mutter zu diskutieren? Wenn er das tut, werde ich keine Gnade walten lassen.

„Was hat sie getan? Dich darum gebeten, einen Teller abzuspülen?"

Und dann streiten die beiden vor sich hin, während ich versuche, mich aufs Essen zu konzentrieren.

Samantha stößt abwertend die Luft aus. „Darum habe ich ein Mädel geheiratet", flüstert sie mir ins Ohr.

Ich lächele ihr zerknirscht zu. Samantha ist bi und scheint manchmal nicht ganz zu verstehen, was es bedeutet, nur Männer zu wollen. Sie vergisst auch gerne, dass Frauen auch schrecklich sein können, weil sie eine gute geheiratet hat.

„Ja", seufze ich zurück, bevor ich mein Weinglas leere. Ich greife nach der Flasche, um mir nachzuschenken, als Terrys Mutter ihn wegen seiner Hygiene ausschimpft. „Ich bin mit ihm durch."

Sie sieht erleichtert aus. „Gut." Und schon geht sie zu einem angenehmeren Thema über, um mich abzulenken. „Wie läuft das neuste Deko-Projekt?"

Ich fülle mir das Glas halb und stelle die Flasche ab. „Ich habe die Miete und Rechnungen damit gedeckt." Knapp. *Wie sehr ich mir wünsche reich zu sein.*

Das lässt mich wieder zu James herüberschielen, der sich durch Klasse und Geld von seiner Familie unterscheidet. Er versucht ruhig, den Streit zu schlichten, wobei er offen auf der Seite der Mutter steht. *Danke, James. Immerhin einer in der Familie argumentiert lieber als zu streiten.*

Ich frage mich, wie unangenehm diese Familientreffen für ihn sind, bei denen er mit Leuten interagieren muss, die so... unter ihm sind. Er wirkt immer so ruhig und selbstsicher, als könne ihn nichts aus der Bahn werfen. Ich wünsche mir, ich wüsste sein Geheimnis.

„Wieder was Kleines, was? Was war es diesmal, wieder ein Kinderzimmer?" Samantha schüttelt den Kopf und legt mir die Hand auf die Schulter.

„Jugendzimmer. Sie hatte einfach nicht viel Geld." Ich bin jung und hungrig nach Aufträgen und Annabelle war eine gute Kundin.

„Du musst aufhören, dich unter Wert zu verkaufen, Liebes. Du wirst deinen Studienkredit nie abbezahlen, wenn du nur kleine Projekte annimmst." Sie schaut genervt zu Terry herüber. „Hey! Es ist

Thanksgiving, verdammt noch mal. Hör auf, deine arme Mutter zu beschimpfen."

Ich versteife mich sofort: eins meiner Millionen von Problemen mit Terry ist sein Temperament. Aber dann denke ich, *was soll's? Ich mache sowieso mit ihm Schluss.*

Er schaut Samantha sofort düster an. „Kümmere dich um deinen eigenen Kram."

„Das würde ich ja gerne, aber du bist zu laut, als dass sich hier irgendwer um seinen eigenen Kram kümmern könnte." Sie lächelt ihm übertrieben süß zu und er läuft dunkelrot an.

„Das muss ich mir nicht gefallen –" setzt er an – und seine Mutter haut stark genug auf den Tisch, dass er wackelt.

„Terry! Du kannst nicht dein ganzes Leben lang nur herumhängen und dich dann beschweren, wenn es dir jemand sagt. Und jetzt sei still und lass uns essen!"

Ich bin dankbar für die Unterstützung – doch es ist zu spät. Terry hat zu viel Bier getrunken und die Wut in ihm will Chaos stiften. „Du hast angefangen", motzt er, „und jetzt bin ich wütend!"

„Lieber Gott", seufzt Samantha. „Das interessiert niemanden, Terry—"

„Oh halt die Schnauze, männerhassende Schlampe!", platzt Terry hervor – und es demütigt mich. So sehr, dass ich von *ich mache mit ihm Schluss* umschwenke zu *was zum Teufel hat mir eigentlich an diesem Vollidioten gefallen?*

Es gibt eine Million Gründe, doch letztendlich kommt es auf das Eine zurück, woran Samantha mich stets erinnerte. Ich begnüge mich mit zu wenig. Und es interessiert mich nicht genug, wie sehr es mir wehtut, bis es jemandem wehtut, der mir wichtig ist.

Doch das ist jetzt geschehen – und ich war sowieso schon angepisst.

„Pass auf, was du sagst, wenn du mit meiner Schwester sprichst", zische ich – und Terry versteinert. Ich war nie etwas anderes als nett und standhaft mit diesem Riesenbaby – wahrscheinlich netter als es gut war. Aber niemand beleidigt die einzige Person in meiner Familie, die noch mit mir spricht.

„Liebling, was … ist in dich gefahren?", fragt er mit tief besorgter Stimme, als ich aufstehe.

„Du", antworte ich und alle werden still. Ich spüre, wie der ganze Raum den Atem anhält. Samantha sieht aus als würde sie sich darauf freuen, gleich den kompletten Aderlass des Egos dieses Arschlochs mitzuerleben, und ich weiß auch wieso.

Es gibt Konsequenzen, wenn man meine Grenze überschreitet. Und Terry ist gerade daran vorbeigeschossen und hielt immer noch nicht an.

„Du bist in mich gefahren, Terry. Ich habe dir gesagt, was passieren würde, wenn du eine weitere Familienfeier versaust." Ich starre ihn kalt an, während alle Farbe sein wabbeliges Gesicht verlässt.

„Warte, komm schon. Ich habe geholfen! Ich habe Bier mitgebracht! Ich—" Er blinzelt mich voller Horror an, als hätte ein Alien seine süße, geduldige Freundin ersetzt. Die süße, geduldige Freundin, die ihn bereits gewarnt hatte, dass sie langsam am Ende ihrer Geduld mit ihm war.

„Lass uns in Ruhe essen", knurre ich, während ich immer noch ohne zu blinzeln in seine Augen starre. Neben mir verschluckt sich Samantha an ihrem Wein.

Er starrt nervös zurück, dann nimmt er seine Gabel und steckt sich einen Bissen in den Mund. Er murmelt bereits rebellisch vor sich hin, doch das ist leichter zu ignorieren. Zumindest vorerst.

„Du bist also Dekorateurin?", fragt James und schaut mir wieder in die Augen. Ich fühle Wärme durch mich fließen und nicke still. „Ich hätte da möglicherweise einen oder zwei Jobs für dich, die etwas lukrativer wären. Ich erzähle dir gerne mehr nach dem Essen."

Der Leckere, saftige Truthahn wird in meinem Mund zu Sand. Ich schlucke beschwerlich und nicke, seine Augenwinkel kräuseln sich vor Belustigung.

„Gut. Lass mich es nicht vergessen", sagt er fast schon übermütig. Aus dem Augenwinkel sehe ich, wie Terry uns beobachtet. James bemerkt es auch und schaut noch belustigter drein.

Ich atme tief durch, denn ich fühle mich als stünde ich direkt vor

9

einem Abgrund. Er sollte mir Angst einjagen, aber stattdessen bin ich aufgeregt. *Was bietet dieser Mann mir an abgesehen von einem Job?*

Ich wollte nie wirklich ein normales Leben. Ich wollte immer Teil von etwas Außergewöhnlichem sein. Einer Art Abenteuer.

Vielleicht sogar einer wilden Affäre.

Doch stattdessen habe ich mich mit dem abgefunden, was ich bekommen konnte, wieder und wieder. Schlecht bezahlte Jobs und Typen wie Terry.

Ein Blick auf James und plötzlich möchte ich verrückte Risiken eingehen, exotische Orte besuchen und Wein trinken, der pro Glas mein ganzes Monatsgehalt kostet.

Auf der anderen Seite des Tischs starrt Terry uns immer intensiver an. Er bekommt nichts richtig mit – einschließlich meiner wachsenden Unzufriedenheit mit ihm. Und nun unterhalte ich mich mit einem Mann über ein vollkommen neutrales Thema und er ist komplett darauf konzentriert.

Eine weitere charmante Charaktereigenschaft an Terry ist, dass er sehr wenig dafür tut, mich zu behalten, und trotzdem unglaublich eifersüchtig ist. Das ist eine weitere Art, auf die er meine Geduld erschöpft – und ich habe keine mehr übrig. Samantha stupst mich ermunternd an und ich lächele endlich.

„Ich fände es toll, zu einer besseren Klasse ..." *Mann. Bist du single?* „... von Kunden aufzusteigen."

Sein Lächeln wird breiter. „Wunderbar."

„Oh, verdammt noch mal!", explodiert Terry, springt von seinem Platz auf und lehnt sich aggressiv über mich. „Willst du meinen Cousin direkt vor mir flachlegen?"

„Was zur Hölle meinst du damit?", schießt seine Mutter ungläubig hervor. „Sie hat absolut nichts getan! Sie haben übers Geschäft gesprochen! Was, bist du jetzt auf James eifersüchtig?"

„Wer zum Teufel wäre nicht auf das reiche Arschloch eifersüchtig? Schlimm genug, dass du ihn zu jeder Familienfeier mitschleppst, als wäre er dein eigener Sohn und nicht der deiner Schwester!"

Meine Augen weiten sich und ich schaue vom einen zum anderen. James zuckt zusammen und bedeckt sein halbes Gesicht. Samantha schiebt sich ihr Essen in den Mund als wäre es ein Eimer voller Popcorn und sie säße auf den besten Plätzen im Kino. Terrys Vater nimmt sich zum zweiten Mal nach.

„Ich habe dich zweimal gewarnt, Terry", sage ich mit leiser, harter Stimme. *Das war's.* Selten in meinem Leben war ich so glücklich darüber, meinem Freund keinen Schlüssel zu meiner Wohnung gegeben zu haben.

„Mich gewarnt? Mich wovor gewarnt, du Hure? Du warst so beschäftigt mit der verdammten Kocherei, dass du es mir heute nicht mal machen wolltest!" Er hat einen kompletten Ausraster und merkt nicht, dass er gerade den Ast absägt, auf dem er sitzt.

Ich starre ihn an, während er aufgeregt weiterredet. „Du frigide Schlampe, du weißt, dass es nicht mal zwei Minuten—"

Stille legt sich schwer über den Tisch. Terrys Vater lässt die Gabel klappernd auf den Tisch fallen. Seine Mutter schaut ihren Sohn mit aufgerissenen Augen und zitternden Lippen an.

James hat einen Hustenanfall, sein gutaussehendes Gesicht wird rot, Tränen sammeln sich in seinen Augenwinkeln.

Terrys Gesicht wechselt langsam von lila zu weiß, als ihm dämmert, was er gerade vor Gott, seinen Eltern und dem Rest von uns gesagt hat. Im selben Moment, als sofortige Reue bei ihm eintritt, verliert Samantha die Kontrolle und fällt vor Lachen fast vom Stuhl.

Ich beobachte Terry und denke darüber nach, wie er sich gerade sehr verdient zum Idioten gemacht hat. Dann sage ich mit kalter Stimme: „Da hast du Recht. Ich habe es nicht getan. Aber ab heute Abend ist das auch nicht mehr mein Problem."

„Was redest du für eine Scheiße?", fragt er fordernd. Sein weinerlicher, defensiver, babyhafter Ton macht mich nur noch wütender.

James seufzt tief. „Cousin, wenn du noch eine verschwindend geringe Chance willst, um deine Beziehung oder einen winzigen Teil deines Gesichts zu retten, dann solltest du hier aufhören."

Terrys Kopf schießt herum, seine dumpfen, schwarzen Augen werden zu Schlitzen. Einen wertvollen Moment lang wirkt es, als würde er sich zusammenreißen.

Doch dann entscheidet er sich dazu, alles komplett in die Luft zu

11

jagen. Er greift die Tischkante und versucht, den Tisch auf mich zu kippen, während wir alle mitten bei unserem Thanksgiving-Abendessen sitzen. „Fick dich!", schreit er völlig außer sich, während er damit kämpft, die eine Seite des Tischs anzuheben.

„Hey, krieg dich mal wieder ein!", schreie ich ihn an. Seine Mutter beschimpft ihn, selbst sein Vater stimmt mit ein, als sein überladener Teller das Essen verschüttet. Terry schüttelt den Kopf wie ein bockiges Kind. Sein Gesicht ist verschwitzt, die Augen fest geschlossen und Zähne zusammengebissen. Er versucht es erneut und stöhnt leise vor Anstrengung.

Da erkenne ich, dass jemand den Tisch weitaus stärker unten hält als Terry ihn heben kann: James, mit einem kühlen, genervten Blick auf dem Gesicht. „Du verschüttest meinen Wein", warnt er seinen Cousin.

„Das war's!" Ich stehe auf und gehe zu Terry herüber. „Wir sind fertig mit einander. Hau verdammt noch mal aus meiner Wohnung ab."

Er hält mitten in der Bewegung inne und blinzelt mich an, als wäre er schockiert darüber, dass eine solche Show bei meinem Thanksgiving-Essen Konsequenzen hat. „Aber du bist so verständnisvoll! Du kannst mich nicht einfach rauswerfen!"

„Also ich kann das auf jeden Fall", knurrt seine Mutter, zieht seine zerbeulte blaue Jacke aus dem Schrank und wirft sie ihm zu. „Dein Verhalten ist mir unglaublich peinlich. Geh und warte im verdammten Auto oder du hast kein Zuhause mehr, in das du zurückkehren kannst."

Terry schaut uns der Reihe nach an, betrunkenes Unverständnis auf dem Gesicht, und fragt sich wahrscheinlich, wieso wir so hart mit ihm sind. Er nimmt langsam seine Jacke und dreht sich zur Tür.

Als er herausgeschlurft ist, seufzt sie und lächelt mich entschuldigend an. „Es tut mir leid, dass er sich so schlecht verhält. Disziplin ist ihm schon immer schwergefallen." Sie schaut ihren Ehemann an, der wieder Essen in seinen Mund schaufelt.

Ich atme tief ein und zwinge ein Lächeln auf mein Gesicht. „Lasst uns einfach in Ruhe essen", schlage ich sanft vor. „Er ist ein Erwachsener und verantwortlich für seine eigenen Taten."

Und der einzige gottverdammte Grund, aus dem ich dich nicht vor allen dafür beschuldige, ihn zu diesem Idioten erzogen zu haben, ist, dass du ihn ab jetzt wieder Vollzeit für dich hast. Kein gratis Babysitten mehr. Das ist genügend Strafe für dich.

Immerhin können wir jetzt, wo Terry wie ein ungezogenes Kind im Auto brütet, in Ruhe unseren Kuchen essen. Es gibt sogar ein bisschen lockere Unterhaltung, wobei die an mir vorbeizieht, während ich mich durch mein Essen quäle. Meine Erschöpfung ist vermischt mit Traurigkeit. Nicht, weil ich Terry losgeworden bin, sondern weil ich anscheinend immer nur die Wahl zwischen Alleinsein oder Typen wie ihm habe.

Wobei ... vielleicht nicht. Ich schiele in James' Richtung. Ich bin überrascht, dass er mich besorgt anschaut. Als unsere Augen sich treffen, fühle ich Wärme in mir aufsteigen und frage mich, ob nur ich sie fühle.

Nach dem Essen nehmen Terrys Eltern, ohne zu fragen, die Hälfte der beiden Kuchen mit, wünschen mir ein frohes Thanksgiving und hauen ab. James bleibt, sagt, dass er ein Taxi nehmen wird und hilft Samantha und mir aufzuräumen und die Essensreste zu verstauen.

„Okay, ich muss zugeben, auch wenn ich eigentlich nicht über die Feiertage von zu Hause wegwollte, bin ich jetzt doch froh, dass ich heute Abend gekommen bin." Samanthas Mascara, der normalerweise immer perfekt ist, ist in den Augenwinkeln verschmiert von den Lachtränen. „Geht es dir gut nach all dem?"

„Ja, ich bin nur ... wirklich müde." Und enttäuscht. Und peinlich berührt. Aber vor allem wappne ich mich für das Trennungsgespräch, die morgen stattfinden wird.

Terry wird sich wahrscheinlich nicht einmal daran erinnern, dass er heute Abend herausgeworfen wurde, und erst recht nicht daran, dass ich gesagt habe, dass ich es mit uns beiden aus ist. Ich muss es ihm klipp und klar sagen, auch wenn er dann wieder einen Ausraster hat ... *Scheiß drauf, ich mache es per Telefon, damit er nicht wieder anfängt, Dinge kaputtzumachen.*

Als der Tisch sauber und alles weggeräumt ist, seufzt Samantha und lächelt mir zu. „Alles klar. Du, ich bin seit vier Uhr morgens auf den Beinen und muss wirklich schlafen. Steht Kino morgen noch?"

Ich nicke und wir umarmen uns zum Abschied. „Drei Uhr. Ich hole dich vom Hotel ab."

„Gut." Sie schaut zwischen mir und James hin und her, der die letzten trockenen Teller wegstellt. „Sieht aus, als hättest du jemandem, mit dem du dich allein ... unterhalten ... solltest."

Sie zwinkert mir zu und umarmt mich noch einmal, dann ist sie auch schon aus der Tür und ich bleibe rot angelaufen zurück.

KAPITEL 2

James

Ich habe gerade Terry dabei zugeschaut wie er das versaut hat, was wahrscheinlich seine einzige Chance gewesen war, ein Mädchen zu bekommen, das zu gut für ihn ist. Ich muss zugeben, es war verdammt witzig. Aber es hat dieses wunderbare Mädchen in eine unangenehme Situation gebracht und das ist absolut nicht lustig.

Terry ist seit Jahren seiner Mutter eine Last und verweigert einfach, erwachsen zu werden. Er sucht immer nach einem netten Mädchen, das die Babysitterrolle seiner Mutter übernimmt, damit er herumhängen, trinken und Videospiele spielen kann, während sie die ganze Arbeit macht. Und er versaut es jedes Mal. Dann schiebt er die Schuld auf die Frauen, weil sie ein Rückgrat besitzen, anstatt sich selbst, weil er keines hat.

Es wäre eine Sache, wenn er einfach nur ein trauriger Kloß wäre, der keine Eier besitzt. Leider ist er aber auch ein Arschloch mit einer gewalttätigen Seite. Und ich habe eine dumpfe Befürchtung, was er als Nächstes tun wird.

In meiner Jugend habe ich viel Zeit mit seiner Familie verbracht und er ist immer noch der gleiche Typ wie mit zehn Jahren. Und das ist einer der Gründe, wieso ich noch hier bin. Denn wenn der Idiot

15

endlich kapiert, dass er schon wieder verlassen wurde, dann wird er seine Wut an der süßen, sexy Karin auslassen.

Als wir Teenager waren, habe ich dem Blödmann dabei zugesehen, wie er bei Dutzenden Frauen versagt hat. Nachdem Mama und Papa gestorben waren, wohnte ich ab und zu in seinem Haus, sodass ich sein Bruderbabysitter wurde. Ab dem vierzehnten Lebensjahr verfolgte er Mädchen aggressiv, wurde zurückgewiesen – oder bekam eine Chance, nur um sie zu versauen – und wurde danach hinterhältig.

Manchmal auch handgreiflich. Einmal musste ich die Kaution für den Arsch zusammenkratzen. Als er das zweite Mal festgenommen wurde, einigte sich die Familie darauf, ihn einige Wochen lang im Gefängnis sitzen zu lassen.

Ich vertraue nicht darauf, dass Terry heute Abend nicht zurückkommt, wenn er noch mehr getrunken hat und richtig wütend ist. Er hat es bereits zweimal getan und ich werde es nicht mit diesem liebenswürdigen, lockenköpfigen Mädchen machen lassen, die mir auf der Couch gegenübersitzt.

„Bist du dir absolut sicher, dass es dir gutgeht?", frage ich sanft. Ich habe meinen Flachmann mit gutem Brandy und einen Joint hervorgezogen und wir teilen beide. Ich ziehe an dem Joint und reiche ihn ihr, wobei ich eine Augenbraue hochziehe.

Karin schaut mich mit diesen umwerfenden, juwelenfarbenen Augen an und lächelt dünn. „Das wird es. Ich habe es sowieso geahnt. Danke für das Gras, vielleicht werde ich sogar schlafen können." Und dann zieht sie leicht am Joint.

„Kein Problem. Also wenn schlafen wirklich das ist, was du tun willst." Natürlich gibt es noch einen anderen Grund, aus dem ich noch hier bin, abgesehen davon, sicherzugehen, dass es ihr gutgeht, und das ist Karin selbst.

Ich fühle mich zu ihr hingezogen seit dem ersten Mal, das wir uns gesehen haben, in einer so ursprünglichen Form, wie ich es erst mit wenigen Frauen erlebt habe. Sie hat eine süße Persönlichkeit, einen knackigen Körper und ein Verlangen, das Terry einfach nicht gestillt hat, und ich bin sicher, dass viele ihrer Bedürfnisse nicht erfüllt wurden.

Das will ich ändern. So sehr. Wenn sie so lange mit Terry zusammen war, wird sie einen guten Fick sehr nötig haben. Den kann ich anbieten...in der Tat wäre ich sehr begeistert davon, das zu tun.

Sie wäre auch begeistert ... wenn sie nicht zu müde ist von dem Chaos heute Abend.

„Ich, äh …" Sie scheint langsam zu ahnen, was ich vorschlage, und ihre Wangen werden niedlich rosa. „Hattest du eine andere Idee?"

Einen Moment lang grinse ich breit und sie läuft noch tiefer rot an. *Niedlich.* „Ich kann mir vorstellen, dass du sehr unglücklich mit deinem baldigen Exfreund bist", schnurre ich ihr zu, „und ich mag dich sehr. Schon immer."

Ihre Augen weiten sich ein bisschen, als wartete sie darauf, dass ich sage, dass es nur ein Witz war oder ich sie teste oder irgendetwas anderes, als dass ich sie tatsächlich durchvögeln will. „Meinst du, dass du …"

„Ich werde direkt sein", antworte ich sanft, „ich möchte dich ein paar Stunden lang meinen dämlichen Cousin vergessen lassen, der dich nicht verdient. Ich habe zehn Blocks von hier ein schönes Hotelzimmer, in das wir gehen könnten."

Sie atmet lang und zitternd ein, ihre Augen weiten sich. Sie will es. Sie will mich. Aber dann … überrascht sie mich.

„Ich sollte mit niemandem schlafen, bevor ich nicht richtig mit Terry Schluss gemacht habe", gibt sie seufzend zu. „Andernfalls würde ich direkt meine Handtasche greifen und auf der Stelle mit dir mitgehen."

Plötzlich bin ich hart wie Stein. Ein verzögertes Ja ist immer noch ein Ja, auch wenn ich warten muss, bis sie das Drama mit meinem Cousin endgültig beendet. Ich nehme noch einen Schluck Brandy und lächele sie an.

„Gut, ich werde nicht versuchen dich davon abzubringen ethisch zu handeln. Das ist eine weitere Sache, die ich an dir mag." Mein Lächeln wird verschmitzt. „Wie sieht es mit morgen aus?"

Sie presst die Knie zusammen und ihre Lippen öffnen sich leicht vor Verlangen. Sie nickt. „Sagen wir morgen Abend um neun."

„Alles klar, morgen um neun. Ich bringe Abendessen mit." Ich verziehe das Gesicht. Ich sollte ihr von Terrys gewalttätigen Reaktionen auf Zurückweisung erzählen.

„Was ist los?", fragt sie und sieht dabei etwas besorgt aus.

„Terry. Er ist …" Jage ihr nicht unnötig Angst ein. „… nicht dafür bekannt, gut mit Beziehungsenden umgehen zu können. Er hat keinen Schlüssel zu deiner Wohnung, oder? Oder weiß, wo der Ersatzschlüssel ist?"

Sie schluckt und schüttelt dann den Kopf. „Ich habe ihm nie einen gegeben."

Ich gehe herüber zu den Fenstern, die zur Straße zeigen. Beide sind verriegelt. „Gut. Hast du vor, heute Abend das Haus zu verlassen?"

„Nur, um den Müll rauszubringen." Sie schaut zu dem randvollen Mülleimer herüber.

„Versuche, das auf morgen zu verschieben, wenn es möglich ist. Nimm dein Handy mit, wenn es nicht möglich ist."

Sie scheint nervös. „Auf wie viel Ärger sollte ich mich einstellen?"

„Wenn er auftaucht, ist es wahrscheinlich, dass er betrunken und wütend ist. Für heute, geh einfach nicht mehr aus der Wohnung als nötig und lasse die Tür nicht auf, wenn du den Müll rausbringst. Sollte er auftauchen, öffne die Tür nicht." Ich schaue sie ernst an. „Ruf die Nummer auf der Karte an, die ich dir gegeben habe, und ich trete ihm ordentlich in den Arsch."

Sie kichert. „Du klingst nicht so, als würde dir das viel ausmachen."

„Ich mag nicht, wie er dich behandelt. Ganz einfach. Du verdienst etwas Besseres als das, was er dir geben kann." Ich drehe mich um und nähere mich ihr, als sie aufsteht, um ihr den restlichen Joint zu geben.

„Ich kann es dir geben. Aber wenn du den Idioten erst in die Prärie schicken willst, naja … wie schon gesagt." Ich zwinkere ihr zu und sie lächelt ein wenig breiter. „Ich sollte mich wirklich auf den Weg machen."

Sie holt meinen guten Wollmantel und hilft mir hinein, ein schüchterner Kontaktversuch. „Also ... morgen um neun?"

Ich drehe mich um und durchbreche absichtlich die Berührungsbarriere, indem ich ihre Wange mit zwei Fingern streichele. Das Zittern, das sie durchfährt, lässt meinen Schwanz wieder hart werden. Aber sie hat ihre Entscheidung getroffen und ich respektiere sie. „Bis dann."

Karins Wohnung liegt im zweiten Stock eines sechsstöckigen Backsteingebäudes mit zerbeultem Eisengeländer. Mein Schritt spannt, als ich die Stufen herunterjogge mit Dutzenden von Ideen, was ich morgen mit der göttlichen Karin anstellen könnte. Ich kann mich nicht entscheiden.

Wir werden verschiedene Sachen ausprobieren müssen.

Morgen Abend. Perfekt. Heute wäre besser, aber auf eine wunderbare Dame wie Karin warte ich gerne.

Ich schaue die dunkle Straße hinauf und hinunter, bevor ich mein Handy hervorziehe, um ein Taxi zu rufen. Zu viele Autos, zu viele Büsche, zu viele dunkle Eingänge. Ein Dieb oder ein anderer Krimineller – oder ein wütender, betrunkener Freund, dessen Ende naht – könnte sich überall verstecken. Ich verziehe das Gesicht.

Ich habe dieses Bauchgefühl. Ich sollte es testen, bevor ich wegfahre.

Ein Mann in meinem Geschäft lebt von seinen Instinkten. Ich sage allen, die fragen, dass ich Sicherheitssysteme installiere. Die Wahrheit ist, dass ich die meisten meiner Nächte bei der Arbeit damit verbringe, sie zu *deaktivieren*.

Vor allem die ausgefeilten, die die Juwelensammlungen reicher Leute beschützen.

Niemand in meiner Familie weiß, dass ich professioneller Dieb bin. In Familien wie meiner schafft man es nur mit unglaublichem Glück oder Kriminalität aus der Armut. Ich habe nicht auf Glück gewartet, aber ich wurde auch nie gefasst.

Die Instinkte spielen dabei eine wichtige Rolle. Und jetzt rieche ich Probleme.

Etwas hält mich davon ab, ein Taxi zu rufen. Stattdessen folge ich meinem Bauchgefühl und suche den Block ab. Ich hoffe, dass ich falsch liege ... aber das ist nicht häufig der Fall.

Als ich um die letzte Ecke biege, werden meine Vermutungen bestätigt. Ich höre einen Streit in Karins Wohnung. Ich werde schneller, passe jedoch auf dem vereisten Bürgersteig auf. Bald höre ich Terrys wütende Stimme.

„Du kannst mich nicht verlassen! Das lasse ich nicht zu! Du lässt mich jetzt herein, wir haben jetzt Versöhnungssex!"

Das ist so viel peinlicher als normalerweise. Ich beginne zu rennen. Er klingt gefährlich – und er akzeptiert kein Nein.

Ich höre Karin etwas antworten und er bellt: „Halt die Schnauze, Hure!" Dann beginnt ein Kampf.

„Lass mich los!", schreit Karin. „Hau aus der Tür ab! Du sollst nicht reinkommen! Geh weg!"

„Oh, ich komme herein", stößt Terry aus, als ich die Treppenstufen in den zweiten Stock hinaufeile. „Ich komme herein und du wirst es wiedergutmachen oder es wird dir leidtun!"

„Fick dich! Ich habe gesagt, dass es mit uns aus ist!" Die leichte Panik in Karins Stimme füllt mich mit Wut. „Hilfe!"

Natürlich antwortet keiner ihrer Nachbarn. Einige Lichter gehen an, aber niemand kommt heraus. New York eben – Apathie überall.

„Ich entscheide, wenn es mit uns aus ist, Schlampe! Ich bin der Mann!", schreit Terry und japst dann, als das Klatschen einer fetten Ohrfeige erklingt.

„Du bist jedenfalls ein sehr trauriges Exemplar von einem", bemerke ich mit einem eisigen Tonfall, als ich direkt hinter ihm stehe.

Terry erstarrt. Seine haarige Hand liegt immer noch um Karins Handgelenk, doch er lockert den Griff und sie entreißt sich ihm.

Ich gebe ihm keine Zeit, um sich umzudrehen. Stattdessen greife ich seine Haare und sein T-Shirt und ziehe ihn aus dem Türrahmen. Er japst erneut und jault protestierend, als ich ihn gegen das Geländer schleudere.

„Ich werde keine Kaution mehr für dich bezahlen, weil du mit den Konsequenzen nicht klarkommst, wenn du es bei Frauen versaust", zische ich ihm ins Ohr, während Karin uns beobachtet. „Du kannst eins von zwei Dingen tun. Du kannst die Treppen hinunter abhauen oder du kannst dich weiter danebenbenehmen und übers Geländer fallen."

„Du willst sie nur für dich, du verdammter Wilderer! Du wirst sie mir nicht ausspannen!" Seine Stimme ist hoch vor Angst. Ich verdrehe die Augen und ziehe seine Haare zurück, bis er fast das Gleichgewicht verliert.

„Ich kann sie dir nicht ausspannen, wenn du nicht mehr ihr Freund bist, du Idiot. Sie hat heute Abend zweimal mit dir Schluss gemacht. Verleugnung ändert die verdammten Tatsachen nicht."

Ich stelle mich direkt vor ihn und schüttele ihn, während ich direkt in seine Augen starre. „Also, haust du ab oder wirst du in den Büschen landen und dir die nächsten drei Stunden lang Rosendornen aus dem Arsch ziehen?"

Er öffnet den Mund und schließt ihn wieder wie ein Goldfisch. Seine Wut wurde durch pure Panik vertrieben. „Wirf mich nicht runter! Das sind zwei Stockwerke!"

„Dann hau ab." Ich ändere meinen Griff und schubse ihn zur Treppe. Er fällt fast kopfüber hinunter, bevor er sich am Geländer festhält.

Er stolpert die Stufen hinunter, überspringt manche, fällt manchmal fast bäuchlings hin und seine gewimmerten Flüche und angsterfülltes Gejaule hallt von den Wänden wider, bis er am Ende der Straße verschwindet.

Wie kann ich mit diesem Stück Scheiße verwandt sein?

Ich drehe mich zu Karin um. „Hey, bist du in Ordnung?"

Sie schaut mich mit vom Weinen geröteten Augen an und schüttelt den Kopf.

„Okay, was kann ich für dich tun?", frage ich vorsichtig.

Sie wirft sich in meine Arme.

21

KAPITEL 3

Karin

Nach Terrys Angriff konnte ich nicht länger in meiner Wohnung bleiben. Nicht einmal, wenn ich mich betrunken hätte. Nach einer beruhigenden Umarmung bekam ich langsam meine Tränen unter Kontrolle und ich fragte James, ob er mich mit in sein Hotelzimmer nehmen könne.

Auf der Fahrt dachte ich überhaupt nicht an Sex. Mein Arm schmerzte und ich fühlte mich ausgelaugt. Die Erinnerung an Terrys Überfall, als ich die Tür öffnete, um den Müll herauszubringen, hing mir immer noch im Kopf. Ich umarmte mich selbst, während ich neben James im Uber saß, das von einem freundlichen alten Mann gefahren wurde.

Jetzt, als der glänzende, goldene Turm des Hotels in Sichtweite kommt, beginne ich langsam, mich zu entspannen. Terry ist weg – aus meinem Leben verbannt. Er war das ekelhafteste Arschloch, bevor James ihn zum Aufhören gezwungen hat. Ich bin endlich von ihm befreit.

Meine Oberschenkel pressen sich an einander bei dem Gedanken an das, was als Nächstes geschehen wird. Im Moment bin ich mir nicht ganz sicher, ob ich bereit bin.

„Hat er dich verletzt?", fragt James leise, als der Fahrer auf den Fahrplatz einbiegt.

„Nur einige Blutergüsse. Er hat mich nicht geschlagen, aber er hat meinen Arm brutal gedrückt und mich gegen die Tür geschubst." So brutal war noch kein Freund mit mir gewesen – nicht einmal der, der in meine Wohnung eingebrochen war.

Den armen Bastard, Alan, noch ein weiteres trauriges Würstchen mit einer gewalttätigen Seite, hatte ich natürlich für einen Einbrecher gehalten. Ich brauchte eine halbe Minute, um eine Stange zu greifen und ihm eine damit überzuziehen.

Als ich erkannte, dass es mein Ex war, der meinen Ersatzschlüssel missbrauchte, schlug ich ein weiteres Mal zu. Darauf bin ich nicht stolz, aber immerhin hat er mich so nicht verletzt. Ich wünschte mir einfach, ich hätte eine Waffe zur Hand gehabt, als Terry mich griff.

„Es tut mir leid. Ich hätte bei dir bleiben sollen. Ich bin froh, dass ich noch einmal zurückgekommen bin." Er wirkt wirklich unglücklich, als der Fahrer vor dem Hotel hält.

„Das ist schon okay. Ich bin auch froh, dass du zurückgekommen bist." Ich starre aus dem Fenster auf den fallenden Schnee, dann nehme ich meine Tasche, da das Auto angehalten hat.

Die eisige Luft beißt mir in den Nacken und die Knie, als ich ins Freie trete. James bietet mir seinen Arm an, meine Hand schmerzt ein bisschen, als ich danach greife. „Ich überweise Ihnen ein Trinkgeld. Danke nochmal", sagt er dem Fahrer, der lächelt und davonfährt.

Als wir uns den Lobbytüren nähern, bleibe ich nah bei James, um mich vor dem Wind zu schützen. Ein weiterer Winter legt sich auf New York. Ich bin die Kälte so leid. Ich wünschte, ich könnte zurück an die Westküste ... aber ich kann nicht zurück nach Hause.

Denke jetzt nicht daran. Terry hat dir schon genug Ärger bereitet, du musst jetzt nicht auch noch an ein Jahre altes Familiendrama denken. Ich atme tief durch und gehe stattdessen mit James durch die Hoteltür.

„Wenn du möchtest, schaue ich mir deine Verletzungen an, wenn wir oben ankommen. Es sieht nicht so aus, als ginge es dir gut." Er ist so ehrlich besorgt, dass ich einen Kloß im Hals bekomme.

Ich kann mich nicht an das letzte Mal erinnern, dass ein Kerl

Sorge um mich gezeigt hat. Anfangs hatte Terry noch seine süßen, etwas ungeschickten Momente wie ein kleiner Junge, der einem eine geklaute Blume schenkt. Sobald er jedoch dachte, dass er sich nicht mehr anzustrengen brauchte, verrauchten selbst diese kleinen bisschen Zuneigung.

Und die beiden vorherigen Typen? Und meine Familie? Ich lache leise und traurig auf, während wir uns den Aufzügen nähern. „Nein, mir geht es nicht gut. Und danke dir. Ich werde Fotos machen müssen, falls ich eine Klage einreichen muss."

„Ich helfe dir. Ich kenne sogar einen guten Anwalt in der Stadt, falls du einen brauchst. Ich bezweifle jedoch sehr, dass er es hiernach noch einmal versuchen wird." Ich lasse seinen Arm auch im Aufzug nicht los. Er fühlt sich an wie ein Geländer, das mir Stabilität mitten in einem Sturm gibt.

Unter dem dicken Wollmantel ist er so fest wie geschnitztes Holz, was mich genügend interessiert, um mich abzulenken. Und sein Parfüm, was so exotisch riecht ... ich frage mich, aus welchem Land es kommt. „Ich möchte keinen Anwalt einschalten. Aber ... ich werde sicherlich eine einstweilige Verfügung beantragen."

Er ist still, während der Aufzug sich dem Penthouse nähert. „Es ist nicht das erste Mal, dass du mit jemandem mit ... schlechter Laune fertigwerden musst, oder?"

Ein Teil von mir möchte bitter lachen und ihm die Wahrheit sagen: Ich muss mit gewalttätigen Arschlöchern fertigwerden, seit ich geboren wurde. „Nein. Ich hatte einfach Pech."

„Unverdient. Du bist eine wundervolle Person. Meine Tante hoffte auf eine Heirat, da du eine bessere Gesellschaft bei Familienfeiern bist als nur ich." Er lächelt mir entschuldigend zu.

„Das wird niemals passieren." Die Abscheu in einem Ton bringt ihn zum Lachen. Es ist unglaublich befreiend mit jemand anderem als Samantha über Terry zu sprechen.

Der Aufzug hält an und ein betrunken aussehendes Pärchen steigt ein, um sich sofort aneinander zu lehnen und zu küssen. Das glitzernde schwarze Kleid des Mädchens rutscht ihre Hüfte hoch, als er darüberstreicht, und sie stöhnt einladend in seinen Mund.

Fünf Stockwerke weiter steigen sie wieder aus und ich bleibe rot und mit trockenem Mund zurück, meine Augen sind leicht geweitet.

James' Grinsen ist nun spitzbübisch. „Sie haben definitiv die richtige Idee", kommentiert er und ich unterdrücke ein nervöses Kichern.

Endlich erreichen wir das Penthouse und er führt mich in den breiten Eingang mit weißen Säulen. Wir ziehen unsere schneebedeckten Schuhe an der Tür aus und meine schmerzenden Füße sinken in den weichen, grauen Wollteppich. Ich seufze vor Erleichterung und bleibe kurz stehen.

Er bleibt hinter mir stehen und nimmt mir meinen Mantel ab, den ich dankbar von den Schultern gleiten lasse. „Zuerst musst du dich entspannen", murmelt er in mein Ohr. Ich halte die Luft an und fühle, wie meine Nippel unter meinem Kleid hart werden.

Anscheinend hat Terry unsere Beziehung ruiniert, aber nicht meine Lust auf Sex.

Nach Jahren, in denen ich mit Männern festsaß, deren Benehmen meine Lust tötete, ist es unglaublich, das Verlangen so sehr zu fühlen. Es liegt an James. In dem Jahr zwischen unseren beiden Begegnungen hat kein anderer Mann einen solchen Effekt auf mich gehabt.

Nur James.

„Du hast recht", seufze ich und lasse ihn mich zu einer breiten Ledercouch bringen, die lang genug ist, um sich darauf auszustrecken. Ich setze mich auf die Kante und schaue ihm dabei zu, wie er seinen Mantel abwirft, das anthrazitfarbene Jackett, seine Krawatte – und dann, zu meiner Überraschung, sein Hemd.

Ich trage immer noch mein Samtkleid und schaue einem Mann, den ich kaum kenne, aber unglaublich will, dabei zu, wie er sich vor mir auszieht. Er wirft seine eleganten Klamotten beiseite, als wären sie eine Verkleidung, die er so schnell wie möglich loswerden will. „Ahh", murmelt er, als er an mir vorbeigeht, „welcher Sadist hat Krawatten erfunden?"

Meine Augen weiten sich, als er sich streckt, um das enganliegende Seiden-Unterhemd auszuziehen. Ich sehe, wie die Muskeln an seiner Brust und seinem Bauch sich unter seiner Haut bewegen. Ein kleiner Schimmer von dunkelbraunem Haar erscheint über seinem Gürtel direkt unter seinem Nabel, meine Augen fahren einen Augenblick lang hungrig an ihm entlang. Er zieht das Stück Stoff aus und wirft es zum Rest.

„Hoffe, das macht dir nichts aus. Ich habe keine Lust mehr auf den Anzug." Seine Augen glitzern, dann geht er herüber zur Bar. „Möchtest du einen heißen Punsch und eine Massage?"

Ihm dabei zuzuschauen, wie er in seiner Anzughose davongeht, ist Folter pur. Sein straffer, breitschultriger Rücken ist voller Muskeln und ein Paar dunkelrote Flügel ist auf ihn tätowiert, was seine Schulterblätter und den eleganten Bogen seines unteren Rückens betont. Meine Augen fahren sie entlang bis zu seinem Hintern unter dem Stoff. Ich frage mich, wie weit nach unten das Tattoo geht.

Oh Gott. Ich ringe nach Luft. *Das ist nicht fair.* „Ähh … ja, warum nicht", schaffe ich es, hervorzubringen.

Er verführt mich langsam mit seinem Körper, der schönen Umgebung, seiner ungewohnten Nettigkeit. Daran bin ich nicht gewöhnt.

Trotzdem bringen diese kleinen Demonstrationen seiner Aufmerksamkeit, sein Flirten, mich dazu, noch mehr zu wollen.

„Ich hoffe, die Frage stört dich nicht. Aber wie bist du überhaupt mit Terry zusammengekommen?", sagt er, während er mir eine braune Tasse Punsch reicht. Ich nehmen sie und nippe daran. Die Mischung aus Honig, Whiskey und Zitrone ist angenehm auf meiner Zunge.

„Manchmal fühle ich mich einsam. Er war in meinem Filmclub. Wir hatten einige gemeinsame Hobbys."

Es klingt so öde. Ich erzähle ihm jedoch nicht den blödesten Teil. Den Teil, dass jeder einzelne Kerl, mit dem ich je etwas hatte, weitaus besser war als der vorherige und sowieso hundertmal besser als mein Vater – oder meine Brüder.

„Ich verstehe das nicht. Du bist einfach zu schön und charmant, um dich mit jemandem wie ihm abzugeben." Er setzt sich neben mich auf die Chaise Longue und trinkt von seinem Punsch.

„Freut mich, dass du das so siehst." Ich lache nervös, als mir klar wird, wie nah er bei mir ist. Meine Finger klammern sich an die Tasse, während ich das Verlangen unterdrücke, mit ihnen an seinem Tattoo entlangzufahren.

„Lass uns deinen Arm anschauen", sagt er liebevoll und kniet sich vor mich. Ich starre ihn einen Augenblick lang an, dann schiebe ich den Ärmel nach oben und zeige ihm die bereits erscheinenden roten Abdrücke. Er zuckt zusammen und hält meinen Arm vorsichtig. Die Handabdrücke sind klar.

Leise beginne ich zu weinen, während er Fotos von der Verletzung macht. Es ist zu sehr wie die Vergangenheit. Seine Handykamera klickt und einen Augenblick lang bin ich wieder zwölf Jahre alt, in einem Raum einer Polizeistation, zitternd in Unterwäsche, während eine Kamera die Blutergüsse an meinem ganzen Körper dokumentiert.

Die Erinnerung verfliegt und er tippt immer noch auf seinem Handy. „Ich werde dir die Fotos an deine E-Mail-Adresse schicken." Mit leiser Stimme gebe ich ihn die Adresse und er schickt mir die Bilder.

„Als Nächstes schaue ich mir deinen Rücken an. Würdest du dich bitte auf den Bauch legen?" Seine Stimme bleibt sanft und er legt das Handy beiseite.

Ich nicke und lege mich auf die Couch, während er sich aufrichtet. „Wo tut es weh?"

Ich zeige auf die Stelle links über meinem unteren Rücken. Daraufhin öffnet er den Reißverschluss meines Kleids bis zu meiner Taille.

Ich atme scharf ein und versteife mich, doch er schiebt den Stoff beiseite und entblößt die Seite mit dem Bluterguss. „Oh ja, das wird man auch ordentlich sehen. Es tut mir so leid. Möchtest du eine Schmerztablette?"

„Nein, ich hatte eine vor dem Abendessen. Ich habe irgendwie … Kopfschmerzen erwartet." Er lacht und ich stimme mit ein.

„Deine Muskeln sind sehr verspannt. Bist du sicher, dass du keine Hilfe brauchst, um sie etwas zu lockern?" Und mit diesen Worten legt seine warme Hand sich auf meinen Rücken und instinktiv entspanne ich mich unter ihm.

„Ich wusste nicht, dass du massierst", murmele ich und lege die Stirn auf meinen Unterarm.

„Oh ja, damit habe ich mir diesen Sommer etwas in einem Resort dazuverdient." Seine beiden Hände bewegen sich meinen Rücken hinauf und hinab, zuerst vorsichtig liebkosend, damit ich mich an seine Berührung gewöhnen kann. Das warme, beruhigende Streicheln lässt mich meine Vergangenheit und Gedanken an Terry vergessen und bringt mich zum Zittern vor Vergnügen.

„Gefällt dir das?" Sein Atem kitzelt an meinem Ohr, als er hinein-flüstert.

„Ja", bringe ich hervor, gerade laut genug, damit er es hören konnte.

„Darf ich also mehr von deinem Körper entblößen?"

Ich fühle, wie meine ganze Körpermitte sich zusammenzieht vor plötzlichem Hunger. Ich weiß, was er tut. Ich weiß, wohin das hier führt.

Ich will es mit jeder Sekunde mehr. Mit wachsender Verzweiflung kann ich nur beten, dass er so gut im Bett ist wie im Verführen.

„Ja."

KAPITEL 4

Karin

Ich höre, wie der Reißverschluss meines Kleids weiter geöffnet wird, dann fühle ich die kühle Luft auf meiner Haut. Seine Hände liegen wieder auf mir und ich vergesse alles andere.

Ich bemerke erst, wie verspannt meine Muskeln sind, als er beginnt sie zu kneten. Seine starken Hände reiben beruhigend über mich, bis ich mich genügend entspanne, sodass er mich tief durchkneten kann. Mein Rücken knackt mehrere Male und ich atme scharf ein. Ich bin vollkommen unter seiner Kontrolle.

Und ich liebe es.

Das meiste, was ich mit einem Typen gefühlt habe, war frustrierte Erregung und sehnsüchtige Behaglichkeit. Das hier ist bereits anders. Er hat bisher nur meinen nackten Rücken berührt, noch nicht einmal meinen BH geöffnet. Und ich falle bereits in Ohnmacht.

Selbst Samantha scheint zu denken, dass ich so schnell wie irgendwie möglich Terry loswerden muss. Ich fühle mich nicht einmal schuldig deswegen. Stattdessen füllt die Vorstellung von Terry, der vor hilfloser Wut darüber, dass ich die Nacht mit seinem Cousin verbringe, schreit, mein Herz mit trotziger Freude.

Zur Hölle mit dir, Terry. Du hattest achtzehn Monate mit mir. Dieser Mann hat mit einer Rückenmassage bereits mehr getan, als du je mit deinem Schwanz hinbekommen hast.

Und dann fahren James' Hände meine Seiten hinunter, bis zu meinen Hüften. Kurz graben seine Finger sich in die Kuhlen über meinen Oberschenkeln und ich wimmere und drücke den Rücken durch. „Gott, du bist vorzüglich", murmelt er und zieht das Kleid von meinen Hüften, sodass mein Höschen zum Vorschein kommt.

Ich fühle, wie der Samt unter mir weggleitet und eine Hitzewelle überspült mich von meinem Kopf bis zu meinem Brustbein. Es fühlt sich an wie eine endgültige Entscheidung, die gerade gemacht wurde. *Los geht's.*

Seine Hände legen sich auf die Hinterseiten meiner Oberschenkel und massieren langsam nach unten zu meinen immer noch schmerzenden Füßen. Ich stöhne leise und beiße mir auf die Lippe, als er einen meiner Füße in seine männlichen Hände mit den langen Fingern nimmt und den Schmerz wegknetet. Dann wechselt er zum anderen ... und als er fertig ist, bin ich so entspannt, dass ich mich fühle, als würde ich schweben.

Er richtet sich auf, dann höre ich den Reißverschluss seiner Hose. Er kniet sich wieder neben ich. „Hat dir das gefallen?", murmelt er in dem gleichen betörenden Tonfall.

Ich drehe leise atmend den Kopf, um ihn anzuschauen. Seine Augen glühen vor Verlangen, doch er hat mich noch nicht intim berührt. Mich nur entspannt ... während er mir gleichzeitig gezeigt hat, was er mit diesen Händen tun kann.

„Ja", flüstere ich.

Er lächelt sanft. „Gut. Möchtest du, dass ich dich küsse?"

Ich biete ihm mit geschlossenen Augen meinen Mund an – und fühle, wie seine warmen, breiten Lippen sich auf meine legen. Seine Hände gleiten wieder über mich ... und diesmal ist es komplett sexuell, das fühle ich bis in die Zehen. Der Kuss hält an, fast schon liebevoll ... und wird dann unterbrochen, als er sich zurücklehnt und mich hungrig anschaut.

„Wo soll ich dich sonst noch küssen?" Einer seiner Finger gleitet hinten unter das Gummiband meines Höschens und zieht es etwas herunter, ich stöhne vor Lust auf.

„Überall", flüstere ich gewagt, mein Kopf ist bereits ungeordnet und voller Lust.

Er lächelt.

Eine Minute später grabe ich meine Finger in die Couch und wimmere mit jedem Atemzug, während er eine Spur von Küssen meine Wirbelsäule entlangzieht. Jeder lange, feste Kuss sendet Stromstöße der Lust durch mich, wodurch meine Muschi sich vor Verlangen zusammenzieht. Als er endlich meinen BH öffnet, um seinen Weg nach oben zu küssen, bemerke ich es kaum.

Sein eigener Atem zittert gegen meine Haut, während er mich weiter küsst. Gleichzeitig gleiten seine Hände über meinen Körper und gleiten dann unter mich, um den BH unter mir wegzuziehen. Dabei berühren seine Fingerspitzen meine Brüste, was mich zusammenzucken und aufwimmern lässt.

Er küsst weiter, selbst auf den Rückseiten meiner Oberschenkel, während er meinen Arsch fest knetet. „Dreh dich um, wenn du so weit bist", murmelt er. Noch ein Rauschen von Stoff – dann das Knistern einer Kondompackung.

Ich bin ein bisschen enttäuscht, denn ich erwarte, dass er in mich eindringen wird, sobald ich mich umdrehe. Aber das hier ist immer noch mehr Vorspiel als ich je bekommen habe. Ich bleibe noch so lange liegen und lasse ihn mich liebkosen, bis ich es nicht mehr aushalte und mich auf den Rücken drehe.

Neben der Chaise Longue ist eine verspiegelte Wand und meine blasse Figur ist zu sehen, schwer atmend, Nippel hart. James richtet sich auf und steht nun über mir. Er ist nackt und hart.

Sein Schwanz sieht so dick aus wie mein Handgelenk und fast so lang wie mein Unterarm, er steht hoch gegen seinen Bauch, die Haut so gespannt, dass sie glänzt. Er hat ein Kondom an, doch anstatt auf mich zu klettern, lehnt er sich über mich und küsst mich auf den Mund.

Gierig küsse ich ihn zurück und streichele seine breiten Schultern. Er zittert vor Verlangen, das Ankämpfen gegen seine Lust schickt kleine Beben durch ihn. Dann nimmt er meine beiden Hände ... und legt sie fest auf das Leder.

„Jetzt geht es nur um dich", verkündet er und schaut mir tief in die Augen. „Es geht um die Frau im Spiegel und darum, dass sie sich gut fühlt. Lass dich nicht davon ablenken, mir Vergnügen bereiten zu wollen. Mir geht es gut."

Ich starre ihn überrascht an ... dann wende ich mich langsam dem nach Luft ringenden, zitternden Mädchen im Spiegel zu. James geht zum Ende des Divans und zieht mir vorsichtig das Höschen aus, bevor er es beiseitewirft. Das Mädchen versteift sich kurz schüchtern und hebt beinah die Hände, um ihren Körper zu verbergen.

Aber Befehle sind Befehle ... und vom richtigen Kerl sind sie verdammt heiß.

Ich schließe die Augen, während er meinen ganzen Körper liebkost und jede Kurve entlangfährt. Sein Mund saugt und knabbert seinen Weg meinem Hals hinunter zu meinen Brüsten und bedeckt jedes Stückchen mit sanften Küssen.

Dann saugt er meinen Nippel in seinen Mund und zieht fest daran. Meine Augen öffnen sich ruckartig. Der Raum verschwimmt vor meinen Augen, ich grabe meine Nägel ins Leder und schluchze. *Niemand hat je ... nicht einmal annähernd ... das fühlt sich so gut an ...*

Eine seiner Hände legt sich auf meine andere Brust, die Finger streicheln über den Nippel im Einklang mit seinen Lippen. Die andere gleitet zu meiner nassen Muschi und legt sich fest auf sie. Dann beginnt sie zu reiben und schickt Wellen der Lust durch mich.

„Ja", ruft die Frau im Spiegel. Ich fasse ihn nicht an, meine Fingerspitzen schmerzen davon, sich an das Leder klammern.

Ich winde mich, meine Fersen rutschen herunter, während er meine Muschi mit seiner Hand verwöhnt. Die Luft brennt angenehm in meiner Lunge, als ich nach Luft ringe. Ich war noch nie so scharf. Der Duft seines Parfüms und sein eigener Geruch mischen sich in meiner Nase mit dem Geruch meiner eigenen Erregung.

Ich fühle kurz seine Zähne am Rande meines Brustkorbs, bevor er meinen Bauch küsst und mit der Zunge die schmale Vertiefung entlangfährt, die bis zu meinem Bauchnabel führt. Seine Hand verlässt meine kribbelnden Brüste, deren Nippel so hart und sensibel sind, dass sie etwas schmerzen, und gleitet von meiner Hüfte zu meinen Oberschenkeln. Er spreizt sie sanft, während er sich zum Ende des Sofas bewegt.

Ich bin mir nicht sicher, was er vorhat, bis er meine Hüften fest greift, mich zur Kante zieht und meine Beine über seine Schultern legt. Mein Hintern geht in die Höhe, eine seiner Hände gleitet darunter, um mich zu unterstützen. Ich atme scharf ein, schockiert und begeistert … mein Herz beginnt schnell zu schlagen.

Er grinst mich spitzbübisch an durch seine Haare, die durch die leidenschaftlichen Bewegungen verwuschelt sind. Seine Augen brennen und versprechen mir Dinge, die ich mir kaum vorstellen kann. Als Nächstes küsst er sich meinen inneren Oberschenkel hoch.

Als sein Atem meine Muschi streift, stöhne ich leise auf. Ich muss mich unglaublich konzentrieren, um ihn nicht mit den Händen zu berühren. Meine Beine zittern, er öffnet sie weiter und schiebt den Kopf dazwischen, während meine Zehen sich mitten in der Luft zusammenziehen. Er öffnet meine äußeren Lippen mit den Fingern und gibt mir dann einen langen, zarten Kuss.

Nur so kann ich es beschreiben. Seine Zunge gleitet zwischen meine Lippen mit der gleichen Zartheit, die sie bei meinem Mund hatte, öffnet mich und gleitet durch jede Falte. Wieder reiße ich die Augen auf. Die Decke schwankt über mir, als er seine Lippen weiter senkt und beginnt, mich langsam zu lecken.

In der Uni beschwerte sich einmal eine meiner Freundinnen darüber, dass sie noch nie einen New Yorker getroffen hatte, der leckt. Anscheinend ist dieser Mann, der wie seine Familie aus der Bronx stammt, eine wunderbare Ausnahme. Als seine Zunge mich streichelt und um meine Klitoris kreist, verliere ich die Kontrolle über meine Stimme und stöhne, wimmere bettele nach mehr.

Mein Kopf rollt über das Leder, die Nägel graben sich immer noch hinein und meine Muschi zieht sich mit jedem Streicheln seiner Zunge enger zusammen. Meine Hüften heben sich und drücken sich

33

gegen sein Gesicht, es ist mir egal, wie ich aussehe. Ich will einfach nur, dass dieses unglaubliche Gefühl nicht endet.

Er schiebt einen Finger in meine Musche und meine Muskeln schließen sich um ihn. Ich schnappe nach Luft, dann stöhne ich zustimmend. Er lässt einen weiteren Finger hineingleiten und beginnt, mich von innen zu streicheln, wodurch ich noch heißer werde. „Das ist so gut", murmele ich, „so gut, oh Baby, hör nicht auf …"

Das tut er nicht. Er ist gnadenlos, sein freier Arm hält meine Beine auf seinen Schultern fest, während seine Zunge immer schneller wird. Meine Stimme geht zu Schreien über, ich fühle, wie mein Bauch, Schenkel und Hüften sich mehr und mehr zusammenziehen und ich beginne, unkontrolliert zu zittern.

Plötzlich bricht mein ganzer Körper in Ekstase aus, er schießt voller Vorfreude und Angst ins Unbekannte. Ich schnappe angestrengt nach Luft – und dann schreie ich, so voller intensiver Lust, dass ich es fast nicht aushalte. Ich fühle mich, als flöge ich.

Er hält mich fest und unterbricht den Rhythmus seiner Liebkosungen nicht, während ich mich hin und her werfe und mich durch meinen allerersten Orgasmus schreie. Er leckt mich weiter, selbst als das Gefühl sich abschwächt. Ein unglaubliches Gefühl der Erfüllung fließt durch mich.

Bevor mein Körper sich zur Ruhe setzen kann, bringt seine wirbelnde Zunge mich zurück in die Höhe. Es jagt mir Angst ein und nimmt mir jede Kontrolle. Ich habe mich ihm vollkommen überlassen – und er ist noch nicht bereit, loszulassen.

Drei Finger sind jetzt in mir und streicheln mich von innen, während er leckt und saugt. Ich weiß nicht, ob ich ihn darum anbettele weiterzumachen oder aufzuhören. Ich weiß nicht, ob ich überhaupt noch meinen Körper beherrsche. Und dann verliere ich jegliche Kontrolle in einer weiteren Flut purer Ekstase.

Ich verliere mich einige Augenblicke lang. Als ich wieder aufwache, klettert er auf die Chaise Longue und zieht mich auf seinen Schoß. Ich sehe seinen steifen Schwanz zwischen meinen Schenkeln, dann greift er ihn und steckt die dicke Spitze in mich. Er stößt nach oben und zieht mich auf ihn ... und sinkt in mich mit einem langen Stöhnen.

Ich bereite mich auf ihn vor, fühle seine Liebkosungen von innen, während er tiefer und tiefer stößt. Zuletzt hat er sich komplett in mich geschoben und zittert. Seine Brust hebt und senkt sich. Einen Moment lang bleiben wir beide still.

Dann beginnt er, sich zu bewegen.

Es ist unglaublich, wie viel Zeit er sich nimmt, um das enorme Werkzeug sanft in mich hinein und aus mir hinaus zu bewegen, während sein Körper an meinem zittert. Seine Wärme sickert in meine Knochen. Ich bewege meine Hüften ein wenig, um ihn zu necken, als würde ich meine letzte Kraft aufwenden.

„Leg dich zurück", weist er mich mit belegter Stimme an, seine Augen sind vor mir verborgen. Als ich gehorche, wirft er den Kopf zurück und entlässt einen kleinen Schrei, als meine Muschi sich um ihn verengt. Ich verstehe den Winkel nicht, den wir eingenommen haben, bis er sich wieder bewegt – und ich sauge überrascht die Luft ein, als die Spitze seines Schwanzes fest gegen die gleiche Stelle reibt, die seine Finger zuvor liebkost haben.

Ich lege meine Beine um seine Hüften und er drückt mit seinem Handballen auf meine Muschi, während er zustößt. „Oh, das ist so gut!", stoße ich aus und er lacht leise und wird schneller.

Die Worte werden seltener, das Leder rutscht unter unseren nackten Körpern und unsere Stimmen werden zu tierischen Lauten. Das Klatschen von Haut auf Haut wird lauter und schneller und er entlockt mir immer verzweifeltere Schreie. Ich fühle, wie eine weitere Explosion auf mich zukommt ... diese sogar noch intensiver als die erste.

Er ist zu weit, um jetzt anzuhalten, sein ganzer Körper und Geist sind darauf konzentriert mich zu ficken, seine Stimme genauso laut wie meine, als er die Kontrolle über sich verliert. Sein Rücken drückt sich durch und sein Schrei der Ekstase bringt mich zum Höhepunkt. Wir drücken uns zittern aneinander und stillen unser Verlangen an einander, bis wir in einen schlaffen Haufen zusammenfallen.

„Oh", murmelt er mit überwältigtem Gesichtsausdruck, während er mich umarmt. „Oh. Dich zu ficken ist das Paradies. Lass uns eine Runde schlafen und es dann noch einmal tun."

Noch nie in meinem Leben habe ich mich so entspannt und befriedigt gefühlt ... und so dankbar. Ich kann noch nicht sprechen, also lächele ich schläfrig und nickte stattdessen. Dann döse ich weg, bevor er sich aus mir zurückziehen kann.

KAPITEL 5

James

Ich wache in dem Hotelzimmer mit einer umwerfenden nackten Dame in meinen Armen auf, weil mein Handy in meiner Manteltasche auf der anderen Seite des Raums vibriert. Widerstrebend gehe ich nackt herüber und nehme das Handy, dann gehe ich ins Badezimmer und schließe die Tür, bevor ich abhebe. „Ja?"

„Wie war das Treffen?", erklingt Andrews schneidende Stimme und ich verdrehe die Augen.

Scheiße. Jetzt muss ich nachdenken.

„Verdammt, Andrew, schläfst du eigentlich nicht?", seufze ich, „Alles in Ordnung. Ich habe Herschel dazu bekommen, weitere 10 Prozent rüberwachsen zu lassen." Andrew hat ein Talent dafür, den falschen Augenblick mit Geschäftsanrufen zu treffen.

„Und die Lieferung?" Seine Stimme entspannt sich nicht. Natürlich nicht. Nicht hierüber.

Ich bleibe ruhig. „Der Courier hat sich vor zwei Stunden auf den Weg gemacht. Dein Anteil sollte vor fünf Uhr dort sein. Ich schätze, du wirst eh wach sein."

„Bis ich meinen Anteil der zehn Millionen habe, werde ich keine

37

Sekunde schlafen." So ist Andrew: schlaflos, an der Grenze zu paranoid, unglaublich misstrauisch – selbst uns gegenüber. Er kann unglaublich nervig sein, aber er ist genau das, was wir brauchen, um Gebäudepläne zu suchen oder uns in die Computer von Sicherheitsfirmen oder Banken zu hacken.

Er verschafft uns den Zutritt – ich kann physische oder elektronische Sicherheitssysteme austricksen, über Mauern klettern und fast überall hinein- oder hinauskommen. Dale hingegen ist unser Aufpasser und organisiert die Flucht. Ohne Andrew allerdings haben wir keine Pläne, keine Uhrzeiten für Wachwechsel, keine Informationen.

Es lohnt sich, den Bastard zufriedenzustellen.

„Wie du möchtest. Es ist jedenfalls geschafft. Ich werde am Montagabend zurück in New Orleans sein. Wir können uns Dienstagfrüh treffen." Ich weiß genau, was ich in den drei Tagen dazwischen tun werde.

„Du bleibst übers Wochenende?" Er klingt misstrauisch.

„Meine Familie wohnt hier. Ich bin zu Thanksgiving zu Besuch. Das mein Hauptgrund, um diese Woche in der Stadt zu sein." Ehrlich gesagt ist es mir scheißegal, ob ich die drei vor Weihnachten wiedersehe. Karin ist hingegen etwas ganz anderes.

Ich würde New York City *jederzeit* besuchen, um Karin wiederzusehen.

„Ach ja. Hatte ich vergessen." Sein Tonfall klingt wieder kalt und neutral. „Wir müssen über den nächsten Job sprechen, wenn du zurückkommst. Unser Ziel in Chicago hat gerade Schutz von der Mafia bekommen."

„Scheiße. Das lohnt sich wahrscheinlich nicht für uns." Das Letzte, was wir brauchen, ist die Mafia von Chicago anzupissen. Die Kerle haben uns unsere Juwelen, Marken, Münzen und anderen schönen Sachen mehr als einmal streitig gemacht.

Sie haben Beweismittel gegen uns und weitaus mehr Macht als wir. Das ist kein Feind, den wir uns machen sollten.

„Da stimme ich zu", antwortete er schlicht und scheint erleichtert zu sein, dass wir uns einig sind. „Wir suchen uns was anderes."

Vorsicht und Verschwiegenheit haben uns drei über zehn Jahre lang vor dem Gefängnis bewahrt. Deshalb höre ich zumindest immer halb auf Andrews Paranoia. Der alternde Hacker mit der grimmigen Stimme hat Probleme mit dem Gesetz länger vermieden als ich am Leben bin und seine Vorsicht ist etwa achtzig Prozent der Zeit angebracht.

„Wir haben nicht gerade wenige Optionen. Gibt es sonst noch was Neues da drüben?" Ich vermisse bereits New Orleans. Die feuchte Hitze wird sich gut anfühlen nach der bitteren Kälte von New York.

„Dales Dealer wurde festgenommen und er jammert deshalb herum." Jetzt klingt er genervt. Ich grunze und schüttele den Kopf.

„Das ist definitiv nicht das Ende der Welt. An den Feiertagen stehen die Dealer an jeder verdammten Straßenecke, wir werden ihm einen neuen auftreiben." Ich seufze. „Halte die Stellung, Drew. Ich lege mich noch mal aufs Ohr."

„Wir sehen uns am Montag. Wenn das Paket nicht innerhalb von zwei Stunden ankommt, wirst du wieder von mir hören." Er legt auf, bevor ich antworten kann.

Ich seufze erleichtert und halte inne, um mich im Spiegel zu betrachten. *Er würde mich nicht in Ruhe lassen, wenn er wüsste, dass ich wegen einer Frau länger bleibe.* Ich wische mir einen Hauch von Karins Lippenstift von meinem Mundwinkel, bevor ich das Licht ausstelle und zurück ins Bett gehen.

Als ich zurückkomme, ist Karin rastlos. Sie wimmert leise und wirft sich herum. Ich sehe Anspannung in ihrem Gesicht. *Albtraum?*

Eine Träne kommt unter ihren geschlossenen Lidern hervor.

Ja. Ich berühre sie an der Schulter und schüttele sie leicht. „Karin?"

Sie reißt die Augen auf und zieht Luft ein, hyperventiliert mit hohen, verzweifelten Lauten, wie umgekehrte Schreie. Ich halte sie fest und ziehe sie in meine Arme, sie klammert sich zitternd an mich und vergräbt ihr Gesicht an meiner Schulter.

„Oh Gott", schluchzt sie. Ich sitze auf dem Bett und halte sie in das Bettlaken gewickelt in einem Bündel auf meinem Schoß.

Ich halte sie und streichele ihr Haar, dabei sage ich leise: „Es ist alles gut. Es war nur ein Traum, Liebes."

Sie schüttelt den Kopf und hält mich noch fester. „Es war eine Erinnerung", murmelt sie endlich.

Oh. Scheiße.

„Wenn es um den Arsch Terry geht—", setze ich an, doch sie schüttelt langsam den Kopf.

„Umarm mich einfach", bittet sie zart. „Es gibt nichts … anderes zu tun."

Also tue ich das. Der Teil ist einfach. Mit einer riesigen Wut, die mir Angst einjagt, will ich trotzdem wissen, wer ihr wehgetan hat.

Warte mal, Heißsporn. Du kennst das Mädchen kaum. Werde nicht so schnell emotional.

Es ist jedoch schwierig mit ihrer Wärme und ihrem Geruch in meinen Armen, während sie sich so an mich klammert. „Okay. Ich weiß nicht, was genau los ist, aber hier bei mir bist du in Sicherheit."

Sie entspannt sich langsam und antwortet: „Danke."

„Kein Problem." Ich küsse sie auf den Kopf und legen dann das Kinn darauf. „Mit Albträumen kenne ich mich aus. Ich weiß, wie das ist."

Das scheint sie zu beruhigen und ihr Klammergriff wird zu einer warmen Umarmung. Ich lächele und schließe die Augen.

„So ist es besser", murmele ich. „Möchtest du darüber sprechen?"

Sie zögert. „Ich will dich damit nicht belasten."

„Ich habe danach gefragt." Ich bin nicht in der Stimmung für eine große Therapiesitzung mit einer neuen Liebhaberin, doch ich bezweifele, dass es das werden wird.

Ich merke, wenn jemand seinen Weg durch einen Sturm gekämpft hat. Danach hat man eine Art Stolz des Überlebenden zusammen mit dem Bedürfnis, niemandem zur Last zu fallen. Diese Leute jammern einen nicht Ewigkeiten lang voll.

Nach kurzer Stille sagt sie mit sanfter aber sachlicher Stimme: „Mein Vater hat uns gerne verprügelt. Meine Mutter, Samantha und mich. Er hat nie meine Brüder angefasst. Sie waren Jungs, also mochte er sie.

„Meine Mutter hat nichts dagegen unternommen. Sie war wahrscheinlich froh, dass es jemanden gab, der ihre Rolle als Sandsack übernehmen konnte. Sie war mehr daran interessiert, ihm zu gefallen, als ihre Kinder zu beschützen." Sie seufzt.

„Das klingt nicht nach geeigneten Eltern", kommentiere ich und sie nickt. „Gut, dass du von ihnen weggekommen bist."

„Ich habe mir dafür ein Stipendium für eine Uni an der East Coast besorgt." Ihre Stimme zittert leicht. Ich streichele ihren Rücken eine Weile lang und sie entspannt sich etwas.

„So hast du gelernt, wie man eine einstweilige Verfügung beantragt. Du hast es bereits getan." *Verdammt. Diese arme Frau. Ich würde am liebsten ihrem Vater das Gesicht einschlagen.*

Meine Wut wegen dem, was ihr angetan wurde, jagt mir etwas Angst ein. Ich weiß nicht, wie es jemandem egal sein könnte, wenn er mit einer solchen Geschichte konfrontiert wird, aber … das hier ist mehr. Es fühlt sich bereits persönlich an.

„Ja." Sie lehnt sich zurück und lächelt mich schwach an. „Die ersten, die ich je beantragt habe, waren gegen meinen Vater und Brüder. Meine Schwester hat das Gleiche getan. Sie ist nur nicht so weit weggezogen."

„Aber sie sind nie hier nach New York gekommen, oder?", frage ich vorsichtig.

Sie zittert. „Einmal. Nachdem mein Vater aus dem Gefängnis gekommen ist, hat er versucht, in mein Studentenwohnheim zu kommen. Ich habe die Tür nicht geöffnet. Er hat den Sicherheitsmann, der ihn herausgeworfen hat, geschlagen und kam wieder ins Gefängnis.

Wieder. Papa war also ein Krimineller. Was sie wohl von Kriminellen hält …

„Das klingt furchtbar." Ich suche ihren Blick und kraule ihre Schulter. „Hast du irgendwas zur Selbstverteidigung?" Ich muss wieder an Terry denken, den ich immer noch von diesem Planeten boxen will.

„Nur eine Menge aufgestauter Wut. Die Waffengesetze in New York City sind ziemlich streng." Sie klingt genervt. Ich frage mich, wie

41

lange sie versucht hat, eine anständige Waffe zur Selbstverteidigung zu bekommen.

Vielleicht sollte ich ihr einige Stunden Selbstverteidigung geben. Ich kann nicht immer hier sein, um sie zu beschützen. Aber sie kann zumindest die grundlegenden Prinzipien lernen. Zum Beispiel darauf zu scheißen, was legal, angemessen oder nett ist.

Ich lächele und kuschele mich an ihre Wange, bis sie ihren Mund zu einem zarten Kuss hebt. „Gesetze sind streng. Manchmal muss man sie ignorieren, um zu überleben."

„Das klingt nach einer guten Methode, um festgenommen zu werden." Sie schaut mich mit zusammengezogenen Augenbrauen an.

Ich fahre mit dem Daumen über ihre Lippen. „Wenn es ums Überleben geht, scheiß auf das Gesetz, scheiß auf Nettigkeit. Du musst zuerst dich selbst beschützen."

Sie verzieht das Gesicht … nickt dann jedoch langsam. „Ich habe nur etwas Angst davor, was ich tun könnte, wenn jemand wirklich versucht mir wehzutun. Bei meiner Vergangenheit könnte ich durchdrehen."

„Dann mach das, Liebes. Wenn dein Leben auf dem Spiel steht, tu alles, was nötig ist." Ich greife ihr Kinn und schaue ihr in die Augen. „Ich möchte, dass du mir versprichst, dich nicht mit Terry, deiner Familie oder irgendwem anderes zurückzuhalten, wenn sie dich bedrohen."

Sie blinzelt überrascht und ich spüre die Wärme ihrer Haut unter meinen Fingern. „Auch wenn das bedeutet, ihnen wirklich wehzutun?"

„Wenn sie dir wehtun werden, dann verdienen sie es, schlicht und ergreifend." Ich lehne mich herunter und küsse sie erneut. „Tu, was immer nötig ist."

Sie nickt. Ihre Augen weiten sich, als sie zu mir heraufschaut. *Du brauchst Orientierung, oder? Von jemandem, der sich um dich sorgt und dem du vertrauen kannst.*

Und plötzlich bin ich wieder hart wie Stein und will sie.

„Versprochen", sagt sie und ich lächele sie an.

„Gut." Ich setze sie zurück aufs Bett und wickele sie aus den Laken wie ein Geschenk aus dem Papier. Der Bluterguss an ihrem Handgelenk hat sich weiterentwickelt – keine Fesseln für sie in den nächsten Tagen. Aber diesmal will ich ihre Hände auf mir.

Sie streckt sich auf dem Bett aus, ihre Nippel sind hart und ihre Augen weich und strahlend vor Verlangen. Scheint als hätte der Albtraum seinen Effekt verloren, also übernehme ich.

Nach allem, was sie durchgemacht hat, braucht sie Sanftheit. Langsam, zart liebkose ich sie, küsse ihren Hals, ihre Brüste, reibe ihre Haut. Ich vermeide es, die Blutergüsse zu berühren, die Terry hinterlassen hat, und streichele den Rest von ihr mit den Fingerspitzen, bis sie zittert.

Als ich in ihren weichen, warmen Körper eindringe und fühle, wie ihre Arme und Beine mich näher an sie ziehen, während sie mir ermunternd ins Ohr flüstert, fühle ich zu viel Zärtlichkeit. Es ist gefährlich. Die warnende Stimme verschwindet jedoch, als sie sich unter mir räkelt und stöhnt und ich tief in sie sinke, um ihre Kontraktionen zu spüren.

Es macht zu viel Spaß mit ihr zu schlafen, vor allem jetzt, wo mir klar ist, wie viel ihr vorenthalten wurde. Sie klammert sich an mich, windet sich unter und um mich herum, bettelt um mehr.

Ich bewege mich langsam und entspannt, ziehe es in die Länge, selbst als die Spannung in meinen Lenden fast explodiert. Ich werde noch langsamer, ringe nach Luft. Ihr Körper erbebt vor Lust, während sie versucht ihren Orgasmus hinauszuzögern, um mich nicht zum Höhepunkt zu bringen.

Dann drückt sie mir ihre Hüften reflexartig entgegen – und ich komme. Es fühlt sich an als würde ich meine Eier komplett in sie entleeren, die Erfüllung ist so extrem, dass ich mich selbst rau schreien höre und nicht verstehe, was ich sage.

Eine lange Zeit kann ich nichts tun als in ihren Armen zu erschaudern. Dann lege ich mich neben sie und seufze mit solchem Behagen, dass ich vorerst nicht einmal daran denken kann, mich zu bewegen, um den Gummi loszuwerden. *Das war zu verdammt gut. Ich will mehr. Vielleicht jede Nacht.*

Das bereitet mir leichte Sorgen, doch ich fühle mich zu gut, um großartig darüber nachzudenken. Als ich die Augen schließe, um sie eine Weile zu entspannen, unterbricht ein anderer Gedanke meine Glückseligkeit: die Erkenntnis, dass ich ihren Namen geschrien habe.

...Scheiße. Naja, jetzt kann ich eh nichts mehr dagegen tun...

Als ich meine Augen erneut öffne, graut draußen bereits der Morgen. Orientierungslos schaue ich mich um: oh, das Hotelzimmer. Karin hat sich an meinen nackten Oberkörper gekuschelt.

Das Gefühl von Entspannung und Erfüllung verlangsamt meine Gedanken, als ich mich herüberlehne, um mein Gesicht in den verworrenen Locken meiner süßen, kleinen Bettgefährtin zu vergraben. *Ich mag sie*, denke ich mit einem wachsenden Gefühl der Wärme. *Ich mag diese hier wirklich.*

Das ist mir erst ein paarmal passiert, vor allem, seit ich ins Geschäft eingestiegen bin. Es ist einfacher, Frauen auf Abstand zu halten, wenn man sie darüber belügen muss, wo man war, was man getan hat und natürlich wie man sein Geld verdient. Ab und zu kommt einem eine Liebhaberin zu nah und man tut beiden weh, wenn man die Sache abbricht.

Melody, eine Juwelierin, die einige unserer gestohlenen Juwelen neu schneidet und fasst, ist die einzige Liebhaberin, die ich hatte, die auch im Geschäft ist. Wir haben es freundschaftlich beendet, als sie etwas Festes mit einem Typen mit einem normalen Job angefangen hat. Das war das Nächste, was ich je ans Verlieben gekommen bin.

Jetzt, mit Karins schlafendem Gesicht vor mir, bin ich bereit, mehr als das zu fühlen. Es ist besorgniserregend. *Zu schnell.*

Und wie zum Teufel soll ich eine Beziehung mit einer schlauen Frau wie ihr führen, ohne ihr zu sagen, wie ich mein Geld verdiene?

Schläfrig bewege ich mich von ihr weg – und da fühle ich es. Meine Augen öffnen sich ruckartig, als ich plötzlich in einer Millisekunde hellwach bin.

Scheiße, das verdammte Kondom. Ich bin in ihr eingeschlafen und trug es noch.

Ich entferne die Sauerei von meinem Schwanz. *Ist es ausgelaufen? Wenn ja, ist es in ihr ausgelaufen?*

Sie Sorge verfliegt nach einem Augenblick. *Wahrscheinlich nicht. Wie hoch ist die Wahrscheinlichkeit dafür wohl? Es ist wahrscheinlich nichts passiert.*

Ich erzähle es ihr einfach morgen.

KAPITEL 6

Karin

„Also, ich reise am Montag ab, aber du kannst bis dahin gerne so viel du willst hier bei mir sein", sagt James, als er mir Frühstück ans Bett bringt. Der Zimmerservice hat Crème Brûlée auf French Toast mit Erdbeeren, einem Mimosa und Tee gebracht. Er stellt mir das Tablett auf den Schoß. Ich setze mich an die Kissen gelehnt auf, das Laken auf meiner Brust.

„Das würde mir gefallen." Ich bin vollkommen überwältigt von diesem Mann und was er getan hat und kann nicht abwarten, mehr davon zu bekommen.

Natürlich habe ich Samantha versprochen mit ihr zu Mittag zu essen, bevor sie nach San Francisco zurückkehrt. Großartiger Sex und großartige Begleitung verlocken mich, zu bleiben, aber sie ist die einzige Familienangehörige, die zu mir hält. Das ist wichtig, egal wie sehr ich in James verknallt bin.

„Die andere Sache, die ich vorschlagen wollte ... und das kommt etwas früh, aber ich wollte dir Zeit geben, darüber nachzudenken ... wenn du eine Pause von dem Winter hier brauchst, ich habe ein Loft in New Orleans. Du könntest eine Woche oder so kommen." Seine Augen schauen mir so hoffnungsvoll ins Gesicht, dass mir klar wird,

46

dass nicht nur ich verknallt bin.

Geht doch! Da ist so viel mehr an diesem Mann dran, dass es mich umhaut. Wie kann dieser wohlhabende, heiße, unglaubliche Bettgefährte etwas an mir finden?

Ich lächele viel zu breit, meine Wangen werden warm. „Das ist ein bisschen früh. Aber mir gefällt die Idee. Und ich mag dich wirklich. Ich … ich werde darüber nachdenken."

Seine Augen leuchten auf. „Gut."

Als ich Samantha für ein spätes Mittagessen und einen Film abhole, bemerkt sie sofort, dass etwas los ist. „Hey, ist dieser heiße Typ James tatsächlich geblieben, nachdem du Terry abserviert hast?"

„Nein, James ist nicht bei mir geblieben. Es gab einen … Zwischenfall, nachdem du weg warst." Sie schaut mich ernst an. Ich fahre rechts ran und erkläre ihr, was passiert ist.

Sie wird etwas blass. „Der Hurensohn hat Hand an dich gelegt? Ich wünschte, James hätte ihn tatsächlich über das Geländer gestoßen!"

„Terry ist Vergangenheit. James hat Fotos von dem Bluterguss an meinem Arm gemacht. Ich habe heute Morgen bereits eine einstweilige Verfügung beantragt."

„Gut. Ich hätte ihm seine Zähne ausschlagen sollen. Wie ist der Black-Friday-Verkehr?"

Ich grinse. Das hier ist New York City. Das erste Mal, als ich mit dem Auto vom Flughafen in die Stadt gefahren bin, hatte ich fast eine Panikattacke.

„Alle in New York fahren, als müssten sie aufs Klo oder wären kurz davor, jemanden umzubringen, also … normal." Los Angeles hatte einen ähnlich wimmelnden Verkehr, als ich fahren lernte. Die Leute dort sind allerdings nicht so aggressiv.

Sie kichert nervös. „Ich vertraue also darauf, dass du damit umgehen kannst."

Das kann ich, wobei wir drei Auffahrunfälle sehen, bevor wir das Kino erreichen.

Der Film ist irgendeine langweilige Science-Fiction-Geschichte, die sich vor mir abspielt, während ich über James nachdenke. Ich presse die Oberschenkel zusammen und erinnere mich daran, wie sich ein Orgasmus anfühlt.

Der Geschmack seines Munds. Der Geruch seiner Haut. Wie es sich angefühlt hat, als sein ganzer Körper sich anspannte und hilflos zitterte, sein Gesicht von der Ekstase verzerrt.

Ich will mehr. Die Bilder des Laserkampfs im All und der unrealistischen Aliens verschwinden im Hintergrund, als ich mich an das Bild von James und mir im Spiegel erinnere, wie sein Schwanz in mir verschwand, beide wild vor Verlangen, wie meine Beine sich um ihn schlossen und ich meine Hüften gegen ihn rieb.

Ich fahre eindeutig heute Abend zurück in sein Hotel. Meine Muschi verlangt bereits nach ihm, während ich neben meiner Schwester sitze.

Als der Film vorbei ist, meint Samantha abwertend: „Gut, das war … eine Verschwendung von 30 Dollar. Wollen wir uns etwas zu Essen holen gehen?"

Ich nicke hungrig. Vom Frühstück im Bett ist nichts mehr übrig. *Ich schätze, guter Sex verbrennt eine Menge Kalorien.*

Wir holen uns Schüsseln voller Ramen, ihre mit Garnelen, meine mit Rind, und kunstvolle Mokkas mit Schlagsahne und Sirup. Wir setzen uns an die volle Bar, jeder Tisch ist voller ausgelaugter Einkäufer und ihren jammernden, erschöpften Kindern.

„Also, als du Terry los warst, was ist zwischen dir und seinem heißen Cousin geschehen?" Sie lehnt sich verschwörerisch zu mir, ihre Augen funkeln.

Ich zwinkere ihr zu und frage mich, wie viel ich erzählen soll. Doch meine Wangen brennen bereits und ein Grinsen breitet sich auf ihrem Gesicht aus, als sie es bemerkt.

„Ich habe die Nacht mit ihm verbracht. Ich konnte eh nicht nach Hause." Als entschuldigte das, stundenlang einen Mann zu ficken, mit dem ich erst zweimal gesprochen hatte.

„Und? Wie war er? Du scheinst mir viel zu entspannt nach dem Fiasko mit Terry, also … ziemlich gut?" Sie zieht die Augenbrauen hoch. „Pack schon aus!"

Ich presse die Lippen zusammen, meine Wangen brennen noch stärker. Schließlich fange ich an zu kichern. „Er war unglaublich."

48

„Endlich, Mädel! Ich habe mich schon gefragt, ob ich dich mit einem meiner Freunde verkuppeln muss. Also, wirst du ihn wiedersehen?" Sie kaut auf ihrem Ramen, während sie auf meine Antwort wartet.

„Ja, auf jeden Fall." *Auf keinen Fall werde ich ihn gehen lassen.*

„Er lebt allerdings in New Orleans, oder? Seid ihr zwei bereit für eine Fernromanze?"

Ich kaue langsam, um Zeit zu gewinnen. James hat mich zu ihm eingeladen, zumindest für eine Weile. Aber ich bin mir nicht sicher.

„Er spricht davon, eine Woche gemeinsam dort zu verbringen." Meine Wangen sind immer noch heiß.

Samantha starrt mich ein paar Sekunden lang an, dann haut sie mit der flachen Hand auf den Tisch. „Ich würde sagen, mach es einfach."

Ich blinzele sie überrascht an. „Warte … das ist etwas übereilt. Wieso?"

„Weil dieser Typ dich zum Lächeln bringt. Weil New York im späten November grauenvoll ist und du es hasst. Jetzt, wo du die Uni fertig hast und Terry weg ist, hält dich nichts mehr hier.

„Geh und schau dir eine Woche lang New Orleans mit einem heißen Typen an. Sieh, ob es dir dort gefällt – es muss einfach besser sein als dieser Ort. Ich schwöre, dass du dein Geschäft in jeden anderen Staat verlegen könntest und es genauso gut laufen würde."

Sie reicht herüber und tätschelt meine Hand. „Ich weiß, dass du hart dafür gearbeitet hast, dir hier ein Zuhause aufzubauen. Und ich weiß, dass du nicht nach Los Angeles zurückkehren wirst. Aber hierzubleiben wird nicht leicht sein, nachdem du auf deiner eigenen Türschwelle überfallen wurdest."

Ich nicke und schlucke einen Kloß in meinem Hals herunter. „Ich wette, wenn nicht alles voller Schnee wäre, würdest du mich lieber zu den Feiertagen besuchen."

„Oh, das weißt du doch", kichert sie. „Aber mal abgesehen davon, was ist eigentlich James' Job? Gestern Abend hat er erwähnt, dass er im Sicherheitsbereich ist, aber er hat keine Details erwähnt."

„Er hat ein Unternehmen mit zwei Partnern. Sie entwerfen personalisierte Sicherheitssysteme für Villen, Juweliergeschäfte und sowas." James war beim Frühstück vage geblieben und mehr daran interessiert, wie es mir ging und was ich zu erzählen hatte.

„Scheint ja gut zu laufen, wenn er sich solche Anzüge leisten kann. Hat er wirklich das Penthouse gemietet?" Ihre Augen glitzern verschwörerisch.

„Ähm … ja." Wahrscheinlich war das gut so, meine Lustschreie hätten wahrscheinlich alle Gäste auf unserer Etage aufgeweckt.

Selbst er hat beim zweiten Mal geschrien. Seine leidenschaftlichen Schreie hallen in meinem Kopf wider, während ich meine Nudeln schlürfe – und wieder reibe ich meine Oberschenkel unter dem Rock an einander. *Karin … Karin! Oh ja, Baby – ah! Karin!*

„Verdammt, dein erster richtiger Fick und er ist ein reicher, heißer Geschäftsmann in einem verdammten Penthouse. Nicht schlecht, Schwesterherz." Sie lacht und ich werde wieder rot. „Nicht schlecht."

„Das schätze ich."

„Das weiß ich, Liebes, denn du strahlst. Gehst du später wieder hin, um dir mehr davon abzuholen?" Ihre Augen glänzen wieder. „Es wäre gut zu wissen, dass du heute Abend nicht allein bist, nach der ganzen Terry-Sache."

„Ich schüttele den Kopf und denke wieder an seinen Körper an meinem. „Oh, ich werde heute Nacht definitiv nicht allein sein", murmele ich mit einem schiefen Lächeln.

KAPITEL 7

Karin

Ich bringe meine Schwester zum Flughafen und fahre danach wieder in die Stadt, wobei der verrückte Verkehr mich kaum stört. Mein Kopf ist voll von der letzten Nacht, New Orleans und James.

Ich gehe zurück in meine Wohnung, um mir frische Kleidung zu holen, bevor ich ins Hotel zurückkehre. Meine Wohnung wirkt kleiner und obwohl sie immer noch gemütlich ist, zittere ich, als ich über die Türschwelle trete. Der Raum ist immer noch von Terry verflucht.

Ich gehe schnell herum und werfe alle seine Hinterlassenschaften in den Müll: Hauptsächlich billiges Bier, Leergut und Zeitschriften. Ich habe ihm nie erlaubt viel Zeug hierzulassen und jetzt bin ich besonders dankbar dafür.

Als ich damit fertig bin, schnappe ich mir einige Klamotten und Hygieneartikel und lege alles in meinen kleinsten Koffer. Ich will in den nächsten Tagen nicht oft zurückkehren.

Mein alter Anrufbeantworter ist voller Nachrichten. Ich ignoriere das blinkende Licht, als ich vorbeigehe, da mir klar ist, von wem die ganzen Nachrichten sind, und ich sie nicht hören will. Ich kann die

51

Aufnahmen später als Beweismittel gegen ihn verwenden, er darf mich nämlich nicht anrufen.

Du hattest deine Chance, Terry. Ich schaue mich um und denke nach, was ich sonst noch mitnehmen sollte. Die Notfallverfügung wurde gerade erst angeordnet und du hast sie bereits verletzt. Toll gemacht, du Vollidiot.

Während ich packe, klingelt das Telefon erneut. Ich ignoriere es.

Ich nehme die Kuchen und mache ein paar Sandwiches, packe sie ein und lege sie in meine wiederverwendbare Einkaufstasche. Ich habe kein Geld für den Zimmerservice und möchte nicht davon ausgehen, dass James einfach weiterbezahlen wird. Abgesehen davon weiß ich nicht, ob ich viel Zeit zu Hause haben werde, um die ganzen Reste aufzuessen.

New Orleans. Er hat mich wirklich darum gebeten, mit ihm nach New Orleans zu fahren.

Der Trolley ist etwas schwer, aber er schützt meine Sachen. Ich ziehe die Stange hoch, um ihn hinter mir herzuziehen, und schlinge mir die Henkel der Einkaufstasche um den Arm, während ich die Kuchen wackelig auf meiner Hand balanciere. Als ich die Tür öffne und die Schlüssel hervorziehe, um herauszugehen – steht Terry direkt vor mir und wartet auf mich!

Er wirft sich aus ein paar Schritten Entfernung auf mich, das Gesicht vor Wut dunkelrot und verzerrt – und das Adrenalin schießt mir wie eine Milliarde eisiger Nadeln in die Adern. Und dann sehe ich nicht mehr Terry vor mir.

Ich sehe meinen Vater.

Ich kreische und die Kuchen fliegen in sein Gesicht. Er stolpert zurück, grunzend und wild fuchtelnd wegen der Sauerei in seinem Gesicht, die seine Sicht behindert. Das metallische Klickern wird kaum von meinen Ohren wahrgenommen.

Die Schlüssel sind zwischen meinen Fingern und ich schlage ihm ins Gesicht. Er stolpert weiter zurück. Ich schlage ihn ein weiteres Mal und nun mischt sich Blut mit den Stücken Apfel und Kürbis, die an seinem wabbeligen Kinn herunterrinnen. Er versucht es noch einmal und ich schlage seinen Hals. Er senkt gerade rechtzeitig das Kinn und wird auch dort getroffen.

Meine Hand schmerzt und blutet. Ich lasse die Schlüssel fallen und lege die Einkaufstasche ab. Er brüllt wie ein wütender Bulle und stürmt erneut auf mich zu, zu verrückt vor Wut, um zu bemerken, dass sein Gesicht demoliert ist. Ich greife nach dem Koffer und schleudere ihn ihm direkt ins Gesicht. Er japst vor Schock. Ich schlage ihn wieder damit. Seine Arme fliegen nach oben, um sich zu schützen, und ich haue ihm den Griff in den Bauch.

Die ganze Zeit lang schreie ich ihn wieder und wieder zwischen jedem Schlag an, als wäre es ein Kriegsschrei: „Verpiss dich! Verpiss dich! Verpiss dich!"

Und der furchteinflößende, brutale Terry weicht vor mir zurück – mit Tränen und Rotz wie ein Kind, nachdem es hingefallen ist. „Au! Auuuu! Au! Karin, hör auf, du tust mir weh – au! Hör auf! Ich wollte dir gar nichts tun! Ich war nur wütend wegen der einstweiligen Verfügung! Hör auf! HÖR AUF!"

Ich haue ihm wieder den Koffer ins Gesicht und mache dabei seine Nase mit einem Knirschen platt. „Ich habe dir gesagt, dass du nicht zurückkommen sollst! Ich habe dir gesagt, dass du mich in Ruhe lassen sollst!"

„Ja. Ja, hast du, aber wie konnte ich –"

„Ich habe gesagt, du sollst mich in Ruhe lassen!" Ich schlage ihn noch einmal und er stolpert, schwankend steht er vor der Betontreppe, die zur Straße hinunterführt. „Hau verdammt noch mal ab!" *Du verrücktes, dämliches Arschloch, wie schwer ist das zu verstehen?*

„Das meinst du nicht –", beginnt er und geht tatsächlich mit ausgestreckter Hand einige Schritte auf mich zu. „Du liebst mich. Du gehörst mir."

„Nein!" Ich ramme ihm die Ecke des Koffers in die Eier.

Seine Augen weiten sich und seine Knie geben unter ihm nach. Er knickt direkt vor der Treppe ein und verliert dann das Gleichgewicht. Er kugelt die halbe Treppe hinunter und drückt sich dann gegen das Geländer, mit hochgezogen Knien krümmt er sich um seinen Schritt. „Du ... herzlose Schlampe!"

„Ich hasse dich. Und ich gehöre nur mir. Du hast zehn Sekunden, bevor ich die Polizei rufe, weil du deine Auflagen verletzt hast. Nutze sie." Ich ziehe mein Handy hervor.

Für einen Kerl, der gerade erst herumgeheult hat, weil ich ihn verletzt habe, ist er ziemlich schnell wieder auf den Beinen und rennt zu seinem zerbeulten Auto, als ich die Polizei erwähne. Er ist zu untrainiert, um auch nur den Parkplatz zu überqueren, bevor ich die Polizei anrufe und ihnen die Informationen gebe – und sein Kennzeichen.

Tschüss, Terry.

Erst dann schaue ich auf meine Hand hinunter, die zwischen den Fingern blutet von den Schlüsseln. Naja, immerhin hat es funktioniert.

Ich drehe mich um, um meine Tür zu öffnen – und dann sehe ich es, glänzend auf dem Betonboden direkt neben meiner Fußmatte.

Ein gottverdammtes unterarmlanges Messer.

Meine Knie brechen unter mir zusammen. Ich starre Terrys Messer an und mir wird klar, dass meine kleine Blitzattacke, wegen der ich mich bereits ein bisschen schuldig fühlte, wortwörtlich mein Leben gerettet hatte. Mit zitternden Händen greife ich nach meinem Handy, um die Polizei noch einmal anzurufen, um diese angsteinflößenden Neuigkeiten ihnen mitzuteilen.

Dann rufe ich James an.

„Alles in Ordnung bei dir?", fragt er, sobald er meine Stimme hört.

„Nein. Ich werde eine Stunde oder so in meiner Wohnung festsitzen." Meine Stimme zittert. „Ich komme danach ins Hotel." Er sollte sich nicht mit der Polizei herumschlagen müssen, weil sein Cousin versucht hat, einen Rachemord auszuüben.

Ich schaue auf das Messer. Das Messer, das ich nicht für Selbstverteidigung benutzen kann, falls Terry erneut vor meiner Tür erscheint. Kälte kriecht in meine Haut und ich schüttele den Kopf.

Verdammtes New York.

"Ich denke, ich würde wirklich gerne New Orleans mit dir besuchen." Ich wollte sowieso schon – aber jetzt fühle ich, dass ich es brauche.

„Ich bin neugierig, wie du so schnell zu einer Entscheidung gekommen bist", antwortet er. „Komm zurück, sobald du kannst, ja?"

Ich lächele und fühle mich bereits ein bisschen besser. „Mache ich."

Die Polizei findet Terry, der sich auf einem Parkplatz zwei Blocks von meiner Wohnung entfernt versteckt hat. Er ist unter eins der Autos gekrochen, sodass sie die Hunde holen. Ein Anruf erreicht mich, dass er in Gewahrsam ist, während ich verhört werde.

Als ich ihn identifiziere, ist sein Arm verbunden und geschwollen von dort, wo die Hunde ihn gefasst haben. *Karma.*

Während ich meinen Bericht abgebe, ruft seine Mutter mich zweimal an. Ich lasse sie ihre Nachrichten hinterlassen und höre sie mir nicht einmal an. Ich weiß, dass sie mich anfleht, ihn nicht zu verklagen, genau wie ich weiß, dass die Idiotin, die ihm alles durchgehen lässt, seine Kaution bezahlen wird.

Nichts davon ist mehr mein Problem.

Als es vorbei ist, bin ich so erschöpft, dass ich mir ein Taxi zum Hotel rufe. Das Arschloch Terry hat alle vier Reifen meines Autos zerstochen, während ich drinnen war und gepackt habe. Als der Fahrer mich vor dem Hotel absetzt, wirbelt der Schnee vom Himmel.

Ich schwöre, ich bleibe nur lange genug in dieser verdammten Stadt, um auszusagen. Dann ziehe ich hier weg, egal, ob nach New Orleans, San Francisco mit Sam oder sonst wohin.

„Scheiße, ich hätte mit dir zusammen zurückgehen sollen." James' Augen weiten sich, als ich voller Kuchen und mit einer bandagierten Hand hineinkomme. „Was zum Teufel ist passiert? Geht es dir gut?"

Ich antworte mit einem nervösen Lachen, als ich den Raum betrete, und ziehe die zwei Plastiktüten hinter mir her, die die Polizei mir gegeben hat. Der Koffer ist ein Beweismittel. „Ähm ... Terry hat einen Fehler begangen."

Ich bin erschöpft nach dem Adrenalinrausch, aber diesmal ist es anders. Ich habe gewonnen. Ich bin nicht diejenige, die blutet. Jedenfalls nicht stark.

Er schließt die Tür ab und nimmt meine Taschen, dann führt er mich zu dem Sofa neben der Chaise Longue und setzt mich hin. „Okay, erzähl mir alles, einschließlich ob ich ihn umbringen muss."

Einen Augenblick lang denke ich, dass er angibt und den harten Kerl spielt, um mich zu beeindrucken. Dann sehe ich den stählernen Blick in seinen Augen und bemerke, dass er es ernst meint. Ich versteife mich und schlucke nervös und sofort wird sein Gesicht weicher.

„Tut mir leid, ich wollte dir nicht noch mehr Angst einjagen."

„Ist schon okay", sage ich und beruhige mich. „Ich bin nicht daran gewöhnt, dass Kerle zu meiner Verteidigung wütend sind anstatt auf mich."

„Na ja, ich höre ständig von Arschlöchern, die dir wehgetan haben. Natürlich will ich der Kerl sein, der dir geholfen hat, dich zu rächen."

Ich gebe mir Mühe, die Stimmung mit einem kleinen Flirt aufzulockern. „Dann verwöhn mich", necke ich sanft, „ein gutes Leben ist die beste Rache."

Er küsst mich ... dann schaut er hinunter auf meine Hand. „Hat ein Arzt sich das angeschaut?"

„Ja, ich habe mir nur ein bisschen die Hand mit meinen Schlüsseln aufgerissen, als ich Terry ein paarmal ins Gesicht geschlagen habe."

James wird einen Augenblick lang still und seine Augenbrauen gehen in die Höhe. „Warte. Was?"

Ich erzähle ihm alles, Schlag für Schlag, beginnend mit meinem verzweifelten Kuchen-Angriff, Schlüsseln, meinem Koffer und viel Geschrei. Während ich alles nacherzähle, ist die Verwandlung von James' Gesicht Gold wert: zuerst Schock und Wut, dann Überwältigung, dann leichte Ehrfurcht und zuletzt wachsende Begeisterung.

Als ich seinen Cousin stolpernd und seine Eier festhaltend die Treppe hinunterschicke, lacht James so sehr, dass er Tränen in den Augen hat.

Ich lächele verschmitzt. „Also ja, ich habe genau das getan, was du mir gesagt hast. Ich habe mich nicht zurückgehalten."

„Nein, hast du nicht. Oh mein Gott, du bist großartig. Ich behalte dich. Komm her." Und er umarmt mich fest, trotz Apfelstückchen und allem.

Mein Herz schwillt an und ich lächele an seiner Brust. Wie kann ich mich so gut fühlen direkt nach dem schlimmsten Beziehungsende überhaupt? *Es liegt an ihm. Ich will ihn auch behalten.*

Er bestellt Tee, um mich aufzuwärmen, denn ich war stundenlang draußen in der Kälte. Ich sitze da und trinke Tee, während ich ihm den Rest erzähle. „Natürlich ist auch dieses Mal niemand herausgekommen. Ich glaube langsam, dass viele New Yorker Soziopathen sind."

„Damit hast du wahrscheinlich recht. Das ist keine gute Stadt für dich. Das war sie für mich auch nicht." Er zieht mir ein Stückchen Apfel aus den Haaren. „Wie wäre es, wenn wir eine kurze Pause einlegen, bis du wieder sauber bist?"

„Klingt gut", sagte ich und ziehe meinen kuchenverschmierten Mantel aus, um ihn vorsichtig mit mir ins Badezimmer zu tragen.

Ich säubere mich absichtlich, bevor ich mich im Spiegel anschaue. Ich brauche nicht gleich wieder deprimiert zu werden. Ich spüle meinen Mantel aus, mache danach sauber und hänge ihn auf, bevor ich in die Dusche steige.

Meine Hand ist leicht blutverkrustet unter der Gaze. Ich werde keine Stiche brauchen, aber es sieht trotzdem unschön aus. Und es brennt, als ich es abspüle.

Ich habe es geschafft. Ich habe tatsächlich dieses Stück Scheiße in die Flucht geschlagen und mein eigenes Leben gerettet. Ich bin von mir selbst beeindruckt! Beeindruckt, wie viel Stärke ich dadurch gefunden habe, dass der richtige Mann an mich geglaubt und mich angewiesen hat, auf mich aufzupassen.

James will, dass ich mich selbst beschütze. Er denkt, dass ich Schutz verdiene und er will nicht, dass ich etwas anderes sage oder tue. Egal, was mein Vater, Terry oder andere Arschlöcher wie sie sagen, ich bin es wert, beschützt zu werden.

„Ich bin sehr stolz auf dich, Liebes. Möchtest du etwas Hilfe dabei, deine Haare zu säubern?", fragt James durch die Tür.

Ein Kribbeln durchfährt mich und ich strahle. „Ja, bitte, geselle dich zu mir!"

Ich höre, wie die Tür sich öffnet und er hereinkommt. Dann höre

57

ich, wie seine Klamotten zu Boden fallen, und dann wird die Duschtür aufgeschoben und er tritt hinter mich.

Er nimmt einen Schwamm und die Seife und schäumt es auf. „Mach dich schön nass unter dem Duschstrahl, Liebes. Ich kümmere mich um dich."

Als der Schwamm über meine Haut gleitet und seine freie Hand das gleiche tut, zittere ich glücklich und beginne, mich zu entspannen. Jede furchtbare, unangenehme Sache, die ich durchgemacht habe, seit ich zurück in meine Wohnung gegangen bin, verschwindet langsam gemeinsam mit der Kälte von den vielen Stunden draußen. Wir lachen über die Kuchenkrümel in meinen Haaren und er bedauert, dass meine leckeren Reste zu Waffen wurden.

Wenn ich das nächste Mal Zugang zu einer Küche habe, verspreche ich ihm einen Kuchen. Er sagt, er wird mich daran erinnern.

Es fühlt sich an, als würde James die letzten Überreste von Terry von mir abwaschen und mich in seinem Geruch und seinen Berührungen baden. Alles, selbst die knappe Rettung, von der ich nicht wusste, dass es eine knappe Rettung war, bis ich das Messer sah, rückt in die Vergangenheit. Terry ist im Gefängnis. Ich habe die Nummer seiner Mutter blockiert. Und ich?

Ich fahre nach New Orleans.

KAPITEL 8

Karin

Sobald das Flugzeug die Reisehöhe erreicht und die Sitzgurtsignale ausgehen, beginnt James sich auszuziehen. Ich blinzele ihn leicht fasziniert und verwirrt an, als er seine Jacke, Pullover und Rollkragen auszieht, sodass er nur noch sein enges T-Shirt trägt. Als er jedoch seinen Gürtel öffnet, blinzele ich und sage: „Äh, Liebling, da sind ein paar Nonnen auf der anderen Seite des Gangs. Soll ich ihre Augen bedecken?"

„Ach, mach dir um mich keine Sorgen, Süße!", ruft eine der Nonnen und lässt mich dunkelrot anlaufen. Die Schwester neben ihr prustet und klopft ihr auf den Arm.

James lacht. „Tut mir leid, dich zu enttäuschen. Du wirst dem Mile-High-Club beitreten, wenn ich meinen Pilotenschein mache." Er zieht seine Hose aus, unter der eine dünne blaue Baumwollhose zum Vorschein kommt.

Immer noch eingepackt schaue ich zu, wie er seine ausgezogenen Klamotten in seine Tasche unter dem Sitz packt. Jetzt verstehe ich, wieso er die halb leer mitgenommen hat. „Ist es wirklich so heiß in New Orleans?"

„Wir sagen dort ,es ist nicht die Hitze, es ist die Feuchtigkeit'. Es ist

59

wie New York vor einem Sommergewitter – warm und feucht. Aber keine Sorge." Er zieht ein Päckchen unter dem Sitz vor ihm hervor. „Ich habe dir auch Wechselwäsche mitgebracht."

In der Schachtel ist ein Seidenoutfit in tiefem ultramarin, das zu seinem tiefen blau passt: Ein Trägerkleidchen und ein dünner Schal, um den Bluterguss auf meinem Arm und die ganzen Knutschflecke von ihm zu verbergen. „Wow." Ich hatte keine Geschenke erwartet, erst recht nicht so früh.

Terry hat mir nicht mal eine einzige Blume geschenkt. Hieran könnte ich mich gewöhnen.

Ich ziehe mich auf dem Flughafen um, bereits verschwitzt trotz der Klimaanlage. Ich gehe ins Damen-WC, werfe meine New-York-Camouflage ab und komme als kalifornisches Ferienmädchen wieder heraus. Draußen hat sich der Winter in Sommer gewandelt.

„Du siehst wunderbar aus", schnurrt er, als ich seinen Arm nehme. „Ich werde dir alles zeigen, was ich an dieser Stadt liebe."

Es beginnt zu schütten – warmer, dampfender Regel fällt zwei Minuten, nachdem wir den Flughafen verlassen haben. James lacht und stellt die Scheibenwischer an. „Ich schätze, die Tour durch das französische Viertel wird warten müssen."

„Das macht nichts. Das hier ist ein Traum nach der Eiseskälte." Die übliche Anspannung aus New York City verlässt mich mit jeder Minute, die ich auf die feuchten Straßen von Big Easy schaue.

New Orleans im Regen. Ich fahre mein Fenster ein Stück hinunter und der dampfige Geruch der Stadt schlägt mir ins Gesicht. Regen, Flusswasser, Autoabgase, ein halbes Dutzend Küchen, nasse Pflanzen und Ozon. Ich höre fernes Donnergrollen, der Wind schwillt an.

Ich bin froh, gekommen zu sein. Momentan ist es mir fast egal, ob ich zurückkehre. Ich will einfach nur eine Weile lang glücklich sein, ohne verrückte Zwischenfälle.

„Du siehst glücklicher aus hier außerhalb der Stadt", bemerkt er.

Ich schaue ihn lächelnd an und nicke. „Danke hierfür. Nach allem kann ich dir gar nicht sagen, wie dankbar ich dafür bin, eine Woche lang von dort wegzukommen." *Und ich kann mir keine bessere Begleitung vorstellen.*

„Ich habe einige Geschäftstreffen mit Kunden und meinen Partnern diese Woche, davon ist eines morgen am späten Vormittag", sagt er optimistisch, „abgesehen davon gehöre ich ganz dir. Alles, worum ich dich bitte, ist, ungezwungen nach dem zu fragen, was du möchtest. Wir haben gerade einen neuen Vertrag abgeschlossen und ich fühle mich wohlhabend."

„Pass bloß auf, du verleitest mich dazu, das auszunutzen", ärgere ich ihn und er lacht.

„Ich mache mir keine Sorgen darüber, dass du um zu viel bitten könntest. Ich möchte einfach sicher gehen, dass du nicht um zu wenig bittest. Ich möchte dich verwöhnen." Er zwinkert und während wir uns durch den Nachmittagsverkehr schlängeln, presse ich meine Oberschenkel zusammen und atme zittrig ein.

Niemand in meinem ganzen Leben hat das je gesagt und tatsächlich so gemeint. Und auch wenn es wahrscheinlich überhastet ist, fühle ich, wie ich mich noch mehr in ihn verliebe.

Sein Loft ist im obersten Geschoss eines umgebauten Hotels am Rand des Garden District. Es ist mehr oder weniger ein großer Raum, dessen tragende Balken aus altem und schwerem Holz sind. Die geweißten Wände stehen in einem schönen Kontrast zu dem dunklen Holz, die Fenster sind mit heller Gaze verhangen.

Ein komplettes Fitnessstudio dominiert die Hälfte des Hauptraums, einschließlich einer beeindruckenden Reihe von Stangen, Leitern, Bänken und Griffen, die die Wände bedecken und von der Decke hängen. Es ist fast wie ein Hindernisparcours – oder als würde James herumfliegen, wenn er allein zu Hause ist.

Der Rest des Lofts ist das, was ich mir vorgestellt hatte: eine exklusive, ungewöhnlich ordentliche Junggesellenwohnung mit einem riesigen Fernseher und einigen Pinball-Maschinen in einer Ecke. Abgesehen davon ist die Wohnung zwar schön, aber eher einfach.

„Es ist wunderbar", kommentiere ich, als ich zum Fenster gehe, um den Blick aus dem sechsten Stock zu genießen. Von hier oben vermischen sich die nassen Straßen und ihre Einwohner zu Farbpunkten, wie ein impressionistisches Gemälde. „Empfängst du viele Gäste hier?"

„Nur meine Partner oder ab und ein einen Freund oder eine Liebhaberin. Tatsächlich bist du die erste Dame, die ich in einer langen Zeit hier habe." Er klingt bedacht, als er das sagt und meine Taschen nimmt und ins Schlafzimmer bringt. „Soll ich dich herumführen?"

„Klar." Ich ignoriere das leichte Unbehagen, als er von anderen Liebhaberinnen spricht. *Sei nicht lächerlich.*

Ich folge ihm durch das Hauptzimmer ins Schlafzimmer, welches eins der drei Zimmer mit einer Tür ist. Es ist ein großer, luftiger Raum, dunkler als die anderen und dominiert von einem breiten Bett mit massivem Eichenrahmen.

Zu meiner Überraschung führt in der Ecke des Raums eine eiserne Wendeltreppe nach oben. „Was ist dort oben?"

Er lächelt. „Das ist der Dachgarten. Der gehört auch mir – eigentlich gehört das ganze Gebäude mir. Ich vermiete es an Freunde und einige Geschäfte im Erdgeschoss.

„Oben ist mein Rückzugsort. Es ist noch ein bisschen zu heiß, um den Jacuzzi zu benutzen, aber später, nach dem Gewitter, wird es kühl genug sein."

Die Vorstellung davon, in einem Jacuzzi Sex zu haben, erregt mich ... aber nicht in der aktuellen Hitze und vor allem nicht auf einem Dach während eines Gewitters. „Das würde ich mir gerne anschauen, wenn es etwas abkühlt."

„Vorerst werde ich meine Bong holen und ein paar Minz-Juleps machen. Hast du schon mal welche getrunken?" Er küsst mich im Vorbeigehen und zeigt mir das Badezimmer, bevor er durch den breiten Eingang in die Küche geht.

„Minz-Juleps? Nein, noch nie. Willst du mich abfüllen?" Ich ziehe eine Augenbraue hoch.

Er hält inne und verkündet im gleichen begeisterten Ton: „Nein, ich will mich abfüllen. Lust, mitzumachen?"

Ich unterdrücke ein Kichern. „Sicher."

Ich kann jede Entspannung nach Terry gebrauchen. Und ich vertraue James. Und wenn er es ausnutzt, dass ich high bin, dann bin ich sicher, dass ich es ... sehr ... genießen werde.

„Wie lange machst du schon Innendesign?", fragt er mich, während er einen großen Klumpen Gras in seinen Zerkleinerer steckt und den Deckel wieder draufsteckt. Die Juleps sind bereits halb leer, es ist schwer, einen Drink in Ruhe zu genießen, wenn das Eis in ein paar Minuten schmilzt. „Ich brauche etwas Hilfe mit dieser Wohnung und auch mit einigen der unteren Geschosse. Sie sind ziemlich langweilig."

Ich schaue mich bedacht um. „Du hast fast keine Kunst oder Pflanzen und deine Farbpalette besteht aus Schwarztönen, dunklen Braun- und Weißtönen. Du könntest etwas dazwischen gebrauchen und ein paar andere Farben außer braun."

„Denkst du? Das Ding ist, ich habe lieber nichts an den Wänden. Ich schätze, ich könnte ein Wandgemälde anfertigen lassen." Er schaut sich um.

„Wie wäre es mit farbigem Glas und Lichtfängern? Denen aus Kristall? Die würden deine Wände färben ohne deinen …" Ich schaue all den Kram an den oberen Wänden an. „Hindernisparcours zu behindern? Was ist das alles?"

„Du hast es schon ganz gut erkannt. Ich mache Parcours und klettere. Hier trainiere ich, wenn ich keine Zeit dazu habe, es draußen zu tun."

Ich starre einige der unglaublichen Ecken und Halterungen an und blinzele ihn dann an. „Äh … kannst du fliegen?"

Er lacht fröhlich. „Nein, ich habe nur viel Körperstärke und Flexibilität trainiert." Was seinen umwerfenden Körper erklärt.

„Ich zeige es dir gerne, wenn du willst."

„Später gern", sage ich, amüsiert davon, wie sehr er mich beeindrucken will. „Gras jetzt, fliegender James später."

Er lacht und beginnt, die Bong vorzubereiten.

Zwanzig Minuten später habe ich meinen Drink ausgetrunken samt geschmolzenem Eis. Meine Lunge brennt vom Husten und ein Kribbeln zieht sich durch meinen Körper. Ich liege in seiner Armbeuge auf seiner riesigen Couch und spreche davon, wie wir sein Loft dekorieren könnten.

„Du hast am liebsten alle deine Pflanzen oben und keine drinnen?" Ich fühle mich gut. Meine Nippel sind hart. Ich habe nicht mehr so

63

gutes Gras geraucht, seit ich mit einem meiner Uni-Professoren gekifft habe.

„Ja, sie sind alle oben. Ich nutze aus, dass es hier nicht friert. Das ändert, wie die Sachen wachsen." Er kuschelt sich an mich, während wir rauchen.

Als das Gras aufgeraucht ist und ich mich locker und friedlich fühle und fast einschlafe, hilft er mir hoch, um mir den Dachgarten zu zeigen. Ich bin so schläfrig, dass es mir schwerfällt, die Wendeltreppe hinaufzusteigen – doch dann öffnet er die Tür des Dachgartens und ich vergesse alle Anstrengung.

Wir kommen unter einem großen berankten Pavillon hervor, auf den der Regen tropft. Ein riesiger Jacuzzi für zwölf Personen nimmt die Hälfte des Raums darunter ein. Ich gehe zu einer der berankten Wände und betrachte die riesige grüne Fläche, die mit Blumen und Früchten bedeckt ist. Es ist wie Sommer im späten November.

Er legt mir einen Arm auf die Schulter. „Gefällt es dir?"

Ich weiß nicht, woran es liegt – am Alkohol, dem Gras, allem, was passiert ist, James selbst. Aber der Anblick der üppigen Pflanzen treibt mir die Tränen in die Augen. „Es ist unglaublich."

„Hey", sagt er besorgt, „Hey, was ist los?"

„Ach, es ist lächerlich." Ich wische mir ungeduldig über die Augen und zwinge ein Lächeln auf mein Gesicht. „In New York werde ich im Winter so deprimiert. Bei diesem Anblick will ich gar nicht zurück."

Es geht noch um viel mehr, aber ich will den Moment nicht mit Gejammer verderben. Ich weiß es jetzt einfach: New York ist zu unangenehm für mich geworden, um dort zu bleiben. Dank Terry sind mir dort nun so viele furchtbare Dinge passiert wie in Kalifornien.

„Dann denke nicht daran, zurückzufahren. Ich kann dir genügend Arbeit geben, damit du zumindest einige Monate lang bleiben kannst. Wäre es schwierig, aus deinem Mitvertrag herauszukommen?" Seine Stimme ist so warm, seine Augen glänzen.

„Ich bin mir sicher, dass ich in weniger als einer Woche jemanden finden würde, der meinen Mietvertrag übernehmen würde." Ich atme tief durch. „Ich denke nur … wir sollten nichts übereilen."

„Nein. Und du solltest dir keine Sorgen darum machen, nach Hause zu fahren, wenn du gerade erst hier angekommen bist." Er küsst mein Kinn, dann meine Nasenspitze und zuletzt meinen Mund. „Vergiss das, was in sieben Tagen kommt. Vergiss gestern. Komm her."

Er zieht mich in seine Arme.

Ich verliebe mich mehr und mehr in ihn, während er mich fest umarmt, und erinnere mich daran, dass ich ihn kaum kenne. Wir könnten langfristig gar nicht miteinander klarkommen. Probleme könnten auftauchen.

Aber die Zukunft ist so weit weg. Jetzt gerade vertreibt seine Wärme meine Traurigkeit und seine Streicheleinheiten verscheuchen die Gedanken an meine Probleme. Ich wickele meine Arme um seinen Nacken und er hebt mich hoch und trägt mich vorsichtig nach unten.

Das Gras macht das gegenseitige Klamottenausziehen zu einer witzigen, fummeligen Aufgabe mit vielen Küssen und wandernden Händen. Er lässt mich diesmal seinen Körper erkunden und er erbebt vor Vergnügen, als ich mit den Fingern über seinen Rücken fahre und dann leicht mit den Nägeln über seinen Hintern. Doch als ich mit den Händen neugierig in Richtung seines Schritts gleite, lacht er auf und schiebt meine Hand weg. „Kein Petting, Liebes. Ich will, dass es dauert."

Ich helfe ihm also stattdessen, das Kondom auf seinen perfekten Schwanz zu rollen, den ich streicheln und küssen möchte, aber letztendlich bedecke, um ihn in mir fühlen zu können. Er schiebt mich zurück an die Kissen und legt sich auf mich, sodass ich meine Arme und Beine um ihn legen kann.

Ich stöhne, als er mich füllt, und fühle seinen Körper erbeben, während er versucht, die Kontrolle über ihn zu gewinnen. Dann stützt er sich auf seine Arme und küsst mich sanft, bevor er beginnt, seinen Körper langsam zu bewegen. „Karin", flüstert er andächtig und die Hitze in seiner Stimme lässt mich die Zehen zusammenkrallen.

Wir bewegen uns langsam zusammen, seine Lippen und Finger liebkosen meinen Körper, der bereits durch das Gras sensibel ist. Als seine Hand nach unten gleitet, um meine Klitoris zu streicheln, erreiche ich fast den Höhepunkt. Daraufhin verlangsamt er sein Streicheln und hält mich in dem lustvollen Stadium direkt vor dem Orgasmus.

Ich winde mich unter James, drücke meine Hüften durch, die Augen fest geschlossen. Er hält mich, die Finger streicheln meine Haut, während er langsam in mich stößt. Und langsam, Stück für Stück, beginne ich zu zittern, zu betteln und mich an ihn zu klammern.

„Oh bitte", stoße ich atemlos hervor, „bitte … hör nicht auf …"

„Noch nicht", murmelt er und weder sein Körper noch seine Hände werden schneller. Als ich meine Hüften bewege, wird er noch langsamer. „Noch nicht."

Ich lehne mich zurück, vollkommen von der Lust überschwemmt und gleichzeitig frustriert. *Nein, bitte, mach es mir zu Ende … ich brauche es …*

Er hält inne und zieht es in die Länge. Dabei bewegt er sich langsam, obwohl wir beide zittern und stöhnen vor gefesselter Leidenschaft. Die Frustration verwandelt sich letztendlich in Unterordnung. Er starrt mir in die Augen und ich schmelze unter seinem Blick. Ein merkwürdiger, tiefer Frieden erfüllt mich, während meine inneren Muskeln sich zusammenziehen vor Verzweiflung, endlich Erfüllung zu finden.

„Tu mit mir, was auch immer du willst", höre ich mich selbst flüstern und meine es mit meinem ganzen Herzen.

Er lächelt. „Gutes Mädchen."

Endlich wird er schneller und bewegt sich mit festen Stößen, die schneller und härter werden, als er die Kontrolle über sich verliert. Ich schreie vor Lust und hebe die Hüften an, um ihm entgegen zu kommen. Wir rollen auf dem Bett herum, in einander verdreht, während er unermüdlich in mich stößt, und unser Stöhnen und Schreien erklingt gemeinsam.

Mein Rücken drückt sich durch, als die Erfüllung plötzlich in mir explodiert und ich vor Ekstase aufheule. James erzittert und schreit kurz lustvoll auf, was mir sagt, dass er nah dran ist, also drücke ich mich wild gegen ihn, bis er tief in mich stößt und seine Schreie zu einem langen, rauen Stöhnen werden.

Ich breche zusammen, erschöpft von dem lange hinausgezögerten, explosiven Höhepunkt. Als ich die Augen öffne, klettert James zurück zu mir ins Bett. Er kuschelt sich von hinten an mich und legt einen Arm um mich.

Voller Ruhe und beschützt schlafe ich bald ein.

KAPITEL 9

James

Später am Abend gewittert es heftig, das Geräusch des Hagels, der an die Fenster klopft, weckt meinen Hunger. Ich öffne die Augen und schaue mich schnell in meinem dunklen Schlafzimmer um. Karin ist hier, sie hat sich an mich gekuschelt und ihr Kopf liegt auf meinem Kopfkissen. Sie sieht aus, als gehörte sie hier hin.

Vielleicht tut sie das, denke ich, und die Welle der Wärme besorgt mich wieder.

Doch ich merke, dass ich immer weniger besorgt bin. Ich husche ins Bad, um mich zu duschen. Die Idee beginnt mir zu gefallen. Außer einer kleinen, nagenden Sache.

„Wie verdienst du so viel Geld mit einer Sicherheitsfirma?"

Ich muss ihr die Wahrheit sagen, denke ich, während ich unseren Schweiß und ihr Parfüm von mir abwasche. Die leichten Spuren, die ihre Nägel auf meinen Bizeps hinterlassen haben, brennen ein bisschen und bringen mich trotz des ernsten Themas zum Lächeln. Ich könnte sie zuerst verwöhnen und an das Geld gewöhnen, bevor ich ihr verrate, woher es kommt

Ich kenne sie kaum und trotzdem betrachte ich bereits die Möglichkeit, das Risiko einzugehen.

68

Als ich aus der Dusche komme, bin ich am Verhungern. Ich brauche ein Steak. Meine Trainingsdiät ist nicht reichhaltig genug, um den ganzen Sex auszuhalten. Und ich werde sicherlich in nächster Zeit nicht damit aufhören.

Ich ziehe saubere Shorts an und ein schwarzes T-Shirt, dann gehe ich ins Hauptzimmer, um von dort in die Küche zu gehen.

„Also, wer ist das Mädchen?"

Seine Stimme ist neutral und doch neugierig. Die Tatsache, dass er hier in meinem Zuhause ist, ohne eingeladen zu sein, sagt mir zwei Dinge. Er vermutete bereits, dass ich etwas mit jemandem habe, und entweder gefällt es ihm nicht oder er hat etwas so Dringendes, dass er es in Person besprechen muss.

Außerdem sagt es mir, dass ich mein Sicherheitssystem verbessern und noch sicherer vor Hackern machen muss.

„Mein Gott, Andrew, was zur Hölle machst du hier?", beschwere ich mich, als mein Schock sich legt. Anstatt ihn direkt anzusprechen, gehe ich an ihm vorbei in die Küche, hole einige marinierte Steaks und eine Dose Bier aus dem Kühlschrank und bereite Karin und mir eine vernünftige Mahlzeit zu.

„Du hast mich angelogen", antwortet er im gleichen kalten Tonfall. „Du hattest andere Gründe, um in New York zu bleiben, und jetzt hast du ein Mädchen mit einem Koffer in deinem Loft, obwohl wir morgen früh ein Treffen haben. Das sieht dir gar nicht ähnlich."

Er erscheint am anderen Ende der Küchentheke und blinzelt, als ich das Licht darüber anschalte. Er ist ein kompakter Mann mit schmalem Fuchsgesicht, versunkenen, hellblauen Augen und orangenem Haar, das er kurz trägt.

„Ist die Frau der Grund, aus dem du drei Tage in New York geblieben bist, obwohl du es dort hasst?"

Ich beginne, die Steaks zu braten und fange mit den Kanten an, damit das Fett in die Pfanne schmilzt. „Okay, erstens, du hast hier eindeutig eine Grenze überschritten. Und zwar nicht nur, weil ich sehe, dass du auf der Couch lagst, während ich mit einer Liebhaberin beschäftigt war. Wie lange bist du schon hier?"

„Halbe Stunde."

Naja, immerhin hat er nichts gehört. „Hast du meinen Computer durchsucht?", frage ich und schaue zu meinem Schreibtisch herüber.

Er schaut in die Richtung und zuckt mit den hageren Schultern. „Natürlich."

„Arschloch." Ich lasse die Steaks braten, während ich meine Bierdose öffne. Ich bin zu genervt, um ihm eine anzubieten. „Ich habe dich nicht angelogen. Es gab ein Debakel mit meiner Familie und ich musste das Wochenende über dort sein. Sie ist involviert."

„Wie groß ist das Debakel?" Seine Augen verengen sich. „Etwas, worüber man sich Sorgen machen sollte?"

„Nein, das ist nur auf meine Familie in New York beschränkt. Mein Cousin hat es geschafft, festgenommen zu werden, weil er dem Mädchen gegenüber handgreiflich geworden ist. Ich war der Einzige, der sich um die Situation kümmern wollte. Also habe ich es getan."

Er zieht die Augenbrauen hoch. „Du verführst Terrys misshandelte Freundin?"

Ich grunze. „Das ist unabhängig davon geschehen, mehr oder weniger. Aber ja, sie ist eine Woche lang hier. Sie wollte aus New York weg, um darüber hinwegzukommen."

„Und jetzt hast du einen Hausgast, den du fickst und vor uns versteckst." Er sieht fast schon beleidigt aus.

„Niemand versteckt irgendwas. Wir sind erst vor vier Stunden angekommen. Ich hätte es euch beim Treffen erzählt."

„Hm." Ich bin mir nicht sicher, ob er mir glaubt oder nicht.

„Egal. Sag mir, was es dich angeht, wen ich ficke?" Ich wende die Steaks und nehme einen weiteren großen Schluck von meinem Bier.

„Es geht mich etwas an, wenn dein Bettgeflüster irgendwas verrät", schießt er zurück. Die Muskeln in seinem Kiefer zucken.

Ich betrachte ihn einen Augenblick lang. „Drew. Das Mädchen weiß von nichts. Die Sache mit ihr hat nichts mit dir zu tun. Und es ist nicht so, als würde es das Geschäft behindern, wenn ich ein aktives Sexleben habe."

Er knurrt und schaut weg. „Doch, tut es. Frauen wollen Aufmerksamkeit. Sie wollen wissen, wieso du um drei Uhr morgens nach

Hause kommst. Und sie bemerken nicht nur jedes verdammte Detail – sie tratschen auch."

„Du klingst wie ein Frauenhasser. Mach mal halblang." Ich verstehe, wieso Andrew Frauen nicht vertraut. Seine Frau hatte versuchte, ihn nach ihrer Scheidung übers Ohr zu Hauen. Doch das gibt ihm nicht das Recht, seine Nase in meine Angelegenheiten zu stecken.

„Gut." Er zieht eine Zigarette hervor und steckt sie sich zwischen die Lippen.

„Geh auf den Balkon zum Rauchen, das stinkt", grummele ich und gebe ihm endlich ein Bier.

„Es regnet draußen." Doch er zündet sie nicht an. Er nimmt das Bier und schaut zur Schlafzimmertür. „Ich weiß, dass du uns nicht in Probleme bringen willst."

Es ist nicht *direkt* eine Frage. Ich seufze tief und heize den Ofen vor. „Wenn ich vorhätte euch zu hintergehen, wäre das Geld nicht in deinen Händen gewesen, bevor ich New York verlassen habe. Ich hätte die kompletten zehn Millionen gegriffen und mich aus dem Staub gemacht."

Manchmal nerven mich Andrews Paranoia und vollkommenes Fehlen von jeglichen Manieren so sehr, dass ich ihn schlagen will. Es bewahrt uns zwar manchmal vor Problemen, aber es ist sehr schwer damit zu leben. Das ist einer der Gründe, aus dem wir drei nie zusammengezogen sind. Ich hätte nie Freunde oder eine Liebhaberin zu Besuch haben können.

Er grummelt und steckt sich die Zigarette hinters Ohr, dann nimmt er einen Schluck. „Da hast du nicht ganz unrecht."

„Wir arbeiten seit zehn verdammten Jahren zusammen, Drew. Wann wirst du mir endlich vertrauen?" Ich bekomme bereits Kopfschmerzen.

Ein Blitz erhellt sein Gesicht und ich sehe, wie sich ein bitteres Grinsen eine Sekunde lang zeigt, dann schaut er wieder düster. „Ich vertraue nicht einmal mir selbst, James. So bewahre ich mich vor dem Gefängnis."

„Das Mädchen ist kein Problem", sage ich entschieden.

„Dann gib mir ihren Namen. Ich mache einen Hintergrundcheck."

Ich breche in ein leises, ungläubiges Lachen aus. „Willst du mich verarschen, Drew?"

Er starrt mich weiter an.

„Gut", murmele ich, „aber nächstes Mal ruf mich an, wenn du eine Frage hast. Brich nicht bei mir ein."

Er grunzt und trinkt sein Bier aus, der Adamsapfel hüpft in seinem schmalen Hals. „Ich helfe dir nur, die Lücken in deinem Sicherheitssystem zu finden." Er zerdrückt die leere Bierdose und stellt sie auf die Arbeitsfläche. „Wir sehen uns um zehn."

„Nimm die Tür wie ein normaler Mensch", sage ich ihm, doch er ist bereits auf dem Balkon, wo ich einen Kaperhaken am Eisengeländer sehe.

„Wir sind keine normalen Menschen, James. Vergiss das nicht." Und mit den Worten ist er verschwunden.

Ich seufze und schließe die Tür. *Von allen Hackern, die ich als Partner hätte haben können, musste ich den bekommen mit einem Batman-Komplex und keinem Verständnis von Grenzen.* Andererseits … ich bin mir sicher, dass er nichts Besorgniserregendes über Karin finden wird, egal, wie sehr er sucht.

Also gut. Er wird sie überprüfen, sich beruhigen und das war's. Ich stelle die Steaks in den Ofen und gehe zum Kühlschrank, um einen Salat zu machen. *Er wir endlich die Klappe halten wie jedes Mal, wenn seine Paranoia unangebracht ist.*

Blitze zucken über den Himmel und der Donner erklingt beinah gleichzeitig. Draußen jault der Wind in den Ritzen des alten Gebäudes. *Verrückter alter Bastard, klettert in diesem Sturzregen mit dem Seil die Wand hoch.*

Dale ist ein bisschen naiv und manchmal muss man ihm die Dinge sehr kleinschrittig erklären, aber er ist absolut ausgeglichen. Andrew … er ist brillant, aber ich bin entweder genervt von ihm oder mache mir Sorgen um ihn. *Und er muss draußen bleiben, wenn er nicht eingeladen ist.*

Ich schaue auf die Uhr. Es ist noch gar nicht spät. Zehn Uhr. Dann schaue ich auf mein Handy. Tante Caroline hat seit gestern sechs Mal angerufen. Ich weiß, dass sie mich um Geld für die Kaution anbetteln wird.

Ich verziehe das Gesicht. Ein Teil von mir will sie anrufen und ihr erklären, wieso ich diesmal nicht helfen werde. Ein weiterer Teil von mir will, dass sie die Wahrheit über ihren Sohn begreift: Dass er schon lange nicht mehr ein enttäuschender Jammerlappen ist, sondern mittlerweile eine wirklich gefährliche Person, die ihr Leben versaut hat.

Es ist großartig, dass Karin ihn verprügelt hat. Es ist irgendwie befriedigender, als wenn ich es selbst getan hätte.

Ich schneide die Tomaten, Gurke und Avocado zu Ende und werfe sie in den Salat, dann presse ich Zitronensaft darüber und Olivenöl. Dann gebe ich einige Kräuter und Knoblauch dazu und probiere. Perfekt!

Ich schaue nach den Steaks und schneide etwas Brot auf. Ich bin sicher, dass Karin hungrig aufwachen wird und ich möchte sie verwöhnen. Sie ist nicht die Einzige, die kocht.

Während ich den Tisch decke, denke ich über Andrews Warnung nach und darüber, wie sehr ich Karin alles erzählen will. Ich will sie nicht anlügen oder Dinge vor ihr verstecken. Das wird alles kaputtmachen, wenn es später ans Licht kommt.

Und das wird es. Wenn eine Beziehung lange genug hält, komme diese Dinge immer ans Licht. Ich habe nicht viel Erfahrung mit der Liebe, aber das gleiche passiert mit guten Freunden. Ich will keine Langzeittäuschung mit meiner Partnerin.

Vor allem Karin, die von jedem Mann in ihrem Leben betrogen und enttäuscht wurde. Ich will nicht ein weiteres Glied in dieser furchtbaren Kette werden. Ich will lieber derjenige sein, der den Kreislauf endgültig bricht.

Doch solange sie nicht weiß, was ich bin und tue, gibt es nichts Dauerhaftes zwischen uns. Wenn ich ihr verrate, dass ich ein professioneller Dieb bin, und sie es nicht akzeptieren kann, wäre das genau das, wovor Drew mich gewarnt hat. Und ich würde genau das tun, wovor er Angst hat: Jemandem von uns erzählen, der damit zur Polizei geht.

Verdammt. Was soll ich tun?

Ich schaue auf das einfache Essen und lächele still. Ich gehe in die Mitte der Küche und öffne eine Falltür, die eine Wendeltreppe in den Weinkeller freilegt. Ich sammle Weinflaschen, seit ich vor zehn Jahren meine erste Million gemacht habe.

Sie nimmt immer Rotwein zum Abendessen. Ich suche eine Flasche, die doppelt so alt ist wie ich.

Mein Plan geht mir durch den Kopf, während ich die Flasche 1958er Barolo hole und öffne, damit er atmen kann. Der Duft des Weins mischt sich mit dem der Kräuter und des Fleischs und ich nehme ein Stück Brot und Käse, um meinen knurrenden Magen zu beruhigen.

Als das Fleisch fertig ist und die Kerzen an, gehe ich zurück zum Schlafzimmer, um meine Liebhaberin aufzuwecken.

Verwöhne sie, denke ich. *Verwöhne sie, bis die Vorstellung, mit einem Dieb zusammen zu sein, nicht mehr so schlecht klingt. Dann erzähl es ihr.*

KAPITEL 10

Karin

„Also, wie war New Orleans?" Samanthas Stimme am Telefon füllt mich mit spitzbübischer Freude.

Ich lache unsicher. „Äh … also, ich bin eigentlich noch, ähm, hier."

Zehn Wochen sind vergangen, seit das Flugzeug in New Orleans gelandet ist, und der Gedanke daran, in meine kleine Wohnung in New York City zurückzukehren, ist mir kaum in den Sinn gekommen. James hat alles darangesetzt, mich zu verzaubern, und ich habe … Gefühle entwickelt.

Ich habe jedes Museum und wichtigen Ort der Stadt gesehen, Generationen alten Wein getrunken und bin mit dem Boot auf dem Bayou gefahren. Ich habe Absinth probiert und Touren in verfluchten Häusern gemacht. Ich bin in Seide gekleidet und habe Diamantstecker in den Ohren.

Wenn James mich nicht hierbehalten will, dann ist er ziemlich gut darin, es vorzutäuschen.

„Was? Was ist mit deinem Gerichtsfall gegen Terry? Was ist mit deiner Wohnung?" Sie klingt fast schon erschrocken, als wäre ich durchgedreht.

Ich ignoriere die Hitze, die mir in die Wangen steigt. „Ich habe an

75

einen Freund untervermietet, Sam, es ist alles in Ordnung. Ich konnte nicht in der Stadt bleiben, seit Terry auf Kaution raus ist."

„Aber du fährst zurück, um auszusagen, oder? Das Stück Scheiße muss in einem Käfig sitzen." Sie will Rache, seit sie erfahren hat, dass Terry mich angegriffen hat, während sie in einem Flugzeug saß.

„Ja, das werde ich definitiv tun, aber bei dem Rückstau von Fällen wird er erst in vier Monaten eine Anhörung haben."

„Vier Monate? Und so lange kann er frei herumlaufen? Was zum Teufel soll das?" Ihre Stimme quietscht etwas vor Wut. Sie hat eine Erkältung.

„Ja, das ist mein Problem. Oder zumindest ein Teil davon. Der Fall könnte allerdings vorgezogen werden, wenn er weiter seine Auflagen verletzt." Was er ununterbrochen tut.

Telefonanrufe und Emails von mehreren Nummern und Konten erreichen mich. Ein Haufen Drohbriefe erreichten meinen Untermieter, Carl, der sie an die New Yorker Polizei weiterleitete.

Carl ist Türsteher und ehemaliger Marine. Das erste Mal, als Terry mit einem weiteren Messer vor der Tür erschien, schoss Carl aus der Tür, nahm ihm das Messer weg, warf ihn übers Geländer und rief die Polizei. Das zweite Mal zückte er nur eine Kamera und machte Fotos, während Terry davonlief.

Diese wurden auch zur Polizei geschickt. Sie brachten jedoch wenig außer Terry für ein paar weitere Tage in Gewahrsam zu bringen. Es ist frustrierend … aber da ich nicht in der Stadt bin, ist es nicht wirklich mein Problem.

„Okay, okay, ich verstehe, wieso du momentan nicht zurückwillst. Aber erzähl mir wenigstens, dass du auch positive Gründe hast, um in New Orleans zu bleiben." Sie klingt besorgt.

Ich beeile mich, sie zu beruhigen. „Natürlich. Und nicht nur James, obwohl er immer noch umwerfend ist. Ich habe einige Projekte, die ich in den nächsten Monaten machen werde."

„Nicht wieder Kleinkram wie Kinderzimmer, oder?" Ihr skeptischer Tonfall nervt mich, doch ich schüttele es ab.

„James' Loft und eine Kunstgalerie, die einem Freund von ihm gehört." Große Aufträge mit großen Referenzen. Genau das, was ich brauche, um mein Geschäft auf das nächste Level zu bringen ... und hier ein paar Wurzeln zu schlagen.

Ich habe mich in New Orleans verliebt, genau wie ich mich gerade in James verliebe. Die Stadt, die Menschen, das Essen ... die Abwesenheit von Schnee. Zu dieser Jahreszeit kommen ziemlich heftige Stürme in die Gegend, doch sie machen einen nur nass.

Es gibt viele Mücken, vor allem am Wasser ... aber sie sind nicht viel schlimmer als im Sommer in New York.

„Das ... klingt, als ginge es dir ganz gut dort. Was wirst du tun, wenn du aussagen musst?"

„Einige Monate lang zurückgehen und alles beenden. Naja und wenn alles hier gut läuft, mein Mietvertrag endet im April. Wenn Terry verurteilt ist, hält mich nichts mehr dort."

„Und James? Wie behandelt er dich?" Ihr Tonfall wird vorsichtig. Sie hat mich bisher nur von ihm schwärmen gehört, doch nach allem, was passiert ist, ist sie beschützerisch.

„Er verwöhnt mich wie verrückt, Sam. Ich habe noch nie so etwas erlebt." Ich liege auf dem Rücken auf James' Sofa und räkele mich.

Manches davon kann ich ihr nicht erzählen. Beispielsweise wie wir mit Seidenschals und Augenbinden experimentieren, seit mein Handgelenk verheilt ist.

Oder von den etwas schmerzenden Stellen auf meinem Hintern, wo er gestern Nacht draufgeklatscht hat, bis meine Backen weich waren und meine Muschi feucht.

Oder von meinen Fragen bezüglich James' Arbeit.

„Gut. Du verdienst es. Fang aber am besten an, dort unten zu arbeiten. Mach dich nicht von einem Mann abhängig, den du nicht gut kennst." Eine Warnung liegt in ihrer Stimme und ich verstehe sie. Nach Terry bin ich auch vorsichtig.

„Keine Sorge, ich habe genug, um mir ein Hotel zu nehmen oder mich in ein Flugzeug zu setzen, wenn James plötzlich komisch werden sollte." Was immer noch passieren könnte. Bisher war alles großartig, aber wir sind in dieser Flitterwochen-Phase am Anfang einer Beziehung.

Irgendetwas könnte immer noch sehr schieflaufen.

Es ist allerdings merkwürdig, wie er diesen Reichtum von einer kleinen Sicherheitsfirma haben kann. Und dass seine Arbeitszeiten so unregelmäßig sind. Und dass er alles in bar bezahlt.

Meine Verwunderung wächst mit den Wochen. Er hat nie Geldprobleme, nie Sorgen wegen Rechnungen. Seine Familie ist arm, also hat er nichts geerbt.

Woher kommt es? Wieso spricht er nicht von seiner Arbeit? Und wieso habe ich seine Freunde in der ganzen Stadt kennengelernt, aber nicht seine Geschäftspartner?

Das alles erreicht seinen Höhepunkt an Neujahr, als ich mit Übelkeit aufwache.

„Ich weiß nicht, was los ist", murmele ich, als James mir hochhilft, nachdem ich mich vor die Toilette gekniet habe. Das Frühstück war anscheinend ein Fehler. Ich aß Toast und Eier ohne Probleme, doch ein Bissen des Würstchens schickte mich direkt ins Bad.

„Es ist eindeutig kein Kater, du hattest nur ein Glas Champagner." Er reicht mir ein Glas Wasser. Ich spüle mir den Mund aus, spucke und spüle. Dann drehe ich mich um, um mir die Zähne zu putzen. „Vielleicht sollte ein Arzt dich untersuchen."

„Ja, ich bin etwas besorgt." Ich habe es erst seit einem Tag, aber wenn es ansteckend ist, würde ich das gerne wissen.

Ich gehe letztendlich zu James' alter deutscher Hausärztin, die sich eine Praxis in ihrem Haus eingerichtet hat. Sie hat graue Augen, dunkelgraue Locken und ist direkt, aber freundlich. Leider jagt mir eine ihrer ersten Fragen gleich Angst ein.

„Wie lang ist Ihre letzte Periode her?"

… Oh Scheiße. „Etwa zwei Monate. Sie ist allerdings unregelmäßig, wenn ich Stress habe, und mein Ex hat versucht … mich umzubringen."

„Ja, das könnte ausreichend Stress sein, um den Eisprung zu verzögern, allerdings … werde ich einige Tests machen." Ihr wissender Blick bereitet mir noch mehr Sorge.

Eine halbe Stunde später weiß sie, was das ‚Problem' ist, und ich auch. In ihren Worten funktioniert mein Körper, wie er sollte, und meine Symptome sind normal für die Anfangsphase einer Schwangerschaft.

Ich bin überwältigt, als ich hinaus ins kleine Wartezimmer gehe. James steht auf und eilt zu mir. „Hey … ist alles in Ordnung? Du bist weiß wie die Wand."

Ich schaue ihn an und lecke mir über die Lippen, dann schlucke ich und atme tief durch. Die Worte wollen nicht herauskommen. „Ähm, es ist nicht lebensgefährlich …"

Ohne Frage ist es jedoch lebensverändernd und ich bin mir nicht sicher, was ich tun soll. Außer eine Lösung zu finden – und das bedeutet, dass James es wissen muss.

„Ich erzähle es dir, wenn wir nach Hause kommen."

Er nickt und schaut besorgt drein. So schaut er die ganze stille Fahrt nach Hause.

Als wir das Loft betreten, setzt er mich auf die Couch und macht Ingwertee. „Okay", sagt er und setzt sich neben mich, „Leg los. Ich bin besorgt."

„Ich bin … zwischen acht und zehn Wochen schwanger", verkünde ich leise und bereite mich auf einen Sturm vor. Schock, Verleugnung, vielleicht sogar Abweisung. Nichts, was James je getan hat, würde darauf hinweisen, doch ich bin daran gewöhnt, von Männern enttäuscht zu werden.

Sein Kiefer klappt herunter und seine Augen weiten sich. Mein Herz hämmert in meiner Brust und Übelkeit kommt in mir auf. *Oh Gott, bitte, ich weiß nicht, was ich tun soll. Bitte mach es nicht noch schwerer.*

Ich möchte ein Kind haben. Ich habe immer geglaubt, dass ich ein paar haben würde. Ich bin nicht kinderverrückt wie manche, aber es war auf jeden Fall immer Teil des Plans. Aber was ist mit James?

Hier endet unsere Romanze.

„Ach du Scheiße, einer der Gummis muss versagt haben. Was … was möchtest du tun?"

„Das versuche ich herauszufinden", sage ich atemlos. „Ich habe Angst. Bist du wütend auf mich?"

Er starrt mich einen Augenblick lang überrascht an, dann zieht er mich auf seinen Schoß und umarmt mich fest. „Nein, Liebes. Du bist so sehr daran gewöhnt, die Schuld für alles auf dich zu nehmen, aber das hier ist nicht deine Schuld. Wir müssen zusammen eine Lösung finden."

Meine Erleichterung ist so groß, dass ich in Tränen ausbreche. „Oh Gott, ich dachte, du würdest mich wegschicken", schluchze ich, während er mich in seinen Armen wiegt.

„Nein, natürlich nicht. Es ist nur ... schau, es ist kompliziert. Du weißt viele Dinge über mich nicht und ein Kind bedeutet Verantwortung. Ich ... ich muss über einige Dinge nachdenken. Das bedeutet nicht, dass ich dich aus meinem Leben werfen werde."

Durch meine Tränen lächele ich ihn an und greife dann mit beiden Händen nach dem Hoffnungsfaden, den er mir zuwirft. Ich zögere. „James ... du weißt, dass ich verrückt nach dir bin. Könntest du dir je vorstellen, dir ein Leben mit mir aufzubauen und gemeinsam ein Kind großzuziehen?"

Es ist eine direkte Frage und ich brauche eine ehrliche Antwort.

„Ob ich das möchte?" Er seufzt in mein Haar. „Baby, natürlich möchte ich dich in meinem Leben haben. Das einzige Dilemma mit dieser Schwangerschaft ist der Zeitpunkt."

Das stimmt. Der Zeitpunkt *ist* furchtbar. Wir haben gerade erst begonnen. Außerdem bin ich mir momentan nicht sicher, ob ich gutes Mama-Material bin.

Das war auch das erste, was ich gefühlt habe, als ich von meiner Schwangerschaft erfuhr: *Ich werde es versauen. Ich werde eine furchtbare Mutter sein, weil meine Eltern furchtbar waren.*

Und selbst wenn ich verrückt nach ihm bin – möchte ich mich an jemanden binden, den ich so wenig kenne? Mein Pech mit Männern könnte zurückkommen wie ein Bumerang. Dieses Mal säße ich allerdings fest.

Ich könnte eine Klinik besuche ... aber es gibt keinen medizinischen Grund. Und ... es ist James' Baby. Ich möchte alles von ihm behalten ...

„Ich bin nervös. Aber durch dich fühle ich mich besser. Das schaffst du immer, Schatz." Ich kuschele mich an ihn und versuche, mich zu beruhigen.

Er küsst mich auf den Kopf. „Ich bin überwältigt, aber ... schau, wir werden einen Weg finden, das verspreche ich."

Ich möchte ihm glauben, aber bin zu sehr damit beschäftigt, über seine Beichte zu spekulieren. Die Geheimnisse, die er vor mir hat – sie könnten alles kaputtmachen.

Ich liebe dich, James, aber wer bist du wirklich und was für ein Ehemann und Vater wärst du?

KAPITEL 11

James

Karin ist schwanger mit meinem Kind.

In dem Augenblick, in dem ich es höre, durchschneidet mich die Tatsache in zwei Hälften. Die eine ist schockiert, begeistert, hoffnungsvoll, dass dies bedeutet, dass Karin wirklich bei mir bleibt. Die andere denkt darüber nach, wie ich ihr von meinem Geschäft erzähle.

Andrew wird fuchsteufelswild werden, wenn er es erfährt, also erfährt er besser nichts davon. Wie versteckt man etwas vor einem paranoiden, genialen Hacker, der sich gerne einmischt und keine Grenzen kennt?

Ich muss einen Weg finden. Denn je mehr ich hierüber nachdenke, desto mehr will ich es. Ich will sie, ich will das Baby, ich will unser gemeinsames Leben.

Aber kann sie damit umgehen, ein Teil meines Lebens zu sein? Und wo wir schon dabei sind, kann Andrew damit umgehen, dass sie ein Teil davon ist?

Ich lasse mir besser etwas Brillantes einfallen. Ich kann sie nicht verlieren.

Sie macht einen Mittagschlaf und ich fahre zu dem umgebauten Lagerhaus, das als unser Hauptquartier und Vorbereitungsraum dient.

Jetzt, wo sich alles etwas abgekühlt hat, ist es an der Zeit, den nächsten Job vorzubereiten. Auf der ganzen Fahrt nach unten denke ich an Karin und sorge mich, wie sie reagieren könnte, wenn sie meine Geschichte erfährt.

Baby. Sie bekommt unser Baby. Ich werde Vater. Aber wenn sie mit der Wahrheit nicht klarkommt, wir das alles verschwinden – einschließlich ihr.

Als ich hineingehe, ist Andrew bereits dort. Er schaut von der Reihe von Computern auf, die in der Ecke stehen, und nickt mir zu, als ich an ihm vorbeigehe, um ein Bier aus dem Kühlschrank zu nehmen. „Dale ist spät dran. Steckt im Verkehr fest." Sein Grinsen zeigt, wie sehr er dieser Story glaubt.

„Er ist Ex-NASCAR", murmele ich und setzte mich an den großen Tisch, der als unser Meeting-Tisch funktioniert. „Kater?"

Er grunzt. „Ja, schätze ich mal. Also … du hast das Mädchen noch nicht nach Hause geschickt."

Der Themenwechsel trifft mich unvorbereitet. „Sie heißt Karin, Drew. Und nein, sie dekoriert mein Loft."

„Ausreden." Seine Augen verengen sich leicht. „Gefühle sind gefährlich, James."

Ich beäuge ihn. Angesichts seiner Gefühle Frauen gegenüber, würde er wahrscheinlich auf eine Abtreibung drängen und Karin dann loswerden. „Nicht jeder möchte wie ein Mönch leben, Andrew."

„Dann stell dir eine verdammte Hure an. Die sind am diskretesten." Er weicht meinem Blick aus, als er das sagt.

Ich balle eine Faust unter dem Tisch und nehme einen Schluck Bier, anstatt zu antworten. Ich will ihm so sehr in den Arsch treten, dass ich es schmecken kann. Wie kann er es wagen, mir vorzuschlagen, Karin durch eine Prostituierte zu ersetzen?

Tief durchatmen, alter Junge, erinnere ich mich selbst. Mit ruhiger Stimme sage ich: „Drew, ich sage das jetzt einmal und will danach nichts mehr von dem Thema hören. Paranoia ist hilfreich in vielen Hinsichten. Aber wenn du nicht aufhörst, mich wegen Karin zu nerven –"

„Scheiße, du bist in sie verliebt", schleudert er mir beschuldigend entgegen, die Lippen vor Abscheu verzogen. „Du hast dich in ein Mädchen aus der normalen Welt verliebt. Bist du bescheuert?"

„Das ist ein bisschen unglaubwürdig aus deinem Mund, Drew. Bist du eifersüchtig?"

Einen Moment lang schaut er tatsächlich überrascht drein. „Nein. Vorsichtig." Er schaut weg. „Wir können es uns nicht erlauben, Yoko hereinzubringen."

Erst entscheidet er, dass sie so ersetzbar wie eine Prostituierte ist, und jetzt ist sie Yoko Ono und wir sind die Beatles. Meine Schläfen beginnen zu schmerzen. Ich zwinge mich dazu, nicht mehr mit den Zähnen zu knirschen, und es wird besser.

„Sie ist keine Yoko. Sie ist eine gute Frau und nicht der Typ dafür, unsere Partnerschaft zu versauen. Ich habe es im Griff. Deine Reaktion ist beunruhigender für mich."

Er grunzt abwertend. „Du bist nicht ganz bei Trost. Muschis machen Männer verrückt."

Ahh, ich werde ihn schlagen. „Ich bin hier nicht der, der nicht bei Trost ist. Du kennst sie noch nicht einmal und nimmst direkt an, dass sie uns verrät."

„Ich habe meine Gründe. Und du bist nicht besorgt genug." Er steht auf und kommt zu mir, dann lehnt er sich auf den Stuhl mir gegenüber.

„Denkst du wirklich, du kannst diesen Job vor dem Mädchen verbergen? Wir können uns keine Beziehung leisten und das weißt du." Seine Augen durchbohren meine und ich fühle, wie meine Nägel sich in meine Handfläche bohren.

„Nein, du bist offensichtlich misstrauisch und vertraust Frauen nicht und ich habe keinen Bock in deiner Nähe zu sein, wenn du so drauf bist." Ich schaue ihn böse an. „Ich sage es noch einmal. Ich balanciere beide Teile meines Lebens sehr gut aus. Und mein Sexleben ist immer noch nicht deine Angelegenheit.

„Halt dich da raus. Mein Arbeits- und Privatleben können nicht getrennt sein, wenn mein Geschäftspartner mein Liebesleben nicht in Ruhe lässt", sage ich mit meiner festesten Stimme. „Ich habe Karin im Griff."

Seine Mundwinkel ziehen sich noch weiter herunter. „Nicht gut genug."

Ich haue mit der Faust auf den Tisch und er zuckt leicht zusammen. „Nichts ist je gut genug für dich, Drew. Wenn du so weitermachst, dann braucht ihr einen neuen Mann, der für euch einsteigt."

Seine Augen weiten sich. „Das würdest du nicht tun."

„Ich habe zehn Mal so viel Geld wie ich für den Rest meines Lebens brauche. Weißt du, was der sicherste, garantierte Weg ist, um nicht im Gefängnis zu landen? Nicht mehr zu stehlen.

„Mit anderen Worten – Frührente", sage ich mit einem schmutzigen Grinsen. „Ich wette, das war noch nie eine Option für dich, was?"

Dale kommt schlurfend aus dem Regen herein und zieht eine Wolke Grasrauch mit sich. „Hey, James. Hey, Drew. Weswegen streitet ihr?" Er ist ein großer, schlanker Kreole mit Haut, Haar und Augen in dem gleichen Goldton. Er ist zudem der jüngste unter uns.

„Er ist immer noch von diesem verdammten Mädel besessen, von dem ich dir erzählt habe", motzt Andrew.

„Die, die ihren Vater und Freund der Polizei ausgeliefert hat?" Dale schaut mich nervös an und nimmt sich eine Cola aus dem Kühlschrank.

Ich blinzele, ein Teil meiner Genervtheit ist verflogen. „Warte, was?"

„Ich habe meine Nachforschung über Karin abgeschlossen", knurrt Andrew sachlich. „Sie hat mit zwölf Jahren und dann noch einmal mit achtzehn Jahren ihren Vater bei der Polizei angezeigt. Sie ist auch sofort zur Polizei gegangen, als ihr Freund brutal wurde."

Einen Augenblick lang bereitet mir das Sorge. Leute, deren erste Option die Polizei ist, wenn es ein Problem gibt, sind für uns gefährlich. Da hat Andrew absolut recht.

Doch er kennt nicht die ganze Geschichte.

„Aha und als du entschlossen hast, dass diese Details sie zu einer Zeitbombe machen, hast du da auch bemerkt, was diese Männer getan haben, bevor sie die Polizei rief?" *Ernsthaft, meine Faust, dein Gesicht. Jederzeit, Junge.*

„Warte, was haben sie getan?", fragt Dale mit hochgezogenen Augenbrauen und setzt sich auch an den Tisch. Der Junge ist leichtgläubig, aber er hat auch sehr viel Herz.

Andrew explodiert. „Das ist doch scheißegal! Der Punkt ist, dass sie die Polizei benutzt, wenn es Ärger gibt!"

Ich stehe auf. „Es ist nicht scheißegal. Ihr Vater hat sie regelmäßig verprügelt und dann in ihrem Studentenwohnheim verfolgt. Terry – du weißt schon, mein Cousin, das Arschloch? Er hat sie mit einem gottverdammten Messer besucht!"

Ich schaue Andrew an, dessen Kiefer angespannt ist, während er mich anstarrt. „Warum ist das nicht in deiner Untersuchung aufgetaucht? Wieso beachtest du nicht, wie weit sie gedrängt werden musste, bevor sie zur Polizei gegangen ist?

„Sie ist gefährlich, James!" Andrews Gesicht wird so rot wie sein Haar.

„Du bist gefährlich, Drew. Du benutzt ‚Sicherheit' als Ausrede, um unser Leben zu kontrollieren und uns zu isolieren. Erinnerst du dich daran, wie du Dale davon überzeugt hast, seine Freundin fallenzulassen, weil sie ‚zu nah an die Wahrheit' kam?"

Er schaut zu Dale, dessen Gesicht traurig ist. „Was ist damit?"

„Dank dir ging es ihm miserabel, nur weil du nicht wolltest, dass er eine Verbindung zu einer Frau hat. Und jetzt versuchst du die gleiche Scheiße bei mir. Du willst, dass wir paranoide Einsiedler werden, deren Kontakt mit Frauen sich auf Prostituierte beschränkt – genau wie du!"

„Die Scheiße muss ich mir von dir nicht anhören!", schreit er. Ich starre ihn kalt an und er zögert.

„Du bist derjenige, der hier Scheiße erzählt, Drew, ich bin extrem gefasst." Ich verschränke die Arme. „Entweder kannst du Karin und mich in Ruhe lassen oder ich mache dir das Gesicht platt und haue mit meinem Anteil ab."

Er starrt mich mit ausdruckslosen Augen an. Seine lächerliche Aggressivität ist so tief, dass er gar nicht bemerkt, dass er es ist, der den Ärger bereitet. Plötzlich bin ich es so leid, dass ich ihn ins Krankenhaus befördern würde, wenn ich nicht abhaue.

Also haue ich ab. Ich drehe mich um, lasse mein Bier stehen und gehe nach draußen in den Regen. Meine Fäuste sind immer noch an meinen Seiten geballt, als ich jemanden hinter mir herrennen höre. Ich drehe mich sofort um, bereit zu kämpfen.

„Hey, ganz ruhig!", Dale hebt die Hände und ich senke meine Faust. „Alter, haust du wirklich ab? Ich meine, endgültig?"

Ich stelle mich unter das Vordach und fahre mir mit einer Hand durch die nassen Haare. „Dale ... ich weiß, dass du es besser findest, wenn wir uns verstehen, aber ich werde nicht dastehen und Andrew dabei zusehen, wie er regelmäßig ausrastet, weil ich eine Freundin habe.

„Er sollte mittlerweile wirklich wissen, dass ich nicht alles, was wir aufgebaut haben, aufs Spiel setzen werde, nur weil ich eine Frau in meinem Leben habe. Er erwartet von uns, dass wir mit seinen verdammten Problemen leben, aber diesmal kann ich es nicht. Es war nicht richtig, dass er dich dazu gezwungen hat, mit Sherry Schluss zu machen, und es ist nicht richtig, dass er jetzt so über Karin spricht."

Dale lehnt sich gegen die Wand und starrt in den Regen, dabei presst er die Lippen gedankenverloren zusammen. „Aber was ist, wenn Karin die Bullen ruft? Du kannst nicht darauf vertrauen, dass sie es nicht tut, nur weil sie dich liebt."

„Ich mache mir keine Sorgen, dass sie uns der Polizei ausliefert, weil das bedeuten würde, dass sie mich ausliefert. Und selbst wenn sie weiß, dass ich ein Dieb bin, was genau wüsste sie denn schon, was sie verraten könnte? Es ist ja nicht so als würde ich ihr Namen, Daten und Details erzählen, wenn ich ihr überhaupt etwas sage."

Mein Kopf schmerzt so sehr, dass meine Augen tränen. „Es gibt eine Grenze, Dale. Wenn Andrew gerne unglücklich und isoliert sein, niemandem vertrauen und Frauen hassen will – das ist seine Entscheidung. Aber er hat kein Recht, uns den Scheiß aufzuzwingen."

„Scheiße", murmelt er und fährt sich mit der Hand über den Kopf. „Das ist echt nicht einfach."

„Nein, Mann. Andrew macht es nur kompliziert. Es ist eigentlich ganz einfach. Eine Freundin zu haben wird unsere Partnerschaft nicht versauen. Drews Verdächtigungen werden das allerdings, wenn er sie nicht in den Griff bekommt."

Er blinzelt langsam, seine Verwirrung ist offensichtlich. „Glaubst du? Er versucht nur, uns zu beschützen."

„Nein, Alter. Er versucht, sich selbst zu beschützen, während er unser Können ausnutzt. Wenn er sich darum kümmern würde, uns zu beschützen, würde er uns nicht dazu drängen, weitere Jobs anzunehmen." Ich weiß nicht, ob ich mit irgendwas davon zu Dale durchdringe.

„Aber das Mädchen – ich meine, äh, Karin heißt sie, oder?" Er tritt von einem Fuß auf den anderen. Dale ist das Gegenteil von einem Arschloch, aber es ist klar, dass Andrews Worte ihm Angst eingejagt haben.

„Ja." Ich beobachte ihn genau. Andrew hat mit ihm über Karin gesprochen und er ist so naiv wie ein Hundewelpe.

„Wenn sie ihren eigenen Vater ausgeliefert hat, wieso dann nicht uns?"

Ich schaue ihn fest an. „Der Einzige von uns, der sich benimmt, als wollte er ihr wehtun, ist Andrew. Wenn er die Grenze überschreitet und sie angreift, kann ich für nichts garantieren. Andernfalls ist sie keine Gefahr."

„… Scheiße. Wie beruhigen wir Andrew?" Er zieht einen Joint hinter dem Ohr hervor und zündet ihn an, bevor er nervös daran zieht.

Ich weiß nicht – Betäubungspistole mit Lithium? Es ist nicht fair. Andrew ist krank … er ist auch ein riesiges Arschloch und lässt seine Krankheit die Kontrolle übernehmen.

„Die meiste Zeit ist er in Ordnung. Aber immer, wenn etwas danebengeht, ein Faktor, den er nicht kontrollieren kann – wie eine andere Person – benimmt er sich so." Ich nehme den Joint an und nehme einen Zug, um mich ein wenig zu beruhigen, bevor ich zu Karin zurückkehre.

Ich halte den Atem so lang an, wie ich kann, dann blase ich den Rauch in die regnerische Luft. „Wir brauchen ein bisschen Freiheit, ansonsten ist es Zeit für uns, getrennte Wege zu gehen."

„Das möchte ich nicht", sagt er leise. „Ich werde versuchen, mit ihm zu sprechen."

„Lass ihn dich nicht bequatschen!", seufze ich und schiebe die Hände in die Taschen. „Nur weil er kein normales Leben außerhalb des Geschäfts haben will, heißt das nicht, dass wir das nicht können. Das ist Müll, den er sich ausgedacht hat."

Er nickt, doch der unsichere Blick in seinen Augen beunruhigt mich. „Du glaubst nicht, dass ich mit Sherry hätte Schluss machen sollen?"

„Ich denke, dass ich einen Fehler begangen habe, als ich mich nicht mehr für dich eingesetzt habe, Dale, das tut mir verdammt leid. Damals habe ich es nicht verstanden. Jetzt schon." Ich gehe zu meinem Auto. „Es ist nur … ich weiß, dass Andrew mir nicht genügend vertrauen kann, dass ich alles mit Karin im Griff habe. Ich hoffe, du vertraust mir mehr."

„Ja", murmelt er, „ich bin nur besorgt. Naja, komm demnächst wieder, wenn ihr beide euch beruhigt habt. Wir müssen immer noch den nächsten Job planen."

Welchen nächsten Job?, denke ich bitter. „Ja, werde ich. Da gibt es etwas, worum ich mich zuerst kümmern muss."

Ich werde Karin alles erzählen und mit den Konsequenzen leben. Sie hat nie meine Partner gesehen, sie weiß nicht, wer sie sind. Ich kann nicht von ihr erwarten, mir zu vertrauen und mein Kind zu bekommen – und erst recht nicht Andrew beweisen, dass er falsch lag – wenn sie die Wahrheit nicht kennt.

KAPITEL 12

Karin

James ist angespannt wegen irgendetwas, als er durch die Tür kommt. Ich stehe vom Sofa auf, um ihm aus seiner Jacke zu helfen, und ignoriere meinen Magen. „Hey, dein Haar ist ganz nass. Hattest du keinen Regenschirm?"

Er küsst mich sanft, aber abgelenkt. „Ich wollte den Regen spüren."

„Das bedeutet, dass irgendetwas los ist." Ich fahre mit den Händen über sein feuchtes Hemd und schaue ihn besorgt an. „Was ist es?"

Er lächelt mich schwach an und umarmt mich, dann küsst er mich auf den Kopf. Jede angespannte Geste lässt es gezwungen wirken. „Ich muss dir einige Dinge gestehen. Es wird keine leichte Unterhaltung werden und es tut mir leid."

Mein Herz hämmert so sehr in meiner Brust, dass mir etwas schwindelig wird. Er schaut mir ins Gesicht und greift meine Schultern mit den Händen. „Warte, Liebes, keine Angst. Es geht nicht um dich oder unsere Beziehung."

Wir gehen zum Sofa und setzen uns hin, seine Arme liegen immer noch um mich. „Ich hätte dir das früher erzählen sollen. Bevor es so ernst zwischen uns geworden ist. Ich wollte dir zeigen ... ich meine ..."

Ich habe James noch nie so zögerlich erlebt. „Was ist es?"

„Ich dachte, es wäre einfacher für dich, wenn wir uns besser kennen und du weißt, dass ich kein schlechter Mensch bin – und dich gut behandele." Etwas an der Unsicherheit in seinen schokobraunen Augen lässt ihn jünger aussehen … sogar verletzlich.

Es ist süß … aber ich bin immer noch angespannt.

„Aber jetzt bin ich schwanger und alles muss schneller passieren?" Ich versuche, ihn zu verstehen. Sein Ringen. Was auch immer das Geheimnis ist, es scheint ziemlich groß zu sein. Es macht mir Angst, trotz seiner beruhigenden Worte.

Er stößt einen Seufzer aus. „Äh, also … schau. Was, wenn ich dir sage, dass die Sicherheitsfirma nur ein Nebenjob ist und nicht der Job, mit dem ich all das Geld verdiene?"

Ich schlucke. *Scheiße.* Ich hatte meine Zweifel wegen seiner merkwürdigen Arbeitszeiten und der vielen Freizeit.

„Das würde einige Dinge erklären", sage ich vorsichtig.

„Na ja …" Ich beobachte, wie seine Augen durch das Loft wandern, zu dem Urwaldwandgemälde auf der einen Seite und den sanften Farbtupfern, die das gefärbte Glas um jedes Fenster wirft. „Ich bin Fassadenkletterer und steige in Gebäude ein", sagt er letztendlich.

Ich blinzele ihn an. Einen Augenblick lang denke ich, er macht Witze. Doch dann beginnt mein Hirn, die Punkte zu verbinden.

Er ist ein Sicherheitsspezialist, der Parcours macht und nur wenige Stunden die Woche arbeitet, dafür aber haufenweise Geld hat, obwohl er aus armen Verhältnissen stammt. Ein Mann, der mir seine ‚Geschäftspartner' nicht vorstellt – weil er mich nicht mit dunklen Gestalten in Verbindung bringen will. Je mehr er jemanden schätzt, desto schwerer fällt es ihm, die Wahrheit über sich zu erzählen.

Die Liebe meines Lebens und der Vater meines Kindes ist ein Dieb. Anscheinend ein sehr erfolgreicher.

„Ähm", bringe ich hervor und mir ist klar, dass er mich nervös beobachtet. „Wie häufig … passiert das?"

„Ein paar Mal pro Jahr." Er scheint erleichtert zu sein, dass ich nach Details frage, anstatt auszurasten. „Es ist besser, dir nicht zu viele Einzelheiten zu erzählen."

„Nein, natürlich nicht."

Er schluckt. „Okay. Also, du bist noch nicht schreiend davongelaufen. Das ist gut, oder?"

„Ich ... es ist nur ... gib mir eine Minute." Ich massiere meine Schläfe, um den stechenden Schmerz zu lindern, und schaue ihn dann an. „Hast du vor, weiterzumachen?"

Meine Gefühle widersprechen sich. Liebe, Panik, Misstrauen, Wut darüber, dass er es mir nicht schon früher gesagt hat, Wut über mich, weil ich mich in ihn verliebt habe – und schwanger geworden bin –, bevor ich es wusste.

„Ich weiß es nicht", gibt er nach einigen Augenblicken zu. „Ich habe ernsthaft darüber nachgedacht, aufzuhören. Vor allem jetzt. Gefasst zu werden würde dich und das Baby auch betreffen."

Ich kaue auf meiner Lippe, meine Hände halten beschützerisch meinen Bauch. „Ich liebe dich", sage ich leise und fühle, wie er sich versteift.

„... Aber?", fragt er nach einer Pause.

„Ich weiß, dass du mir niemals wehtun würdest. Aber ... du brauchst Verbindungen zu anderen – zu anderen Kriminellen. Sind sie ... harmlos mir gegenüber? Unserem Baby gegenüber?" Ich greife nach seinem Arm, mein Tonfall ist bettelnd.

Bitte beruhige mich einfach, denn das hier ist zu fantastisch.

„Ich werde dich ihnen nicht aussetzen." Aus irgendeinem Grund wird sein Blick grimmig, fast schon wütend. „Ich will dich da nicht mit hineinziehen.

„So verdiene ich mein Geld und du verdienst es, das zu wissen. Jetzt weißt du es also." Er schaut schüchtern beiseite.

Kann ich damit umgehen?

Ich lege ihm die Hand auf die Brust und fühle den schnellen Herzschlag unter meiner Handfläche.

„Du Arschloch hast es ihr erzählt."

Wir beide wenden die Köpfe und James springt mit geballten Fäusten auf. Ein fremder Mann kommt aus der dunklen, offenen Schlafzimmertür und tropft auf den Holzboden. Ich erkenne eine dunkle Jacke, nasses, rotes Haar, harte graue Augen – und dann hat die Pistole in seiner Hand meine volle Aufmerksamkeit. Ich erstarre.

„Verdammt noch mal, Drew, du verrückter Bastard – du bist wieder in mein Haus eingebrochen und hast mich ausspioniert?" James macht einen großen Schritt auf den Kerl zu – und der richtet die Pistole mitten auf James' Brust.

„Pass auf, was du sagst, Judas. Gib mir einen guten Grund, wieso ich dich nicht auf der Stelle abknallen sollte." Seine Augen zeigen einen Mangel an Selbstkontrolle, die mir sogar noch mehr Angst einjagt als seine Pistole.

„James", jaule ich, meine Stimme ist voller Horror, „du hast gesagt, dass ich mit dieser Scheiße nicht in Berührung kommen werde!"

„Halt die Schnauze, Schlampe!", knurrt der Mann und zeigt nun mit der Pistole auf mich. „Wenn du dich nicht in das Leben von meinem Partner gewieselt hättest, hätten wir dieses Problem nicht! Ich sollte dich einfach erschießen und fertig!"

„Wenn du auch nur einen Tropfen ihres Bluts vergießt, werde ich dich mit deinen eigenen Eingeweiden strangulieren!" James geht einen weiteren Schritt auf ihn zu und der hagere Mann deutet mit der Pistole zurück auf ihn.

„Ich habe dir gesagt, dass du der dummen Schlampe nicht vertrauen darfst", beginnt er, während ich mich schnell umschaue. Wenn ich durch die Küche gehe, kann ich eine Wand zwischen diesen Psycho und mich bringen und nah zur Tür gelangen.

„Nenn sie nicht so!", brüllt James.

Ich schieße los.

Ich bin unbewaffnet und fühle mich nicht gut, ich habe ein Baby in meinem Bauch und James' Partner ist ein besessener Freak mit einer Pistole. Plötzlich ist sein kriminelles Leben nicht mehr dubios, sondern unerträglich. Ich muss mich schützen.

Ich höre ein Stöhnen und einen Aufprall, dann den Fall von etwas Schwerem und Metallischem. „Meine Pistole!", schreit der Kerl aufgebracht.

„Renn, Karin!", ertönt James' verzweifelter Schrei – und ich renne durch die Küche, während die beiden kämpfen, und zur Tür. Ich reiße sie auf.

Da ist ein weiterer Mann mit einer Pistole in der Hand. Ein junger, hellhäutiger Mann mit einem nahezu entschuldigenden Blick. Er richtet die Pistole auf mich. „Es tut mir leid—", setzt er an.

James hat gesagt, ich soll alles tun, um mich zu schützen, egal wie schlecht ich mich deswegen fühle.

Ich ducke mich zur Seite und werfe meinen Körper gegen seinen Arm, wodurch die Pistole gegen die Wand prallt und herunterfällt. „Fick dich, du Monster!", schreie ich so laut ich kann und ramme ihm das Knie in die Eier.

Er wird bleich und kippt hustend vorn herüber und hält sich den Schritt. Ich renne den Flur herunter, Tränen vernebeln meinen Blick.

Ich renne auf die Treppe zu, da mir klar ist, dass ich eine Kugel abbekomme, wenn ich auf den Aufzug warte. Adrenalin brennt in meinen Venen. Ich kann so nicht leben. Seine Partner sind entsetzlich. Sie haben ihre Waffen auf mich gerichtet!

Ich sprinte die Treppe hinunter und höre Geschrei hinter mir. Ich weiß nicht, ob James die Oberhand hat oder sie. Ich weiß nicht, ob sie mich verfolgen.

Ich weiß nicht einmal, ob ich James je wiedersehen werde. Ich schluchze unkontrolliert, als ich das Erdgeschoss erreiche. Ich renne durch die Lobby und ignoriere die Rezeptionistin, die hinter mir herruft. Dann laufe ich blind durch die Straßen von New Orleans. Alles, was ich habe, ist meine Handtasche. In wenigen Sekunden bin ich durchnässt.

Immer noch schluchzend und verängstigt renne ich weiter, auch wenn ich immer noch nicht weiß, wohin.

KAPITEL 13

James

„Du hast sie entkommen lassen! Jetzt wird sie zur Polizei gehen!",
schreit Andrew, Spucke sprüht aus seinem Mund, während er
versucht, an seine Pistole zu kommen.

Ich schieße sie außerhalb seiner Reichweite und trete ihm mit all
meiner Kraft in die Zähne.

Sein Kopf knickt zurück und ein erschrockener Blick tritt in seine
Augen, als Blut und Zähne durch die Luft fliegen. Er kracht gegen die
Wand, prallt ab und landet auf dem Gesicht. Sein Kopf prallt mit
einem befriedigenden dumpfen Schlag auf den Boden. Dann bewegt
er sich nicht mehr.

„Was hast du getan, James?!" Dale liegt zusammengekrümmt in der
Tür und hält sich den Schritt, sein Gesicht ist schweißüberströmt.
Seine Pistole liegt mehrere Schritte von ihm entfernt auf dem Boden.
„Hast du ihn umgebracht?"

„Noch nicht." Ich nehme Andrews Pistole, überprüfe sie und gehe
dann zu Dale herüber und richte sie auf seinen Kopf. Er krümmt sich.
„Sag mir, wieso zum Teufel du entschieden hast, ihm dabei zu helfen,
meine Freundin um die Ecke zu bringen."

„So sollte das nicht laufen!", protestiert er, „Er wollte sichergehen, dass sie nicht zur Polizei geht!"

Ich starre ihn drei Herzschläge lang an – dann schlage ich ihm ins Gesicht. „Du dämlicher Hurensohn!", brülle ich ihn an, während er zusammenzuckt und sich an die Nase fasst. „Er ist gekommen, um sie zu erschießen und mich vielleicht gleich mit. Du solltest an der Tür stehen, damit wir nicht entkommen konnten!"

„Nein, warte. Das würde er nicht tun ..." Dales Stimme verblasst, dann weiten sich seine Augen.

„Doch, das würde er. Und er hat dich dazu bequatscht, ihm zu helfen. Du hast es ihm abgekauft, weil du ein dämlicher kleiner Kiffer bist, der sich zu dummen Aktionen überreden lässt!" Ich greife ihn am Kragen und ziehe ihn auf die Füße.

„Warte, James, bitte, beruhige dich—", bettelt er und schaut die Pistole in meiner Hand voller Horror an.

„Sie trägt mein Baby, du Vollidiot! Ich wollte ihr einen verdammten Heiratsantrag machen!" Ich kann mich nicht daran erinnern, je so wütend gewesen zu sein. „Ihr zwei habt alles versaut! Sie wird mir vielleicht nie wieder vertrauen!"

Ich halte seinen Kragen enger und enger, er schluckt gegen meine Fingerknöchel und röchelt. „James ... bitte ... ich wusste es wirklich nicht ..."

„Bitte was? Bitte töte mich nicht, weil ich sie vertrieben habe? Bitte töte mich nicht, weil ich dem misstrauischen Arschloch geholfen habe anstatt dir? Erklär mir, für was du um Gnade bittest, du leichtgläubiger kleiner Idiot!" Ich schüttele ihn.

„Bitte ... es tut mir leid ... gib mir eine Chance, es wiedergutzumachen!" Er starrt mich an, vor Angst ganz steif.

Ich senke die Pistole, dann lasse ich sie fallen. „Wie um Himmels Willen willst du das hier wiedergutmachen?"

Er schaut mit Angst auf dem Gesicht an mir vorbei. Dann richten seine Augen sich auf etwas hinter mir. „Ich kann dir dabei helfen, deine Freundin zu finden, bevor Andrew sie findet", bringt er hervor.

„Was?" Ich drehe mich um – und sehe, dass an der Stelle, wo

Andrew lag, nur noch Blut und Spucke auf dem Boden liegen. „Scheiße!"

„Wir haben nur ein Auto und ich habe den Schlüssel", versucht er mich zu beruhigen. „Wenn du mir eine Chance gibst, kann ich das ganze Gebiet schneller absuchen als er – oder du – zu Fuß."

Ich betrachte ihn – verschwitzt, mit bittenden Augen, immer noch ängstlich. Ich nicke. „Dann los."

Draußen regnet es in Strömen. Ich setze mich auf den Beifahrersitz von Dales getuntem Caddy und hole mein Handy hervor, um Karin anzurufen. Sie hat das Handy in ihrer Tasche.

„Komm schon", sage ich, während das Handy klingelt und klingelt. „Komm schon!"

„Denkst du, dass sie zur Polizei geht?", fragt er nervös, während er den Gang einlegt.

Ich starre ihn an. „Ich bin nervöser darüber, was Andrew tun wird, wenn er sie vor uns findet."

„Auch wahr." Er erzittert, als wir losfahren.

Während er unseren Block umfährt und beginnt, weiter nach außen zu kreisen, um ein größeres Gebiet abzusuchen, versuche ich erneut, Karin zu erreichen. *Bitte, Baby, Liebling, Schatz, nimm ab.*

Nichts.

„Ist sie wirklich schwanger? Oder hast du nur versucht, meine Sympathie zu bekommen?" Seine Stimme ist eine Mischung aus Neugierde und Nervosität.

„Ja, sie ist schwanger. Schau weiter auf die Straße und lenk uns nicht ab." Ich will ihn wieder schlagen, aber ich muss mich darauf konzentrieren Karin zu finden – und Andrew abzufangen, bevor er sie erreicht.

Bei dem Regen sind nur wenige Leute auf der Straße. Ich suche frenetisch nach dem blonden Lockenkopf und blauen Kleid ohne Jacke. Mein Magen dreht sich um, als ich darüber nachdenke, wie sie voller Angst durch diese Straßen läuft, ohne zu wissen, wo sie hinsoll und wer hinter ihr her ist.

Dale kann seinen verdammten Mund nicht halten. „Glaubst du wirklich nicht, dass sie zur Polizei geht?"

„Nein, glaube ich nicht. Aber wenn sie es täte, hätten wir es verdammt noch mal verdient. Andrew will sie ohne jeglichen Grund umbringen, du hilfst ihm dabei und ich schaffe es nicht, sie zu beschützen. Vor euch Hurensöhnen!" Meine Fingerknöchel werden weiß, als ich die Fäuste balle.

Er fährt stumm weiter, wir beide schauen uns um. Letztendlich sagt er leise: „Also … denkst du, das Geschäft wäre kein Problem gewesen, wenn Drew sie nicht bedroht hätte?"

„Ganz genau. Er hat alles verkackt. Selbst wenn er sie nicht umbringt, werde ich sie vielleicht nie wiedersehen." Eine Blondine erregt meine Aufmerksamkeit – aber nein, zu groß und zu langhaarig. *Verdammt.*

„Heilige Scheiße. Heilige Scheiße, James. Es tut mir so leid." Endlich kapiert er es.

„Das sollte es auch."

Wir suchen weiter. Alle paar Minuten versuche ich, sie anzurufen und bete, dass sie Akku hat und irgendwann meine Anrufe bemerkt. *Baby, bitte, nimm einfach ab.*

Während wir weiterfahren und alle Hauseingänge und Fußwege absuchen, kämpfe ich mit meinem schlechten Gewissen. Ich hatte Wochen Zeit, um Karin die ganze Geschichte zu erzählen, und habe es einfach nicht übers Herz gebracht. Hätte ich nur …

Hätte ich es getan, hätten wir darüber sprechen können und eine Lösung gefunden, bevor Andrew überhaupt von ihr erfahren hätte. Hätte ich es getan, hätte sie eine Entscheidung treffen können ohne das Drama mit der Schwangerschaft. Hätte ich …

Hätte, hätte, Fahrradkette, ärgere ich mich selbst, meine Schläfen pochen. Das macht jetzt keinen Sinn mehr. Ich habe die falsche Entscheidung getroffen … und jetzt müssen mein Mädchen und mein Kind dafür möglicherweise den Preis zahlen.

„Ich verstehe nicht, wieso Drew so ein Problem damit hat, dass wir Beziehungen führen." Dale plappert wieder. Ich frage mich, wie viel Gras er geraucht hat. „Er hat nicht von Sicherheitsrisiken gesprochen, als du deine Familie besucht hast."

„Nein, natürlich nicht. Er flippt auch nicht aus wegen deiner Kifferfreunde und ich bin mir sicher, dass dir ab und zu eine Information entwischt, wenn du high bist." Ich schaue ihn an der nächsten Ecke eisig an und er schluckt. „Ja, das habe ich mir gedacht. Aber irgendwie sind wir nicht im Gefängnis. Und er nervt dich deshalb nicht. Wieso? Weil er die Vorstellung hasst, dass wir glücklich mit einer Frau sind. Er hat zu große Probleme mit Frauen, um klarzukommen."

Meine Augen schmerzen von der Anstrengung. Drews Pistole steckt in meinem Hosenbund und wenn es nötig sein sollte, halte ich ihn mit einer Kugel auf. Tatsächlich bin ich geneigt, das einfach aus Prinzip zu tun.

„Okay, jetzt bin ich wütend auf den Kerl", grummelt Dale und ich verdrehe die Augen.

„Jetzt bist du wütend? Er hat dich dazu gebracht, eine Schwangere mit einer Pistole zu bedrohen und ihm fast bei einem Mord zu helfen. Er hat dich auch dazu gebracht, ohne triftigen Grund mit deiner Freundin Schluss zu machen."

„Er ist krank", grummelt Dale.

„Ja, er ist psychisch krank, aber das ist keine Entschuldigung. Er folgt seiner Krankheit, anstatt sie zu bekämpfen. Er lässt es an den einzigen Freunden aus, die er hat. Aber das ist nur ein Teil der Geschichte." Ich rufe wieder Karin an und suche weiter die Straße ab, während ich das Handy klingeln lasse.

„Und was ist der andere Teil?" Sein Tonfall ist unglaublich naiv. Ich will ihn ohrfeigen.

Junge, wie bist du überhaupt in dieses Geschäft gekommen? „Er hasst Frauen. Er hat sich selbst davon überzeugt, dass jede Frau auf der Welt wie seine Ex ist, die wahrscheinlich nicht halb so schlimm ist, wie er behauptet – sie hat nie versucht, ihn bei der Polizei anzuschwärzen."

Ich denke an meinen Cousin, Terry, der eine verpfuschte, rückgratlose Miniversion von Drew ist. Terry, der anscheinend mit Kaution freigelassen wurde und dem ich auch noch eine Tracht Prügel schulde. *Warum zur Hölle drehen so viele Männer wegen Frauen durch? Wieso wollen sie, dass der Rest von uns ihnen dabei hilft – oder gehen sie einfach davon aus, dass wir sie unterstützen?*

„Ich schwöre bei Gott", knurre ich, „selbst wenn wir aus dieser Sache herauskommen, ohne dass jemand stirbt oder ins Gefängnis kommt – ich bin aus dem Geschäft raus. Ich kann keinem von euch mehr vertrauen nach dieser Aktion."

Andrew fällt alles aus dem Gesicht. „Ach Mensch, James, es tut mir wirklich leid. Ich wusste nicht, dass es so enden würde!"

„Ich habe dir gesagt, dass das passieren würde. Ich habe es dir vor ein paar Stunden gesagt. Du hast lieber auf Andrew gehört und nun könnte eine unschuldige Schwangere deshalb sterben. Fick dich, Dale." Ich starre aus dem Fenster. *Baby, wo bist du?*

„Was ist mit dem Geld?", jammert er. „Du kannst nicht einfach abhauen."

„Wir haben genug verdammtes Geld. Außerdem sind manche Sachen einfach wichtiger." Jetzt, wo Karin in Gefahr ist, sind meine Prioritäten glasklar. „Wir haben allein im letzten Jahr zwanzig Millionen pro Person gemacht und ich würde jeden Cent davon abgeben, wenn ich sie dafür heil zurückbekäme."

Er ist eine lange Weile still, während wir weiter umherfahren und suchen. Wir haben bisher zehn Blocks abgesucht. „Sie muss sich irgendwo versteckt haben", sagt er.

Ich probiere noch einmal ihr Handy. Nichts.

„Wow!" Das Auto kommt abrupt zum Stehen und mein Handy fliegt mir fast aus der Hand. „Ich habe gerade jemanden von einem Dach über den Fußweg dort springen sehen." Er zeigt zum nächsten Weg.

„Welche Richtung?" Er deutet in eine Richtung. Das muss Andrew sein. Ich springe aus dem Auto und stopfe mein Handy in die Tasche, während ich zu der Ecke sprinte, auf die Dale gezeigt hat.

Es ist möglich, dass Andrew sie auch verloren hat und nur sucht. Aber er würde nicht die Dächer nehmen, wenn er nicht irgendwo schnell hinkommen wollte. Und das bedeutet, dass er weiß, wo er hinwill.

… und das bedeutet, dass er irgendwie weiß, wo sie ist. *Hat er ihr einen Tracker in die Handtasche gesteckt, als er das letzte Mal eingebrochen ist? Oder ein Virus? Weiß er deshalb, was ich gesagt habe und wo er sie finden kann?*

Es ist egal. Ich bin ihm jetzt auf den Fersen. Andrew ist gut im Parcours, vor allem mit seinen Hilfsmitteln. Ich bin besser – ich brauche sie nicht.

Ich renne die Feuerleiter hinauf und erreiche das Dach. Dann schaue ich mich um und sehe eine Gestalt einen Straßenzug weiter springen. Er trägt eine bekannte dunkle Jacke und sein Haar glänzt wie Glut im dünnen Tageslicht.

Ich schieße auf ihn zu und springe auf das nächste Dach. Ich komme nicht einmal zum Stehen, als meine Stiefel das Asphalt-Dach des nächsten Gebäudes berühren. Er steht still und sieht mich noch nicht. Er ist damit beschäftigt, mit Ferngläsern über den Rand des Gebäudes zu schauen.

Dann sehe ich, wie er über den Rand verschwindet.

Er hat sie gefunden.

Ich muss alles geben, um zuerst dort anzukommen.

KAPITEL 14

Karin

Jemand ruft mich ständig an, aber ich kann nicht anhalten und aufs Handy schauen. Der rothaarige Freak hat vielleicht seine Pistole und einige Zähne verloren, aber er ist mir auf den Fersen, egal, wie schnell ich renne oder wo ich mich verstecke. Ich habe ihn zweimal nur knapp abgeschüttelt.

Ich weiß nicht, wie er es schafft, mich immer wieder zu finden, aber es versetzt mich in solche Panik, dass ich kaum denken kann. Ist er es am Telefon oder ein frenetischer James? *James. Du hast mir gesagt, dass ich wegrennen soll, als du mit ihnen gekämpft hast, und ich bin mir sicher, dass du dein Bestes gegeben hast ... wo bist du jetzt?*

Ich höre ein Dröhnen über mir – und entdecke über mir den verrückten, frauenhassenden Bastard, der mit einer verdammten Abseil-Schnur zu mir herunterkommt. Er hält ein Jagdmesser in der Hand. „Ich habe dich, Schlampe!"

Ich denke schnell nach und trete fest zu, bevor er den Boden erreicht. Ein aufgebrachter Schrei entfährt ihm – dann knallt er gegen die Feuerleiter und die Schnur wickelt sich um die Leiter, sodass er ein Stück über dem Boden baumelt. „Was?!? Scheiße!", schreit er und beginnt sofort, die reißfeste Schnur mit seinem Messer zu durchsägen.

Du musst irgendwo in die Öffentlichkeit. Das Versteckspiel funktioniert nicht. Ich renne in Richtung des hell erleuchteten Cafés auf dem Boulevard. *Was soll er tun, mich vor Sicherheitskameras und Zeugen niederstechen?*

„Ich bring dich um, du Hure!", schreit er mir heiser hinterher.

Scheiße, vielleicht tut er das wirklich. Er ist genau wie mein Vater und Terry. „Stell dich hinten an, Psycho!", rufe ich neckend zurück – während ich so schnell wegrenne, wie mich meine Beine tragen. *Lass sie nie deine Angst sehen, aber lass sie auch nie nah genug heran, um dich mit dem Messer erreichen zu können.*

Ich höre ein Aufstöhnen, dann das Reißen des Seils und wie zwei Stiefel auf dem Boden landen. Dann höre ich, wie er näherkommt. *Scheiße! Scheiße! Scheiße!*

Dann höre ich einen Aufprall über mir und mein Blut gefriert. Sein Komplize? Ich schaue hinauf – genau, als James die Hauswand hinabgleitet und zwischen mir und seinem Partner landet.

Oh, Gott sei Dank.

„Renn weiter! Geh in das Café, vor den Sicherheitskameras wird er sich nichts trauen!", ruft er, während er sich darauf vorbereitet, den Rotschopf anzugreifen.

Ich beginne zu gehorchen ... doch das Geräusch davon, wie sie sich aufeinander stürzen lässt es mich mir anders überlegen und so verstecke ich mich hinter einem Müllcontainer. Ich strecke den Kopf hervor, um zu schauen.

Die zwei sind in eine richtige Schlägerei verwickelt. James steht wie eine Wand zwischen meinem Angreifer und mir, während der andere Mann schreit und versucht, an ihm vorbeizukommen, indem er das Messer hin- und herschwingt. Jedes Mal, wenn er zu nah kommt, bezahlt er jedoch dafür.

Zuerst verliert er beinah sein Messer. Dann wankt er zurück und hält dabei sein Gesicht. Dann klappert das Messer über den Asphalt.

„Hör auf sie zu verteidigen, verdammter Judas! Sie wird uns alle verraten!" Wut liegt in der Stimme des Mannes – Wut und etwas anderes.

Panik.

Aber er ist nicht der Einzige, der wütend ist.

„Ich werde dich umbringen, bevor du sie auch nur anfasst!" James' Stimme zittert vor Wut und Überzeugung. Wieder versucht der Kerl, an ihm vorbeizukommen, um zu mir zu gelangen, und bekommt ein Knie in den Magen für seinen Versuch.

„So endet es also, hä, Judas?", bringt er schwer atmend hervor, während er wieder nach hinten wankt. „Du ziehst eine Schlampe deinen Partnern vor und hintergehst uns."

„Ich habe niemanden hintergangen, du dummer Bastard. Ich habe dich nicht einmal erwähnt! Du hast all das hier erschaffen!" James klingt nicht nur wütend. Es ist ein ungläubiger Ton in seiner Stimme, als könne er nicht glauben, dass sein langjähriger Partner sich so benimmt.

„Ich werde nicht ins Gefängnis gehen wegen deiner verdammten Freundin", grölt der Kerl mit aufgerissenen Augen, Spucke sammelt sich in seinen Mundwinkeln.

„Warum zum Teufel hast du mich angegriffen?", frage ich ihn und fühle mich plötzlich auch wütend. Ich bemerke ein abgebrochenes Brett, das neben mir am Container lehnt, und mit ihm in der Hand trete ich aus meinem Versteck hervor. „Ich wusste nicht einmal von deiner Existenz, bevor du versucht hast mich umzubringen!"

„Halt die Schnauze, du Hure! Du wärst eh zu den Bullen gegangen!" Er versucht wieder, zu mir zu gelangen, und James drängt ihn zurück, diesmal mit einer Reihe harter Schläge, die ihm die Luft nehmen. Und doch ... versucht er es weiter.

„Ich habe gesagt, dass du zu dem Café rennen sollst", warnt James mich.

„Ich werde nicht noch mehr Menschen mit in unsere Probleme hineinziehen. Außerdem würde er mich wahrscheinlich auch in der Öffentlichkeit angreifen." Ich halte das Brett fest und gehen einen Schritt nach vorne.

Im Inneren bin ich verängstigt, aber auch angepisst. Ich habe meine Grenze mit mobbenden Frauenhassern vor einer langen Zeit erreicht. Und James ist hier – und er wird mir nichts Schlimmes zustoßen lassen.

„Was hast du damit vor, junge Dame?", zieht Andrew mich auf.

„Ich habe vor, dich damit windelweich zu prügeln", antworte ich, während ich langsam weiter vor gehe. James sieht den Blick auf meinem Gesicht und grinst, dann macht er Platz für mich.

Das dreckige Grinsen fällt dem anderen Kerl vor Unverständnis aus dem Gesicht. „Du wehrst dich nicht. Du rennst zu den Bullen, so wie du es mit deinem Vater getan hast."

„Mein Vater hat ein zwölfjähriges Mädchen angegriffen, das nicht einmal halb so groß war wie er, du Arschloch", knurre ich, während James und ich uns dem Kerl nähern. Er stolpert zurück und schaut nervös zwischen uns beiden hin und her. „Ich konnte nicht gerade zurückschlagen.

„Und da meine persönlichen Angelegenheiten ja anscheinend auch deine sind, erzähle ich dir auch gleich noch den Rest. Er hat mich verprügelt, seit ich drei Jahre alt war, bis ich zur Polizei gegangen bin. Weil niemand anderes eingeschritten ist und ich zu klein war, um mich selbst zu verteidigen." Wut vertreibt meine Angst schnell.

„Er ist ins Gefängnis gewandert. Und weil er wie du besessen war, war das Erste, was er getan hat, als er rauskam, meine Uni zu ‚besuchen'. Mit Handschellen, Pfefferspray und einem Messer." Ich mustere den dürren Mann angeekelt.

„Das Mal habe nicht einmal ich die Polizei gerufen. Er hat einen Wachmann angegriffen. Der hat die Polizei gerufen." Wieso erkläre ich das alles?

„Und dein Freund?", hakt er nach. *Wo hat er all die Informationen her? James?*

Nein, er muss eine Art Hintergrund-Check gemacht haben.

„Wenn du von Terry sprichst, ja, gegen den habe ich eine einstweilige Verfügung. Er hat entschieden, sie zu verletzen, indem er versucht hat mich umzubringen. Er ist auf Kaution raus, was einer der Gründe ist, wieso ich hier bei James bin.

„Ich rufe wegen dir nicht die Bullen, weil sie dich mit James in

Verbindung bringen könnten und ich will keine Probleme wegen dir. Ich rufe sie auch nicht, weil das Rechtssystem komplett nutzlos ist, wenn es darum geht, Leute zu beschützen."

Ich gehe einen Schritt auf ihn zu und er weicht zurück. „Ich brauche sie nicht mehr. Nicht für ein verrücktes, sexistisches Wiesel wie dich."

„Ich bin nicht verrückt!", brüllt er und läuft dunkelrot an. Und springt auf mich zu.

James zwinkert mir zu und tritt beiseite, um mir Platz zu geben – und ich schwenke das Brett mit all meiner Kraft in Richtung des auf mich zu sprintenden Mannes.

Bamm.

„Guter Schlag!", ruft er stolz, als das Brett gegen das Kinn des Typen kracht und ihn strauchelnd nach hinten schickt.

Meine Angst ist verschwunden. Mit pochenden Armen von dem Aufprall stehe ich da und frage mich, wo das Brett geblieben ist. Doch dann sehe ich es – im Gesicht meines Angreifers, während er sich das blutende Kinn hält und mich anstarrt.

„Du bist zu paranoid, Drew", sagt James beinahe traurig. „Das ist nicht mehr Vorsicht. Und deine Frauenprobleme zerstören Freundschaften und die Arbeit. Du brauchst Hilfe."

„Wie kannst du ihr mehr vertrauen als mir? Wir kennen einander seit zehn Jahren!", protestiert er und durchbohrt James mit seinem Blick, während er versucht den Blutstrom aus seiner Nase zu stoppen.

„Sie hat noch nie versucht, jemanden umzubringen, den ich liebe", sagt er. „Außerdem hat sie mehr durchgemacht als du und ist trotzdem stabil, stärker und netter. Sie trägt außerdem mein Kind, welches du versucht hast mit ihr zusammen zu ermorden."

Die Überzeugung in seiner Stimme vertreibt den Rest meines Schreckens. *James*, denke ich und schaue ihn voller Staunen an.

Er schaut mich mit hochgezogenen Augenbrauen an. „Sie ist schwanger?"

„Ja. Weil du so durchgedreht bist, hättest du fast eine Schwangere ohne jeden Grund ermordet. Du hast dich fast selbst ins Gefängnis befördert, indem du sie mit einem Messer gejagt hast. Bist du stolz darauf, Drew? Willst du wirklich so sein?" James' Hand liegt in der Nähe der Pistole in seinem Gürtel, ich sehe sie, da seine Jacke beiseitegeschoben ist.

Der Schock erreicht ihn endlich. Er blinzelt schnell und schüttelt den Kopf, als würde er aus einem Albtraum aufwachen. „Nein", sagt er mit viel leiserer Stimme.

Trotz all der Angst, Drama und Wut, fühle ich ein bisschen Mitgefühl mit Andrew, der plötzlich einen verlorenen Ausdruck auf dem Gesicht hat.

„Sie hätte niemandem etwas erzählt. Nichts hiervon war nötig. Es ist nur geschehen, weil du deine Probleme nicht in den Griff bekommen willst." James' Stimme ist nun auch leiser.

Langsam zeichnet sich das Verständnis dessen, was er getan hat, auf Andrews Gesicht ab. Er schaut sich um … dann senkt er die Hände. „Was zur Hölle soll ich tun?"

James lacht bitter und schüttelt den Kopf. „Abhauen", sagt er. „Nimm deinen Anteil, nimm deine Sachen und geh. Du bist Multimillionär. Du kannst dir einen Arzt leisten – und dann zieh in einen anderen Bundesstaat."

„Und wenn ich mich weigere?", hält er mit letzter Kraft dagegen.

„Wenn du uns je wieder in die Quere kommst, brauchst du dich nicht darum sorgen, was James tun wird", sage ich mit fester Stimme, „denn dann erschieße ich dich persönlich."

Ich weiß nicht, ob das wirklich stimmt, aber es funktioniert. Er blinzelt schnell, dann richtet er sich auf. „Alles klar", murmelt er und wischt sich das Blut vom Gesicht.

Und weg ist er – geht die Straße hinunter, die Hände in die Taschen gesteckt und ohne seine Pistole oder sein Messer. Er schaut sich einmal zu uns um, als er die Straßenecke erreicht, dann mischt er sich in die Menschenmenge und verschwindet.

James stößt die Luft aus und senkt die Pistole. Er dreht sich zu mir und sagt: „Es tut mir so leid, Liebling. Bist du in Ordnung?"

„Äh." Ich lasse das zerbrochene Brett fallen und kuschele mich an ihn. „Nein, aber das wird schon werden. Wir … haben viel zu besprechen."

„Lass uns nach Hause gehen", sagt er, „Ich kümmere mich um dich und werde alles richten, das verspreche ich."

Ich lecke mir über die Lippen und bin etwas nervös darüber, ins Loft zurückzukehren. „Okay, aber du wirst etwas tun müssen, damit ich mich etwas sicherer fühle, wenn wir nach Hause kommen."

Er umarmt mich fest und küsst mich auf den Kopf. „Und zwar?"

Mein Grinsen wird etwas schief. „Das Balkongeländer einfetten. Wenn der Kerl versucht einzubrechen, will ich, dass er eine böse Überraschung erlebt."

Er lacht laut auf und umarmt mich. „Alles, was du möchtest, Liebling."

KAPITEL 15

Karin

„Danke, dass du mir mit dem Truthahn geholfen hast", sage ich zu Samantha, als wir uns an den Holztisch des Lofts setzen. Es ist wieder Thanksgiving und dieses Jahr habe ich vieles, wofür ich dankbar bin.

„Kein Problem, Schwesterherz. Wie geht es meinem kleinen Neffen?" Ihre Stimme wird hoch, als sie den Herren des Babysitzes neben mir anspricht. Er antwortet, indem er aufjauchzt und seine winzigen Fäustchen schwenkt, wobei seine großen schokobraunen Augen sie begeistert anschauen.

„Jimmy geht es gut. Er hatte letzte Woche seine Drei-Monats-Untersuchung." Unser Sohn ist gesund und auch uns geht es nicht schlecht.

Es war ein unglaubliches Jahr. James hat tatsächlich eine Sicherheitsfirma in einem der Büroräume des Gebäudes gegründet, wo er Halbzeit arbeitet, während er die restliche Zeit mit uns verbringt. Ich arbeite im Loft, auch in Halbzeit, und betreue vorerst nur eine Handvoll Kunden.

Eigentlich muss keiner von uns arbeiten, denn James hat mehr Geld als wir in unserem Leben ausgeben könnten. Aber so bekommen

109

wir keine unangenehmen Fragen darüber, woher unser Geld kommt. Und es bedeutet auch, dass das meiste des Geldes noch da sein wird, wenn wir tatsächlich in Rente gehen.

Momentan ist der Großteil unseres Lebens auf einander konzentriert und auf unseren Sohn. New Orleans ist so schön und einladend wie vor einem Jahr. Ich war seit Monaten nicht mehr in New York. Als ich in Terrys Prozess ausgesagt hatte, war ich durch mit der Stadt.

Terry hat fünfzehn Jahre für versuchten Mord, einfache Körperverletzung, häusliche Gewalt und wiederholte Verletzung einer einstweiligen Verfügung bekommen. Den ganzen Prozess über haben er und seine Mutter mich düster angeschaut, als sollte ich auf der Anklagebank sitzen. Als ich über das Messer ausgesagt habe, schmollte Terry und seine Mutter brach in Tränen aus.

Seit dem Prozess habe ich nicht mehr von ihnen gehört.

Ab und an wird Post von meiner alten Adresse weitergeleitet. Vor zwei Tagen enthielt sie eine Karte meiner Mutter. Sie war unterzeichnet, enthielt aber keinen persönlichen Text.

Ich weiß nicht, ob ihr endlich klargeworden ist, was meine Schwester und ich durchgemacht haben, seit sie allein mit drei Männern in einem Haus eingesperrt ist, die die Frau verprügeln, die sie lieben sollten. Vielleicht hat sie irgendwie herausgefunden, dass sie Großmutter ist. Warum auch immer sie mir geschrieben hat ... es ist mir egal.

Nur weil sie sich bei mir gemeldet hat, bedeutet das nicht, dass ich so antworten muss, wie sie will. Aber ich könnte es tun ... irgendwann.

Wenn ich jemandem wie Andrew vergeben kann, würde ich es nicht ausschließen, es auch bei meiner Mutter tun zu können. Sie war ein Feigling, uns nicht zu verteidigen ... aber sie war auch ein Opfer.

„Ist es für euch immer noch in Ordnung, wenn ich meine Frau und Kinder an Weihnachten mitbringe?", fragt Samantha, als sie den Salat herumreicht.

„Natürlich, je mehr, desto besser", sagt James fröhlich. Er und Samantha sind schnell Freunde geworden, was mich glücklich macht.

Karten hin oder her, sie ist immer noch die einzige Familie, die ich außer meinem Ehemann und Baby habe.

„Super! Ich möchte meinen Kindern ihren Cousin vorstellen." Sie setzt sich auf Jimmys andere Seite und beginnt, Grimassen zu ziehen, während er quietscht und herumwackelt.

„Hey, könnte mir jemand die Butter rüberreichen?", fragt Dale vom anderen Ende des Tischs. Er ist hier mit seiner Freundin, Sherry, einer süßen Belizerin mit niederregenden Dreadlocks und einem ansteckenden Lachen.

Es hat eine Weile gedauert, bis wir unsere Probleme mit einander geregelt hatten. Ohne die Arbeit können mein Ehemann und sein ehemaliger Partner Freunde sein. Und bezüglich der Episode als er eine Pistole auf mich gerichtet hat und ich ihn niedergestreckt habe … das haben wir als Unentschieden gelten lassen.

James und ich haben zusammen Selbstverteidigung geübt, seit ich mich von der Geburt erholt habe. Ich bin auch mit ihm schießen gegangen. Seit er mir beibringt, wie ich mich selbst schützen kann, fühle ich mich sicher, selbst wenn er tausende Meilen entfernt ist.

Ironischerweise ist Andrew eine Woche nach unserer Konfrontation nach Los Angeles gezogen. Ich muss zugeben – ich habe vor Erleichterung geseufzt, als ich davon erfahren habe, dass er den Bundesstaat verlassen hatte. Dale und James bekommen immer noch Emails von ihm – natürlich verschlüsselt.

Anscheinend ist er in Behandlung für was auch immer seine Exfrau ihm angetan hat. Ich hoffe, es hilft – aber ich bin froh, dass er weg ist. Es mag seine Krankheit gewesen sein, die ihm die Idee eingepflanzt hat, mir wehzutun, aber er hat sie aus freien Stücken versucht, in die Tat umzusetzen.

Es gibt Grenzen dessen, was ich vergeben kann.

„Also wofür sind alle dankbar dieses Jahr?", fragt Samantha. Wir haben diese Tradition letztes Jahr nicht befolgt wegen dem üblichen Gejammer von Terry und seiner Mutter und der Stille seines Vaters. Aber dieses Jahr sind die Dinge anders. Viele Dinge.

„Ich bin dankbar für alles", sage ich lächelnd. Mein Leben, mein neues Zuhause, meinen Sohn, meinen wunderbaren Ehemann, meine Schwester. Und vor allem die Chance, meine Vergangenheit hinter mir zu lassen und in eine bessere Zukunft zu beginnen.

Ende.

A BABY FOR CHRISTMAS

Ein Weihnachts-Romanze

Jessica F.

KLAPPENTEXT

Amelie: Ich habe Daniel angestellt, um ein Baby zu bekommen.

Ich bin die einzige weibliche Milliardärin in Louisiana. Ich möchte nichts außer einem Kind … und dem richtigen Mann.

Einen guten Mann zu finden ist allerdings schwierig. Also begnüge ich mich mit einem Baby.

Dann habe ich immerhin jemanden, der mich liebt.

Eine diskrete Annonce ist die Lösung:

Eine Million Dollar für einen gesunden Mann, der lang genug bei mir bleibt, um mich zu schwängern.

Dann verschwindet er und gibt alle Rechte auf seine Vaterschaft auf.

Es ist ein guter Deal. Natürlich habe ich eine Menge Angebote.

Aber der charmante, unglaublich heiße Daniel Fontaine ist der Einzige, den ich will.

Also ziehen Daniel und seine Tochter, Caroline, zu mir in meine Villa an Stadtrand von Baton Rouge.

Ich dachte, es würde wehtun, meine Jungfräulichkeit zu verlieren. Stattdessen verwandelt er es in eine erinnerungswürdige Nacht.

Und das tut er jede darauffolgende Nacht.

Ich brauche lange, um schwanger zu werden…aber es macht mir nichts aus.

Se* mit Daniel ist an sich schon ein Bonus.

Es ist nicht leicht, mich nicht in ihn zu verlieben.

Aber kann ich darauf vertrauen, dass er mehr als nur ein Kindsvater sein könnte?

KAPITEL 1

Amelie

Ich habe keine Lust mehr, alle Feiertage allein zu verbringen.

In meiner Kindheit habe ich Weihnachten immer mit Menschenmengen verbracht. Diese riesige Villa war erfüllt von den Stimmen Dutzender französischer Cousins meines Vaters. Ihre Eltern rümpften über mich die Nase – der kreolischen Tochter einer amerikanischen Mutter – aber die Kinder sahen nur eine weitere Spielgefährtin in mir.

Als mein Vater bei einem alkoholbedingten Autounfall starb, verschwanden die Menschenmengen und seine Familie kehrte uns den Rücken zu. Weihnachten spielte sich nur noch zwischen meiner Mutter und mir ab und vielleicht ein paar Freunden. Meine Mutter, eine Waise, hatte niemanden außer mir – immerhin behandelte uns dann niemand mehr abwertend.

Jetzt bin ich in der gleichen Position: Die einzige Familie, die ich haben werde, sind meine eigenen Kinder. Ich bin dreißig und unverheiratet. Mittlerweile betrachte ich einige recht ungewöhnliche Optionen, um mein einsames, leeres Haus zu füllen.

Soll ich das wirklich tun?

Dieses Jahr bin ich zum Weihnachtsessen wieder allein, genau wie

115

die letzten fünf, seit Mutters Krebstod. Ich bin ihr einziges überlebendes Kind und die Verantwortung, die Familie weiterzuführen, fällt auf mich. Aber an Tagen wie heute, an denen ich dabei zuschaue, wie der wachsende Sturm die Zweige der Myrten draußen in Aufruhr versetzt, frage ich mich, was ich tun soll, um ein Kind zu bekommen. Und unter meinen eigenen Bedingungen.

Die Angestellten sind nach Hause gefahren, abgesehen vom Sicherheitsmann, der meine Villa und Grundstück bewacht. Die Köchin, Marcie, hat ein kleines Festessen meiner Lieblingsgerichte auf abgedeckten Platten hinterlassen: Lachs mit Zitrone und Knoblauch, Reis-Pilaw, Tomatensalat, aufgeschnittene philippinische Mango und ein Glas kühler Chardonnay. Kirschkuchen als Nachtisch. Die krönende Kugel Vanilleeis schmilzt so schnell an dem warmen Abend, dass ich sie zuerst essen musste.

Es ist nicht sehr weihnachtlich – aber das ist das Wetter heute in Baton Rouge auch nicht. Meine Weihnachtsbeleuchtung dekoriert Palmen und Bäume voller Blüten und Früchte. Keine Plastik-Tannen-Girlanden und falscher Schnee weit und breit.

Aber wie überall geht es an Weihnachten um Familie. Also wird hier eine geplant.

Ich esse an meinem kleinen Holztisch auf dem abgeschirmten Balkon, der durch die Myrten auf den weitläufigen Rasen blickt, der sich über mein ganzes Grundstück zieht. Dies war die Villa meines Vaters und das Geld meines Vaters, auch wenn es sich in meinen Händen vervielfacht hat.

Ab und zu bekomme ich einen Anruf aus Frankreich – jetzt, wo ich jährlich mehr Profit mache als das BIP ihres Lands. Ich erinnere mich an meine Mutter und unsere letzten einsamen Weihnachten und nehme nie ab. Meine Cousins könnten zu anständigen Erwachsenen geworden sein, aber sie sind ein Paket mit ihren Eltern – mit denen ich nichts zu tun haben will.

Deshalb träume ich von einer eigenen Familie, mit meinen eigenen Kindern und Enkeln, die dieses Haus füllen. Ich habe auch von einem Ehemann geträumt – aber mit der Zeit und nach vielen Enttäuschungen habe ich meine Ziele geändert. Seit meine Mutter gestorben ist, bin ich nicht einmal mehr mit jemandem ausgegangen.

Die Liebe ist eine Lotterie – eine, die sich für mich nicht ausgezahlt hat. Aber ein Baby?

Es ist so viel besser, mich allein um ein Kind zu kümmern, als zehn Jahre damit zu verbringen, mich auf dem Heiratsmarkt nach dem Mann meiner Träume umzuschauen und mit ihm eine Familie zu gründen. Ich möchte Mutter sein. Die ständige Beteiligung eines Mannes an dem Prozess ist nicht wirklich nötig.

Und so sehr ich auch Papa beweint habe, Gene und Geld waren alles, was er zur Verfügung stellen konnte. Und ich brauche kein Geld.

Ich schaue hinunter auf mein Notizbuch – ich habe eine Liste mit Charakteristika erstellt, manche davon sind durchgestrichen. Manchmal lassen sie mich erröten.

Intelligent
Fit
Gesunde Familiengeschichte
Mental stabil
Verantwortungsbewusst
Keine Sucht
Keine Sucht in der Familiengeschichte
34-42 Jahre
Dunkles Haar (?)

Ich streiche das dunkle Haar durch. Es ist mir eigentlich egal, welche Haarfarbe mein Baby hat. Der Spermienspender kann jegliche Herkunft oder Farbe haben – so lange er gesund ist, die anderen Standards erfüllt und bereit ist, sich an meine Regeln zu halten.

Anscheinend hatte ich zu viel von den Männern aus Louisiana erwartet, als ich mich nach Kandidaten für eine Beziehung und Ehe umschaute. Selbst wenn ich nur das Geld für mich behalten wollte, was ich vor der Ehe verdient hatte. So erkennt man jemanden, der nur auf das Geld aus ist: Wenn irgendetwas zwischen sie und das Geld kommt, auch wenn es mein eigener Besitz ist, werden sie wütend.

Das Gewittergrollen unterbricht mich, der Wind streicht durch die Äste und ich nicke. *Nicht mehr lange.* Während ich weiter auf die

117

Liste starre, nehme ich einen weiteren Bissen Kuchen, schmecke ihn jedoch kaum.

Viele finanzielle, sexuelle und romantische Räuber habe ich vertrieben. Der letzte von ihnen war Marcus, der mir sagte, er würde ,für Ordnung sorgen', sobald wir verheiratet wären, und mein Anwesen bräuchte einen ,echten Mann', um es zu managen. Ich war bereits von ähnlichen und schlimmeren Begegnungen ausgebrannt, sodass ich ihm einfach direkt sagte, er solle sich zum Teufel scheren.

Ich tupfe mir mit der Serviette mädchenhaft die Lippen ab. *Ich bin eigensinnig. Aber eine Dame in meiner Position sollte das auch sein.*

Ich habe nicht die Hoffnung auf die Liebe aufgegeben, aber schon darauf, Männer und das Glück entscheiden zu lassen, wann ich Mutter werde und wie lange ich allein bleiben muss. Das gibt Fremden zu viel Kontrolle über mein Leben – und viele dieser Fremden haben sich als manipulativ und feindlich herausgestellt.

Der Regen beginnt herunterzuprasseln, der Geruch nach Ozon verspricht ein richtiges Sommergewitter. Der Wind hebt mein lockiges braunes Haar an, als er durch die Insektengitter streicht. Es wird eine schöne Nacht werden.

Die *Herr der Ringe* Serie läuft, als der Donner die Edelstein- und Mineralsammlung, die meine Wohnzimmerwände bedeckt, erbeben lässt. Es ist eigentlich ein Salon, der von meinem Schlafzimmer abgeht, doch ich verbringe nicht viel Zeit in den endlosen Räumen des Erdgeschosses – die meiste Zeit habe ich nicht genügend Feiern, um das zu rechtfertigen.

Der Donner ertönt wieder. Ich greife wieder nach dem Notizblock und dem Stift und versuche mich an meiner Annonce.

Sind Sie ein gesunder alleinstehender oder polyamouröser Mann zwischen 34 und 42 Jahren? Alleinstehende Frau sucht nach Spermaspender, um kurzfristig bei ihr zu wohnen. Diskretion und eine Hintergrundüberprüfung sind Voraussetzung, muss bereit sein, das Sorgerecht vollständig abzugeben.

Zimmer, Verpflegung und medizinische Tests werden gestellt und Reisen bezahlt, bis die Schwangerschaft bestätigt ist. Andere

Ausgaben sind verhandelbar. Ein beträchtlicher Bonus steht bereit im Falle eines erfolgreichen Abschlusses der Schwangerschaft.

Ich lehne mich zurück und stoße den Atem aus, während ich wieder an meinem Kuchen knabbere und das betrachte, was ich bisher zustande gebracht habe. Es kommt mir kalt vor angesichts des Themas. Vielleicht sollte es so sein? Wäre es ansonsten zu sanft?

Hier geht es um einen Vertrag. Selbst wenn er bedeutet, mich zumindest einmal pro Nacht zu ficken, bis ich schwanger bin.

Wenn meine Männererfahrungen sich nicht verbessern, könnte das hier das letzte Mal sein, dass ich einen Mann Sex mit mir haben lassen werde. Und das erste Mal. *Vielleicht sollte ich anspruchsvoller sein.*

Dunkles Haar kommt wieder hinein. Die Art von Mann, die mich immer angezogen hat, ist: Richard Armitage, Idris Elba, Hugh Jackman und Mark Dacasos. Die persönlicheren Teile meiner Liste werden nicht abgedruckt. Sie sind nur eine Hilfe dafür, wenn die Fotos eintreffen. Als ich darüber nachdenke, füge ich auch noch **heiß** hinzu.

„Jetzt bist du oberflächlich", kichere ich. Aber ... diese Situation wird sowieso merkwürdig sein, egal wie heiß mein Gegenpart sein wird. *Es wird nur noch schlimmer sein, wenn ich nicht von ihm angezogen bin.*

Ein Blitz erhellt eine Sekunde lang das ganze Zimmer und ich bereite mich schon auf einen Stromausfall vor, doch die Glühbirnen flimmern nicht einmal. Das Anwesen ist seit fünf Generationen in meiner Familie, in meiner Jugend flimmerte das Licht bei jedem Sturm. Es hat sich eindeutig gelohnt, das Stromnetz zu renovieren.

Warum gehst du nicht aus dem Haus und lernst mehr Leute kennen, Amelie? Es ist das Normalste, sagen meine Freunde. Sie verstehen nicht, dass ich nach allem einfach nur Zärtlichkeit, Nettigkeit will. Wenn ein Mann mir das nicht geben kann, dann will ich lieber keinen.

Mein Kind wird stattdessen meine Liebe und meine Aufmerksamkeit bekommen.

Nachdem ich ein paar weitere Stunden Filme geschaut und an meiner Annonce herumgespielt habe, gehe ich ins Bett. Während ich allein auf meiner Matratze liege, auf der vier Leute schlafen könnten, höre ich dabei zu, wie der Sturm an den Fensterläden rüttelt. Zweifel nagen an mir, bevor ich langsam einschlafe.

Was, wenn niemand Passendes antwortet? Was, wenn die Person versucht, mich auszunutzen? Was, wenn es schrecklich ist, mit ihm zusammenzuleben, oder er schlecht im Bett ist?

Vielleicht hätte ich einfach künstliche Befruchtung versuchen sollen. Meine Augenlider werden schwer. Ich werde mich besser fühlen, wenn ich den Vater meines Kinds kenne.

Und die Vorstellung davon, mein ganzes Leben als Jungfrau zu verbringen ... tut weh.

Vor allem, wenn es kaum meine Schuld ist. Es ist nicht so, als wäre die Hürde unglaublich hoch für potenzielle Liebhaber. Es scheint jedoch, als würden die Männer heutzutage lieber Tunnel graben, um unter der niedrigsten Hürde hindurchzukommen.

Selbst mein Vater tat das.

Ich bemerke meine eigene Verbitterung leicht amüsiert, während ich einschlafe. *Es wird sicherlich alles gut laufen. Nicht jeder Mann ist furchtbar und die meisten der Interessierten werden wahrscheinlich komplett normal sein.*

Einer von ihnen sollte mir dabei helfen können, im Laufe des nächsten Jahres schwanger zu werden. Vorausgesetzt natürlich, jemand ist daran interessiert. Es gibt immer noch die Option des Labors, wenn niemand interessiert sein sollte.

KAPITEL 2

Amelie

Heilige Scheiße. Warum zur Hölle habe ich das getan?

In nur zwei Wochen habe ich sechstausend Bewerbungen erhalten! Sechstausend Männer, die von der Vorstellung begeistert sind, dafür bezahlt zu werden, mich zu schwängern, obwohl sie mich noch nie gesehen haben und keine Ahnung von meinem Reichtum haben.

Und die meisten sind sehr direkt.

Nicht nur ist die Romantik tot, denke ich, sondern die meisten dieser Kerle haben auch absolut kein Taktgefühl.

Ich sitze in meinem mit Büchern gefüllten Büro mit Blick auf den Garten und gehe durch den Ordner mit den Nachrichten auf meinem Tablet. Ich sortiere sofort alle aus, die sich im Ausland befinden, den Anschein darauf machen, verheiratet zu sein, oder nach meinem Vermögen fragen. Doch das schließt nur ein paar hundert aus.

Okay, das ist lachhaft. Ich kann nicht all E-Mails von Anfang bis Ende durchlesen. Es wird Zeit, dass ich meinen Chefinnen-Hut aufsetze und jeden herauszuschmeiße, der die Bedingungen nicht erfüllt.

Zuerst sortiere ich die aus, die meinen Anweisungen nicht gefolgt sind. Es ist so einfach wie ein Computer-Programm zu benutzen: Ich folge einfach meine Liste, ohne Emotionen ins Spiel zu bringen. Ich habe meine erste Milliarde nicht damit gemacht, nett zu denjenigen zu sein, die mich nicht respektierten.

Ich sortiere die zu alten, zu jungen und diejenigen aus, die außerhalb eines hundert-Meilen-Radius sind, sodass die Liste auf ein paar hundert schrumpft. Ich benutze die gleiche kühle Sachlichkeit, die ich bei der Arbeit zum Anstellen und Feuern anwende. Gleichzeitig fühle ich jedoch Nervosität in mir aufsteigen, während ich Absage nach Absage schicke und die Bewerber danach blockiere.

Danke für Ihr Interesse. Leider kommen sie für die Position nicht in Frage, weil Sie ...

... nicht aus Louisiana sind.

... noch ein Teenager sind.

... alt genug sind, um mein Vater zu sein.

Alles klar, das lief doch ganz gut. Ich nehme einen großen Schluck meines Eistees, bevor ich über das nächste Ausschlusskriterium entscheide ... Irgendwie muss ich die Liste auf wenige, vielleicht sogar nur zwei Männer herunterbekommen.

Glücklicherweise habe ich meine Adresse nicht angegeben. Die Vorstellung von fremden Männern, die meinen Rasen und die Blumenbeete zertrampeln und Dreck über die sauberen Wege und meine ausladende Terrasse tragen, lässt mich zittern.

Wie viele wären wütend, wenn ich sie persönlich zurückwiese? Wie viele würden zu Internetbelästigern werden, wenn ich ihnen die Möglichkeit dazu gäbe?

Vielleicht ist es absurd, Angst vor Fremden zu haben – selbst in großen, wütenden Mengen.

Wovor genau habe ich Angst? Ich habe Geld, Macht und ein kleines Heer an Sicherheitsleuten zwischen mir und allen Zurückgewiesenen. Vielleicht ist es einfach instinktiv, dieses Verlangen, mich vor den Männern zu beschützen, die mich ausnutzen wollen.

Ich schließe weitere neunhundert Bewerber aus, die es offensichtlich nicht ernst meinen. Immerhin bringen mich einige zum Lachen. Aber sie bekommen keine Antwort.

Und danach ... wird der Auswahlprozess erschütternd.

Zwei Drittel der Verbliebenen sind so offensichtlich und gruselig sexuell, dass ich vor Abscheu erzittere. Da ist Übereifer und Peinlichkeit … und dann ist da noch eine Boshaftigkeit, die mich denken lässt, dass es ihnen entweder egal ist, wie ich mich fühle, oder sie vielleicht einfach testen wollen, wie viel Müll ich mir gefallen lasse.

Ich streiche sie ohne Probleme von der Liste und schicke ihnen meine formelle Ablehnung mit schadenfrohem Spott.

Obwohl Sie theoretisch für die Position qualifiziert sind, lassen Sie den sozialen Anstand, Rücksicht für andere und Respekt für Frauen vermissen, die nötig wären, um es erträglich zu machen, mehrere Monate mit Ihnen zusammenzuleben. Diese Entscheidung wurde getroffen aufgrund Ihrer …

… expliziten Beschreibung Ihrer sexuellen Intentionen, Fantasien und Verlangen.

… weder angeforderten noch gewollten Beschreibungen oder Bilder Ihrer Genitalien.

… Annahme meines Interesses an einer devoten Beziehung.

… wiederholten Anrede als ‚Mami‘.

Es scheint als wollten etwa zweihundert der übrigen Bewerber mir eine Moralpredigt wegen meiner ‚unethischen‘ Entscheidung halten. Der Stapel mit den Ablehnungen wächst … ich wurde von jedem meiner Familienmitglieder abgesehen von meiner Mutter verurteilt und habe kein Interesse daran, mir das von einem Bewerber gefallen zu lassen.

So bleiben noch achthundertsechsundneunzig Männer übrig. Ich starre auf Seiten und Seiten von E-Mails, scrolle vor und zurück, während ich darüber nachgrübele, welche weiteren Ausschlusskriterien ich habe. Es sind immer noch zu viele, um sie zum Gespräch einzuladen. Ich könnte nicht einmal mit allen von ihnen chatten!

Frustriert gehe ich die angehängten Fotos durch. Nacktfotos, Fetischkleidung oder schlechte Imitationen von Christian Grey wandern direkt in den Mülleimer. Das gleiche gilt für Fotos unter der Gürtellinie, die echte oder ausgestopfte Beulen zeigen.

Guter Zucchini-Schmuggel-Job, Junge. Ich hätte mein ganzes Leben lang ohne diesen Anblick auskommen können. Du bist ein Argument dafür, Gemüse gut abzuspülen.

123

Ich mache weiter, etwas aufgeheitert von dem kurzen Lachanfall. Doch ich werde müde und noch frustrierter. Meine Ablehnungen werden vager, formaler und kurz.

Leider muss ich Sie informieren, dass die Stelle bereits besetzt wurde. Danke für Ihr Interesse. Senden, blockieren, weiter.

Fünfhunderteinundneunzig übrig. Mein Glas ist leer und ich stehe auf, um mich zu strecken und mir nachzuschenken. Draußen kann ich wieder den Regen riechen und die Hitze macht mich durstig.

Mein Schädel brummt. Ich massiere mir vorsichtig mit geschlossenen Augen die Schläfen und schlucke meinen Tee herunter. Ich bin an meiner Grenze angelangt und vorerst fällt mir keine weitere Idee ein, um die Liste weiter schrumpfen zu lassen.

Ich bin bereit, für heute aufzugeben und scrolle nur noch einmal kurz durch die Fotos in der Hoffnung, einer der Männer könne meine Aufmerksamkeit auf sich ziehen. Und dann ... recht unerwartet ... geschieht genau das.

Sein Gesicht erscheint kurz, während ich vorbeiscrolle. Mein Hirn nimmt es wahr. Ich halte an und runzele kurz die Stirn. In einem Augenblick und unter hunderten anderen Gesichtern hat etwas Blasses und Dunkles meine Aufmerksamkeit erregt. Ich scrolle langsam zurück.

Ein Paar fast schon silbrig grauer Augen starrt mich unter dunklen Augenbrauen an, sie strahlen unter einem dichten Vorhang rabenschwarzen Haars hervor. Seine Haut ist blass, seine Gesichtszüge eine merkwürdige Mischung aus sanft und kantig, mit einer spitzen Nase und einem breiten, sinnlichen Mund. Ein Lächeln liegt auf diesen Lippen, das mir eine Gänsehaut bereitet.

Oh, WOW! Hallo.

Er hat fünf Fotos geschickt. Groß und muskulös wie er ist, sieht er sowohl im Anzug und Krawatte in einem Club gut aus wie auch in Shorts am Strand. Ich starre die Wassertropfen an, die wie Perlen auf seiner breiten Brust glänzen, und fühle, wie mein Mund trocken wird.

Als ich sein letztes Foto erreiche, zögere ich kurz. In all diesen Bewerbungen habe ich so gut wie alles gesehen – es reichte von Genitalien bis zu bizarren Anweisungen von absoluten Fremden. Doch das hier kommt unerwartet.

Er lächelt sanft, während er sich herunterbeugt, um seinen Arm um ein kleines, dunkelhaariges Mädchen in einem Rollstuhl zu legen, die so offensichtlich seine Tochter ist, dass ich einen Kloß im Hals bekomme.

Ein alleinerziehender Vater. Für die Dauer unseres Deals hätte ich also beide hier. Und sie hat besondere Bedürfnisse.

Ich kann sie hier leicht unterbringen, also wäre das kein Grund, ihn auszuschließen. *Abgesehen davon, wie kann ich „keine Kinder" sagen, wenn ich ein Kind will?*

Also öffne ich seine E-Mail, anstatt sie zu den Absagen zu legen.

Hi, ich heiße Daniel Fontaine. Ich hoffe, es geht Ihnen gut. Ich bin ein alleinerziehender Vater in meinen Dreißigern. Ich lebe in New Orleans, wo ich eine kleine Online-Investment-Firma besitze und meine Freizeit der Pflege meiner Tochter widme. Ich erfülle Ihre Kriterien und Sie haben nicht erwähnt, dass Sie ein Problem mit Kindern haben, also dachte ich, ich probiere es einfach.

Er fügt einen aktuellen medizinischen Test hinzu, Testresultate zu sexuell übertragbaren Krankheiten und ein genetisches Profil – eine nette Zugabe, auch wenn das mehr Information ist, als ich benötige. Ich lese den Rest durch, während mein Blick manchmal zu seinen Bildern zurückwandert. Ihr Effekt auf mich ist beeindruckend.

Meine Wangen werden warm, wenn ich ihn nur anschaue! Schüchtern schaue ich weg und fühle mich mädchenhaft albern dabei, als schauten die Fotos zurück. Es ist ein solch unerwartetes Gefühl, dass es mir etwas Angst einjagt ... aber Wärme steigt in meinem Herzen auf, wenn ich sehe, wie er seine Tochter anlächelt. Es ist nicht Liebe auf den ersten Blick ... aber wie wird es wohl in Person sein, wenn nur ein Foto von ihm meine Knie weich werden lässt?

Ist er so nett wie er auf den Fotos erscheint? Vielleicht ist ihm meine ... Unbeholfenheit egal. Und Skepsis. Was mir etwas Sorgen bereitet, ist meine Unbeholfenheit und meine Unerfahrenheit. Vor allem, wenn es um Sex geht.

Ich schätze, ein älteres Kind um mich zu haben, wäre eine gute Übung.

Abgesehen davon kann ich den Mann wohl kaum darum bitten, seine Tochter zu Hause zu lassen. Ich lese weiter und entscheide mich, ihn nicht auszuschließen.

Ich habe zudem die Ergebnisse meines letzten Gesundheitschecks angehängt. Wenn Sie weitere Informationen zu meiner Gesundheit benötigen, kann ich diese bereitstellen. Ich praktiziere Kampfsport, rauche nicht und trinke nicht mehr als ein oder zwei Bier pro Tag.

Meine Familie ist Cajun und Französisch und lebt hauptsächlich auf diesem Kontinent. Keine Gesundheitsprobleme. Einige Raucher und ein Onkel, der sich gerne betrinkt, aber nichts Ernsthaftes. Der einzige Krebstod in meiner Familie lag an den Langzeiteffekten von Asbest.

Meine Tochter, Caroline, ist seit einem Autounfall vor drei Jahren behindert. Sie ist neun Jahre alt und erhält Physiotherapie und Operationen in der Hoffnung, dass sie eines Tages wieder gehen kann. Bis dahin ist sie an einen Rollstuhl gefesselt. Ich hoffe, das stellt keine Unannehmlichkeit für Sie dar.

Das würde es, aber nicht genug, um seine E-Mail zu löschen. Stattdessen markiere ich sie und fahre fort. Ich beschließe, zumindest die restlichen hunderte von E-Mails durchzugehen, obwohl ich weiß, dass Daniel bereits einen recht hohen Standard für den Rest gesetzt hat.

Als ich fertig bin, habe ich die Bewerber auf ein Dutzend der heißesten und interessantesten Männer im südlichen Louisiana eingegrenzt, doch wenn ich die Augen schließe, sehe ich immer noch Daniels lächelndes Gesicht vor mir.

KAPITEL 3

Daniel

Ich habe angefangen, meine E-Mails alle paar Stunden zu checken, während ich nervös auf eine Antwort einer reichen Single-Frau aus Baton Rouge warte, die einen Mann sucht, um sie zu schwängern. Ich habe meine Bewerbung vor drei Wochen abgeschickt und wurde direkt gewarnt, dass sie bis zu einem Monat für die Antwort brauchen würde, doch Carolines Beine tun ihr in letzter Zeit so sehr weh, dass ich verzweifelt werde.

Es brauchte die Arbeit von zwei Hackern, einem Privatdetektiv und meine eigene Überzeugungsarbeit, um die mysteriöse Frau aufzuspüren. Ihr Fruchtbarkeitsexperte gab mir letztendlich ihren Namen, nachdem ich ihm einen großen Betrag an Bestechungsgeld herübergeschoben hatte. Es tat weh, das Geld wegzugeben, doch wenn ich mich richtig anstelle, bekomme ich es bald tausendfach zurück.

Amelie LaBelle, Louisianas einzige Milliardärin. Eine weltberühmte Schmuckdesignerin, deren Minen und Produktionsfirmen einen riesigen Marktanteil haben und die im Alleingang die Schulden von einer Viertelmillion Menschen letztes Weihnachten getilgt hat.

Intelligent, talentiert, mächtig und weichherzig – und nicht zu vergessen eine der heißesten Frauen, die ich je gesehen habe.

Meine Traumfrau. Zumindest am nächsten daran seit dem Tod meiner Frau.

„Das ist sie!" Jerry grinst, als er mit zwei Flaschen aus der Küche zurückkommt. Er ist hellhäutig und pummelig mit einem ewig jungenhaften Aussehen. Er ist zudem Ehemann und Vater, wenn er nicht gerade programmiert – oder Leute für mich aufspürt. „Und sie will eindeutig dein Sperma, Alter."

Ich betrachte die umwerfende kreolische Frau auf dem Bildschirm, ihr elegantes Kleid und die dunkelbraunen Locken geben ihr das Aussehen einer griechischen Göttin. Ihre Augen sind sanft gold-braun wie ein guter Bourbon. Ihre runden Wangen und vollen, zum Küssen einladenden Lippen lächeln schüchtern. Sie macht mich an.

Robuste Kurven, ein süßes Gesicht und Zurückhaltung. Was für eine interessante Kombination. „Verdammt, ich hoffe es. Ihre Vorstellung eines ‚beträchtlichen Bonus' könnte die restliche Behandlung meiner Kleinen bezahlen."

„Wie viel brauchst du noch?" Jerry runzelt die Stirn, während er sich zurück auf seinen Stuhl setzt. Seine eigenen Zwillinge sind noch klein und schlafen gerade. Der Baby-Monitor steht neben seinem Computer und zeigt ihre kleinen Gestalten.

„Die restlichen Operationen kosten 1,2 Millionen einschließlich Physiotherapie. Ein hirngesteuertes Exo-Skelett als Gehhilfe zu entwerfen, um ihr Gehirn und ihre Muskeln wieder zu trainieren, kostet noch mehr Zeit und Geld – bis zu einer Viertelmillion." Meine Stimme wird grimmig.

Er nimmt einen großen Schluck Bier. „Das ist eine Menge Holz, selbst bei den Erfolgen, die du hast. Denkst du wirklich, dass der Bonus dafür, diese Frau zu schwängern, das alles abdecken kann?"

„Nein. Aber ich hoffe, sie dazu überreden zu können, es trotzdem zu bezahlen." Ich bin sehr gut darin, Menschen zu überreden. Tatsächlich ist das mein eigentliches Geschäft.

Er pfeift leise und dreht sich zurück zu der goldäugigen Göttin auf dem Bildschirm. „Also, was ist dein Plan?"

„Uns Zeit zu kaufen", antworte ich kryptisch. Nach über einem Jahrzehnt in meinem Geschäft weiß ich, dass ich meine Pläne lieber nicht verrate. „Mir Zeit zu kaufen, um sie zu überzeugen. Es sollte nicht länger als ein paar Monate dauern."

Seine Augenbrauen heben sich, während er einen weiteren Schluck nimmt. „Aber du bist fertig, sobald sie schwanger ist. Wie willst du das hinauszögern? Ein Kondom *drauf* schmuggeln?"

Ich lächele. „Das ist bereits erledigt. Ich habe zumindest bis Weihnachten, bevor ich mich darum sorgen muss."

Weihnachten. Noch etwa elf Monate hin. Lang genug, um sicherzugehen, dass mein kleines Mädchen ihre Beine zurückbekommt, bevor Ms. LaBelle ihr Baby bekommt. „Jedenfalls gehen alle zufrieden ihrer Wege."

Natürlich nur, wenn wir überhaupt unserer Wege gehen. Denn das ist mein wirkliches Ziel. Nicht nur, dass mein kleines Mädchen wieder geht – ich möchte ihr das Leben einer Milliardärin geben, um meinen Fehler wiedergutzumachen.

„Ich sehe, dass du das wirklich durchziehen willst, Junge", lacht Jerry, während sein Computer neben ihm summt. „Und wie kommst du darauf, dass sie dich anstatt alle anderen wählt?"

„Weil ich genau das bin, mein lieber Hacker-Freund, was sie sucht." *Wenn nicht, werde ich herausfinden, was sie heimlich will, und dieser Mann werden.*

„Ich hoffe, das ist ihr auch klar. Viel Glück, Danny Boy. Sie … wird eine harte Nuss sein." Er schaut etwas auf seinem Bildschirm neben ihrem Foto an.

Ich verfluche mich darüber, dass ich mich von ihrem Foto ablenken lassen habe und nicht zu Ende gelesen habe. „Keine Familie auf diesem Kontinent, kaum Sozialleben...du konntest nichts über ihr romantisches Leben ausfindig machen?"

Er schüttelt den Kopf. „Ein paar Informationsfetzen, aber nichts hielt anscheinend länger als einen Monat, sie … hörte einfach auf sie anzurufen oder blockierte sie online."

Ich lese die Details durch und füge sie zu meiner mentalen Datenbank über Amelie LaBelle hinzu, die ich aus verschiedenen Quellen zusammengestellt habe. „Sie mag keine Konfrontationen, vor allem nicht mit Männern."

„Wahrscheinlich nicht, Sherlock, aber sie hat nicht so viele Firmen gegründet und geleitet, weil sie ein Feigling ist – oder dämlich." Er scrollt, um mir den Rest zu zeigen. „Sie hat Verwandtschaft in Übersee, aber sie sind nicht in Kontakt."

Isoliert, nicht konfrontativ, wahrscheinlich unglaublich einsam – aber mit einem starken Willen und Geist, viel Geld und einem einfachen Wunsch. „Keine Ahnung, wieso sie nie geheiratet hat?"

Er zuckt mit den Schultern und rülpst. „Nicht wirklich, aber wenn ihr Liebesleben unglücklich war und ihre Standards hoch sind, na ja …"

„Lieber allein als unglücklich mit jemandem", sinniere ich.

„Genau." Er dreht den Kopf. „Also … sagen wir, du bekommst den Job, wie hast du vor, sie nicht zu schwängern, wenn du sie jede Nacht durchvögelst?"

Ich starre ihn an und maßregele ihn mit einem scharfen: „Jerry!"

„Okay, okay, nicht meine Angelegenheit. Nur neugierig." Er schaut mich nervös an.

Ich seufze und entspanne mich. „Ist schon okay. Überlass das mal mir."

Bald darauf beginnen die Zwillinge zu weinen. Ich helfe beim Windelwechseln und gebe dem armen Kerl ein paar Ratschläge, wie man richtig die Flasche gibt. Die zwei sind süß, aber dem dünnen blonden Haar um ihre runden Gesichter nach zu urteilen, haben sie leider das Aussehen ihres Vaters geerbt.

Hoffentlich haben sie auch sein Gehirn – aber nicht sein mangelhaftes Sozialverhalten.

Ich schreite nach draußen in den dampfigen Regen mit einem USB-Stick mit Dateien über Amelie in meiner Jackentasche und ihrem sanften Lächeln in meinem Kopf. Es ist immer noch möglich, dass mein anfänglicher Aufhänger nicht so gut war wie der von jemand anderem und sie nicht antwortet.

New Orleans im Januar ist immer noch ein Dampfbad an Tagen wie diesem. Der Himmel hängt tief und ist satt grau-schwarz, voller lilafarbener Flecken. Momentan haben wir nur Regenströme und ab und zu ein paar Windböen ... aber es fühlt sich an als käme ein richtiger Sturm auf.

Ab nach Hause zu meinem kleinen Mädchen.

Die Reifen meines ehemaligen Polizeiautos schlittern im stärker werdenden Wind, als die Straße vom strömenden Regen glitschiger wird. Ich bin froh, dass Caroline nicht hier ist. Das Schlittern und die Art, wie der Wind das Auto schüttelt, würden ihr riesige Angst einjagen.

Sie ist eine sehr nervöse Beifahrerin durch ihr Trauma. Ich weiß nicht, was ich außer dem Offensichtlichen tun soll: sie nach Albträumen beruhigen, mich um sie kümmern, wenn ihr Rücken schmerzt und alles dafür tun, jeden Arztbesuch bezahlen zu können. Die schlimmen Erinnerungen und die wachsende Angst...ich weiß nicht, wie ich sie in Ordnung bringen soll.

Ich fahre auf den Parkplatz der Langzeitpension in Metairie, als der Regen in Hagel übergeht und der Himmel sogar noch dunkler wird. Ich renne zum Vordach und eile in der Hoffnung hinein, dass Caroline sich zusammenreißen kann, bis ich bei ihr bin.

Als ich unser sandfarbenes, langweilig dekoriertes Apartment betrete, sitzt Caroline auf ihrem Bett neben dem großen Fenster und betrachtet still den Sturm. Ihre dünnen, bleichen Beine liegen schlaff vor ihr ausgestreckt und sie tippt auf ihrem Laptop, der auf einem Kissen neben ihr steht.

Sie schaut mich an, als ich zur kleinen Küche hinübergehe. Ihre warmen braunen Augen ähneln denen ihrer Mutter so sehr, dass es wehtut, in sie hineinzublicken. „Hey, Papa", sagt sie mit erschöpfter Stimme.

„Hey, Liebes! Lust auf Mittagessen?" Es geht ihr nicht gut, sie hat Schatten unter den Augen und sie ist noch blasser als normalerweise.

Sie schüttelt den Kopf und lächelt mich matt entschuldigend an. „Sorry, Papa. Die Schmerztabletten machen mir Bauchschmerzen."

„Das tut mir leid, Süße. Denkst du, dass du ein Nährstoffgetränk herunterbekommst?" Es ist unser üblicher Kompromiss, wenn sie nicht essen kann. Sie leckt sich die Lippen und nickt. „Okay, Papa. Erdbeere."

Ich setze mich neben sie, während sie entschlossen Schluck für Schluck das Getränk leert. „Wann ziehen wir hier aus?", fragt sie, während etwas Farbe in ihre Wangen steigt. „Ich habe mich fast wieder von der letzten Operation erholt – wir müssen nicht bleiben, oder?"

Ich lächele sanft. Sie hasst die Pension. Sie erinnert sie zu sehr an unsere frühen Tage, als wir uns in Motels quetschen mussten, weil wir kaum Geld hatten und keine ehrliche Arbeit.

Ich habe ‚ehrliche Arbeit' für sie aufgegeben. Sie weiß nicht, wo das Geld herkommt. Aber sie hat recht – wir brauchen ein richtiges Zuhause.

„Ich habe wahrscheinlich einen Job in der Nähe von Baton Rouge. Die Bezahlung sollte genügen, um deine restliche Behandlung bezahlen zu können." Ich will ihr nicht zu viel Hoffnung machen, da es noch nicht feststeht. Sie braucht so sehr etwas Hoffnung.

Vielleicht brauche ich die auch.

„Mein Rücken tut heute weh, Papa. Sogar mit den Tabletten." Sie presst die Lippen zusammen und schaut mich flehend an.

Ich streichele ihr sanft die Schulter. „Das ist die Änderung der Wetterlage durch den Sturm. Du erholst dich immer noch von der Operation an den drei Wirbeln, also werden sie eine Zeit lang sensibel sein. Es wird besser werden. Bald wirst du nicht mehr so viele Tabletten brauchen."

Sie schnieft. „Wird der Schmerz je weggehen?"

Ich schließe die Augen und umarme sie. „Wir werden alles in unserer Macht Stehende tun, damit er weggeht, Schatz."

Auch wenn das bedeutet, eine Milliardärin wegen ihres Geldes zu verführen.

KAPITEL 4

Amelie

„Daniel Fontaine also." Meine Anwältin, Gloria Chan, klopft sich mit dem Füller gegen die geschürzten Lippen, während sie auf ihren Laptop schaut. „Besitzt tatsächlich eine kleine Investmentfirma in New Orleans. Kein Eigentum – momentan lebt er mit seiner Tochter in einer Langzeitpension in Metairie, wahrscheinlich in der Nähe ihres Physiotherapeuten."

Ich lehne mich in dem weichen Ledersessel vor und schaue auch auf den Bildschirm. „Kein Polizeizeugnis?"

„Nicht einmal ein Knöllchen. Der Kerl ist sauber. Und bei dem Vertrag, den wir gerade entworfen haben, wird er sowieso mit nicht viel von dir bekommen, wenn du ihn wählst. Legal jedenfalls." Sie lächelt, während sie sich zurücklehnt und ich lese.

„Weshalb ist seine Tochter behindert?", frage ich plötzlich. Könnte es ein Hinweis auf Körperverletzung sein? Vielleicht ist er zu gut, um wahr zu sein?

„Autounfall. Hier ist der Polizeibericht." Sie öffnet einen weiteren Tab. „Vor drei Jahren. Sein Onkel Andrew saß am Steuer. Er hatte 0,24 Promille – das Dreifache des legalen Maximums."

Plötzlich zieht sich mein Hals zusammen.

„Seine Frau starb am Unfallort, seine Tochter ist gelähmt mit einer zerstörten Wirbelsäule, Daniel hatte zwei kompliziert gebrochene Beine. Andrew hatte nicht einmal einen Kratzer." Ihr normalerweise fröhlicher Tonfall klingt düster.

„Verdammt. Musste er ins Gefängnis?" *Armer Daniel. Und das arme, arme Kind.*

„Ja, starb dort sechzehn Monate später, nachdem er in eine Schlägerei geraten war. Daniel war sein letzter Angehöriger und hat niemals seine Asche abgeholt." Sie betrachtet mich. „Ich kann nicht behaupten, dass ich ihm das zum Vorwurf mache."

„Ich auch nicht", seufze ich. "Er versucht, es in Ordnung zu bringen."

„Seiner Tochter wurde ihre Mutter und die Benutzung ihrer Beine geraubt, weil ihr Großonkel darüber gelogen hat, nüchtern zu sein." Gloria klopft den Stift zwischen ihren Fingern als schüttelte sie Asche von einer Zigarette. „Wenn es mein Kind wäre, würde ich alles tun, um es in Ordnung zu bringen."

„Was ist mit dem Interview?" Ich versuche, ruhig zu bleiben.

„Er war freundlich und höflich. Und überrascht, als er davon erfahren hat, wer Sie sind und wie viel die Bezahlung ist. Die Arztrechnungen, die er bezahlen muss, könnten der Grund sein, wieso er so bemüht ist." Ihr Stuhl knatscht, als sie sich zurücklehnt.

Ich atme tief ein und fühle eine merkwürdige Welle der Wärme. Es waren ein paar anstrengende und verrückte Wochen, seit ich Daniels erste E-Mail gelesen habe. Nun ist er einer der drei Finalisten … und derjenige, den ich nicht wählen sollte.

Er hat einen zu starken Effekt auf mich. Ich könnte nicht volle Kontrolle über mich haben, wenn er bei mir ist.

Shawn und Aaron scheinen beide eine sichere Sache zu sein … aber auch vergleichsweise langweilig. Shawn, ein stabiler und vorhersehbarer Architekt aus New Orleans, und Kreole wie ich, der sofort die Zustimmung meiner Mutter gehabt hätte. Und Aaron, ein medizinischer Zeichner aus Baton Rouge, der bereits zwei Kinder in seiner offenen Ehe hat.

Sie sind beide perfekt. Keiner von beiden lässt irgendwelche

Alarmglocken schrillen. Doch keiner von ihnen verfolgt mich in meinen Träumen wie Daniel.

„Ist etwas nicht in Ordnung, Amelie?", fragt meine Anwältin und legt den Kopf schief.

„Nein, alles gut." Ich werde mit ihm sprechen. Sehen wie es läuft.

„Arrangiere das erste Kaffeetreffen mit Mr. Fontaine", sage ich überzeugt. „Gib ihm meine private Nummer, falls er mich vorher anrufen möchte."

Sie presst die Lippen zusammen und schaut mich einige Sekunden lang still an, als dächte sie über etwas nach, doch letztendlich nickt sie. „Ich werde versuchen, es für morgen Nachmittag zu arrangieren", sagt sie und tippt etwas auf ihrem Laptop.

Als ich in den nebligen Nachmittag hinausgehe, höre ich in der Ferne die Sirene eines Krankenwagens. Sofort denke ich nicht an Daniel selbst, sondern an seine Tochter – das kleine Mädchen mit zerschmetterten Beinen und Wirbelsäule, ein kleines Mädchen, das mein Geld retten könnte.

Ich sollte einfach anbieten, was sie braucht. Ich habe bereits Menschen gerettet. Manchmal ist es das Einzige, was gegen die Einsamkeit hilft.

Diese Welt ist dunkel und kalt, aber ich habe die Macht, etwas Licht hineinzubringen. Ich kann nicht die Billigung der Familie meines Vaters bekommen oder meine Mutter zurückbringen oder einen Mann finden, der mich liebt. Aber wenn die moderne Medizin einem Mädchen dabei helfen kann, wieder zu gehen, und nur Geldmangel im Weg steht …?

Ich könnte mit meinem Geld die Wirtschaft eines mittelgroßen Landes retten. Wieso sollte ich es einem kleinen Mädchen verwehren?

Das könnte für uns alle gut ausgehen. Ich bekomme mein Baby, seine Arztrechnungen werden bezahlt und seine Tochter bekommt ihre Operationen.

Die Straße ist trotz des schlechten Wetters voll. Es ist warm und mein cremefarbenes Gaze-Kleid mit passendem Tuch kleben schnell an mir. Während ich die Straße entlanggehe, fühle ich wieder diese Wärme in mir aufsteigen.

Er hat einen besseren Grund als Lust oder Gier, um eine fremde Frau flachzulegen und ihr ein Baby zu machen. Und ich kann nicht aufhören, an ihn zu denken. Es ist nichts falsch mit den anderen beiden ... außer ... dass sie nicht er sind.

Sie sind nicht Daniel.

Jemand zieht testend an meiner hellbraunen Handtasche und ich drehe mich sofort um – um gerade noch einen Rücken und einen Schopf schwarzen Haars zu sehen. *Einen Moment lang hatte ich vergessen, wie sehr ich Menschenmengen hasse.*

Die guten Gefühle haben mich abgelenkt – aber nicht genug, um einem Taschendieb zum Opfer zu fallen.

Vielleicht sollte ich lieber mit einem Fahrer in die Stadt kommen anstatt inkognito, denke ich, als ich zu meinem kleinen, silbernen Hybrid-Auto zurückkehre und mich auf den Fahrersitz setze. Aber manchmal möchte ich unerkannt bleiben, in Ruhe durch Geschäfte stöbern und meinen eigenen Rhythmus haben.

Glücklicherweise ist das Zupfen an meiner Handtasche das Schlimmste, womit ich bis zur Sicherheit meines Zauns klarkommen muss. *Das war also das. Meine erste Wahl der Finalisten kommt morgen hier hin, um mit mir Kaffee zu trinken.* Ich schlendere durch die Tür.

Ich halte an, mein Herz hämmert plötzlich. *Oh nein! Was soll ich anziehen?*

Ich schließe die Tür hinter mir, eile die Stufen hinauf in mein Ankleidezimmer, schieße an meinem erschrockenen Butler vorbei. „Ist alles in Ordnung?", fragt der kleine, dünne Edmund, seine hellblauen Augen verschmälern sich vor Sorge.

„Äh, sei parat für eine Liste von Sachen, die ich für morgen zum Kaffee brauche, und möglicherweise einen Notfallanruf bei der Schneiderin."

Mein Ankleidezimmer ist penibel nach Farben und dem Schmuckset organisiert, mit dem die Kleidungsstücke kombiniert werden sollen. Schwarz mit Diamanten, Opalen und Rubinen, Meeresfarben mit Saphiren und Perlen, Waldfarben mit Smaragden, Erdfarben oder weiß mit Türkis und Bernstein. Der Stoff ist nur der Hintergrund für die Edelsteine und ihre Fassung – meine Kunst und die Quelle meines Vermögens.

Ich habe nur etwa die Hälfte der Outfits hier je getragen. Meine Mutter nahm mich ständig mit zum Einkaufen, während Vater auf ‚Geschäftsreisen' mit seiner neusten jungen Sekretärin war. Wir kamen Stunden später mit Tüten beladen zurück und ich verstaute und vergaß sie.

Ich nehme das Set aus braunem Jaspis und Koralle und hänge sie zusammen mit meinem Gürtel und Handtasche auf. Dann verwerfe ich das Outfit sofort wieder und probiere panisch verschiedene Kombinationen aus.

Ein Teil von mir denkt, *das ist lächerlich. Er ist derjenige, der versuchen sollte, mich zu beeindrucken und anzuziehen. Es ist mein Geld und meine Entscheidung.*

Der Rest von mir fragt sich, was seine Lieblingsfarbe ist.

Ich entscheide mich letztendlich für Orchideen-lila und ein sanftes Rosa, ein seidenes Trägerkleid mit Empire-Taille und einem fließenden Rock. Es passt gut zu einem Set rosafarbener Blumen aus Jade und lilafarbenem Tansanit in Rosengold.

Zwei Wochen, nur um diese Blüten zu schleifen. Die Geschliffene Rosenblüte hängt in meinem großzügigen Ausschnitt. *Wird er den Geschmack haben, sie zu bemerken?*

Was gerade geschieht, besorgt mich etwas.

Das ist kein Date. Es ist ein Geschäftstreffen. Hör auf, so nervös zu sein!

Aber ich kann nicht anders. Und weil das Gefühl vermischt ist mit einer mir unbekannten, übermütigen Freude ... will ich wirklich aufhören?

KAPITEL 5

Amelie

Ich verbrachte die Nacht damit, mich hin und her zu wälzen und jede einzelne Entscheidung zu hinterfragen, von meiner Kleidung bis zum Kaffeegeschirr, einfach alles! Der Morgen war lachhaft – ich war zu nervös, um zu essen, brauchte ewig für meine Haare und Make-Up und verbrachte zu viel Zeit damit, mein Parfum auszusuchen. Ich warte aufgeregt und albern auf Daniel, als wäre es das erste Date mit einem neuen Liebhaber und nicht das Arrangement für einen menschlichen Zuchthengst.

Du hast ihn noch nicht einmal getroffen! Ich schaue mich im Spiegel im Eingangsbereich an. *Du weißt nicht, was für ein Mann er ist.*

Er ist gesund und Dr. Weiss hat bestätigt, dass er eine große Spermienzahl hat. Bleib ruhig und aufmerksam heute. Lerne den Mann kennen.

Ich gehe zu den gepanzerten Foyerfenstern und schaue zum Eingangstor am Fuß eines kleinen Hügels. Es ist noch nicht die vereinbarte Uhrzeit. Nach drei Malen gehe ich genervt weg.

Oh komm schon, Amelie. Du hast die Kontrolle über die ganze Situation. Du mietest ihn buchstäblich. Er ist in einer finanziell verzweifelten Lage, die du lösen wirst, wenn er den Job bekommt. Du kannst ihn in drei Sekunden herauswerfen, wenn es nötig ist.

Du musst ihn nicht beeindrucken. Wirklich.

Egal, wie sehr ich mir das sage, sobald die Gegensprechanlage des Tors knistert, springe ich zur Fernbedienung, um sein altes schwarzes Auto hineinzulassen.

Er fährt zum Haus, parkt und kommt in langen Schritten über den geneigten weißen Kies zu mir. Er trägt einen dunklen, gut geschnittenen Anzug und eine Krawatte, die zu seinen wundervollen hellen Augen passt. Er springt die Stufen zu meiner Eingangstür mit der Energie eines jüngeren Mannes hoch.

Ich schließe die Augen, festige meinen Atem und erinnere mich ein weiteres Mal daran, dass ich die Kontrolle habe. Er klopft. Meine Augen öffnen sich und ich gehe zur Tür. Ich setze ein leichtes Lächeln auf und ignoriere den Drang, zu strahlen, ignoriere auch den Drang vor Schüchternheit zurück in die Tiefen meines Hauses zu rennen ... und öffne die Tür.

Sein Gesicht strahlt mich ehrlich an, als sein Blick auf mich fällt. „Ms. LaBelle." Er verbeugt sich leicht. „Bin ich spät dran?" Er hat eine schlichte, aber ordentliche Aktentasche aus Leder an seiner Seite.

„Auf die Minute genau, Mr. Fontaine. Kommen Sie herein. Mein Büro ist oben." Ich trete beiseite, um ihn hineinzulassen. Ich sehe, wie sein Blick sich schnell umschaut, um den Eingangsbereich in sich aufzunehmen, bevor er sich wieder auf mich richtet.

„Danke." Seine Augen funkeln, als er an mir vorbeigeht. Mein Hals zieht sich zusammen, als sein Geruch mich erreicht. Ein männlicher Geruch und der Hauch eines scharfen Parfums, leicht zu entdecken in der Hitze, als er nah an mir vorbeigeht. Ich schließe die Tür und ignoriere die Verlockung.

Er geht in Richtung der Treppe und bewegt sich langsam, während er sich umschaut. Ich halte die Luft an beim Anblick seines festen Hinterns und des breiten, muskulösen Rückens. Der Stoff, der sich über die Muskeln spannt, lässt mich darüber nachdenken, wie sie sich wohl unter meinen Fingerspitzen anfühlen.

Ich will den hier. Kein anderer wird genügen.

„Willkommen in meinem Zuhause." Ich gehe an ihm vorbei, damit der Anblick mich nicht auf meiner eigenen Treppe zum Stolpern bringt. „Bitte folgen Sie mir."

„Selbstverständlich." Seine Schritte sind erstaunlich leicht. Wir erreichen das zweite Stockwerk, wo meine Bürotür offensteht mit laufenden Ventilatoren und Gazevorhängen, die in der Brise wehen.

„Es ist wunderbar", bemerkt er, während wir gehen. „Ist es ein Familiensitz oder ein Kauf?"

„Es ist seit über einem Jahrhundert im Besitz meiner Familie." *Selbst seine Stimme ist attraktiv.* Leise und resonant, mit etwas Musikalischem in ihr. Weiß er nicht von ihrer Macht oder benutzt er sie absichtlich?

Er könnte ahnungslos sein. Seine Art ist angenehm und einen Hauch flirtend, aber undurchdringlich. Wenn ich seinen Gesichtsausdruck im Detail betrachten wollte, würde ich ihn zweifellos anstarren. Wie würde ich mich damit fühlen?

Schlechter, das könnte er bemerken. Er darf nicht wissen, welchen Einfluss er bereits auf mich hat. Wenn seine Augen mich anfunkeln, fühle ich mich, als würde ich schweben.

Das ist schlecht. Das kann ich mir nicht erlauben. Geld? Kein Problem. Mein Herz? Das muss ich beschützen.

Meine arme Mutter war ein schreckliches Beispiel. *Mache der Familie Ehre. Mach uns zu einem Erfolg. Diese rotzigen Bastarde denken, wir können allein nichts erreichen, jetzt, wo dein Vater tot ist.*

Ich habe einen hohen Preis dafür bezahlt, damit du eine Zukunft mit mehr Geld haben würdest, als du je brauchen wirst. Jetzt mach mich stolz.

Sie hat teuer dafür bezahlt. Mit Tränen, Erniedrigung, der Untreue und Lügen meines Vaters. Sie hat durchgehalten und sich niemals scheiden lassen – um meine Zukunft zu sichern.

Und ich habe mich angestrengt, hart gearbeitet und schließlich Erfolg gehabt. Ich habe sie stolz gemacht. Mein Kind wird das Gleiche tun und ich werde ihm Liebe, ein Vermögen und eine Verpflichtung gegenüber denen, die vor ihm kamen, geben.

Die Gedanken vertreiben meine Benommenheit und ich konzentriere mich wieder darauf, meinen Gast zu meinem Büro zu führen. „Vor dem Kaffee werde ich ein privates Interview mit Ihnen führen, das etwa 15 Minuten in Anspruch nehmen wird. Sie können mit Ihren Fragen beginnen und von da fahren wir fort."

Wie schaffe ich es, meine Stimme so eben zu halten?

„Wie Sie wünschen", sagt er schlicht und folgt mir ins Büro.

Ich setze mich an den Schreibtisch und er setzt sich davor, überschlägt ein Bein über sein Knie und faltet die Hände darüber. Er sieht vollkommen zu Hause aus! Ich bin mir einen Augenblick lang nicht sicher, was ich sagen soll. Glücklicherweise füllt er die Stille gern.

„Wieso bekommen Sie Ihr Kind auf diese Weise, anstatt in ein Labor zu gehen? Ich denke, so hätten Sie es diskret handhaben und die genetischen Merkmale des Samenspenders auswählen können." Seine Stimme ist sanft, doch seine Neugierde lässt mein Lächeln versteinern.

Aus vielen Gründen. So viele Tränen habe ich über sie vergossen. „Sie sind sehr direkt." Kein Ärger oder Abwehrhaltung, nur eine Tatsache.

„Es ist am besten, wenn wir ehrlich mit einander sind", antwortet er in einem leisen, aufrichtigen Tonfall, „denn das Leben meiner Tochter wird sich sehr verändern, zum Guten oder zum Schlechten. Lassen Sie uns sichergehen, dass es keine Missverständnisse oder Wissenslücken gibt, die uns Probleme bereiten könnten."

„Natürlich!" Meine Wangen werden warm. Der praktische Teil von mir fragt sich, ob seine Tochter eine Ausrede dafür ist, seine Nase in meine Angelegenheiten zu stecken, aber er hat nicht unrecht.

„Weiß sie, wieso Sie hierherziehen würden?"

„Sie weiß, dass ich für Sie arbeiten werde, aber nicht, worin die Arbeit besteht. Sie ist erst neun und würde vielleicht nicht verstehen, dass ihr Vater sich als Zuchthengst zur Verfügung stellt."

Er sagt dies so glatt und angenehm wie alles andere, was mich komplett überrascht. Er schaut mich an und das warme Glitzern in seinen Augen entwaffnet mich vollständig. Einen Augenblick später fährt er ernster fort: „Also, was ist mit meiner Frage?"

Ich schlucke und nicke, bevor ich nervös eine Antwort hervorbringe: „Viele Frauen stellen einen Mann an, damit er sie schwängert, um zumindest ansatzweise zu wissen, wer der Vater ist. Nicht um eine weiter Beziehung aufzuzwingen, sondern –"

„Ist das Ihre Antwort? Ich bin nicht an einer generellen Antwort interessiert." Seine Stimme ist kaum merklich schärfer und mein Hals zieht sich etwas zusammen.

„Ja. Zumindest ein Großteil davon. Ein traditionellerer Ansatz ist nicht möglich und ich möchte auch keine Empfängnis wie …" Ich zögere.

Wie sage ich einem Fremden, dass ein Klinikbesuch sich anfühlt wie Aufgeben? Ich konnte nicht einmal anrufen, um einen Termin zu vereinbaren! Wie traurig ich mich gefühlt habe, als ich die Möglichkeit betrachtete? Ich möchte ein Kind von einem Mann, nicht einem Reagenzglas.

Würde ein fremder Mann das verstehen?

„Wie eine schlichte medizinische Prozedur." Ich schaue unsicher über seine Schulter aus dem Fenster. Ein Schwarm kleiner, dunkler Vögel verdeckt einen Moment lang die Sicht, als er in den nebligen Himmel aufsteigt.

Plötzlich überkommt mich die Melancholie so sehr, dass ich ihn einige Augenblicke lang nicht anschauen kann. Er muss nichts von meinem traurigen Liebesleben wissen. Er braucht keine Erklärung für alle meiner Entscheidungen.

Er ist ein Fremder. Ein heißer Fremder und einer, der genügend Informationen hat, um mir zu vertrauen … aber die tiefe Einsamkeit hinter meiner Entscheidung – von der braucht er nicht zu erfahren. Er könnte sie ausnutzen, wenn er von ihr wüsste.

„Sie sehen trübsinnig aus", kommentiert er und meine Aufmerksamkeit kehrt peinlich berührt zu ihm zurück.

Scheiße. „Mir geht es gut." Ich nehme mir eine Sekunde, um mich zu konzentrieren, und schaue so ruhig wie möglich auf. „Haben Sie sonst noch Fragen?"

„Ja. Wie meine Arbeitszeiten aussehen." Seine Stimme ist sanft, aber mit der Sicherheit eines Manns, der bereits weiß, dass er den Job hat. Ich kann es ihm nicht verübeln. Es bereitet mir jedoch Sorge, dass er anscheinend meine Emotionen so leicht lesen kann.

„Arbeitszeiten?" Ich huste in meine Faust, blinzele schnell und mir wird klar, dass ich die Details unserer … Besuche nie so genau überdacht habe. „Zehn bis zwei jede Nacht", sage ich zuletzt. „Der Rest des Tages gehört Ihnen abgesehen von einigen Arztbesuchen."

Er nickt. „Dr. Weiss?"

„Ja. Ich nehme an, dass Sie Zeit brauchen für Kunden, den Schulweg Ihrer Tochter und Arztbesuche."

„Ja. Und Physiotherapie. Ist dieses Haus behindertengerecht?" Er zieht die Augenbrauen zusammen, sein Ton und Verhalten sind die eines besorgten Vaters. Es ist sogar noch entwaffnender.

„Es gibt einen Aufzug, der für meine Mutter eingebaut wurde, als ihre Gesundheit sich verschlechterte. Ich werde Carolines Zimmer neben ihm einrichten lassen." Nun tue ich es – ich spreche, als wäre die Vereinbarung bereits getroffen.

Er nickt zufrieden. „Ah, gut. Also zehn bis zwei."

„Abgesehen von Notfällen, ja." Er sieht belustigt aus. Mein Magen zieht sich zusammen. Denkt er darüber nach, was er zuerst mit mir tun wird?

„Manchmal hat meine Tochter eine schlechte Nacht, aber abgesehen davon …" Er streicht sich über das Kinn und zeigt ein kurzes, verdorbenes Grinsen, durch das sich meine Zehen in meine Pumps krallen. „Aber vier Stunden? Pro Nacht?"

Ich weigere mich, mich von diesem umwerfenden Mann aus der Fassung bringen zu lassen. „Ja. Bis wir die Schwangerschaft bestätigen können."

Das Glitzern in seinen Augen wird zu einem Strahlen. „Ich wollte schon immer mein Durchhaltevermögen testen."

Es ist das Sexuellste, was er bisher gesagt hat, und unterschwellig skandalös genug, um mich rot und erregt werden zu lassen. „Ich habe keine Ahnung, wie lange es dauert—", sage ich hastig und weiß sofort, dass es ein Fehler war.

Er zieht die Augenbrauen in die Höhe. „Eine Jungfrau?" Er bemerkt meinen Gesichtsausdruck und fügt hastig hinzu: „Es tut mir leid. Es kommt überraschend, wenn eine schöne Frau mir so etwas sagt."

Ich grabe die Fingernägel in den seidigen Stoff, der meine Knie

143

bedeckt und bin froh, dass meine Finger vor seinen Augen verborgen sind. „Bisher waren meine Prioritäten meine Bildung, Familie und Arbeit. Ich bin zudem sehr wählerisch."

„Dann fühle ich mich geehrt", antwortet er mit dem gleichen glatten Tonfall und sein entspanntes Lächeln kehrt zurück. „Wieso haben Sie mich übrigens ausgewählt?"

Mein Mund wird trocken. Sag ihm, er ist der Einzige, an den ich nachts denke. Er ist der Einzige, den ich ficken will. „Es gibt tatsächlich drei Finalisten."

„Aber Sie haben mich zuerst ausgewählt", bemerkt er. Ich lecke mir die Lippen, anstatt zu antworten. Seine Augen ziehen sich vor Belustigung zusammen. „Habe ich einen Vorteil den Anderen gegenüber?"

Zitternd gleitet mein Blick zu ihm herüber. Wenn unsere Augen sich treffen, lässt mich die Hitze seines Interesses realisieren, dass die anderen zwei Finalisten unwichtig sind. Ich will Daniel.

Und er weiß es.

„Abgesehen davon, dass Sie alle meine Kriterien erfüllen, habe ich vor allem die Hingabe für Ihre Tochter bemerkt." Die Halbwahrheit klingt schwach: Eine Ausrede. „Das ist nicht sehr üblich für Väter."

Sein Lächeln verschwindet und er legt den Kopf vor Neugierde schief. „Das hängt vom Vater ab. Ich kenne mehrere, die für ihre Kinder durch die Hölle gehen würden."

Und jeder von ihnen macht mich neidisch. Aber egal. „Das stimmt. Ich habe keine Erfahrung damit, also fand ich es bemerkenswert."

Er betrachtet mich still. In dem Moment wird mir klar, was ich zugegeben habe. Plötzlich habe ich ein bisschen Angst. *Ich habe keine Kontrolle in der Gegenwart dieses Mannes.*

„Gut, das waren meine Fragen. Haben Sie welche für mich?" Er schiebt sich die Hand hinter den Kopf, die breite Brust spannt sich unter seinem Anzug, die Augenlider senken sich wie die einer zufriedenen Katze.

„Ich werde mich bei Ihnen melden. Die Vorauszahlung sind fünfzigtausend Dollar plus Sonderausgaben. Sie werden sie bei Einzug erhalten. In Cash, wenn Ihnen das lieber ist."

Ich zögere … dann biete ich ihm mehr an, als ich vorhatte. „Wenn

Sie Hilfe mit den Arztrechnungen in der Zeit benötigen, können wir da sicher eine Lösung finden."

Seine Augen erstrahlen. „Dafür wäre ich sehr dankbar."

Ich entspanne mich. *Er ist nicht manipulativ. Er ist nur ein Vater, der eine Chance für seine Tochter nutzt.* „Möchten Sie nun mit mir hinuntergehen für einen Kaffee?"

„Sehr gerne. Könnte ich einen Eiskaffee haben? Ich bin durstig." Er zwinkert mir zu, als er aufsteht.

„Natürlich."

KAPITEL 6

Amelie

Eiskaffee mit zerstoßenen Minzblättern, Schokolade und Sahne. Die hohen Gläser stehen zwischen uns, als wir uns auf meinen geliebten Balkon setzen. In zwei silbernen Schüsseln liegen dünne Stücke Schokoladenkuchen, auf denen Fächer von Erdbeeren liegen, die von Sahne bedeckt sind. Eine Pyramide kleiner Sandwiches, hauptsächlich mit Räucherlachs, Frischkäse und Gurke, steht auf einer Platte neben den Desserts.

„Daran könnte ich mich gewöhnen", sagte Daniel und prostet mir mit seinem Glas zu, bevor er einen langen Schluck nimmt. Seine Augen verziehen sich zu Schlitzen vor Vergnügen, die Muskeln an seinem Hals bewegen sich und meine Fingerspitzen wollen nach ihm greifen und seine Haut berühren. „Leben Sie allein hier?"

„Ich denke, wir können jetzt zum Du übergehen. Um die Frage zu beantworten: Meine Familie war früher viel größer", antworte ich leise. Er wird still und konzentriert sich auf sein Getränk, während ich ihm dabei zuschaue.

„Wenn das hier der Familiensitz ist, würde es sich wahrscheinlich komisch anfühlen, ihn zu verkaufen und wegzuziehen." Er nimmt ein Sandwich und beißt mit einem genießerischen Knurren hinein.

„Ganz genau. Zudem ist die ganze Familie meines Vaters zurück nach Europa gezogen, sodass es nun von mir und meinem Nachwuchs abhängt, dieses Haus zu füllen."

Der Kaffee gibt mir einen Energieschwall, ich habe kaum gegessen vor diesem Date ... äh, *Termin.*

„Ich verstehe langsam, was du meinst", murmelt er und wirkt interessiert. Oder ist das nur gespielt? Ich hoffe nicht.

„Ich habe doch noch ein paar Fragen, wo ich jetzt darüber nachdenke", beginnt er und setzt sein Glas ab. „Wo ist mein Zimmer?"

„Das hängt von deinen Präferenzen ab", sage ich vorsichtig und bin mir bewusst, dass mein Herzschlag schneller wird. „Es gibt sechs Schlafzimmer auf dem Geschoss abgesehen von meinem und dem Ihrer Tochter." *Und ich spreche immer noch als hätte er den Job.*

Hat er mich im Griff oder meine Hormone?

„Du bist wahrscheinlich daran gewöhnt, allein zu schlafen." Ich gebe mir Mühe, nicht zu erröten.

„Ich habe einen leichten Schlaf." Wieder gibt es keinen Anlass dazu, ins Detail zu gehen.

Als eine der Liebhaberinnen meines Vaters betrunken in mein Zimmer gewankt kam, nackt und fremd, begann ich, meine Zimmertür abzuschließen und leicht zu schlafen. Er hat mir danach eine neue Kinderzimmergarnitur geschenkt und versucht, mich mit Süßigkeiten und Geld dazu zu bringen, meiner Mutter nichts zu erzählen, doch die wusste es bereits.

„Verständlich. Also dieses Anwesen...können wir die Anlagen nutzen, während wir hier leben? Du hast einen Pool. Schwimmen ist gut für die Reha meiner Tochter. Wäre das ein Problem?" Er ist ein bisschen unsicher und ich fühle mich weniger besorgt wegen meiner eigenen Verletzlichkeit.

„Absolut nicht. Solange sie dabei beaufsichtigt wird, kann sie den Pool benutzen, wann immer sie will." Die Sandwiches sind auf Scheiben getoasteten Sauerteigs, der mit Dillsamen bestreut ist. Sie knuspern angenehm zwischen meinen Zähnen.

Vielleicht ist es in Ordnung, dass wir uns verhalten als wäre die Entscheidung getroffen. Das hier ist so angenehm ... abgesehen von meiner

147

lächerlichen Schüchternheit. Er ist bedacht und scheint mich zu mögen, wir kommen gut mit einander klar ... und ich will ihn in meinem Bett.

Vielleicht ist der letzte Teil am wichtigsten: Der animalische Instinkt, der alle Intelligenz übertönt und mich ungeduldig macht, ihn endlich in meinen Armen zu halten. Der Teil will ein Kind von ihm – von ihm unter sechstausend anderen Männern.

Ich knabbere an den Leckereien und schaue ihm dabei zu, wie er isst, während wir uns unterhalten. Er erzählt mir von seiner Tochter, ihrer Liebe zum Zeichnen, wie sehr sie sich irgendwo niederlassen und einen Hund haben will. Ich erzähle ihm vom Haus, den wenigen Orten, die Tabu sind – hauptsächlich meine Schmuck-Werkstatt und mein Schlafzimmer – und meinem eigenen Tagesablauf.

„Du hast also eine kleine Pause von deiner Firma eingelegt?" Er lehnt sich vor und legt sein Kinn in die Hände. „Wer kümmert sich denn dann um die Führung, während du weg bist?"

„Ich habe immer noch das letzte Wort bei größeren Entscheidungen, aber der Vorstand regelt den Alltag für die nächsten zwei Jahre." Das war vielleicht nicht die ehrgeizigste Entscheidung, aber meine Mutter hätte sie verstanden. Meine Aktionäre waren weniger verständnisvoll, aber ... ich bin immer noch die Hauptaktionärin und meine Entscheidung zählt.

„Was wünschst du dir? Mädchen oder Junge?" Das Lächeln. *Hör auf! Es ist zu süß, zu warm, zu sexy! Ich will es jeden Tag sehen!*

„Ähm ... ein Mädchen aufzuziehen wäre wahrscheinlich leichter, weil ich aus eigener Erfahrung wüsste, was sie durchmacht. Aber egal welches Geschlecht, ein Kind wäre ein Segen für mich." Das ist die diplomatischste Antwort, die ich ihm geben kann.

„Töchter können anstrengend sein. Ich versuche, ein guter Vater zu sein, aber ich werde verloren sein, sobald sie in die Pubertät kommt." Er lacht kläglich und ich lache mit ihm.

Das fühlt sich richtig gut an.

„Du hast keinen Freund, der eifersüchtig wird, oder?", fragt er in dem gleichen sanften Ton. Eine Fingerspitze nimmt ein bisschen Sahne von seinem Dessert und verschwindet dann zwischen seinen grinsenden Lippen. Der kurze Anblick einer leckenden rosafarbenen Zunge erregt meine Aufmerksamkeit und ich wende den Blick ab.

„Nein, ich habe nicht … es ist …" *Wie macht er das nur mit mir?* Ich beschäftige mich damit, meinen Kaffee bis auf den letzten Tropfen auszutrinken. *Beruhige dich!*

„Ich führe keine Beziehungen", bringe ich letztendlich hervor.

Er legt den Kopf neugierig schief, seine hellen Augen starren in meine, ohne zu blinzeln. „Wieso?"

Ich beiße auf einen der Eiswürfel. Er zersplittert und gleitet in meinem Hals hinunter. Ich möchte ihm plötzlich sagen, dass das nicht seine Angelegenheit ist. Stattdessen murmele ich: „Es lief nicht gut."

Eine Millisekunde lang verdunkelt Sorge seine Augen – dann schaut er beschämt beiseite. Ich hasse Mitleid, genau wie meine Mutter.

Er fragt nicht nach meinem schrecklichen Liebesleben. Stattdessen sagt er in einem warmen Tonfall und so glatt wie Honig: „Du musst ausgehungert sein."

Ich schaue ihn mit großen Augen an und sehe, wie er erneut mit einem schmutzigen Blick in den Augen etwas Sahne von seinem Finger leckt. „… Ausgehungert?"

„Ausgehungert. Hunger danach, berührt zu werden. Die meisten Leute haben ihn zu einem gewissen Grad."

„Ich schätze", murmele ich und bin mir plötzlich wieder sehr unsicher. Wärme füllt mich, als seine Hand sich sanft auf meine legt.

„Vielleicht kann ich dagegen auch helfen." Ich beginne wieder zu zittern. Seine Fingerspitzen streicheln meinen Handrücken und schicken Stromschläge durch meinen Magen. „So wie du mich anschaust … ich bin einsatzbereit, an diesem Baby zu arbeiten, wenn du es bist."

Oh Gott. „Ich …"

„Sag nicht, dass du nicht neugierig bist." Er steht auf. Auch ich stehe auf, als er näherkommt, dann über mir steht und sein männlicher Geruch in meine Nase strömt. „Ich kann mir nicht vorstellen, dass du die nächsten Monate damit verbringen willst, mit jemandem ein Baby zu machen, die keine Ahnung von Sex hat."

Seine plötzliche Intensität überrumpelt mich. Atemlos starre ich in seine Augen, während er meine Hand drückt und mich so nah an sich zieht, dass ich seinen zitternden Atem auf meiner Wange spüre. Sein starker Körper streift gegen meinen und seine freie Hand gleitet meinen Arm in leichten Liebkosungen auf und ab. „Bist du sicher, dass du keine Kostprobe willst?"

Seine Stimme ist leise und voller Glut. Ich starre stumm zurück, überwältigt von seinem kühnen Vorschlag ... und davon, wie interessiert ich daran bin.

Wenn es um alles Sexuelle mit Männern geht, bin ich es immer langsam angegangen – sehr langsam. Mein Magen zieht sich vor Schüchternheit zusammen.

Sag ihm, dass er weggehen soll. Denk dir eine Ausrede aus. Er ist nur einer der Finalisten, er hat noch nicht gewonnen.

Doch, das hat er. Seit ich das erste Mal sein Foto sah, seit ich jede Nacht an ihn denke, seit er immer wieder bewiesen hat, dass er genau das ist, wonach ich suche. Nicht nur ein Samenspender für das Kind, das ich möchte, sondern auch ein Liebhaber für die Dauer des Arrangements.

Ich kämpfe mit mir selbst, so nah, dass seine Wärme mich trifft wie Sonnenstrahlen im Sommer. Und dann ... tut er das Schlimmste, was er hätte tun können.

Er greift nach mir, wickelt mich in seine Arme und seine breite Brust wird mein Kopfkissen. „Komm her."

Nein, nicht! Denke ich einen Augenblick lang, bevor er seine Hand um meinen Hinterkopf legt und die Wärme in meiner Brust mich durchdringt. *Sei nicht so süß.*

Zu spät. Er hält mich sanft fest, so vorsichtig, dass ich mich leicht losmachen könnte ... aber ich schmelze stattdessen gegen ihn. Er ist warm und fest und seine Hand streichelt meinen Rücken hoch und runter, bis meine Knie weich werden.

„Oh", murmele ich, als ich seinen muskulösen Rücken unter meinen Handflächen spüre und seinen Herzschlag gegen meine Brüste. Es ist so lange her, seit jemand mich umarmt hat, dass mein Herz schmerzt. Und ich kann mich nicht daran erinnern, dass ein Mann je so sanft war.

Entfernt klappern die Teller, als er sie beiseiteschiebt, dann streichelt er wieder meinen Rücken. Jede Liebkosung macht mich wärmer und entspannter, während die Hitze seiner Berührung mich zurück in die Gegenwart holt. Jetzt bin ich nicht mehr in meiner traurigen Vergangenheit, sondern in meiner Villa mit einem Mann, der alles mit mir tun wird, was ich möchte.

Ich schaue zu ihm auf – und dann nimmt sein Kuss mir den Atem.

Seine warmen, festen Lippen berühren meine, nehmen meine Unterlippe zwischen sich, streifen meine Mundwinkel. Ich fühle das Streifen seiner Zunge und wimmere leise, bevor ich meine Lippen etwas weiter öffne.

Seine Hände streichen mir durch die Haare, über die Schultern, greifen meine Hüften und ziehen mich näher. Ich spüre seine stählerne und beträchtliche Erektion, die mich durch unsere Kleidung streift. Ich schließe die Augen und fühle das Verlangen so intensiv, dass ich meine Oberschenkel zusammendrücke.

Ich lehne mich zurück gegen den Tisch, während er sich über mich beugt und ein tiefes, zufriedenes Grummeln gegen meine Lippen vibriert. Seine Zunge erforscht wieder meinen Mund, liebkost und zieht sich zurück, während ich fühle, wie seine Hand über eine meiner Brüste gleitet.

Wenn ich ihn nicht so sehr wollte, hätte er sich mit seiner Forschheit eine Ohrfeige verdient. Doch ich kann nur stöhnen und mein Bein um ihn schlingen, während ich mich näher an ihn drücke.

Eindeutig ausgehungert. Er hatte recht – bei vielen Dinge. Je mehr er mich liebkost, je näher er kommt, desto mehr will ich. Es ist wie der erste Bissen Essen nach einer zweitägigen Fastenzeit: Berauschend, umwerfend und den Appetit auf mehr anregend.

Dann – sanft, fast schon zögerlich – lässt er sich los. Ich starre ihn atemlos an, lehne immer noch auf dem Tisch und fühle schmerzhaft den Verlust des Kontakts ... aber auf einer gewissen Ebene bin ich auch erleichtert. Er hätte es sehr viel weitertreiben können und ich hätte mitgemacht, meiner Lust vollkommen ausgeliefert.

Es hat sich wundervoll angefühlt. Aber ich will nicht wirklich meine Jungfräulichkeit auf dem Balkontisch verlieren. Und er ist zu sehr Gentleman, um sie mir dort zu nehmen.

„Also", schnurrt er, als er mir auf die Beine hilft, „wo muss ich unterschreiben und wann können wir einziehen?"

Ich atme zittrig ein. „Meine Anwältin schickt die Formulare heute in euer Hotel ...", bringe ich zerbrechlich hervor – und vollkommen bezaubert.

Er lächelt, die Eroberung glänzt in seinen Augen.

KAPITEL 7

Daniel

Ich möchte vor Freude jauchzen, als ich Caroline die neu ange-brachte Rollstuhl-Rampe hinauf zum Eingang unseres neuen Zuhauses schiebe. Ihre Augen sind so groß! „Hier werden wir wohnen?", fragt sie überwältigt.

„Ja, für mindestens sechs Monate. Ich hoffe länger. Das hängt davon ab, wie viel Arbeit Amelie für mich hat." *Und mit Arbeit meine ich, sie zu verführen. Aber das brauchst du nicht zu wissen, Liebes.*

„Also wird uns Miss LaBelle für die Zeit meiner restlichen Opera-tionen hier wohnen lassen?" Sie klingt hoffnungsvoller und weniger erschöpft, als ich sie seit Monaten gehört habe. Hoffnung ist eine unglaubliche Medizin.

Das ist auch die Tatsache, nicht mehr furchtbares Hotelessen in einem kleinen Zimmer essen zu müssen und nichts als Fernsehen schauen zu können. „Ja, mindestens. Sie möchte sichergehen, dass du dich hier wohlfühlst."

Ich fühle mich beinahe schuldig. Es ist eindeutig, dass Amelie unter der Steifheit eine warmherzige Frau ist. Sie verdient es nicht, benutzt zu werden.

Andererseits macht es ihr wahrscheinlich nichts aus, wenn ich

153

einige Extramonate guten Sexes und guter Begleitung gegen ein paar funktionierende Beine für meine Tochter umtausche. Sie braucht nicht zu erfahren, dass unsere Affäre absichtlich verlängert wird. Nur, wie gut es für sie ist.

„Ich bringe Ihre Sachen nach oben", sagt Amelies Butler – in der Aufregung habe ich ganz seinen Namen vergessen – verbeugt sich elegant und hebt unsere Koffer auf einen kleinen Gepäckwagen. Ich nicke abgelenkt.

„Danke!", sagt Caroline und er lächelt höflich, doch seine Augen glitzern.

Er mag wohl Kinder. Das ist ein gutes Zeichen. Ehrlich gesagt kann ich mir auch nicht vorstellen, dass Amelie einen Kinderhasser anstellen würde.

Ich hatte sie in der Tasche in dem Augenblick, in dem unsere Lippen sich trafen. Das kleine Beben, das durch sie ging, die Art, wie sie sich gegen mich drückte, wie ihre Hände über meinen Rücken fuhren. Die Enttäuschung in ihren Augen, als ich sie losließ.

Die Überraschung eineinhalb Tage lang vor Caroline zu verbergen war schwierig. Aber es hat sich gelohnt. Ich habe gewonnen und sie ist begeistert.

Als Amelie in der Tür erscheint mit einem dicken Aktenordner unterm Arm und einem paar Schlüssel in ihrer schlanken Hand, fährt mein Blick hungrig über sie. Sie trägt ein meergrünes Kleid, das zu den Saphiren und Smaragden an ihrem Hals passt. Die Seide schmiegt sich an sie und die Lagen umflattern sie wie Schmetterlingsflügel.

Heute Nacht, denke ich – und schiebe den Gedanken dann schnell beiseite, bevor er mich vor meiner Tochter erregt.

„Willkommen", sagt Amelie. Ihr Blick fällt auf meine Tochter und sie lächelt. „Ich bin Amelie. Hat dein Vater dir von mir erzählt?"

Nicht besonders viel. Aber natürlich hat Caroline ihre eigenen Forschungen angestellt.

„Du bist die Schmuckmilliardärin. Du machst immer noch deine eigenen Entwürfe. Macht Papa deine Investitionen?" Carolines Tonfall ist freundlich und forschend.

Amelie blinzelt überrascht. „Er hilft mir bei einer Zukunftsexpansion", sagt sie vorsichtig und ich entspanne mich. Sie ist nicht die beste Lügnerin, aber sie versucht, meine Tochter nicht zu verwirren oder aufzubringen.

„Ich bin sehr froh, dass wir hier wohnen dürfen", antwortet sie und wechselt das Thema. Sie hat bereits bemerkt, dass mehr hinter dem Thema steckt, aber sie ist nicht der neugierige Typ. Ansonsten wäre ich bereits vor Jahren in Schwierigkeiten gekommen.

„Ich habe mehr als genug Platz. Und ich habe keine Lust mehr, allein zu wohnen." Amelie lächelt traurig, bevor sich ihr Gesicht wieder aufhellt. „Na ja. Ich führe euch jetzt mal herum und dann zeige ich euch eure Zimmer."

Sie ist wieder ganz die Geschäftsfrau trotz ihrer Wärme Caroline gegenüber. Ihre Stimme ist glatt und ihre Manieren auch. Sie hat wieder Kontrolle gewonnen … und das zieht mich nur noch mehr an.

Die sanftherzige, verzweifelt einsame Jungfrau, die sich in der kühlen, kompetenten Erbin und Geschäftsfrau versteckt, hat meine Neugierde geweckt. Aber ihre sorgsam aufgebaute Hülle ist auch anziehend. Man würde nie ahnen, wie schnell sie sich zitternd an mich geklammert hat .

Sie ist so elegant, wie sie durch die Flure und Räume ihres großen Heims gleitet wie eine Prinzessin. Ich will sie verschlingen, ihre Kleidung zerknüllen und ihre Locken auf einem Kissen ausbreiten. Während ich Caroline durch das Haus schiebe, wird mein Schwanz trotz meiner Anstrengungen hart.

Ich stelle mir ihr meerfarbenes Kleid auf dem Boden ihres luxuriösen Schlafzimmers vor, während sie sich unter mir windet. Ich stelle mir vor, sie so zu verwöhnen, dass sie um mehr fleht, so gut, dass sie kaum bemerkt, dass sie länger als erwartet nicht schwanger wird. Ich habe diesen Job angenommen, damit mein kleines Mädchen wieder laufen kann…aber im Moment kreisen mir nur zwei Worte durch den Kopf.

Heute Nacht.

Vielleicht sogar noch früher, wenn ich es richtig anstelle.

„Und das hier ist dein Zimmer, Caroline", sagt Amelie eine ganze

155

Weile später. Sie öffnet die Doppeltüren, die zu Carolines Zimmer führen – und schockiert mich.

Das gesamte Zimmer ist in den gleichen Blautönen ausgestattet wie das Outfit, das Caroline auf dem Foto trug, was ich mit der Bewerbung geschickt hatte. Ein anpassbares Bett mit Platz für den Rollstuhl auf beiden Seiten, ein behindertengerechtes Bad, ein Fernseher, Computer und kleiner Kühlschrank sind vorhanden. Ich starre Amelie an, während Caroline vor Begeisterung aufschreit und über das ganze Gesicht strahlt.

„Oh wow, das ist unglaublich." Caroline rollt herein und schaut sich mit großen Augen um. Sie dreht sich zu Amelie um, als erwartete sie halb, dass es nur ein Scherz sei. „Bist du dir sicher?"

„Natürlich." Amelie lächelt warm und die Nettigkeit zeigt sich auf ihrem Gesicht. „Ich werde deinen Vater manchmal zu ungewöhnlichen Uhrzeiten brauchen und du solltest dich auch allein hier wohlfühlen."

„Ähm ... danke. Ich weiß gar nicht, was ich sagen soll." Sie klingt, als würde sie gleich anfangen zu weinen.

Amelie bemerkt das sofort und geht zur Tür, um uns Zeit zu zweit zu geben. „Ich lasse euch beide euch einrichten. Daniel, ich bin in meinem Zimmer, wenn du fertig bist."

Ein Schlag fährt durch meinen Schwanz bei ihrer schlichten Aussage und ich nicke. Sie geht und ich wende mich meiner Tochter zu, die all dies immer noch verarbeitet.

„Papa, ist das wahr? Ich bekomme all dies? Und die Operationen? Und keine Hotels mehr?"

„So lange ich es schaffe, ja. Und wenn wir gehen müssen, sollten wir genügend haben, um uns ein kleines Haus irgendwo kaufen zu können." Oder, wenn ich die liebhafte junge Erbin um den Finger gewickelt haben, können wir für immer bleiben.

Während ich meiner Tochter beim Auspacken helfe, unterhalten wir uns über den restlichen Tag. Sie möchte etwas Ruhe haben. Ihr unterer Rücken schmerzt und die Schmerztabletten machen sie müde. Als sie ihre Jogginghose und ihr T-Shirt anhat und auf ihrem neuen Bett liegt, küsse ich ihr die Stirn und lächele sie an.

„Brauchst du noch etwas, bevor ich mich bei der Chefin melde?"

„Wir essen später zu Abend, oder?"

„Ja, wahrscheinlich wir drei. Es wird dir schmecken, das Essen hier ist großartig."

„Gut. Ich habe keine Lust mehr auf Zimmerservice ..."

Ich stelle sicher, dass sie gemütlich liegt, bevor ich aus dem Zimmer gehe. Dann überquere ich den Flur und betrete mein riesiges Zimmer. Es ist luxuriös, maskulin und wird durch ein gigantisches Bett dominiert. Ich werfe meinen Mantel darauf und gehe sicher, dass meine Taschen hier sind. Dann gehe ich schnell wieder hinaus.

Mein Schwanz schmerzt und pulsiert, unangenehm in meine Hose eingesperrt, während meine Vorfreude mit jedem Schritt zu Amelies Tür wächst. Es ist offensichtlich, dass der Inhalt des Ordners und die Schlüssel mir gehören. Die Papiere sind unterschrieben, die Verabredung wasserdicht und ich bin fünfzigtausend Dollar reicher.

Momentan ist das aber nur eine schöne Zugabe. Das wirkliche Vermögen wartet auf der anderen Seite dieser Tür und mein Instinkt rät mir, sofort hineinzugehen.

Ich werde sie verwöhnen. Ich werde es schaffen, dass sie sich so gut fühlt, dass sie mich nicht mehr gehen lassen möchte.

Ich klopfe vorsichtig an der Tür und setze mein sanftestes Lächeln auf, als Amelie öffnet. „Caroline macht Mittagsschlaf." Ich schreite herein. Sie nickt und schließt die Tür hinter mir. Sie saugt die Luft ein, als ich sie streife und ich drehe mich so schnell um, dass es fast ein Reflex ist.

Ich nehme sie in die Arme – und das Geld, die Schlüssel, die Schwindelei, sogar Caroline – alles verschwindet aus meinem Kopf. Es gibt nur Amelie und ihren Körper, der sich gegen den meinen presst.

KAPITEL 8

Amelie

Ich kann mich nicht daran erinnern, wie wir den Raum durchquert haben. Daniel trug mich, während er mir mit seinen Küssen den Atem nahm. Als er begann, meine Kleidung auszuziehen, war mein Kopf vor Lust bereits so vernebelt, dass die Schüchternheit mich nicht aufhalten konnte.

Die Nachmittagsbrise streicht über meinen halbnackten Körper, während ich auf meinem Bett liege mit Daniel über mir. Ich zittere, meine Nerven kribbeln vor Lust und mein Kopf ist voll von einem warmen Nebel.

Mein Seidenkleid liegt auf dem Schlafzimmerboden. Meine Schuhe liegen neben der Tür. Meine Kette und Ohrringe hängen vom Bettpfosten wie Mardi-Gras-Perlen.

Mein BH ist irgendwo in den verwirrten Bettlaken. Es ist mir egal.

Er reißt sein Hemd auf und küsst mich wild und hungrig, seine Hände sind so ungeduldig, dass einige Knöpfe auf den Boden fallen. *Das ist schon okay. Wenn er weiter so gut ist, bekommt er hundert neue Hemden.*

Er wirft den Stoff auf den Boden und zieht das T-Shirt darunter aus. Eine Muskelwand breitet sich über mir aus, als er es auszieht.

Mutig durch meine Lust lehne ich mich vor und fahre mit dem Mund darüber. Er stöhnt vor überraschter Begeisterung.

Seine Haut ist so glatt! Ich war noch nie so nah an einem halbnackten Mann und weiß nicht, was ich zu erwarten habe. Meine Hände fahren über seine warme Haut und versuchen, jeden Winkel zu erforschen. Ich biete ihm wieder meinen Mund an.

Er küsst mich und schiebt mich zurück in die Kissen, während er seinen Gürtel öffnet. Ich erhasche einen Blick, während er sich befreit und seine Hose ungeduldig von seinen Oberschenkeln zieht. Während er seine Hose und Boxershorts heruntertritt, frage ich mich, ob er das große Gerät in mich schieben wird, sobald mein Höschen ausgezogen ist.

Ich könnte ihm fast vergeben, so abrupt zu sein. *Und ich dachte, es würde merkwürdig werden!* Er zieht mich an sich, der Kopf seines Schwanzes reibt sich gegen mich durch meine Seidenunterwäsche und ich höre sein Aufstöhnen bei der Berührung.

Es ist nicht merkwürdig – ich bin zu gefangen in meinen Empfindungen, als dass ich darüber nachdenken könnte, wie ich für irgendwen aussehe. Und er steht so sehr auf mich, dass er zittert.

So viel zum Thema Selbstvertrauensschub. Aber es ist mehr als das. Es ist *er*.

Seine freie Hand erforscht mich, während er nackt über mir kauert. Seine glatte Hand gleitet über meine Hüfte, meine Taille, meine Seite hinauf und schließt sich dann sanft um eine meiner Brüste. „Deine Haut ist so weich", schnurrt er, während er meinen einen Nippel mit der Seite seines Fingers streichelt, bis er hart ist. „Das könnte ich den ganzen Tag lang machen."

„Ich würde mich nicht b-beschweren." Er beginnt meinen Hals zu küssen. Er knabbert und saugt, leichtes Stechen mischt sich mit meiner Lust … und verstärkt sie irgendwie noch.

Geküsst zu werden ist normalerweise angenehm, jedoch nie auf eine Art, die mich hinterherjagen lässt, wenn der Kuss endet. Ich habe nie vor Vorfreude gezittert, wenn ein Mann meine Brust berührte, anstatt von einem ungestümen Grapschen angewidert zu sein.

Nie wurde mir die Zeit gegeben, um heiß zu werden … oder die

Rücksicht. Ganz abgesehen von diesem Jemand, dessen Körper sich so unglaublich an meinem anfühlt.

Ich reiße die Augen auf, als sein heißer Atem über meinen Nippel streicht und ich fühle, wie seine Zunge um ihn gleitet. Er bewegt sich so langsam, dass ich stöhne und den Rücken durchdrücke in einer stummen Bitte, bevor sein Mund sich endlich um mich schließt. Das erste Saugen seines Munds bringt mich zum Schreien und meine Fersen rutschen über die Matratze.

Ich verliere die Kontrolle, dehne mich unter ihm, schwer atmend, während er fast schon rabiat saugt. Seine freie Hand hält meine Brust sanft fest für seinen Mund. Meine Finger vergraben sich in seinen Haaren, es ist einen Moment lang so intensiv, dass ich ihn wegschieben will.

Stattdessen halte ich aus, stöhne mit jedem Atemzug und fühle, wie sich meine Muschi bei jedem Saugen seines Munds zusammenzieht und pulsiert. „Ja", flüstere ich, als er beginnt, meinen anderen Nippel zwischen den Fingern zu drehen. Meine Hüften drücken sich gegen seine, während er weitersaugt. *Ja. Ja. Ja.*

Seine Hand gleitet unter mich und unterstützt meinen Rücken, als ich mich gegen seinen Mund drücke. Meine Nippel werden zu zwei brennenden Punkten der Lust, angefacht von seinem hungrigen Saugen, bis ich keine Worte mehr formen kann. Als er mein durchnässtes Höschen auszieht, kann ich nur noch zittern und mich an ihn klammern.

Die Spitze seines Schwanzes liegt an meiner Öffnung und seine Finger teilen mich. Ich zucke zusammen und sauge die Luft scharf ein, dann hebe ich die Hüften willkommen heißend an. Sein dicker Schwanz gleitet in mich und ich drücke mich dagegen.

Er stößt langsam zu und weitet meine jungfräuliche Muschi genießerisch, die Lust ist durchzogen mit Schmerz, während mein Fleisch damit kämpft, ihn aufzunehmen. Sein Rücken drückt sich durch, als er zustößt und er stöhnt dabei durch die Zähne.

„Oh Baby ... aah ...", bringt er hervor, sein Schwanz zuckt in mir. Seine Stimme ist atemlos vor Lust und einen enttäuschenden Augenblick lang denke ich, dass er fertig ist. Doch dann dringt er tiefer ein, nach Atem ringend.

Er hält still, als er vollkommen in mir ist, schnaufend und zitternd, eine dünne Schicht Schweiß überzieht seinen Körper. Ich schaue an ihm vorbei in meinen Schminkspiegel und sehe ihn zwischen meinen Oberschenkeln, die Pobacken zusammengekniffen, Rücken durchgedrückt, während er unsere Hüften zusammenbringt. Meine Muschi zieht sich vor Lust um ihn zusammenzieht, doch selbst, als ich meinen Hüften gegen ihn drücke, um ihn besser zu fühlen, fühle ich mich immer noch unbefriedigt.

Da ist noch mehr … etwas, was ich brauche, so sehr wie das Gefühl von seinem Schwanz in mir. Vorerst lege ich mein Verlangen beiseite und genieße seine hilflose Leidenschaft, während ich in seinen Armen liege und ihn zitternd und verzweifelt nach Luft ringen höre.

„Bewege dich nicht", stößt er aus. „Du fühlst dich so verdammt gut an, dass du mich zum Kommen bringen wirst." Er klingt überwältigt und begeistert, seine Fingernägel graben sich in mich.

Einen Augenblick lang will ich mich wieder gegen ihn drücken vor Lust, einfach nur um zu sehen, was es auslösen wird. Doch dann gehorche ich und entspanne mich so sehr, wie mein Körper es zulässt.

„Ahh … gutes Mädchen. Ich habe es seit Jahren nicht mehr ohne Gummi gemacht." Er stöhnt leise, fast wie ein Schnurren, als meine Muschi sich enger um ihn schließt als Reaktion auf sein Erbeben. „Ich will mich erst um dich kümmern."

Er lehnt sich auf einen Arm, um Platz zwischen uns zu schaffen, und legt seine seidige, sanfte Hand auf meine Vulva. Meine Klitoris reagiert sofort, als er beginnt, sie zu massieren, während er still in mir bleibt. „Oh ja", flüstere ich.

„Gefällt dir das?", knurrt er voller Lust, während ich beginne mich unter ihm zu winden. Meine Hüften drücken sich rhythmisch gegen ihn, mein Bauch kribbelt und das Gefühl in meiner Klitoris wird intensiver. Jeder Muskel in meinem Körper spannt sich an.

„Oh", flüstere ich atemlos, während meine Hüften sich wieder gegen ihn heben und mein Bauch sich fast schon schmerzhaft zusammenzieht. „Oh, hör nicht auf ..." Meine Stimme stottert, als mein Körper zu zittern beginnt.

„Das werde ich nicht", verspricht er und lächelt sanft auf mich hinab, während er weiter massiert und streichelt. Ich ringe nach Atem und stöhne, jede Bewegung verstärkt das Gefühl in meiner Klitoris. Meine Muskeln sind so angespannt ... es tut beinahe weh ... doch ich drücke mich dennoch gegen ihn, als seine Bewegungen schneller werden.

„Komm schon", summt er, während er mich weiter beobachtet. Seine Hand bewegt sich wie eine Maschine, unermüdlich, fest, seine Liebkosungen stetig. Ich schließe die Augen – und das Gefühl schießt zu seinem Höhepunkt.

„Daniel", stoße ich hervor, beinahe ängstlich – und dann legt sich sein Mund auf meinen und erstickt meine Schreie.

Ich schreie laut. Langes Aufheulen begleitet die Wellen der Ekstase, die meinen Körper schütteln. Meine Finger graben sich in seinen Rücken, während ich mich fest gegen seine Hand und seinen Schwanz drücke, hungrig nach mehr, dankbar. Dann werden meine Schreie langsam zu friedlichen Seufzern.

Durch den ganzen Sturm versteift sich Daniel und ringt um Fassung, als ich endlich zur Ruhe komme, atmet er vor Erleichterung auf. Er entspannt sich und bewegt langsam die Hüften. Ein leises, melodisches Stöhnen entweicht seinem Mund. „Oh, Gott", seufzt er, während er sich zitternd in mir bewegt und ich seinen Rücken streichele.

Ich strahle. Ein sanfter Nebel bedeckt die Welt. Er ist über mir, sein ganzer Körper drückt mich in die Matratze, während er sanft in mich stößt.

„Es hat sich so gut angefühlt", flüstere ich und werde allein durch die Erinnerung wieder scharf. Die Lust war so intensiv, dass sie mich überwältigt hat. *Er* hat mich überwältigt ... und ich hätte es nicht mehr genießen können. Tränen der Dankbarkeit laufen mein Gesicht hinunter und er beugt sich vor, um sie wegzuküssen.

„Das war erst der Anfang", flüstert er und beginnt dann wieder an meiner Brust zu saugen.

Die Zeit beginnt zu verschwimmen. Wir rollen, gleiten, strecken uns über meine große Matratze, schieben die Decke und Kissen auf den Boden, halten hier und dort an, um uns aneinanderzudrücken, die Hitze zwischen uns erregt mich, bis ich wieder zittere und mich wild an ihn klammere. Er kämpft, um durchzuhalten, ein leises Knurren vor unterdrückter Lust entfährt ihm und lässt seine Brust erbeben, während er mich wieder mit seiner Hand zwischen uns massiert.

Diesmal dauert es nicht lange. Ich bin bereits heiß und seine harten Stöße bringen mich zu neuen Höhen – und ich bin bereit erneut zu kommen. Er massiert und streichelt mich im Rhythmus seiner Hüften.

Ich beginne wieder zu schreien, mein Kopf rollt von einer Seite zur anderen, dann drücke ich den Rücken durch. „Oh ja … ja …!" Die Wände meiner Musche ziehen sich zusammen um seinen Schwanz.

Seine Muskeln verhärten sich und er wirft den Kopf zurück, ein lauter Aufschrei hallt von den Wänden meines Schlafzimmers wider. Ich zucke unkontrolliert unter ihm – daraufhin pinnt er mich unter sich fest und dringt tief in mich ein.

Er stößt weiter zu, seine Wildheit verstärkt meine Kontraktionen weiter, bis er über mir seinen Rücken durchdrückt. Ich höre das Klatschen, wenn unsere Hüften aufeinandertreffen, sein fast schon gefoltertes Stöhnen, was lauter und schärfer wird, das Quietschen des Betts. Sein Schwanz ist nass von meinen Säften und gleitet in und aus meinem entspannten Körper ohne eine Spur von Schmerz.

Sein Griff um mich verstärkt sich beinahe schmerzhaft, es entfährt ihm ein heiseres „Oh!" und dann stößt er seine Hüften gegen mich. Sein Schwanz zuckt in mir. Wellen von Hitze entfahren ihm und eine Mischung aus Qual und Genuss zeigt sich auf seinem Gesicht mit den geschlossenen Augen über mir.

Zuletzt entspannt er sich mit einem Seufzen und lässt den Kopf hängen.

Ich nehme die Hände von seinen Schultern, mein Körper ist schlaff und kribbelt. Sein Schwanz bleibt hart in mir. Als er die Augen öffnet, schaut er mich an. „Bist du in Ordnung?"

„Es geht mir sehr gut", schnurre ich und er lächelt.

„Gut. Denn ich bin noch nicht mit dir fertig ..."

Ich reiße die Augen auf und er grinst mich etwas müde an. Dann greift er wieder nach mir.

Er braucht eine Weile, bevor er mich wieder ficken kann, doch er füllt die Zeit mit schläfrigen Liebkosungen und seine langen Finger erforschen meinen gesamten Körper. Seine Berührungen sind federleicht und werden intensiver, als er sich wieder erholt. Bald darauf bin ich wieder so heiß, dass ich kaum ein Wort hervorbringen kann.

Ich wusste nicht, dass es so sein kann, denke ich überwältigt einen Augenblick, bevor ich keinen klaren Gedanken mehr formen kann.

Später halte ich ihn in meinen Armen, komplett erschöpft und etwas heiser von meinen Lustschreien, während er zum zweiten Mal kommt. Ich kann die Augen nicht öffnen, ich kann es nur spüren, während er auf mir liegt und zitternd den Kopf auf meine Schulter legt.

Es ist geschafft. Ich bin keine Jungfrau mehr.

Ich kann mich buchstäblich nicht bewegen ... und er auch nicht oder er will es nicht. Sein Schwanz zieht sich langsam in mir zusammen und eine weitere Welle des Genusses durchflutet mich wie ein Nachbeben.

Er ist über mir zusammengebrochen und sein Gesicht ist zur Seite gedreht, sodass ich die Wonne in ihm sehen kann. Ein merkwürdiger Triumpf durchfährt mich.

Ich schließe die Augen und döse ein. *Ich habe mich richtig entschieden. Du bist es.*

Doch als ich in den Schlaf gleite, spüre ich einen Stich von Traurigkeit, als er aus dem Bett gleitet ... und geht. Wie wird es sein, wenn er endgültig geht?

Das dauert noch eine lange Zeit. Dann drehe ich mein Gesicht zum Kissen.

KAPITEL 9

Daniel

Das lief nicht wie geplant. Es war verdammt umwerfend ... aber ich bin möglicherweise in Schwierigkeiten.

Ich habe es gut gemacht. Sie wurde befriedigt, wie es sich jede Frau in ihrer Position wünschen würde. Frauen wie sie wollen nicht nur ein Baby aus dem Reagenzglas.

Sie wollen richtig gefickt werden. Wieso sonst sollte sie sich einen Zuchthengst suchen, anstatt eines Laborbesuchs und einem ausgewählten Samenspender? Vielleicht vereinfache ich es zu sehr, aber ich hatte recht, wenn es um Amelie geht.

Sie will mehr. Ich ziehe meine Schuhe an und verlasse den Raum. *Mit genügend Sex und guter Gesellschaft wird sie sich in mich verlieben. Das steht fest.*

Ich schließe die Tür leise hinter mir und lehne mich daneben an die Wand, während ich den Regen durch ein Fenster betrachte und versuche wieder Kraft zu schöpfen. *Ich habe geschworen, alles in meiner Macht Stehende zu tun, um das wieder gutzumachen, was ich Caroline durch meine Dummheit angetan habe. Sogar eine Milliardärin dazu zu bringen, sich in mich zu verlieben.*

Was auch immer geschieht, immerhin wird Amelie lang genug

165

abgelenkt und verwöhnt sein, um die Operationen, das Exo-Skelett und alles andere für Caroline zu bezahlen.

Da ist jedoch noch etwas. Wenn ich gleich noch einmal einen Harten bekäme, wäre ich direkt wieder zurück in dem Zimmer und in wenigen Sekunden auf ihr. Und sie fände es großartig.

Und ich fände es auch großartig.

Und das ist gefährlich. Es ist verdammt grenzwertig und das weißt du.

Sie hat alles. Weich und sinnlich von den Knien zum Bauch. Ich habe mich in sie entleert und jede Sekunde genossen. Ich hatte noch nie eine solche Intensität mit einer Frau gefühlt!

Nicht einmal mit meiner Frau, Mariah, der Mutter meiner Tochter. Die Frau, die das Licht aus meinem Leben genommen hat, als sie starb.

Die Jahre mit Mariah waren wunderbar, liebevoll und optimistisch trotz unserer finanziellen Probleme. Es war voll von ihrer Sanftheit. Durch ihre Vergangenheit war sie sexuell sehr zurückhaltend und ich war immer vorsichtig mit ihr. Trotz meiner Liebe zu ihr kannte ich nicht diesen sexuellen Rausch, den ich mit Amelie erfahren habe.

Ich kneife die Augen zu. *Was zum Teufel passiert hier?*

Die Verführung läuft perfekt. Amelie hat so viel Spaß, dass sie nicht möchte, dass mein Besuch endet. Und es ist erst der Anfang ... aber sie hat es auf ein Niveau gebracht, das ich nicht erwartet hatte. *Es sollte einseitig sein.*

Meine Füße müssen auf dem verdammten Boden bleiben, um die Kontrolle über diese Situation zu behalten. Andernfalls kann das hier zu einer riesigen Katastrophe werden.

Ich gehe hinunter in die Küche und genieße Amelies Geruch auf meiner Haut. Sie ist größer als die meisten Restaurantküchen mit Oberflächen aus Edelstahl und Kupfer, einer Kühlkammer und einer Speisekammer, die größer ist als das Schlafzimmer meiner Hotel-Suite. Ich nehme einen Krug Wasser aus dem Kühlschrank und trinke durstig mehrere Gläser, während ich mir ein riesiges Sandwich mache.

Tue ich Mariah Unrecht, indem ich so heiß auf eine andere Frau bin?

166

Aber dann grinse ich und schiebe den Gedanken beiseite. *Scheiße, okay. Hör auf so Emo zu sein und schaffe etwas Klarheit.*

Es war außergewöhnlich guter Sex. Ich habe gerne weiter außergewöhnlich guten Sex mit Amelie in den nächsten Monaten. Wenn es sich zu einer Beziehung entwickelt, umso besser – aber bis dahin darf ich mich nicht in sie verlieben.

Am Frühstückstisch beiße ich herzhaft in mein Sandwich und kaue schnell. Blitze zucken über den Himmel und der Donner erklingt wenige Sekunden später.

Es wird fünf bis sechs Monate dauern, bis sie sich fragt, wieso der Sex keine Schwangerschaft hervorgerufen hat. *Wenn sie glücklich genug ist, sollte sie es nicht bemerken oder es sie nicht kümmern. Aber ich darf den Kopf bei der Sache nicht verlieren.*

Mein Handy klingelt, als ich das Sandwich halb gegessen habe. Dr. Weiss ruft mit dem Wegwerfhandy an, das ich ihm gegeben habe.

„Hallo, Doc", sage ich mit freundlicher Stimme und ignoriere die Besorgnis in meinem Bauch.

„Guten Tag, Mr. Fontaine. Ich gehe davon aus, dass Sie und Ihre Tochter gut in Ms. LaBelles Villa angekommen sind?" Weiss' Stimme klingt kalt, sodass ich die Augen zu schlitzen verenge und mein Sandwich auf dem Teller ablege.

„Ja, danke, sie hält ein Schläfchen. Was kann ich für Sie tun?" Mir ist bereits klar, was er will, und der Gedanke daran jagt meinen Blutdruck in die Höhe.

„Es geht um die Tests. Meine Karriere steht auf dem Spiel, weil ich für Sie Dokumente gefälscht habe", sagt er im gleichen schnippischen Tonfall und nun mit einem Hauch von Triumph.

Oh, dieses Arschloch. Wie viel mehr will er? „Fahren Sie fort."

„Ich will fünfzigtausend mehr."

Ich lache trocken auf. "Scheiße, Mann, ist die nächste Zahlung für Ihre Yacht fällig?" Ich will beide Hände um den Hals dieses Arschlochs legen und zudrücken.

„Wofür ich das Bestechungsgeld ausgebe, geht Sie nichts an, Mr. Fontaine." Seine Stimme klingt nun kalt und arrogant. Defensiv. Der Bastard weiß, dass er gierig ist.

„Und wenn ich Nein sage?" Ein entferntes, scharfes Einatmen erklingt, als ich ihn herausfordere.

„Dann wird Ihre vor Kurzem durchgeführte Vasektomie ans Licht kommen und Sie wandern wegen Betrugs ins Gefängnis", sagt er mechanisch als würde er ein Skript lesen. Wie viel Zeit und Whiskey hat der Idiot gebraucht, um sich zu trauen, mich anzurufen?

„Haben Sie wirklich vor, an die Öffentlichkeit zu gehen, wenn Sie sich damit selbst verraten und Ihre eigene Karriere ruinieren?"

Es folgt eine lange stille. Ich grinse und nehme einen weiteren Bissen von meinem Sandwich, dann kaue ich, während ich auf eine Antwort warte.

„Das sind meine Bedingungen", sagt er in gleichen mechanischen Tonfall. Es liegt ein schwaches Ego dahinter und ich lächele.

„Schauen Sie, Doc. Sie bekommen ein Vermögen dafür, Amelie dabei zu helfen ein Baby zu bekommen – was sie wird, nur mit etwas Verzögerung. Sie werden auch dafür bezahlt, meine Vasektomie ungefähr sechs Monate lang zu verstecken, bis sie entfernt wird. Vor Weihnachten wird sie schwanger sein und Sie werden Ihr Geld haben. Dann werden wir getrennte Wege gehen. Wieso wollen Sie einen solch guten Deal versauen?", frage ich ernst.

Er ist wieder still. Ich beiße wild in mein Sandwich und kaue. Gib auf, Arschloch.

„Ich habe mehr Geld als Sie und kann mir bessere Anwälte leisten", sagt er und ich verdrehe die Augen.

„Das stimmt nicht mehr, erinnern Sie sich?", antworte ich sanft.

Er schnüffelt zweimal und legt dann auf.

Ich schließe die Augen und seufze, während ich versuche, den Adrenalinrausch zu kontrollieren. Ich werde nicht gerne bedroht. Oder erpresst!

Glücklicherweise weiß Weiss nicht, was er tut, und scheint erkannt zu haben, dass sein Versuch nicht so gelaufen ist, wie er sich das vorgestellt hatte. Es macht mir Sorge. Ärzte haben einen Überlegenheitskomplex. Es macht sie übertrieben selbstbewusst.

Wenn er es versaut, könnte er alle unsere Leben kaputtmachen. Das würde Gefängnis für mich und ein gebrochenes Herz und Verlust aller Hoffnung für meine Tochter bedeuten. *Ich bringe den kleinen Bastard um, bevor ich das zulasse.*

Erpressungen aufgrund von Gier eskalieren so lange, wie die gierige Person etwas gegen einen in der Hand hat. Wenn ich ihn damit hätte durchkommen lassen, würde Weiss den gleichen Anruf jeden Monat tätigen und damit wäre ich das Geld für Carolines Operation los. Jetzt habe ich ihn dazu gezwungen, seinen Plan zu meiner ‚Bestrafung' zu überdenken, da er sich selbst in Probleme bringen würde.

Trotzdem, seine Rache. Ärzte hassen es, wenn jemand schlauer als sie ist, der keine Abkürzung vor dem Namen trägt.

Ich esse mein Sandwich auf und betrachte den Sturm, während ich darüber nachdenke, was ich tun soll. *Vielleicht sollte ich zu Dr. Parikh gehen, um das Gel auszuspülen und Weiss als Lügner dastehen zu lassen, bevor er mich ausliefern kann?*

Ich atme tief ein, Blitze zucken vor den Fenstern. *Das ist einfacher gesagt als getan. Parikh kommt erst in ein paar Monaten zurück. Vielleicht kann ich jemand anderen finden?*

Ein leichtes Schuldgefühl überkommt mich, als ich aufstehe, um meinen Teller in die Spüle zu stellen. *Ich wünschte, diese Scheiße wäre nie geschehen. Ich würde lieber wieder Häuser bauen.*

Aber Häuser zu bauen brächte nicht genügend Geld ein, um meine Tochter zu behandeln dank gieriger Ärzte wie Weiss. Das Gleiche gilt für Kommissionen für kleine Investitionen. Meine Optionen sind beschränkt seit der Nacht, in der mein Onkel seine Autoschlüssel hervorgezogen hat und unsere Leben mit seinen Lügen ruiniert hat.

Amelie muss nicht verletzt werden. Sie muss es nie erfahren. Sie bekommt, was sie will, und wird das Geld kaum vermissen.

Wenn wir mehr herausbekommen – wenn wir hier wohnen bleiben – wäre es sogar noch besser. Egal, was passiert, ich muss diese Nummer perfekt durchziehen – oder alles wird zusammenfallen.

Caroline ist das Risiko wert, erinnere ich mich, als ich nach oben gehe, um nach ihr zu sehen.

Doch das Schuldgefühl in meinem Hinterkopf verfolgt mich.

KAPITEL 10

Amelie

„Wie lange machst du schon Schmuck?", fragt Caroline, als ich mein Poliertuch senke. Ich habe meinen bewegbaren Arbeitstisch nach draußen auf die überdachte Veranda gebracht, denn meine Werkstatt kommt mir manchmal klaustrophobisch vor, wenn das Wetter gut ist.

Daniels Tochter rollt zu mir herüber. Wir haben uns schnell angefreundet und ich lächele ihr zu, als sie näherkommt. Vor allem, weil sie häufig erschöpft ist.

Momentan ist sie blass, sieht aber viel besser aus. Sie hat sich bewegt, während sie sich von ihrer letzten Operation erholte. Sie beschwert sich nie mehr als sehr leise über ihren Schmerz. Sie ist eine solche Kämpferin! Daniel zeigt seinen Stolz auf sie regelmäßig.

Er ist solch ein guter Vater. Wie wäre es, wenn er hier bliebe ... um auch der Vater meines Kindes zu sein?

Ich lächele verträumt und drehe meinen Kopf schnell, um ihr zu antworten: „Ähm, meine Großmutter brachte mir bei, wie man Perlenketten knotet, als ich sechzehn war. Von da ging es irgendwie von allein weiter."

Ein Monat ist vergangen, seit sie in mein Leben getreten sind, und

170

die Tage sind vorbeigeflogen. Ich war besorgt, dass Leute in meinem Haus mich auf die Dauer nerven würden, aber es ist wunderbar! Die Einsamkeit ist verschwunden – ein Gefühl, das mich früher immer traurig gemacht hat.

„Wieso muss man einen Knoten zwischen jede Perle machen?" Sie betrachtet den Bernstein, Pechkohle und das Fossil, das ich poliere. „Macht man das, damit sie nicht von der Schnur rutschen, wenn sie reißt?"

„Das ist einer der Gründe. Perlen hinterherzulaufen macht keinen Spaß. Nichts rollt schneller unter Möbel." Ich halte die schwere Kette hoch und betrachte das dunkelrote Licht, das der Bernstein in der Sonne wirft. „Der andere Grund ist, dass Perlen sehr zerbrechlich sind und die Knoten sie davor beschützen, aneinander zu reiben und sich gegenseitig zu beschädigen."

Ihre Augen leuchten auf. „Oh, also ist das wie eine Polsterung."

„Genau. Du bist ziemlich schlau, Caroline. Wie geht es dir eigentlich heute?" Ich lege die Kette ab.

„Na ja, es tut weh, aber es ist anders. Vorher tat es weh und ich konnte den Teil des Rückens nicht bewegen. Jetzt kann ich ihn bewegen und es tut tiefer weh." Sie bewegt sich und zuckt zusammen.

„Du musst es mir nicht zeigen, Liebes. Es tut mir leid, dass es wehtut, aber hast du vorher etwas dort gespürt?"

Sie schüttelt den Kopf. „Nein. Und ich bevorzuge, wenn es eine Zeit lang wehtut, als es gar nicht zu spüren."

„Das ist normalerweise am besten."

„Papa sagt, dass ich eine Roboterhose bekomme, damit ich wieder gehen kann", sagt sie nachdenklich und ich muss ein Lachen unterdrücken.

„Das ist ein Exo-Skelett, Liebes. Du trägst es über deiner Hose. Dein Papa hat mir davon erzählt." Es kommt mir ziemlich technologisch und großartig vor. Als er es das erste Mal erwähnt hat, habe ich angeboten, dafür zu bezahlen.

Blutgeld aus Edelsteinminen zu entfernen hat mich reich gemacht. In medizinische Technologie zu investieren, um Menschen dabei zu helfen, wieder zu gehen, ist gut für meine Seele.

„Wie kann so etwas mir dabei helfen, wieder zu laufen zu lernen?"
Sie legt den Kopf schief.

„Es wird von deinen Gedanken kontrolliert und bewegt die Beine
für dich, damit deine Muskeln sich daran erinnern, wie es geht. So
werden sie stark bleiben – vielleicht stark genug, dass du das Exo-
Skelett eines Tages nicht mehr brauchen wirst."

„Werde ich meine Beine fühlen können oder sie nur bewegen?" Sie
schaut auf ihre dünnen und vernarbten Beine hinab.

„Sobald die letzten Knochensplitter, die auf deine Wirbelsäule
drücken, entfernt sind, solltest du mehr spüren, vielleicht sogar alles."
Erkläre ich das gut?

Mit Caroline zu leben war ein Crash-Kurs im Zusammenleben
mit einem Kind. Sie ist schlauer und reifer als die meisten Neunjähri-
gen, aber sie ist immer noch ein Kind und manchmal zeigt sich meine
Unerfahrenheit mit Kindern. Sie fragt beispielsweise ständig, was das
komplizierte Wort bedeutet, was ich gerade benutzt habe.

Sie passt sich an, aber ich sollte das selbst mehr tun. Ich will sie
nicht verwirren. Sie hat eine schwere Zeit hinter sich und sie liegt mir
sehr am Herzen.

Außerdem liebt ihr Vater sie sehr und alles, was ihn von mir
entfernen könnte, will ich um jeden Preis vermeiden.

Dieser Mann ist Zucker. Ich kann nicht genug von ihm bekommen. Und auch wenn er bezahlt wird, bezahlt ihn doch niemand
dafür, mich so zu verwöhnen.

Vor ihm hatte ich noch nie Sex. Ich wusste nicht, wie es sich
anfühlt, richtig geil zu sein. Jetzt schlafe ich nicht mehr ohne das
wunderbare, weiche Gefühl der Erfüllung ein, das hinterher einsetzt.

Schwanz, Finger, Zunge … der Mann strengt sich an, um mich
wild zu machen und den Sex zu einer Belohnung zu machen. Also will
ich ihn zufrieden halten.

„Was ist das Schwierigste daran, Schmuck zu machen?" Caroline
betrachtet die Kette, ist jedoch bedacht genug, sie nicht anzufassen.

„Der meiste Schmuck ist aus Metall und es ist schwer mit Metallen
zu arbeiten. Man muss stinkende Substanzen benutzen, sie erhitzen
und draufhauen, alles Mögliche. Es ist schön zu sehen, wie das

Schmuckstück entsteht, aber es stinkt und ist harte Arbeit für die Hände."

„Klingt wie Physiotherapie", seufzt sie.

„Aber die Ärzte sagen, dass du große Fortschritte machst", erinnere ich sie.

„Ja, aber manchmal bin ich einfach frustriert", gibt sie zu. „Die Übungen sind langweilig. Und ich habe immer noch Schmerzen. Aber wenn ich mein Tagebuch lese, merke ich, dass ich vorher viel schlimmere Schmerzen hatte."

Ich nicke, das Lächeln ist auf meinem Gesicht eingefroren. *Sie hätte dies niemals durchmachen müssen sollen. Und trotzdem kämpft sie sich durch fast ohne jede Beschwerde.*

„Kommt du und Papa gut klar?", fragt sie. Ich blinzele, als ich aus meinen Gedanken auftauche.

„Ganz gut?" *Gestern Nacht haben wir dreimal miteinander geschlafen, einmal im Gartenpavillon, einmal in der Dusche und einmal im Bett. Ich bin gekommen, bis ich schrie. Aber von all dem musst du nichts wissen, Liebes.* „Ähm, alles ist gut, wieso?"

„Ich weiß, dass das egoistisch ist", antwortet sie traurig, „aber ich möchte nicht mehr von hier weg. Wir ziehen ständig um. Und ich hasse Hotels!"

„Oh, mach dir keine Sorgen darum", beruhige ich sie sofort und schiebe die Erinnerung daran, wie ihr Vater mich gegen die Wand in der Dusche gedruckt hat, aus meinem Kopf, bevor mir etwas Peinliches entfährt. „Ich genieße eure Gesellschaft."

Caroline lächelt und entspannt sich etwas. Ich lächele zurück und mache mich wieder an die Arbeit. Dabei beantworte ich ihre schlauen Fragen.

Dr. Weiss ist merkwürdig kalt und kurz angebunden bei meiner Vorsorgeuntersuchung. Sein Mund ist ein dünner Strich und seine normalerweise angenehme Art ist verschwunden. Geht es ihm nicht gut?

„Ich fürchte, bisher gibt es kein Anzeichen einer Schwangerschaft", sagt er entschuldigend. „Gibt es irgendeine Veränderung Ihrer Menstruation?"

„Sie ist ein bisschen unregelmäßig. Ich nahm an, das läge am Stress." Er nickt.

„Das kann gut sein. Ich empfehle, dass Sie etwas mehr Vitamin B und D zu sich nehmen. Und versuchen mehr zu schlafen. Haben Sie Ihre Arbeitszeiten reduziert?" Er notiert meine Antworten und schaut mich manchmal kurz an.

Wieso sehen seine Augen so kalt aus?

„Das werde ich tun." Es sind erst eineinhalb Monate vergangen und es gibt ein Dutzend Gründe, Daniel und seine Tochter mindestens bis Weihnachten bei mir zu behalten. Auch wenn ich noch nicht schwanger bin.

Außerdem brauchen diese Dinge ihre Zeit. Einige meiner Freundinnen haben Jahre gebraucht, bis sie endlich schwanger wurden. Und es ist kein Problem, Daniel und seine Tochter hier zu haben.

Im Gegenteil. Stattdessen bereitet mir das merkwürdige Benehmen meines Fruchtbarkeitsexperten Sorge. „Ist etwas nicht in Ordnung, Dr. Weiss?"

Er starrt mich einige Sekunden lang an, als würde er über etwas nachdenken. Dann zieht er die Mundwinkel in einem gespielten Lächeln nach oben und sagt: „Nein, absolut nicht. Haben Sie einen guten Tag, Ms. LaBelle."

Daniel unterhält sich mit Weiss' älteren, netten Rezeptionistin, als ich hinauskomme. Natürlich über seine Tochter. „Ja, sie ist jetzt stark genug, um jeden Tag Physiotherapie zu machen und sie hat mehr Beweglichkeit in ihrem Rücken zurückerlangt."

Die Rezeptionistin strahlt. „Ich werde sie immer in meine Gebete einschließen. Aber hier ist Ihre Frau. Haben Sie einen wunderbaren Tag!"

Sie hat keine Ahnung von unserer wirklichen Beziehung und merkwürdigerweise widerstrebt es mir, sie zu korrigieren. „Vielen Dank, haben Sie auch einen schönen Tag!", antworte ich, als Daniel mir seinen Arm anbietet.

„Wie ist es gelaufen?", fragt Daniel leise, als wir hinausgehen.

„Noch nichts, aber das verwundert mich nicht. Es sind ja erst sechs Wochen vergangen." Ich achte darauf, dass meine Stimme unbeschwert klingt, doch in meinem Hinterkopf frage ich mich, wieso Dr. Weiss die ganze Untersuchung lang so grimmig geschaut hat.

„Wir sind beide gesund, also sollte es nicht ewig dauern. Ein Baby zu machen kann recht lange dauern. Wir haben sechs Monate gebraucht, um Caroline zu zeugen." Seine Hand streicht über meine und ich greife fast reflexartig nach ihr.

„Du hast wahrscheinlich recht. Ich kann mir in ein paar Monaten Gedanken darüber machen." Mir wird klar, dass es kompliziert ist, ein Baby zu bekommen und ein Kind aufzuziehen … und will auch nicht, dass Daniel mich verlässt.

Erleichterung liegt in seinen Augen, als er mir die Autotür öffnet.

KAPITEL 11

Daniel

Der Frühling ist hier und mit ihm eine weitere Operation. Caroline hat jede Woche weniger Schmerzen. Das liegt nicht nur an den Operationen und der Physiotherapie. Es liegt auch daran, an einem Ort zu leben, an dem sie sich frei bewegen, in der Sonne sein und schwimmen kann, und nicht irgendwo, wo sie nur an ihre Verzweiflung erinnert wird.

Sie ist glücklich. Jeden Morgen wacht sie mit einem Lächeln auf.

Amelie geht es auch gut. Bei jeder Gelegenheit vögele ich sie komplett durch, zudem schaue ich mit ihr alle Filme und Serien und zeige ihr Dinge, die sie verpasst hat in der Zeit, in der sie ein einsiedlerischer Workaholic war. Ich bin mir sicher, dass sie glücklich ist. Ich weiß nicht, ob sie sich bereits in mich verliebt hat, aber die Blicke, die sie mir nach dem Höhepunkt zuwirft, sagen mir, dass sie das hier nicht so schnell aufgeben will.

Und ich ... na ja, ich bin ein Wrack. Aber ein produktives Wrack und beide sind glücklich, also scheint etwas zu funktionieren.

„Möchtest du, dass ich dich begleite?", fragt Amelie beim Frühstück. Sie kennt mich bereits zu gut. Jedes Mal, wenn mein kleines

176

Mädchen unter das Messer muss, liegen meine Nerven blank und das merkt sie.

Es ist keine große Sache. Es ist meine Angelegenheit, mit der ich fertig werden muss, und sie ist mir sowieso schon viel zu nah gekommen.

Selbst Caroline ist ruhig wegen der Operation. Sie ist mittlerweile erfahren damit, immer meine kleine Heldin. Ich tue nur so, als wäre ich ruhig.

Ich bin daran gewöhnt, es alleine durchzustehen und sollte mich nicht auf Amelie stützen – vor allem bei dem, was ich ihr antue.

„Gerne, wenn es dir nichts ausmacht." *Wieso zur Hölle habe ich das gesagt?*

Aber so läuft es einfach für mich in letzter Zeit. Amelie hat sich vielleicht noch nicht in mich verliebt, aber ich kämpfe definitiv dagegen, mich in sie zu verlieben. Ich bezweifele, dass es funktionieren wird.

„Kein Problem", antwortet sie mit einem sanften Lächeln.

Caroline schläft noch. Sie darf vor der Operation nichts essen. Ich esse meine Huevos rancheros, während ich versuche, meine Gedanken zu ordnen. Das und die verdammte Schuld, die ich jedes Mal fühle, wenn Amelie etwas Nettes tut, das ich nicht verdiene.

Als ich mir diese Sache ausgedacht habe, dachte ich, dass sie eine normale Milliardärin ist mit einem bisschen mehr Ethik. Es stimmt, dass sie das Geld kaum vermissen würde. Aber sie hat nie verdient, Opfer eines Hochstaplers zu werden.

Amelie scheint zu beweisen, dass jede Annahme, die ich je über sie gemacht habe, falsch ist. Von ihrer herzzerreißenden Einsamkeit bis zu ihrer grundehrlichen Nettigkeit, sie ist mehr als nur großzügig auf die ‚ich bin reich und kann es mir erlauben'-Art. Sie sorgt sich um Menschen, auch wenn so viele von ihnen furchtbar zu ihr waren.

Je mehr sie das tut und je mehr sie mir ans Herz wächst, desto mehr fühle ich mich wie ein Stück Scheiße. Hier sitze ich und verstecke die Tatsache, dass ich verhüte, um die Zeit mit ihr in die Länge zu ziehen … und dabei merke ich, dass sie uns wahrscheinlich sowieso helfen würde.

177

Gott, ich bin ein Schuft.

„Ist etwas nicht in Ordnung?", fragt sie mich leise.

„Weißt du, du musst dich nicht so sehr sorgen."

Sie sieht verletzt aus und ich beginne zu ahnen, wie sehr auch ich ihr ans Herz gewachsen bin. Ich sollte mich siegreich fühlen, ein weiterer Hinweis darauf, dass ich ihr Herz erobert habe. Stattdessen fühle ich mich noch schlechter.

„Entschuldige, nervt es dich?", fragt sie noch leiser.

Ich schaue sie an und lächele dann schief. „Nerven? Nein. Es ist schmeichelhaft. Du bist diejenige, die immer wieder betont hat, dass es hier ums Geschäft geht – egal, wie unglaublich der Sex ist."

Bei meinen letzten Worten ziehe ich die Augenbrauen mehrmals hoch und verstecke den Glanz in meinen Augen nicht. Der Sex mit ihr ist mehr als unglaublich. Er ist auf dem nächsten Level. Ich erschöpfe mich mit ihr bei jeder Gelegenheit, die sich bietet.

Sie lächelt, errötet und schaut schnell auf den Tisch. „Also können wir keine Freunde sein? Der Vertrag, den du unterschrieben hast, sagt darüber nichts."

„Ich möchte dich nur nicht enttäuschen." Was sie nicht weiß, kann sie nicht enttäuschen ... aber jeder Tag, der verstreicht, brennt Löcher in mich.

Ich verdiene es. Aber wenn ich jetzt aufhöre ... sobald sie einen positiven Schwangerschaftstest hat, ist mein Job getan. Und mit ihm meine Chance, meiner Tochter alles zu geben, was sie braucht.

Ich wollte nie ein verdammter Krimineller sein. Aber wie dieser Job – der letzte Job, alles wurde mir aufgezwungen. Entweder das hier oder Caroline würde den Rest ihres Lebens leiden.

Wegen diesem Stück Scheiße von einem Großonkel und wegen mir.

Amelie spöttelt: „Mich enttäuschen? Bis jetzt hast du bei jeder Gelegenheit das Gegenteil getan."

„Gut, das zu hören. Und in den Papieren steht wirklich nicht, dass wir keine Freunde sein können. Verdammt, wahrscheinlich ist es besser, wenn wir es sind." Ich lächele charmant und lasse das Thema fallen. Ich esse weiter mein Frühstück, ohne etwas zu schmecken.

KAPITEL 12

„Momentan drücken noch drei Knochenfragmente auf die Wirbelsäule Ihrer Tochter. Das Rückenmark wurde nicht verletzt, doch es wurde stark beschädigt." Dr. Bryant ist eine kleine, vogelhafte Frau mit fluffigem grau-blondem Haar, das auf Kinnlänge geschnitten ist. Sie zwitschert mir diese Informationen hinter ihrem großen Stahlboot von einem Schreibtisch hervor.

„Daher hat sie Kontrolle über ihre Blase und Darm und konnte einen Teil ihrer Empfindungen zurückgewinnen. Wir wissen nicht, wie viel Kontrolle sie über ihre Beine haben wird, wenn wir die Fragmente entfernen. Wenn ihr Fortschritt jedoch so weitergeht wie in den letzten achtzehn Monaten, ist es wahrscheinlich, dass sie eines Tages am Stock gehen können wird.

Nicht genug. „Danke, Frau Doktor", sage ich lächelnd. „Und wie viele der Fragmente werden heute entfernt werden?"

Vor diesem Treffen habe ich fünfzehn Minuten damit verbracht, Caroline zu beruhigen und ihre Hand zu halten, während die Narkose begann zu wirken. Die ganze Zeit wirkte sie ruhiger als ich in meinem Inneren. Wenn ich sehe, wie sie für eine Operation vorbereitet wird, fühlt sich mein Magen immer an, als würden eine Million Grillen darin herumspringen.

Für sie bin ich stark geblieben, das tue ich immer. Doch die kurzen Treffen mit der Ärztin, auch wenn sie gut gemeint sind und mir mehr Informationen geben, als andere Ärzte mir gegeben haben, sind nicht leicht auszuhalten. Es wäre hilfreich, wenn ich nicht so viel Fantasie hätte. Ich habe bereits blutige Operationen gesehen, aber der Gedanke daran, dass jemand in den Rücken meines Kinds schneiden wird, ist nicht lustig.

„Zwei sind nah beieinander. Wir können sie zusammen entfernen. Das dritte Fragment wird eine finale Operation benötigen. Ansonsten müssten wir einen größeren Schnitt machen, was bedeuten würde, dass wir sie bis zu einer Woche hierbehalten müssten und vielleicht ihren Fortschritt in der Rehabilitation verlieren würden."

Ich seufze. „Und was ist mit dem Exo-Skelett?"

„Das ist nicht meine Abteilung, aber unser Prothesenexperte hat ein paar Forschungen angestellt. Ihr Spezialist, Dr. Grace, sollte Mitte Juli zurückkehren, zu der Zeit, wenn Caroline sich von ihrer letzten Operation erholt hat."

Sie lächelt beinahe mechanisch. „Das ist natürlich genau die Zeit der Sommerferien. Es könnte sein, dass er die Behandlung verschieben möchte."

Ich tausche einen Blick mit Amelie aus, die still neben mir gesessen hat. Sie besteht darauf, den Check zu schreiben, also geht es auch sie etwas an.

„Hat Dr. Grace eine Durchwahlnummer?", fragt sie plötzlich. Sie hat ihren kühlen Geschäftston drauf und die Ärztin setzt sich auf und schaut sie an.

„Die hat er, falls Sie schnellere Arrangements mit ihm besprechen möchten." Sie beginnt, in ihrem Schreibtisch nach einer Karte zu suchen, während Amelie nickt.

„Ich kann mit ihm zu einer Vereinbarung kommen, sie vor Ende des Jahres komplett auszustatten. Dafür wird er gut entlohnt werden."

Sie sieht so cool aus, so perfekt, so kontrolliert – und es macht meinen Schwanz hart trotz des Stresses. Ich liebe es, wenn sie ihre Macht zeigt. Die Tatsache, dass sie wie eine Löwenmutter für mein kleines Mädchen kämpft, lässt mein Verlangen nach ihr weiterwachsen.

Ich verdiene sie nicht, doch das Verlangen gewinnt und bald entflieht der Gedanke meinem fiebrigen Geist.

„Gut." Die Ärztin schließt ihren Laptop und reicht Amelie eine Visitenkarte. „Carolines Narkose wirkt nun voll und sie steht unter Beobachtung. Ich muss nun auf ihre Station und mich waschen. Wir sehen uns in einer halben Stunde und ich erstatte Ihnen Bericht."

Carolines Operation dringt wieder in meinen Kopf ein wie ein Schwall kaltes Wasser ins Gesicht. Ich stehe auf und Amelie tut es mir gleich. „Natürlich, Frau Doktor. Danke."

„Was machst du, wenn sie nicht das komplette Gefühl in den Beinen zurückerlangt?", fragt Amelie mich sanft, als wir zwei Stunden später nach Hause fahren.

„Weiter nach einer medizinischen Behandlung suchen, die funktioniert, egal, wie lange es dauert." Ich kann die Grimmigkeit nicht aus meiner Stimme verbannen. „Sie wird wieder gehen, egal, was es mich kostet oder was ich dafür tun muss."

Sie schaut mich zärtlich an. Ich kann ihr nicht in die Augen schauen. „Lass mich dir helfen", bittet sie vorsichtig. Ich fahre rechts heran und schließe die Augen, um nachzudenken.

Sage ja, zu Carolines Bestem. Du könntest es alleine schaffen, aber Amelie schafft es schneller.

„Ich brauche keinen Retter", protestiere ich. Die ehrliche Wahrheit entgleitet mir, bevor ich mich aufhalten kann. „Ich verdiene es nicht, dass du eingreifst. Der Bonus, den du anbietest, ist ausreichend."

Sie seufzt durch die Nase und hebt das Kinn. Die Festigkeit in ihrer Stimme durchschneidet den Konflikt in meinem Kopf. „Ob du meine Hilfe verdienst oder nicht, ist hier nicht wichtig. Caroline verdient sie. Mein Vater war ein verdorbener Mann, ja? Er hat zu viel Geld für Huren ausgegeben, die er mit nach Hause gebracht hat, und war zu beschäftigt damit, sich zu betrinken, um sich um das Haus oder sein Geld zu kümmern. Ich habe geerbt, was übrig war – und es in drei Jahren verzehnfacht. Ich habe bereits meine erste Milliarde

181

verdient, Daniel. Wofür zum Teufel ist all dieses Geld gut, wenn ich nicht etwas Gutes damit tun kann?" Sie klingt angespannt und entschlossen.

Oh Mann. Sie dreht das Messer in der Wunde und weiß es nicht einmal. „Ich bin geschmeichelt, dass du mir vertraust. Aber du tust bereits viel Gutes, ja?"

Sie schaut mich besorgt an, als wir wieder in den zähfließenden Verkehr fahren. „Ich weiß, dass du die einzigen Edelstein- und Gold-minen besitzt, die sich an internationale Sicherheits- und Umwelt-standards halten und ordentliche Löhne zahlen. Du hilfst Menschen regelmäßig aus ihren Schulden.

„Du tust bereits genügend." *Und ich verdiene deine Hilfe wirklich nicht.* Ich habe die Verhütungsgels behalten, anstatt sie herausspülen zu lassen, weil ich besorgt war, dass du schnell schwanger werden und mich loswerden würdest.

Es fing als eine Hochstapelei an. Kann ich das in Ordnung bringen oder es wiedergutmachen? Ich konzentriere mich auf die Straße und kämpfe gegen den Drang an, mehr zu sagen.

„Lass es mich tun", sagt sie fast schon bettelnd. „Geld kann nicht alles lösen, aber ich kann immerhin ein Exo-Skelett von eurem Spezialisten vor Weihnachten besorgen."

Mein Herz hämmert mir in der Brust. Sie hat einen sanften Finger nach mir ausgestreckt und den bloßen Muskel berührt. „Lass uns sehen, wie sehr sich Carolines Zustand nach dieser Operation verbes-sert, und dann darüber sprechen."

Sie scheint damit zufrieden zu sein. „Um wie viel Uhr können wir sie abholen?"

„Sie ist bereits aus dem OP gekommen, aber sie behalten sie über Nacht dort. Morgen gegen zehn." Ich werde nicht schlafen.

Ich schlafe nie, wenn mein kleines Mädchen nicht zu Hause ist und es ihr schlecht geht. Es ist nicht sehr logisch, vor allem, weil sie in guten Händen ist.

Ich halte an, um den Verkehr vorbeiziehen zu lassen – und dann, als das Auto zum Stehen kommt, berührt Amelies schmale, weiche Hand meinen Arm.

„Schlaf heute Nacht bei mir?"

Die Überraschung trifft mich so sehr, dass ich froh bin, dass das Auto steht. Mein Schwanz wird so hart, dass es wehtut, und ich wende mich ihr zu.

Hitze liegt in ihren Augen hinter dem ernsten Vorhang ihrer Wimpern.

Ich sollte ablehnen. Doch ich antworte mit einem Kuss.

Wir fallen über einander her, sobald wir zu Hause und oben sind. Wir sprechen nicht einmal, sie führt mich einfach nur in ihr Zimmer. Dann dreht sie sich zu mir um und wir küssen uns, als wären wir beide verzweifelt.

Vielleicht bin ich das. Mein Körper zittert, mein Schwanz pulsiert ungeduldig und ich muss mich davon abhalten, ihr blaue Flecken mit einem allzu enthusiastischen Griff zu verpassen.

Ich will nicht mehr denken. Caroline hat die Operation gut überstanden. Die Angst, Schuld, die stürmischen Emotionen ... ich muss sie alle aus meinem Kopf bekommen.

Ich wickele mich um Amelie und bete, dass ich bald an nichts mehr außer der Zeit in ihrer Umarmung denken werde.

Ihre Haut ist so warm und weich. Als ich am unteren Ende ihrer Wirbelsäule knabbere, stöhnt sie auf. Ich brauche nicht viel zu tun, um sie verrückt zu machen. Ich hatte genügend Zeit, um ihren Körper kennenzulernen, um zu wissen, was ihr gefällt.

Wenn ich zärtlich bin, stöhnt sie und klammert sich an mich. Ihre Höhepunkte kommen langsam und sind lang, wie Wellen auf einem Teich. Dann explodiere ich dadurch, so lange ausgehalten zu haben.

Wenn ich wild bin, drückt sie sich an mich, stark, hungrig nach mir, Nägel in meiner Haut. Ich trage die Spuren am nächsten Tag stolz und erinnere mich an ihre Schreie und ihr Betteln um mehr. Ihr letzter Orgasmus reißt mich jedes Mal mit sich.

Manchmal machen wir so lange weiter, bis wir beide erschöpft sind und Stunden später immer noch in den Armen des anderen aufwachen. Ich wache meist zuerst auf und schaue ihr beim Schlafen zu, bis das Schuldgefühl eintritt. Dann räume ich auf, ziehe mich an und lasse sie allein.

Ich bin immer noch ein Mietschwanz, der ihr noch nicht das Baby gibt, was sie will – aber jetzt, wo sie anbietet, uns trotzdem zu helfen, habe ich keinen Anlass mehr, weiter abzuwarten.

Das ist mir absolut klar, als ich sie auf allen vieren vor dem Spiegel ficke und langsam zustoße, während ich sie betrachte. Ihre Augen sind voller Genuss geschlossen, als ich meinem eigenen Blick im Spiegel begegne.

Ich stoße weiter zu, meine Hand massiert ihre feuchte, geschwollene Muschi und lässt sie stöhnen ... doch ich kann es kaum genießen. Mein Herz ist zu schwer. Wenn es nicht Amelie wäre, wäre ich wahrscheinlich gar nicht hart.

Die Schuldgefühle verschwinden nicht. Genauso wenig verschwindet das Risiko von Weiss' Verrat. *Ich werde gleich einen Termin mit einem Urologen ausmachen und der Dame das geben, wofür sie mich bezahlt.*

Erst dann kann ich mich entspannen und endlich die Lust die Kontrolle übernehmen lassen.

Ich liebkose ihren wundervollen, runden Hintern, während ich dagegen klatsche und jedes Mal ächze, wenn ich meinen Schaft in ihr versenke. Ihre heiße, nasse Muschi schließt sich eng um mich, als ich komplett hineinsinke, und sie zieht daraufhin scharf die Luft ein und drückt sich an mich.

Sie kneift ihre braunen Augen zu und lässt den Kopf zurückfallen, während sie den Rücken durchdrückt. Ich fahre mit den Fingern durch ihre weichen braunen Locken und ziehe fest daran, bevor ich sie liebkose und meine Hand ihren Rücken hinuntergleiten lasse. Sie schnurrt und wiegt ihren Hintern gegen mich.

Ihr Höhepunkt lässt sie in den Kissenberg stöhnen, ich stoße härter zu, erregt durch ihre Schreie und Bewegungen. Einige Augenblicke lang überkommt mich eine wilde Mischung aus Lust und Ekstase – und dann flutet Erfüllung meinen Kopf.

Ich komme, falle auf sie und rolle mich dann mit einem Seufzer vorsichtig zur Seite neben sie. Ich steige vom Bett und decke sie zu, meine Beine sind wackelig, doch mein Kopf ist klar.

Ich nehme mein Handy aus der Jeans und gehe zum Badezimmer.
Sie hat versprochen, Caroline ein Exo-Skelett vor Weihnachten zu besorgen.
Sie wird zu der Zeit ein Baby in ihrem Bauch haben.

Sobald mein verdammter Teil getan ist, kann ich vielleicht wieder mit mir leben.

KAPITEL 13

Amelie

Vier Monate sind vergangen und ich bin immer noch nicht schwanger, was mich besorgt. Dr. Weiss sagte, dass es kein Problem mit mir oder Daniel gibt ... aber etwas beschäftigt mich.

Daniel und ich schlafen jede Nacht und bei jeder Gelegenheit tagsüber miteinander. Und trotzdem kommt jeden Monat meine Periode wie ein Schweizer Uhrwerk. Wenn die Informationen, die ich von Weiss bekommen habe, korrekt sind, sollte das nicht passieren.

Aber Weiss verhält sich seit Monaten komisch ... und ich habe nie eine zweite Meinung eingeholt. *Vielleicht wird es Zeit.* Ich dusche mich allein nach meiner letzten Runde mit Daniel.

Weiss hat einen tadellosen Ruf und ich bezahle ihm viel. Doch er ist sehr reich und sehr ... distanziert für einen Mann, der Frauen dabei hilft schwanger zu werden und ... einen Ruf kann man kaufen.

Ich könnte die Verzögerung akzeptieren für mehr Zeit mit Daniel. Wenn Probleme mit der Empfängnis bedeuten, jede Nacht von diesem umwerfenden Mann durchgevögelt zu werden, beschwere ich mich nicht. Aber das ist nicht, was mir Sorgen bereitet.

Etwas stimmt hier nicht. Ich spüre es, seit Weiss' sein Verhalten geändert hat. Kann ich ihm vertrauen?

186

Meine Hände fahren meinen Bauch hinab, den Daniel gerne küsst. Ein Lächeln schleicht sich auf mein Gesicht. Es war bisher unglaublich ... transformativ.

Lass ihn nicht gehen.

Kann ich ihn darum bitten, bei mir zu bleiben? Eine Beziehung zu beginnen wie normale Leute? Wir funktionieren zusammen. Alle sind zufrieden.

Als ich mich an die kühle Duschwand lehne und das heiße Wasser über mich läuft, zieht mein Magen sich plötzlich zusammen. *Das war nicht die Abmachung. Er soll mir ein Baby machen, nicht mein neuer Mann werden.*

Was, wenn er nicht an etwas Tieferem interessiert ist? Gibt er einfach nur sein Bestes, um den Job zu erledigen? Würde es schlechter werden, wenn er bleibt?

Ein riesiger Kloß steigt in meinem Hals auf, als ich mich abtrockne. Meine Augen brennen. Ich weiß nicht, was schlimmer wäre: Wenn Daniel mich verließe oder herauszufinden, dass Daniel genau wie der Rest ist.

Was soll ich tun? Ich nehme mir ein Hühnchensandwich und Eistee. Letztendlich gebe ich auf und konzentriere mich auf den praktischen Teil. Wie konnte all der betörende, unglaubliche Sex immer noch keine Schwangerschaft hervorrufen?

Es kann nicht unsere Schuld sein. Kein Arzt hat mir je gesagt, dass ich Fruchtbarkeitsprobleme habe, und Daniel hat eine Tochter. Außer Weiss hat etwas übersehen ... was ich beginne zu vermuten.

Ich beiße in mein Sandwich und versuche, meine Wut unter Kontrolle zu bekommen. Ärzte sind auch nur Menschen. Wir haben genügend Zeit, um es in Ordnung zu bringen.

Ein anderer Arzt sollte Daniel untersuchen, um sicher zu gehen.

Dr. Weiss kann meine Unterlagen zu einem anderen Spezialisten schicken. Nachdem ich der Rezeptionistin mein Anliegen unterbreitet habe, legt sie mich zehn Minuten lang in die Warteschleife. Als die Leitung wieder frei wird, habe ich Weiss selbst am Telefon.

„Kann ich Ihnen helfen, Ms. LaBelle?", fragt er verdächtig scharf.

„Ja, ich möchte eine Kopie meiner medizinischen Unterlagen.

Meine elektronische Unterschrift ist in Ihrem System gespeichert und die Daten können weitergegeben werden. Das ist eine vollkommen normale Anfrage." Wieso benimmt er sich so? Unbehagen liegt in meiner Stimme.

Es entsteht eine lange Pause. „… Natürlich. Meine Rezeptionistin muss Ihre Anfrage missverstanden haben." Seine Stimme klingt bemessen. Das ist noch verdächtiger!

„Es gibt also kein Problem?", frage ich in meinem Geschäftston. *Fick dich, Weiss.*

„Absolut nicht", sagt er hastig. „Wieso brauchen Sie die Unterlagen gerade jetzt?"

„Für die Versicherung", lüge ich glatt. „Sie bereitet mir Probleme und will die Fruchtbarkeitsberatung nicht zurückerstatten."

„Oh!" Nun klingt er beruhigt und nun bin ich wirklich besorgt. „Natürlich. Ich lasse sie Ihnen sofort zufaxen."

„Verdammt", murmele ich, als er aufgelegt hat. Mein Herz klopft aufgeregt. „Was versteckst du, Weiss?"

Die Erfahrung mit meinem Vater hat mir geholfen, einen Instinkt für schmierige Männer zu entwickeln und männliche Lügen zu entdecken. Daniel beispielsweise ist bei manchen Themen kurz angebunden, aber seine Motive – und Leidenschaft für mich – sind offensichtlich und können wohl kaum als furchtbar eingestuft werden.

Doch ein paranoider Arzt, der uns nach vier Monaten verspricht, dass wir vollkommen fruchtbar sind, macht keinen Sinn. Ein Arzt, der nervös wird, wenn ich nach meinen Unterlagen frage … Nach allem, was ich durchgemacht habe, löst Dr. Weiss mehr Alarmglocken aus als ein Großbrand.

Müde reibe ich mir die Schläfen und starre auf mein Handy. Ich muss mit Daniel sprechen. Wenn etwas nicht in Ordnung ist, wäre er damit einverstanden, es mit künstlicher Befruchtung zu versuchen?

Ich will immer noch dieses Kind haben, auch wenn Weiss uns ausgetrickst hat und es ein Fruchtbarkeitsproblem gibt. Doch ich gehe zu ihm mit diesen ernsten Worten: „Wir müssen reden."

Wir sind kein Paar … auch wenn ich mir wünsche, dass wir das sein könnten. Ich will ihn nicht in Beziehungsunterhaltungen zerren. Es sieht allerdings so aus, als gäbe es keine andere Möglichkeit.

„Ich werde mit einer anderen Fruchtbarkeitsspezialistin sprechen", sage ich Daniel, als wir zum Krankenhaus fahren, um Caroline abzuholen.

Er schaut mich eine Millisekunde lang an, bevor er sich wieder auf die Straße konzentriert. „Wieso, gibt es ein Problem?"

„Ja, mit Dr. Weiss." Ich spüre seine Anspannung und wünsche mir, wir müssten diese Unterhaltung nicht führen. „Seit meiner Zwei-Monats-Untersuchung verhält er sich verdächtig und als ich versucht habe, eine Kopie meiner Unterlagen für die Versicherung zu bekommen, hat er defensiv reagiert."

„Scheiße", murmelt er, „das ist kein gutes Zeichen. Hast du irgendwelche Medikamente genommen, die er dir verschrieben hat?"

„Nein, nur ein paar Vitamine. Er hat gesagt, dass ein Jahr vergehen müsste, bevor ich irgendwelche stärkeren Medikamente in Betracht ziehen kann. Es gibt immer noch künstliche Befruchtung, aber ..." Ich zögere. „Wie würdest du dich damit fühlen?"

„Es wäre in Ordnung für mich", sagt er so schnell, dass es mich überrumpelt. Er lächelt kurz. „Letztendlich werde ich dafür bezahlt, dich schwanger zu machen."

„Das könnte ... äh ... Nadeln involvieren." Die meisten Männer sträuben sich bei der Aussicht auf irgendetwas Spitzes in der Nähe ihrer sensiblen Teile.

Er schnaubt. „Eine Million Dollar ist genug für ein paar Stunden schmerzende Eier. Und es ist ja noch nicht so weit. Also, was ist dein Plan?"

Er hat mich schon wieder überrumpelt, auf die bestmögliche Weise – er macht einfach mit, anstatt sich zu sträuben. „Ich werde mit einer anderen Spezialistin sprechen und eine zweite Meinung einholen. Das sollte nicht allzu lange dauern, aber du solltest es vorher wissen."

„Okay. Sag mir den Tag und die Uhrzeit, wenn wir aussteigen, damit ich es in mein Handy eintragen kann." Ich beginne bereits mich besser zu fühlen, als er über eine rote Ampel fährt.

Reifen quietschen und Hupen ertönt um uns herum. Er bemerkt zu spät, was er getan hat und fährt schnell über die Kreuzung, um aus dem Weg zu kommen. Glücklicherweise ist es ein verschlafener Nachmittag und der Verkehr träge. Es geht uns gut, auch wenn ich ihn ohrfeigen will.

„Heilige Scheiße, Daniel, hast du nicht bemerkt—?", platze ich wütend heraus.

Mit aufgerissenen Augen und bleichem Gesicht bringt er hervor: „Es tut mir leid", und fährt rechts heran, um sich zu beruhigen. „Ich bin mir nicht sicher, was gerade passiert ist."

Es ist das erste Mal, dass ich sehe, wie er etwas versaut. Normalerweise macht er alles perfekt. „Möchtest du, dass ich fahre?"

Daniel ist ein stolzer Mann. Er öffnet den Mund, um meine Sorge abzuwehren … und schließt ihn dann bedächtig. Vielleicht erinnert er sich an den schrecklichen Fahrfehler seines Onkels, als er nicht hätte fahren sollen.

„Ja, lass uns tauschen. Es tut mir leid." Er lächelt mir verlegen zu. „Glaube ja nicht, dass ich mein altes Selbst sein werde, bis Caroline zurück zu Hause ist."

Ich nicke und lächele. Er hat kein Auge zugetan und nicht nur, weil wir viel Sex hatten. „Lass uns zu ihr fahren und sie nach Hause bringen. Dann können wir uns wahrscheinlich alle aufs Ohr legen."

„Ja." Er sieht ein bisschen blass aus. Doch das ist verständlich. Trotzdem … ich werde die Sorge nicht los, während ich zum Krankenhaus fahre.

KAPITEL 14

Daniel

Amelie fährt uns vorsichtig nach Hause und erwähnt den Unfall, den ich fast verursacht hätte, mit keinem Wort. Ich war schlauer als mein Onkel und habe die Schlüssel abgegeben, als ich wusste, das sich zu abgelenkt zum Fahren war. Immerhin geschah es nicht, als meine Tochter im Fahrzeug war. Sie wäre in Panik geraten und ich hätte mich noch schlechter gefühlt.

Es ist nichts passiert, Gott sei Dank. Ich lehne mich zurück und halte die schläfrige Caroline, die ein ruhiges Lächeln im Gesicht trägt, das ich versuche zu imitieren.

... *Scheiße. Amelie will eine zweite Meinung.* Das bedeutet entweder erneute Bestechung oder eine Beichte, bevor alles noch schlimmer wird.

Oder einen Weg finden, meine verdammten Kanäle vorher auszuspülen. Das Gel loswerden und schon wäre meine Spermienanzahl wieder normal. Es ist nur ein kurzer Eingriff und ein Tag mit Eierschmerzen.

Wo gibt es einen Urologen, der das schnell machen kann? Die Prozedur dauert weniger als fünfzehn Minuten. Das einzige Problem ist, dass der Eingriff, wie das Gel selbst, in den Staaten noch nicht sehr bekannt ist.

Jetzt muss ich mich aus diesem Problem herauswinden, bevor die beiden Damen in meinem Leben verletzt und enttäuscht werden. Natürlich würde Caroline auch hiervon getroffen.

Es würde mich umbringen, wenn sie enttäuscht wird. Und es würde mich auch umbringen, Amelie zu enttäuschen.

Wann ist das geschehen? Ich mochte sie bereits nach wenigen Tagen genug, um mich schuldig zu fühlen. Und trotzdem habe ich Tag für Tag, Woche für Woche, Monat für Monat versucht, mich nicht emotional an sie zu binden.

Auch Caroline hängt an ihr und Amelie ist sie offensichtlich ans Herz gewachsen. Mit der Zeit sind wir zusammengewachsen. Ich hätte alles mit reinem Gewissen genießen können und ohne Angst, dass alles zusammenfallen könnte, wenn ich hier ehrlich hergekommen wäre.

Jetzt muss ich den ganzen dummen, irrelevanten Plan, der mich hierhergebracht hat, in Ordnung bringen, bevor jemand davon erfährt. Es gibt keine andere Wahl. Andernfalls …

… Scheiße. Ich will nicht einmal darüber nachdenken.

Wir essen Sorbet mit Caroline auf dem Balkon, als wir zu Hause ankommen. Sie ist müde, doch will nicht weiter im Bett liegen.

Sie isst langsam ihr Sorbet, immer noch betäubt von der Narkose. „Sie sagen, dass wir nicht wissen werden, wie gut es funktioniert hat, bis die Schwellung abklingt. Es muss geholfen haben, denn meine Zehen kribbeln."

Mein Löffel fällt herunter und Amelie und ich tauschen aufgeregte Blicke aus. *Heilige Scheiße. Sie fühlt jetzt schon etwas?*

„Das ist wundervoll, Schatz. Ich hoffe, es fühlt sich nicht zu komisch an." Mein Lächeln ist einen Augenblick lang aufrichtig.

Sie schüttelt den Kopf und lächelt dann mit vollem Mund. Nachdem sie den Löffel herausgezogen und geschluckt hat, sagt sie schlicht: „Das nehme ich in Kauf."

Amelie strahlt über den Tisch und ich nicke. „Ich auch."

Caroline schläft auf ihrem Stuhl ein, nachdem sie ihr Schälchen geleert hat. Ich trage sie in ihr Bett und decke sie zu. Als ich zurück nach unten komme, legt Amelie das Handy mit einem komischen Gesichtsausdruck weg.

„Ist alles in Ordnung?", frage ich alarmiert.

„Das war Dr. Weiss." Mein Magen zieht sich zusammen. „Er hat nach den Unterlagen gefragt und zusammenhangloses Zeug geredet. Ich glaube, er war betrunken."

Oh du armseliger Hurensohn, was hast du getan? Darum hasse ich Trinker.

Ich starre sie mehrere Herzschläge lang an, bevor ich blinzele und dann sage: „Das ist wirklich alles sehr komisch. Hast du je die Dokumente erhalten, die er dir nicht senden wollte?"

„Ja, sie haben sie geschickt, aber es sieht als würden Teile fehlen." Ihr verwirrter Gesichtsausdruck bereitet mir Bauchschmerzen. „Ich weiß nicht, was ich darüber denken soll."

Fuck, Weiss, du gottverdammter Idiot. Hätte ich nur gewusst, dass du keine Eier hast, bevor ich dich an meine herangelassen habe ... „Okay." Ich lege meine Hände beruhigend auf ihre Schultern.

„Schau, wir haben es mit zwei unabhängigen Problemen zu tun. Weiss könnte ein Quacksalber sein und du bist noch nicht schwanger. Wir können nicht kontrollieren, was Weiss tut, bis wir bis wir ihn verklagen oder so." Frage sie nicht, was genau er gesagt hat!

Stattdessen konzentriere ich mich darauf, was Amelie braucht, um ihr zu helfen. Ich sehe, wie sie sich etwas entspannt und mein Magen beruhigt sich ein wenig.

„Okay, du hast recht, aber ich bin kurz davor, seine Nummer zu blockieren." Sie reibt sich die Schläfen, ihre Mundwinkel heben sich etwas, als sie versucht, ein Lächeln aufzusetzen.

„Tue das, wenn er dich belästigen sollte. Oder reiche ihn einfach mir. Ich habe Erfahrung mit reichen, betrunkenen Arschlöchern. Was glaubst du, wer am meisten investiert. Das ist ihre Art des Spielens." Ich streichele ihr Haar mit meiner Hand und lege sie dann wieder auf ihre Schulter.

Sie lächelt schmal, doch immerhin ist es echt. „Okay, du kannst eingreifen. Bekomme so viele Informationen heraus wie möglich."

Ich nicke. „Mache ich."

„Also ... was sollen wir stattdessen tun?" Wir stehen auf und gehen – nicht zu ihrem Schlafzimmer, sondern zum Wohnzimmer daneben. Wir setzen uns auf das überfüllte burgunder- und goldfarbene Sofa und sie kuschelt sich in meinen Arm.

„Das wirkliche Problem ist, dass ich dir immer noch ein Baby geben muss. Monate sind vergangen und du hast uns so sehr geholfen. Ich könnte nicht dankbarer sein, vor allem jetzt, wo Caroline ihre Füße zu spüren beginnt." Ich meine es vollkommen ernst – auch wenn ich fühle, dass ich es nicht verdiene, sie in meinen Armen zu halten.

„Das könnte bedeutet, mit einem anderen Arzt von vorne anzufangen. Stimmt etwas mit meinem Körper nicht? Ich könnte unfruchtbar sein, ich—" Sie atmet tief durch und ich umarme sie fest.

„Schau, wenn hier irgendjemand ein Problem hat, dann bin ich das. Ich hatte einen schweren Autounfall. Meine beiden Oberschenkelknochen waren beinahe auf Hüfthöhe gebrochen. Ein Teil von mir ist jetzt aus Titan."

Ich nehme die Schuld auf mich, auch wenn ich die Details nicht verrate. Das schulde ich ihr. „Mit dir ist alles in Ordnung. Du bekommst deine Periode wie ein Schweizer Uhrwerk, kein Arzt hat je gesagt, dass du Fruchtbarkeitsprobleme hast. Ich könnte Narbengewebe oder so haben."

Sie atmet tief ein. „Also wenn wir zu dieser Ärztin gehen und es ein Problem gibt und wir künstliche Befruchtung brauchen, mit Spermaentnahme, wäre das für dich in Ordnung?"

Diesmal atme ich tief ein. Das würde meine blockierten Kanäle umgehen, ohne dass jemand etwas bemerken würde. „Liebes, so sehr ich auch bleiben würde, so lang du mich hier haben willst – und Caroline ist auch überglücklich hier – wenn du den Job beenden willst, dann ist das in Ordnung. Wenn du noch heute die Spermaentnahme durchführen willst, werde ich es tun."

... Und noch mehr Wahrheit verraten. *Heilige Scheiße.*

Ich versteife mich eine Sekunde lang, dann zwinge ich mich dazu weiterzusprechen. „Du bekommst deine Schwangerschaft und Dr. Weiss wird dich wenig Zeit gekostet haben."

Sie starrt mich an. Zum ersten Mal ist es schwer für mich herauszufinden, was hinter den sanften gold-braunen Augen vorgeht. Vielleicht ist die Mischung der Emotionen zu komplex? Oder es ist die Überwältigung darüber herauszufinden, dass ich unglaublich gerne bei ihr bleiben würde.

„Gut. Könntest du mir drei Fragen ehrlich beantworten?", fragt sie. Sie versucht geschäftlich zu klingen, doch dahinter liegt Verletzbarkeit.

„Natürlich", bringe ich hervor, mein Herz hämmert.

„Würdest du wirklich eine Spermaentnahme vornehmen lassen, um weitere Verzögerungen zu vermeiden?" Sie ist skeptisch und ungläubig.

Ich schaue ihr in die Augen. „Absolut." *Gib mir eine Chance, mein Versagen wiedergutzumachen, ohne dass du oder meine Tochter herausfinden, was für ein lügender Idiot ich bin.*

Sie nickt einmal und entspannt sich etwas mehr. „Okay. Nächste Frage. Du hast mir gesagt, dass du alles, was du erhältst, für Carolines Behandlung verwendest."

„Jedes bisschen. Tatsächlich hätte es nicht gereicht, wenn du uns nicht geholfen hättest. Aber ja, das ist die Wahrheit. Ich gebe dir ein Kind, damit mein Kind wieder laufen kann." Immer noch nichts als die Wahrheit.

Sie entspannt sich weiter. „Okay. Letzte Frage."

Diesmal zögert sie und schaut an mir vorbei aus dem Fenster. Mein Atem wird schneller und ich bereite mich darauf vor, dass sie nach Weiss fragt.

„Würdest du wirklich ... bleiben wollen?" Ihre Stimme ist hoffnungsvoll und verletzlich und plötzlich will ich nichts lieber, als sie auf meinen Schoß zu ziehen und mein Gesicht in ihren Haaren zu vergraben.

„Ich bin mir nicht einmal sicher, ob ich dich verdiene. Ich bin nicht perfekt. Verdammt, ich hätte uns heute fast in einen Autounfall verwickelt. Du verdienst einen Mann, der sich niemals wegen seiner Vergangenheit schämt oder etwas vor Menschen verheimlichen muss." Wie zum Beispiel die Tatsache, dass er ein Hochstapler ist, der

195

reiche Menschen austrickst, damit eine Horde gieriger Ärzte die Wirbelsäule seiner Tochter repariert.

„Ich ..." Sie hat Tränen in den Augen und zieht sich etwas zurück. „Niemand ist perfekt. Wie schlimm ist es?"

„Wo soll ich anfangen? Ich habe niemals jemanden verletzt abgesehen davon, dass ich meinen Onkel verprügelt habe. Aber ..." Ich zögere. *Vielleicht sollte ich es ihr einfach erzählen.*

„Wie weit würdest du gehen, damit dein Kind wieder gehen kann?" Ich atme aus.

Sie nickt ernst, ohne zu blinzeln. „Ziemlich weit. Aber es gäbe Grenzen. Dinge, die ich nicht täte."

Erleichterung erscheint auf ihrem Gesicht, als ich sage: „Ja. Ich will nicht der Kerl sein, dem du nicht vertrauen kannst." Auch wenn ich genau der bin. Wie verdammt dämlich war das?

„Ich will der Mann sein, auf den du dich verlassen kannst. Der Mann, den du verdienst." Alles, was ich sage, kommt von Herzen, doch es fühlt sich an wie hohle Phrasen und ich frage mich, was sie denkt.

„Das ist schön zu hören, aber ... ich habe viele Versprechungen von vielen Männern gehört. Du bist der Erste, der so nah an mich herankommt, aber Worte bedeuten nichts ohne Taten." Ihre Stimme schwankt zwischen zärtlich und fest und ich fühle wieder, wie sie mein Herz ergreift.

„Ich werde dich niemals verletzen", sage ich leise. „Nicht mit Absicht. Vielleicht, weil ich ein Idiot bin, aber nicht, weil ich es will."

Sie lacht traurig auf. „Damit bist du schon besser als die meisten Kerle. Aber ... nur wenn du es beweist, bedeutet das auch etwas."

Ich bin ein solcher Idiot. „Ich bin bereit dazu."

Ist es tatsächlich möglich, aus dieser Sache herauszukommen und irgendwie diese umwerfende Frau zu gewinnen? Ich kann die Feigheit nicht rückgängig machen, die mich davon abgehalten hat, das hier schon früher in Ordnung zu bringen.

„Gibt es sonst noch etwas?" Es fühlt sich an, als wäre der schwerste Teil geschafft. Auch wenn ich mich gerade zum Idioten gemacht habe.

Sie betrachtet mich lange. Es ist schwer, nicht wegzuschauen.

„Nein", sagt sie sanft. „Du hast mir bereits viel Stoff zum Nachdenken gegeben. Ich brauche jetzt etwas Ruhe."

Ich decke sie mit einer Decke zu und gebe ihr einen Kuss. *Nein, ich muss es in Ordnung bringen!*

Den restlichen Nachmittag verbringe ich damit, jeden Urologen im Bezirk anzurufen, um einen Termin in den nächsten zwei Tagen zu bekommen. Die meisten wollen mir gar keinen Termin geben und die restlichen sträuben sich wegen des Gels, da sie noch nie damit gearbeitet haben. Dr. Parikh, der das Zeug injiziert hat, ist immer noch nicht zurück und ich werde sicherlich nicht Weiss fragen.

Ich habe zugestimmt, künstliche Befruchtung durchführen zu lassen, auch wenn die Spermienentnahme schwierig ist. Das kann geschehen, ohne dass der neue Arzt die Gelimplantate je bemerkt. Sie sind nicht sehr bekannt außerhalb von Indien.

Er könnte annehmen, dass Narbengewebe schuld ist und die kleinen Kanäle verengt, sodass die Spermien nicht hindurchgelangen. Es sollte funktionieren.

Das ändert nicht die Tatsache, dass ich hierhergekommen bin, um Amelie zu täuschen und sie dazu zu bringen, mich hierzubehalten. Ich war ein Hochstapler. Dann habe ich mich in sie verliebt. Ich würde es verdammt noch mal verdienen, wenn sie es herausfände und mich herauswürfe.

Doch Caroline verdient es nicht, zu leiden. Davon hatte sie schon genug.

Ich beginne, weitere Urologen anzurufen, doch dann höre ich auf. Plötzlich fühle ich mich wie ein Feigling, weil ich versuche, mich zu schützen.

Amelie wird bekommen, was sie will. Ich werde direkt die Spermienentnahme durchführen lassen, nachdem die Spermienzahl als null herauskommt. Wenn der Spezialist die Implantate bemerkt, dann stelle ich mich der Wahrheit und bettele um Gnade für Caroline.

Ich verdiene keine.

KAPITEL 15

Amelie

Daniel geht tatsächlich auf meine Bitte um die Prozedur einer künstlichen Befruchtung ein. Ich bekomme, was ich will, ohne weiteres Warten. Ich sollte glücklich sein.

Mein Kopf dreht sich, während ich auf meinem Bett liege und kalte Tränen in den Augenwinkeln habe. Ich habe vorgegeben müde zu sein und ihn weggeschickt, um ein paar klare Gedanken fassen zu können ohne seine Berührungen, die mich verrückt machen. Es läuft alles schief.

Wenn das, was Weiss mir gesagt hat, stimmt, bekomme ich immer noch, was ich will. Ich werde vor Weihnachten schwanger sein von dem Mann, den ich ausgewählt habe.

Aber ich kann darüber nicht glücklich sein.

Ich habe bis jetzt gebraucht, um zu realisieren, dass ich mich in ihn verliebt habe. Ich habe den ganzen Tag mit mir selbst darüber gerungen, es ihm zu erzählen. Das machte seine Beichte, dass das Gefühl beidseitig ist, so schmerzhaft ... und so krank.

„Sei still und hör zu", sagte Weiss mir lallend. Er begann, eine Geschichte zu erzählen, die so verrückt klang, dass er sie sich ausge-

198

dacht haben könnte. Einige der Fakten sind allerdings wahr und das jagt mir richtig Angst ein.

„Er hatte eine Vasektomie. Er hat dich die ganze Zeit lang angelogen, der Arsch, damit er und seine verkrüppelte Tochter einen schönen Ort zum Leben haben und du ihre Operationen bezahlst. Er hat mich bezahlt, damit ich seine Spermienzahl verstecke, die null ist. Wie konnte er glauben, dass diese Lüge für immer funktionieren würde? Wenn du vorhast, mich zu verklagen, konzentriere dich lieber auf den richtigen Kerl. Es war alles seine Idee!"

Danach, in Daniels Armen, als er versuchte, mich wegen des Schmerzes zu beruhigen, den er verursacht haben könnte, dachte ich über die vier Monate nach, die ohne eine Schwangerschaft verstrichen sind, und versuchte herauszufinden, ob ich ihm vertrauen kann. Stattdessen habe ich ein Liebesgeständnis bekommen.

Oh Gott.

Er hat zugegeben, dass er nicht perfekt ist und sich wegen seiner Vergangenheit schämt. Er will sich verbessern – und hat zugestimmt, mich zu schwängern.

Doch wenn Weiss recht hat, hat er mich verdammt noch mal belogen.

„Natürlich komme ich nach Hause, Schätzchen. Deine Mama ist nur nervös. Es ist alles in Ordnung." Papas Silhouette in der Dunkelheit, eine leere Gestalt, die leere Versprechungen macht.

Wird irgendein kaputter Teil meines Unterbewusstseins von lügenden Arschlöchern angezogen? Ziehe ich sie einfach an wie Haie?

Oder lügt Weiss, weil er ein Säufer ist, der es nicht mag, dass ich seine Arbeit hinterfrage, und mich mit diesem Drama ablenken will, um sich selbst zu schützen?

Ich habe mich noch nie so verwirrt gefühlt. Es fühlt sich an, als würden sich zwei wütende Schlangen in meinem Bauch bekämpfen. Und keine Idee, die ich in meinem Kopf abwäge, hilft.

Werde ihn los. Er hat mich belogen und betrogen. Es ist Zeit, die Kontrolle zurückzugewinnen, bevor er mich wieder manipuliert.

Vergib ihm. Er ist verzweifelt. Er tut es nur für seine Tochter.

Ich kann ihm nicht vertrauen. Doch ich kann seine Tochter nicht herauswerfen, wenn sie auf mich angewiesen ist. Sie wäre am Boden.

Selbst wenn Weiss die Wahrheit sagt ... Caroline ist Daniels Grund für alles.

Wie weit würdest du gehen?

Würdest du das Falsche aus dem richtigen Grund tun?

Falls er mich tatsächlich täuscht, selbst wenn er sich tatsächlich in mich verliebt hat – und ich es akzeptiere, wird er glauben, dass er weiter lügen kann. Damit kann ich nicht leben.

Mit meinem Handrücken wische ich einige Tränen weg. *Genau wegen diesen Sachen habe ich aufgehört zu daten.* Nur dass es diesmal ... wehtut, weil der Bastard mich dazu gebracht hat, ihn zu lieben und mich nach ihm zu verzehren, bevor er aufgeflogen ist.

Er hat meine verdammte Unschuld genommen. Was kann ich tun, wenn er auch nur ein Arsch ist?

Ich kneife die Augen zu. „Hör auf", flüstere ich kraftlos ins Kissen. „Hör auf. Sei objektiv."

Ich drehe mich auf den Rücken und starre die tapezierte Decke meines Schlafzimmers an. Wie viele Male ist sie mir vor Augen verschwommen, als Daniel mich zum Orgasmus gebracht hat? Wie viele Male war sie der Hintergrund hinter seinem mich anlächelnden Gesicht?

Will ich das wirklich aufgeben?

Doch wie kann ich es jetzt noch genießen, wo Weiss Zweifel in mir gesät hat?

Wenn ich Weiss alles ruinieren lasse, wird mein Herz austrocknen, ich werde Sperma aus dem Labor benutzen und meine Tochter wird voller Misstrauen Männern gegenüber aufwachsen.

Doch wenn Daniel wirklich gelogen hat, auch wenn er es jetzt wiedergutmachen will, kann ich es nicht einfach durchgehen lassen. Wenn ich nicht dramatisch Schluss machen will, dann werde ich einen anderen Weg finden müssen, um es anzusprechen.

Ich wische mir über die Augen und gehe zu meinem Kosmetiktischchen, wo ich im Spiegel mein Gesicht anstarre, auf dem sich die getrockneten Tränen abzeichnen. Ich werde nicht wie meine Mutter enden, in einer Beziehung mit einem Mann gefangen wegen eines abhängigen Kinds und der einen Sache, die er mitgebracht hat.

Was bringt Daniel mit?

Er könnte darüber gelogen haben, mich zu lieben! Aber jedes Mal, wenn er emotional wird, verheddert er sich, als hätte er es nicht erwartet. Ich bezweifele, dass er über seine Gefühle mir gegenüber gelogen hat.

Ich gehe ins Badezimmer und wasche mir das Gesicht. Dann kämme ich meine Haare und stecke sie mit einer goldenen Spange hoch. *Was sonst?*

Sex, von dem ich nie genug bekommen werde. Gute Gesellschaft – wenn er nicht abgelenkt Auto fährt. Eine Tochter, die sich bereits fühlt, als gehörte sie hier her …und die ich vermissen würde.

Nachdem ich die Tränenstreifen abgewaschen habe, schminke ich mich neu. Mein Eyeliner ist blau. Meine Lippen sind purpurrot.

Ich zittere nicht mehr.

Was sind Daniels Nachteile?

Er könnte mich monatelang belogen haben! Er hat zugegeben, dass er eine Vergangenheit hat, wegen der er sich schämt. Er könnte unfruchtbar sein und es verstecken.

Doch er ist bereit, sich einem chirurgischen Eingriff zu unterziehen, um mir das zu geben, was er versprochen hat. Was ziemliche Eier beweist – Wortspiel beabsichtigt – und seine Einsatzbereitschaft zeigt.

Er könnte sogar komplett unschuldig sein. In dem Fall müsste ich meine Antwort gut planen, damit niemand unverdient bestraft wird. Vielleicht gibt es einen Weg aus dieser Situation heraus, bei dem niemand verletzt wird.

Wenn er mich wirklich belogen hat, muss ich sichergehen, dass er das nie wieder tut. Und wenn es bedeutet, hart mit ihm zu sein, dann … na ja … ich habe meine erste Milliarde nicht verdient, indem ich nett zu allen war.

Ein Lächeln schleicht sich auf meine frisch geröteten Lippen, als ein Plan in meinem Kopf Gestalt annimmt.

KAPITEL 16

Daniel

„Also." Ich atme tief ein und schaue meine Tochter an. „Es ist Zeit, dir etwas zu gestehen."

Amelie und Caroline schauen mich an und ich frage mich, ob Amelie auch ein Geständnis erwartet. Wie viel hat Weiss ihr erzählt? Wie viel glaubt sie davon? Amelie hat darauf bestanden, dass ich ehrlich mit meiner Tochter darüber bin, was passiert, und ich beiße in den sauren Apfel und tue es.

Heute Abend werde ich in einen weiteren sauren Apfel beißen. Denn zu meiner großen Überraschung hat Amelie einen Termin mit einer weltbekannten Expertin für künstliche Befruchtung gemacht, die nur dreißig Minuten entfernt ist ... noch am gleichen Tag.

Sie hat Macht, wenn sie sie einsetzen will, und es hat mich etwas eingeschüchtert. Vor allem, weil sie mich diesmal auf sehr unmittelbare Weise beim Wort nimmt. Los geht es zur Klinik für künstliche Befruchtung, um meinen Samen zu testen und dann die Spermienentnahme durchzuführen.

Natürlich bete ich, dass die Untersuchung das Gel nicht zeigt.

Ich werde um Betäubung bitten.

„Ich bin nicht hergekommen, weil Amelie mich für ihre Investitionen angestellt hat." Ich versuche die Hitze zu ignorieren, die in meinem Nacken aufsteigt. „Sie hat mich angestellt, um ihr ein Baby zu geben."

Caroline blinzelt mich an. „Äh ... was?"

... *Scheiße.* „Es gibt einen Ort, der Klinik für künstliche Befruchtung heißt, wo Frauen schwanger werden können. Manchmal stellen sie Männer an, um ihnen dabei zu helfen."

Sie stößt die Luft aus. „Ich weiß, was Sex ist, Papa."

Amelie erstickt ein Husten mit ihrer Serviette und ich ignoriere den Drang danach, das Thema zu etwas anderem zu wechseln. „Äh ... ich glaube, du hast die falsche Vorstellung von künstlicher Befruchtung, Schatz."

„Okay, also ..." Caroline schaut Amelie hilflos an. „Was ist hier los? Müssen wir weg? ... Du bekommst ein Kind?" Sie ist besorgt?

„Okay, okay, keine Panik. Was ich dir eigentlich sagen wollte, ist, dass ich heute Abend vielleicht eine kleine Operation haben werde, um sicherzugehen, dass sie mein Sperma benutzen können, um sie schwanger zu machen." *Bitte lass das genug sein.*

„Wenn das geschieht, werde ich ein paar Tage lang Schmerzen und vielleicht noch ein paar weitere Arzttermine haben. Aber du brauchst dir keine Sorgen machen." Amelie schaut zwischen uns beiden hin und her.

„Warte, wieso braucht ihr eine Operation? Mögt ihr euch nicht? Ihr küsst euch ziemlich viel für Leute, die sich nicht mögen." Ihre Augen sind hell und erwartungsvoll.

„Das stimmt, aber die Sache ist ein bisschen komplizierter." Sie hat nach ihrem Mittagsschlaf mehr Energie, als ich seit langer Zeit bei ihr gesehen habe. Es ist die Traurigkeit, die langsam verschwindet. Obwohl etwas Merkwürdiges geschieht – sie hat Hoffnung geschöpft.

Ich muss alles in meiner Macht Stehende tun, um diesen Optimismus nicht zu zerstören.

„Es tut mir leid, dass ich wegen dem Investitionsprojekt gelogen habe. Es war irgendwie privat. Aber es wird deine restliche Behandlung bezahlen." Ich lächele ihr ermutigend zu.

Caroline verzieht das Gesicht. „Wir müssen also nicht gehen, bevor die letzte Operation gemacht wurde und meine Roboterhose fertig ist?"

„Mach dir darüber keine Sorgen, Liebes", sagt Amelie. „Wenn du und dein Papa gehen solltet, dann wirst du das auf deinen eigenen beiden Füßen tun."

Das ist ein großes Versprechen. Aber sie ist eine verdammte Milliardärin und sie ist Amelie. Nie zuvor habe ich jemanden so Entschlossenes getroffen, sie ist so lieb, dass ich manchmal vergesse, welche Stärke sich darunter befindet.

Ich fühle mich pathetisch dankbar, als Caroline lächelt und nickt. „Okay", stimmt meine Tochter zu. „Aber was ist mit diesem anderen Kram?"

„Oh, Liebes, was zwischen deinem Vater und mir passiert, sollte dich nicht belasten." Amelies Stimme ist einen Moment lang so warm und sanft, dass ich mir wehmütig uns drei als Familie vorstelle.

Dann legt Amelie ihren Blick auf mich. „Wir werden unsere eigenen Probleme regeln." Es liegt etwas in ihren Augen, das mich nervös macht.

Gestehe ihr alle! Sie wird Probleme zwischen uns beiden nicht die Behandlung meiner Tochter verschlechtern lassen – nur ich werde einen Tritt in den Hintern bekommen. Nur dass … ich auf keinen Fall vor meiner Tochter darüber sprechen werde, dass ich ein Hochstapler bin.

Da ziehe ich die Grenze.

Die Beichte aus irgendeinem Grund zu verschieben ist die Lösung eines Feiglings und es ist der Weg, den ich bis jetzt gewählt habe. Jetzt denke ich über den Operationstisch nach und über die schlimmsten Arten, auf die dieser Abend enden könnte. Ich schulde es Amelie, genau wie ich ihr eine Erklärung schulde.

Ich werde mich nur noch von den Nadeln erholen, bevor ich mich ihr stelle.

Caroline hat wieder diesen gefährlichen Ausdruck auf ihrem Gesicht. Ich bereite mich vor. „Was ist los, Schatz?"

„Wieso könnt ihr nicht normal ein Baby machen?"

Amelie spuckt fast ihren Tee aus.

Oh Gott ... „Papa wurde auch im Unfall verletzt und es könnte einige Narben verursacht haben, die—"

Caroline reißt die Augen auf. „Oh nein! Hast du ihn dir gebroch—"

„Mir geht es gut!", werfe ich leicht panisch dazwischen. Diesen Satz wollte ich nie aus ihrem Mund hören. „Es ist einfach leichter so. Du weißt schon, im Labor."

Das ist wohl Karma. Ich hätte dem Kind einfach von Anfang an die Wahrheit erzählen sollen.

Ich lüge alle an. Ich habe Caroline darüber belogen, wie schlimm ihre Verletzung war, ich habe mich selbst darüber belogen, eine unschuldige Frau so intim zu betrügen und weiter mit mir selbst leben zu wollen ... und ich habe begonnen, Amelie wie eine weitere Trophäe zu behandeln.

Ich schaue zu ihr herüber, sie keucht in ihre Serviette. Das ist wahrscheinlich auch für sie peinlich, aber jetzt, wo Caroline sich selbstsicher verhält, scheint Amelie vor allem amüsiert zu sein. Vielleicht hat es sie geärgert, dass ich die Wahrheit vor Caroline verborgen habe?

Caroline nickt, doch dann verdüstert sich ihr Gesicht. „Aber wer wird hier sein, wenn ich Albträume habe?"

„Edmund hat versprochen, die ganze Nacht lang zu bleiben, Liebes. Und wahrscheinlich werden wir in wenigen Stunden zurück sein." Amelie streichelt meiner Tochter die Hand und sie lächelt beruhigt.

„Okay, gut, ich mag ihn. Er ist nett." Sie isst beruhigt ihr Frühstück.

Heilige Scheiße, das war unangenehm. Aber es lief besser, als erwartet.

Ich warte damit, Amelie danach zu fragen, bis wir im Auto sind. „Es war richtig, aber wieso hast du darauf bestanden, meiner Tochter die Wahrheit zu erzählen, bevor wir losfahren?" Ich will keinen Streit heraufbeschwören, aber sie schien es schon sehr lustig zu finden.

„Als ich ein kleines Mädchen war", beginnt sie, während wir in Richtung der Klinik bei Old Jefferson fahren, „hat mein Vater mich ständig belogen. Er behauptete, mich zu lieben. Vielleicht hat er das sogar getan, um mich zu schonen. Aber er hat gelogen. Er log, wenn er meine Mutter mit Prostituierten betrog. Er log, als er begann, sie mit nach Hause zu bringen. Er log sogar, als eine nackt und betrunken in mein Zimmer stolperte.

„Er hatte für alles eine Lüge und es hörte nie auf. Er starb sogar, während er mit einer seiner Huren feierte, ohne je irgendetwas zugegeben zu haben."

Ihre Stimme ist kalt und verbittert und ich fühle Wut auf das Arschloch, das seine Tochter so behandelt hat. „So etwas würde ich nie tun."

„Nein", sagt sie mit der gleichen intensiven Stimme, „das weiß ich nicht. Ich habe nur dein Wort. Liebst du deine Tochter mehr als mein Vater mich geliebt hat? Offensichtlich. Bist du besser zu ihr als er zu mir? Sicher. Aber du kannst nicht behaupten, Menschen zu lieben, und sie dann belügen. Und ich will kein Baby mit einem Mann haben, der das in Ordnung findet."

Mein Herz zieht sich zusammen. „Wenn du damit nicht recht hättest, hätte ich gar nicht mitgespielt." Mein Tonfall klingt etwas zerknirscht.

„Das hast du." Sie klingt bedacht. „Jetzt halte noch die künstliche Befruchtungsbehandlung durch und du hast deinen Teil der Abmachung erfüllt."

„Gerne." Ich fühle mich erleichtert. Vielleicht komme ich davon, ohne zugeben zu müssen, dass ich mir meine Unfruchtbarkeit selbst zugefügt habe und sie Teil eines dämlichen Plans war.

Dr. Butler ist eine hochgewachsene blonde Frau mit zusammengezogenem Mund, die mich unbeeindruckt durch ihre rahmenlosen Brillengläser betrachtet. Sie erklärt zehn Minuten lang die Methode. Ich fange an, da mein Fruchtbarkeitstest der weniger invasive ist.

Sie reicht Amelie einen Becher und die zwei tauschen einen Blick aus, bevor sie mich eisig anschaut. „Bringen Sie die Samenprobe in mein Labor am Ende des Gangs, wenn Sie so weit sind. Wenn Ihre Probe normal ist, testen wir Ms. LaBelles Fruchtbarkeit."

„Was auch immer getan werden muss. Ich muss ein Versprechen einhalten." Amelies Gesicht wird etwas weicher.

„Sehr gut. Versuchen Sie sich zu beeilen. Wenn wir eine invasivere Methode anwenden müssen, würde ich gerne bald damit beginnen." Und schon ist sie weg, ihre Absätze klickern auf dem Flur.

Ich starre die Tür an und schüttele den Kopf. „Verdammt. Sie ist eine Fruchtbarkeitsexpertin, aber sie könnte mit einem Blick einen Steifen einfrieren. Das könnte ein bisschen dauern."

Amelie kommt auf mich zu, den Becher in der Hand und ein Glitzern in den Augen. „Ich helfe dir."

Ich öffne den Mund, um einen unsicheren Witz zu machen, als sie das Halstuch abnimmt und ihren Ausschnitt enthüllt. Sie öffnet die oberen Knöpfe und ihre prallen Brüste erscheinen. „Heilige Scheiße", flüstere ich, als mein Schwanz zum Leben erwacht.

Die prüde kleine Amelie ist in den letzten vier Monaten sehr gereift. Und hier ist sie und macht den ersten Schritt.

„Alles, was du brauchst, ist ein bisschen Inspiration", schnurrt sie und streichelt dabei meinen Schaft mit ihren schmalen Fingern. Ich lehne mich an die Wand, meine Brust hebt und senkt sich schwer, als sie die Spitze meines Schwanzes in die Hand nimmt.

Ich ächze und stoße gegen sie. Sie streichelt mich weiter, ihre sanften Finger umkreisen die Eichel und spielen mit den Adern und Falten um sie. Dann greift sie mich fester und ihre Hand beginnt, an meiner Länge auf und ab zu fahren.

Ich entspanne mich sofort. *Sie will mich immer noch.* Was auch immer Weiss gesagt hat, er hat nicht alles verdorben.

„Amelie", flüstere ich, meine Eier ziehen sich zusammen, während sie mich melkt. Das Gleiten ihrer Hände über die Spitze und den Schaft meines Schwanzes hält an und ich lasse mich gehen, wobei ich durch die Zähne stöhne.

Ich bekämpfe meinen Instinkt, länger durchzuhalten, während ihre Hand immer schneller wird und ich mich komplett darauf konzentriere. Ich beginne zu zittern. „Ich komme", flüstere ich heiser und sie nimmt den Becher von dem Tisch neben ihr.

Ich atme schnell, als mein Schwanz die Ladung in den Becher spritzt und die Seiten mit der milchigen Flüssigkeit bedeckt. Dann klickt der Decken darauf und ich lehne mich zurück. „Fertig?", murmele ich erstaunt darüber, wie sie mich selbst in einem Labor heiß macht.

„Vorerst", sagt sie kryptisch. „Lass uns sehen, was die Ärztin sagt."

Ich brauche länger, um wieder zu Atem zu kommen und mich von der Wand abzustoßen, als sie gebraucht hat, um mich zum Höhepunkt zu bringen. Ich ziehe die Hose hoch und schließe sie, bevor ich ihr folge, mein Seidenhemd klebt an meiner verschwitzten Brust.

Unglaubliche Frau. Etwas furchteinflößend. Ich muss sie wirklich für mich gewinnen.

Das Ergebnis ist *fast*, was ich erwartet hatte. „Obwohl Sie bei guter Gesundheit sind und eine gute hormonale Balance haben", beginnt die Ärztin, als sie von ihrem Mikroskop aufschaut, „haben Sie auch sehr wenige Spermien in Ihrem Samen."

Ich versuche, enttäuscht zu reagieren, als sie erwähnt, wie wenige Spermien in meiner Probe waren. Vielleicht ist dieses Gel-Zeug nicht so gut oder Parikh hat es nicht richtig angewendet. Keine Ahnung.

Immerhin zeigt die Anwesenheit einiger Schwimmer, dass meine Kanäle nicht komplett zu sind.

„Dieses Fruchtbarkeitszeug ist kompliziert. Wie sind unsere Vorfahren überhaupt schwanger geworden?", seufze ich, um die Mischung aus Verwirrung und Erleichterung zu verbergen.

„Hauptsächlich durch Zufall", antwortet die Ärztin kurz angebunden. „Wir sollten Ihre Hoden zusätzlich per Ultraschall überprüfen, um zu sehen, ob Sie die Entnahme mit der Nadel mit lokaler Betäubung machen können oder eine Vollnarkose nötig ist."

Ich erstarre. Der Ultraschall könnte die Gel-Blockade zeigen. Wieder kommt mir der Gedanke in den Kopf: *Gib einfach die Wahrheit zu.*

Es wäre peinlich und ich sähe wie ein Idiot und Lügner aus vor beiden. Aber es ist besser als ein Stück meines eines Hodens entfernt zu bekommen – oder?

Irgendwie kann ich nichts außer „Okay" sagen.

Einen kalten, schleimigen Ultraschallstab über meine nach-orgastischen Jungs gefahren zu bekommen ist eine Erfahrung, die ich nicht wiederholen will.

Amelie ist die ganze Zeit bei mir und schaut still zu. Bin ich eher peinlich berührt oder dankbar dafür, dass sie bei mir bleibt? Als der Ultraschall vorbei ist, flüstert die Ärztin ihr etwas zu und dann wendet sie sich mir zu.

„Es tut mir leid, Mr. Fontaine. Die Blockade ist an der falschen Stelle, um eine Extraktion mit der Nadel durchführen zu können. Wir werden eine Biopsie machen müssen."

Ich schaue sie mit wachsendem Horror an. „Oh." *Oh Scheiße.*

In meinem Kopf herrscht Krieg. Auf der einen Seite ist *Ein Stück meiner Eier war nie Teil des Deals* und auf der anderen Seite *Hätte ich nur das Gel schon vor Monaten entfernen lassen.* Letztendlich gewinnt die Vernunft.

„Hätten Sie einen Rasierer und etwas Rasierschaum für mich?", scherze ich bereitwillig.

„Der Arzthelfer wird Sie als Teil der Vorbereitungen rasieren", antwortet die Ärztin im gleichen kalten Tonfall. „Sie müssen einige Formulare unterschreiben, eins wegen der Narkose und die anderen wegen des Eingriffs. Ich komme sofort zurück."

Sie verschwindet in ihr Büro und schließt die Tür. Ich drehe mich Amelie mit einem schiefen Grinsen zu. „Oh Mann."

„Bist du dir sicher?", fragt sie mit unlesbarem Gesichtsausdruck.

„Schau, lass es mich so ausdrücken. Es ist meine Schuld, dass du noch kein Baby hast, und es ist meine Verantwortung, das richtigzustellen." Und wenn ich die unglaublich unangenehme Unterhaltung darüber, *wieso* es meine Schuld ist, vermeiden kann, umso besser.

„Ich bin froh, dass du das so siehst. Aber ich frage mich immer noch etwas. Wieso hat Dr. Weiss die Tatsache vor mir versteckt, dass du ein Problem hast?"

Der Atem gefiert mir im Hals und ich blinzele sie in Zeitlupe an, wie eine Schildkröte. „Ähm, also …" Ich verfalle in Panik.

Diese Option scheint mir sogar noch schlimmer als eine Nadel in meinen Eiern, sodass ich den Mut nicht aufbringe, ihr ehrlich zu antworten. Ich spucke beinahe reflexartig aus: „Ich weiß es nicht." Dann fühle ich mich schrecklich und erleichtert, als sie die Stirn runzelt und das Thema fallenlässt.

Puh, das war knapp. Ich werde ihr eines Tages die ganze Wahrheit erzählen ... wenn meine Eier verheilt sind. Vielleicht nie, wenn ich sehr, sehr viel Glück habe.

„Ich bin froh, dass du so pflichtbewusst bist. Das gibt mir Hoffnung." Eine weitere kryptische Aussage, die sie nicht weiter erklärt.

Ich unterschreibe hastig die Papiere, ohne sie überhaupt zu lesen, da ich einfach nur will, dass alles vorbei ist. Die Ärztin nimmt mir die Zettel weg und schickt mich mit Amelie ins Behandlungszimmer.

Die nächsten zehn Minuten lang werden meine Eier von einem gelangweilten männlichen Arzthelfer rasiert, der eine furchtbare Ähnlichkeit mit Homer Simpson hat. Ich vermeide Blickkontakt und ein kleiner Teil von mir stirbt. *Ich werde meiner Tochter sicher nicht hiervon erzählen.*

Endlich ist es Zeit für die Narkose. Ich liege auf einem Operationstisch, rasiert, gewaschen und fühle mich verletzlicher als ein Träger des schwarzen Gürtels, der mit einer Milliardärin schläft, sich normalerweise fühlen sollte. Der Anästhesist legt mir einen Zugang und beobachtet die Maschine, während Amelie meine Hand hält.

Es ist süß. Das gleiche tue ich für Caroline.

Ich bedeute ihr wirklich etwa. Ich habe solch ein Schwein. Das ist mehr, als ich verdiene.

„Ich werde immer meine Versprechen dir gegenüber halten", sage ich verschlafen, um die Skalpelle und die riesige Nadel auf dem Tablett neben mir zu ignorieren. Die Welt entfernt sich immer weiter. Bald werde ich mich durch die Heilung kämpfen müssen und dann ist es geschafft.

„Das ist süß. Das hilft wirklich", sagt Amelie recht kühl, womit sie meine Aufmerksamkeit erregt. „Aber du musst wirklich daran arbeiten, die Wahrheit zu sagen."

Ich kann meine Augen nicht mehr vollständig öffnen, aber Sorge durchflutet mich wie kaltes Wasser. „Hä?", bekomme ich gerade so heraus.

Sie lehnt sich weiter über mich und flüstert mir ins Ohr: „Ich weiß von allem."

Oh ... Scheiße ... ist mein letzter Gedanke, während ich von der Narkose übermannt werde.

KAPITEL 17

Amelie

Der absolut angsterfüllte Blick auf Daniels Gesicht in dem Augenblick, bevor er das Bewusstsein verliert, ist das Enttäuschendste und Befriedigendste, was ich seit langer Zeit gesehen habe. Als er unter Narkose steht, kommt Emily kichernd herein und lässt ihre eisige Rolle fallen. „So", sagt sie, „was willst du jetzt tun?"

„Er braucht keine Biopsie, oder?" Sie lacht und schüttelt den Kopf.

„Nein, dein Zuchthengst ist voller lebhafter Spermien, sie kommen nur nicht durch die Blockade." Sie verdreht die Augen. „Er glaubt, dass wir Fruchtbarkeitsspezialisten nicht zusammenarbeiten. Als er begann, alle anzurufen, war er das Thema des Tages."

„Und Weiss?" Wie soll ich mit ihm umgehen? Mein Denkzettel für Daniel scheint bisher gut zu funktionieren. Ich könnte ihm sogar verzeihen … wenn er das nie wieder tut. Aber der Arzt, den er bestochen hat?

Welche Bestrafung ist gut genug für das Arschloch? Andererseits, wenn er sich nicht betrunken und alles erzählt hätte, hätte ich nie etwas vermutet.

„Weiss ist abrupt abgetaucht. Er hat Angst. Vielleicht solltest du ihn eine Weile lang brüten lassen." Sie schaut nach Daniels Vitalzeichen und betrachtet seinen schlaffen, nackten Körper. „Hmm, ich verstehe, wieso du darüber nachdenkst, ihn zu behalten."

Ich pruste und erröte. „Emily."

Sie presst die Lippen zusammen und schaut herunter. „Ich höre auf."

Ich lecke mir über die Lippen und schaue auch nach unten. „Ich hätte direkt zu dir kommen sollen. Ich hätte einfach warten sollen, bis du aus dem Urlaub zurück warst. Hätte ich nur ein bisschen länger gewartet …"

Das ist ein gefährlicher Gedankengang: hätte, wäre, könnte. Damit kann man sich selbst in den Wahnsinn treiben und sein eigenes Herz brechen. Darin bin ich schon mein ganzes Leben lang Expertin.

„Danke, dass du mir geholfen hast", sage ich zu meiner alten Schwesternschaftskameradin.

„Der Blick in seinem Gesicht, als er verstand, dass sein Betrug aufgeflogen ist, war es absolut wert." Sie zwinkert mir zu. „Also … was nun?"

„Ich werde nichts tun, was er nicht will." Ich schaue ihn weiter an. „Er hat eine Bewilligung unterzeichnet, aber das ist nicht das Gleiche wie wirkliche Zustimmung."

Sie nimmt ihre Lesebrille ab, steckt sie sich in die Tasche und schüttelt die Haare aus dem übertrieben straffen Dutt. „Meinen Kollegen nach hat er versucht, das Gel ausspülen zu lassen. Ob das war, um dich zu schwängern oder einen Konflikt zu vermeiden, ist nicht bekannt."

„Ich denke, beides." Ich runzele die Stirn, während ich meine Optionen abwäge.

Eine halbe Stunde später öffnen sich Daniels Augen langsam. Er schaut mich auf dem Stuhl neben ihm an und blinzelt verschlafen. Es scheint, als käme seine Erinnerung zu ihm zurück, als seine Augen sich weiten.

„Äh", bringt er nach einem Augenblick heraus, „ich scheine noch meine beiden Eier zu haben."

„Natürlich." Ich lächele etwas. Seine wohlverdiente Strafe hat mich besänftigt. „Du hast Glück, dass ich nicht alles tue, was ich tun könnte."

„Oh ja, sehr viel Glück." Er versucht sich aufzusetzen – und zuckt dann zusammen. „Was ist passiert?"

„Die Ärztin hat deine Gelimplantate mit Bikarbonat-Lösung ausgespült, wie du es wolltest. Ihren Kollegen nach hast du die meisten von ihnen angerufen." Mein Lächeln wird schief, als ich sein hübsches Gesicht noch verzerrter sehe.

„Ich dachte, Beratungen wären vertraulich", grummelt er und ich lache auf.

„Sie haben deinen Namen nicht erwähnt. Es ist eine ungewöhnliche Form der Verhütung hier und als sie es auf dem Ultraschall sah, wusste sie, um wen es sich handelte."

„Warte." Seine Augen verengen sich mit einer Mischung aus Verdacht und Überraschung. „Hast du dich mit einem Arzt zusammengetan, um mich dazu zu bringen, zu denken, dass du deine Rache an meinen Eiern übst?"

Ich schaue ihm direkt in die Augen. „Hast du dich mit einem Arzt zusammengetan, um mich dazu zu bringen, zu denken, dass du fruchtbar bist, während du mich verführst und versuchst, den Jackpot zu knacken?"

Er klappt den Mund zu und endlich nickt er geschlagen. „Ja", bringt er nach einem Augenblick hervor. „Das habe ich. Dann habe ich verstanden, dass du das nicht verdienst und was für ein Arschloch ich war – aber ich habe zu lange gebraucht."

Es ist nicht die perfekte Entschuldigung oder die perfekte Wahrheit ... aber es ist schon weitaus besser. „Hat es dir gefallen, als ich den Spieß umgedreht habe?", frage ich sanft mit verschränkten Armen.

„Kein bisschen", antwortet er mit einem verlegenen Lächeln. „Du hast mir echt Angst eingejagt."

„Das habe ich nicht aus Spaß getan. Jetzt weißt du, was du mir angetan hast. Und du hast eine Chance, es wiedergutzumachen."

Meine Mutter war nie in der Position, emotional oder anderweitig, meinen Vater vor reale Konsequenzen zu stellen. Hätte sie das gekonnt, vielleicht hätte sie dann ein glücklicheres Leben gehabt ...

auch wenn er zu beschränkt war, um seine Gewohnheiten zu ändern. Sie hätte zumindest ihren Stolz gerettet ... und ein Gefühl der Kontrolle über ihr Leben.

Er schluckt und nickt. „Ich habe dir gezeigt, dass ich alles für dich tun würde." Wenn er wütend ist, weil ich ihm einen Spiegel vorgehalten habe, zeigt er es zumindest nicht.

„Nach all dem hier? Ja, deshalb mache ich dir das Leben nicht noch schwerer." Ich mache einen Schritt zur Seite, sodass er aufstehen kann. Der Umhang fällt von ihm herab, als er nach seiner Hose auf dem Stuhl neben mir greift. Sein frisch rasierter Schwanz und die Eier sehen glatt und seidig aus, ich unterdrücke meine aufkommende Lust.

„Ich bin mir nicht sicher, was ich jetzt tun soll", gibt er zu, während er sich anzieht. „Ich dachte, du würdest mich auf die Straße setzen, wenn du es herausfindest."

„Dich herauszuwerfen bedeutet auch Caroline herauszuwerfen und das verdient sie nicht. Ich musste einen anderen Weg finden, um dir das Lügen abzugewöhnen." Ich helfe ihm in sein Hemd, er ist immer noch etwas langsam durch die Betäubung.

„Ich habe auf jeden Fall meine Lektion gelernt, dich nicht anzulügen", lacht er und seine Augen glitzern.

„Gut", antworte ich, „denn wenn du je wieder versuchst mich anzuschwindeln, werde ich es deiner Tochter erzählen."

Seine Angst wird nicht ganz durch seine Belustigung verdeckt. Er glaubt mir. *Das sollte er auch.*

Ich schätze, ich bin ein bisschen fies, denke ich, als wir nebeneinander die Praxis verlassen. *Aber eine Dame in meiner Position muss das sein.*

KAPITEL 18

Amelie

Weihnachten ist wieder da und zum ersten Mal in Jahren bin ich nicht allein.

Meine Hände liegen auf meinem Bauch, während ich auf dem Balkon stehe und den Sturmwolken zuschaue, die den Himmel über Baton Rouge mitten am Tag verdunkeln. Nach Monaten des Versuchens bin ich endlich schwanger. Jetzt erwarte ich unser erstes Kind im Frühling.

Genau wie Daniel und Caroline.

Es ist lustig, wie alles ausgegangen ist. Dr. Weiss hat panisch das Land verlassen. Er war so von der Angst vor den Konsequenzen besessen, dass er sich quasi selbst ins Exil verbannt hat. Er hat sich selbst mehr bestraft, als ich es überhaupt in Betracht gezogen hatte.

Am Abend nach Daniels Behandlung haben wir mein Schlafzimmer mit unserem Versöhnungssex auf den Kopf gestellt, nur zehn Minuten nachdem wir sichergegangen waren, dass Caroline fest schlief. Ich habe seinen Rücken mit meinen Fingernägeln zerkratzt und er auf meiner Haut mit seinem Mund Spuren hinterlassen. Wir konnten nicht genug von einander bekommen.

Beim ersten Orgasmus war ich zwischen ihm und der Wand eingeklemmt, beide Beine um seine stoßenden Hüften geklammert.

Beim zweiten und dritten lag ich auf dem Boden mit seinem Gesicht zwischen meinen Oberschenkeln, seine Zunge fuhr gnadenlos über meine Klitoris, während seine Finger mich erforschten. Das vierte Mal, als er sie stattdessen sanft leckte, bis ich seinen Namen wimmerte und den Verstand verlor.

Letztendlich erreichten wir das Bett, er stieß verzweifelt nach Atem ringend in mich. Ich hielt ihn fest, bis er mich mit seinen Hüften nach unten drückte und ich den heißen Strom seines Spermas spürte. Sein leises Stöhnen klang wie Musik und er legte sich mit dem Kopf auf meiner Schulter in meinen Arm.

Er verbrachte die Nacht in meinem Bett und hat dort seitdem jede Nacht geschlafen. Es ist nicht alles perfekt. Aber es ist wunderbar, ihn bei mir zu haben – jetzt, wo er weiß, wo die Grenze ist und was ich nicht akzeptieren werde.

„Da draußen, Schatz, du wirst es lieben." Zwitschert Daniels Stimme über das leise Summen und Stampfen von Carolines verfrühtem Weihnachtsgeschenk, als sie zu mir auf den Balkon treten.

Ich schaue sie an, Daniel geht neben seiner Tochter entlang, die vorsichtig ihr neues Exo-Skelett durch die Tür manövriert. Es ist sperrig und sie muss sich noch an die Steuerung gewöhnen ... aber sie geht selbstständig.

„Diese Gurte kratzen", kommentiert sie. Keine Beschwerde. Sie fühlt ihre Beine immer mehr seit sie sich von ihrer letzten Operation erholt hat und erzählt fasziniert von jeder neuen Empfindung. Sie ist so optimistisch.

„Wir werden sie beziehen lassen", verspreche ich und sie nickt lächelnd, während sie sich auf das Geländer zubewegt. Daniel stellt sich zwischen uns und legt seine Arme um unsere Schultern.

Ich lasse meine Hand in meine Handtasche gleiten und drücke einen Knopf auf einer versteckten Fernbedienung. Auf einmal gehen Millionen kleiner Lichter im ganzen Garten an. „Oh, wow!", ruft Caroline aufgeregt.

217

Daniel lehnt sich zu mir und küsst mir die Schläfe. „Nicht schlecht", murmelt er.

Ich lächele und lehne meinen Kopf an seine Schulter, während die Lichter in der Vor-Sturm-Dämmerung glitzern. Weihnachten ist hier nie gewöhnlich. Wir bekommen Gewitterstürme anstatt Schnee, Caroline hat ihr Geschenk aus einem Labor anstatt unter dem Baum bekommen und mein Weihnachtsantrag kam von einem Mann, den die Familie meines Vaters niemals akzeptieren würde.

Meine Mutter würde es, nun, da er gelernt hat nicht mehr zu lügen. Und das ist alles, was zählt.

„Frohe Weihnachten", sage ich sanft zu meiner neuen Familie.

Ende.

DRESSING THE BILLIONAIRE

Ein Milliardär – Liebesroman

Jessica F.

KLAPPENTEXTE:

Ich mag meine Frauen in schönen Sachen, aber ich mag sie noch lieber, wenn sie keine tragen!

Als ich Anna zum ersten Mal treffe, will sie mich von Grund auf einkleiden, aber die Dinge, die ich mit ihr tun will, haben überhaupt nichts mit Kleidung zu tun.

Anna ist perfekt, süß und sexy, mit einem Körper, der einen zur Sünde treiben könnte, aber kann sie wirklich mit dem Schritt halten, was ich anzubieten habe? Ich habe einen Geschmack für die feinsten Dinge im Leben, und einige dieser Dinge … na ja … können recht dunkel und intensiv werden.

Wenn Anna mit mir Schritt halten kann, werde ich Wachs in ihren Händen sein. Wenn ich nur wüsste, ob ich ihr vertrauen kann …

KAPITEL 1

Evan

„Na, Jones, wenn es durchgeht, könnten wir sehr reiche Männer werden. Sind Sie dafür bereit?"

Evan grinste, als sein Junior-Partner die übliche verhaltene Antwort gab. Der Mann war brillant – Evan hatte ihn eigens wegen seiner Intelligenz und seiner Visionen ausgewählt – aber es mangelte ihm an Selbstbewusstsein. Eines Tages, da war sich Evan sicher, würde er Jones dabei helfen, das Selbstvertrauen zu erlangen, ohne das Männer in ihrem Geschäftszweig nicht sein konnten.

„Na ja, bereit oder nicht, mein Freund, es kommt. Also machen Sie sich bereit. Planen Sie die Details für dieses Dinner. Wir machen den richtigen Schritt. Ich weiß es, Sie wissen es, und früher oder später wird der Vorstand einlenken."

Als Evan zehn Minuten später auflegte, hatte Jones wenigstens etwas sicherer gewirkt. Evan schüttelte den Kopf. Er war ein Mann, der seine Arbeit fast so sehr wie den Luxus liebte, die sie ihm schenkte, aber manchmal war es wie Zähne ziehen.

Er legte ein paar Geldscheine auf den Tisch – mehr als genug, um das Mittagessen und das Trinkgeld abzudecken – und ging hinaus in den milden Londoner Nachmittag. Der Frühling schien in London nie sehr lang anzuhalten, fand er. Bald wäre der drückend heiße Sommer da und er würde darauf bestehen, überallhin zu fahren oder gefahren zu werden. Aber im Moment war der Frühling herrlich und das Wetter so mild, dass ein Spaziergang zurück zu seinem ruhigen Londoner Büro eine gute Idee zu sein schien.

Zumindest tat es das, bis ein Radfahrer gerade weit genug auf den Bordstein ausscherte, dass Ethans Arm an dem Metalllenker hängenblieb. Evan fluchte, der Radfahrer schrie auf und Ethan wurde einen guten Meter nach vorn gezerrt, bevor er sich schließlich befreien konnte. Er blickte an seinem Ärmel hinab, wobei er den blauen Fleck, der sich durch den Zusammenstoß vermutlich bilden würde, zugunsten einer Überprüfung seiner Kleidung ignorierte. Während Ethan leise murmelnd dastand, eilte der ungeschickte Radfahrer weiter, woraufhin Ethan endlos fluchte.

Evan war ein Mann, der sich gern gut kleidete, und obwohl er sich heute nicht mit Investoren treffen würde, trug er einen blaugrauen Anzug, der zu seinen liebsten gehörte. Zumindest war er das gewesen, bis dieses Fahrrad den Ärmel erwischt und ein kurzes, ausgefranstes Loch hineingerissen hatte.

Ethan zögerte einen Moment lang. Er war versucht, den Anzug einfach wegzuwerfen oder zu spenden. Aber er hasste den Gedanken, einen ansonsten perfekten Anzug aufzugeben.

Die Savile Row war nicht weit weg, nur ein paar Meter von seinem Büro entfernt. Die geschäftige Straße wurde von den besten Maßschneidereien der westlichen Welt gesäumt und er machte sich auf den Weg zu einem dezenten Geschäft, das hinter der Durchgangsstraße lag und dessen einziger Hinweis auf die Anwesenheit ein hübsches Messingschild an der Tür war. Er ging für seine Anzüge bereits zu *Monteray's*, seit er zwanzig geworden war und schenkte ihrem Service größtes Vertrauen.

Ethan ging die schmale Treppe hinauf und eine altmodische Glocke läutete über seinem Kopf, als er durch die Tür schritt. Anstatt den grauhaarigen, älteren Mann vorzufinden, der sich seit Ewigkeiten um seine Anzüge kümmerte, stand eine reizende junge Frau hinter dem Tresen.

Sie konnte nicht älter als zwanzig sein, mit ihrem vollen, aschblonden Haar und einer kurvigen Figur, die in einer altmodischen Baumwollbluse und einem eleganten Tweed-Rock steckte. Trotz ihrer offensichtlichen Jugend trug sie klobige, dunkle Schuhe. Außerdem hatte sie ihre Nase tief in einem Modemagazin vergraben, als Evan hereinkam.

Sie war so von dem Magazin abgelenkt, dass Ethan sich räuspern musste, bevor sie schockiert aufblickte.

„Oh, du meine Güte!" Sie eilte herüber, um ihn zu begrüßen, wobei ihr herzförmiges Gesicht vor Sorge verzerrt war.

„Es tut mir so leid, Sir, ich habe die Türglocke nicht läuten hören. Willkommen bei *Monteray's*! Mein Name ist Anna. Wie kann ich Ihnen helfen?" Als sie mit einem schüchternen Lächeln zu ihm aufsah, war Evan entzückt zu sehen, dass ihre Augen bernsteinfarben waren – etwas, das er bisher noch nicht gesehen hatte.

„Guten Tag. Können Sie mir sagen, wo Edmund sein könnte?"

„Oh! Mr. Monteray kümmert sich heute um Wolllieferungen aus Island und wird erst später kommen. Darf ich fragen, was Sie brauchen?"

Er dachte einen Moment lang über die Situation nach, bevor er seinen Arm ausstreckte, um den zerrissenen Ärmel zur Schau zu stellen. Es war unwahrscheinlich, dass die Sekretärin interessiert sein würde, aber vielleicht würde sie seine Eile an ihren Arbeitgeber übermitteln, wenn sie den Schaden sah. „Das. Es muss ausgebessert werden, besser heute als morgen."

Anna begutachtete den Riss an seinem Ärmel mit dem ruhigen Ernst, den ein Chirurg seinem Patienten schenken würde.

„Das ist ein recht schlimmer Riss, Sir", sagte sie nachdenklich. „Darf ich fragen, wie Sie dazu gekommen sind?"

„Straßenprügelei."

Sie sah zu ihm auf, als wäre sie unsicher darüber, ob sie ihn ernst nehmen sollte, und Ethan lachte über die Ungläubigkeit in ihren reizenden Augen. „Ein Radfahrer hat sich darin verhakt."

Ihr Lächeln machte ihn ein wenig atemlos.

„So etwas hatte ich bereits vermutet. Verhakt und dann gezogen. Das bringt allerdings eine ungünstige Ausbesserung mit sich." Sie zog ihre volle Unterlippe zwischen ihre Zähne. „Das tut es wirklich."

Evan zog neugierig die Augenbrauen hoch. „Sie scheinen sich da sehr sicher zu sein."

„Ich mag hier vielleicht neu sein, Sir, aber das Handwerk ist mir nicht neu."

Evan blinzelte sie an, wobei er zum ersten Mal die breiten Taschen ihres Rocks und das Stück des Maßbandes bemerkte, das wie eine unverschämte Zunge hinaushing. Anna wirkte tatsächlich etwas zu unelegant, um eine Sekretärin zu sein, selbst für ein so konservatives Geschäft wie *Monteray's*. In diesem Fall … nein, dachte er überrascht. Das konnte nicht sein. Monteray war viel zu altmodisch, um …

„Also hat Edmund jetzt auch mit Damenbekleidung angefangen?", fragte Evan. „Und Sie sind eine Näherin?"

Anna richtete sich zu ihrer vollen Höhe auf, die nicht mehr als einen Meter fünfundsechzig betragen konnte, wenn überhaupt. Der Blick, den sie im zuwarf, war trotzig und mehr als ein wenig stolz, und er merkte, wie seine Faszination mit dem Mädchen wuchs.

„Um genau zu sein, Sir, nennt sich eine Frau, die maßgeschneiderte Kleidung von hoher Qualität fertigt, Damenschneiderin und nicht Näherin. Ich bin keine Damenschneiderin. Ich bin Herrenschneiderin."

Ihre Stimme forderte ihn dazu heraus, etwas daraus zu machen und Ethan schluckte ein Lächeln herunter. Aus irgendeinem Grund hatte er keinerlei Interesse daran, ihren Stolz zu verletzen, so sehr er es auch genoss, es mit den aufgeblasenen Idioten in seinem Geschäftssektor zu tun.

„In Ordnung, Anna." Er deutete auf den Riss in seinem Ärmel, woraufhin sie den Blick wieder darauf lenkte. „Was würden Sie vorschlagen, hiermit zu tun? Würden Sie sich einfach des ganzen Anzugs entledigen?"

„Nein, das würde ich nicht", erwiderte Anna. „Ich würde es per

Hand ausbessern. Das könnte ich für Sie in weniger als einer halben Stunde erledigen. Aber –"

„Das klingt großartig", sagte Ethan freundlich, mehr als zufrieden mit ihrer Tüchtigkeit. „Wenn Sie nachsehen, werden Sie sehen, dass ich hier Kunde bin. Es sollte kein Problem sein, es in Rechnung zu stellen."

Sie sah besorgt aus.

„Na ja, Sir, das dürfte vielleicht etwas schwierig sein. Sie kennen Mr. Monteray, und er ist sehr speziell. Ich habe das Gefühl, dass Sie einer unserer hochrangigen Kunden sind, und das bedeutet, dass ich unter keinen Umständen Reparaturen für Sie vornehmen kann, sofern er sie nicht direkt überwachen kann."

„Ich verstehe. Na ja, ich habe entschieden, dass das nicht wichtig ist."

„Sir?"

Evan legte eine große Hand locker auf ihre schlanke Schulter. „Wenn Sie denken, dass ich ein hochrangiger Kunde bin, dann müssen Sie wissen, dass ich jemand bin, der es gewöhnt ist, seinen Kopf durchzusetzen, ja? Ich möchte, dass Sie das für mich reparieren. Keine weiteren Ausreden jetzt."

KAPITEL 2

Anna

Sie hätte bereits in dem Moment, in dem er sie erschreckt hatte, wissen sollen, dass der Mann nur Schwierigkeiten brachte. Wenn es jemand anders gewesen wäre, hätte sie keinerlei Probleme gehabt, aber etwas daran, diesen Mann in der Tür stehen zu sehen, ließ ihr den Mund trocken werden.

Er musste Mitte Vierzig sein, mindestens aber fünfzehn Jahre älter als sie mit zweiundzwanzig. Er hatte dunkle Haare, die an den Schläfen bereits silberfarben wurden, und im Gegensatz zu so vielen der Männer, die sie kannte, war er in fantastischer Form. Er trug seinen amerikanischen Anzug wie ein für den Kampf gekleideter Ritter, und in seinen strahlend grünen Augen lag etwas, das in ihrem Bauch die Schmetterlinge flattern ließ. Als er seine Hand auf ihre Schultern legte, kribbelte ihr ganzer Körper und sein Lächeln veranlasste ihre Lippen reflexartig dazu, sich ebenfalls nach oben zu krümmen.

Nur weil der Klient unglaublich attraktiv war, bedeutete das natürlich nicht, dass sie das tun sollte, was sie tat. Obwohl sie ihre

Worte abgemildert hatte, sowohl um den Kunden als auch um ihrer Anstellung willen, war Mr. Monteray wesentlich mehr als speziell. Er war ein Tyrann mit eiserner Hand, der über sein eigenes kleines Königreich mit Adleraugen und einem Herz aus Stein herrschte. Seine anspruchsvollen Maßstäbe machten ihn zu einer wahrhaftigen Legende in einer Straße voller legendärer Herrenschneider, aber auch zu einem angsteinflößenden Chef.

Sie hätte Nein sagen sollen. Anna hätte den Blick von den faszinierenden grünen Augen des Mannes abwenden und ihm nachdrücklich sagen sollen, dass es gewisse Geschäftsregeln gab, an die sie sich halten musste. Aber stattdessen führte sie ihn zu einem gemütlichen Brokatsessel in der Besuchernische und schenkte ihm ein Glas Wein ein, während er wartete. Als sie ihn um sein Jackett bat, schenkte er ihr ein amüsiertes Lächeln, das wesentlich verführerischer wirkte, als es hätte sein sollen.

„Normalerweise bin ich nicht derjenige, der darum gebeten wird, sich auszuziehen."

Obwohl die Aussage mild war, was solche Dinge anbelangte, stellte Anna fest, dass sie nicht umhin konnte, rot zu werden. Das Schlimmste war, dass er es ebenfalls zu bemerken schien.

Anna war sich viel zu sehr der Tatsache bewusst, dass der Klient – angeblich ein Mr. Evan Sheffield, laut der Karte, die er ihr gegeben hatte – aus seiner Nische genau sehen konnte, was sie tat. Sie erwartete, dass er sein Handy herausholen oder eines der Bücher aus dem Regal in der Nische nehmen würde, aber stattdessen saß er in seinem Hemd da, nippte an seinem Wein und sah ihr fasziniert zu.

Es ist nichts, mit dem du nicht bereits zuvor zu tun hattest, und wenn er leise bleibt und dich nicht anschreit, ist er bereits wesentlich besser als Mr. Monteray, oder nicht? Mach einfach deine Arbeit, Mädchen!

Sie legte das Jackett über die Schneiderpuppe und zog einen der hohen Stühle heran, sodass sie daran arbeiten konnte, ohne sich anstrengen zu müssen. Der Riss war schlimm, aber nicht annähernd so schlimm, wie er hätte sein können, und sie realisierte, dass sie den Stoff erkannte.

„Ist das einer von uns?"

Anna merkte kaum, dass sie laut gesprochen hatte, bevor sie eine Antwort bekam.

„Ja", bestätigte Evan, dessen Stimme angenehm gedehnt war. „Ich hole all meine Anzüge hier."

„Ah, ich verstehe."

Sie setzte gerade zu den ersten Stichen an, als sich die Haare in ihrem Nacken aufstellten und sie sich auf dem Stuhl drehte. Anstatt in seiner Nische zu bleiben und seinen Wein zu genießen, stand Evan Sheffield plötzlich hinter ihr und sah ihr bei der Arbeit zu.

Annas Wangen wurden rot. „Sir!"

„Was?"

„Ich ...", stotterte sie. „Glauben Sie mir, wenn ich sage, dass ich Ihrem Anzug meine ganze Aufmerksamkeit schenken werde. Sie müssen sich keine Sorgen machen, dass ich ihn ruiniere. Ich weiß, was ich tue."

„Aber das tue ich gar nicht!", sagte er mit einem überraschend jungenhaften Lächeln. „Ich wollte es nur sehen."

Anna sagte sich, dass er ein hochrangiger Klient war. Ihm zu sagen, wo er hingehen und was er tun sollte, würde sie eher den Job kosten als das Brechen der besonderen Regel, dass sie sich um hochrangige Klienten nur in Anwesenheit ihres Chefs kümmern sollte. Also murmelte sie stattdessen etwas darüber, dass es in Ordnung war und kehrte wieder an die Arbeit zurück.

Als er wieder den Mund öffnete, war seine Stimme sanft, beinahe versöhnlich. „Sie müssen sehr hart gearbeitet haben, um hierher zu kommen."

„Mein ganzes Leben", antwortete sie abwesend, den Blick auf den feinen Stoff konzentriert, während sich ihre Finger flink bewegten. Der Rhythmus der Nadel war für sie wie Atmen. „Ich habe Herrenanzüge schon immer geliebt. Der Stoff, der Fall, die endlose Kreativität in dem, was die meisten als eine der konservativsten Sachen der Welt bezeichnen würden. Ein guter Anzug ist ein Kunstwerk, Mr. Sheffield."

„Nennen Sie mich Evan."

Ein seltsamer Schauer lief ihr über den Rücken, und aus irgendeinem Grund wusste sie, dass er sich dessen bewusst war. Er bat sie nicht darum, ihn bei seinem Vornamen zu nennen. Es war ein Befehl und sie nickte beinahe unbewusst.

„Ja … Evan." Sie richtete ihre Aufmerksamkeit wieder auf den zerrissenen Stoff unter ihren Fingerspitzen.

Innerhalb von Minuten nickte Anna, zufrieden darüber, dass ihre ursprüngliche Beurteilung aus der Ferne falsch gewesen war. Aus der Nähe konnte sie sehen, dass der Riss nicht so stark war wie befürchtet. „Das wird eine einfache Reparatur. Es sollte fast unsichtbar sein."

Evan lächelte breit, was ihr das Gefühl gab, sie hätte etwas über die Reparatur einer Körpergliedmaße gesagt, nicht über einen Ärmel. „Ich bin froh, dass Sie es reparieren konnten. Das ist einer meiner Lieblingsanzüge."

„Ich würde Sie allerdings liebend gern in etwas Italienischem sehen." Anna ließ fast ihre Nadel fallen, als diese Worte ihren Mund verließen. *Was ist los mit dir??* Einen Moment lang fragte sie sich, ob sie das Glück hatte, dass Evan es überhört hatte, aber dann lachte er.

„Italienisch, hm? Und warum?"

„Na ja, Sie tragen momentan einen amerikanischen Anzug", murmelte Anna, die keinen Ausweg aus der Unterhaltung sah, die sie unbeabsichtigt angestoßen hatte. „Er ist größer, kastenförmiger, selbst wenn er Ihnen gut passt. Ich … ich nehme an, wenn es nach mir ginge, dann trügen sie italienische Anzüge, da diese schlanker, eleganter sind. Sie haben den perfekten Körperbau für den italienischen Stil, schlank und groß, und natürlich haben Sie das Aussehen dafür."

Wenn sie nicht mit der Naht beschäftigt gewesen wäre, dann war sich Anna sicher, dass sie aufgrund ihrer Worte umgefallen wäre. Gott, was war los mit ihr? Sie war in der Schneiderwelt so weit gekommen, indem sie den Kopf eingezogen und den Mund gehalten hatte, und jetzt sah es aus, als würde sie gefeuert werden, da sie mit einem Klienten sprach, als wäre er ein guter Freund.

Anstatt beleidigt zu sein, wirkte Evan jedoch erfreut.

„Das klingt interessant. Ich kann nicht sagen, dass ich je viel über die Anzüge nachgedacht habe, die ich trage. Ich weiß nur, dass Edmund die macht, die mich am besten aussehen lassen. Mittlerweile hege ich recht große Erwartungen." Er war einen langen, nachdenklichen Moment still, bevor er hinzufügte: „Und jetzt sagen Sie mir, dass es besser ginge."

Anna war entschlossen, resolute Stille zu bewahren. Noch etwas zu sagen, würde nur Probleme machen. Dann, zu ihrer Überraschung, kam Evan an ihre Seite und berührte die Spitze ihres scharfen Kinns mit seinem Finger, um sie zum Aufsehen zu bringen. Die Geste hätte für einen Fremden viel zu intim sein sollen, aber aus irgendeinem Grund war es bei diesem Mann einfach richtig. Beinahe verträumt traf sie seinen Blick und er lächelte, wobei er seine weißen und geraden Zähne zur Schau stellte.

„Sagen Sie mir, was ich Ihrer Meinung nach tragen sollte."

„Italienisch", sagte sie, ohne zu zögern. „Sie sehen … in diesem Anzug heute mächtig und eindrucksvoll aus. Er hat Sie aber auch schwer und landgebunden gemacht. In italienischen Anzügen wären Sie wie ein Messer, dass sich durch die Welt schneidet."

Seine scharfen Augen wurden schmal. „Ich muss zugeben, das klingt gut."

„Und kein Schwarz", fuhr Anna fort, da sie sich nicht zurückhalten konnte, als sie sich das Privileg vorstellte, einen so attraktiven Mann zu kleiden. „Es ist zu streng für Sie. Aber marineblau, ja, und ein blasses Morgengrau, möglicherweise mit einem perlblauen Hemd …"

Sie war so auf den Gedanken konzentriert, Evan einzukleiden, in seine tiefen, waldgrünen Augen zu blicken, dass sie zum zweiten Mal an diesem Tag das Klingeln der Glocke über der Tür überhörte. Aber sie überhörte nicht den Wutschrei, als dieser fast direkt hinter ihr ertönte.

„Was in Gottes Namen tun Sie da?!"

KAPITEL 3

Evan

Edmund Monteray war ein großer und kräftig gebauter Mann und fühlte seinen Raum aus wie eine Dampflokomotive. Er kam mit zornerfüllten Augen in den Raum gestürmt, und einen Moment lang wollte Evan vor Anna treten, um sie zu beschützen. Er begann, nach vorn zu treten, aber Monteray blieb stehen und blickte die Frau finster an. Der Ausdruck auf Annas Gesicht war zu gleichen Teilen Bestürzung und Angst, wie Evan bemerkte, und er hasste beides, da er ihre Selbstsicherheit vermisste, die noch vor Sekunden da gewesen war, als sie Möglichkeiten für seine Kleidung besprochen hatte. Die Frau verstand ihr Handwerk, das stand fest. Es war eine Eigenschaft, die Evan außerordentlich reizvoll fand, also ärgerte es ihn maßlos, sie so abrupt verschwinden zu sehen.

„Ich habe Ihnen eine Frage gestellt", knurrte Monteray, dessen Gesicht rot wurde. „Was glauben Sie, was Sie da tun?"

„Dieser Herr kam herein", sagte Anna leise, eindeutig daran gewöhnt, beschimpft zu werden. Der Gedanke daran gefiel Evan gar nicht. „Er hat mich darum gebeten, seinen Ärmel zu reparieren. Sir,

232

ich habe versucht, ihm zu sagen, dass es eine Geschäftsregel ist, auf Sie zu warten, aber er hat darauf bestanden."

„Und wenn er darauf bestanden hätte, dass Sie das Gebäude niederbrennen, hätten Sie das dann auch getan?", zischte Monteray. „Er hat Sie immerhin nur darum gebeten, den Ruf des Geschäfts meines Großvaters in Ihre beiden Hände zu nehmen und in den Müll zu werfen."

„Sie hat recht", warf Evan ein. Er wusste, dass dies eine Angelegenheit zwischen Arbeitgeber und Arbeitnehmer war. Er sollte sich heraushalten, aber er war noch nie gut darin gewesen, sich aus Dingen herauszuhalten, wenn Unrecht getan wurde. „Ich bin derjenige, der ihr gesagt hat, dass sie mein verdammtes Jackett flicken soll."

„Und natürlich wird Ihr Jackett repariert werden, Mr. Sheffield." Monteray wurde unterwürfig, was Evan nur weiter reizte. „Das ist mehr die Sache eines unverschämten Angestellten. Ich befürchte, es war ein zu großes Risiko, sie anzunehmen, nur damit sie einen lächerlichen Traum erfüllen konnte."

Ein Blick auf Anna ließ Evans Blut kochen. Sie saß mit gesenktem Haupt und Blick da, wobei sie so verdammt klein und reumütig wirkte, und wofür? Weil sie ihm auf sein eigenes Beharren hin hatte helfen wollen. Evan war noch nie ein Mann gewesen, der Narren oder Tyrannen tolerierte, und er begann zu erkennen, dass Edmund Monteray beides war.

„Sie waren eindeutig ein Risiko, das ich nie hätte eingehen sollen." Monteray wandte sich wieder Anna zu. „Und wenn Sie heute zum letzten Mal gehen, dann können Sie sicher sein, dass niemand in der Savile Row so töricht sein wird, wie ich es war."

„Bitte, Sir, geben Sie mir nur noch eine Chance", bat Anna mit leiser Stimme, wobei sie den Kopf hob und die Hände immer wieder an- und entspannte. Ihre Augen waren flehend, ein Ausdruck, der Evan schmerzhaft traf. „Ich habe nur das getan, was ich für das Beste hielt …"

„Was Sie für das Beste hielten …", spottete Edmund, und es klang, als wäre er bereit, sich in eine weitere Schimpftirade zu stürzen, als Evan ihn unterbrach.

„Das ist genug."

Die Worte wurden ruhig ausgesprochen, aber sie brauchten keine Gewalt oder Lautstärke, um durch Edmunds Giftigkeit durchzudringen. Als sich der Schneidermeister wieder ihm zuwandte, war er zerknirscht, da er vermutlich erkannt hatte, dass er vermutlich vor der falschen Person die Fassung verloren hatte. Tyrannen waren gut darin, solche Dinge zu beurteilen.

„Es tut mir so leid, Sir, dass das vor Ihnen passieren musste." Er machte fast eine Verbeugung und sah Evan in Hoffnung auf Vergebung an. „Sie können versichert sein ..."

„Als ich sagte, das sei genug", erwiderte Evan kalt, „meinte ich das auch so."

Schließlich verstummte Edmund und Evan nahm einen tiefen Atemzug, um sich zu beruhigen. Das Letzte, was sie jetzt brauchten, war, dass er aus der Haut fuhr – so sehr er auch versucht war, genau das zu tun.

„Diese junge Dame hat mir geholfen, während Sie nicht abkömmlich waren. Sie hat Ihre verdammten Regeln verstanden, aber ich habe darauf bestanden. Ich kann jetzt sehen, dass ich sie damit nicht in die beste Situation gebracht habe, und das ist bedauernswert, aber ich habe auch nicht erwartet, dass Sie ein so unverschämter Mistkerl sein würden."

Monteray starrte ihn an, nicht daran gewöhnt, je auf diese Art behandelt zu werden. „Sir, Sie verstehen nicht. Savile Row hat Traditionen und eine Geschichte des Dienstes an die Qualität, die weit –"

„Dafür interessiere ich mich nicht", unterbrach Evan ihn. „Nicht für sie, nicht für die Savile Row und nicht für ihr Geschäft. Ich interessiere mich für Anna und dafür, wie schäbig Sie sie behandelt haben. Anna, wie viel verdienen Sie hier?"

Anna senkte erneut den Blick und nannte ihr Gehalt. Nicht überrascht blickte Evan angewidert wieder zu Edmund. „Sie haben Sie betrogen. Wie konnte ich es versäumen, die Wahrheit hinter Ihren feinen Stoffen zu sehen?" Er schüttelte den Kopf und richtete seine nächsten Worte an Anna. „Arbeiten Sie für mich und ich verdopple das. Wenn wir in sechs Monaten immer noch miteinander auskommen, werde ich es verdreifachen."

Anna starrte ihn an, ihre honigfarbenen Augen waren weit aufgerissen. „Für Sie arbeiten ... in welchem Beruf?"

„Als meine persönliche Stilberaterin, Einkäuferin, Schneiderin, was auch immer. Es mag vielleicht nicht Ihrem Traum , in der Savile Row zu arbeiten, entsprechen, aber um Gottes willen, es bringt Ihnen wenigstens einen Lohn, der die Lebenshaltung deckt."

Einen Moment lang dachte er, dass sie es nicht tun würde. Er dachte, dass ihre Ketten vielleicht zu stark waren und dass sie hier bei *Monteray's* bleiben würde, um einen wahren Idioten um eine zweite Chance anzuflehen.

Dann nahm ihr hübsches Gesicht einen Ausdruck der Entschlossenheit an und sie nickte knapp.

„Mr. Sheffield, danke. Ich nehme an. Mr. Monteray, vielleicht haben Sie sich darauf vorbereitet, mich zu entlassen, vielleicht wollten Sie mich nur für eine Weile als Kratzbaum nutzen, bevor Sie meine Entwürfe weiterhin als Ihre ausgeben. So oder so, ich reiche hiermit mit sofortiger Wirkung meine Kündigung ein."

Es war überraschend befriedigend, dabei zuzusehen, wie Monteray die Kinnlade herunterfiel. Der Mann wurde blass, dann rot, bevor er zu brüllen begann. „Das können Sie nicht tun! Ich werde dafür sorgen, dass Sie nie wieder in irgendeinem Geschäft arbeiten werden! Sie können nicht alles wegwerfen, was Sie hier hatten ..."

„Holen Sie Ihre Sachen." Ethan platzierte sich weiterhin zwischen Anna und dem aufgebrachten Mann. „Alles. Wenn er versucht, irgendetwas zurückzuhalten, das Ihnen gehört, werde ich ihm meine Firmenanwälte auf den Hals hetzen. Es wäre angemessen, wenn man bedenkt, dass Sie jetzt meine Angestellte sind."

Als Monteray wieder den Mund öffnete, unterbrach Evan ihn mit einer scharfen Geste seiner Hand. „Nein. Ich habe genug davon, Ihnen zuzuhören."

Anna verschwand für einen kurzen Moment, bevor sie schnell wieder erschien, einen kleinen Koffer in der Hand und ihre Jacke über dem Arm. Evan lächelte innerlich, als sie Monteray gänzlich ignorierte und ihn ansah.

„Sollen wir gehen, Mr. Sheffield?"

„Natürlich."

Sie behielt ihre Selbstsicherheit, als sie durch die Tür gingen und schafften es ungefähr die halbe Straße entlang, bevor sie zu zittern begann. Sie sah so überreizt aus, dass Evan einen Arm um ihre Schultern legte, woraufhin sie sich mit fast unschuldigem Vertrauen, das er rührend fand, an ihn presste.

„Was um alles in der Welt habe ich getan?", fragte sie unbändig, und Evan lachte.

„Das Richtige, das verspreche ich Ihnen."

———

In der Nähe war ein indisches Restaurant, und sobald sie ein paar Bissen Vindalho gegessen und etwas Wasser getrunken hatte, sah sie besser aus.

„Ich kann immer noch nicht glauben, dass sie das getan haben", murmelte sie, wobei sie ihm einen Blick zuwarf, der beinahe schüchtern war. „Ich habe noch nie jemanden so mit Edmund Monteray reden hören."

„Glauben Sie es", sagte Evan mit einem Achselzucken. „Er ist ein unbedeutender Tyrann, und er ist jetzt weg. Sie müssen sich nie wieder Sorgen um ihn machen."

Annas Blick wurde ironisch. „Jetzt muss ich mir nur noch um Sie Sorgen machen."

Evan grinste das Mädchen an, das ihn mit einer gewissen Skepsis betrachtete, aber er fragte sich, ob er darunter auch Faszination spüren konnte.

„Was gibt es, worum man sich sorgen müsste?", fragte er. „Mir wurde gesagt, dass ich mich zu konservativ kleide, und manchmal mache ich gern Eindruck. Mir gefiel, was Sie dort gesagt haben. Sie haben freie Hand und ein anständiges Budget, um mich zu kleiden, und Sie werden für Ihre Arbeit gut bezahlt werden."

„Na ja, ich nehme an, dass wir dann über Ihren Geschmack reden sollten", begann Anna. „Wie ich bereits gesagt habe, Italienisch wäre eine umwerfende Wahl an Ihnen …"

Evan winkte ihre Fragen ab. „Ich vertraue Ihnen. Ich muss mich nicht mit den Details aufhalten, wenn ich alles in Ihren Händen lasse, oder?"

Sie sah verwundert aus. „Vermutlich nicht …"

„Gut. Kleidung interessiert mich nur insoweit, wie sie an mir aussieht, sobald sie gekauft ist, und wie andere darauf reagieren. Ich bin weitaus mehr daran interessiert, über Sie zu reden."

„Mich?" Annas Stimme kam als ein überraschtes Quietschen heraus und er lachte.

„Entspannen Sie sich, Liebes, ich werde nicht beißen, es sei denn, Sie fragen nett." Er lächelte innerlich über die Röte, die ihre Wangen überzog. „Na ja, Sie sind von meiner Seite des Großen Teichs, oder?"

„Äh? Oh, ja, ich bin Amerikanerin. Ursprünglich aus Chicago, dann L.A. …"

Während sie redete, hörte Evan zu und bald wurde das Bild von Anna klar. Sie war nett, intelligent, jung und sehnte sich nach einer Chance, ihre Träume zu verwirklichen. Er verstand und empfand eine gewisse Zuneigung für das Mädchen. Unter der Zuneigung lag der Anflug von etwas Tieferem, etwas in ihm, dessen er sich zuvor noch nicht bewusst gewesen war, aber er schob es beiseite. Für so etwas war er zu alt, aber als er Annas eleganten Händen dabei zusah, wie sie sich bewegten, während sie sprach, als er den Funken der Wärme in ihren wunderschönen Augen sah, erinnerte er sich daran, dass es gewiss viele andere Dinge gab, für die er nicht zu alt war.

KAPITEL 4

Anna

Anna konnte kaum glauben, dass die Dinge so schnell geschahen. Vor zwei Wochen hatte sie Tag und Nacht für das blasse Schimmern ihres Traums in London geackert. Jetzt war sie in Manhattan und wartete auf den richtigen Probelauf ihres neuen Jobs.

Evan hatte sie mit der Personalabteilung in Kontakt gebracht, um ihre Anstellung zu finalisieren, hatte ihr eine Firmenkreditkarte gegeben, um mit dem Auffrischen seiner Garderobe zu beginnen, und das war es auch schon.

Na ja, überwiegend das. Während dieser zwei Wochen hatte Mr. Sheffield langsam die sexuelle Spannung zwischen ihnen verschärft. Es ließ sich nicht abstreiten, wie sehr sie ihn wollte, noch übersah sie die Art, wie sein Blick jedes Mal länger auf ihr verweilte, wenn sie einander sahen. Zwischen diesen Treffen gab es Nachrichten, die vom ursprünglich Geschäftlichen immer flirtender wurden – und dann die Geschenke. An einem Tag war es eine wunderschöne Rose. An einem anderen war es ein kräftiger, luxuriöser Lippenstift in genau der richtigen Farbe. Dann war es ein Gutschein für eine Massage. Jeden Tag wurde die Nachricht deutlicher. Und es war verrückt. Aber so schnell all das passierte, hatte Anna nicht den Mut dazu, ihn darum zu bitten, die Dinge zu verlangsamen.

Zu den seltenen Anlässen, an denen sie ihn sah, war sich Anna seiner Anwesenheit beunruhigend bewusst. Sie hatte ihn bereits für einen extrem attraktiven Mann gehalten, als er *Monteray's* betreten hatte, aber es lag mehr dahinter. Sie hatte viele gutaussehende Männer gekleidet, aber Evan Sheffield war mehr als gutaussehend. Da war etwas an seinem Lächeln – seinem Charme – das ihr den Atem stocken ließ.

Am Dienstagnachmittag betrat er die Penthouse-Suite, in der sie auf ihn wartete, die er ihr für die kommenden sechs Monate zum Leben und Arbeiten eingerichtet hatte. Sie hatte sich dem Anlass entsprechend gekleidet – eine Schneiderin, die ihn für eine Veranstaltung am späten Nachmittag kleidete – in einer schwarzen Hose, High Heels und einer sittsamen Bluse mit einem Kragen, der am Hals mit einer Schleife gebunden wurde.

Ihr Arbeitgeber hingegen erschien in Jeans und einem weißen, langärmeligen Shirt – leger und mit dem Geruch von Sonnenlicht in seinem dunklen Haar. Er schenkte ihr ein leichtes Grinsen, als er den Raum betrat, eines, das Anna sichtlich auf der Stelle schmelzen ließ.

„Ich sehe so schlimm aus, was?"

„Oh nein, Mr. Sheffield, überhaupt nicht ..."

Das tat er nicht. Sie konnte sich nicht davon abhalten, das Spiel seiner Unterarmmuskeln zu betrachten, wie dunkel die Haut im Vergleich zu dem Weiß seines Shirts war.

„Du bist keine gute Lügnerin, Liebes. Und nenn mich nicht Mr. Sheffield. Wenn du mich bis auf die Unterhose ausziehst, kannst du mich genauso gut auch Evan nennen."

„Evan", grübelte Anna und wurde sich erst der Tatsache bewusst, dass sie es laut ausgesprochen hatte, als ihr Arbeitgeber lachte.

„Na ja, wenn du es so sagst, schaffe ich es vielleicht nie zu der Wohltätigkeitsveranstaltung heute Abend."

Sie wurde rot, als sie realisierte, was er meinte, und er ging auf sie zu. Im hinteren Teil ihres Verstandes dachte sie, dass sie aufgrund solcher Nähe zu diesem Mann etwas alarmierter sein sollte, aber stattdessen konnte sie nur das Flattern der Erregung spüren.

„Du solltest mich abweisen, wenn du die Dinge, die ich zu dir sage, nicht magst", murmelte er. Sie konnte ihren Blick nicht von seinen Lippen lösen.

„Mir gefallen die Dinge, die Sie sagen", erwiderte Anna, woraufhin er grinste, diesmal durchtrieben und wild.

„Du trägst den Lippenstift. Erlaube mir eine Kostprobe ..." Das war die einzige Warnung, die ihr gegeben wurde, bevor sich sein Mund auf ihren senkte und seine Hand in ihrem Nacken landete, um sie festzuhalten. Die erste Berührung seiner Lippen versetzte ihrem Körper einen elektrischen Schlag. Anna wusste, dass sie noch nie zuvor eine solche Lust nur durch einen Kuss verspürt hatte, und ohne darüber nachzudenken, was sie tat, öffnete sie den Mund, um mehr in sich aufzunehmen.

Evans Zunge drang in ihren Mund ein und erschrocken griff Anna nach oben, um sich an ihn zu klammern. Sie konnte spüren, wie seine Zunge sie erkundete, eine träge und sinnliche Sache, die etwas in ihr schmelzen ließ. Als sie zögerlich an seiner Zunge saugte, entlockte sie Evan ein leises Stöhnen.

Anna fragte sich hektisch, was sie tun sollte. Sie wusste, was sie mit diesem Mann tun wollte, ihrem Boss, aber konnte sie ihren Job riskieren, um es zu tun? Würde er mit ihr schlafen und sie entlassen? Sie hatte viele Frauen gekannt, denen es so ergangen war ...

Bevor sie sich zu sehr hineinsteigern konnte, löste sich Evan mit einem Seufzen und Anna blieb mit weichen Knien zurück.

„Mein Gott, aber du bist ein verführerisches Ding", murmelte er, wobei sein hitziger Blick über ihre von dem Kuss geschwollenen Lippen wanderte. „Wenn ich klug wäre, würde ich dieser Wohltätigkeitsveranstaltung fernbleiben und den ganzen Nachmittag lang mit dir hierbleiben. Aber da sind einige Vorstandsmitglieder, mit denen ich sprechen muss. Mir mag die verdammte Firma vielleicht gehören, aber ich brauche ihre Zustimmung, bevor ich weitermache. Aber glaub mir, wir führen diese Sache gleich bei der ersten Gelegenheit fort, Anna."

Anna wurde aufgrund seines andeutenden Tonfalls rot – von Kopf bis Fuß. Anna hatte die Idee, dass sie flüchten sollte, aber stattdessen konnte sie sich nur aufgrund der Tatsache, dass er überhaupt gehen musste, ungeduldig fühlen.

„Also, ich glaube, du hattest Kleidung für mich?" Er wechselte mühelos in den Geschäftsmodus – eine weitere Sache, die sie an ihm faszinierte.

„Oh! Ja, natürlich."

Sie wandte sich dem Kleiderschrank zu, wo sie sorgfältig das für ihn ausgesuchte Outfit aufgehängt hatte. Evan zog eine Augenbraue hoch, als er die Blautöne sah. Seine bevorzugten Farben neigten dazu, wesentlich dunkler zu sein.

„Ich habe Blau gewählt, da es für Tageskleidung nicht zu streng ist", erklärte Anna. „Und der Stoff ist das Neueste, das im Moment aus Frankreich kommt. Sehen Sie, da ist mit Nylon durchwobene Seide, was dem Ganzen einen leichten Schimmer und Langlebigkeit gibt, während der klassische Fall des Stoffs erhalten bleibt."

„Ich verstehe." Er nickte nach einem Moment, was Annas Knie erneut weich werden ließ, diesmal, da er ihr mit seinem Aussehen vertraute – etwas, das kein Geschäftsmann einfach so tat. „Und das Hemd?"

„Na ja, Türkis ist momentan sehr modern, ohne so übertrieben zu sein, als dass es trendy wirken würde. Das Türkis passt zum Blau des Anzugs und die silberfarbenen Manschettenknöpfe fügen dem Outfit ein wenig Kälte hinzu und grenzen es ab."

Evan musterte die Kleidung, die sie vorbereitet hatte, dann lächelte er. „In Ordnung. Du weißt, was du tust."

Sie lächelte erleichtert und spürte, wie sich eine Anspannung, derer sie sich nicht bewusst gewesen war, in ihr löste. „Na ja, die Schuhe sind hier und …"

„Wirst du mich nicht anziehen?", unterbrach er sie.

Sie blinzelte ihn an, und das Grinsen auf seinem Gesicht war geradezu herausfordernd.

„Sir?"

„Gott, es sollte mir nicht gefallen, wenn du mich so nennst", stöhnte Evan. „Aber das tut es. Du kannst natürlich gehen, wenn du möchtest. Aber ich dachte, du würdest vielleicht gern bleiben, um zu sehen, wie dein Werk aussieht."

Anna spürte, wie sich ihr Magen langsam drehte, und plötzlich war das, was sie empfand, kein Stolz auf ihre Arbeit, sondern eine Art von Hunger. Es war nicht, um Seide und Baumwolle perfekt sitzend am Träger zu sehen, stattdessen wollte sie Even sehen – nackt – und mit den Händen über seinen Körper fahren.

„Ja", sagte sie mit einer Stimme, die kaum ihre zu sein schien. „Das würde ich gern tun …"

Sie folgte ihm in das Schlafzimmer, wo er seine legere Kleidung mit einer mühelosen Anmut auszog, die sie rot werden ließ. Anna verweilte in der Nähe der Tür und konnte kaum ihre Hände bei sich behalten, als sein Shirt und seine Jeans auf dem Boden landeten. Darunter war Evans Körper schlank und stark, und sie konnte den Blick nicht von den Haaren abwenden, die von seiner Brust bis zu Bund seiner Boxershorts führten. Sachlich zog er die Hose an, die sie ausgesucht hatte, aber dann drehte er sich zu ihr um, nachdem er das türkisfarbene Hemd angezogen hatte.

„Zeig mir, wie das hier sitzen soll."

In seinen Worten lag etwas wundervoll Autoritäres, das Anna sofort anzog. Sie durchquerte den Raum zu ihm, und als sie den Stoff über seinen Schultern und unterhalb seines Nackens glattstrich, spürte sie einen elektrischen Stoß, der ihr über den Rücken lief. Das Berühren seines Körpers mit nur einer dünnen Schicht Stoff zwischen ihnen hatte etwas Sinnliches.

Sie begann, das Hemd zuzuknöpfen, wobei sie geistig abwesend bemerkte, wie sich der Stoff wunderschön über seine Schultern erstreckte. Während sie sorgfältig jeden Knopf schloss, streiften ihre Finger seine Haut. Sie konzentrierte sich auf ihre Aufgabe und blickte nicht einmal auf, als sie hörte, wie seine Atmung etwas schneller wurde.

Beinahe erschrocken von ihrer eigenen Kühnheit, steckte sie das Hemd in seine Hose, bevor sie den Hosenschlitz und dann den Gürtel schloss.

„Du bist gut darin", bemerkte er, woraufhin sie rot wurde.

„Na ja, wissen Sie. Puppen und Schneiderbüsten ..."

„Ich habe dich nur aufgezogen." Er fuhr sanft mit einem Finger über ihre Wange, während sie die glänzenden Manschettenknöpfe befestigte, und einen wahnsinnigen Moment lang stellte sie sich vor, ihren Kopf zu drehen, um diesen Finger zu küssen und dann daran zu saugen ...

Sie hatte allerdings einen Job zu erledigen, und es verwandelte sich in eine Sache des Stolzes, dass sie ihn gut machte. Anna schüttelte und löste sich, um nach dem Jackett zu greifen, welches sie als den Star des Ensembles betrachtete. Als sie es Ethan hochhielt, damit er mit den Armen hineinfahren konnte, klingelte sein Handy. Sie trat zurück, mit der Absicht, das Zimmer zu verlassen, aber er bedeutete ihr, fortzufahren.

„Jones, ich dachte mir schon, dass Sie es sind. Nein, das Angebot ist fest. Sorgen Sie dafür, dass MacArthur das versteht. Zwölf Millionen sind das, was wir für dieses Grundstück zu bezahlen bereit sind, und wir werden nicht höher gehen."

Anna schnappte nach Luft, als Evan – mit seinem Handy am Ohr – mit einer besitzergreifenden Hand über ihren Körper fuhr. Es war nichts Grobes oder Hastiges daran. Er telefonierte, sein Augen waren nicht völlig fokussiert, als würde er über den Mann nachdenken, mit dem er sprach, und seine Hand glitt über ihren Körper, als wäre sie ein Besitz – den er berühren, dem er Vergnügen bereiten durfte.

Sie knöpfte sein Jackett mit zitternden Fingern zu, aber sie trat nicht von seiner sie streichelnden Hand zurück. Es gab ihr das Gefühl, besessen zu werden und jagte einen erotischen Schauer durch ihren Körper.

„Tatsache ist, dass ich mir nicht sicher bin, ob wir das können. Die Hillanger-Gruppe kann die Gebühren vermutlich nicht aufbringen, und selbst wenn sie es könnten, denken sie vermutlich, dass wir sie überbieten können. Aber ja, sorgen Sie dafür, dass das durchgeht. Ich zähle auf Sie."

Er beendete das Telefonat und steckte das Handy ein. Bewusst, mit einem leichten und raubtierhaften Lächeln im Gesicht, drängte Evan sie rückwärts in Richtung der Tür.

„Mein Gott, aber ich will dich", murmelte er. „Dieser Lippenstift hat beim ersten Mal gut gehalten. Lass uns sehen, wie er sich jetzt schlägt ..."

Er lehne sich nach vorn und bedeckte ihre Lippen für einen Kuss. Es lag etwas so Wildes darunter, noch weiter von der Tatsache unterstrichen, dass sie ihn so gut gekleidet hatte, ihn so elegant und kultiviert aussehen ließ. Anna gab sich dem Kuss hin und erlaubte ihm, mit den Händen über ihren Körper zu wandern, während sie ihren Rücken als stumme Bitte nach mehr wölbte.

Bald, viel zu bald, trat er allerdings von ihr zurück und fuhr mit einer reumütigen Hand über ihre Wange. „Ich glaube, du verdienst Besseres als eine Nummer im Stehen im Schlafzimmer."

Anna begann zu protestieren, während ein Teil von ihr von seiner grobe Sprache erregt wurde. „Ich ..."

„Das kann warten, und es wird diese verdammte Wohltätigkeitsveranstaltung etwas unterhaltsamer machen, zu wissen, dass danach etwas Gutes auf mich wartet."

„Etwas ... Gutes?", wiederholte Anna, wobei sie ihn mit aufgerissenen Augen anstarrte.

„Du", sagte er, und der hungrige Blick, den er ihr zuwarf, ließ absolut keinen Raum für Verwirrung darüber, was er meinte. Evan holte seinen Geldbeutel heraus und reichte ihr eine schwarze Kreditkarte. Anna blinzelte.

„Ich führe dich heute Abend aus. Ich will, dass du dir etwas zum Anziehen kaufst. Zieh dich an, wie du einen Klienten anziehen würdest – von Kopf bis Fuß."

„Aber ..."

„Diskutiere nicht mit mir. Ich will mit dem Besten gesehen werden, und das bedeutet, dass du nach bestem Ermessen handelst. Verstehst du das?"

„Ja." Annas leises Ausatmen brachte Evan zum Lächeln und er küsste sie erneut. Es war leichter, aber voller Versprechen.

„Viel Vergnügen, Anna. Wir sehen uns heute Abend."

KAPITEL 5

Evan

Evan empfand ein Gefühl ansteigender Erwartung, als er mit dem Fahrstuhl nach oben in sein Penthouse in Manhattan fuhr. Er hatte während der Wohltätigkeitsveranstaltung von Anna die Bestätigung bekommen, dass sie das tat, was er ihr befohlen hatte, was das Warten darauf, nach Hause zurückzukehren nur schlimmer machte.

Er war sich nicht sicher, wann er die Zeit mit einer Frau je mehr genossen hatte. Er erinnerte sich an das schlichte Outfit, das sie an diesem Nachmittag getragen hatte, und selbst darin war er begierig gewesen, sie zu berühren, sie zu küssen. Den roten Lippenstift auf ihren weichen, vollen Lippen zu sehen, hatte ihn beinahe verrückt gemacht. Der Gedanke daran, dass sie noch aufreizender gekleidet war, weckte einen tieferen Hunger in ihm.

Er öffnete die Tür und fand das Penthouse mit sanfter Beleuchtung für den Abend vor. Zuerst sah er sie nicht, als er das Wohnzimmer betrat und die Tür hinter sich schloss.

„Anna?"

„Oh, du bist zurück?"

245

Sie erschien in der Tür und Evan spürte, wie ihm der Atem stockte.

„Zu viel?", fragte sie nervös, woraufhin er den Kopf schüttelte.

„Nein ... ich würde sagen, das ist gerade genug."

Er hatte an diesem Nachmittag selbst einige Komplimente für seinen Anzug bekommen, aber er wusste, dass ihn niemand bemerkt hätte, wenn Anna an seiner Seite gewesen wäre.

Anna trug ein langes, dunkelblaues Kleid mit feiner Perlenstickerei. Ein Schlitz, der bis zu ihrem Knie verlief, offenbarte einen aufreizenden Blick auf ihr Bein. Ihre Haare waren aus ihrem zierlichen Gesicht zurückgebunden und sie blickte ihn durch ihre dicken und überraschend dunklen Wimpern hindurch an.

„Zu viel?", fragte sie erneut nervös, und er schüttelte den Kopf.

„Niemals. Du hättest dir Schmuck kaufen sollen."

Sie öffnete den Mund, um zu protestieren, aber Evan zuckte mit den Schultern. „Nächstes Mal. Komm, lass mich dich ausführen."

Der Spaß daran, mit Anna auszugehen – wie Evan mehrere Stunden später entschied – bestand darin, dass sie alles neu wirken ließ. Sie mochte vielleicht die Reichen eingekleidet haben, hatte aber eindeutig nicht in ihrer Welt gelebt. Es lag eine wirkliche Freude darin, sie in eines der exklusivsten Restaurants von Manhattan auszuführen, wo die Kellner ihn mit Namen kannten und wo sie wie eine Prinzessin behandelt wurde.

Ein Teil seines Vergnügens bestand darin, dass sie so aufrichtig überrascht wirkte, wann immer er ihr einen neuen Genuss, eine neue Freude anbot, die sie sich noch nie zuvor vorgestellt hatte, ob Kaviar oder ein Eisbecher mit Goldpuder.

Nach dem Abendessen endeten sie in einem Club, der einem von Evans Freunden gehörte. Die Tanzfläche war unangenehm gefüllt, also setzten sie sich mit Cocktails in eine Nische, obwohl Evan mit der Fantasie gespielt hatte, sie für einen langsamen Tanz in seine Arme zu nehmen.

„Also, wie gefällt dir das Luxusleben bisher?", fragte er, wobei er über den Tisch griff, um ihre Hand zu halten.

Anna lachte ungläubig, während sie sich umsah. Ihre Finger legten sich automatisch um seine, was ihm sehr gefiel. „Ehrlich? Ich frage mich, wie ihr Leute es schafft, morgens zur Arbeit aufzustehen. Du hast den ganzen Tag gearbeitet, warst auf einer Wohltätigkeitsveranstaltung und bist mit mir ausgegangen. Ich fühle mich bereits, als könnte ich ins Bett fallen, und doch bin ich mir sicher, dass die meisten Leute hier bis zum Morgengrauen weitermachen werden."

Evan lächelte. „Na ja, die meisten von ihnen müssen am Morgen nicht arbeiten."

„Aber du schon, oder nicht?"

„Ich befürchte schon."

„Warum?"

Die Frage sorgte dafür, dass Evan Anna neugierig ansah. „Weil ich reich bin und gerne hätte, dass es so bleibt."

„Also, wann hast du Spaß?", fragte Anna sich, woraufhin Evan grinste.

„Glaub mir, ich finde die Zeit dafür. Ich habe gerade im Moment Spaß."

Er wollte sich für einen Kuss nach vorn lehnen, ohne Gedanken an irgendwelche potenziellen Zuschauer, als er ein bekanntes Gesicht in der Menge entdeckte. Jones bemerkte ihn zur gleichen Zeit und kam mit einem Grinsen im Gesicht zu ihrem Tisch herüber.

„Genießen Sie die Stadt, alter Mann?"

„Besser als Sie, Jones", erwiderte Evan nüchtern. „Ich nehme an, Sie haben die Dinge mit MacArthur geklärt?"

„Ja, habe ich", sagte Jones. „Hey, Schnecke. Mach einen Spaziergang, ja? Ich will ein paar Worte mit dem Mann wechseln."

Evans Blick wurde finster und seine zuvor gute Stimmung verflüchtigte sich, als Anna rot wurde und auf die Füße springen wollte. „Äh, ja. Ich …entferne mich nur für eine Weile, ja?"

„Nein, du bleibst genau da, wo du bist", knurrte Evan und drückte ihre Hand fest, bevor er sie losließ. Er war froh, dass seine Worte so weit durch ihre Verlegenheit hindurchzukommen schienen, dass sie sitzen blieb.

Jones sah Anna irritiert an. „Sie können gleich eine andere finden, Evan. Ich brauche Sie nur für einen Moment."

„Nein, Sie hören mir zu", sagte Evan mit einer kalten Wut, die selbst ihn überraschte. „Sie kommen nicht zu mir und sprechen so mit einer Frau. Wenn Sie das noch einmal tun, dann schwöre ich bei Gott, setze ich Sie auf die Straße. Es gibt absolut keine Entschuldigung für eine solche Unhöflichkeit."

Jones starrte ihn mit geöffnetem Mund an. „Das können Sie nicht ernst meinen."

„Ich meine es todernst. Bringen Sie sich in Ordnung oder suchen Sie sich einen neuen Job, Jones, und ich werde zu der Eröffnung dieser Faserausstellung gehen, die Anna besuchen möchte, ohne auch nur einen einzigen Gedanken an Sie zu verschwenden."

Jones warf ihnen beiden einen bösartigen Blick zu, aber dann zuckte er die Achseln, als wäre es ihm völlig egal. „In Ordnung. Lassen Sie sich nicht von mir stören. Ich nehme an, ich hatte ein paar zu viel, richtig? Wir sehen uns im Büro."

„Ja, schlafen Sie sich aus", knurrte Evan, nur teilweise beschwichtigt, als Jones verschwand. Dann wandte er sich wieder Anna zu. „Das tut mir leid. Er ist mein Geschäftspartner, nicht mein Freund. Ich weiß nicht viel darüber, wie er sich außerhalb des Büros Frauen gegenüber verhält ..." Selbst ihm kam das wie eine dürftige Ausrede vor.

Anna schüttelte den Kopf, aber er konnte sehen, dass sie etwas bekümmerte.

„Viele Männer sind so", sagte sie mit gesenktem Blick. „Besonders wenn man in die Kreise kommt, in denen du dich bewegst. Sie ... sie sehen viele Frauen als Accessoires, als austauschbare Spielzeuge, die man wegwerfen kann, da es immer wieder andere geben wird."

„So bin ich nicht", sagte Evan nachdrücklich, woraufhin sie ihn anlächelte. Er konnte immer noch die Reste der Angst in ihrem Ausdruck sehen und spürte eine weitere Welle der Wut auf seinen Geschäftspartner.

„Ich weiß, dass du das nicht bist", erwiderte Anna sanft und lehnte sich nach vorn, um ihn zärtlich auf die Wange zu küssen. Aus irgendeinem Grund berührte ihn diese einfache und süße Geste auf eine Art, wie es ihre vorherigen Küsse nicht getan hatten.

„Danke, dass du für mich eingetreten bist."

„Danke mir nicht dafür, ein anständiger Mensch zu sein", sagte Evan. „Aber ich werde sagen, dass mein Gefallen daran, unterwegs zu sein, verschwunden ist. Wirst du mit mir nach Hause kommen?"

Sie lehnte sich einen Moment lang zurück, um ihn zu betrachten, und Evan fragte sich, was es war, das sie im dämmerigen Licht des Clubs sah. Was auch immer es jedoch war, sie lächelte und nickte.

„Ja. Ich möchte mit dir nach Hause gehen."

KAPITEL 6

Anna

Anna wusste genau, was passieren würde, als sie mit dem Fahrstuhl nach oben in das Penthouse fuhren und die Anspannung zwischen ihnen mit jeder Sekunde stärker wurde. Und sie wollte es. Sie hatte es seit dem Moment gewollt, in dem Evan *Monteray's* betreten hatte. Sie wollte es mehr denn je, nachdem sie einen unglaublichen Abend in seiner Gesellschaft verbracht hatte, der darin gegipfelt war, dass er seinen rüpelhaften Partner abgefertigt hatte. Evan war das komplette Paket – Grips, Manieren, Freundlichkeit und gutes Aussehen. Gott. Sein Aussehen.

„Wenn ich dich durch diese Türen gebracht habe, gehörst du mir", murmelte Evan, wobei er sich zu ihr lehnte und Annas Gedankengang unterbrach. „Du kannst Nein sagen, du kannst gehen, wenn du möchtest, aber ansonsten ... wirst du mir gehören."

„Evan ...", flüsterte sie und konnte ihren Blick nicht von ihm losreißen.

„Wie gesagt, du kannst gehen, wenn du möchtest. Aber ansonsten werde ich dich nehmen. Ich werde dich alles spüren lassen, worüber ich den ganzen verdammten Tag lang nachgedacht habe. Den ganzen verdammten Monat. Du solltest wissen, was es bedeutet, wenn du heute Nacht bei mir bleibst, Anna."

Es gab absolut keinen Teil von ihr, der fliehen wollte. Stattdessen war ihr nur wichtig, ihm näherzukommen – die Begierde zu erkunden, die in ihr erwacht war.

„Ich gehe nirgendwohin", sagte sie, und der Blick, den er ihr zuwarf, war einer des Sieges.

Als er die Tür hinter ihnen abschloss, hatte es etwas Endgültiges. Es gab kein Zurück, und wenn Anna ehrlich mit sich war, dann wollte sie das nicht einmal. Was sie wollte, war Evan, und als er sie in die Arme nahm, wimmerte sie, denn alles, was sie wollte, war mehr.

„Gott, du hast heute Abend so verdammt schön ausgesehen", knurrte er, nahm sie in die Arme und trug sie durch seine große Wohnung zum Schlafzimmer, bevor Anna überhaupt die Chance bekam, sich umzuziehen. „Weißt du, was ich mit dir tun will?"

„Nein." Sie verschränkte ihre Finger in seinem Nacken und lächelte. „Aber vielleicht wirst du es mir zeigen?"

Er grinste über ihre Antwort und ließ sie auf das Bett fallen. Sie fühlte sich unordentlich, ihr Haar löste sich aus der Frisur, ihr Rock war bis zu ihren Oberschenkeln hochgeschoben, aber gleichzeitig war es auch wunderbar.

„Irgendwann werde ich dir die Kleidung vom Leib reißen, aber ich habe das Gefühl, dass du wütend sein wirst, wenn ich das heute Abend tue."

Er lachte über ihren schockierten Laut der Bestürzung. So sehr Anna Evan auch wollte, wäre es schmerzhaft, ein so unglaubliches Kleidungsstück zu ruinieren, weshalb sie nickte.

„In Ordnung, Anna. Mach, was du willst. Geh auf die Hände und Knie, mit dem Gesicht zum Kopfende des Bettes."

Der herrische Ton in seiner Stimme war mehr als sexy; mit einem anderen – irgendeinem anderen – wäre es abschreckend gewesen. Sie tat, wie befohlen und realisierte sofort, wie verletzlich sie diese Position machte. Sie konnte hören, wie er sich hinter ihr bewegte, konnte aber nicht sehen, was er tat, sofern sie nicht über ihre Schulter sah.

Das wollte sie nicht. Sie wollte verletzlich für Evan sein – offen für ihn.

„So schön", bewunderte Evan sie.

Anna zitterte, als sie spürte, wie er seine Hand durch den Schlitz ihres Kleides schob und ihr nacktes Bein umfasste. Sie machte ein leises Geräusch des Verlangens und schnappte nach Luft, als er den Rock bis zu ihrer Taille hochschob. Die plötzliche Berührung der kalten Luft auf ihrer empfindlichen Haut ließ sie wimmern. Sie war von dem Slip, den sie trug, bis zu den glänzenden schwarzen High Heels, mit denen sie den ganzen Abend befürchtet hatte, sie könnte hinfallen, vollständig entblößt.

„Mein Gott, sieh dich an", murmelte Evan, wobei er mit der Hand über ihren Hintern fuhr. „All diese schwarze Spitze und cremig weiße Haut. Direkt aus meinen wildesten Fantasien, Anna."

Sie stöhnte über seine Worte, konnte aber nicht anders, als sich an seine Hand zu drücken. Seine Worte erweckten einen hungrigen Rausch des Verlangens in ihr, von dem sie nie gewusst hatte, dass sie es besaß, und als er seine Hand zwischen ihre Beine gleiten ließ, spreizte sie ihre Oberschenkel für ihn.

Dann glitten seine Finger über ihren bedeckten Schritt, erregten sie, während sie sich wand.

Seine Berührung war zu Beginn so sanft, dass sie nicht von ihm erwartet hatte, den Zwickel ihres hauchdünnen Slips zu greifen und das dünne Stück Stoff nach oben zu ziehen.

„Evan!", schrie sie, als die Begierde sie durchströmte.

„Ich kann fühlen, wie feucht du für mich wirst, Liebling ...“

Oh Gott, das war sie. Mit nur einem Zucken seiner Finger zog er den Stoff an ihre Klitoris, woraufhin sie sich mit einem leisen Schrei daran rieb. Gerade, als sie sich der Lust hingab, die er ihr schenkte, zog er seine Hand weg und lachte über ihr verzweifeltes kleines Wimmern.

„Keine Sorge, schönes Mädchen, ich brauche nur mehr von dir."

Langsam öffnete er ihren Reißverschluss und küsste dabei jeden Zentimeter ihrer Haut. Sie konnte seine Erektion durch seine Hose spüren, als er sich an sie presste, und als er sie endlich aus ihrem Kleid befreite, fühlte sie sich gänzlich enthüllt.

„Steh auf."

Es stand außer Frage, nicht zu gehorchen. Sie stand auf und realisierte, dass sie die brandneue Unterwäsche trug, die sie gekauft hatte – BH und Slip aus schwarzer Spitze – zusammen mit schwarzen High Heels. Als sie die Arme hob, um sie vor ihrer Brust zu verschränken, sorgte ein Wort von Evan dafür, dass sie sie wieder fallen ließ.

„Gott, das ist umwerfend", murmelte er, fast nur zu sich selbst. „Du bist wunderschön, aber was die Sache so fantastisch macht, meine Liebe, ist die Tatsache, dass du es für mich getan hast."

Ja, ja, wollte Anna sagen. Sie hatte das für ihn getan und fragte sich, ob sie irgendwo in ihrem Hinterkopf immer gewusst hatte, dass sie so in der aufreizenden Unterwäsche vor ihm stehen würde, wie sie es jetzt tat.

„Es ist wunderschön, aber ich will mehr. Zieh es aus."

Der Befehlston in seiner Stimme brachte sie zum Schmelzen. Ihre Hände zitterten, als sie den BH öffnete und sich dann den Slip über die Hüften zog, sodass er zu Boden fiel. Das Ausziehen ihrer High Heels gab ihr das Gefühl, klein und seltsam züchtig zu sein, und erst, als sie von Kopf bis Fuß völlig nackt war, sah sie Evan wieder an.

In dem Moment, in dem ihr Blick auf seinen traf, war es, als hätte Evan die Kontrolle verloren. Er nahm sie für einen leidenschaftlichen Kuss in die Arme, der ihr den Atem raubte, dann legte er sie auf das Bett.

„Gott, ich kann dir nicht widerstehen", murmelte er heiser, und sie wollte nicht, dass er es auch nur versuchte.

Seine Hand wanderte zwischen ihre Körper, während sein Knie ihre Oberschenkel spreizte. Er fand ihre Öffnung und ließ zwei Finger hineingleiten. Es war eng, aber so, so gut, und dann zog er einen Teil ihrer Feuchtigkeit zurück zu ihrer Klitoris, um sie dort mit harten Kreisen zu reiben.

Anna schrie über den plötzlichen Schock der Lust, schob ihn aber nicht weg. Stattdessen klammerte sie sich an ihn und spreizte ihre Beine noch weiter. Sie merkte, wie sein Anzug so zerknittert wurde, dass es nicht leicht werden würde, ihn wieder in Ordnung zu bringen, aber aus irgendeinem Grund war es ihr egal. Sie hatte nicht länger das Sagen. Sie war keine Stylistin oder Maßschneiderin. Sie gehörte einfach nur Evan, und das bedeutete, dass sie die Lust annahm, die er ihr gab – bereitwillig, verzückt.

„Ich brauche dich, ich brauche dich", murmelte sie immer wieder. Er bewegte seine Finger in ihr, bis sie mühelos drei Finger in sich aufnahm, seine Hand war feucht von ihrem Verlangen. Erst dann trat er vom Bett zurück, um sich auszuziehen und seine Kleidung zu Boden fallen zu lassen.

Dann war er wieder bei ihr auf dem Bett und kniete zwischen ihren Beinen, bevor er sich auf sie niederließ. Sie legte bereitwillig die Arme um seine Schultern, um ihn an sich zu ziehen. Sie konnte es nicht ertragen, dass er ihr fern war. Sie wollte nichts zwischen ihnen. Sie genoss, wie unterschiedlich ihre Körper waren – er war hart, wo sie weich war, grob wo sie glatt war.

„Nimm mich", wimmerte sie, und das Knurren, das sie mehr spürte als hörte, sagte ihr, dass er genau das tun würde.

Er drang mit einer flüssigen Bewegung in sie ein und sie stöhnte. Es war so voll, so gut. Sie musste ihm so nah sein, alles andere war unwichtig.

Er zog sich fast vollständig aus ihr heraus, bevor er erneut in sie hineinglitt. Dann begann er, in sie zu stoßen, und mit jeder Bewegung spürte Anna, wie ihre Lust höher und höher getrieben wurde. Sie konnte nicht glauben, wie gut es sich anfühlte. Sie hatte keine Worte dafür, überhaupt keine Worte. Sie ließ sich davon überwältigen, überfallen. Sie wand sich und schrie völlig willenlos. Nichts war wichtig bis auf die Anspannung, die sich in ihr aufbaute und von der sie spüren konnte, dass sie sich auch in Evan aufbaute.

„Mein Mädchen. Mein perfektes, wunderschönes Mädchen ..."

Aus irgendeinem Grund waren es diese Worte, die sie in die Ekstase stürzten. Es war die Tatsache, dass Evan Anspruch auf sie erhob. Im einen Moment war sie auf dem Weg zu ihrem Höhepunkt, und im nächsten schoss sie darüber hinaus – Sonnen und Sterne explodierten hinter ihren Lidern.

„Oh, oh, Evan …!"

Sie klammerte sich an ihn, während sich die Lust in Wellen über ihr brach, unbarmherzig und mächtig. Einen Moment später ergoss er sich in ihr, und sie wusste, dass sie niemals etwas so zutiefst Schönes gefühlt hatte, wie sie beide es getan hatten.

KAPITEL 7

Evan

Wochen später

„Also sehe ich dich heute Abend?", fragte Evan, als er zwischen seinem Computer und seinem Telefonat mit Anna hin- und hersprang.

„Na ja, diese Bestellung für den kohlefarbenen Anzug, den ich für dich wollte, ist nicht durchgegangen. Ich muss wirklich ein wenig Zeit darauf verwenden, ihm nachzuspüren …"

Er unterbrach sie, da er die Vorstellung, sie nicht zu sehen, nicht dulden würde. „Na ja, wenn der Anzug für mich ist, würde ich sagen, dass es nicht so wichtig ist wie den Abend mit dir zu verbringen."

„Wirklich?", neckte sie, und der trällernde Tonfall in ihrer Stimme erregte ihn direkt in seinem Büro. „Na ja, es wird nicht meine Schuld sein, wenn du nackt herumlaufen musst."

Er grinste. „Na ja, wenn ich nackt herumlaufe, dann werde ich im Penthouse bleiben müssen, und natürlich würdest du dort sein müssen, um mir Gesellschaft zu leisten …"

Anna lachte, und Evan realisierte von Neuem, wie erfreut er war,

Annas Freude zu hören. Sie glücklich zu machen war schnell sein größter Grund zu leben geworden. Sie lachen zu hören, sie lächeln zu sehen, den aufblitzenden Schalk in ihren Augen zu beobachten, gab ihm das Gefühl, vollständig zu sein, obwohl er nie zuvor sein Leben als etwas anderes als vollständig betrachtet hatte.

Aber während der vergangenen Wochen, wenn sie sich liebten, wenn sie in die Oper gingen, wenn sie einfach dasaßen und aßen, lagen die Worte *Ich liebe dich* auf seiner Zunge. Das Einzige, was ihn davon abhielt, sie auszusprechen, war die Tatsache, dass es mit Sicherheit lächerlich war. Er war zu alt, um sich zu verlieben, sie waren zu verschieden, und sie war zu jung.

Nichts davon hatte dieses Gefühl jedoch davon abgehalten, wahr zu sein, und er wusste, dass er es früher oder später sagen würde. Es wäre einfach unvermeidbar.

Seine Gedanken drehten sich nur um Anna und er hätte sie beinahe erneut angerufen. Es war egal, dass es mitten am Tag war. Er wollte sie sehen. Allerdings klopfte es in dem Moment, in dem er nach seinem Telefon griff, an der Tür.

Mary, seine persönliche Assistentin und gute Freundin seit zehn Jahren, kam herein, und er runzelte aufgrund ihres Gesichtsausdrucks die Stirn.

„Das sieht nicht gut aus."

„Ich befürchte auch, dass es das nicht ist, Boss. Wir haben den Islington-Abschluss verloren."

„Was?" Die Gedanken an Anna verschwanden aus seinem Kopf. „Wie zur Hölle haben wir ihn verloren?"

„Es waren Investoren aus Marokko", sagte Mary grimmig. „Sie haben uns überboten."

„Marokko?", schnaubte Evan. „Das ist unmöglich. Sie haben nicht eine solche Kaufkraft."

„Die haben sie, wenn sie mit ausländischen Investoren arbeiten."

Evans Augen wurden schmal. „Das ist nichts, was sie je zuvor getan haben."

„Geben Sie mir nicht Ihren berühmten wütenden Blick, Boss", warnte Mary. „Das ist nicht meine Schuld. Ich weiß allerdings genau, was Sie meinen. Einen solchen Deal machen sie normalerweise nicht. Sie teilen die Inhaberschaft nicht gern, also muss jemand ein wirklich gutes Angebot gemacht haben."

Sie ließ die Sätze bedeutungsvoll in der Luft hängen, und Evan sah sie finster an. „Es sei denn, jemand konnte ihnen sagen, dass wir nicht höher gehen würden. Ja."

„Ich habe mich schon einige Zeit gefragt, ob es eine undichte Stelle gibt", gab Mary zu. „Die letzten Jahre waren, mangels eines besseren Wortes, seltsam."

„Seltsam?" Ethan runzelte die Stirn. „Davon höre ich zum ersten Mal. Warum?"

„Es waren kleine Dinge", erwiderte sie. „Dinge, die allein nicht besonders bedeutungsvoll sind. Sie hätten gesagt, es sei Paranoia oder Lächerlichkeit, wenn ich alle einzeln angesprochen hätte, und Sie hätten recht gehabt. Aber selbst ohne das wäre es beunruhigend."

„Ist es", stimmte er zu. „Besorgen Sie mir einer Liste aller, die hiervon wussten. Mir ist egal, wie hoch oder tief unten sie stehen. Wenn sie Zugang zu den Informationen hatten, die diesen Deal haben platzen lassen, will ich sie sehen."

„In Ordnung, Boss. Bin dran."

Mary ging, wobei sie leise die Tür hinter sich schloss, und Evan lehnte sich auf seinem Stuhl zurück, während er abwesend die Stadt betrachtete. Der Verlust des Deals war kein großer Rückschlag. Der Vorstand wäre verärgert, aber das war nichts Neues. Allerdings …

Es hatte eine andere Person gegeben, die von dem Deal und davon gewusst hatte, wie weit Evan zu gehen bereit war, oder nicht?

Evan verbrachte viele träge Momente damit, an das erste Mal zu denken, als Anna ihm seinen neuen Anzug gebracht hatte. Es war eine wertvolle Erinnerung – das erste Mal, dass er sie geküsst hatte. Jetzt allerdings erinnerte er sich an sein Telefonat mit Jones. Er erinnerte sich daran, wie viel er gesagt hatte.

Einen Moment lang wollte Evan Anna anrufen. Er wollte verlangen, dass sie ihm sagte, ob sie diese Informationen an ausländische Investoren verkauft und ob sie beabsichtigt hatte, mehr zu tun. Allein der Gedanke daran, sie dessen zu beschuldigen, ließ ihm übel werden. Er schüttelte den Kopf.

Er mochte Anna. Vielleicht liebte er sie sogar. Er konnte ihr so etwas nicht vorwerfen, ohne weitere Beweise zu haben.

Also rief er sie nicht an. Stattdessen kehrte er an die Arbeit zurück.

KAPITEL 8

Anna

Anna war begeistert, zu der Eröffnung der Faserkunstausstellung im Museum zu gehen, aber insgeheim war sie auch erleichtert, mit Evan dort zu sein.

Sie war sich nicht sicher, was sie denken sollte. Er war in der vergangenen Woche ungewöhnlich distanziert gewesen. Wenn sie zu seinem Penthouse kam, wenn sie sich zum Mittagessen trafen, wirkte er abgelenkt. Manchmal schien es, als würde er direkt durch sie hindurchblicken.

Er sagte ihr, dass er bei der Arbeit beschäftigt war und es viele Dinge gab, um die er sich kümmern musste, aber sie hatte die Vermutung, dass noch etwas vor sich ging. Anna schob ihre Zweifel beiseite. Er war ein beschäftigter Mann, und wenn sie gemeinsam im Bett waren, fühlte sich immer noch alles richtig an.

Und selbst wenn er abgelenkt war, konnte sie an Abenden, an denen er so etwas wie dies hier tat – sie zu etwas ausführte, das sie sehr interessierte – seine Zuneigung spüren.

Ich glaube, ich liebe ihn.

Der Gedanke kam ihr unaufgefordert, während Evan ein mittelalterliches Tischtuch begutachtete, das ausgestellt war.

„Ich bin froh, dass du hier bist, um mir von all dem etwas zu erzählen", sagte er mit einem blassen Lächeln. „Ich befürchte, ich würde all das für Drucke und alberne Möbelstücke halten."

„Na ja, es sind bedruckte Stoffe und alberne Möbelstücke, aber was du tun musst, ist, es dir näher anzusehen, wer diese Dinge geschaffen hat, und warum. So etwas wie zusätzliches Detail gibt es nicht, nicht, wenn alles in der Produktion so teuer war ..."

Anna konnte tagelang über Textilien sprechen, aber anstatt sie zu unterbrechen, wollte Evan mehr und mehr über jedes Stück erfahren, woraufhin sie sich noch inniger in ihn verliebte, da er verstand, dass Mode für sie mehr als nur ein Beruf war.

Sie blieben vor einem saphirblauen Kleid mit weiten Röcken und einem luxuriösen Seidenglanz stehen. Es war mit unzähligen Diamanten besetzt, und die Tafel verriet ihnen, dass die luxuriöse Stickerei aus purem Gold bestand. Evan zog die Augenbrauen hoch.

„Na ja, das ist beeindruckender Geltungskonsum, und das von mir!"

Anna lächelte. „Wenn man einen Mann heiratet und ihn beeindrucken will, macht es Sinn."

Evan sah sie neugierig an. „Es ist ein Hochzeitskleid? Aber es ist nicht weiß."

„Weiße Hochzeitskleider sind eine viktorianische Sache", erklärte sie. „Besonders wegen Königin Victoria. Sie hat in Weiß geheiratet, und dann fanden alle, dass es elegant aussah, also haben sie dasselbe getan. Bald wurde es zur Tradition. Es hat nie ursprünglich bedeutet, dass die Braut Jungfrau war oder so etwas in der Art."

„Hmm. Und du bist es nicht ... trägst du deshalb immer schwarze Spitze?"

Er sagte es so beiläufig, dass Anna es fast nicht mitbekam, aber dann sah sie ihn mit roten Wangen an und sah sich um.

„Wir sind in der Öffentlichkeit!", murmelte sie, und mit einem Grinsen lehnte er sich zu ihr.

„Du liebst schwarze Spitze wirklich, wenn wir im Schlafzimmer sind. Denk nicht, dass ich das nicht bemerkt habe."

„Es ist … es ist das, worin ich gut aussehe", flüsterte sie. Wenn er in diesem seidigen, sanften Tonfall mit einem Anflug von Härte darin sprach, war es nicht länger wichtig, wer zuhören oder was derjenige von ihr denken könnte. Es war nur wichtig, ihm zu gefallen, denn wenn sie ihm gefiel, dann sorgte er dafür, dass sie sich gut fühlte.

„Oh, ich weiß, dass du in Schwarz gut aussiehst. Du siehst so vorzüglich aus, dass ich mich kaum davon abhalten kann, dir die Spitze von deinem perfekten Körper zu reißen. Ich zerstöre nicht jedes Kleidungsstück, da ich weiß, dass du diese verdammten Dinger liebst."

Ich liebe sie nicht. Ich liebe dich, wollte sie sagen, wobei ein Schauer durch ihren Körper ging und sie ihre Hand auf seinem Arm anspannte. Seine Lippen waren an ihrem Ohr. Für die anderen mochte es vielleicht so aussehen, als flüsterte er ihr ein Geheimnis ins Ohr.

„Ich liebe dich in Schwarz, Anna. Aber ich glaube, dass ich dich als Nächstes lieber in Weiß hätte. Ich möchte, dass du die eleganteste weiße Spitzenunterwäsche findest – geschmackvoll, teuer – vielleicht kam die ganze Sache mit weißer Jungfräulichkeit vom Kleid der Queen, aber du bist rein, ob dich einhundert Mal genommen habe oder nicht. Du bist so gottverdammt rein, Anna, dass ich es manchmal kaum ertragen kann. Ich will dich auf meinem Bett ausbreiten, als hättest du in deinem ganzen Leben keinen einzigen schmutzigen Gedanken gehabt, und ich will dich einfach nur ruinieren …"

Anna zitterte beinahe aufgrund seiner hungrigen Worte und konnte kaum ihrem Drang wiederstehen, ihn in einen leidenschaftlichen Kuss zu ziehen, der mit Sicherheit beweisen würde, dass sie nicht ‚rein' war, wenn Evan Sheffield ihr so nahe stand, dass sie seine Erregung an ihrem Bauch spüren und sie mit ihrer eigenen feuchten, hungrigen Hitze mithalten konnte.

„Ich werde tragen, was immer du willst, Evan."

Er lächelte und trat zurück, und es war, als wäre die Zeit wieder angelaufen. Sie war wieder im Museum und keiner der Besucher um sie herum hatte bemerkt, dass etwas Seltsames passiert war.

„Weiß, Liebling. Nur für meine Augen." Er berührte ihre Wange, und die Hitze in seinen Augen schwand zu einer tiefen, zärtlichen Wärme, woraufhin sie lächelte.

„Nur für deine Augen."

Sie wollten gerade weitergehen, als ein Mann, den sie noch nie zuvor getroffen hatte, auf sie zu gerannt kam. Evan setzte einen finsteren Blick auf und stellte sich zwischen Anna und den Fremden. Seine Augen wurden groß, als er ihn erkannte.

„Peters? Was um alles in der Welt tun Sie hier?"

„Entschuldigung, Boss", sagte der Mann. „Ich bin so schnell gekommen, wie ich konnte. Mary hat mich geschickt."

„Warum?", wollte Evan wissen. „Sie weiß es besser, als mich während meiner Zeit mit Anna zu stören."

„Weil der Vorstand eine Abstimmung erzwingt. Heute Abend. Es wird …" Peters Augen wurden groß, als er auf sein Handy blickte. „Oh Gott, ich bin so schnell wie möglich gekommen, aber es findet in einer halben Stunde oder so statt. Sie lassen es darauf ankommen, sie herauszuwählen, Sir."

Anna war verwirrt darüber, was vor sich ging, aber sie musste es nicht verstehen, um zu sehen, wie Evans Gesicht vor Wut weiß wurde.

„Diese hinterhältigen …"

Evan schüttelte den Kopf, und für Anna sah es aus, als würde er die Wut abschütteln, die ihn einen Moment lang überkommen hatte. Sie konnte sehen, wie der Zorn verblasste, und darunter lag der kalte und kalkulierende Geschäftsmann, der sein Vermögen vor dem Alter von sechsundzwanzig gewonnen hatte. Sie zitterte ein wenig. Sie mochte Evan sehr, und sie wusste tief in ihrem Herzen, dass sich diese Zuneigung zu Liebe verwandelte, aber am Ende des Tages hatte er einen kalten Kern, der sie schauern ließ.

„Wo findet es statt?"

„Im Sitzungssaal in der Innenstadt. Es ist ein persönliches Meeting – so steht es in der Satzung – das muss es sein."

263

„Und natürlich zählen sie darauf, dass ich nicht rechtzeitig hinkommen kann, da mir nie jemand davon erzählt hat. In Ordnung. Das kann ich schaffen, aber ich muss jetzt gehen." Evan nickte Anna zu. „Bringen Sie sie in meine Wohnung zurück, Peters. Ich muss schnell sein."

„Evan ...", sagte Anna unsicher, da sie sich nicht wohlfühlte, mit einem Mann zu gehen, den sie nicht kannte.

Er schüttelte den Kopf. „Es tut mir leid, den Abend frühzeitig zu beenden, Liebling, aber ich muss mich darum kümmern."

„Ich ... sei einfach vorsichtig, okay?" Sie hatte keine Ahnung, was ihn bei einem Vorstandstreffen verletzen könnte, aber Evan hatte jetzt etwas Gefährliches und Belastetes an sich, das sich mehr wie ein Kämpfer als ein CEO anfühlte.

„Immer. Wir sehen uns heute Abend."

Er lehnte sich zu ihr, um sie zu küssen, und dort, wo sie etwas Sanftes erwartet hatte, gab er ihr etwas Hartes und beinahe Schmutziges. Als er sich löste, wusste Anna, dass ihre Lippen rot und ihre Augen aufgerissen waren. Mit nicht mehr als das marschierte Evan zum Auto und Peters trat nach vorn. Anna war dankbar, dass er, falls er eine Meinung über ihre Beziehung zu ihrem Arbeitgeber hatte, sie für sich behielt.

„Kommen Sie, ich bringe Sie nach Hause", sagte er, und sie nickte.

Während sie fuhren, sagte Anna sich, dass alles in Ordnung war. Was auch immer bei der Arbeit passierte, berührte sie zu Hause nicht. Sie entschied, dass sie, wenn Evan nach Hause kam, ihr Bestes tun würde, um beruhigend zu sein, damit er sich nach dem, was sich wie eine Tortur anhörte, ausruhen konnte.

Sie erkannte, dass sie sich um ihn kümmern wollte, und der Gedanke öffnete sich in ihr wie eine Blume aus Feuer.

KAPITEL 9

Evan

Als das letzte Vorstandsmitglied mit gedrückter Stimmung den Raum verließ, ließ Evan sich schließlich auf den Stuhl am Kopf des langen Sitzungstisches fallen. Sein Kopf schmerzte und er schien das Adrenalin, das ihn immer noch durchströmte, nicht loslassen zu können.

Er hätte beinahe seine Firma verloren.

Der Gedanke hallte in seinem Kopf wider wie eine Glocke. Diese Firma, die er von Grund auf aufgebaut hatte, mit langen Nächten, wahnsinnigen Risiken und so vielen Verträgen und Geschäften – er hätte fast alles verloren. Er hätte trotzdem eine große Menge Geld, aber die Arbeit seines Lebens wäre weg.

Jetzt, wo das Problem erledigt und die Vorstandmitglieder daran erinnert waren, was er für sie tat und wie sehr sie an ihn gebunden waren, konnte er die Wut spüren, die aufstieg, wenn er daran dachte, dass ihm das, was ihm gehörte, weggenommen wurde.

Jemand war dafür verantwortlich, und der Verdacht, den er seit dem Verlust des großen Geschäfts an die marokkanischen Investoren hatte, flammte auf. Jemand hatte gewusst, dass er es sich nicht leisten

265

konnte, für das Islington-Geschäft höher zu gehen. Und jetzt, heute Abend, hatte jemand gewusst, dass er abgelenkt sein würde und seine Position nicht verteidigen könnte.

Ein Teil von ihm wollte es abstreiten. Anna konnte ihn bestimmt nicht so hintergangen haben, aber als alle Teile vor ihm ausgebreitet lagen, begannen sie sich mit beunruhigender Vollständigkeit zusammenzusetzen. Evan kümmerte sich um seine Angestellten und Partner. Sie hatten ihn noch nie zuvor hintergangen. Aber Anna war neu. Mit Anna hatte er keine Vorgeschichte.

Anna … war ein Mädchen mit Nichts als dem Gehalt, das er ihr zahlte. Konnte sie ihn für die Chance auf etwas Besseres hintergangen haben? Sein Magen drehte sich, und die Wut, die seit dem Museum in ihm gebrodelt hatte, kochte über.

———

Als er in seinem Penthouse in Manhattan ankam, waren die Lichter gedimmt und Kerzen angezündet. Er fragte sich süffisant, ob sie bereit gewesen war, ihn nach dem Verlust seiner eigenen verdammten Firma zu ‚trösten‘.

„Anna? Wo zur Hölle bist du?"

Sie kam sofort aus dem Schlafzimmer, ihre Augen waren in dem dämmrigen Licht dunkel. Er betrachtete sie mit einem vernichtenden Blick, der sie zusammenzucken ließ. Selbst in seinem Zorn konnte er sehen, wie schön sie in einem Seidenkimono aussah. Es war einer, den er für sie gekauft hatte, und er lag sinnlich, wie er wusste, auf nackter Haut.

„Evan?"

„Spar es dir", fauchte er. „Deine kleine List hat nicht funktioniert."

Ihre Augen wurden groß und er fragte sich, wie hart sie an ihrem Ausdruck der großäugigen Überraschung gearbeitet hatte. Hatte ihr jemand erzählt, dass ihr Putsch gescheitert war und sie auf die Enttäuschung vorbereitet?

„Welche List?", fragte sie, und ihr unschuldiges Verhalten machte ihn nur noch wütender. Sie hatte kein Recht dazu, Weiß zu tragen, verdammt nochmal – wenn es das war, was sie unter der Seide trug. Diese Frau hatte nichts Reines an sich. Sie war eine Schlange. Und er war auf ihr Spielchen hereingefallen.

„Spiel nicht die Unschuldige", knurrte er. „Du hast mich in die Falle gelockt. Du hast dem Vorstand gesagt, wann ich keine Zeit habe, oder? Du hättest mich fast meine gottverdammte Firma gekostet."

„Evan? Hör auf damit!", wimmerte Anna, deren Augen vor Schock so weit aufgerissen waren, dass er ihr die Bestürzung beinahe glaubte. Beinahe, aber nicht ganz. „Ich habe keine Ahnung, wovon du sprichst!"

Plötzlich stellte er fest, dass er es nicht ertragen konnte, ihrem Protest zuzuhören. Während der Fahrt hatte Evan darüber nachgedacht, es in die Länge zu ziehen, sie zum Geständnis und dazu zu bringen, wenigstens zu verstehen, was sie ihm angetan hatte – ihnen beiden. Er hatte herausfinden wollen, ob es ihr leidtat und ob er ihr auch nur im Geringsten wichtig war, so wie sie es für ihn war.

Zu seinem Ekel realisierte Evan, dass er es aus irgendeinem Grund brauchte, dass es ihr leidtat. Wenn sie ihm gesagt hätte, was sie getan hatte, wenn sie schwor, dass es nie wieder passieren würde, wäre er bereit, ihr zu vergeben. Er würde sie behalten und vergessen, was sie getan hatte – sie sogar weiterhin lieben.

Evan prustete und schüttelte den Kopf.

Er würde sagen, dass sie ihn zu einem Narren gemacht hatte, aber es schien, als wäre er schon immer einer gewesen.

„Verschwinde von hier", sagte er. „Mach es schnell. Ich werde dich nicht in diesem Kimono fortschicken, aber wenn du zu lange bleibst, überlege ich es mir vielleicht anders."

Anna schien nicht zu wissen, wann sie aufgeben musste. Sie ignorierte seine unheilvolle Warnung und ging stattdessen auf ihn zu. Sie zitterte, aber sie tat es trotzdem. Wenn sie jemand anders gewesen, wenn das eine andere Situation gewesen wäre, hätte er gesagt, dass sie mutig aussah.

„Evan, hör bitte damit auf", sagte sie sanft. „Ich verstehe es nicht. Sag mir, was los ist. Bitte. Du kannst das nicht tun, ohne zuzulassen, dass ich ... ich weiß nicht ... mich selbst verteidige. Ich weiß nicht einmal, was ich getan habe! Bitte."

Evan dachte, dass er seine Wut aufrechterhalten würde, und das dachte er, bis sie ihn berührte. Ihre Hände auf seinem Arm ließen den bekannten Schauer des Verlangens und der Begierde durch seinen Körper strömen, und er konnte es nicht ertragen. Er kannte ihre Hände so gut. Er hatte sie berührt, liebkost, ihr gezeigt, wie sie sie auf seinem Körper und ihrem eigenen bewegen sollte. Er wusste, wie sauber und kurz sie ihre Fingernägel hielt und wie sie jede Schwiele durch sorgfältiges Nähen mit der Hand bekommen hatte. Als sie ihn berührte, fühlte es sich an, als würde etwas in ihm zerbrechen.

Anstatt sie von sich zu weisen, griff er sie am Kragen des Kimonos und zerrte sie an sich. Er küsste sie beinahe mit all der Wut und dem Zorn, den er empfand, aber irgendwo tief in seinem Kopf wusste Evan, dass er sie nie fortschicken könnte, wenn er das tat.

„Raus mit dir", knurrte er. „Du hast verloren, Anna. Du hast verloren, und ich will dich nie wiedersehen. Verschwinde verdammt nochmal von hier, bevor ich vergesse, dass ich ein Gentleman bin und dich so wie du bist rauswerfe. Pack ein, verschwinde und verlasse diese Wohnung, für die ich bezahle, bis zum Ende der Woche. Du arbeitest nicht länger für mich. Jeder Vorteil ist verfallen."

Er sah die Angst in ihren Augen und ließ sie, grimmig zufrieden, los. Er wandte sich dem Fenster zu, um die Skyline von Manhattan zu überblicken. Er sah nicht zurück, bis er ihre leisen Schritte vom Schlafzimmer zur Tür hörte. Sie zögerte, bevor sie die Tür öffnete, und einen Moment lang wollte Evan sie zurückrufen, um herauszufinden, warum sie entschieden hatte, ihn zu hintergehen.

Dann wurde die Tür geöffnet und geschlossen und es war vorbei.

Evan spürte, wie der Zorn abebbte, und darunter fand er nur Trauer. Er hatte nie gedacht, dass sein Leben vor Anna leer war, aber jetzt, wo sie weg war, konnte er nur einen gewaltigen und schmerzenden Verlust fühlen. Es ergab keinen Sinn.

Als sie weg war, konnte Evan sehen, dass Anna etwas Grundlegendes in ihm verändert hatte. Jetzt musste er herausfinden, ob er ihren Verlust so verändert überleben konnte.

KAPITEL 10

Anna

Während der Taxifahrt zurück zu ihrer Wohnung fühlte Anna sich wie betäubt, als sähe sie die ganze Welt durch eine dicke Glasschicht. Sie zuckte ein wenig zusammen, als sie an den Zorn in Evans Gesicht und die zurückgehaltene Gewalt in seinen Händen dachte, als er sie festgehalten hatte. Es war seltsam. Als er sie am Kragen des Kimonos gegriffen hatte, war sie verängstigt gewesen – aber es war keine physische Angst. Sie hatte keine Angst vor dem, was er ihr antun könnte. Evan würde ihr körperlich nie wehtun. Da war sie sich sicher. Aber emotional … hatte er sie zerstört. Und das Schlimmste war, dass sie keine Ahnung hatte, warum. Alles war so gut, so richtig gewesen, und dann … was war passiert? Was hatte dafür sorgen können, dass sich die Zärtlichkeit in seinen Augen innerhalb nicht einmal eines Tages zu solchem Hass verwandelt?

Es war zu groß, als das Anna es auch nur ansatzweise verstehen könnte. Stattdessen konnte sie sich nur an den Türgriff klammern, während der Taxifahrer vom fürchterlichen New Yorker Wetter und den anderen Fahrern auf der Straße sprach. Sie hatte das Gefühl, als wäre alles weit entfernt. Nichts konnte sie berühren.

Sie gab dem Fahrer ein großzügiges Trinkgeld und ging die zwei Stockwerke zu ihrer Wohnung hinauf. Sie würde nicht mehr lange ihr gehören, aber wenigstens für ein paar Tage hatte sie noch eine Unterkunft. Sie hatte durch ihr absurd hohes Gehalt genug gespart, also würde sie nicht mittellos sein. Sie konnte neu beginnen. Irgendwo.

Aber als sie die Tür erreichte, kam ihr erneut die Tränen. Sie wollte nicht neu anfangen, verdammt nochmal. Nicht, ohne überhaupt zu wissen, was falsch gelaufen war!

Sobald sie ihre Wohnung betrat und die Tür hinter sich abschloss, konnte sie sich allerdings nur auf die Couch setzen und hilflos den Tränen freien Lauf lassen. Schließlich zog sie eine bequeme Jogginghose und ein T-Shirt an, bevor sie vorsichtig den Kimono faltete, um ihn Evan nach einer Reinigung zurückzugeben, aber sie konnte nichts tun, um die Tränen und die Trauer aufzuhalten.

Gefühlte Stunden später hob sie den Kopf, als sie ein leises Klopfen an der Tür hörte. Obwohl sie es besser wusste, konnte Anna nicht umhin, zu hoffen, dass es möglicherweise Evan war, der wieder zur Vernunft gekommen war. Sie nahm einen tiefen Atemzug, hatte einen Moment, um zu bereuen, was sie trug, und ging zum Türspion.

Anstelle von Evan stand auf der anderen Seite allerdings der unangenehme Mann, den sie vor Wochen kennengelernt hatte: Jones. Er stand mit einem leicht nervösen Gesichtsausdruck da.

„Was ist?", fragte sie, ohne die Tür zu öffnen.

„Sheffield hat mich geschickt", sagte er. „Er hat eine Nachricht für Sie."

„Welche?"

Durch den Spion sah sie, wie Jones den Flur beobachtete. Er wirkte auf sie gereizt, frustriert. „Ich würde die Nachricht lieber nicht durch den Flur schreien, wissen Sie?"

Anna biss sich auf die Lippe. Es lag ihr auf der Zunge, ihn wegzuschicken, aber ein anderer Teil von ihr, der Teil, der sich an den letzten Fetzen Hoffnung hielt, dass Evan zur Vernunft kommen würde, griff nach dem Schlüssel.

„In Ordnung, was ist –"

Die Worte verließen kaum ihren Mund, bevor Jones so hart gegen die Tür stieß, dass sie zurückgeworfen wurde. Sie stolperte, und bevor sie sich erholen konnte, war er in ihrer Wohnung, stieß sie zu Boden und schloss fast in derselben Sekunde die Tür hinter sich.

Bevor sie auch nur aufschreien konnte, legte er etwas Weiches und Nasses über ihren Mund und ihre Nase. Er sagte mit leiser und bedrohlicher Stimme etwas zu ihr, aber obwohl sie die Geräusche hörte, konnte sie die Worte nicht verstehen, nicht, wenn die Welt so weich und seltsam wurde …

Als sie aufwachte, stellte Anna entsetzt fest, dass sie sich nicht bewegen konnte. Sie begann zu schreien, aber es steckte etwas in ihrem Mund, das ihre Schreie dämpfte. Sie konnte allerdings ihre Augen öffnen, und als sie sich drehte, realisierte sie, dass sie in ihrem Bett lag, während Jones durch ihr Schlafzimmer ging, als gehörte es ihm.

Er blickte zu ihr, als er die gedämpften Geräusche hörte, die sie machte, und Anna erschauderte bei der Kälte in seinen blassen Augen.

„Also, du bist wach. Es ist egal, ich bin fast fertig."

Sie sah zu, wie er einen großen Batzen Geld aus seiner Tasche nahm, um ihn in ihre Schmuckschublade zu schieben. Er sah sie belustigt an, die Arme vor der Brust verschränkt.

„Weißt du, es ist wirklich lächerlich, wie leicht es war, Sheffield zu manipulieren. Der Mann hatte schon immer seine Schwachpunkte, und seine Loyalität zu anderen ist einer davon. Ich nehme an, dass das der einzige Grund ist, aus dem ich so lange mit allem durchgekommen bin."

Anna bewegte sich auf dem Bett, wobei der Rahmen unter ihr knarrte, und gleichzeitig hörte sie ein Knarren, von dem sie sich sicher war, dass es von der Wohnungstür stammte. Hoffnung blühte in ihrer Brust auf und sie bemühte sich, den Blick fest auf Jones gerichtet zu lassen. Er neigte den Kopf, als sie verzweifelte Geräusche machte, im Versuch, die Geräusche des anderen zu übertönen, der ihre Wohnung betrat.

„Willst du den Knebel ausziehen? Ich denke, das ist in Ordnung. Ich mache mir nicht länger Sorgen darum, was du tun könntest. Wenn du schreist, werde ich dir ins Gesicht schlagen und die Zähne brechen. Nicke, um mir zu zeigen, dass du verstehst."

Sie wusste ohne Zweifel, dass er meinte, was er sagte. Sie nickte und er kam, um das Klebeband über ihrem Mund zu entfernen. Es hatte fast etwas Verrücktes, wie sanft er es tat, denn sie war sich mittlerweile sicher, dass er kein Interesse daran hatte, sie diesen Abend überleben zu lassen.

„Warum haben Sie es getan?", fragte sie. „Von dem, was mir alle gesagt haben, gibt es viele Gründe, Evan loyal zu sein …"

Lass ihn weiter reden, lass ihn einfach weiter reden …

Er warf ihr einen belustigten Blick zu, der es nicht schaffte, den Wahnsinn in seinen Augen zu verbergen.

„Warum nicht? Jeder Mann, der ein Vermögen hat, hat nichts dagegen, es zu vergrößern. Obwohl ich annehme, dass du das nicht wissen würdest, du billiges kleines Ding. Sheffield hatte schon immer ein Faible für Mädchen aus dem Armeleuteviertel. Du warst nicht die Erste, weißt du."

Sie erlaubte ihm, zu sehen, wie sie zusammenzuckte, und er kam nah an die Bettkante, um sich über sie zu beugen.

„Obwohl ich eindeutig verstehen kann, was er in dir gesehen hat. Dich aus dem Sumpf pflücken, in dem er dich gefunden hat, dich schick machen, zum Sprechen bringen – du kannst ganz schön sein."

Sie hätte es vorgezogen, wenn er sie weiter beleidigt hätte. Seine Stimme hatte einen wollüstigen Unterton, der ihr übel werden ließ, und sie fragte sich, wie weit sie zu gehen bereit wäre, um Zeit zu gewinnen.

„Nicht", sagte sie, wobei sie dafür sorgte, dass die Angst, die sie empfand, in ihrer Stimme zu hören war. Gerade, als sie dachte, es würde nicht helfen, leuchteten seine Augen vor Interesse auf.

„Magst du es hart, Süße? Wir beide könnten so viel Spaß haben …"

Zu ihrem Entsetzen fuhr er mit einer Hand über ihre Wange,

wobei er seinen Finger über ihre Unterlippe gleiten ließ. Sie hatte nicht den Mut, ihn zu beißen, aber ein Knarren der Holzdielen im Flur erregte ihre Aufmerksamkeit.

Mach einfach weiter, lass ihn denken, dass er gewonnen hat ...

„Du kannst ... wenn du willst", sagte Anna mit brechender Stimme. „Ich würde dich lassen."

Jones schien interessiert zu sein.

„Oh, wirklich?"

„J-ja. Dinge, die dir gefallen würden. Ich ... ich werde dir zeigen, was er mir gezeigt hat ..."

Jones lachte, und sie wusste zweifelsohne, dass er plante, sie vor Ende der Nacht umzubringen. Er dachte, dass sie nur ein dummes Mädchen war, das dachte, es könne ihr Leben retten.

„Na ja, ich bin neugierig zu sehen, wie Sheffield es bekommt ..."

„Nur ... Kondome. Bitte. Sie sind in der Schublade hinter dir."

Jones, der über ihre Dummheit den Kopf schüttelte, trat vom Bett zurück und ging zu der Kommode.

Anna wünschte fast, sie könnte sein Gesicht sehen, als er realisierte, dass Evan in der Tür stand. Ihre eigenen Augen wurden groß, als der Mann, den sie liebte, den Raum betrat und Jones so schnell und leise überwältigte, dass dieser kaum eine Chance hatte, zu begreifen, was vor sich ging. Evan drehte ihn rasch um, drückte ihn an die Kommode und begann, seine Faust immer und immer wieder in Jones' hässliches Gesicht zu schlagen.

Anna war noch nie ein gewaltliebender Mensch gewesen, aber es verschaffte ihr eine brutale Genugtuung, das feuchte Gurgeln zu hören, als Jones versuchte, es zu erklären und Evan ihn wütend beschimpfte.

„Bring ... bring ihn nicht um, Evan", presste sie schließlich zwischen klappernden Zähnen heraus. „Bitte! Ruf einfach die Polizei."

„Das habe ich bereits getan, als ich realisiert habe, dass er bei dir in der Wohnung ist", antwortete er, wobei er Jones bewusstlos zu Boden gleiten ließ. „Es tut mir nur leid, dass ich so lange warten musste, um zu handeln. Ich wollte nichts versuchen, bis er tatsächlich weg von dir war."

Als er Jones mit demselben Klebeband gefesselt hatte, das auch bei Anna verwendet worden war, wandte er sich ihr mit einem Ausdruck großer Reue und des Entsetzens zu. Vorsichtig schnitt er ihr das Klebeband los und nahm sie in die Arme, um sie festzuhalten, bis die Polizei kam. Anna hätte nicht sprechen können, selbst wenn ihr Mund nicht immer noch wehgetan hätte. Sie drückte sich an Evan und schloss die Augen, während sie versuchte, die letzten brutalen Stunden zu vergessen.

Dann war es ein Wirbel aus Aussagen und Befragungen, bis Jones endlich abgeführt wurde und sie wieder in der Stille zurückblieben. Diesmal zögerte Evan, bevor er wieder seine Arme für sie öffnete, als befürchtete er, dass sie ihn zurückweisen würde, aber dieser Gedanke kam Anna nicht, als sie direkt in seine große, warme Umarmung trat.

„Du musst müde sein", flüsterte Evan, wobei er sie fest an sich zog.

„Ich glaube nicht, dass ich je wieder schlafen werde", flüsterte sie zurück.

„Anna", murmelte er. „Anna, es tut mir so leid."

„Also hast du herausgefunden, dass ich nicht diejenige war, die dich hintergangen hat, um deine Firma zu sabotieren?" Selbst in ihren eigenen Ohren klangen die Worte bitter.

Evan zuckte zusammen. „Ja. Gott, ja. Ich … es gab Gründe dafür, das zu denken, aber keiner davon war gut genug, um dich zu beschuldigen, dich so zu behandeln. Ich habe dich nach Hause geschickt … zu diesem Monster …"

Sie unterbrach ihn und lehnte sich zurück, um in sein attraktives Gesicht zu sehen. „Nein. Was Jones da getan hat … ich werde eine lange Zeit davon erschüttert sein, aber du hast das nicht verursacht. Das war nicht deine Schuld. Was allerdings zuvor passiert ist, zwischen uns im Penthouse? Das war es."

Evan verzog das Gesicht, aber sie ließ nicht von hm ab. All der Zorn, der in ihr aufgestiegen war, als er sie beschuldigt hatte, quoll über.

„Warum hast du mir nicht einmal erlaubt, zu versuchen, es zu erklären? Warum würdest du überhaupt denken, dass ich so etwas tun würde?"

„Du hattest die Gelegenheit …", sagte er lahm, wobei er zurücktrat und seine Hände wie ein beschämter Junge in die Hosentaschen schob.

„So wie viele Leute in deiner Firma!", rief Anna. „Jeder redet darüber, wie klug du bist, wie deine Firma auf Loyalität aufgebaut ist. Sie hängt von dieser Loyalität ab, und ein Mann, der das ausgenutzt hat, hätte dich beinahe zu Fall gebracht. Warum war es so schwer, diese Loyalität, dieses *Vertrauen* auf mich auszuweiten?"

Evan ließ beschämt den Kopf hängen, und als er wieder sprach, lag etwas Zerreißendes in seiner Stimme, als kämen die Worte aus seinem tiefsten Inneren.

„Anna … ich kann dir nicht einmal annähernd sagen, wie leid es mir tut, dass das hier passiert ist, dass ich dir nicht vertraut habe, dass ich so schnell voreilige Schlüsse gezogen habe. Ich weiß, wo ich mit meinem Geschäft und den Leuten, die für mich arbeiten, stehe. Zumindest dachte ich das. Damit lag ich falsch. Ich lag mit so vielen Dingen falsch."

„Aber du wusstest nicht, wo du mit mir standest?", fragte sie ungläubig. „Evan, verstehst du, wie sehr ich dir vertrauen musste? Ich habe dir erlaubt, mich von meinem Job wegzuführen. Ich habe dir so sehr vertraut, dass ich bereit war, mein ganzes Leben an einem neuen Ort neu zu beginnen, um zu sehen, ob zwischen uns etwas entsteht. Denkst du, dass das leicht für mich war?"

Er schüttelte den Kopf. „Ich weiß, dass es das nicht war. Und ich werde sagen, dass ich heute weiß, dass ich dieses Vertrauen verraten habe. Möglicherweise habe ich es irreparabel beschädigt. Und ich weiß, dass ich keine Vergebung verdiene, und wenn du mir sagst, dass ich gehen soll, dann werde ich das tun. Du kannst alles behalten, Anna. Du hast es dir verdient."

Diese Worte taten fast mehr weh als die, die er zuvor ausgesprochen hatte. „Ich will nichts hiervon!", schrie sie, wobei sie mit dem Arm auf die üppige Wohnung zeigte. „Ich bin nicht in Erwartung dessen nach New York gezogen. Ich bin gut in meiner Arbeit. Ich kann einen anderen Job finden und meine Rechnungen ohne deine

Hilfe bezahlen, Evan. Du sagtest, du denkst, ich sei talentiert. War das auch eine Lüge?"

„Nein." Sein Gesicht war kreidebleich, seine strahlend grünen Augen schmerzerfüllt. „Nichts davon war gelogen, Anna. Ich flehe dich an – gib mir eine weitere Chance."

Anna hatte das Gefühl, als würde ihr Herz entzweigerissen. Sie wusste, was nach einem solchen Verrat die kluge Antwort war. „Evan …"

„Wenn du mir eine zweite Chance gibst, dann schwöre ich dir, dass du mir niemals eine dritte geben musst", sagte er heiser. „Lass mich wieder mit dir zusammen sein. Lass mich dir zeigen, was ich aus diesem kläglichen Chaos gelernt habe. Anna, ich liebe dich."

Sie konnte spüren, wie all die Schilde, die je ihr Herz beschützt hatten, mit einem Mal zerbrachen. Die Worte, von denen zu hören sie insgeheim geträumt hatte – die von Evan zu hören sie nie erwartet hatte – erschütterten sie bis ins Mark. Er schien selbst schockiert zu sein, sie ausgesprochen zu haben. Er nahm ihre Hände in seine, und zum ersten Mal an diesem Abend fühlte sie sich warm.

„Ich liebe dich. Ich liebe dich", wiederholte er. „Es ist die Wahrheit, und ich hätte nie gedacht, dass ich fähig sein würde, das zu jemandem zu sagen, aber ich möchte es jetzt zu dir sagen. Ich liebe dich von ganzem Herzen."

Er schluckte schwer.

„Und wenn du es noch nicht sagen kannst, dann kann ich warten. Ich werde warten. Ich werde mich dir auf so viele Weisen und so oft du willst beweisen. Ich bitte nur darum, Anna –"

„Ich liebe dich."

Sie flüsterte die Worte, aber es hätte genauso gut auch ein Schrei sein können. Sie hatten so lange in ihrem Mund gewartet, dass sie dachte, sie könnte weinen, als sie sie endlich aussprach. Stattdessen lächelte sie und erlaubte Evan, sie in seine Arme zu nehmen.

„Danke", flüsterte er, wobei er sein Gesicht in ihrem Haar vergrub. „Danke. Ich werde dir jeden Tag beweisen, dass ich es wert bin, diese Worte zu hören …"

In Evans Armen spürte Anna, wie sie von einem tiefen Gefühl des

Friedens eingehüllt wurde. Dieser Mann war anders als der, der sie zuvor verraten hatte. Sie konnte es in ihrem tiefsten Innen fühlen.

„Ich liebe dich", flüsterte sie erneut und merkte, wie die Wahrheit dieser Worte in ihre tobte – eine Bestätigung, eine Feier und ein Segen in einem.

EPILOG

Anna nahm einen tiefen Atemzug und die Organisatorin lächelte sie ermutigend an.

„Gleich …"

Die Musik setzte ein, und als die Organisatorin sie nach vorne winkte, machte Anna den ersten Schritt auf den langen Teppich. Die Halle war voller Leute, die die Hälse verrenkten, um sie zu sehen, aber sie hatte nur Augen für eine Person. Evan wartete am Ende des Ganges auf sie, und mit ihrem Blumenstrauß in der Hand fühlte sie ein Flattern der Aufregung, gemischt mit Freude.

Er war verblüfft gewesen, dass sie sowohl seinen Anzug als auch ihr Kleid entwerfen wollte.

„Lass jemand anderes die Arbeit machen", sagte er. „Es ist deine Hochzeit. Du solltest sie genießen dürfen."

Sie hatte versucht, es ihm zu erklären, war sich aber nicht sicher, ob er es verstand. Kleidung war Annas Kunst, ihre Art, ihren Willen in der Welt auszudrücken. Mit jedem Stich, den sie in die reine, weiße Seide ihres Kleides setzte, mit jeder Korrektur, die sie an der dunklen Wolle seines Anzuges vornahm, gab sie ihre Hoffnungen und ihre Liebe für ihre Ehe in die Welt.

Anna hatte fast geweint, als sie Evan zum ersten Mal in seinem

Anzug gesehen hatte, der perfekt auf seinen Körper geschnitten war. Er sah wie ein Traum aus, wie jemand, von dem sie kaum glauben konnte, dass er real war. Jetzt wartete er auf sie vor dem Altar, und sie wusste es, als sie ihn endlich sah. Seine Augen leuchteten wie ein Weihnachtsbaum, und trotz der Feierlichkeit des Anlasses grinste er.

Sie wusste, dass ihm dieses Kleid – elegant, umwerfend und perfekt für sie – zeigte, was sie die ganze Zeit zu sagen versucht hatte. Sie liebte ihn, und der Beweis dafür lag in jedem Stich, den sie machte.

„Du bist fantastisch", flüsterte er, und dann wandten sie sich beide dem Standesbeamten zu, bereit, ihr gemeinsames Leben zu beginnen.

Ende

NEEDING THE NANNY

Eine Nachbarschaftsromanze

Jessica F.

KLAPPENTEXT

Mein Leben war perfekt, so wie es war, versteckt in meinem
palastartigen Haus, abgeschottet von der Welt. Bis zu dem Tag,
an dem
alles im großen Geschrei zu einem unvorhersehbaren Ende kam.
Was wusste ich über das Großziehen von Babys?
Nichts, das ist es ja.
Außerdem wollte ich nichts über das Thema wissen. Das Kind vor
meiner Haustür war nicht von mir und es war mir egal, was seine
verrückte, aber nicht vorhandene Mutter dazu zu sagen hatte.
Aber genau wie die unerwartete Lieferung, die mein Leben auf
den Kopf gestellt hatte, war Troian ebenso eine Überraschung, als sie
in mein Leben

KAPITEL 1

Troian

„Sammy! Bitte, ich flehe dich an, zieh deine Schuhe an!" Ich flehte ihn nun schon zum sechsten Mal innerhalb von zehn Minuten an. „Wir werden zu spät kommen!"

Ich habe das Wort „wieder" nicht hinzugefügt, auch wenn es rauszuhören war.

„Coral hat ihre Schuhe nicht angezogen!", diskutierte Sammy und ich rollte meine Augen zur sechzehn Fuß hohen Decke, wobei mein Blick auf der aufwendigen Täfelung auf dem Balkon darüber hingen blieb, während ich versuchte, meine Geduld zu bewahren.

Herr Thompson blickte mit einem verwirrten Gesichtsausdruck auf mich herab.

„Wie geht's da unten, Troian?", neckte er und ich zwang mich, ihm ein Lächeln zu schenken.

„Großartig!" Ich antwortete mit vorgetäuschter Begeisterung. „Wir sind fast startklar."

Er lachte über meine offensichtliche Lüge, als er zusah, wie die Zwillinge hin und her liefen und sich gegenseitig mit gefälschten Laserpistolen zielten.

Seine leichtherzige Einstellung hat meine Stimmung sehr gehoben. Selbst an stressigen Vormittagen wie diesem konnte ich nicht leugnen, dass ich großes Glück hatte, für ein Paar wie die Thompsons zu arbeiten.

„Sammy", versuchte ich es noch einmal und wechselte diesmal die Taktik. „All deine Freunde warten in der Schule auf dich. Du willst doch deine Freunde sehen, oder?"

Das schien den Sechsjährigen für eine Minute zur Ruhe zu bringen, seine blauen Augen ruhten auf meinem verzweifelten Gesicht, während er darüber nachdachte, was ich gesagt hatte.

„Das stimmt", stimmte er zu und eilte schließlich davon, um meiner Bitte nachzukommen, während ich leise ausatmete und meine Aufmerksamkeit auf seine Schwester richtete.

„Coral? Sammy zieht gerade seine Schuhe an. Solltest du das nicht auch tun?"

Die bezaubernde Rothaarige richtete ihre arglosen Augen auf mich und schenkte mir dieses süße Lächeln, das mir immer das Herz erwärmte.

„Okay", antwortete sie in ihrer ruhigen Art und machte sich auf den Weg zu ihrem eigensinnigen Bruder. Ich atmete erleichtert aus.

Ich hatte bereits gewusst, dass, wenn Sammy gehen würde, es kein Problem wäre, Coral dazu zu bewegen, ihm zu folgen. Schließlich war mir das nicht neu.

Von seinem Platz auf dem Balkon aus fing Herr Thompson an, langsam zu klatschen, wobei er ein breites Grinsen auf seinem faltigen Gesicht aufgesetzt hatte.

„Du hast es jetzt auf Wissenschaft abgesehen", neckte er mich und ich lachte.

„Es gibt eine Methode für jedermanns Wahnsinn", antwortete ich leichtfertig und ging auf das Foyer zu, um sicherzustellen, dass

Sammy auf seiner Suche nach seinen Schuhen nicht abgelenkt worden war.

„Mit denen kannst du ganz sicher umgehen", kicherte Herr Thompson und drehte sich um, um die schwebende Treppe hinunterzugehen und uns im Eingangsbereich zu treffen.

Sammy hatte es geschafft, seine Tennisschuhe falschrum anzuziehen, während Coral einfach auf der Treppe saß. Bereit und wartend, hatte sie ihre Hände ordentlich über den Schoß ihres Overalls gefaltet.

„Lass mich das machen", sagte ich zu Sammy, aber das war leichter gesagt als getan - natürlich hat er gegen mich angekämpft.

„Nein! Das muss so sein!", beharrte er und rannte weg. Ich erstickte einen Seufzer und war entschlossen, meinem Arbeitgeber meinen Unmut nicht anmerken zu lassen.

Zu meinem großen Dank griff sein Vater ein. „Sammy, wenn du nicht auf Troian hörst, nehme ich dir dein iPad weg."

Der Junge schaute mich böse an, als ob ich die leere Drohung ausgesprochen hätte. Ich wusste genau, dass Herr Thompson es nicht durchziehen würde; wenn er heute Abend überhaupt zu Hause war, würde er sich wahrscheinlich nicht an die Strafe erinnern. Der Herr war so viel auf Geschäftsreise, dass ich überrascht war, ihn überhaupt zu sehen.

„Okay", murmelte Sammy und erlaubte mir, seine Schuhe richtig anzuziehen. Ich blickte Herrn Thompson mit einem dankbaren Lächeln an.

„In Ordnung!", schrie ich glücklich darüber, dass das Morgenritual vollzogen war. Wenn wir in den nächsten zehn Sekunden aufbrechen würden, könnte ich die Zwillinge tatsächlich einmal pünktlich zur Schule bringen. „Los geht's!"

Ich zerrte sie aus dem Haus, nachdem sie ihren Vater zum Abschied geküsst hatten und führte sie in Richtung des Minivans, der ausschließlich mir zur Verfügung stand. Das war nur einer der vielen Vorteile der Arbeit in der weitläufigen, bewachten Villa in Virginia Beach. Ferne waren ein monatliches Spa-Paket und meine eigene Suite einschließlich eines Kamins und eines privaten Badezimmers mit einer Jacuzzi-Wanne mit inklusive. Ich hätte den Job allein für den Whirlpool angenommen, den ich gut ausnutzte.

Es war gar nicht so schlecht bei den Thompsons. Ich war seit etwas mehr als einem Jahr bei der Familie und ich würde so ziemlich alles tun, damit es weitergeht.

Zugegeben, die Zwillinge waren manchmal etwas zu viel, aber mit meiner letzten Familie hatte ich viel Schlimmeres durchgemacht. Ich hatte keine Probleme mit Kindern, die Wutanfälle hatten, aber als die Eltern nachzogen, hatte ich null Geduld. Im letzten Haus, in dem ich gearbeitet hatte, war die alleinerziehende Mutter eine Diva aus dem siebten Kreis der Hölle gewesen und ich war froh, dass ich sie für die Thompsons getauscht hatte.

Als ich die Kinder in ihren Sitzerhöhungen festschnallte und die Tür schloss, fiel mir eine Bewegung durch das Gebüsch auf, das das Grundstück der Thompsons vom Nachbarhaus trennte.

„Haus" war das falsche Wort.

Die Thompsons lebten in einem Herrenhaus, und das war beeindruckend genug. Ashe Morris wohnte in einem Palast - einem kolossalen Bauwerk, das die halbe Strandpromenade einzunehmen schien.

Ich gab widerwillig zu, dass es eine wunderschöne Immobilie war - eine atemberaubende Kombination aus griechischer und mexikanischer Architektur, zumindest nach dem, was ich aus den kurzen Blicken erkennen konnte, die ich vom Strand aus oder durch die lebenden Eichen und japanischen Kletterfarne werfen konnte.

Frau Thompson hatte mir einmal erzählt, dass Ashe Morris das Haus selbst entworfen habe.

Nach dem, was ich online gelesen hatte, war Morris ein neureiches technisches Genie. Er hatte sein erstes Vermögen mit einer App gemacht, die alles und jedes aufspürte - von einem fehlenden Schlüsselsatz bis zu einem Kind und allem, was dazwischen lag.

Vorbei waren die Zeiten der Alarme und Plakate für verlorene Haustiere. Mit einem Klick konnte ein GPS-Tracker den vermissten Tennisschuh finden, der sich unter dem Bett versteckt hatte.

285

Als ich auf die Bewegung blickte, erhaschte ich durch die Äste einen Blick auf sein verrücktes blondes Haar. Ein vertrauter, peinlicher Wärmeschauer schoss durch mich hindurch.

Ich hatte nie mit dem Mann gesprochen, obwohl ich es meinerseits versucht hatte. Wenn es mir gelang, seine leuchtend blauen Augen im Vorübergehen zu erhaschen, war es, als ob er direkt durch mich hindurchsehen würde. Nicht, dass es wirklich überraschend war; ich war schließlich die Angestellte und ihm nicht ebenbürtig. Trotzdem hätte ihn ein „Guten Morgen"-Gruß hin und wieder nicht umgebracht.

Es ärgerte mich, dass ich ihn so attraktiv fand, wo doch klar war, dass seine Schönheit nur oberflächlich war.

Meine Augen können sich keine Meinung über die Persönlichkeit bilden, argumentierte ich und erhob mich ungewollt auf die Zehenspitzen, um einen besseren Blick auf ihn zu erhaschen. Ich konnte nur den Scheitel seines Kopfes erkennen, aber ich sehnte mich danach, einen Blick auf sein Profil, den Bogen seiner vorstehenden Wangenknochen oder einen Blick auf seinen vollen Mund zu erhaschen. Ich hätte mich auch mit der Wölbung seiner Nackenmuskeln zufriedengegeben, aber er war bereits aus meinem Blickfeld verschwunden.

„Suchst du etwas?"

Ich keuchte und wirbelte herum, als ich Herr Thompsons Stimme hinter mithörte, wobei ich feuerrot anlief, weil ich auf frischer Tat ertappt worden bin.

„Nein, nein!", sagte ich mit etwas lauter Stimme. „Ich dachte nur, ich hätte etwas gesehen."

„So etwas wie Ashe Morris?", fragte er trocken.

„Oh, natürlich!", sagte ich und stellte mich dumm. „Es muss der Nachbar gewesen sein."

Er schüttelte den Kopf und schloss seinen Mercedes mit der Fernbedienung auf.

„Du solltest dich vielleicht auf den Weg machen", erinnerte er mich daran. „Die Kinder werden zu spät zur Schule kommen."

Peinlich berührt nickte ich schnell und entschuldigend. „Ja, Sir."
„Weißt du, Troian, du kannst mich Nathan nennen. Und meine
Frau würde sich freuen, wenn du sie Lisa nennen würdest", sagte
er mir und schüttelte den Kopf, als er auf den Fahrersitz schlüpfte.

Das wusste ich. Er und Frau Thompson hatten es mehrmals angesprochen, aber es fühlte sich nicht richtig an - egal, wie oft sie darauf
bestanden.

Sie waren älter als die durchschnittlichen Eltern von sechsjährigen
Zwillingen - viel älter. Mir war nicht klar, ob die Zwillinge das
Ergebnis einer künstlichen Befruchtung oder einer traditionellen
Leihmutterschaft waren und ich traute mich nicht, etwas so unglaublich Persönliches zu fragen. Wie dem auch sei, ich wusste, dass sie
beide in ihren 60-ern waren. Ich fühlte mich nicht wohl dabei, sie
beim Vornamen zu nennen, weil sie im gleichen Alter wie meine
eigenen Eltern waren – Respekt vor den Älteren und so.

Natürlich würde ich ihnen so etwas nie ins Gesicht sagen und
Herr Thompson hat sowieso nicht auf eine Antwort gewartet. Er
winkte uns zu und fuhr los, zweifellos auf dem Weg, um irgendwo ein
weiteres Millionen-Dollar-Geschäft abzuschließen.

Es kam mir in den Sinn, dass ich seine Frau an diesem Morgen
nicht gesehen hatte. Das bedeutete jedoch nicht viel in einem so
großen Haus wie dem der Thompsons. Frau Thompson hätte überall
in dem riesigen Herrenhaus sein können, vom Fitnessstudio bis zu
ihrem kalifornischen Königsbett - das sie nicht mit ihrem Mann teilte.

Die Reichen sind solch seltsame Geschöpfe, dachte ich. Ich versuchte,
mir vorzustellen, ich sei eine Frau im späten mittleren Alter, die zwei
kleine Kinder großzieht und mit einer Karriere jongliert, während sie
ihren Mann systematisch ignoriert.

Aber nichts davon ging mich etwas an. Meine Aufgabe bestand
darin, mich um ihre rothaarigen Zwillinge zu kümmern und mich um
meine eigenen Angelegenheiten zu kümmern, was nicht schwer zu

287

bewerkstelligen war. Ich hatte sehr wenig, womit ich mich beschäftigen konnte.

Sammy schlug gegen das Fenster und brachte mich in das Hier und Jetzt wieder zurück. Ich hatte mehr Zeit damit vergeudet, in der Einfahrt in der prallen Sonne von Virginia zu stehen, als Sammy seine Schuhe angezogen hatte.

Ich warf mein langes blondes Haar über die Schulter zurück und schenkte den Kindern ein Lächeln, als ich die Fahrertür auf der Fahrerseite öffnete.

„Bereit?", rief ich und sie nickten gleichzeitig.

Zeit, sich dem Tag zu widmen.

KAPITEL 2

Troian

Es war nicht wirklich meine Aufgabe, aufzuräumen, aber ich konnte mich nicht zurücklehnen und nichts tun, während Emma im Haus herumwirbelte. Die Kinder waren in der Schule, also machten wir eine Routine daraus, obwohl ich sicher bin, dass meine Anwesenheit Emma in den Wahnsinn trieb.

Sie hatte es aufgegeben, mich zu bitten, mit dem „Helfen" aufzuhören, weil sie merkte, dass ihre Bitten auf taube Ohren stießen. Sie machte gerne Witze darüber, dass sie arbeitslos sein wird, wenn ich ihr weiterhin helfen würde, aber ich wollte sie nicht verärgern. Ich konnte einfach nicht Nichtstun. Außerdem wusste ich, dass es nicht einfach sein konnte, die einzige Haushälterin an einem Ort dieser Größe zu sein, also half ich ihr gerne, wenn ich konnte.

Ich war im Wohnzimmer und holte einen Haufen Spielzeug, das die Zwillinge in der kurzen Zeit zwischen dem Aufwachen und dem Aufbruch zur Schule ausgraben konnten als plötzlich das Wetter umschlug. Außerhalb der langen, rechteckigen Fenster verschwand die Sonne und dicke Wolken zogen wie ein dunkles Omen auf.

„Du weißt, dass wir eine Haushälterin haben, oder?", fragte Frau Thompson und schüttelte den Kopf, als sie im Eingangsbereich des offenen Wohnzimmers erschien. „Nichts für ungut, Troian, aber ich glaube, du machst Emma Angst, wenn du das tust. Sie hat eine ganz besondere Art und Weise, Dinge zu tun und ich bin sicher, dass sie alles noch einmal macht, wenn man nicht hinsieht.

Ich seufzte und hob den Kopf und lächelte fahl.

„Ich weiß", gestand ich und blickte auf die feine Dame vor mir. „Aber ich kann mir nicht helfen. Es ist so anders, seit die Kinder den ganzen Tag in der Schule sind. Es gibt nur Instagram, mit dem ich viel Zeit verbringe."

Frau Thompson lachte und nickte, während sie in einem roten, maßgeschneiderten Anzug auf mich zukam.

Sie war beeindruckend, groß und steif, als hätte sie einen Stahlstab in der Wirbelsäule. In all der Zeit, in der ich für sie arbeitete, sah sie immer perfekt aus. Ihr Make-up war immer dezent, aber umwerfend, ihr kurzer schwarzer makelloser Bob glänzte. Wenn es eine Perücke war, dann eine verdammt gute, aber ich fand es schwer zu glauben, dass jemand diese Art von Schimmer mit einer Färbung erreichen konnte.

Frau Thompson beobachtete mich mit nachdenklichen braunen Augen.

„Du gefällst mir so viel besser als die letzte", teilte sie mir mit und ich grinste vor mich hin. Es war etwas, das sie oft sagte, aber ich war trotzdem jedes Mal stolz auf mich, wenn sie es sagte.

„Vielen Dank, Frau Thompson."

„Nun, abgesehen davon", schaute sie finster drein. „Was muss ich tun, damit du mich Lisa nennst?"

Das war das erste Mal, dass ich merkte, dass es sie wirklich störte und ich fragte mich, warum. Fühlte sie sich dadurch alt?

Ich war verwirrt.

. . .

„Es tut mir leid... Lisa", brachte ich aus mir heraus und erstickte fast an dem Wort, als ich es sagte. Ein Grinsen erschien auf ihrem Gesicht.

„War das jetzt so schwer?", kicherte sie, ihr Gesichtsausdruck wurde etwas weicher. Sie sah nicht so alt aus wie ihr Mann, aber ich wusste, dass der Altersunterschied nur gering war. Ich fragte mich, ob sie Botox gespritzt hatte, aber auch das ging mich nichts an.

Was das Aussehen betrifft, hätte sie sich nicht mehr von ihrem Mann unterscheiden können. Ich fand es immer etwas merkwürdig, dass sie sich so sehr um ihr Äußeres sorgte, während ihr Mann sich überhaupt nicht darum zu kümmern schien.

„Du bist ein gutes Mädchen aus dem Süden, Troian. In gewisser Weise erinnerst du mich an mich selbst, bevor ich Nathan traf."

Ich runzelte die Stirn und ich spürte ein wenig Wehmut in ihrer Stimme. Es fiel mir unglaublich schwer, mir Lisa Thompson als ein „gutes Mädchen aus dem Süden" vorzustellen. Sie war eine kluge Geschäftsfrau, eine, die unabhängig lebte, sogar mit einem Ehemann, und nach Perfektion strebte.

Aber wem sollte ich widersprechen?

„Danke, Ma'am", antwortete ich, unsicher, wie ich sonst antworten sollte. Ich hoffte, sie meinte es als Kompliment, aber manchmal war es bei ihr schwer zu erkennen. Ihr Mann war viel leichter zu lesen, aber ich fand, dass Männer das normalerweise sind.

Sie starrte mich an und ich fühlte mich langsam unwohl. Ich fragte mich, was in ihrem glänzenden Kopf vorging, aber ich brauchte nicht lange zu warten, um zu erfahren, was sie vorhatte.

„Du könntest mir einen Gefallen tun", sagte sie. „Nun, eigentlich wäre das für einen Freund."

„Natürlich, Frau -" Ich hörte mitten im Satz auf, als ich ihren Todesblick erhaschte. „Lisa. Was kann ich tun, um dir zu helfen?"

„Ich schlage dies nur vor, weil du dich zu langweilen scheinst, wenn die Kinder in der Schule sind und ehrlich gesagt, ich habe es langsam satt, Emma über deine „Hilfe" klagen zu hören. Es ist letztendlich deine Entscheidung, aber ich denke, er würde es angesichts seiner Umstände zu schätzen wissen.

Ich sah sie neugierig an.

„Wer?", fragte ich, fasziniert von diesem kleinen Rätsel. „Welcher Umstand?"

„Unser Nachbar, Ashe Morris. Er braucht Hilfe bei der Betreuung seines kleinen Sohnes und da du tagsüber meistens frei hast, dachte ich, dass du vielleicht daran interessiert bist, den Job anzunehmen. Du würdest für die Zeit natürlich gut entschädigt werden."

Ich starrte auf meine, ihre Worte ergaben nicht viel Sinn.

„Sein Sohn?", hallte mein Echo. Seit wann hat der heiße Typ nebenan einen Sohn? Ich hatte noch nie ein Kind auf dem Grundstück gesehen oder auch nur irgendwelche Anzeichen. Es gab keine Spielzeuge oder Fahrräder oder schreiende Wutausbrüche, die von dort kamen. Zugegeben, die Wände waren dick und Ashe schien seine Privatsphäre zu schätzen. Aber trotzdem, ein Kind dort zu verstecken?

„Ja. Ich bin mir nicht sicher, wie der Junge heißt, aber er ist erst acht Monate alt. Er ist sehr süß..."

„Ein Kleinkind?" Ich bin erstickt. „Ich wusste nicht mal, dass er verheiratet war!"

Es war antiquiert, das zu sagen, ich weiß, aber es war das erste, was mir über die Lippen kam.

„Er ist nicht..." Lisa Thompson sah mich an, als sei mir ein weiterer Kopf gewachsen. „Aber ich glaube nicht, dass das eine Voraussetzung dafür ist, ein Kind zu bekommen."

„Natürlich nicht!" sagte ich schnell und schüttelte mein glattes, honigblondes Haar. „Äh... was ist mit Sammy und Coral?"

„Du wirst nach wie vor hier wohnen und sie morgens zur Schule bringen und nachmittags abholen. An den Wochenenden kannst du das Baby hierherbringen, wenn du willst. Das heißt, wenn du damit zurechtkommst und wenn Ashe dich an den Wochenenden haben möchte. Wir können das arrangieren."

Ich konnte nicht aufhören, sie wie einen Hirsch im Scheinwerferlicht anzustarren. Je länger ich schweigend dastand, desto mehr runzelte sie ihre Stirn.

„Kein Druck, Troian. Wenn du nicht willst..."

„Nein, ich will!" Ich unterbrach, bevor ich mich selbst stoppen konnte. „Du hast Recht. Es wird gut für mich sein, tagsüber etwas zu tun."

Ganz zu schweigen davon, dass ich das zusätzliche Geld gebrauchen könnte. Ich hatte nicht die Absicht, für den Rest meines Lebens Nanny zu sein. Ich habe gespart, um aufs College zu gehen und mir ein Auto zu kaufen. Jeder Cent würde mir helfen, meinem Ziel näher zu kommen.

„Ausgezeichnet. Warum gehst du nicht gleich rüber und siehst nach, was er braucht? Ich werde dich nicht anlügen, Troian, Ashe ist ziemlich gestresst. Er sieht aus, als würde er gleich einen Dichtungsring zerreißen, wenn ich ihn in letzter Zeit sehe."

Ich dachte, sie wollte mir die Idee verkaufen.

„Es ist in Ordnung", antwortete ich und erhob mich aus dem Kunstfellteppich auf dem Boden. „Ich hatte mit Sammy in der Folge seines Zuckerdiebstahls zu tun, erinnerst du dich? Danach denke ich, dass ich mit allem fertig werde."

Sie lachte und machte dann eine Grimasse, als sie daran zurückdachte und schüttelte den Kopf.

„Dieser Junge...", seufzte sie.

„Ich weiß es nicht. Man sagt, dass Mädchen süß sind, wenn sie klein sind, aber auf lange Sicht am meisten Ärger machen.

„Nun, ich Glückspilz, ich darf mich an beiden erfreuen", kicherte Lisa. „Nur zu. Ich rufe Ashe an und lasse ihn wissen, dass du vorbeikommst."

Ich nickte und spürte, wie sich mein Puls leicht beschleunigte, als ich um die Ecke ging und auf die Haustür zusteuerte. Als ich am Spiegel innehielt, prüfte ich schnell mein Spiegelbild, um sicherzugehen, dass ich präsentabel aussah.

Mein Haar war leicht zerzaust, aber daran konnte ich im Moment nicht viel ändern. Jetzt, als Ashe mich erwartete.

Meine grauen Augen strahlten mit ihrem üblichen schelmischen Funkeln an. Ich habe nie rausgefunden, warum sie so funkelten, denn ich hatte nie einen hinterhältigen Gedanken im Kopf... nun, jedenfalls nicht oft. Mein Gesicht war rosig von der Sonne, nachdem ich das Wochenende mit den Kindern am Strand verbracht hatte und obwohl ich in meinem Lululemon-Trainingsanzug keinen Schönheitswettbewerb gewonnen hätte, sah meine schlanke, athletische Figur unter dem rosa-weißen Stoff einfach gut aus.

Nicht gerade geeignet für Vorstellungsgespräche, aber es wird reichen müssen, sagte ich mir, als ich aus dem Haus eilte.

Als ich den Fuß auf den Verriegelungsantrieb setzte, donnerte es über meinem Kopf so heftig, dass ich fast aus meiner Haut fuhr.

Ich blickte in den Himmel und fragte mich, wie der Sturm so schnell herangerollt war. Es war an diesem Morgen wunderschön und sonnig gewesen.

Regentropfen begannen zu fallen, als ich durch das Gehwegtor und um die Eichen herum über den Bürgersteig eilte. Knapp dahinter konnte ich sehen, wie die Wellen an die Küste von Virginia Beach schlugen. Der Atlantik wütete und die Familien eilten wie die Ameisen davon, um Schutz zu finden. Der Tag hatte sich unerwartet gegen sie gewendet und die Strandbesucher sahen alle zu, wie ihre Habseligkeiten durch den plötzlichen Sturm durchnässt wurden.

Ich war durchnässt, als ich das Tor von Ashe erreichte. Ich stieß ungeduldig gegen die Sprechanlage und zitterte, während mein T-Shirt an mir klebte.

Es gab keine hörbare Reaktion, aber das eiserne Tor schwang nach innen und ich verriegelte die Einfahrt. Ich sprintete die fünfzig Meter zur Eingangstür, in der Hoffnung, dass sie offenstehen würde, aber ich musste anhalten und unter den römischen Säulen warten, bis jemand kam.

Als eine ganze Minute lang niemand erschien, benutzte ich den Löwenkopfklopfer, um meine Ankunft anzukündigen und fühlte mich dabei leicht irritiert. Offensichtlich wusste jemand, dass ich dort war; sie hatten mich in das Tor gelassen.

Ich spitzte meine Ohren und versuchte, Geräusche zu hören, die von der anderen Seite der schweren Tür kamen und klopfte mit dem Fuß, als der Regen von meinem Haar über meinen Rücken und in meine Hose strömte.

Meine Zähne klapperten leicht und ich wollte gerade wieder anklopfen, als die Tür abrupt aufschwang und ich nach vorne in das Foyer fiel.

Erschrocken versuchte ich, wieder Boden unter die Füße zu bekommen, als ich über den glänzenden Marmor glitt und überrascht zu Ashe Morris aufblickte. Er machte keine Anstalten, mir zu helfen, sondern schaute mich stattdessen mit offensichtlicher Verachtung auf und ab.

„Was machst du hier?", fragte er und verschränkte die Arme über seiner breiten Brust. Bei seinen rüden Worten gelang es mir schließlich, mich zu sammeln und mich auf meine volle Körpergröße von 170cm aufzurichten. Er schien immer noch über mir zu stehen.

„Ich..." Die Frage hatte mich verblüfft. Ich schätze, Frau Thompson war wohl doch noch nicht dazu gekommen, anzurufen.

„Frau Thompson sagte, du brauchst Hilfe mit deinem Baby?"

Er öffnete seinen Mund leicht und ich dachte, er würde mir widersprechen. Vielleicht hoffte ein Teil von mir, dass er das tun würde, denn die Art, wie er mich anstarrte, ließ mich bezweifeln, dass ich überhaupt mit ihm sprechen wollte.

„Ja", stimmte er schließlich zu und drehte sich vom Eingang weg. Ich starrte ihm nach, unsicher, ob er erwartete, dass ich ihm folgte. Ich beschloss, dass es am sichersten war, an Ort und Stelle zu bleiben.

Er blieb kurz vor seinem Verschwinden durch die Halle, die vermutlich zum rechten Flügel des Hauses führte, stehen und starrte mich an, als wäre ich ein Idiot.

. . .

„Kommst du oder was?", rastete er aus.

Als ich versuchte, meinen Schock über seine aggressive Haltung abzuschütteln, nickte ich schnell und eilte zu ihm.

„Mein Gott, du tropfst ja überall hin", stöhnte er, aber er ging den hinteren Flur hinunter.

Plötzlich hörte ich den hohen, schrillen Schrei eines Babys. Ich schaute nach vorne, um zu sehen, dass Herr Morris vor der Tür der Speisekammer stand und darauf wartete, dass ich ihn einholte.

„Er ist da drin", sagte er mir. „Viel Glück."

Damit drehte er sich um und ging weg.

Zuerst dachte ich, er mache Witze, und ich stand da wie ein Idiot, als die Schreie des Babys hinter der Schranktür zunahmen. Aber als der Schrei einen ohrenbetäubenden Ton erreichte, konnte ich es nicht länger ertragen und schob den Schrank auf, um nachzuforschen.

Ein weiteres Donnern schien meine Bewegung zu akzentuieren, als würde es mich vor dem warnen, was ich sehen könnte. Ich wollte nicht übertreiben, indem ich mir sagte, dass ich nicht in einem Horrorfilm lebe und deshalb nichts Schreckliches erwarten sollte.

Ich atmete erleichtert aus, als ich erkannte, dass ich weder in einer Speisekammer stand, noch das Kind allein war. Das Zimmer diente als Gästezimmer oder vielleicht als Personalzimmer und der Junge war in die Arme der Haushälterin gehüllt. Die arme Frau versuchte, ihn mit Couscous und einem Singsang zum Schweigen zu bringen, aber sie sah erschöpft aus.

Ich schaute über meine Schulter, in der Erwartung, dass Ashe mit einem Grinsen im Gesicht erscheinen würde, aber er war nirgends zu sehen.

Er hatte mich, einen völlig Fremden, dessen Namen er wahrscheinlich nicht einmal kannte, gerade verlassen, um sich um seinen kleinen Jungen zu kümmern.

Was für ein Arschloch würde so etwas tun?

KAPITEL 3

Ashe

Ganz gleich, wohin ich im Haus ging, die Schreie des Kindes hallten in meinen Ohren wider. Das war natürlich unmöglich. Die Wände waren dafür zu dick und der Abstand zwischen meinem Büro und dem meiner Haushälterin Cynthia im Hauptgeschoss war zu groß, als dass sich der Schall so deutlich ausbreiten konnte.

Es gab nur eine Erklärung dafür, warum ich in der Lage sein könnte, den Säugling zu hören, selbst nachdem ich mir Ohrstöpsel in die Ohren gesteckt hatte. Es war kein Gedanke, über den ich nachdenken wollte.

Meine Frustration wuchs. Ich musste da raus, aber bevor ich in Betracht ziehen konnte, mich von meinem Lederstuhl mit hoher Rückenlehne zu bewegen, klopfte es an meine Bürotür.

„Was?", platze es aus mir heraus.

Cynthia steckte ihren Kopf durch die Tür, ihre Augen verengten sich. „Deine Nanny geht nach Hause. Sie muss die Thompson-Kinder abholen."

„Warum erzählst du mir das?", fragte ich.

Cynthia grunzte, als ob ich die Antwort auf meine eigene Frage schon kennen müsste. „Das bedeutet dann wohl, dass du dich nicht um deinen Sohn kümmern wirst?", antwortete sie mit Abneigung in der Stimme und ich fühlte, wie ein Schauer meine Arme auf und ab glitt.

„Er ist nicht mein Sohn! Hör auf, ihn so zu nennen!"

„Nun, er gehört ganz sicher nicht mir, Ashe, und ich weiß nicht,

wie es dazu kam, dass ich Babysitter-Pflichten übernehmen musste!"

Unsere Augen trafen sich und so wie Cyndi immer war, ließ sie nicht locker.

„Ich habe jetzt ein Nanny für den Tag", antwortete ich mit zusammengebissenen Zähnen. Kinder in diesem Alter schlafen die ganze Nacht, nicht wahr? Was wollte sie noch von mir?

„Ashe, es ist drei Tage her. Seine Mutter ist nirgendwo zu finden. Du kannst ihn nicht einfach herumschleudern, als wäre er ein Fußball..."

„Cynthia, ich habe dir bereits gesagt, dass ich dir dafür das Doppelte zahlen werde. Was willst du noch von mir?"

„Ich möchte, dass du etwas Zeit mit Will verbringst! Er ist ein süßer kleiner..."

„Ich habe zu tun", unterbrach ich sie kalt. „Schließ die Tür hinter dir."

Natürlich bewegte sie sich nicht, sondern verschränkte angewidert die Arme über ihrer üppigen Brust.

„Du wirst einen besseren Plan als diesen brauchen, Ashe", warnte sie. „Was ist, wenn Collette nicht zurückkommt?"

„Natürlich kommt diese Hochstaplerin zurück", schnaubte ich. „Sie glaubt, sie steht vor einem großen Zahltag."

„Ashe-"

„Cyndi, raus hier!", brüllte ich, erhob mich wütend und knallte mit meinen Händen fest auf meinen Schreibtisch. Ich rief den grellen Blick herbei, den ich bei der Aushandlung von Millionengeschäften einsetzte und starrte sie an, so viel ich auch wert war. Schließlich gab sie nach und drehte sich um, um mich mit meinen Gedanken allein im Büro zu lassen.

Ich wusste, dass ich unvernünftig war, besonders ihr gegenüber. Schließlich war es nicht Cyndis Schuld, dass meine Ex ihren kleinen Sohn drei Tage zuvor auf meiner Türschwelle abgesetzt hatte und dann spurlos verschwand.

Als ich an diesem Tag die Tür öffnete, war das Letzte, was ich erwartet hatte, die Begrüßung durch ein hilfloses Kleinkind.

Alles, was sie hinterlassen hatte, war eine an das Kind geheftete Notiz, auf der irgendein Schwachsinn darüberstand, dass das Baby von mir ist. Ich hatte diese kaum gelesen.

„Das ist nicht mein Kind!", knurrte ich, während ich auf den pausbäckigen Säugling starrte.

Meine Wut schien ihm jedoch egal zu sein, er hatte einfach nur seine feuchten Lippen zusammengekniffen und mich mit umwerfend blauen Augen angestarrt. Er sah mir überhaupt nicht ähnlich und die Mathematik war sowieso völlig falsch... nicht wahr?

Ich konnte in meiner Wut nicht mehr klar denken, als ich mein Handy aus der Gesäßtasche meiner Jeans holte und meine Kontakte nach der Nummer meiner Ex durchsuchte. Natürlich wurde die Verbindung unterbrochen, als ich sie anrief, was mich nur noch wütender machte.

Ich schmiss das Handy auf den Boden, wobei das ekelerregende Geräusch des krachenden Bildschirms meine Emotionen nur noch verstärkte.

Auf das Stichwort hin begann das Baby zu weinen.

„Oh, Ashe, du musst dich beruhigen", schimpfte Cyndi und holte den Jungen aus seinem Autositz. „Babys sind empfindlich. Sie nehmen Stimmungen auf."

„Ruf das Jugendamt an und schaff dieses Kind aus meinem Haus", schrie ich. Das Kind schrie lauter und mein Kopf fing an zu hämmern.

„Du denkst nicht nach", schrie Cyndi und wiegte das verunsicherte Baby in ihren dicken, starken Armen. Ihr rundes Gesicht verzerrte sich vor Sorge und sie schüttelte den Kopf.

„Wie zum Teufel kann ich denken, wenn jemand gerade ein Baby auf meiner Türschwelle zurückgelassen hat?", schrie ich. „Scheiß drauf. Nimm du ihn. Ich rufe das Jugendamt an."

„Ashe, nicht!", schrie meine Haushälterin mich an und ich erstarrte.

Cynthia war von Anfang an bei mir. Ich hatte sie kennengelernt, als meine Familie ein kleines Schlafzimmer in einem Haus in Richmond mietete. Meine Familie hatte nicht mal einen Topf zum Pinkeln oder zwei Cents, um sie aneinander zu reiben.

Sie hatte zu dieser Zeit auch dort gewohnt und sie verdiente vom Vermieter zusätzliches Geld für das Aufräumen nach all den Mietern. Wir hatten uns ziemlich schnell angefreundet, vor allem nachdem sie beschloss, Mitleid mit mir zu haben, indem sie mir Sandwiches und Süßigkeiten brachte, um mich am Leben zu erhalten.

Ich wusste schon immer, dass ich etwas Großartiges erfinden würde, denn meine Begabung für Computer hatte schon begonnen, bevor ich sprechen konnte.

Eigentlich ist das nicht wahr. Ich konnte sprechen; ich hatte mich nur entschieden, es nicht zu tun, bis ich fast fünf Jahre alt war. Und Cyndi war während dieser Zeit meine einzige Unterstützung gewesen.

Ich schuldete ihr viel und als ich endlich all mein Potenzial ausgenutzt hatte, hatte ich sie mitgenommen - obwohl sie darauf bestand, ihren Unterhalt zu verdienen.

Sie war mehr als nur eine Haushälterin für mich und sie hatte ihre eigene Suite und ihr eigenes Bad. Sie machte ihren eigenen Zeitplan und hatte das ganze Haus im Griff. Irgendwie schaffte sie es immer, das fünfzehntausend Quadratmeter große Anwesen in tadellosem Zustand zu erhalten. Ich vermutete insgeheim, dass sie eine Putzkolonne anheuerte, wenn ich nicht in der Stadt war, aber das ging mich nichts an.

Ich hatte sie gerne um mich. Sie war wie die ältere Schwester, die ich nie hatte, aber das bedeutete auch, dass sie wie niemand anders sich in mich hineinversetzen konnte.

Ich konnte die Kälte ihrer Stimme hören und ich wartete.

„Was ist, wenn er dir gehört, Ashe?", fragte sie. „Sieh dir seine Augen an. Sie sehen ganz sicher wie deine aus."

Ich schluckte den Kloß im Hals, weil ich genau den gleichen Gedanken hatte. Aber ich war nicht bereit, das einfach hinzunehmen.

„Das ist er nicht", sagte ich ganz offen. „Er kann es nicht sein." „Du klingst nicht überzeugt", antwortete sie leise.

Ich drehte mich um, um in seine Augen zu schauen. „Das ist er nicht", betonte ich kategorisch. „Ich rufe das Jugendamt an."

„Und wenn er zufällig dir gehört, Ashe, willst du dann wirklich, dass Jugendamt einschalten? Weißt du, was für ein Schlamassel das anrichten könnte?"

Ich fühle mich angespannt. Ich brauchte keine Erinnerung daran, wie das Jugendamt funktioniert. Als Kind war ich selbst schon einige Male fast selbst im System gelandet.

Wahrscheinlich wäre ich besser dran gewesen, wenn ich in eine Pflegefamilie gekommen wäre, dachte ich und sah das Kind an, als ob ich rechtfertigen wollte, warum ich anrufen würde.

Aber letztendlich wusste ich, dass Cyndi Recht hatte. Ich konnte das nicht tun, nicht bevor ich sicher wusste, ob er mir gehörte.

Aber zur Hölle! Ich wollte kein Vater sein, schon gar nicht, wenn Collette Patrick die Mutter wäre. Diese Frau war ein wandelndes Zugwrack.

„Kümmre dich um ihn", sagte ich am Ende zu Cyndi. „Ich komme damit nicht klar."

· · ·

301

Das war vor drei Tagen gewesen und ich war keinen Schritt vorangekommen, Collette aufzuspüren. Die Frau war wie vom Erdboden verschwunden.

Es klopfte an die Bürotür und ich schaute auf und war überrascht, Cyndi wiederzusehen. Ich merkte, dass sie nicht allein war.

„Wer ist sonst noch hier?", fragte ich, als die Tür zögernd nach innen aufging. Zu meiner Überraschung stand die Nanny der Nachbarin in der Türöffnung. Wie hieß sie noch einmal?

„Troian. Ich dachte, du wolltest die Zwillinge abholen."

„Ich gehe jetzt", sagte sie leise. „Und es tut mir leid, Sie zu unterbrechen, aber ich habe mich gefragt, ob Sie möchten, dass ich morgen wiederkomme, nachdem ich die Thompson-Kinder zur Schule gebracht habe."

Sie und Cyndi starrten mich erwartungsvoll an, und ich traf zum ersten Mal auf ihre schiefergrauen Augen.

Ich hatte sie dutzende Male im Vorbeigehen gesehen. Ich müsste blind sein, um eine hübsche Blondine mit langen Beinen und einer ewigen goldenen Bräune nicht zu bemerken, aber sie war jung. Und Nanny der Nachbarin. Also, Zutritt verboten, so ziemlich.

Sicher, ich hatte sie beobachtet, wenn sie nicht hinsah. Kein vollblütiger Mann konnte es sich verkneifen, ihren winzigen, perfekt runden Hintern zu beobachten, wenn sie sich bückte, um die Kinder im Auto zu sichern, oder auf ihr freches, festes Dekolleté zu blicken, wenn sie im Bikini am Pool herumlief.

Aber ich war ihr nie nahe genug gekommen, um ihr in die Augen zu schauen. Es ist besser, der Versuchung zu widerstehen, hatte ich immer gedacht. Doch jetzt, wo sie direkt vor mir stand, war ich verblüfft, wie schön ihre Iriden waren.

Offensichtlich hatte sie mehr als nur einen sexy Körper. Ich riss meinen Blick von ihrem ab, ein unbekanntes Gefühl der Peinlichkeit überkam mich, weil ich wusste, dass ich sie zu lange angestarrt hatte.

„Ashe!", fauchte Cyndi. „Sie wartet auf eine Antwort."

„Es ist mir egal, was Sie tun", murmelte ich und richtete meine

Aufmerksamkeit wieder auf den Computerbildschirm. Cyndi atmete aus und zog Troian aus meinem Büro heraus.

„Wenn du morgen kommen könntest, würdest du mir einen riesigen Gefallen tun", hörte ich sie zu dem Mädchen sagen, als sich die Tür schloss. „Kümmere dich nicht um Ashe. Er ist sehr beschäftigt mit der Arbeit."

Die Arbeit war zu diesem Zeitpunkt meine geringste Sorge. Ich lehnte mich zurück, streckte meine Hände aus und war bereit, ruhig zu bleiben.

Ich hatte die Angelegenheit lange genug hinausgezögert. Ich musste mir überlegen, was ich mit diesem Baby machen sollte, denn es war klar, dass seine Mutter es im Stich gelassen hatte.

Wieder füllten sich meine Ohren mit dem Klang von tiefen, klagenden Jammern und ich stöhnte vor mich hin. Ich vergrub mein Gesicht in meinen Händen.

Aber seltsamerweise war es nicht das Gesicht von Baby Will, das mir im Gedächtnis blieb, als ich die Augen schloss.

Stattdessen sah ich ein Paar schelmische graue Augen, die mich anlächelten.

Ich verrutschte unbequem in meinem Stuhl und versuchte, die neue Enge, die ich im Schritt verspürte, einzustellen.

Oh nein, das tust du nicht! Ich schrie mich selbst an. Hände weg von der Babysitterin.

KAPITEL 4

Troian

Als ich die Zwillinge von der Schule nach Hause fuhr, waren meine Gedanken überall, nur nicht bei ihrem sinnlosen Geplapper, während sie über ihren Tag schnatterten.

Normalerweise war es mein Lieblingsteil des Nachmittags. Ich liebte es, mich mit ihnen zu treffen und ihnen Fragen darüber zu stellen, was sie getan hatten und mit wem sie gesprochen hatten. Das Geplapper der kleinen Kinder war so ziemlich das Unterhaltsamste, was ich mir je vorstellen konnte und die Zwillinge haben mich immer zum Lachen gebracht.

Aber an diesem Tag konnte ich meine Gedanken nicht von Baby Will und seinem elenden Vater losreißen.

Wie kann er ein Kleinkind so behandeln und wo zum Teufel ist Wills Mutter?, fragte ich mich. Was für eine Mutter überlässt ihr Kind einem Mann, der kein Interesse daran hat, Vater zu werden?

Cynthia war großartig gewesen und zeigte mir die Routine, die sie in den letzten Tagen mit Will begonnen hatte. Und während ich es nicht erwarten konnte, Fragen darüber zu stellen, worauf ich mich eingelassen hatte, hielt ich meinen Mund.

Ich hatte lange genug mit wohlhabenden Familien gearbeitet, um zu wissen, dass Fragen zu stellen ein großes Tabu ist. Ich war auf einer Need-to-know-Basis und es war klar, dass ich in Wills Fall nichts anderes zu wissen brauchte als wie man eine Windel wechselt.

Ich hatte nur fünf Minuten gebraucht, um ihn zu beruhigen und Cynthia war beeindruckt von meiner Fähigkeit, dies so schnell zu tun.

„Du kannst gut mit Babys umgehen!"

„Ich denke schon", antwortete ich und schmiegte das warme Bündel an meinen Körper. Er roch so süß.

„Wie alt ist er, acht, neun Monate?"

„Äh ..." Cyndi sah verlegen aus und schaute nach unten. „So was in der Art."

Ich schloss meine Augen, aber ich äußerte mich nicht zu ihrem mangelnden Wissen über den Sohn ihres Chefs.

Cyndi und ich hatten viele Male miteinander gesprochen, seit ich angefangen hatte, für die Thompsons zu arbeiten, im Gegensatz zu mir und Ashe. Sie war eine freundliche Frau mit einem warmen Lächeln und obwohl sie etwas dick war, war sie ziemlich attraktiv.

Als Frau Thompson mir ursprünglich von dem Baby erzählt hatte, hatte ich mich gefragt, ob Cyndi die Mutter war. Sie war die einzige Frau, die ich je im Haus der Morris gesehen hatte. Aber es wurde sehr schnell klar, dass sie es nicht war.

„Es ist nett von dir, dass du dich bereit erklärt hast, zu helfen", sagte sie mir. „Lisa sagte, sie sei sich nicht sicher, ob du dafür bereit wärst."

Damals machte alles Sinn. Frau Thompson hatte überhaupt nicht mit Ashe gesprochen, sie hatte mit Cyndi gesprochen.

„Machst du Witze?", antwortete ich leichtfertig. „Hast du an diesem Kind gerochen?"

„Troian, du hörst uns nicht zu!", beschwerte sich Sammy und rüttelte mich aus meinem Tagtraum wach.

„Natürlich, das tue ich. Ich höre sehr aufmerksam zu."

. . .

„Was habe ich dann gerade gesagt?"

Ich hasste es, von Kindern überlistet zu werden. Ich fühlte mich dadurch dumm. Zum Glück wusste ich, dass es nur eine Handvoll Themen gab, die Sammy gewöhnlich zur Sprache brachte.

„Du hast darüber gesprochen mit Ben und Billy Fußball zu spielen", sagte ich.

„Du hast zugehört", rief er und ich atmete aus und blickte ihn im Rückspiegel an.

Ich sollte nicht so abgelenkt sein, während ich Zeit mit den Zwillingen verbringe, vor allem nicht beim Autofahren. Sie waren meine eigentliche Arbeit, meine Hauptpriorität, nicht irgendein egozentrischer Trottel, der sein Kind mit seiner Haushälterin in einem Dienstmädchenzimmer versteckt hat.

Wie viele Schlafzimmer gibt es überhaupt in diesem Herrenhaus? Zwölf? Fünfzehn? Und er könnte sein Kind nicht an einen schöneren Ort als diesen bringen?

Meine Finger verkrampften sich um das Lenkrad, meine Knöchel wurden weiß, während ich zum Haus der Thompsons fuhr.

Bei Ashe war das Tor offen und ich fragte mich, ob Wills Mutter dort war. Die Neugierde fraß mich auf.

Frau Thompsons Auto stand in der Einfahrt und die Kinder stürmten vom Van ins Haus, um sie anzutreffen. Anstatt ihnen hinterherzulaufen, wie ich es normalerweise tun würde, verweilte ich in der Einfahrt und schaute über das Gebüsch, um einen Blick auf das Geschehen zu erhaschen. Leider brachte mein Detektivversuch nichts zum Vorschein. Ich sah niemanden.

Es war einfach seltsam, das Tor offen zu sehen, als ob Ashe jemanden erwartete. Oder vielleicht habe ich einfach zu viel hineininterpretiert.

„Suchst du etwas?"

Ich kläffte und drehte mich um, mein Gesicht errötete, als ich Frau Thompson ansah.

„Ich-nein!", keuchte ich. „Ich..."

Ich wusste nicht einmal, wie ich erklären sollte, was zum Teufel ich getan hatte. Dies war nicht die Art von Nachbarschaft, in der Spionage und Neugierde toleriert werden könnten.

„Weißt du, du kannst jetzt einfach rübergehen und an die Tür klopfen", kicherte sie. „Du brauchst Ashe nicht mehr aus der Ferne zu beobachten."

Mir fiel die Kinnlade runter.

„Was?", keuchte ich. „Ich sehe mir Herrn Morris nicht an!"

„Aber sicher doch", antwortete Lisa und schloss ihre Autotür auf.

Sie griff in die Beifahrerseite, um einige Aktenordner zu holen, bevor sie mich angrinste.

„Oh, schau nicht so schockiert, Troian. Du bist ein schönes Mädchen und er ist ein sexy älterer Mann. Es ist ein Märchen, so alt wie die Zeit."

„Frau Thompson!" Ich war außer Atem. „Bitte hören Sie auf!"

„Wie du willst", kicherte sie. „Aber wenn du es nicht tust, werde ich es vielleicht tun."

Sie zwinkerte mir zu und verschwand im Haus, wobei sich mein Bauch auf ein Dutzend verschiedene Arten verdrehte.

Sie scherzt nur. Sie ist eine verheiratete Frau! Sie ist sechzig Jahre alt! Er ist nicht an Frau Thompson interessiert. Er ist mindestens zwanzig Jahre jünger als sie, ohne eine einzige Falte. Ich konnte kaum aufhören, seine muskulösen Arme anzustarren, als er sich über den Schreibtisch beugte, um mich anzuschauen.

Plötzlich war ich verwirrt.

Warum hat es mich interessiert, was Frau Thompson mit Ashe gemacht hat? Er war ein Weltklasse-Trottel und ein schrecklicher Vater.

Und wenn Frau Thompson ihren Mann mit ihm betrügen würde, dann passen sie gut zusammen.

Ich drehte mich um und stürmte in das Haus, um die Zwillinge aufzusammeln. Ich musste mich ablenken, bevor ich die Frage vollständig in meinem Kopf formulierte und mich weiter erniedrigte.

Aber es war zu spät.

Wenn es mir egal ist, was sie tun, warum bin ich dann so wütend?

KAPITEL 5

Ashe

Ich stocherte mit dem Löffel in meiner Schüssel herum und beobachtete die Cornflakes, als sie tiefer in die Milchschüssel sanken.

Ich war nicht hungrig, aber ich wusste, dass ich etwas essen musste. Ich kam nicht gut mit dem Hunger zurecht und ich wusste, wenn ich das Frühstück verpasste, würde ich den ganzen Tag unglücklich sein. Selbst wenn ich früh zu Mittag gegessen hätte, wäre ich weg vom Fenster. Es blieb mir nichts anderes übrig, als die aufgeweichte Schweinerei in meinen Magen zu zwingen und wieder nach oben zur Arbeit zu gehen.

Es war eine Macke, aber es war eine der kleineren, die ich mir im Laufe der Jahre angeeignet hatte. Vielleicht war ich deshalb immer noch Single – zu viele Macken.

Ja, das ist der einzige Grund. Frauen können mit den liebenswerten Macken nicht umgehen.

Ich nahm noch einen weiteren Löffel des Breis und schob die

308

Schüssel weg. Das war alles, was ich zu mir nehmen konnte. Wenn das bedeutete, dass es mit meinem Tag bergab gehen würde, dann soll es so sein. Ich hatte so viele beschissene Tage in dieser Woche gehabt, was war schon einer mehr?

Ich war fast fertig mit der Entwicklung der Software für eine andere Anwendung, eine, die wahrscheinlich viele Leute verärgern würde, aber wen kümmerte es schon, politisch korrekt zu sein? Wenn man nichts falsch macht, muss man sich keine Sorgen darüber machen, dass der Lebensgefährte einen unwissentlich ausspioniert, oder?

Okay, diese Marketingstrategie mag vielleicht nicht funktionieren, aber Marketing war nicht mein Ding, sondern die Technologie.

Ich erhob mich von meinem Hocker von der Kücheninsel und ließ die Schüssel in die Spüle fallen. Bevor ich mich die Hintertreppe hinaufstehlen konnte, hörte ich ein klirrendes Kichern durch den Flur.

Ich drehte meinen Kopf instinktiv in die Richtung hin, von wo aus der Klang kam. Ein leichter Schauer überkam mich.

Es war natürlich die Nanny. Cyndi hat ganz sicher nicht so gelacht. Aber worüber lachte sie?

Ich schlenderte über den Küchenboden, meine Adidas-Schuhe bewegten sich lautlos über die Hartholzböden. Ich schaute in Richtung des Foyers.

„Du bist der bravste Junge, nicht wahr?" Die Blondine gurrte, lehnte sich über den Kinderwagen und stupste dem Baby mit dem Zeigefinger spielerisch auf die Nase.

Plötzlich hörte ich, was sie so süß zum Lachen gebracht hatte. In der Sekunde, in der ihre Fingerspitze in Kontakt kam, brach das Kind in Lachsalven aus, tiefes Kichern kam direkt aus seinem Bauch. Das Geräusch war cartoonhaft und urkomisch und obwohl ich sein Gesicht nicht sehen konnte, konnte ich mir vorstellen, wie seine pummeligen kleinen Wangen in diesem Augenblick aussahen.

Ich erstarrte in meinem kleinen Versteck und sah zu, wie Troian in eine weitere Runde von Glucksen explodierte, ihr Lächeln erblindete fast.

„Wer ist der bravste Junge? Du bist es!"

Sie jaulten wie zwei betrunkene Teenager und auch ich ertappte mich beim Grinsen.

„Wer ist der Bravste... Oh, Will, hast du gerade gepupst?"

Ich bekam einen unerwarteten Lachanfall, schlug mir mit der Hand auf den Mund und duckte mich zurück in die Küche, als die Nanny aufblickte.

„Hallo?" rief sie. „Cyndi?"

Ach, Scheiße!

Ich hörte ihre Stimme näherkommen, als sie erneut fragte:

„Cyndi, bist du hier?"

Ich eilte zur Hintertreppe, in der Hoffnung, zu entkommen, bevor sie merkte, dass ich sie beobachtet hatte. Ich wusste, dass die Zeit knapp bemessen war.

Stattdessen schnappte ich mein Handy vom Tresen und drückte es an mein Ohr, gerade als sie hereinkam.

„Cyn-oh."

„Und es ist mir egal, wie lange es dauert!" Ich schrie in mein Telefon, als hätte ich ein hitziges Gespräch geführt und tat so, als sähe ich sie nicht dort stehen.

Aus dem Augenwinkel sah ich, wie sie sich wieder umdrehte und wegging. Als sie weg war, kam ich mir plötzlich unglaublich töricht vor.

Warum hatte ich mich so verhalten? Wie ein dummes Kind, das seinen Highschool-Schwarm vermeidet? Oder als hätte ich etwas getan, was ich nicht hätte tun sollen? Ich war ein erwachsener Mann in meinem eigenen Haus und doch schlich ich auf Eierschalen herum.

Genug war genug.

Ich schmiss das Handy zurück auf den Tresen und ging in das Foyer hinaus, wo sie Will in die Arme nahm. Sie müssen gerade von einem Spaziergang oder so zurückgekommen sein.

„Hey", sagte ich, als sie auf die Treppe zuging.

Sie blickte über ihre Schulter.

„Oh, hallo", sagte sie. In ihrer Stimme war keine Wärme zu spüren, aber ihr Blick erzählte eine andere Geschichte. Habe ich gerade gesehen, wie ihre Augen über meine nackten Arme und meine mit einem Tank Top bedeckte Brust hingen?

„Lass mich einfach etwas klarstellen. Das ist mein Haus", sagte ich. „Du bist eine Angestellte und nicht einmal jemand, den ich eingestellt habe. Ich brauche dich nicht, um herumzuschleichen und meine Gespräche mitzuhören." Die Worte fühlten sich falsch an, sobald sie meine Lippen verließen, aber ich hatte diesen Weg bereits eingeschlagen.

Sie zog ihre dunkelblonden Brauen hoch und beobachtete mich vorsichtig, ihre Augen waren nun auf mein Gesicht fixiert.

„Ich bin mir dessen bewusst", antwortete sie vorsichtig. Sie schien Will näher an ihrem Körper zu halten, indem sie ihn leicht von mir wegdrehte. Die nächsten Worte starben auf meinen Lippen.

Warum hat sie das Baby so gehalten? Hatte sie Angst vor mir?

Dachte sie, ich würde dem Baby wehtun?

Die Idee war absurd. Ich war nicht beängstigend. Ich war vielleicht manchmal ein bisschen laut, vielleicht ein bisschen dreist, aber ich war definitiv niemand, den man fürchten müsste.

„Ich wusste nicht, dass du in der Küche bist", sagte sie, als die Stille unbehaglich wurde. „Ich dachte, du wärst Cyndi."

Ich nickte langsam, meine Augen senkten sich. Ich konnte das Gefühl, das mich durchströmte, nicht ganz erkennen. War es... ein Schuldgefühl? Scham?

Mein Blick glitt auf das Baby und es gurrte mich an, diese strahlend blauen Augen, die direkt auf mich fixiert waren.

„Gibt es sonst noch etwas?"

Troians Stimme klang wie Eiskugeln, die mir ins Gesicht schossen, aber ich konnte meine eigene Stimme nicht finden, um zu antworten.

Um das Gesicht zu wahren, oder zumindest das, was ich für die

Wahrung des Gesichts hielt, schüttelte ich den Kopf und wirbelte davon, als hätte ich das letzte Wort.

Aber als ich die Hintertreppe hinaufstieg, drehte sich mein Kopf und ich versuchte, mir einen Grund dafür zusammenzulegen, was dort gerade geschehen war.

Warum hatte ich gezögert, als ich ihr sagen wollte, sie solle sich nicht sehen lassen? Es war mein Haus und ich wollte nicht zulassen, dass Collettes dummer Plan, egal was es war, das Haus, das ich für mich geschaffen hatte, vermasselte.

Dies alles wird bald vorbei sein, versicherte ich mir, als ich mein Büro betrat. Bald bekomme ich den DNA-Kit nach Hause zuge-schickt. Entweder taucht Collette auf und holt ihren Sohn ab oder die Stunde der Wahrheit kommt und der Junge wird ins Jugendheim geschickt. So oder so, früher oder später werde ich von dieser unsichtbaren Fessel befreit sein. Bis dahin muss ich diese Unterbre-chung in meinem Leben einfach hinnehmen.

Ich hätte mich deswegen besser fühlen sollen, aber aus irgend-einem Grund war es nicht der Fall.

Das Lachen von Troian und Will hallte durch meinen Kopf, aber es wurde durch die Erinnerung an den besorgniserregenden Blick der Nanny unterbrochen. Sie hatte sich Sorgen um das Baby gemacht, vielleicht sogar um sich selbst.

Ich würde niemals jemanden verletzen!, dachte ich und schlug wütend mit der Faust gegen den Schreibtisch. Ich bin nicht mein Stiefvater.

Meine Hand pochte vom Aufprall und ich sah mich im Spiegel über meinem Schreibtisch an und schüttelte den Kopf.

Ich musste mein einsames Leben zurückbekommen, ein für alle Mal. Ich brauchte kein Kind oder ein hübsches Mädchen mit strah-lenden Augen, das mich aus dem Gleichgewicht bringt. Es waren genug Frauen da, wenn ich eine brauchte, egal, was mein bester Freund dachte.

Als ich die Gedanken an Troian aus meinem Kopf verdrängte,

setzte ein noch beunruhigenderer Gedankengang ein. Das Blau von Wills Augen überflutete mein Gedächtnis und ich setzte mich zurück in meinen Stuhl, bereit, klar zu denken, mich auf ein Thema nach dem anderen zu konzentrieren.

Könnte das Kind wirklich von mir sein? Hatte ich ihn zu voreilig aufgegeben?

Der blonde Pfirsichflaum auf seinem Kopf fing an, denselben goldenen Farbton wie meiner zu zeigen. Es stimmt, Collette war auch blond, aber sie war nicht so blond wie ich.

Plötzlich unfähig still zu sitzen, erhob ich mich vom Schreibtisch und ging zum Fenster mit Blick auf den Hinterhof.

Unglaublich, Troian und das Baby waren im Hinterhof am Pool und unterhielten sich mit Cyndi, während sie sich um die Gärten kümmerte. Wie konnte das sein, wo ich sie doch gerade nach oben gehen sah? War sie hinausgegangen, um mir auszuweichen? Es war völlig plausibel.

Sie ist überall, diese Frau, dachte ich verärgert, aber ich wandte mich nicht ab. Genau wie auf dem Flur lehnte ich mich leicht zurück und betrachtete sie aus der Ferne, wobei ich bemerkte, wie Troians goldene Strähnen im Sonnenlicht glitzerten.

Sie zog sich ein Tank Top über ihren Badeanzug drüber, ihre bronzenen Arme glitzerten, als hätte sie gerade Sonnencreme aufgetragen. Ich fragte mich, ob sie schwimmen ging und schaute zu dem Baby, das sie von einer Decke am Beckenrand aus anblickte.

Sie hielt eine seiner Hände, während sie weiter mit Cyndi plauderte, wobei sich ihr Kopf anmutig bewegte, um die Linien ihres schlanken Halses zu zeigen. Als ich sah, wie sie sich bewegte, ergriff mich der unwiderstehliche Drang, dorthin zu laufen und meine Lippen gegen die Kurve zu senken, wo ihr Hals auf ihre Schultern traf.

Was würde sie tun, wenn ich mich von hinten anschleichen und sie küssen würde, wobei ich meine Hände über ihre kleinen süßen Titten gleiten lassen und an den Brustwarzen zwicken würde, von denen ich weiß, dass sie ihrem Bikinioberteil unbedingt entkommen wollen. Würde sie mich dann ohrfeigen? Oder würde sie es mich tun lassen?

Meine Erektion berührte die Wand und ich stöhnte leicht, glitt mit der Hand um sie herum und biss mir auf die Unterlippe.

„Runter, Junge", murmelte ich vor mich hin. „Du hast schon genug Probleme. Du musst nicht noch mehr schaffen."

Aber es schien, dass meine Worte immer weniger Wirkung auf meinen schmerzendes Schwanz hatten. Er schien um die Kontrolle zu wetteifern und etwas sagte mir, dass meine Logik ihn nicht aufhalten würde.

KAPITEL 6

Troian

Nach unserer eigenartigen Begegnung in der Küche fiel mir auf, dass Ashe mich anstarrte, wenn er glaubte, ich würde ihn nicht sehen. Er beschattete mich im Haus so, als wolle er mich dabei erwischen, wie ich mich mit den silbernen Kerzenständern aus dem Esszimmer davonmache.

Wenn er mir in seinem eigenen vier Wänden nicht vertraut, warum hat er dann nicht einfach jemand neuen gefunden, der auf Will aufpasst? Warum hat er mich weiterhin mit diesen strahlend blauen Augen angestarrt? Er sah mich immer misstrauisch an und... was konnte ich außerdem in seinem finsteren Gesichtsausdruck erkennen? Ich konnte es nicht genau deuten, aber manchmal schwor ich mir, dass es Begierde war. Das machte mich an.

Der Gedanke, dass er mich ersetzen könnte, versetzte mich in Panik. Ich hatte mich in der letzten Woche so sehr an den kleinen Jungen und sein ansteckendes Lachen gewöhnt. Ich habe nicht mal annähernd etwas über seine Mutter erfahren können, obwohl ich ein paar Mal versucht hatte, bei Cynthia nachzufragen. Sie hat mich jedes

Mal sofort abgewimmelt. Sie war Ashe gegenüber loyal, wie eine versiegelte Truhe, wenn es um die Geheimnisse ging, die hinter den Mauern der Morris-Villa verborgen lagen.

Jeden Tag nachdem ich die Zwillinge zur Schule gebracht hatte, eilte ich zu Will rüber. Wenn das Wetter gut war, nahm ich ihn im Kinderwagen mit an den Strand oder in den Park und versuchte auf diese Weise, die Spannungen zu vermeiden, die Ashe durch seine bloße Anwesenheit zu verursachen schien. Aber wenn ich genauer darüber nachdachte, fiel mir auf, dass ich mit meinem morgendlichen Erscheinen jetzt ein wenig mehr Aufmerksamkeit erregte.

Ich hatte sogar damit angefangen, meine Wimpern zu tuschen, etwas, was die Nachbarin Lisa Thompson eines Morgens anmerkte.

„Zum Babysitten bist du aber ganz schön aufgetakelt", sagte sie spöttisch. Ich drehte mich um und sah sie an.

„Wie meinst du das?"

„Ich glaube, ich habe dich noch nie geschminkt gesehen, wenn du auf die Zwillinge aufpasst."

Ich errötete und verfluchte mich dafür. Ich wollte nicht, dass sie sieht, wie peinlich mir das Ganze war.

„Na klar schminke ich mich", antwortete ich defensiv.

„Wie läuft's denn da drüben? Ich wollte Cyndi fragen, ob Ashe die Ergebnisse schon bekommen hat."

Ich blinzelte verwirrt. „Die Ergebnisse?"

Sie schaute mich an und spitzte ihre Lippen.

„Es geht mich nichts an", sagte sie schnell und griff nach ihren Autoschlüsseln. „Und es geht dich auch ganz sicher nichts an."

Sie war weg, noch bevor ich ihr eine weitere Frage stellen konnte. Nicht, dass ich geglaubt hätte, dass sie mir eine Antwort geben würde, aber anhand ihrer Worte bemerkte ich, dass sie leicht besorgt war.

War Ashe krank? War das der Grund, warum er sich allen gegenüber so kalt verhielt? War es Krebs? Oder etwas Schlimmeres?

Unglaublich viele schreckliche Gedanken schossen mir durch den Kopf, als ich mich auf den Weg zum Haus machte und leise durch die Hintertür hineinschlich. Jeden Morgen betrat ich auf diese Weise das

Haus. Ich ging in die Küche, wo ich schon damit rechnete, dass Cyndi Will fütterte.

Zu meiner Überraschung sah ich Ashe, der sich über das Baby beugte, welches in seinem Hochstuhl saß, und ihm etwas zuflüsterte.

Er hatte noch nicht bemerkt, dass ich hereingekommen bin. Ich war erstaunt darüber, als ich ihn so nah bei dem Jungen sah.

Was sollte das?

Ich bekam Gänsehaut, während ich versuchte zu verstehen, was vor sich ging. Ich hatte ihn noch nie so nahe bei Will gesehen und das machte mir Angst.

Ich spitzte meine Ohren und versuchte zu lauschen, was er sagte, aber ich konnte die Worte nicht ganz verstehen. Plötzlich warf Will seinen Kopf zurück und begann zu weinen. Sein kleines Gesicht war rot vor Wut.

„Was machst du da?", schrie ich während ich auf den Hochstuhl zuging. Ashe drehte sich und sah mich überrascht an.

„Nichts", antwortete er defensiv, als ich mich an ihm vorbei schob, um Will auf meinen Schoß zu nehmen. „Ich... ich habe nur mit ihm geredet."

Ich belächelte ihn und nahm das Baby an meine Brust. „Seit ich hier bin, hast du kein einziges Wort zu ihm gesagt und plötzlich sprichst du mit ihm? Was hast du gesagt, um ihn zum Weinen zu bringen?"

Ich wusste, dass ich im Unrecht war, so mit Ashe zu sprechen. Mal abgesehen davon, dass mir bewusst war, dass Will keine schlimmen oder schikanierenden Worte verstand, die Ashe zu ihm gesagt haben könnte, war Ashe Wills Vater und er könnte sogar im Sterben liegen. Aber mein mütterlicher Instinkt hatte eingesetzt und all die Wut, die ich in der vergangenen Woche ihm gegenüber empfunden hatte, hatte einen Wendepunkt erreicht, als Will in meinen Armen schluchzte.

„Ich ..." Allem Anschein nach hat ihn die Frage verwirrt. Er starrte mich an, seine Augen verdunkelten sich, während ich Will zu beruhigen versuchte.

Ohne auch nur ein Wort zu sagen, drehte er sich um und ging aus der Küche, wobei sich sein markanter Kiefer vor Wut verkrampfte.

„Ist schon gut, Will", beruhigte ich ihn sanft „Es ist alles in Ordnung. Hast du schon gefrühstückt?"

Als ich ihn wieder in seinen Stuhl setzte und ihn mit Pfirsichbrei fütterte, schien er sich zu beruhigen.

In dem Moment, als der Löffel seine zusammengepressten Lippen berührte, hob sich seine Stimmung und er plapperte wieder los.

Er war nur hungrig gewesen. Scheiße! Ich hatte bereits ein schlechtes Gewissen, weil ich so überreagiert hatte und fühlte mich dadurch nur noch schlechter.

„Oh! Sag mir nicht, Ashe hat das Baby allein gelassen!", rief Cyndi und eilte mit zwei Papier-Einkaufstüten in der Hand in die Küche. „Ich habe ihn fünf Minuten lang allein gelassen!"

Ich schüttelte schnell den Kopf.

„Nein, er war hier, als ich hereinkam", antwortete ich und atmete langsam aus.

„Ich musste nur schnell Windeln kaufen. Will ist in seiner letzten Wachstumsphase und wir wissen beide, wie schnell er da rauswachsen wird."

Ich lächelte gezwungenermaßen. Ich fühlte mich schuldig.

Kann es sein, dass Ashe endlich die Zeit mit seinem Sohn verbringen wollte und ich das ruiniert hatte? Es schien jedenfalls so.

„Geht es dir gut?", fragte Cyndi und ich merkte, dass ich für eine Minute abwesend war.

„Ja, mir geht es gut", antwortete ich schnell und richtete meine Aufmerksamkeit wieder auf das Baby. Ich schwieg einige Minuten lang

und machte alberne Grimassen. Mir lag aber etwas auf dem Herzen.

Dann platzte es aus mir heraus. „Auf welches Testergebnis wartet Hr. Morris?"

Ich schaute Cyndi nicht direkt ins Gesicht und tat so, als würde ich Will's helle Augen anschauen. Ich spürte jedoch ihren eindringlichen Blick ganz deutlich in meinem Rücken.

„Wer hat dir etwas über Testergebnisse erzählt?", wollte sie wissen. Man musste kein Experte sein, um die Besorgnis in ihrer Stimme zu bemerken. Lisa hatte einen Verdacht.

„Ist er krank?", murmelte ich leise und meine Augen richteten sich auf die Tür. Ich wollte nicht, dass er mich dabei belauscht, wie ich Fragen zu seiner Person stellte, Fragen, die ich eigentlich nicht stellen durfte. Aber ich konnte die Geheimnistuerei nicht mehr ertragen und je mehr Zeit ich mit Will verbrachte, desto mehr wusste ich, dass ich die Wahrheit über seine Eltern wissen wollte. Über beide.

„Troian, ich mag dich", sagte Cyndi kurz. „Ich finde, du bist ein nettes Mädchen und du hast uns sehr geholfen."

Ich war nicht dumm, ich wusste, was das bedeutet. Ich wartete auf das Aber.

„Aber Ashe ist dein Arbeitgeber und du solltest es besser wissen, als Fragen über sein Privatleben zu stellen."

Ich schluckte den Klumpen in meinem Hals herunter, wohl wissend, dass sie Recht hatte, aber ich war nicht bereit, es zuzugeben.

Wenn Cyndi es mir nicht sagen würde, müsste ich die Wahrheit auf einem anderen Weg erfahren. Sie hatte bereits mit Lisa darüber gesprochen. Vielleicht könnte ich einen Weg finden, wie ich die Mutter der Zwillinge dazu bringen könnte, alles, was sie wusste, preiszugeben.

Wills' Wohlergehen ist meine einzige Sorge, sagte ich zu mir, aber ich wusste auch, dass das nur eine schwache Rechtfertigung für meine Neugierde war.

Ich war zutiefst beunruhigt, wenn ich daran dachte, dass Ashe krank sein könnte. Er schien so unnahbar, so stark. Wie oft hatte ich mir vorgestellt, meine Beine um seine breite Taille zu schlingen, während er seine steinharten Bauchmuskeln an meinen flachen Bauch presste.

. . .

319

Zu oft.

Die Vorstellung, dass er diese Kraft, die Muskeln, selbst seine Präsenz nach einer Krankheit verlieren könnte? Es war herzzerreißend. Was würde mit Will passieren?

Meine Fantasie ging mit mir durch und das war anhand meines Gesichtsausdrucks deutlich zu sehen. Ich starrte ins Leere und mein Herz pochte vor Traurigkeit.

Gerade als er wieder zu sich zu kommen scheint. Vielleicht ist das der Grund, warum er wieder zu sich kommt. Er schließt Frieden mit seinem Sohn, bevor er stirbt.

„Hör auf so zu schauen", grummelte Cyndi und rollte mit den Augen, als sie sich dem Glastisch näherte, an dem ich saß und Will fütterte.

„Es tut mir leid", murmelte ich. „Ich habe nur... nachgedacht." „Deine Fantasie ist mit dir durchgegangen",

korrigierte mich Cyndi verärgert. „Das war ganz eindeutig zu sehen."

„Nein!", erwiderte ich, aber sie grinste.

„Ich werde dir sagen, was los ist, aber du musst den Mund halten. Das geht dich wirklich absolut nichts an. Aber ich denke, dass es nur fair ist, dass du verstehst, was vor sich geht. Ich glaube nur nicht, dass Ashe dem zustimmen würde."

Ich hob meinen Kopf und starrte in ihre großen Augen und nickte mit Begeisterung.

„Ich verspreche es!", schwor ich. „Das Geheimnis ist bei sicher aufgehoben."

Sie nickte zögernd, seufzte und setzte sich auf den Stuhl neben

mir.

„Es gibt einen Grund dafür, dass Ashe Will gegenüber so kalt war", erklärte sie und ich drehte mich zu ihr. Ich erinnerte mich daran, wie er sich vorbeugt und seinem Sohn etwas zuflüstert.

„Warum? Stirbt er?", schoss es aus mir heraus noch bevor ich mich überhaupt zurückhalten konnte.

„Sterben? Natürlich nicht", lachte sie. „Der Teufel will Ashe nicht."

Sie kicherte, aber ich fragte mich, ob an ihren Worten nicht doch etwas Wahres dran sei. Dennoch überkam mich ein unermessliches Gefühl der Erleichterung, als ich erfuhr, dass er doch nicht krank war.

„Nein", fuhr Cyndi fort. „Ashe ist so zurückhaltend, weil er nicht davon überzeugt ist, dass Will sein Sohn ist."

Ich traute meinen Ohren nicht.

„Was?", fragte ich. „Warum?".

„Das ist eine lange Geschichte und ich werde nicht in die Details reingehen, aber er hat gute Gründe. Man kann ihm nicht verübeln, dass er sich nicht an ein Kind gewöhnen will, das am Ende vielleicht nicht seins ist.

Ich nickte langsam mit dem Kopf. Die Dinge machten nun langsam Sinn.

„Du musst also ein bisschen nachsichtig mit ihm sein, okay, Troian?"

„Ja", antwortete ich und lehnte mich zurück, um Will anzustarren, wobei meine Mundwinkel leicht zuckten.

Er muss echt blind sein, um die Ähnlichkeit zwischen ihm und diesem Baby nicht zu erkennen, dachte ich, als Cyndi sich vom Tisch erhob, um ihre Morgenroutine zu beenden.

Aber ich wusste, dass Ashe nicht blind war. Er beobachtete immer alles ganz genau und betrachtete die Welt mit diesen intensiven blaugrünen Augen.

Er kam langsam aber sicher zu sich.

Ich hatte es selbst miterlebt.

Meine Schultern sackten ab, als ich ausatmete. Ich war zu voreilig mit meinen Vorurteilen gegenüber Ashe. Er hatte seine Gründe gehabt, sich so zu verhalten, wie er sich verhalten hatte.

Und ich schuldete ihm eine Entschuldigung für das, was passiert war. Ich hoffte nur, er würde sie annehmen.

Ich müsste einfach die beste Art und Weise finden um mich zu entschuldigen, sodass er meine Entschuldigung auch annehmen würde.

KAPITEL 7

Ashe

Ich ging die vordere Treppe hinunter und bemerkte, dass es im Haus sehr still war. Normalerweise würden Troian und Will kurz nach dem Mittag am Pool sein. Das war aber nicht der Fall, also nahm ich an, dass sie an den Strand gegangen sind.

Ohne das Babygurren, welches normalerweise durch die Zimmer hallt, fühlte sich das Haus leer an und obwohl ich es nie zugeben würde, sehnte ich mich nach dem Kichern meines Sohnes.

Mein Sohn. Scheiße! Seit wann erkenne ich ihn als meinen Sohn an?

Wem wollte ich etwas vormachen? Ich hatte mich jede Nacht hineingeschlichen, um ihn in seinem Kinderzimmer im Hauptgeschoss beim Schlafen zu beobachten. Oft saß ich stundenlang bei ihm, wenn meine Schlaflosigkeit ihren Höhepunkt erreichte.

Er kroch abends auf dem Büroboden herum, wenn Cyndi anderweitig beschäftigt und letztendlich hatte ich ihn auf die gleiche Art wie Troian zum Lachen gebracht, indem ich mich auf dem Fußboden totstellte.

Babys sind so sanft, dachte ich liebevoll und ging in die Bibliothek. Ich brauchte ein bestimmtes Buch, um meine Arbeit zu beenden und ich war mir zu 90 % sicher, dass ich ein Exemplar davon in meiner persönlichen Sammlung hatte. Wenn nicht, müsste ich auf Amazon nachschauen. Ich fand Troian im Zimmer vor. Ihre langen Beine hingen über der Armlehne, ihr schulterlanges Haar fiel über ihre Brust, die durch ihr T-Shirt mit V- Ausschnitt zu sehen war. Als sie mich reinkommen hörte, setzte sie sich schnell auf und ließ ihre Beine auf den Boden fallen, so als ob man sie bei etwas Unangenehmen erwischt hätte. Sie faltete ihre Hände über das Buch in ihrem Schoß.

„Oh, Herr Morris", keuchte sie. „Es... es tut mir leid. Ich habe nur gelesen."

Ihre Wangen färbten sich in einem schönen Rosaton, als sie aufstand.

„Wo ist Will?", fragte ich und hielt im Raum Ausschau nach dem Baby, aber er war offensichtlich nicht da.

„Er schläft. Um diese Zeit macht er immer ein Nickerchen."

Ich nickte zögernd und ging auf sie zu, während sie mich nervös anschaute.

„Ich gehe jetzt lieber", sagte sie zu mir und wollte rausgehen. Ich verhinderte dies, indem ich sie an ihrem Oberarm festhielt.

Meine Berührung verursachte bei ihr Gänsehaut und ihre Pupillen verengten sich, als sie mich ansah.

„Du musst nirgendwo hingehen." Die Einladung sollte eine Art Versöhnung sein, aber ich drückte es viel härter aus, als ich es eigentlich wollte, was den Worten eine ganz andere Bedeutung verlieh.

Wir sahen uns tief in die Augen und die Spannung zwischen uns war deutlich zu spüren. Ich fühlte die Wärme, die von ihrem Körper ausging und ich konnte mich nicht davon abhalten, ihr Gesicht und ihren reizvollen Hals zu beäugen. Durch ihr leicht durchsichtiges T-Shirt konnte ich ihre Brustwarzen sehen und für einen Moment blieb mein Blick dort hängen. Trug sie einen BH?

Ich würde es schon sehr bald rausfinden, aber ich musste auf Nummer sicher gehen. Ich wartete, bis sie mir das Go gibt.

Sie hob den Kopf, um mich ganz zu betrachten, ihre grauen Augen hatten die Farbe von Sommerregenwolken. Sie öffnete langsam ihren Mund und fing an, schneller zu atmen, so, als ob sie das, war bevorsteht, deutlich vor ihren Augen sehen würde.

„Hast du Angst vor mir?", fragte ich schroff und ließ ihren Arm nicht los.

„Nein ...", flüsterte sie, aber es klang nicht überzeugend.

Warum machte mich die Tatsache, dass sie Angst vor mir hatte, an? Mein Verlangen nach ihr wurde dadurch noch größer. Ich wusste, dass ich sie nie verletzen würde, aber die Unsicherheit in ihren Augen war der Grund für das, was ich als Nächstes tat.

Ich zog sie zu mir heran, mein Mund war nur Zentimeter von ihrem entfernt und wir schauten uns immer noch tief in die Augen.

„Ich werde dich küssen", sagte ich ihr. Sie nickte und leckte erwartungsvoll ihre Unterlippe.

Ich beugte mich zu ihr vor und küsste sie. Sie keuchte leicht. Ich gab ihr einen Zungenkuss und meine Finger gruben sich in ihren Arm hinein, als ich sie zu mir heranzog, um sie ganz zu betrachten.

Ich beobachtete, wie ihre Augenlieder immer schwerer wurden, bis sie ihre Augen ganz zumachte. Als ich meinen anderen Arm um ihre Taille legte, zog ich sie an mich heran, damit sie die Wärme in meinem Schritt spürte.

Troian seufzte tief und ich streichelte ihre Wange, während sich meine Hand nach unten bewegte, um ihren festen Hintern zu berühren. Sie beugte sich leicht vor und selbst durch die Kleidung hindurch konnte ich die Wärme zwischen ihren Beinen spüren.

Ich wollte jeden Zentimeter ihres Körpers kosten. Wie erwartet, duftete sie unglaublich gut und ich wusste, dass dieser Duft sich intensiviert, je weiter ich nach unten gehen würde.

Ruckartig ließ ich von ihr ab und schob sie in den Sessel zurück, in dem sie kurz zuvor gesessen hatte. Sie sank elegant in ihn hinein und ihre schlanken Oberschenkel öffneten sich leicht.

„Zieh dein T-Shirt aus", befiel ich und sie nickte. Ich konnte sehen, dass sie zitterte, als sie ihr Oberteil über ihren Kopf hob. Ich stöhnte, meine Hände griffen automatisch nach den erregten Brustwarzen, an die ich in letzter Zeit immer öfter gedacht hatte.

Sie trug keinen BH.

Ich vergrub mein Gesicht in ihrer Brust und atmete den Kokosnuss-duft ihrer Haut ein, während ich ihre Shorts langsam auszog.

Sie rutschten leicht runter, wodurch ihre feuchte Spalte zum Vorschein kam. Ich warf die Kleidung über meine Schultern und legte ihre Beine um mich.

Ich zog sie zu mir heran, meine Handflächen spreizten ihre Schamlippen währen meine Lippen ihren Bauchnabel berührten.

Troian grub ihre Finger in mein Haar und sie drückte mich tiefer nach unten, ein leises Stöhnen entwich ihren Lippen. Sie krümmte ihren Rücken und drückte mich nach unten. Ihr süßer Geruch stieg mir in die Nase, noch bevor meine Zunge ihre pulsierende Muschi berührte.

„Mmm", murmelte ich und meine Lippen stießen gegen sie. „Du bist aber ganz schön feucht."

Sie zitterte und bekam erneut Gänsehaut. Ich stieß meine Zunge in sie hinein. Ich erkundete jeden Spalt ihrer Muschi.

Troian stöhnte, ihre Hände streiften durch mein blondes Haar, ihre Hüften bewegten sich rhythmisch, während ich sie weiter leckte.

Mit jeder Bewegung meiner Zunge wurde sie noch feuchter. Ich wagte es hochzuschauen und sie anzusehen, ohne aus dem Rhythmus zu kommen. Ihr Geist schien sie verlassen zu haben. Sie war da, aber auch abwesend. Ihre Zunge ragte aus ihrem Mund und sie stöhnte laut, wobei sie ihren Rücken so sehr krümmte, dass sie meinen Mund fast abquetschte. Trotzdem hörte ich nicht auf und hielt sie am Hintern fest, während sie sich verkrampfte.

„Ich… Ich komme!", rief sie. Ihren Worten folgte ein heißer Atem in meinem Gesicht. Ich fühlte mich befriedigt.

Ich leckte sie weiter und genoss ihr Zucken, bis sie sich schließlich entspannte und wieder zu sich kam.

Aber ich war noch nicht fertig mit ihr, noch nicht.

Erneut fuhr ich mit meinen Lippen über ihren Bauch, mein Gesicht war voll mit ihrer Scheidenflüssigkeit. Sie stellte ihre Beine auf dem Boden ab und ich bewegte meine Taille gegen ihre, wobei ich meine Hose samt meiner Boxershorts fallen ließ.

Unsere Gesichter waren nur wenige Zentimeter voneinander entfernt. Ich schaute sie an und sah, wie sich ihre benommenen Augen weiteten, als die Spitze meines Schafts ihre geschwollene Klit berührte.

„Oh mein Gott", murmelte sie und zuckte leicht, als ich meinen harten Schwanz an ihrer empfindlichsten Stelle rieb.

„Willst du mich?", flüsterte ich und sie nickte hastig.

„Oh Gott, ja", stöhnte sie. „Bitte."

Ich lächelte und drückte ihre Oberschenkel auseinander. Ohne weitere Vorwarnung rammte ich meinen harten Schwanz in sie hinein und genoss den Klang ihrer Schreie.

„Oh verdammt!", keuchte sie und grub ihre Nägel in meine Schultern. „Der ist ja riesig!"

Ich füllte sie ganz aus, fühlte, wie ihre Scheide meinen Schwanz zusammenpresste und unterdrückte ein Stöhnen. Ich war extrem erregt. Ich wollte sie schon lange. Aber ich konnte nicht aufhören, nicht jetzt, nicht, als ich sie genau da hatte, wo ich sie brauchte: Wo sie nach mehr verlangt, während sie sich unter mir windet.

Ich nahm Troains Beine wieder hoch und legte sie um meine Taille. Während ihre unteren Gliedmaßen mich fest hielten, stieß ich mich mit schnellen und gezielten Bewegungen in sie hinein.

Sie keuchte, ihre Augen voller Ungläubigkeit und mein Sack verkrampfte sich, wenn er bei jedem Stoß auf ihre zusammengedrückten Arschbacken schlug.

Ich konnte es nicht mehr zurückhalten. Eigentlich hielt ich gar nicht mehr lange durch, aber ich wollte, dass sie vor mir ihren Höhepunkt erreicht. Ich schloss meine Augen und war bereit, mich zusammenzureißen. Aber das war völlig sinnlos. Ich musste es rauslassen.

Mein Kiefer verkrampfte sich, als ich in ihr kam und Troian schrie und verkrampfte. Erst dann merkte ich, dass sie einen weiteren Orgasmus hatte.

Ich hielt mich an ihrer schlanken Taille fest, als sie jeden Tropfen aus mir herauspresste. Sie presste ihre überkreuzten Beine an meinen Rücken.

Wir atmeten unregelmäßig, aber gleichzeitig. Ich zog meinen Schwanz aus ihr heraus und betrachtete sie ganz genau.

Hatte sie es bereut? Hatte sie irgendwelche Zweifel?

Bevor ich den Mund aufmachen konnte, um eine der Fragen zu stellen, die mir auf dem Herzen lagen, hörte ich Will durch das Babyphone hindurch.

Sofort wurde Troian hellhörig. Obwohl ich noch leicht benebelt war, war ich beeindruckt, wie schnell sie ihre Kleidung gefunden hatte. Will hatte noch nicht einmal angefangen zu weinen und sie war bereits komplett angezogen und schaute mich entschuldigend an.

„Entschuldigung", sagte sie. „Ich sollte ihm sein Mittagessen geben, bevor er unangenehm wird."

Ich nickte und griff nach meiner Hose.

„Das ist eine gute Idee", stimmte ich zu. „Warum schnappst du ihn nicht und ich lade euch beide zum Mittagessen an den Strand ein?"

Ihr fiel die Kinnlade herunter.

„Äh... ja, natürlich", murmelte sie, sichtlich verblüfft über die Einladung. „Ich ziehe ihn nur schnell an."

Ich zog meine Hose an und folgte ihr aus dem Arbeitszimmer heraus.

„Ich werde dir helfen", sagte ich ihr. Sie sah mich geschockt an und machte zum Glück keine weitere Bemerkung.

Sie hatte allen Grund, mich so anzuschauen. Ich war nicht gerade der vorbildliche Vater für Will gewesen, aber wenn ich in den letzten Tagen etwas gelernt hatte, dann ist es, dass kleine Babys viel Freude bereiten können. Ich brauchte keinen DNA-Test, um zu wissen, dass Will mein Sohn war. Collette hätte das Kind nicht bei jemandem gelassen, von dem sie nicht sicher war, dass er sein Vater war, egal wie verrückt sie auch war.

Ich hatte versucht, meinen eigenen Sohn zu verleugnen und das hatte er nicht verdient. Und außerdem war es ein Kampf, den man nicht gewinnen konnte. Auch wenn Collette nie wieder zurückkäme, würde ich das Baby trotzdem gerne alleine aufziehen.

Nun, nicht ganz allein. Cyndi wird mir helfen.

Ich sah zu, wie Troian den noch verschlafenen Säugling aus seinem Kinderbett nahm und ihn auf den Wickeltisch legte, wobei sie lustige Laute von sich gab, während Will sie liebevoll anschaute.

Die Art, wie sie sich um meinen Sohn kümmerte, ließ mein Herz höherschlagen. Scheiße! Es sah so aus, als wäre mein Sohn nicht der einzige Mensch, zu dem ich entgegen meiner törichten Bemühungen eine Verbindung aufgebaut hatte. Ich hatte versehentlich auch Gefühle für die Nanny entwickelt. Aber aus irgendeinem Grund störte mich das nicht so sehr, wie ich anfangs dachte.

Als ich dastand und sie zusammen beobachtete, wurde mir plötzlich klar, dass ich mir nichts sehnlicher wünschte, als Troian bei uns zu behalten.

Ich frage mich, wie die Thompsons das wohl sehen werden, dachte ich ironisch.

KAPITEL 8

Troian

Nach unserer aufregenden Begegnung in der Bibliothek schien unser Leben eine unglaubliche Wendung zu nehmen.

Sogar Cyndi war schockiert darüber, wie aufmerksam Ashe Will gegenüber zu sein schien. Ich war mir allerdings nicht sicher, ob sie vermutete, dass Ashe und ich Wills Mittagsschlaf für unser eigenes Nachmittagsvergnügen genutzt hatten.

Jeden Abend, nachdem die Zwillinge zu Bett gegangen waren und ich sicher war, dass die Thompsons nicht nach mir suchen würden, schlich ich mich leise zu Ashe nach Hause zurück. Manchmal blieb ich dort bis in die frühen Morgenstunden, bevor ich mich schließlich vor dem Aufwachen der Zwillinge nach Hause zurückschlich.

Wir waren nicht gerade diskret, aber wir wollten unsere Beziehung auch nicht zur Schau stellen.

Cyndi war jedoch eine kluge Frau. Sie hatte es wahrscheinlich schon herausgefunden, aber da sie mich darüber belehrt hatte, wie es sich vor einer Ewigkeit anfühlte, ließ sie sich nicht auf das Kommen und Gehen ihres Arbeitgebers ein.

Lisa Thompson war allerdings eine andere Geschichte. „Was ist los mit dir und Ashe Morris?", fragte sie eines

Nachts, als ich die Treppe hinunterging. Ich hatte nicht bemerkt, dass sie immer noch auf der Hauptetage war und ich erstarrte beim Klang ihrer Stimme.

Ich starrte sie an. Ich war mir nicht sicher, wie ich darauf antworten sollte. Ashe und ich hatten nicht besprochen, was wir den Leuten

sagen würden, aber ich wusste instinktiv, dass es nicht gut rüberkäme, wenn ich meinen Arbeitgebern sagen würde, dass ich eine Affäre mit meinem anderen Arbeitgeber habe.

„Wie meinst du das?", fragte ich und wendete meinen Blick von ihrem ab, damit sie nicht die eklatante Schuld in meinem Gesicht las.

„Er fragt, ob du jetzt Vollzeit für ihn arbeiten könntest."

Ich starrte sie geschockt an. Darüber hatten wir nicht gesprochen. Ich hätte mich darüber ärgern sollen, dass er sie gefragt hatte, ohne es vorher mit mir zu klären, aber ich konnte nicht leugnen, dass ich mich ein klein wenig darüber freute.

„Nun?", platzte es aus Lisa heraus. „Was hast du dazu zu sagen?" Ich dachte schnell nach.

„Ehrlich gesagt, hat er mich nie gefragt", antwortete ich ihr ehrlich. „Aber ich kann verstehen, warum er das Gefühl haben könnte, dass er eine Vollzeit-Nanny braucht. Ich glaube, Cyndi ist ein wenig überlastet."

Die braunen Augen meiner Chefin verengten sich. Sie sah mich an, als sähe sie mich zum ersten Mal.

„Hmm", antwortete sie. „Ich werde das Gefühl nicht los, dass da mehr dahintersteckt?"

„Ich weiß nicht, was du meinst", antwortete ich schnell.

„Was machst du denn hier unten?", fragte sie und ich verkrampfte mich.

„Ich war gerade auf dem Weg zu Starbucks", log ich sie an. „Möchtest du etwas?"

. . .

331

Sie lächelte kalt.

„Nein, vielen Dank. Aber vielleicht solltest du Ashe fragen, ob er etwas möchte, bevor du dich auf die Socken machst."

Sie huschte an mir vorbei und ging die Treppe hinauf, wobei sie mich mit dem Gefühl zurückließ, dass man mich auf frischer Tat ertappt hatte.

Ich sollte ihr einfach die Wahrheit sagen, dachte ich, aber das wollte ich nicht. Noch nicht.

Im Haus der Morris verlief die letzte Woche reibungslos und obwohl ich nicht daran zweifelte, dass Ashe auf mich stand, war ich mir nicht sicher, dass alles glatt gehen würde.

Ich war mir sicher, dass ich nicht in sein Haus einziehen wollte, um seine Angestellte zu werden, obwohl wir doch ein Liebespaar waren. Eventuell könnte ich meine Zeit besser zwischen den Thompsons und Ashe aufteilen.

Warum hatte ich das Gefühl, zerrissen zu werden? Wir hatten doch alle dasselbe Ziel, nicht wahr? Auf die Kinder aufzupassen.

Die Routine der Zwillinge war die gleiche geblieben und an den Wochenenden nahm ich Will mit zu den Thompsons, um mit Sammy und Coral zu spielen.

Vielleicht ist Lisa wütend, weil die Zwillinge immer wieder nach einem Geschwisterchen fragen, jetzt, wo sie Will kennengelernt haben, dachte ich, als ich mich auf den Weg nach draußen zu Ashes Anwesen machte.

Ich fühlte, dass mich jemand beobachtete, während ich mich durch den Gang schlich, aber ich machte mir nicht die Mühe, mich umzudrehen und nachzusehen. Ich hatte nichts zu verbergen, nicht wirklich. Den Thompsons mag der Gedanke nicht gefallen, dass ich mit Ashe zusammen war, aber ich habe mich trotzdem verdammt gut um ihre Kinder gekümmert.

„Hey, Kleines", rief Ashe, als ich das Foyer betrat. „Ich habe soeben thailändisches Essen bestellt. Bist du hungrig?"

„Ein wenig", gab ich zu. „Hast du mit Frau Thompson darüber gesprochen, dass ich Vollzeit hier arbeiten soll?"

Er sah mich überrascht an.

„Das ist sozusagen der nächste Schritt, nicht wahr?", fragte er. „Zusammenziehen?"

Sein Tonfall war neckisch, aber ich dachte, ich hätte einen Hauch von Wehmut in seinen Augen gesehen.

„Ich glaube, sie ist nicht glücklich darüber, dass du versuchst, mich abzuwerben", erklärte ich und folgte ihm ins Wohnzimmer.

„Vergiss nicht, dass sie mich vermittelt hat."

Ashe war über meine Worte verärgert.

„Sag das nicht", antwortete er. „Und ja, ich erinnere mich, dass sie dich vermittelt hat, aber laut Cyndi liegt das daran, dass du ihre Haushälterin tagsüber verrückt gemacht hast. Ich hätte meine eigene Nanny einstellen können, wenn Cyndi nicht auf Will hätte aufpassen wollen."

Ich spitzte meine Lippen und beobachtete ihn von der Seite. Instinktiv streckte ich die Hand aus, um ihn entlang seines Kiefers zu streicheln und drehte seinen Kopf zu mir, um ihn zu küssen.

Es schien fast unmöglich, die Hände von ihm zu lassen, jetzt, wo ich die Freiheit hatte. Und ich wollte keine Gelegenheit verpassen, dieses Privileg zu nutzen.

„Du verschwendest keine Zeit, was?", sagte er neckisch. Ich hob den Kopf, um ihm einen Kuss zu geben. Das gewohnte kribbeln im Bauch war wieder da, als sein Mund meinen berührte.

Ich wusste nicht, was genau mich zu schmelzen brachte, wenn ich ihn berührte. Vielleicht war es die Tatsache, dass ich ihn über ein Jahr lang beobachtete und mich danach sehnte zu wissen, wie er sich unter seinem Hemd anfühlte.

Er scherzte mit mir, aber die Wärme in seiner Leistengegend, die

333

ich an meinem Oberschenkel spürte sagte mir, dass ich genau die gleiche Wirkung auf ihn hatte.

Ich seufzte tief und fühlte seine Hand, die sich in meinen Haaren verfängt und meinen Kopf zur Seite reißt, um mich am Hals zu küssen.

Er saugte sich an meinem Hals fest. Ich wollte mich entreißen, da ich wusste, dass er wieder einen Knutschfleck hinterlassen würde.

Aber das gehörte zu seinem Spiel. Er mochte es, mich zum Winseln zu bringen und ich würde lügen, wenn ich sage, dass mir das nicht gefällt.

„Du machst nur Probleme", grummelte ich. Als die Worte meine Lippen verließen, wirbelte er mich ohne Vorwarnung herum und beugte mich über die Rückseite des Sofas.

Er schob meinen Minirock hoch und schob seine linke Hand zwischen meinen Oberschenkeln hindurch.

„Schon feucht", flüsterte er. „Genau zum richtigen Zeitpunkt."

Er drückte mich gegen das kühle Leder, während er mich weiter zwischen meinem Oberschenkel streichelte, seine Fingerspitzen die Feuchtigkeit abtasteten, unter mein Höschen glitten und sich hin und her bewegten, bis sein Zeigefinger auf meiner pochenden Klitoris stehen bleib.

Unter Stöhnen versuchte ich, ihn über meiner Schulter zu beobachten, aber er griff mein Haar fest zu und drückte mein Gesicht gegen die roten Lederkissen, damit er mich besser im Griff hatte.

Ein vertrautes Kribbeln stieg in meinem Bauch hoch und ich war dem Orgasmus nahe. Aber ich wusste, dass ich es nie erreichen würde, nicht auf diese Weise.

Er wusste das auch, aber das hielt Ashe nicht davon ab, meine Klitoris weiter zu stimulieren und meine Erregung aufzubauen, während ich ihn um Freilassung bat.

„Bitte!", stöhnte ich „Warum quälst du mich?"

„Du bist einfach so lecker", war seine Antwort. „Ich liebe es, dich zappeln zu lassen. Ich liebe es, wenn du nach mehr verlangst."

Ich fragte mich, ob ich mich an seine Berührung jemals gewöhnen würde, aber ich bezweifelte es. Vor allem nicht, weil ich mich schon bei der geringsten Berührung in Butter verwandelte.

Mehrere Minuten lang versuchte ich, seinem Griff zu entkommen. Ich streckte ihm meinen heißen Hintern entgegen und versuchte ihn zu provozieren.

Ich stöhnte und keuchte. Schweiß bildete sich auf meiner Stirn, aber er ließ nicht locker. Ashe war entschlossen, mich wie einen Wurm am Haken zappeln zu lassen.

„Oh, Baby, bitte…"

Ohne Vorwarnung rammte er zwei Finger in mich hinein. Ich schrie auf vor Überraschung. Ich wusste, dass er es mir nun besorgen würde. Seine Finger tasteten mich ab, streichelten meine Scheide, während er es mir besorgte. Sein Daumen rieb an meiner empfindlichen Klitoris.

„Komm jetzt für mich", befahl er. Einen zweiten Befehl brauchte ich nicht.

Ein heißer Schwall überkam mich und ich stöhnte, wobei meine Knie gegen die Rückseite des Sofas klatschten.

Er beendete das Ganze, indem er seine Hände aus meinem Schritt zurückzog und meine Haare losließ, während ich vor Vergnügen keuchte.

Ich beobachtete ihn über meiner Schulter, seine Augen richteten sich auf meine, während er seine nassen Finger ableckte, einen nach dem anderen.

„Fick mich", flüsterte ich, aber als ich die Worte sagte, brummte die Sprechanlage.

Er zuckte nonchalant mit den Achseln und drehte sich weg. „Entschuldigung. Das Essen ist da", sagte er leichtfertig. Ich schaute ihm hinterher und fragte mich, wie er einfach so vor mir davonlaufen konnte, obwohl ich genau wusste, dass er eine Megalatte hatte.

Ich schüttelte ungläubig den Kopf und stand unbeholfen auf, um mich aufzurichten, bevor der Essenszusteller an der Tür auftauchte.

Ich konnte meinen eigenen Geruch riechen, der den Raum erfüllte und es war mir so peinlich.

Ich hoffte, dass Cynthia nicht zu Hause ist. Ich war nicht gerade still gewesen.

Nun, dachte ich mir, wenn sie zu Hause ist und vorher nichts von uns wusste, dann weiß sie es jetzt auf jeden Fall.

Ashe tauchte mit dem Essen auf.

„Lass uns das in der Küche essen", schlug er vor. „Für den Fall, dass Will aufwacht."

Ich nickte und folgte ihm zur Rückseite des Hauses, wobei ich innehielt, um nach dem Baby zu sehen, während er das Essen anrichtete.

„Hallo, kleiner Mann", gurrte ich und streichelte sanft seine Wange, während er schlief. Babys sahen immer aus wie Engel, wenn sie schliefen. Ich konnte Will die ganze Nacht beobachten. Er öffnete leicht seinen Mund und bewegte ihn so, als würde er an seinem Schnuller nuckeln.

Wäre es so schlimm, hier ganz einzuziehen und sich um ihn zu kümmern? Es wäre sicherlich einfacher, als weiterhin bei den Thompsons zu wohnen und die Zwillinge brauchten mich sicher nicht so sehr wie Will.

Ich ließ Will in Ruhe und ging zu Ashe in die Küche.

„Ich habe eine Entscheidung getroffen", sagte ich, als ich eintrat. „Ach ja? Welche?", fragte er und durchsuchte die Schubladen nach Besteck.

„Ich bin bereit, hier einzuziehen, um mich nur um Will zu kümmern."

Ashe hielt inne und sah mich an. Er fing an zu lächeln.

„Du Dummerchen", sagte er scherzhaft er. „Ich wollte nicht, dass du hier einziehst, um auf Will aufzupassen."

Ich blinzelte. Ein Gefühl der Demütigung kam in mir hoch.

· · ·

„Oh", murmelte ich. „Ich dachte..."

„Ich wollte, dass du hier einziehst, um dich um mich zu kümmern", unterbrach er mich, wobei sein Grinsen breiter wurde.

Ich atmete erleichtert aus. „Oh, okay, ich kümmere mich bereits um dich", antwortete ich lachend.

KAPITEL 9

Troian

Im Nachhinein war meine Entscheidung, bei Ashe zu bleiben, vielleicht nicht die beste. Ich hatte sie getroffen, als ich noch erregt war und nicht klar denken konnte und ich hatte nicht wirklich darüber nachgedacht, wie ich es den Thompsons sagen sollte.

Ich wusste, dass es nicht sehr gut ankommen würde, aber ich musste es tun. Nachdem ich die Zwillinge in der Schule abgesetzt hatte, kehrte ich nach Hause zurück, anstatt direkt zu Ashe zu gehen.

Lisa war nicht zu Hause, aber Nathan war dort und ich war froh darüber. Von den beiden war er wahrscheinlich der Vernünftigere, aber wer konnte das schon sagen?

„Troian! Solltest du nicht nebenan sein?", fragte Herr Thompson, als ich an die Tür seines Arbeitszimmers klopfte.

„Ich gehe in einer Minute", antwortete ich ihm. „Aber ich muss zuerst etwas mit Ihnen und Frau Thompson besprechen. Kommt sie heute Abend nach Hause?"

. . .

„Oh, sie hat es dir nicht erzählt? Sie ist bis nächstes Wochenende in New York und ich fliege für drei Tage nach Seattle. Ab morgen sind nur du und die Kinder da. Ist alles in Ordnung? Ist es okay, wenn du es mit mir besprichst?"

Scheiße!

„Oh, okay", sagte ich und drehte mich um, um zu gehen. „Nein, es ist alles in Ordnung. Das kann warten."

„Bist du sicher?", fragte er. Ich nickte.

„Natürlich."

„Troian."

Ich wandte mich widerwillig zu ihm zurück. „Ja?"

„Ich glaube, ich weiß, worum es hier geht", sagte er zögerlich. „Und ich muss sagen, ich halte es für keine sehr gute Idee."

Ich schluckte eine Antwort herunter, während ich ihn anstarrte.

„Troian, du bist eine erwachsene Frau und du kannst deine eigenen Entscheidungen treffen", fuhr er fort. Mit jedem seiner Wörter wurde ich angespannter. „Aber ich fürchte, du denkst bei dieser Sache nicht mit dem richtigen Körperteil."

„Herr Thompson, ich bin mir nicht sicher, was ich Ihrer Meinung nach mit Ihnen besprechen wollte, aber ich versichere Ihnen, dass es nichts ist, worüber Sie sich Sorgen machen müssen."

„Troian, wenn du den Arbeitsplatz wechseln willst, geht mich das nichts an. Natürlich himmeln dich Sammy und Coral an und wir wären sehr unglücklich, wenn du gehen würdest, aber das ist letztendlich deine Entscheidung. Aber wenn du es wegen…"

„Ich wechsle den Job nicht!", unterbrach ich ihn panisch. Das Letzte, was ich wollte, war, dass die Thompsons denken, ich würde sie verlassen. Ich hatte über ein Jahr meines Lebens in ihrem Haus verbracht.

339

. . .

Herr Thompson runzelte verwirrt seine Stirn.

„Oh!", sagte er. „Ich dachte, du verlässt uns, um in Morris' Haus zu ziehen." Ich schüttelte heftig den Kopf.

„Darüber wollte ich nicht sprechen", log ich.

„Oh. Nun, verzeih mir, dass ich so anmaßend bin. Ich hätte wissen müssen, dass du viel zu klug dafür bist, um einen guten Job zu verlassen und einem Mann hinterherzulaufen, den du kaum kennst."

Ich runzelte die Stirn.

„Bei allem Respekt, Herr Thompson, ich bin einundzwanzig Jahre alt. Ich kann selbst entscheiden, mit wem ich ausgehe."

„Das stimmt", antwortete er und warf die Hände in die Höhe. „Aber du solltest dich vielleicht besser über einen Mann informieren, bevor du in sein Haus einziehst, meinst du nicht?

Ich wusste nicht, was ich sagen sollte. Wollte er mich auf irgendeine komische Weise vor Ashe warnen, oder sprach er nur als besorgter Arbeitgeber?

Ich habe nicht nachgefragt, weil ich dieses Gespräch mit Nathan Thompson nicht führen wollte. Ich war mir sicher, dass meine Wangen bereits vor Verlegenheit feuerrot waren.

Ich setzte ein gezwungenes Lächeln auf und zuckte mit den Schultern.

„Nun, wie ich schon sagte, darüber wollte ich nicht sprechen. Einen schönen Tag noch, Herr Thompson."

Bevor er noch etwas antworten konnte, hatte ich mich bereits aus dem Staub gemacht. Als ich durch das Haus eilte, bemerkte ich, dass meine Hände zitterten.

Gab es etwas, worüber ich mir Sorgen machen musste? Wie sollte ich das herausfinden? Ich wusste so wenig über Ashe Morris, außer dass es sich so richtig gut anfühlte, bei ihm zu sein.

Aber Herr Thompson hat Recht. Es gibt keinen Grund, die Sache zu überstürzen.

Das kann wirklich warten. Seit Wochen hatte ich meine Zeit zwischen den beiden Haushalten aufgeteilt. Aber wie Ashe neulich sagte, war es nicht so, dass es bei dem Umzug nur darum ging, auf Will aufzupassen.

Tatsächlich war es in den meisten Nächten Ashe, der aufstand, wenn Will aufwachte. Er war derjenige, der dem Baby morgens das Frühstück gab und er wechselte sogar die Windeln.

„Ich weiß nicht, wozu du mich brauchst, seufzte ich. „Du machst das ziemlich gut."

„Du weißt genau, warum ich dich brauche", erwiderte er mit schroffer Stimme. Es war dieser Ton, der mir jedes Mal einen Schauer durch den Körper jagte. Ich liebte es, wenn er etwas in mein Ohr flüsterte, wenn wir Liebe machten.

Der Umzug muss warten, dachte ich mir, während ich wie ein verliebter Teenager zum Haus spurte. Und Ashe wird das Thema nicht forcieren, wenn er denkt, dass ich nicht bereit bin.

„Guten Morgen!" Ich zwitscherte, als ich die französischen Türen in die Küche öffnete. „Wo sind meine Lieblingsmänner?"

Ich bekam keine Antwort, also ging ich in das Zimmer von Will. Ich spitzte meine Ohren.

„Hallo?"

Ich machte die Tür zum Kinderzimmer auf. Es war leer.

„Ashe? Cyndi?"

Ein seltsames Gefühl der Angst überkam mich, als ich durch den Saal ging. Ich ging auf den vorderen Eingang zu, aber ich sah immer noch niemanden.

Habe ich vielleicht einen Arzttermin übersehen? Das schien unwahrscheinlich. Ich war nicht ohne Grund Nanny. Ich konnte mich sehr gut an Termine erinnern.

Ich blickte aus der Vordertür und sah, dass das Auto, das Ashe normalerweise fuhr, in der Einfahrt stand und dass der Morgentau noch immer auf der Motorhaube seines Mercedes war.

„Hallo?"

Ich begründete es damit, dass Ashe Will in seine Suite gebracht haben muss, während er sich fertig machte. Cyndi war wahrscheinlich einkaufen.

Ich stieg die Treppe zum zweiten Stock hinauf, aber als ich mich der geschlossenen Schlafzimmertür näherte, hörte ich nichts.

„Ashe?"

Ich drückte die Tür zum Schlafzimmer auf. Das Wohnzimmer war leer, aber der an der Wand montierte Fernseher war eingeschaltet, jedoch auf lautlos.

„Ashe?"

„Ja."

Seine Stimme erschreckte mich und ich eilte durch das vordere Zimmer und die wenigen Stufen zum Schlafzimmer hinauf.

Ashe lag auf dem Bett und starrte ausdruckslos an die Decke.

Ein einzelnes Blatt Papier lag neben ihm.

„Bist du krank? Was geht hier vor sich?", fragte ich fordernd. „Wo ist Will?"

Er antwortete nicht. Ich setzte mich neben ihm und blickte besorgt in sein Gesicht. Er war ungewöhnlich blass.

„Ashe!" Ich schob sein Gesicht zu mir. „Wo ist Will? Wo ist Will? Was ist los?"

Er lächelte mich an, aber es war keine Spur von Heiterkeit oder Humor darin zu finden.

„Er ist weg."

Mein Herz blieb stehen.

„Was meinst du mit weg?", fragte ich, indem ich aus dem Bett sprang. „Hat ihn seine Mutter geholt?"

Er kicherte. „Niemand weiß, wohin sie gegangen ist und ich denke, es ist ziemlich klar, dass sie nicht wegen ihm zurückkommen wird.

„Ich verstehe das nicht!", schrie ich. „Wo ist er?"

Die Angst kam in mir hoch. Hatte er Will etwas angetan? Ich schob den bösen Gedanken aus meinem Kopf und versuchte, mich auf das zu konzentrieren, was er sagte.

„Wo ist er?", fragte ich erneut, mit einem flehenden Ton in meiner Stimme. „Bitte sag mir, was hier vor sich geht."

Er antwortete nicht. Stattdessen warf er mir das Papier hin, das neben ihm lag. Ich schnappte es mir und fragte mich, was da wohl drinstand.

Ich starrte es verständnislos an. „Was zum Teufel ist das, Ashe? Bitte rede mit mir!" Ich wurde hysterisch, sein starrer Gesichtsausdruck beunruhigte mich zutiefst.

Das Blatt Papier stammt aus einem Labor. Die Marker sagten mir nichts und ich versuchte, einen Sinn darin zu erkennen.

„Das ist der DNA-Test, den ich weggeschickt habe", seufzte er. „Will ist nicht mein Kind, Troian."

Ich fühlte mich, als hätte mir jemand die Seele entrissen. Ich biss auf meine Unterlippe, um ein Schluchzen zu unterdrücken.

„Oh mein Gott..."

Ich sank neben ihm auf das Bett zurück, wo er auf dem Rücken lag.

„Wann hast du das bekommen?" fragte ich. „Heute Morgen?"

„Letzte Nacht."

Ich fühlte mich schlecht. Es war die erste Nacht seit Wochen, in der ich nicht zu ihm gegangen war und mich stattdessen entschied, etwas dringend benötigten Schlaf nachzuholen.

Ich hätte hier sein sollen. Gerade in dieser Nacht...

„Warum hast du mich nicht angerufen?", flüsterte ich und rollte mich neben ihm zusammen. Zu meinem völligen Schock und meiner Verwirrung stieß er mich weg.

„Warum?", lachte er und drehte mir den Rücken zu. „Was könntest du tun?"

„Ich hätte für dich da sein können!", erwiderte ich und richtete mich auf. „Wo ist Will jetzt?"

„Ich habe das Jugendamt angerufen, damit sie ihn holen."

Genau zu dem Zeitpunkt, als ich dachte, dass der Gipfel des Schocks schon erreicht wurde...

„Du hast was?", würgte ich. „Warum? Warum hast du das getan?"

Plötzlich setzte sich Ashe auf und blickte mich an, sein Gesicht wutentbrannt.

„Hast du verdammt noch mal nicht gehört, was ich gesagt habe, Troian? Er ist nicht mein Kind!"

„Ich weiß, aber..."

„Ich habe das Baby seit Wochen hier und es gehört jemand anderem! Das ist Entführung, Troian. Ich musste es tun!"

„Das ist keine Entführung", flüsterte ich und fing an zu weinen. „Seine Mutter hat Will bei dir zurückgelassen."

„Und jetzt überlasse ich das Kind dem Jugendamt."

Ich war sprachlos, mir wurde schwummrig vor Wut und Verleugnung, dass er dies tun würde. Gleichzeitig dachte ich mir aber, dass er ja keine andere Wahl hatte, oder?

„Geh weg, Troian. Ich möchte allein sein", murmelte er.

„Nein!", heulte ich. „Ich lasse dich nicht allein."

„Tu es!", sagte er schnippisch, seine Augen blitzten vor Bosheit. „Ich will dich hier nicht haben."

Seine Worte verletzten mich, aber ich hielt mich zurück, weil ich wusste, dass er viel mehr Schmerzen empfand.

„Ashe..."

„Hast du mich nicht gehört?", knurrte er. „Ich brauche dich hier nicht, Troian. Ich brauche keine Nanny mehr. Verschwinde von hier und komm nie wieder."

Ich starrte ihn entsetzt an. Aber er ignorierte mich, fiel zurück auf das Bett, drehte mir absichtlich den Rücken zu und ignorierte mich völlig.

An meiner Unterlippe nagend, zog ich mich aus dem Schlafzimmer zurück. Ich verlor keine Tränen, bis ich das Wohnzimmer betrat.

Er braucht einfach Zeit, um das Geschehene zu verarbeiten, sagte ich mir. Er wird mich anrufen, wenn er so weit ist und wir stehen das gemeinsam durch.

Aber als ich aus seinem Haus lief, fing ich an hysterisch zu heulen und ich fragte mich, ob das wirklich so sein wird.

Letztendlich hatte er Will in sein Leben gelassen. Er hatte mich in sein Leben gelassen, hatte gelernt, seinen Sohn und mich zu lieben. Und nun war dieses Kind weg.

Wie sollten wir das gemeinsam durchstehen?

KAPITEL 10

Ashe

Die Tage vergingen wie im Flug, nachdem Will weg war. Meine Investoren riefen pausenlos wegen der App an, aber mir fehlte der Antrieb zur Arbeit. Wenn Cyndi nicht gewesen wäre, hätte ich wahrscheinlich auch nichts gegessen.

Troian rief in den ersten Tagen viel an, aber auch ihre Anrufe wurden immer seltener.

Ich habe mich ihr gegenüber nicht fair verhalten. Das war mir bewusst, aber ich konnte nichts tun, um es zu ändern. Das Problem war, dass ich nicht an Troian denken konnte, ohne an Will zu denken. Ich hatte sie zusammen kennengelernt, als ob sie die perfekte kleine Familie wären, die mir gegeben wurde, um meine eigene beschissene Kindheit wiedergutzumachen.

Ich konnte Troian nicht sehen, ohne an Will zu denken. Der Schmerz war einfach zu groß.

. . .

„Du musst aufhören, dich fertigzumachen", sagte Cyndi leise zu mir. „Du konntest es nicht wissen. Er sah genauso aus wie..."

„Ich will nicht darüber reden, Cynthia. Schließ die Tür, wenn du rausgehst."

Sie zog eine Grimasse, hielt sich aber zurück. „Geh wenigstens duschen, Ashe. Du stinkst."

Ich habe auf ihren Vorschlag hin mit einem finsteren Blick reagiert. Für wen zum Teufel musste ich duschen? Troian? Will?

Ich lag eine ganze Woche lang im Bett, bevor ich mich endlich dazu bereit fühlte, Cyndis Rat anzunehmen und duschen zu gehen.

Als ich aus der Dusche kam, fühlte ich mich wie neugeboren, aber mein Herz war auf so viele Arten gebrochen. Eine einfache Dusche konnte das nicht lösen.

Ich wusste, dass ich zumindest Troian anrufen sollte, aber schon der Gedanke, ihre Stimme zu hören, war zu viel. Ich konnte mich nicht dazu durchringen, es zu tun.

Irgendwann mache ich das... oder zumindest habe ich mir das gesagt. Aber zuerst musste ich mit dem Verlust eines Kindes klarkommen, das nicht einmal mein eigenes war.

„Oh gut. Du bist fertig mit dem Trübsal blasen", rief Cyndi, als sie mich sah. „Komm und iss dein Mittagessen."

Auf dem Barhocker sitzend, deutete sie auf die Kücheninsel und ich schlurfte widerwillig auf sie zu.

„Was wirst du jetzt tun?", fragte sie, während sie den Kühlschrank durchwühlte und nach Zutaten für ein Sandwich suchte. „Tun?", hallte meine Stimme. „Was tun?"

„Wirst du das Jugendamt anrufen und herausfinden, was zur Hölle mit deinem Sohn geschehen ist, seit sie ihn abgeholt haben?"

Ich sträubte mich.

„Er ist nicht mein Sohn!", brüllte ich und sie beäugte mich mit purer Verachtung.

„Du bist so ein Kind, weißt du das? Kein Wunder, dass du dich in die Nanny verliebt hast. Du brauchst jemanden, der sich um dich kümmert."

Ich starrte sie an.

347

„Ich bin kein Kind!", tickte ich aus. „Das ist einfach Fakt. Will ist nicht mein Kind!"

„Die DNA ist keine Rechtfertigung dafür, dass er dein Kind ist, du Volltrottel", seufzte sie. „Was dich zum Vater macht ist, dass du mitten in der Nacht mit ihm aufwachst. Machst du diesen blöden Gangnam-Tanz immer wieder, nur um ihn zum Lachen zu bringen? Das ist es, ein Vater zu sein. Du hängst so sehr an der DNA, dass du nicht einmal weißt, was es bedeutet, ein Vater zu sein. Du bist der einzige Vater, den dieses Kind je hatte."

Ich knirschte die Zähne zusammen. Ich wollte losheulen.

„Ich bin nicht derjenige, der das von der DNA abhängig macht. Ich kann nicht einfach ein Kind behalten, weil jemand es hiergelassen hat. Er hat irgendwo da draußen einen richtigen Vater."

„Richtig", stimmte sie zu. „Aber du kannst zumindest anrufen und herausfinden, was zum Teufel mit ihm passiert ist. Erkundige dich, ob er zu seinen Eltern zurückgebracht wurde oder ob er irgendwo im Pflegefamiliensystem herumtreibt."

Ich atmete tief ein.

Was würde mit Will passieren, wenn man Collette nicht auffinden würde? Oder wenn man sie findet, aber sie als Mutter für ungeeignet erklärt? Würde er einfach durch das System geschleudert werden?

Es machte mich krank, wenn ich daran dachte, dass er durch das System fallen würde und nur ein weiteres vergessenes Kind werden könnte. Nicht, wo ich ihm doch hier so viel zu bieten hatte.

„Ich werde den Anruf tätigen", sagte ich plötzlich, sprang vom Hocker und griff nach dem schnurlosen Telefon.

Cyndi hatte Recht. Will war nicht mein leiblicher Sohn, aber er war ein Teil von mir wie mein eigenes Herz.

Und wenn ich einen Weg finden könnte, Will zu mir zurückzubringen, könnte ich vielleicht wieder fühlen, wie es ist, eine Familie zu haben. Nicht nur durch ihn, sondern auch durch Troian.

„Worauf zum Teufel wartest du noch?", bellte mich Cyndi an. „Ruf verdammt nochmal an!"

. . .

Es hat einen Monat lang gedauert, bis ich alles über den Verbleib von Will herausgefunden habe.

Ich erfuhr ziemlich schnell, dass er aus Virginia Beach weggebracht wurde. Das Warten auf Telefonanrufe, um mehr zu erfahren, war eines der schlimmsten Dinge, die ich je in meinem Leben erlebt hatte.

Aber als ich schließlich mit seiner Sachbearbeiterin in Richmond in Kontakt kam, erhielt ich die herzzerreißende Nachricht, dass seine Eltern nicht aufzufinden waren.

„Collette Martin scheint völlig von der Bildfläche verschwunden zu sein", erklärte Susan Collins, Wills Sachbearbeiterin, am Telefon. „Mir liegen Berichte vor, dass sie stark drogenabhängig war, sodass wir nicht mit einem guten Ergebnis rechnen. Der Vater des Kindes ist jedoch immer noch unbekannt..."

Ich hielt inne, meine Wirbelsäule war so angespannt, dass ich dachte, sie würde entzweibrechen.

„... Sie sind als Vater auf der Geburtsurkunde aufgeführt, Herr Morris."

Ich gestehe, dass ich anfänglich nicht wusste, was das bedeutete.

„Aber ich bin nicht Wills biologischer Vater", erklärte ich seufzend.

„Nein", stimmte sie zu. „Aber die Tatsache, dass Sie als sein Vater aufgeführt sind, gibt Ihnen Rechte als Erziehungsberechtigter."

Ein Gefühl der Wärme und Kälte überkamen mich gleichzeitig.

„Was wollen Sie damit sagen? Wollen Sie mir damit sagen, dass ich ihn zurückhaben kann?", würgte ich. „Er kann nach Hause kommen?"

„Wenn Sie bereit sind, ihn zu nehmen, ja."

„Ja!" schrie ich ins Telefon. „Ja!" Ich möchte ihn zurückhaben! Wo kann ich ihn abholen?"

„Nun, ich muss noch zu Ihnen kommen und Ihr Haus begutachten", erklärte sie. „Aber ich glaube nicht, dass es irgendwelche Probleme geben wird, Herr Morris."

„Machen Sie einen Termin! Ich will meinen Sohn zurück!" Ich

349

weinte, mein Herz klopfte so laut, dass ich sicher war, dass sie es durch das Telefon hören konnte.

Sie kicherte. „Ich bin froh, das zu hören, Herr Morris. In meiner Branche erleben wir nicht oft ein Happy End."

Nachdem ich das Gespräch beendet hatte, setzte ich mich an meinen Schreibtisch, um runterzukommen.

Ich habe Cynthia einen Text geschickt.

Will kommt nach Hause.

Ihre Antwort kam nur Sekunden später.

Wirklich? Das ist wunderbar, Ashe!

Die Sachbearbeiterin muss das Haus begutachten, aber er kommt wirklich, antwortete ich.

Es gab eine Pause, aber ich konnte sehen, dass sie eine Nachricht verfasste. Die drei Punkte verrieten es.

Gibt es nicht noch jemanden, dem du diese Nachricht überbringen solltest?

Ich starrte lange auf die Nachricht, aber ich tat nichts. Sie hatte Recht. Troian verdiente es zu wissen, was vor sich ging.

Ich hatte in den vergangenen drei Wochen nicht einmal einen Blick nach draußen auf sie geworfen. Ich dachte, sie würde mir absichtlich aus dem Weg gehen und ehrlich gesagt, war ich ein wenig froh, dass sie das getan hatte. Das bedeutete aber nicht, dass ich nicht von Einsamkeit erfüllt war. Ich sehnte mich danach, sie jede Nacht bei mir zu haben.

Ich habe sie schrecklich vermisst und wollte nichts weiter, als ihr zu sagen, dass es dumm von mir war, sie abzuweisen. Aber ich hatte mich selbst gestoppt, aus Angst, dass ich ihr wieder das Herz brechen würde, wenn mich die Melancholie überkommt.

Aber jetzt brauchte ich mir keine Sorgen mehr zu machen.

Unsere Familie würde wieder zusammengeführt werden.

Wird sie mir nach all der Zeit verzeihen können?

Es gab nur einen Weg, das herauszufinden.

Ich schob meinen Bürostuhl zurück und rannte die mittlere Treppe hinunter und hinaus in das helle Licht der Sonne.

Es fühlte sich an wie ein Tag für Erneuerungen, für Neuanfänge. Die Sonne würde all die Düsternis und Traurigkeit vertreiben, die die Hallen des Herrenhauses erfüllt hatten. All das gestohlene Lachen war dabei, ersetzt zu werden.

Ich läutete die Gegensprechanlage bei den Thompsons und warft einen Blick auf meine Uhr.

Es war elf Uhr und ich konnte sehen, dass der Minivan im Circle Drive in der Nähe der Eingangstür geparkt war.

„Hallo?"

„Lisa? Ich bin's, Ashe Morris."

Es gab eine lange Pause.

„Hallo, Ashe. Ist alles in Ordnung?"

„Ja! Zum ersten Mal seit langer Zeit", antwortete ich ehrlich. „Ist Troian zu Hause?"

Es gab ein weiteres, längeres Schweigen.

„Lisa? Bist du noch da?"

„Ich bin hier, Ashe, aber Troian nicht."

„Oh. Wann kommt sie zurück?"

Absolute Stille.

„Lisa?"

„Sie kommt nicht zurück, Ashe. Sie ist vor zwei Wochen gegangen." Ich kippte fast aus den Socken.

„Was? Wo ist sie hingegangen?", fragte ich. „Hat sie eine Nachsendeadresse hinterlassen?"

„Nein..." Die Art und Weise, wie sie das gesagt hat, hat mich glauben lassen, dass sie etwas wissen könnte.

„Lisa, bitte sag mir, was du weißt. Es ist wichtig." Ein riesiger Seufzer knisterte über die Sprechanlage.

„Ich glaube, sie ist nach Hause zu ihren Eltern in Norfolk gefahren."

„Danke, Lisa", murmelte ich und wandte mich ab.

Ich kam zu spät. Ich war dickköpfig und dumm gewesen und hatte sie gehen lassen und jetzt war sie für immer weg.

Will und ich wären ohne Troian keine richtige Familie. Ich musste sie finden.

KAPITEL 11

Troian

Für eine erwachsene Frau gibt es nichts, was demütigender ist, als wieder zu ihren Eltern zurückzuziehen. Leider hatte ich was das anging keine große Wahl.

Meine Mutter war begeistert, mich zu sehen, während mein Vater mich mit seinem „Ich hab's dir ja gesagt"-Gesicht begrüßte.

„Siehst du? Du hättest einfach aufs College gehen sollen, wie wir es dir gesagt haben", sagte mein Vater und beäugte mich über seine Zeitung hinweg. „Sieh dich an, du bist faul geworden. Du hast keinen Sport getrieben, oder?"

„Rob, lass sie in Ruhe", sagte meine Mutter vorwurfsvoll und gab mir eine Umarmung. „Du siehst gesund aus, Süße. Deine Wangen sind rosa und leuchten."

Ich fühlte mich beschissen, aber es war ein Gefühl, an das ich mich in den letzten sechs Wochen gewöhnt hatte. Wie der letzte Dreck behandelt zu werden war kein schönes Gefühl, vor allem, weil ich die ganze Zeit wusste, dass Ashe Morris ein Idiot ist.

Meine Schwäche hatte dazu geführt, dass ich meinen Job verloren hatte, hatte mich auf dem Weg zu meinem Ziel zurückgeworfen und meine eigene Selbstachtung ausgelöscht.

Obwohl ich das alles wusste, sehnte ich mich immer noch nach Wills' ansteckenden Babykichern und Ashes' Stahlkörper.

Ich hasste mich dafür, dass ich ihn vermisste.

Du vermisst ihn nicht, erinnerte ich mich selbst. Du vermisst den Kerl, für den du ihn hieltst. Ashe Morris ist keiner, den man vermissen sollte.

Aber wenn ich meine Augen schloss, starrten mich seine blauen Augen an und sein durchdringender Blick, mit dem er bis in meine Seele reinschauen konnte.

Ich war seit zwei Wochen zu Hause, als Mama anfing, unruhig zu werden. Das war zu erwarten und ich konnte nicht ewig in dem Haus im Landhausstil herumsitzen und so tun, als gäbe es die Welt da draußen nicht.

„Also ... Schatz", fragte sie lieb. „Was hast du vor, jetzt, wo du zu Hause bist?"

Ich lächelte sie von meinem Platz auf dem Schaukelstuhl aus an, wo ich einen James Patterson-Roman gelesen hatte.

„Ist das deine Art, mich zu fragen, wann ich gehe?"

Mama schaute entsetzt.

„Nein! Ich bin so froh, dass du wieder da bist! Du kannst so lange bleiben, wie du willst", versicherte sie mir. Ich wusste, dass sie es ernst meinte, auch wenn Papa mich bei der ersten Gelegenheit gerne weghaben wollte.

„Ich frage mich nur, ob du irgendwelche Pläne hast. Hast du jetzt genug für das College gespart?"

Das hämische Grinsen auf meinem Gesicht wurde breiter. „Oh, ich habe genug für das College", sagte ich ihr. „Aber ich

werde es nicht fürs College verwenden." Verwirrt runzelte sie ihre Stirn. „Warum nicht?"

„Weil, Mama, ich bin..."

„Troian?"

Ich drehte meinen Kopf schnell zur Seite.

Habe ich etwa Wahnvorstellungen?

„Oh, ist das ein Freund von dir, Schatz?", fragte Mutter und lächelte Ashe warm an, als er sich näherte. „Hi, ich bin Maddy Carpenter, Troian's Mama."

„Hallo, Frau Carpenter. Ashe Morris."

Ich sah ungläubig zu, wie sie sich die Hand gaben.

„Ashe, was machst du hier?", fragte ich nervös. „Du solltest nicht hier sein."

„Ja, das sollte ich."

Ich warf einen Blick auf meine Mutter, die wie ein Naivling auf den gutaussehenden Fremden auf ihrer Veranda starrte.

„Mama, gibst du uns eine Minute?" Ich seufzte.

„Sicher! Ich bringe euch selbstgemachten süßen Tee. Ich glaube, ich habe auch ein paar Kekse."

„Großartig. Danke, Mama", murmelte ich und sah zu, wie sie durch die Schirmtür verschwand.

„Was machst du hier?", fragte ich fordernd. „Bitte geh, Ashe. Ich habe dir nichts zu sagen."

Nicht mehr. Es war viel zu spät.

Ich konnte nicht nach anderthalb Monaten des Schweigens zu ihm zurückkriechen, nicht jetzt. Ich könnte ihm nie wieder vertrauen. Wusste er nicht, dass ich auch Will verloren hatte? War er so egoistisch?

„Ich bin ein Arschloch", sagte Ashe.

Nun, das war ein Anfang.

Ich starrte ihn an, meine grauen Augen verengten sich.

„Du kannst weitermachen."

Er grinste mich schüchtern an.

„Will kommt nach Hause zurück", erklärte er. „Ich suche nach ihm... nun, seit einer Weile."

„Seit du mir gesagt hast, dass du keine Nanny mehr brauchst? Bist du hier, weil du wieder ein Nanny brauchst?"

· · ·

355

Mein Tonfall war kalt, aber ich war von den Nachrichten begeistert. Es war kein Tag vergangen, an dem ich mir keine Sorgen um das Baby gemacht hätte und jetzt wusste ich, dass es da war, wo es hingehörte.

„Nein, ich bin hier, weil ich meine Familie wieder zusammenhaben muss."

Die Worte erfüllten mich mit einer unerwarteten Welle der Zuneigung und Sehnsucht und ich erweichte.

„Ich war so verletzt", seufzte Ashe. „So verletzt. Ich habe eine Woche lang mein Zimmer nicht verlassen."

Ich fühlte den Schmerz in seiner Stimme und ich senkte den Blick, weil ich wusste, dass ich da nicht hineingezogen werden wollte.

Aber die Trostlosigkeit in seinen Worten...

„Ich konnte den Gedanken nicht ertragen, dich anzuschauen, Troian. Es war egoistisch und falsch, aber ich war am Boden zerstört..."

Er atmete tief aus. „Ich erwarte nicht, dass du mir verzeihst, aber ich musste dich finden und dir sagen, dass es mir Leid tut, wie es zwischen uns verlief. Du und Will seid das, was einer Familie am nächsten kommt, die ich je in meinem Leben hatte und ich würde alles tun, um sie zu retten."

Ich hob meinen Blick und nickte langsam, wobei ich auf meiner Unterlippe rumkaute.

„Warum hast du die Thompsons verlassen?", fragte er, als ich immer noch nichts sagte. „Ich war schockiert, dass du weg warst. War es meinetwegen, Troian? Denn du solltest deinen Job nicht wegen mir aufgeben müssen."

„Nun, das habe ich", antwortete ich.

Er schüttelte reumütig den Kopf und ich erhob mich langsam von der Schaukel, mein Buch fiel zu Boden.

„Es tut mir leid", murmelte er, als ich mich ihm näherte. „Ich habe alles durcheinandergebracht. Geh zurück zu den Thompsons und ich verspreche, ich werde dich nicht belästigen. Ich..."

„Hör auf zu reden", befahl ich ihm, nahm seine Hände und legte sie um meine Hüfte.

„Aber Troian, wir müssen darüber reden...“

„Ich musste gehen, weil ich von dir schwanger bin, Ashe.“

Ich hörte das Klirren des Silbers hinter mir und merkte, dass meine Mutter an der Tür gelauscht hatte, aber das war mir egal. Ich konnte meinen Blick nicht von Ashes schockiertem Gesicht abwenden.

„Was?“, keuchte er. „Du bist?“

Ich nickte langsam und legte seine Handflächen über meinen noch flachen Bauch.

„Ist in unserer Familie noch Platz für noch jemanden?“ Ich atmete ein und ein Gefühl der Verlegenheit überkam mich.

„Ja natürlich!“, sagte er, hob mich hoch und schwang mich herum, bis ich quiekte.

„Troian Grace Carpenter, kannst du bitte einen Moment hereinkommen?“, hörte ich die Stimme meiner Mutter hinter mir. Ich unterdrückte ein Lächeln. Ashe ließ mich wieder runter und wir grinsten uns an.

„Ich kümmere mich darum“, sagte ich.

„Hey“, rief er, als ich mich umdrehte, um mich meiner Mutter zuzuwenden.

„Ja?“

„Ich liebe dich.“

Ich nickte zögernd, meine Augen strahlten.

„Ich liebe dich“, antwortete ich und das meinte ich auch so.

Ende.

BOSS' SECRET BABY

Ein Second Chance – Liebesroman

Jessica F.

KLAPPENTEXT

Ich hatte das alles nicht gewollt. Weder das Unternehmen noch die Autos oder die Auseinandersetzungen. Ich wollte nur sie. Leider bekommen wir nicht immer das, was wir wollen.

Es sollte doch eigentlich nicht so schwer sein, ein Mädchen um ein Date zu bitten. Doch mit einem Vater wie meinem musste ich mir jeden meiner Schritte ganz genau überlegen. Was sollte ich tun? Auf die Schlüssel zu einem Königreich warten, was sich vielleicht niemals auftat?

Zum Glück sah Aura Cameron in mir nicht den hochnäsigen Sohn des Chefs, der sie nur ausnutzen wollte. Sie sah eine Zukunft für uns. Zu dumm, dass das Schicksal es nicht tat.

KAPITEL 1

Aura

„Soll das ein Witz sein?"

Stephs Ton ließ mich aufhorchen und ich drehte mich um, um mir anzusehen, was sie sah. Ihr Blick klebte am schwarzen Brett, das im Pausenraum hing.

„Was ist?", fragte ich erheitert. „Bringen sie den Hackbraten zurück?"

„Nein!", motzte sie und sah mich verächtlich an. „Es geht um unsere Krankenversicherung, Aura."

Mit einer abwinkenden Handbewegung – als sei es Zeitverschwendung, mit mir zu reden – stürmte sie hinaus und ließ mich verwundert zurück. Keine Ahnung, warum sie es immer noch schaffte, bei mir ein flaues Gefühl im Magen zu hinterlassen. Immerhin arbeitete ich schon seit zwei Jahre mit dieser schlechtgelaunten Kuh zusammen. Ihr lockerer Umgang mit Kraftausdrücken und ihre mürrische Art waren nicht wirklich schockierend, aber sie hatte irgendetwas an sich ...

Sie erinnerte mich an meine Mutter.

Ich brachte meine Atmung unter Kontrolle und sah mir an, was sie gelesen hatte. Ich seufzte auf und zur Abwechslung war ich mit Steph einer Meinung: Das war absolute Scheiße.

Das Memo kam aus der oberen Etage und den Verantwortlichen hatte es wahrscheinlich nicht länger als zwei Minuten gekostet, es seiner Sekretärin zu diktieren. Und wahrscheinlich noch weniger, über die Auswirkungen nachzudenken.

An die Mitarbeiter von Child Motors, fing es an. *Beginnend zum 1. Februar, wird das Unternehmen die Gepflogenheit, die Versicherungsprämien seiner Mitarbeiter zu 80 Prozent zu übernehmen, einstellen. Außerdem wird bei allen Zuschüssen zu medizinischen und zahnmedizinischen Behandlungen sowie Rezepten ein Eigenanteil von 50 Prozent fällig. Psycho- und Physiotherapien, inklusive Massagebehandlungen, werden gar nicht mehr übernommen.*

Die oben genannten Maßnahmen betreffen das Apex-Basisprogramm und sind weiterhin verfügbar für das Apex Goldpremium Versicherungspaket. Bitte informieren Sie sich bei ihrer örtlichen Personalabteilung über die gültige Preise des Premiumpakets.

Beachten Sie bitte auch, dass aufgrund von Budgetkürzungen die Zuschüsse für Lebensversicherungen gestrichen wurden.

Wir danken Ihnen für Ihre Kooperation in dieser Sache.

Management

Ich starrte auf die Mitteilung und las sie wieder und wieder, bis sie vor meinen Augen verschwamm.

Dieses Land geht den Bach runter, dachte ich verbittert. *Sie quetschen uns Stück für Stück weiter aus, bis wir bald nur noch von der Hand in den Mund leben.*

Die Versicherungsleistungen waren der Grund, warum ich mich überhaupt dazu entschieden hatte, bei dem Luxusauto-Konzern zu arbeiten. Es waren sicher nicht die zwölf Mäuse pro Stunde, die man mir bezahlte. Mein Lohn reichte kaum für meine Grundausgaben.

Glücklicherweise war ich es gewohnt, jeden Penny umzudrehen. Während meiner Kindheit hatte ich gar keine andere Wahl gehabt. Die Spielsucht meiner Mutter hatte so oft dafür gesorgt, dass mein kleiner Bruder Alex und ich nichts zu essen hatten, dass ich gelernt hatte, Geld für diese Tage zur Seite zu hamstern, in denen sie nach Vegas verschwand.

„Du stehst da schon ganz schön lange."

Die Aussage schreckte mich auf und einem Teil von mir war es peinlich, beim Nichtstun erwischt worden zu sein. Ich wusste, wem diese Stimme gehörte, noch bevor ich mich umdrehte und in diese stahlblauen Augen blickte.

„Ich habe nur die Notiz gelesen", sagte ich seufzend und griff nach meinem kalten Kaffee, den ich neben der Kaffeemaschine vergessen hatte.

Javier schüttele ungläubig den Kopf.

„Er ist einfach ein Arsch", brummte er und warf einen Stapel Akten auf den runden Tisch, bevor er das Memo vom Brett nahm, es zerknüllte und in den Papierkorb warf.

Ich war ein bisschen beeindruckt davon, dass er traf. Ich wusste gar nicht, dass Javier Ball spielte. Nicht, dass er nicht den passenden Körper dafür hatte: er war mindestens 1,90 m groß und an den richtigen Stellen muskulös.

Während ich daran dachte, schweifte mein Blick über seine gut geformten Arme und mich durchflutete eine wohlige Wärme. Die Weihnachtsfeier war noch nicht lange her und ich fragte mich, ob er sich noch an unser kleinen Zusammentreffen in der Garderobe des Carrington Arms erinnerte. Ich dachte öfter daran, als ich sollte.

„Vielleicht wollte das noch jemand lesen", merkte ich an und nickte in Richtung des weggeworfenen Papiers.

„Das ist zu viel. Sadistisch", zischte Javier. „Sie haben es bereits per Email an alle verschickt. Es hier noch einmal aufzuhängen erweitert die Verletzung nur noch um eine Beleidigung."

Ich musste zugeben, seine Verärgerung berührte mich etwas. Er musste sich doch keine Sorgen machen. Diese Veränderungen betrafen ihn nicht.

Ich zuckte mit den Schultern, kippte meinen kalten Kaffee weg und nahm eine weitere Tasse aus dem Schrank.

„Möchtest du einen?", fragte ich und er nickte, während er gleichzeitig wütend schnaubte.

„Schwarz, richtig?"

Javvy blinzelte und nickte. Er legte seinen Kopf leicht zur Seite.

„Das weißt du noch?"

Ich spürte, wie meine Wangen erröteten.

„Sich das zu merken ist nicht allzu schwer", antwortete ich scherzhaft und hätte mich gleichzeitig am liebsten selbst getreten.

Kannst du ihm nicht noch deutlicher zeigen, dass du wie ein kleines Mädchen für ihn schwärmst?

Ich hatte das Gefühl, dass jedes Mal, wenn ich ihn ansah, die Anzeichen wie Leuchtfackeln in meinen Augen zu sehen waren. Aber ich konnte mich einfach nicht davon abhalten, ihn anzuhimmeln.

Es lag ja nicht nur daran, dass er umwerfend war. Ich meine, das war er – aber das war nicht der entscheidende Punkt. Javier hasste den CEO von Child Motors wahrscheinlich mehr, als jeder andere im Unternehmen, und das allein war schon heiß.

Vor allem deshalb, da Javier selbst ein Child war. Seinem Vater gehörte das Luxusautounternehmen, in dem wir arbeiteten, doch das würde man nicht vermuten, denn einerseits behandelte George Child seinen Sohn schlechter als die meisten von uns und andererseits war er einfach sympathisch. Niemand würde vermuten, dass er zwischen Privatjets, Jachten, Kaviar und Spring Breaks in Belize aufgewachsen war.

Aber vielleicht lebte er nicht so? Es war schwer zu sagen, wenn man bedachte, dass seine Stellung kaum eine Stufe besser war als meine. Es gab das Gerücht, dass er mit sechzehn Jahren in der Poststelle angefangen und es mit sechsundzwanzig gerade ins mittlere Management geschafft hatte und noch immer dabei war, sich seinen Weg nach oben zu erarbeiten.

Ich reichte ihm eine Kaffeetasse, auf der Es könnte auch Wodka sein stand und er lächelte mich schüchtern an.

„Du musst mich für einen ganz schönen Trottel halten", seufze er. „Dass ich mich über so etwas aufrege."

Ich richtete meine dunklen Augen auf ihn und schüttelte den Kopf.

„Ich halte dich überhaupt nicht für einen Trottel!", plärrte ich los und hasste mich fast dafür.

„Du glaubst es vielleicht nicht, aber ich werde genauso bezahlt, wie alle anderen hier. Diese Versicherungssache betrifft mich also auch."

Das hatte ich nicht gewusst.

Diese Information machte ihn nur noch sympathischer, doch bevor ich ihn weiter darüber ausfragen konnte, wie sein Familienunternehmen funktionierte, brachte mich ein scharfer Ton dazu, mich umzudrehen.

„Muss schön sein, den ganzen Tag zu flirten, während die anderen deine Arbeit übernehmen, Aura."

„Komme, Steph", murmelte ich und sah ein, dass sie nicht ganz Unrecht hatte. Meine ‚Pause' hatte länger als zehn Minuten gedauert.

Steph knurrte und stürmte davon. Ich schaute Javvy entschuldigend an.

„Die Arbeit ruft", kicherte ich, obwohl mein Herz raste.

„Ja, keine Sorge", antwortete er. „Kevin wird auch in einer Minute hier sein und mich anschreien. Danke für den Kaffee."

Er prostete mir wortlos mit seiner Kaffeetasse zu. Ich nickte und blickte schüchtern zu Boden.

„Bis später."

Ich hasste die Art, wie ich das sagte, beinahe bockig. Ich wollte nicht gehen, aber ich konnte schlecht den ganzen Tag mit Javier Child herumhängen. Sie planten Kürzungen und um Spielchen zu spielen, stand ich in der Nahrungskette nicht hoch genug. Ich brauchte diesen Job. Meine Karriere als Schriftstellerin war leider Gottes nicht so gelaufen, wie ich es gehofft hatte.

Es könnte vielleicht helfen, den Roman, den man veröffentlichen will, überhaupt erst mal zu schreiben, erinnerte ich mich selbst und dachte dabei an das halbfertige Manuskript in meinem Kleiderschrank.

„Hey, Aura …"

Ich stoppte und blickte in sein attraktives Gesicht.

„Hm?"

„Hör mal -" Er unterbrach sich selbst und wirkte, als müsse er zuerst seine Gedanken sortieren. Ich starrte ihn neugierig an. Ich konnte mir nicht vorstellen, was Javvy sprachlos werden ließ.

„Ich wolle nur sagen, was auf der Weihnachtsfeier passiert ist ..." Er verstummte erneut und ich errötete.

„Mach dir keine Gedanken deswegen", sagte ich leise und wünschte mir, er hätte diesen perfekten Moment zwischen uns nicht ruiniert. Warum musste er jetzt davon anfangen?

„Nein!", keuchte er und errötete ebenfalls. „Ich meinte, dass das, was zwischen uns auf der Weihnachtsfeier passiert ist, unglaublich war. Ich weiß, wir haben nie wirklich darüber gesprochen, aber ich habe oft an dich gedacht. Sehr oft."

Das hatte ich nicht erwartet. Ich hatte nie gedacht, dass unser Gefummel und Geknutsche unter Alkoholeinfluss, ihm irgendwas bedeutet haben.

Es lag nicht daran, dass ich Javvy für einen Playboy hielt. Dafür kannte ich ihn auch überhaupt nicht gut genug. Wie viel konnte ich auch über einen Typen wissen, dem ich ab und zu auf dem Gang oder in den Pausen begegnete? Trotzdem wirkte er auf mich nicht wie der Typ Mann, der sich jede Frau schnappte, die er haben konnte.

Ich fand aber auch nicht, dass an mir etwas war, das – sagen wir mal tausend – andere Frauen nicht auch hatten. Ich war nicht übermäßig selbstkritisch; das war eine Tatsache.

Ich war mit Sicherheit keine wahnsinnige Schönheit, obwohl ich durchaus meinen Charme hatte: strahlend weiße Zähne und grüne Augen, die wie Smaragde strahlten.

Mit meinen dunklen, lockigen Haaren und meiner olivfarbenen Haut konnte ich im richtigen Licht durchaus anziehend wirken. Aber wir waren in Kalifornien, die Konkurrenz war hart.

„Ich mache mich ganz schön lächerlich, oder?", murmelte er und drehte sich weg. „Ich wollte dich nicht in Verlegenheit bringen. Ich ..."

„Nein!", rief ich und fand mich in dieser merkwürdigen Realität wieder. „Nein, ich … ich bin froh, dass du etwas gesagt hast. Ich … Ich habe auch an dich gedacht."

Die Worte blieben mir fast im Hals stecken, doch ich presste sie heraus und lächelte nervös.

„Ganz ehrlich, ich wollte dich später um ein Date bitten, im neuen Jahr, aber …" Er räusperte sich und schaute mich fest mit seinen stahlblauen Augen an. „Ich will ganz ehrlich sein: Mein Vater macht mir das Leben zur Hölle, seit ich die Beziehung zu der Tochter eines Öl-Tycoons beendet habe, mit dem er gemeinsame Sache gemacht hat. Sie hat es auch nicht gut aufgenommen und plötzlich wurde ich von zwei der größten Psychopathen des Planeten in die Mangel genommen."

Dieses Geständnis war wirklich erstaunlich, vorrangig deshalb, weil er sich mir gegenüber noch nie so sehr geöffnet hatte.

„Ich … Tut mir leid, das zu hören", brachte ich heraus. Knurrend schüttelte er den Kopf.

„Okay, ich bin nicht besonders gut darin", seufzte er. „Ich wollte dir nicht mein privates Chaos auftischen. Ich versuche eigentlich, dich um ein Date zu bitten."

Mein Mund stand offen und bevor ich es wusste, nickte ich mit dem Kopf.

„Ja", antwortete ich und spürte Fröhlichkeit, die sich in mir ausbreitete. „Ja, das wäre toll. Ich gebe dir meine Nummer."

Ich streckte meine Hand aus, damit er mir sein Handy gab, doch Javier ließ den Kopf etwas schuldbewusst senken.

„Die habe ich mir schon aus deiner Personalakte besorgt."

Ich hätte wohl etwas verärgert darüber sein sollen, stattdessen aber war ich geschmeichelt. Ich fragte mich, wie lange er sie wohl schon hatte.

„Habe ich dich jetzt völlig verschreckt?"

Er klang, als erwartete er, dass ich mit einem überzeugten „JA ZUR HÖLLE" antworten würde, aber wie sollte ich? Seit fast zwei Monaten verzehrte ich mich nach dem Sohn des Chefs und jetzt stand er hier und lieferte sich mir quasi auf dem Silbertablett.

„Nein", antwortete ich. „Achte darauf, dass du sie auch benutzt."

Er hob seinen Blick und ein strahlendes Lächeln lag auf seinem Gesicht.

„Hast du heute Abend Zeit?"

„Jetzt nicht mehr."

Unsere Blicke trafen sich und mich durchfuhr eine sexuelle Spannung. Javier wollte endlich beenden, was er angefangen hatte.

KAPITEL 2

Javvy

„Wo bist du gewesen?"

Die Frage wurde mir wie ein Kanonenschuss entgegengefeuert. Dads Worte hätten mich eigentlich nicht überraschen sollen, immerhin klang er immer aufgebracht, zornig und herablassend.

Und doch blieb ich wie ein dressierter Pudel stehen. Ich drehte mich um und schaute ihn durch die geöffnete Tür seines Arbeitszimmers an.

Seit wann blieb diese Eisentüre nur angelehnt, geschweige denn geöffnet? Ich konnte mich nicht daran erinnern, jemals in meinem ganzen Leben die Doppeltüren zur privaten Räuberhöhle meines Vaters offen gesehen zu haben. Mit Sicherheit nicht beide, so als würde er sie vom Geruch einer Leiche befreiend durchlüften. Ich hatte kein gutes Gefühl.

„Bei der Arbeit. Solltest du ab und zu auch mal versuchen", schnauzte ich zurück und seine eisblauen Augen warfen mir einen steinernen Blick zu.

„Komm. Hier. Her."

Oh oh. Er betonte die Silben. Ein weiteres Anzeichen für drohendes Unheil.

„Was gibt's, Dad?", brummte ich und versuchte, meine Wut unter Kontrolle zu halten, während ich in seine Richtung stapfte. Ich war mit der Inventur beschäftigt, was eigentlich die Aufgabe meines Vorgesetzten Kevin war. Leider war Kevin Dads Liebling und er überließ mir nur zu gerne die nervigen Aufgaben. Er war anscheinend der Meinung, dass es ihm weiterhelfen würde, mich zu demütigen. Aus diesem Grund wuchs mein Berg mit Arbeit stetig an.

Ich war schon versucht, meine Arbeit nur halbherzig zu erledigen, oder noch schlimmer, Kevin reinzulegen und es so aussehen zu lassen, dass er Teile stahl. Genau genommen wäre Kevin für fehlendes Inventar verantwortlich, aber irgendetwas sagte mir, dass ich die Schuld bekommen würde. Das war es einfach nicht wert.

„Setz dich!"

„Dad, ich bin verabredet. Was es auch ist, kann es nicht warten?"

Offensichtlich konnte es das nicht, aber ich konnte nicht widerstehen und musste ihm meine Verabredung unter die Nase reiben.

George lehnte sich schnaubend in seinem schweren Ledersessel zurück.

„Du hast Nerven, nach dem, was du Emily angetan hast."

„Oh mein Gott! Wenn es hier um Emily geht -"

„Halt den Mund und hör zu", schnauzte George. „Es ist etwas passiert und ich brauche deine Hilfe."

Ein weiteres Mal überraschten mich seine Worte.

Ist er betrunken?

Ich beugte mich vor und sah ihm direkt ins Gesicht, konnte aber nicht genau erkennen, ob er es ernst meinte. Ich konnte noch nie erkennen, ob er völlig betrunken war oder nicht. Dafür war ein viel zu funktionsfähiger Alkoholiker.

Der Präsident und CEO einer der wertvollsten Automarken der Welt ist ein Säufer. Ich frage mich, wie oft er es geschafft hat, den Eintrag Fahren unter Alkoholeinfluss aus seiner Akte streichen zu lassen.

„Alvin wurde wegen Insiderhandel und Unterschlagung verhaftet."

Ich konnte ein Lachen nicht zurückhalten. Ich wollte es nicht, aber ich hielt das für einen schlechten Witz. Immerhin handelte es sich bei Alvin Selmy um den Vizepräsidenten von Child Motors und Dads rechte Hand. Ich stellte mir Al in seinem zu engen, English-cut Markenanzug vor, sein Gesicht verkniffen voller britischer Gering-schätzung. Sogar in meiner Vorstellung hatte er einen Akzent.

Er ist Lane Pryce aus Mad Men um Himmels Willen. Unmöglich, dass ...

Doch als ich meinen Vater musterte, wurde mir klar, dass er keinen Witz machte. Ich erinnerte mich schnell daran, was mit Lane Pryce passiert war und revidierte mein ursprüngliches Urteil.

Dad ist nicht betrunken, er ist fuchsteufelswild.

„Oh Scheiße, Dad ..."

„Oh Scheiße trifft es genau, Javier. Sie haben ihn heute Nachmittag nach Folsom gebracht."

Ich riss verwundert die Augen auf und lehnte mich weiter vor.

„So schnell? Er wurde verurteilt?"

Mein Vater nickte und griff nach seinen Zigaretten. Ich hatte keine Ahnung, dass er wieder mit dem Rauchen angefangen hatte. Aber wenn es einen passenden Zeitpunkt dafür gab ...

„Himmel, Dad! Wie hast du es geschafft, das monatelang aus der Presse rauszuhalten? Es waren doch Monate, oder? Das sind unge-heure Nachrichten!"

„Wenn die Zeit gekommen ist, Javier, und du deine Karten richtig ausspielst, werde ich dir alle Geheimnisse und den Schlüssel zum Königreich überreichen", antwortete er und nahm einen tiefen Zug seiner Marlboro.

„Was wirst du jetzt tun?"

George nahm einen weiteren Zug und schüttelte sein schütter werdendes blondes Haar. Ich erinnerte mich plötzlich an eine Zeit, in der er als gutaussehend galt, doch es fiel mir schwer zu sehen, warum Menschen das dachten.

Und alle sagen, dass ich genau wie er aussehe. Was sagt mir das über meine Zukunft?

Abgesehen von meinem exotischen Namen, habe ich nichts von meiner Mutter geerbt. Sie war eine Einwanderin aus El Salvador und nach der Scheidung von meinem Dad vor zehn Jahren, blieb sie ohne einen Cent zurück.

Der Streitpunkt zwischen ihr und meinem Vater war klar: Sie wollte, dass ich mit ihr in San Fernando Valley lebte, aber George hatte andere Vorstellungen. Und dass ich in Kontakt mit meiner Mutter blieb, gehörte nicht dazu.

„Das Königreich könnte dir gehören", flüsterte Dad mir damals ins Ohr. „Du musst es dir nur verdienen. Aber wenn du zu deiner Mutter gehst, wirst du alles verlieren, das schwöre ich dir."

Ich hatte ihm damals geglaubt. Ich war sechzehn. Was zur Hölle wusste ich schon? Ich war noch nicht clever genug gewesen, um zu wissen, dass jeder Narzisst ein Publikum brauchte. Er wäre verkümmert und gestorben, wenn er mir nicht seine Weisheiten hätte „lehren" können.

Es war Dads Idee gewesen, mich von ganz unten anfangen zu lassen, mich aus der Schule zu nehmen und bei Child Motors arbeiten zu lassen. In meinem Hinterkopf schwirrte ständig die Frage, was wohl wäre, wenn er seine Meinung ändern und mich doch absägen würde. Was würde ich dann machen?

Ich war mir sicher, dass ich von vorne anfangen könnte, Abitur auf dem zweiten Bildungsweg oder etwas Ähnliches. Aber mit Sicherheit würde ich mit eingeklemmten Schwanz zu meiner Mutter rennen und ihr sagen, dass sie von Anfang an recht gehabt hatte.

Es war nie passiert und George hatte das auch nie erwähnt, doch meine Zweifel an ihm blieben bestehen und bestimmten jede meiner Bewegungen. Ich kannte meinen Vater, er war von Natur aus ein Sadist.

Plötzlich wurde mir klar, warum er mich in sein Büro gerufen hatte.

Er wollte mich zum Vizepräsidenten befördern.

Eine Mischung aus Nervosität und Aufregung machte sich in mir breit, während ich darüber nachdachte, was das bedeutete. Selmy lebte teils in Großbritannien und teils hier, aber das bedeutete nicht, dass ich das auch musste, oder?

Sofort musste ich an Aura denken und mir wurde das Herz

schwer. Es hatte mich zwei Monate gekostet, bevor ich den Mut aufbekommen hatte, um sie um ein Date zu bitten.

Sie wird denken, dass ich sie an der Nase herumführen will, wenn ich ihr sage, dass ich nach London gehe ... Außer, sie kommt mit mir...

Darüber musste man nachdenken. Würde sie mich für verrückt halten, wenn ich sie fragte, oder fände sie es romantisch? Schwer zu sagen. Aura war irgendwie geheimnisvoll, anders als alle anderen Frauen, die ich bisher gekannt habe.

Was ich ihr im Pausenraum gesagt hatte, war die Wahrheit. George war wegen Emily auf dem Kriegspfad und die Frau selbst war verrückt. Sie tauchte überall dort auf, wo ich war und trieb sich nachts um unser Haus herum. Es dauerte nicht lange, bis mir klar wurde, dass sie mit George zusammen daran arbeitete, unsere Beziehung wieder aufleben zu lassen.

Emilys Vorstellung von Romantik erinnerte mich an ‚Eine verhängnisvolle Affäre‘.

Ich wusste, dass flehen und betteln bei meinem Vater nicht funktionieren würde. Stattdessen machte ich ihn eines Abends betrunken und erzählte ihm „im Vertrauen“, dass ich Angst vor Emily hatte und mir eine einstweilige Verfügung besorgen würde. Er wusste natürlich nicht, dass ich ihm auf die Schliche gekommen war.

George sagte mir, ich solle eine Nacht darüber schlafen, und genau, wie ich vermutet hatte, verschwand Emily von der Bildfläche. Ich wartete drei Wochen, bevor ich meinen Dad wissen ließ, dass ich wusste, was er getan hatte und ihm dafür dankte, dass er sich um das Problem gekümmert hatte. Er war stinksauer, doch Emily hatte sich bereits ein neues Opfer gesucht.

Aura ist völlig anders. Nach unserem kleinen Date in der Garderobe, hat sie nicht direkt durchgedreht. Sie ist zu selbstsicher und hat viel zu viel Klasse für so etwas. Ich würde sie gerne mit nach Europa nehmen.

„Hörst du mir überhaupt zu?“

„Natürlich, Dad.“

„Ich befördere dich also“, fuhr er fort und ich fühlte, wie meine Brust anschwoll. Ich war mir nicht sicher, ob das gut oder schlecht war, aber es war da und ich spürte es.

„Ich habe Jake gemailt und ihn wissen lassen, dass du ab Montag übernimmst."

„Welcher Jake?" Mein Kopf war völlig leer, als ich versuchte, mich an jemanden namens Jake zu erinnern.

George schaute mich entnervt an.

„Jake Lucette. Du hast nicht ein Wort von dem, was ich gesagt habe, mitbekommen, oder?"

„Doch!", protestierte ich völlig verloren. „Ich habe nur den Teil über Jake verpasst."

„Jake Lucette ist der Leiter deiner Abteilung. Ich mache ihn zum Vizepräsidenten und du übernimmst seinen Posten. Herrgott, lass mich meine Entscheidung bloß nicht bereuen, hörst du?"

„Was?", fragte ich ungläubig. „Du gibst Jake Lucette die Stelle? Der Mann ist ein arschkriechender Mistkerl!"

Georges Mund formte sich zu einem Lächeln und er schüttelte den Kopf.

„Dachtest du etwa, dass ich dir ohne Weiteres so einen Posten übertrage? Du schaffst es ja nicht einmal, mir zuzuhören. Versau das nicht, Javier."

„Dad!", knurrte ich. „Jake ist erst seit vier Jahren im Unternehmen. Was zur Hölle weiß er schon, wie man ..."

Ich unterbrach mich selbst, als mir klar wurde, dass George meine Wut wahrscheinlich genoss.

Jeder seiner Schritte ist kalkuliert. Er liebt es, jemanden bei einem Wutausbruch zuzusehen. Aber ich werde nicht in seine Falle tappen. Fick dich, Dad. Eine wunderschöne Frau wartet auf meinen Anruf.

Die Gewissheit, dass ich Aura nicht zurücklassen musste, wurde plötzlich zum dem Silberstreif am Horizont, den ich gesucht hatte. Ein breites Lächeln breitete sich auf meinem Gesicht aus, was meinen Vater sichtlich irritierte.

„Was ist so lustig?" Sein Ton war beiläufig, doch ich konnte sehen, dass er sich das Hirn zermarterte.

„Ich habe es dir doch gesagt", antwortete ich und machte mich auf den Weg aus dem Zimmer. „Ich habe eine Verabredung."

Ich knallte die Türe hinter mir zu und ging die Treppe hinauf in meinen Wohnbereich im Ostflügel des Hauses. Ich würde mir von der Unterhaltung mit George nicht die Laune verderben lassen. Ich hatte zwei Monate damit verbracht über Aura zu fantasieren und mich daran zu erinnern, wie ihre Küsse schmeckten. Nach Appletini. Ihre Hände hatten fast jeden Zentimeter meines Körpers berührt, als kannte sie mich besser als ich mich selbst.

Plötzlich saß meine Hose im Schritt etwas eng. Ich holte mein Handy aus der Hosentasche und wählte Auras Telefonnummer.

„Hallo?", ertönte ihre Stimme. Sie klang etwas außer Atem.

„Hi, ich bin es." Ich wusste nicht, warum ich erwartete, dass sie wusste, wer „ich" ist. Doch sie wusste es sofort.

„Hi", säuselte sie. Sie freute sich offensichtlich über meinen Anruf.

„Heute Abend steht noch?"

„Ich bin dabei. Du auch?"

„Natürlich. Ich gehe nur noch schnell duschen und ziehe mich um. Kannst du mir deine Adresse schicken?"

„Hast du die etwas nicht aus meiner Akte geholt?", fragte sie neckisch und ich wurde rot. Ich hatte ihre Adresse nicht, denn ich wusste, dass ich bereits eine Grenze überschritt, indem ich mir ihre Nummer auf diese Weise besorgt hatte.

„Ich schwöre, das habe ich nicht. Wenn du dich unwohl fühlst ..."

„Um wie viel Uhr holst du mich ab?"

Ich entspannte in dem Wissen, dass sie mich neckte. Und das war in Ordnung. Ich freute mich darauf, Aura auf jede Weise in Gang zu bringen, die sie wollte.

KAPITEL 3

Aura

Ich hatte keine Ahnung, warum ich so nervös war. Immerhin hatte ich diesem Typen bereits meine Zunge in den Hals gesteckt und seitdem waren wir uns schon einige Male wieder begegnet.

Doch hier im schummrigen Licht der Straßenlaterne schaute ich ihn aus dem Augenwinkel an, als würde ich ihn zum ersten Mal sehen.

Verdammt, er sieht wirklich gut aus. Sogar trotz des zusammengepressten Unterkiefers. Ich frage mich, was ihn beschäftigt.

Ich könnte mir selbst schmeicheln und annehmen, dass er sich über unsere bevorstehende Verabredung Gedanken machte, aber ich wusste es besser. Er war über etwas verärgert, versuchte aber, sich nichts anmerken zu lassen. Keine Ahnung, warum ich mir dessen so sicher war, aber manchmal hatte ich das Gefühl, als kannte ich Javvy schon seit Jahren. Wir schienen auf einer Wellenlänge zu sein.

„Einen Penny für deine Gedanken?"

Wie kam ich denn auf diese dämliche Phrase? Waren wir etwa in den 50ern?

377

Zu meiner Erleichterung sah er mich an, hielt an einer roten Ampel und seufzte tief.

„Mein Vater ist ein Arsch."

Oh.

Wie sollte ich darauf antworten? Ich meine, es war ja allgemein bekannt. Ich konnte also kaum so tun, als wäre ich anderer Meinung. Jedenfalls erwartete Javvy auch nicht, dass ich das tat. Er war wütend und war auf der Suche nach Zustimmung.

„Ich habe gehört, dass er schwierig sein kann", versuchte ich als Antwort und war mir noch immer unsicher, was ich sonst hätte sagen sollen. Ich konnte schlecht vor dem Sohn über den CEO herziehen … oder? Dieses Risiko wollte ich wirklich nicht eingehen.

„Nein, er ist nicht schwierig, er ist ein Arschloch und ich verabscheue ihn."

Ich berührte seinen angespannten Arm, während er den Schaltknüppel fest umklammerte.

„Was ist passiert?", fragte ich leise.

„Er…" Die Ampel sprang auf grün und Javvy raste los. Die Kraft des Windchasers drückte mich in meinen Sitz. Es war das billigste Modell aus dem Hause Child, kostete aber immerhin noch achtzigtausend Dollar, auch wenn es schon sieben Jahre alt war.

„Ich kann nicht wirklich darüber reden", murmelte er und schien genervt, dass er das sagen musste. „Es ist auch egal. Dass er ein Arsch ist, ist ja nichts Neues."

„Warum kannst du nicht darüber reden?", fragte ich interessiert. Es klang, als wäre Javvy zur Verschwiegenheit verpflichtet und das machte mich neugierig. Ich verstand die Dynamik zwischen Vater und Sohn nicht ganz, aber ich war sicher die Letzte, die sich ein Urteil erlauben konnte. Auch meine Mutter war bis zu ihrem Tod eine wahre Tyrannin gewesen.

„Stört es dich, wenn ich für einen Moment rechts ranfahre?"

Ich war überrascht, nickte aber schnell bejahend, als ich die Belastung in seinem Blick sah. Wir würden zu spät zu unserer Reservierung kommen, aber das war mir egal. Ich hatte plötzlich gar keinen

Hunger mehr. Er musste sich offensichtlich etwas von der Seele reden und ich würde ihn nicht davon abhalten.

Javvy steuerte den Windchaser zu einem Parkplatz, der zu einem Park gehörte. Kurz darauf standen wir hinter einer Mauer aus Nadelbäumen und waren von der Straße aus nicht mehr zu sehen.

Ich hatte gar nicht gemerkt, dass wir in die ruhige Gegend San Joses gefahren waren, bis ich erkannte, dass wir am Alum Rock Park standen. Außer uns waren keine weiteren Autos da und Javvy stellte den Motor ab.

„Entschuldige", murmelte er. „Ich weiß auch nicht, warum ich ihn so an mich heranlasse. Es ist ja nichts Neues."

Mitgefühl machte sich in mir breit und ich sah ihn wortlos an, während er seine Gedanken sammelte. Es dauerte nicht lange und er schaute mich schuldbewusst an.

„Kaum zu glauben. Wir haben ein Date und ich jammere wegen meines Dads herum wie ein angepisster Teenager."

„Du jammerst nicht", antwortete ich sanft. „Du lässt einfach etwas heraus. Es klingt auch nach einer ernsteren Sache und nicht einfach danach, dass Daddy dir die Schlüssel für den Ferrari nicht gegen wollte."

Immerhin konnte er über diesen Witz lachen.

„Childs fahren keine Ferraris, Miss Cameron", antwortete er in einem nasalen Ton und machte damit offensichtlich die Oberklassen-Freunde seines Vaters nach. „Wir reisen ausschließlich in Child-Fahrzeugen. Sie sollten sich schämen, etwas anderes anzunehmen."

„Entschuldigen Sie meine Ignoranz, Hoheit", kicherte ich und merkte plötzlich, dass meine Hand noch immer auf seinem Unterarm lag. Ihn schien es nicht zu stören.

Unsere Blicke trafen sich und er schüttelte etwas reumütig den Kopf.

„Mein Vater tut so, als ob alles, was er macht, dazu dient, mir beizubringen, wie man die Firma leitet. Doch wenn dann die Gelegenheit kommt, mir die Leitung zu übertragen, übergeht er mich. Und ich schwöre dir, Aura, er genießt es."

„Ich bin mir nicht sicher, ob das stimmt", sagte ich leise und drückte seinen Arm sanft. Seine blauen Augen wanderten zu meinen Fingern, die auf seiner Haut lagen, dann schaute er mich erneut an.

„Ich bin einfach ein Idiot, dass ich darüber rede", sagte er leise und lehnte sich vor. Er muss das Verlangen in meinen Augen gesehen haben, und ich war froh darüber. „Die in mir aufsteigende Hitze sagte mir, dass, sollte er nicht schnell handeln, ich gezwungen wäre, ihn in den ledernen Fahrersitz zu pressen – und dann würde ich die Zügel in die Hand nehmen."

Ich musste gar nicht handeln, unsere Blicke verschmolzen miteinander, als er die kurze Distanz zwischen uns überwand.

Unsere Lippen trafen aufeinander und ich spürte diesen bekannten Rausch. Diesen Rausch hatte ich in den letzten Wochen sehr häufig verspürt, doch anders als jetzt war der Auslöser dieses Rausches nicht nur ein Produkt meiner Fantasie, sondern saß in Fleisch und Blut vor mir und war .

Er nahm mein Gesicht in seine Hände und zog mich näher an sich heran. Unsere Zungen tanzten miteinander, Spannung fuhr durch meinen Körper und ich schlang meine Arme um ihn.

Ich wusste, wohin das führen würde und klappte meine Rückenlehne so weit nach hinten, wie ich konnte, um uns mehr Platz zu verschaffen.

Javvy verschwendete keine Zeit und manövrierte seinen Körper über die Mittelkonsole zu mir auf den Beifahrersitz.

Das hat er schon mal gemacht war mein erster Gedanke, den ich aber gleich zur Seite schob. Ich wollte diesen fantastischen Moment nicht durch schicksalsergebene Gedanken ruinieren.

Nicht jeder wird dich enttäuschen ermahnt ich mich selbst, während Javvy meine Beine spreizte und seine Knie auf die Fußmatte positionierte.

Ich unterbrach unseren Kuss, als ich seine Hände auf meinen Brüsten spürte.

Mein Kleidungsstil für heute Abend war leger aber sexy – zumindest war das meine Absicht. Ein Teil von mir fühlte sich etwas schlampig, als mein Rock immer höher rutschte und schließlich mein rotes Höschen erreichte.

Javvy vergrub sein Gesicht in meinem Busen, sein Atem hinterließ eine Gänsehaut auf meinem Körper.

„Gott, du fühlst dich so gut an", murmelte ich. „Ich bin so froh, dass wir das tun."

Er lachte sanft und entblößte meine Brüste mit einer einfachen Handbewegung. Seine Lippen und seine Zunge legten sich augenblicklich um meine Brustwarze. Funken durchfuhren mein Innerstes und zwischen meinen Beinen wurde es feucht.

Ich wölbte meinen Körper vor und wollte seine Härte spüren. Ich erinnerte mich, wie ich sie damals in der Garderobe der Pizzeria gespürt hatte. War sie mir wegen des Alkohols so groß vorgekommen oder war sie es wirklich?

Als ob er meine Absicht spürte, schob er seinen Körper etwas höher und presste mich tiefer in den Sitz. Ich konnte sehen, dass es für ihn unbequem war. Doch bevor ich ihm einen Positionswechsel vorschlagen konnte, klappte der Sitz komplett nach hinten und wir befanden uns in der Horizontalen.

„Das ist besser", sagte er lachend und presste seine Lippen erneut an meine. Nun konnte ich auch die Beule in seiner Hose spüren und es machte mich wild. Verdammt wild.

„Bist das alles du?", fragte ich beeindruckt und presste meine Hüften gegen ihn.

Er hob seinen Kopf, sah mich an und leckte sich über die Lippen.

„Willst du es herausfinden?"

Ich atmete tief durch und nickte wie ein aufgeregtes Kind. „Oh ja, bitte", stöhnte ich.

Meine Antwort brachte Javvy zum Lächeln. Seine Hand bewegte sich zu seinem Gürtel und ich eilte ihm zur Hilfe. Meine Hände zitterten vor Erregung.

Oh mein Gott! Das soll alles in mich hinein?

Ich konnte von meiner Position aus nicht besonders gut sehen, doch meine Hand fuhr an seiner Männlichkeit entlang.

„Alles in Ordnung?", fragte er. Sein Blick durchdrang mich, während er sich weiter in Position brachte. Ich brachte keinen Ton heraus, nickte aber zustimmend, obwohl ich mir immer noch nicht ganz sicher war, ob ich ihn vollständig in mich aufnehmen konnte.

Er schien mein Zögern zu spüren und liebkoste meinen Körper weiter mit seinen Lippen. Wenn er so weitermachte, wäre ich fertig, bevor er überhaupt in mich eindringen konnte.

Ich hob meine Schenkel an und presste sie gegen seine Seiten. Dann spürte ich seine Spitze, die langsam in mich eindrang.

„Geht es dir gut?"

Ich schaute ihn an und biss mir auf die Unterlippe. Ich war mich sicher, dass ich noch nie so feucht gewesen war.

„Nimm mich", flehte ich ihn an. Meine Stimme war nicht mehr als ein heiseres Flüstern. Javier brauchte keine weitere Aufforderung und drang vollständig in mich ein.

Ich holte tief Luft und er bewegte sich langsam vor und zurück, seine wunderschönen Augen blickten mich tief an.

Er war darauf bedacht, mir nicht weh zu tun, doch das interessierte mich nicht mehr. Ich wollte es schneller und härter.

Meine Finger vergruben sich in seine Pobacken und meine Hüften bewegten sich im Einklang mit seinen.

Er verstand mein Verlangen und sofort beschleunigte er seine Stöße. Er füllte mich aus, wie es noch kein Mann zuvor getan hatte.

Ich konnte meine Schreie nicht unterdrücken, als er sein Tempo weiter erhöhte. Auch sein Stöhnen wurde immer lauter und unkontrollierter.

„Du bist so eng und so heiß", keuchte er.

Ich stöhnte laut auf; seine Stöße brachten mich genau da hin, wo ich hinwollte.

„N...nicht auf...hören", brachte ich heraus, doch ich glaubte, er hörte mich gar nicht. Er stand zu kurz vor seinem eigenen Höhepunkt, um irgendetwas anderes wahrzunehmen.

Laut schreiend erreichte ich meinen Höhepunkt und vergrub meine Fingernägel noch tiefer in seinem Rücken. Kurz darauf erreichte auch Javvy seine Erlösung.

Unsere Säfte vermischten sich miteinander und wir lagen eng umschlungen und atemlos zusammen.

Ich seufzte ins Telefon und grinste gleichzeitig wie ein Idiot.

„Aber du bist mein Lieblingsessen", jammerte ich spielerisch. „Warum bist du nur so?"

„Wie läuft's bei dir da drüben?", fragte sie mir sorgenvoller Stimme. Ich hatte mich ihr gegenüber geöffnet, was die Beziehung zwischen mir und meinem Vater betraf, auch wenn ich wusste, dass ich sie vielleicht in eine schwierige Lage brachte. Immerhin arbeitete sie in seiner Firma. Aber ich vertraute ihr und war mir sicher, dass sie nichts von dem weitergab, was ich ihr erzählte.

„Der gleiche Scheiß wie immer", antwortete ich kurz, konnte die Wut in meiner Stimme aber nicht unterdrücken.

„Komm einfach nach Hause", drängte sie. „Vergiss ihn einfach."

„Ich bin auf dem Weg", erwiderte ich und spürte eine wohlige Wärme in mir, als sie das Wort „Zuhause" benutzte.

Für sie fühlt es sich auch so an, als lebten wir zusammen. Diese Erkenntnis erfüllte mich mit Euphorie. Ich war noch nie mit jemandem zusammen, der solche Gefühle in mir auslöste.

„Ich muss mit dir über etwas reden", fuhr sie fort und mein Lächeln erstarrte.

„Was ist los?", fragte ich und hörte die Sorge in ihrer Stimme. „Was ist passiert?"

„Nein, nichts!", sagte sie beharrlich. „Wir reden darüber, wenn du wieder da bist."

„Jetzt machst du mir Angst! Sag schon!"

„Mein Gott, Javvy. Es ist nichts Schlimmes. Es ist nur … Mein Vermieter hat die Miete erhöht und meine Autoversicherung wurde erhöht. Letzten Monat musste ich eine neue Lichtmaschine einbauen lassen und -"

„Brauchst du Geld?", fragte ich sie und hörte, wie sie tief Luft holte.

„Nicht von dir." Ihre Worte klangen eiskalt. „Ich fange als Barkeeperin im El Chapo an."

„Moment, was?", fragte ich geschockt. „Das kannst du nicht tun!"

„*Ich kann nicht?*", wiederholte sie meine Worte. „Warum *kann* ich nicht?"

Ich hätte in diesem Moment meine Klappe halten sollen, schaffte es aber einfach nicht.

„Wenn du nachts arbeitest, werde ich dich kaum noch sehen!"

Ich wusste, wie dumm und egoistisch das klang, und es war auch wirklich nicht das, was ich damit sagen wollte. Ich wollte ihr eigentlich sagen, dass ich ihr mehr Geld geben würde, wenn sie es brauchte. Immerhin gehörte zu meiner Beförderung auch eine beachtliche Gehaltserhöhung. Ich wollte ihr sagen, dass wir zusammenziehen und uns die Ausgaben teilen könnten. Stattdessen hörte ich mich an wie ein eifersüchtiger, kleinkarierter Freund, der sich Sorgen darüber machte, nicht mehr oft genug zum Schuss zu kommen.

„Deswegen sage ich es dir ja jetzt", antwortete sie kurz und knapp. „Wir kriegen das schon hin."

Ich atmete tief durch.

„Wir reden, wenn ich wieder zu Hause bin", sagte ich und sie lachte kurz auf.

„Habe ich das nicht gleich gesagt?"

„Ich muss anfangen, öfter auf dich zu hören."

„Du redest dich weiter um Kopf und Kragen. Ich bestelle unser Abendessen. Beeil dich. Ich bin geil." Sie beendete das Gespräch und ich machte mich wieder daran, meine Tasche zu packen.

Wenigstens war sie nicht wütend.

Das war eine von Millionen Dingen, die ich an Aura liebte. Sie war nie lange wütend und überhaupt nicht nachtragend. Vergeben und vergessen, das zeichnete sie aus. Das hieß aber nicht, dass wir niemals stritten.

Ich betrachtete den Kleiderschrank – es war eigentlich ein eigenes Zimmer – gefüllt mit Hemden und Hosen, sortiert in Fächern aus Zedernholz. Eine Seite war komplett gefüllt mit Schuhen, ein Paar für jede Gelegenheit. Als ich sie mir so anschaute, empfand ich all die Sachen plötzlich als etwas Überflüssiges.

Die Reichen achten nicht einmal auf schöne Sachen, sie brauchen einfach nur Dinge, die sie von der Steuer absetzen können. Kein Mensch auf der Welt braucht so viele Sachen.

Mit einem Mal griff ich mir eine Tasche aus dem hinteren Bereich des Schranks und begann sie zu packen. Scheiß drauf, es vorher zu besprechen. Ich werde mit meinen ganzen Sachen bei Aura auftauchen und sie vor vollendete Tatsachen stellen.

Sie wird sicher nicht Nein sagen können, wenn ich so bei ihr auftauche, oder?

Ich schätze, ich werde es bald herausfinden.

Ich schleppte die erste gefüllte Tasche aus dem Schrank, stellte sie neben der Tür ab und machte mich daran, die zweite zu packen, als ich jemanden meinen Namen rufen hörte.

„Javier!"

Ich musste gar nicht nachsehen – es war offensichtlich mein Vater.

„Was ist los, Dad?"

„Was machst du da? Fährst du in den Urlaub?" Er stand in der Tür, die Hände in die Hüften gestemmt und die Augen fest zusammengekniffen.

Ich schaute ihn an und presste die Lippen zusammen. Wenn ich ihm jetzt sagen würde, dass ich zu Aura ziehe und sie aber ablehnte, dann würde ich später mit zusammengekniffenem Schwanz wieder hier auftauchen. Es war also besser, erst einmal nichts zu sagen, bis ich mir sicher sein konnte.

„Ich sortiere einfach ein paar Sachen aus", log ich. „Was machst du hier oben?"

Ihn in meinem Schlafzimmer zu sehen, war ein komischer Anblick. Er kam nie hierher, aber ich merkte, dass meine Worte ihn beeindruckt hatten.

Er hat unten gesessen und vor sich hin geschmort. Es fiel mir schwer, ein Lächeln zu unterdrücken.

George beantwortete meine Frage nicht direkt, stattdessen drehte er sich um und schaute sich in der Suite um. Als ob er sie zum ersten Mal sah.

„Wer ist die Frau, mit der du dich triffst?"

„Ihr Name ist Aura Cameron. Sie arbeitet in unseren Büro in San Jose."

„In welcher Funktion?"

„Sie ist Sekretärin der Verwaltung."

Mein Vater schnaubte abfällig. Als hätte ich ihm gerade gesagt, dass ich mit einer Crack-Hure zusammen sei.

„Klingt ehrgeizig."

Ich biss die Zähne zusammen, um meinen Zorn unter Kontrolle zu halten. Aura anzugreifen, würde für ihn kein gutes Ende nehmen.

„Wenigstens arbeitet sie", stichelte ich in seine Richtung. Ich konnte mich nicht daran erinnern, wann ich ihn das letzte Mal im Büro gesehen hatte. Es schien, als erwartete er einfach, dass die Firma von alleine lief, während er seine Zeit auf dem Golfplatz verbrachte.

Ruckartig drehte George den Kopf in meine Richtung und blickte mich herausfordernd an.

„Was hast du ihr über unsere Familienangelegenheiten erzählt?"

Ich schnaubte verächtlich und widmete mich wieder meiner Aufgabe.

„Welche Familie? Welche Angelegenheiten?"

„Sei nicht so bockig, Javier. Das passt nicht zu dir."

„Ich weiß nicht, was du willst, Dad!", schnauzte ich zurück. „Worauf willst du hinaus?"

„Hast du ihr von Alvin Selmy erzählt?"

Oh ...

Ich drehte mich um und tat so, als sei ich mit packen beschäftigt. Leider war ich nicht schnell genug und er sah, dass ich rot wurde.

„Was zum Teufel stimmt nicht mit dir, Javier? Wie konntest du -"

„Ich habe ihr überhaupt nichts erzählt", motzte ich ihn an. „Hör auf, mit mir wie mit einem Fünfjährigen zu reden!"

„Dann hör auf, dich wie ein Fünfjähriger zu benehmen!"

Ich starrte ihn für einen langen Moment an und merkte – nicht zum ersten Mal – dass er genau das in mir sah: einen kleinen Jungen, den man rügen musste. In diesem Moment fällte ich meine Entscheidung.

„Dad, ich ziehe aus", sagte ich geradeheraus. „Ich bin siebenundzwanzig Jahre alt und du behandelst mich wie ein Kleinkind, das sich nicht einmal selbst den Hintern abwischen kann."

„Tja, wenn du mich nicht ständig enttäuschen würdest, Javier, dann müsste ich dich nicht so behandeln, oder?"

Ich grinste humorlos.

„Wahrscheinlich hast du recht", stimmte ich ihm zu. Ich würde diesen Köder nicht schlucken, ich habe mich in meinem Leben oft genug von ihm anstacheln lassen. Er hatte mir gezeigt, wie viel er von mir hielt, als er Jake zum VP befördert hat. Es gab keinen Grund, noch länger hierzubleiben. Schon gar nicht, wenn ich mir zu 90 Prozent sicher war, dass Dad überhaupt nicht die Absicht hatte, mir die Firma zu übertragen.

„Javier, du bist einfach noch nicht so weit", stöhnte er sichtlich entnervt davon, dass ich mich auf keine Diskussion mit ihm einließ. „Du hast keinen Mumm, kein Feuer -"

„Gut, ich hab's verstanden, Dad." Ich schloss die zweite Tasche und zog sie aus dem Schrank. Ich musste noch eine kleine Tasche packen, wollte aber auch nicht länger als nötig hierbleiben. Ich fürchtete, dass ich meinem Vater doch noch eine reinhauen könnte.

„Ich will die Firma nicht."

Ich sagte die Worte so emotionslos wie möglich, dennoch spürte ich die Emotionen, die damit verbunden waren. Und wenn ich sie spürte, tat mein Vater das sicher auch. Natürlich wollte ich die verdammte Firma. Nur deswegen habe ich es so lange hier ausgehalten und hatte die Beziehung zu meiner Mutter beendet. Darauf zu verzichten würde bedeuten, dass die letzten zehn Jahre umsonst gewesen wären.

Auf seinen Lippen formte sich ein kaltes und gefühlloses Lächeln.

„Gut", antwortete er, drehte sich um und ließ mich alleine in meinem Zimmer zurück. „Morgen früh werde ich mein Testament ändern lassen."

Ich stand da und schaute ihm nach. In meinem Magen machte sich plötzlich ein Gefühl der Angst breit.

Er redet bloß dummes Zeug. Er wird mich nicht aus seinem Testament streichen ... oder doch?

Wer wusste schon, was er vorhatte? George war alles andere als berechenbar.

Mir blieb nichts anderes übrig, als zu meinem Wort zu stehen und weiterzumachen. Was würde sich denn wirklich ändern? Ich hatte

391

mein ganzes Leben in der Firma gearbeitet und sie nicht geleitet. Meine Situation würde sich dadurch nicht ändern, wenn ich niemals das bekäme, was ich niemals hatte.

Und ich hatte Aura. Was sollte ich sonst noch wollen?

Mit neuer Entschlossenheit packte ich meine Taschen zusammen und trug sie in den Flur.

Scheiß auf die Firma und scheiß auf dich, Dad. Ich bin jetzt bereits glücklicher, als du es je sein wirst.

KAPITEL 5

Aura

Ich spürte, dass sich Ärger zusammenbraute, bevor etwas passierte. Vielleicht eine Art sechster Sinn oder wie auch immer man es nennen wollte. Jedenfalls wusste ich, dass etwas unser Glück bedrohte.

Vielleicht lag es daran, dass ich einen zweiten Job angenommen hatte und Javvy und ich uns kaum noch sahen, obwohl er praktisch bei mir wohnte. Er war zwar noch nicht offiziell bei mir eingezogen, doch er ging kaum noch zu sich nach Hause.

Ich vermutete, dass George Child ihm deswegen das Leben schwer machte, aber mein Liebster sagte nie etwas dazu. Er war darum bemüht, unsere Beziehung aufblühen zu lassen und brachte im Zuge dessen seinen Vater immer seltener zur Sprache.

Heute Morgen beobachtete ich ihn in der Küche, während ich völlig übermüdet meinen ersten Kaffee trank. Zurzeit arbeitete ich tagsüber im Büro und abends im El Chapo. Es war ein ziemlich guter Job und gar nicht so schlimm, wie ich erwartet hatte. Man wurde weniger angegrapscht als damals zu meiner Collegezeit, als ich als Kellnerin gearbeitet hatte. Entweder hatte sich die Zeiten geändert, oder der Laden hatte einfach einen höheren Standard. Ich hatte jedenfalls keinen Grund, mich zu beschweren.

Javvys Blick klebte an seinem Tablet und ich konnte sehen, dass er genauso übermüdet wie ich war. Ich fragte mich, ob er etwa auf mich gewartet hatte, auch wenn er bereits fest schlief, als ich nach Hause kam.

Vermutlich, dachte ich und schüttelte den Kopf. Er hatte das die ersten drei Schichten gemacht und ich hatte ihm deswegen die Hölle heiß gemacht.

„Ich bin eine erwachsene Frau, Javvy. Ich brauche keinen Babysitter." Ich klang entnervt, doch innerlich war ich auch geschmeichelt von seiner Aufmerksamkeit. Er war die lebende Definition eines Gentleman und ich liebte ihn jeden Tag etwas mehr. Ich konnte kaum glauben, dass er in Wahrheit sogar noch besser war als in meiner Vorstellung. Wann hatte ich je einen Mann getroffen, der mich nicht auf irgendeine Art enttäuscht hatte?

„Okay," antwortete er und sah ein, dass ein Streit zu nichts führen würde.

Ich öffnete den Mund und wollte fragen, was für niederschmetternde Nachrichten er las. Seinem Gesichtsausdruck zufolge ahnte ich, dass es um Politik ging, doch bevor ich etwas sagen konnte, klingelte mein Telefon.

Ich schaute überrascht und skeptisch auf mein Display. Wer rief denn um diese Zeit an?

„Wer ist es?", fragte Javvy.

„Mein Bruder."

Ich nahm mein Handy vom Küchentresen und nahm den Anruf entgegen.

„Hi."

„Hi" antwortete Alex. „Lange nichts voneinander gehört."

„Es ist sieben Uhr morgens. Hast du nicht geschlafen?"

Alex lachte klangvoll auf und hörte sich beinahe nüchtern an, aber ich kannte meinen Bruder besser.

„Ist das deine Art mich zu fragen, ob ich betrunken bin?"

„Natürlich nicht!", antwortete ich vehement und zuckte bei meiner eigenen Lüge zusammen. „Ich freue mich, deine Stimme zu hören, Alex. Wo bist du?"

„In Tijuana."

Ich blinzelte.

„Warum? Oh ... Alex, was hast du getan?" Mir wurde ganz flau im Magen. Ich hatte auf keinen Fall genug Geld, um ihn aus einem mexikanischen Gefängnis zu holen. Alex unterbrach mich lauthals.

„Ich bin bei Dad", sagte er. „Entspann dich!"

Sollte ich mich jetzt etwas besser fühlen?

In mir machte sich Unzufriedenheit breit, als ich an meinen Vater dachte. Nachdem Tod meiner Mutter, war er mehr als deutlich gewesen: er hatte nicht die Absicht, zwei Teenager großzuziehen. Er hatte keine andere Wahl als uns aufzunehmen, aber er war darüber nicht glücklich gewesen.

Bei der ersten Gelegenheit, die sich mir bot, war ich von dort verschwunden. Ich hatte mir den Hintern abgearbeitet, um meinen Abschluss zu machen, bevor ich dann eine Reihe von Hilfsjobs angenommen hatte. Alex machte es mir schließlich nach – zumindest was den Auszug anbelangte – aber nicht die Sache mit der Schule oder der Arbeit. Er ist in einen Zustand depressiver Trunksucht verfallen. Er hatte ein Jahr lang bei mir gelebt, bis sein Trinkverhalten mein Leben zu sehr belastet hatte und mir gar nichts anderes übriggeblieben war, als ihn rauszuschmeißen.

Ich hatte versucht, ihn in einer staatlich geförderten Entziehungskur unterzubringen. Keiner von uns hatte genug Geld, um eine Entziehungskur selbst bezahlen zu können und schon bald landete er wieder auf der Straße und schlug sich mit der Hilfe von Leuten durch, denen es genauso ging wie ihm. Irgendwann landete er wieder bei mir, aber nur für einen Monat.

Das war jetzt acht Monate her. Es war das erste Mal seitdem, dass ich seine Stimme hörte. Es war gleichermaßen erleichternd und stressig.

„Und wie läuft es, Alex?", fragte ich vorsichtig und wunderte mich, ob er mich etwa anrief, weil er zurück zu mir wollte. Selbst wenn ich ihn bei mir haben wollte, was ich nicht tat, hatte ich gar nicht den Platz dafür. Immerhin musste ich jetzt auch Javvy berücksichtigen.

Automatisch richtete ich meinen Blick zu meinem Freund, der mich fragend ansah. Ich zwang mich, ihn anzulächeln, doch es war klar, dass er die Anspannung in meiner Stimme hörte. Ich richtete meinen Blick wieder auf den Küchentresen.

„Tatsächlich läuft es richtig gut, Schwesterherz. Dad und ich haben uns gestern über dich unterhalten und mir ist klar geworden, dass wir beim letzten Mal nicht im Guten auseinander gegangen sind. Deswegen wollte ich mich mal melden und fragen, wie es bei dir läuft."

Ich wollte ihm gegenüber nicht misstrauisch sein, konnte aber nicht anders.

„Es läuft gut, Al. Ich -" Ich hielt mich davon ab, ihm von Javvy zu erzählen. Irgendwie wandelten sich gute Nachrichten, die ich mit meiner Familie teilte, immer zu etwas Schlechtem.

Wie hieß es noch? „Reise und erzähle es niemandem. Lebe eine wahre Liebesgeschichte und erzähle es niemandem. Lebe glücklich und erzähle es niemandem. Menschen ruinieren schöne Dinge."

„Alles ist gut", versicherte ich unaufgeregt. „Seit wann bist du schon bei Dad?"

„Seit etwas mehr als einem Monat. Er hat eine Freundin, die mal ein Suchtproblem hatte. Sie hat mir bei der Entgiftung geholfen und dabei, clean zu werden. Ich bin seit drei Wochen trocken."

Ich verachtete den Zynismus, der durch meine Adern floss, aber ich hatte das alles schon mal gehört. Sowohl die „neue Freundin" als auch die „Ich bin clean" Phrasen.

„Das sind tolle Neuigkeiten", brachte ich heraus. „Ich freue mich für euch beide."

Alex lachte laut auf. Wahrscheinlich entging ihm meine Skepsis nicht.

„Ich weiß, ich weiß", sagte er. „Das hast du alles schon gehört, aber dieses Mal stimmt es. Und ich glaube, dass diese Dame ‚die Eine' für Dad ist. Du solltest mal vorbeikommen und sie kennenlernen. Ihr Name ist Cate und -"

„Tut mir leid, Alex. Ich habe momentan zwei Jobs und nur wenig Zeit für mich selbst."

„Zwei Jobs?", wiederholte er. „Was ist mit deinem Roman?"

Mein Rücken verspannte sich und ich schluckte den Zorn, der in mir aufstieg, wieder herunter. Ich wollte meinen Bruder anschreien, dass das Leben nicht so einfach war, dass ich nicht einfach alles stehen und liegen lassen konnte, nur um meiner Leidenschaft zu folgen und auf das Beste zu hoffen.

„Erst einmal in der Warteschleife", antwortete ich kurz. „Aber sag Dad und Cate, dass ich ihnen alles Gute wünsche."

Alex seufzte tief auf.

„Du hast so viel Talent, Aura. Du warst in dieser Familie immer diejenige mit dem Verstand. Du solltest dich auf dein Schreiben konzentrieren und -"

„Hör zu, Alex, ich muss mich für die Arbeit fertig machen, okay?"

„Es ist Samstag!", widersprach er. „Arbeitest du jeden Tag?"

„Ja. Ich muss los. Danke für deinen Anruf, wir bleiben in Kontakt."

Ich beendete das Gespräch, bevor er noch etwas sagen konnte. Mein Herz raste.

Warum erging es mir immer so, wenn ich mit ihm oder Dad sprach? Es zehrte an meinen Nerven.

„Du arbeitest doch nicht wirklich heute, oder?", wollte Javvy wissen.

„Erst um vier", versicherte ich ihm. „Ich wollte nur nicht weiter mit ihm reden."

„Hat er getrunken?"

Mein Kopf schoss in die Höhe und ich blickte Javvy argwöhnisch an. Ich erinnerte mich nicht, dass ich ihm etwas von Alex' Alkohol-problem erzählt hatte, aber anscheinend hatte ich das. Es gab nicht viel, über das ich nicht mit ihm sprach. Dennoch verhielt ich mich defensiv.

„Nein", antwortete ich schnell. „Er klang nüchtern. Er ist bei meinem Dad in Mexiko."

Javvy neigte seinen Kopf zur Seite.

„Du machst dir Sorgen", stellte er vorsichtig fest und ich schnaubte.

„Er ist zweiundzwanzig Jahre alt, Javvy. Ich bin nicht sein Babysitter. Wenn er bei einem emotional instabilen Mann und dessen neuester Eroberung leben möchte, kann ich ihm das wohl kaum verbieten. Ich habe alles getan, um ihm zu helfen."

Javvy stand vom Sofa auf und kam zu mir. Er sah besorgt aus, was mich ärgerte. Ich brauchte sein Mitleid nicht.

„Komm her", murmelte er und wollte mich in den Arm nehmen. Doch dickköpfig, wie ich bin, wandte ich mich von ihm ab. Ich kann nicht sagen, warum ich es ihm so schwer machte. Er wollte mich nur trösten, er war nicht mein Feind.

„Hey", sagte er verletzt. „Ich versuche nur zu helfen, Aura."

Ich atmete langsam aus, nickte und blickte ihn schuldbewusst an.

„Ich weiß", seufzte ich. „Tut mir leid."

Ich erlaubte ihm, mich in den Arm zu nehmen und genoss das Gefühl. Er roch absolut natürlich, sein Eau de Cologne vom Vortag hatte sich mit den Pheromonen auf seiner Haut vermischt und ich atmete tief ein.

Seine Hände lagen flach auf meinem Rücken und er drückte mich fest an sich. Ich begann, mich zu entspannen.

Er hat ein goldenes Händchen, dachte ich und lehnte mich weiter an ihn, als seine Hände anfingen, mich leicht zu massieren.

„Warum ziehst du diese Klamotten nicht aus und ich verpasse dir eine schöne Massage?", bot er an. Ich dachte gar nicht daran, dieses Angebot abzulehnen.

„Ich werde erst eine Dusche nehmen", sagte ich, lehnte mich etwas zurück und küsste ihn auf den Mund. „Ich stinke immer noch nach abgestandenem Bier."

„Du riechst fabelhaft", entgegnete er. „Aber wenn du vorher duschen willst, kein Problem. Ich hole Massageöl und Kerzen."

Ein Kribbeln breitete sich in mir aus.

Wie konnte ich nur so viel Glück haben? Er ist großartig, er ist fürsorglich und er liebt mich. Das Leben konnte nicht besser sein. Vergiss alle ande-

ren, Javvy und ich leben in unserer eigenen Welt. Und alle anderen interessieren mich einen Scheiß.

Etwas widerwillig ging ich ins Badezimmer und zog mich schon auf dem Weg dorthin aus.

„Wenn du so weitermachst, bekommst du weder eine Massage noch eine Dusche."

„Hey", rief ich. „Du hast es versprochen!"

„Dann hör auf, mich zu reizen und beeil dich!", grölte er, lachte und schmiss die Badezimmertür hinter mir zu.

In weniger als zehn Minuten war ich eingeseift und wusch mir die Haare. Ich hatte es sogar geschafft, mir in Rekordzeit die Beine zu rasieren. In mir wuchs die Vorfreude. Mir war noch nie ein Mann begegnet, der mich so vereinnahmen konnte wie Javier. Er besaß mich, meinen Geist, meinen Körper und meine Seele.

Ich hatte mich kaum abgetrocknet, als ich die Badezimmertüre aufriss. Ich hatte nicht erwartet, dass Javvy auf dem Sofa saß. Als ich seinen Gesichtsausdruck sah, verging mir augenblicklich das Lachen.

„Schatz, was ist los?", wollte ich wissen. Mir schlug das Herz bis zum Hals. Ich eilte zu ihm und hinterließ dabei nasse Fußabdrücke auf dem billigen Linoleum. Von meinen Haarspitzen tropfte das Wasser auf meine Schultern.

„Javier, was ist los?", fragte ich erneut und ließ mich neben ihm auf das graue Sofa fallen. „Sieh mich an."

Er tat, worum ich ihn bat. Mit einem leeren Gesichtsausdruck wedelte er mit seinem Handy vor meinem Gesicht herum.

„Jake...", flüsterte er.

Ich war völlig verwirrt.

„Jake ist etwas zugestoßen?", fragte ich. Mein Herz pochte gegen meine Rippen. „Geht es ihm gut?"

„Jake ist nichts passiert. Jake hat angerufen", sagte er atemlos. Er brachte die Worte nur abgehackt hervor.

„Was hat er gesagt?"

Javvys Worte ergaben keinen Sinn, aber ich wusste auch, dass es nichts brachte, ihn zu drängen. Offensichtlich war etwas Schlimmes passiert. Ich musste geduldig sein, bis Javier die richtigen Worte fand.

„Ist etwas auf der Arbeit passiert?", versuchte ich ihm zu helfen. „Hat es einen Unfall gegeben? Eine Rückrufaktion?"

Auch wenn es peinlich war, das zuzugeben, aber so etwas passierte ständig. Das war der Preis dafür, ein Unternehmen zu führen, so schrecklich das auch war. Aber das war noch lange kein Grund für Javvy, so schockiert zu reagieren, außer es handelte sich um etwa wirklich Gravierendes. Mir wurde ganz anders bei dem Gedanken, dass vielleicht Menschen zu Schaden gekommen waren, vielleicht sogar zu Tode.

Aber warum sollte man Javvy deswegen anrufen? Er war Verwaltungsleiter und nicht der leitende Geschäftsführer. Jake hätte George anrufen sollen.

Javvy drehte den Kopf und schaute mich wortlos an. Er schwieg für einen langen Moment.

„Javvy?", flüsterte ich, während sich die Furcht weiter in mir ausbreitete. „Was ist passiert?"

„Es geht um Dad", antwortete er endlich. „Er ist tot."

KAPITEL 6

Javvy

Ich starrte aus dem Bürofenster. Meine Gedanken rasten, während die Sonne über San Jose ruhte. Das Telefon klingelte, aber ich ignorierte es. Es hörte ohnehin nie auf zu klingeln, obwohl ich der dämlichen Vorzimmerdame gesagt hatte, dass sie keine Anrufe durchstellen sollte.

„Mr. Child, Barry Goldstein für Sie auf Leitung eins", ertönte Amandas Stimme über die Sprechanlage. Ich wimmelte sie ebenfalls ab, ich wollte mich um nichts kümmern.

„Javier, du musst dich darum kümmern", seufzte Jake. „Ich weiß, dass dich das alles überwältigt hat, aber -"

„Kümmere du dich darum!", entgegnete ich aufgebracht und schaute den Vizepräsidenten abfällig an. „Er hat dich zu seinem Stellvertreter gemacht. Regle du den Mist, den er hinterlassen hat!"

Jake schien von einem Ausbruch völlig ungerührt zu sein und saß einfach nur da.

„Die Firma gehört jetzt dir, Javier, ob es dir gefällt oder nicht. Und die Finanzen gehören nun einmal dazu."

401

„Mr. Child?", meldete sich Amanda erneut und ich schnappte mir das Telefon und haute auf den Knopf der Gegensprechanlage.

„Wie oft muss ich Ihnen noch sagen, dass Sie keine Anrufe durchstellen sollen?", knurrte ich. „KEINE. ANRUFE. DURCHSTELLEN. Nicht einen einzigen!"

Ich hörte, dass sie über meinen harschen Ton erschrak, war aber viel zu wütend, um mich deswegen schlecht zu fühlen. Amanda hatte noch nie erlebt, dass ich meine Stimme erhob. Aber andererseits hatte Amanda mich auch noch nie als CEO von Child Motors erlebt.

Verdammt Dad! Ich verfluchte meinen toten Vater, auch wenn ich wusste, dass es falsch war. *Wie konntest du mir nur so viel Mist hinterlassen?*

Die Testamentseröffnung war mir wie ein Scherz vorgekommen.

„Nein", hatte ich knapp widersprochen, als die Anwältin es mir sagte und ich mich im Raum nach Unterstützung umsah. Doch da war niemand, nur Jake, der gelassen mit dem Kopf nickte. Aura hatte mir angeboten, mich zu begleiten, doch ich wollte ihr die Langeweile ersparen. Immerhin musste sie nachts arbeiten und sie hatte sich bereits für die Beerdigung frei genommen. Ich konnte nicht von ihr verlangen, sich das auch noch anzutun.

Sogar meine Mutter hatte angerufen und gefragt, ob sie kommen sollte. Dabei konnte ich ihre Erleichterung über den Tod meines Vaters spüren, auch wenn sie es niemals sagen würde.

Ich antwortete ihr, dass sie nicht zu kommen brauchte. Ich vermutete, dass sie noch immer in San Fernando lebte, fragte aber nicht nach.

Und so saßen nur Jake und ich in diesem engen, schlecht gelüfteten Raum und hörten der Anwältin dabei zu, als sie mir eröffnete, dass mir nun alles gehörte.

Bevor ich fragen konnte, warum er mir alles hinterlassen hatte, wurde der Grund dafür klar.

„Das Unternehmen steckt in finanziellen Schwierigkeiten", erklärte die Anwältin. Sie war eine unglaublich attraktive Frau in den Vierzigern und der Inbegriff der hochnäsigen Eliteschülerin.

„Ah", schnaubte ich, „natürlich ist sie das."

Das war der einzige Grund, warum George mir alles hinterlassen hatte.

„Wir müssen mit der Buchhaltung und der Personalabteilung sprechen", ‚schlug Jake vor, während ich im Zimmer hin und her lief. „Es macht unsere Investoren nervös, dass du jetzt das Sagen hast."

„Es macht mich nervös, dass ich jetzt das Sagen habe!", meckerte ich zurück. „Aber was für eine Wahl habe ich?"

Mein Bauchgefühl sagte mir, dass ich alles verkaufen und abhauen sollte, doch irgendetwas hielt mich zurück. Ich konnte nicht genau sagen, ob es fehlgeleitete Loyalität oder einfach nur Dickköpfigkeit war, aber ich wollte Child Motors nicht jemand anderem überlassen.

Jedenfalls nicht, bevor ich nicht alle Möglichkeiten versucht habe, es richtig zu machen.

„Du kannst die Investoren nicht ignorieren -"

„Herrgott, Jake. Glaubst du, das weiß ich nicht? Ich kann ihnen aber auch nicht nichts sagen, oder? Sie sind bereits ungeduldig und nichts, was ich sage, wird sie beruhigen können."

„Nichts zu sagen, wird sie aber auch nicht beruhigen, Javier."

„Kannst du mich bitte ein paar Minuten alleine lassen?", schnauzte ich ihn an und war dabei, meine Geduld zu verlieren. Jake schaute mich behutsam an.

„Brüllen löst keine Probleme, Javvy. Wie brauchen einen Plan -"

„Bei allem Respekt, Jake, du bist seit fünf Minuten VP. Du hast genauso viel Ahnung davon, was diese Firma braucht, wie der Botenjunge."

Jake grinste mich schief an und eröffnete mir dabei einen Blick auf seine nikotingefärbten Zähne.

„Und doch hat dein Vater mich zum VP gemacht", erinnerte er mich schmerzhaft.

„Ja, mein Vater war ein großer Mann, der ein Multimilliarden Dollar Unternehmen in die Schulden getrieben hat. Du musst sehr stolz sein."

Jakes Grinsen verschwand und er sprang aus dem Ledersessel, in dem er gesessen hatte.

„Deine Einstellung hilft uns auch nicht weiter", schnauzte er.

„Dein Herumschleudern von Offensichtlichkeiten auch nicht", entgegnete ich ihm. Wir starrten uns ungefähr eine Minute lang an, bevor er den Blickkontakt brach und aus dem Büro ging.

Das Telefon begann, erneut zu klingeln und ich haute auf die Stummschaltung. Ich versuchte, mich mit tiefen Atemzügen zu beruhigen. Als das rote Licht aufhörte zu blinken, schaltete ich die Gegensprechanlage ein.

„Amanda, holen Sie Isobel Carlyle und Jenna Bower sofort hierher."

Das einzig Vernünftige, das Jake an diesem Morgen gesagt hatte, war, dass ich einen Plan zusammen mit der Buchhaltung und der Personalabteilung aufstellen musste. Wir mussten Kosten- und Schadenskontrolle betreiben, und zwar sofort. Ich hatte keine Ahnung, ob ich die Firma retten konnte, aber ich würde alles dafür tun, bevor ich sie verlassen und nie wieder zurückkehren würde.

Es war nach Mitternacht, als ich das El Chapo betrat. Ich war völlig fertig, musste Aura aber noch sehen, bevor ich überhaupt an Schlaf denken konnte.

Ihre Augen erstrahlten, als sie mich sah.

„Schatz!", rief sie erfreut, kam hinter der Bar hervor, schlang die Arme um mich und küsste mich. Dann lehnte sie den Kopf etwas zurück und sah mich an. „Du siehst furchtbar aus."

Ich lachte laut auf.

„Danke", antwortete ich und erwiderte ihre Umarmung. Ich spürte, wie sich mein Körper sofort entspannte, als hätte sie magische Hände. Sie schaffte es, den gesamten, furchtbaren Tag vergessen zu machen.

„Scotch?", fragte sie und ging wieder hinter den Tresen. „Ich habe heute kaum etwas von dir gehört. Ich habe mir schon Sorgen gemacht."

„Ich hatte Besprechungen", seufzte ich. „Ich wollte dich anrufen, aber ..."

Ich sagte nichts weiter und schüttelte den Kopf. Sie brauchte die schmutzigen Details darüber, was in der Firma los war, nicht zu

404

wissen. Sie war immer noch eine Angestellte auch wenn ich ihr gesagte hatte, dass sie nicht mehr arbeiten musste. Child Motors stand vielleicht kurz vor dem finanziellen Ruin, aber Dad hatte mir ein beachtliches Privatvermögen hinterlassen. Die Lebensversicherung wurde problemlos ausgezahlt. Es war eindeutig, dass sein Tod durch ein Aneurysma verursacht worden war. Mein Erbe belief sich auf mehrere Hundert Millionen Dollar und einem Haus, das viel zu groß für eine Person war. Egal, wie viele Angestellte dort waren und nichts taten.

Aura verbrachte zwar die meisten Nächte mit mir in der Villa, ihre Wohnung behielt sie aber; worüber ich mich sehr ärgerte. Ich fragte mich, ob es daran lag, dass sie nicht an eine gemeinsame Zukunft glaubte, sprach meine Verunsicherung aber nicht laut aus. So setzte sie sich langsam in meinem Hinterkopf fest und breitete sich wie ein Pilz weiter aus.

„Du siehst gestresst aus", sagte Aura und schob mir ein Glas zu. Ich nahm es dankbar entgegen und trank es in einem Zug aus. Sie sah mich an, nahm das Glas und füllte es wieder auf. „So schlimm, was?"

„Er hat mir einen Haufen Scheiße hinterlassen, den ich jetzt wegräumen soll. Ich habe keine Ahnung, ob sich das alles jemals regeln lässt."

Aura tätschelte aufmunternd meine Hand.

„Darauf wurdest du dein ganzes Leben lang vorbereitet", erinnerte sie mich und reichte mir einen weiteren Drink. „Halt dich damit etwas zurück, du musst noch fahren."

„Kommst du heute Nacht nach Hause?", fragte ich und sie schaute mich fragend an.

„Ich hatte vor, zu dir zu kommen", antwortete sie verwirrt. „Oder soll ich nach Hause gehen?"

Ein Hauch Verwirrung breitete sich in mir aus.

„Ich meinte die Villa." Ich wollte, dass sie damit anfing, die Villa als ihr Zuhause zu betrachten.

„Oh. Ach so. Ja. Ich komme zu dir."

Ich senkte den Blick und ihr fiel sofort auf, dass sich meine Schultern anspannten.

„Javvy, was ist los?", flüsterte sie. „Ist dir das alles zu viel?"

Ich schnaubte, weil mir die Frage so dumm vorkam.

„Natürlich ist mir das alles zu viel! Dad hat mich im Dunkeln gelassen und jetzt führe ich die Firma praktisch im Blindflug. Und jeder weiß das, deswegen respektiert mich auch keiner. Es ist einfach keine gute Lage."

„Du kannst daraus eine gute Lage machen. Denk nur mal daran, was du jetzt alles für deine Angestellten tun kannst!"

Die Aufregung in ihrer Stimme löste bei mir einen Schauer von Besorgnis aus, aber ich konnte nur mit dem Knopf nicken, während sie weiterredete und offensichtlich keine Ahnung hatte, was tatsächlich vor sich ging. Ich sah mich mit einem Haufen Entlassungen und Kürzungen konfrontiert. Vielleicht musste ich Werke und Büros in Großbritannien und den Staaten schließen und sie redete davon, die Krankenversicherung wieder einzusetzen.

„Du wirst der Held für deine Leute sein!", kicherte sie, lehnte sich vor und nahm meine Hände in ihre. „Ich kann es nicht erwarten, den anderen zu erzählen, was du für sie tun wirst."

„Sei nicht dumm, Aura!"

Ich wollte nicht so forsch oder herablassend klingen, aber die Worte waren gesprochen, bevor ich sie aufhalten konnte. Schmerz und Schock legten sich auf ihr Gesicht. Langsam brachte sie etwas Distanz zwischen uns und ließ meine Hände los.

„Wie bitte?"

Jetzt war es zu spät, um zurückzurudern. Sie musste wissen, was auf dem Spiel stand, bevor sie loszog und Versprechungen machte, die ich nicht einhalten konnte.

„Ich bin jetzt der CEO. Ich bin keiner von euch. Ich kann nicht einfach auf das ,Jammern' der Angestellten anspringen."

Ihr Mund formte sich zu einer schmalen Linie, ihre Lippen verschwanden beinahe völlig.

„Verstehe", murmelte sie und drehte ihren Kopf weg, so dass ich ihren Gesichtsausdruck nicht sehen konnte. „Du wirst also einfach jede beschissene Sparmaßnahme durchsetzen, die dein Vater eingeführt hat, damit du weiter in deiner Villa leben kannst?"

Ihre Stimme war eiskalt und ich atmete tief durch. Es war schwer, ihr zu erklären, dass Firmen- und Privatvermögen zwei völlig verschiedene Dinge waren. Ich konnte mir nur weniger Lohn zahlen, aber das Vermögen rund ums Haus hatte nichts mit Child Motors zu tun.

„So ist das nicht, Aura", sagte ich und nahm noch einen Schluck aus meinem Glas. Es erstaunte mich, dass meine Hände zitterten, aber es war auch schwer, unter dem strengen Blick meiner Freundin nicht nervös zu werden. Ich war schlecht damit umgegangen, aber ich war auch zu müde, um es in Ordnung zu bringen. Wahrscheinlich würde ich es nur noch schlimmer machen.

„Warum klärst d mich dann nicht auf?", fauchte sie und verschränkte die Arme. „Oder bin ich zu dumm, um es zu verstehen?"

Ja, jetzt war sicher nicht der richtige Zeitpunkt, das Ganze zu vertiefen. Sie war auf Ärger aus und es war weder der richtige Zeitpunkt, noch der richtige Ort dafür.

„Ich muss ins Bett", murmelte ich und stand auf. „Ich sehe dich dann zuhause."

„Das Haus deines Vaters ist nicht mein Zuhause", zischte sie. „Und willst du deine Drinks nicht bezahlen? Anscheinend hast du ja mehr als genug, wenn du es deinen Angestellten wegnimmst."

Ich stöhnte innerlich auf und zog meine Brieftasche aus meiner Hosentasche.

„Aura, du weißt nicht, wovon du da redest. Wir reden darüber, wenn du Feierabend hast, okay?"

Ihre Lippen verzogen sich zu einem sarkastischen Lächeln.

„Oh, ich weiß nicht", antwortete sie in einem dümmlichen Ton und benahm sich wie das Klischee einer hilflosen Frau, die man aus alten Westernfilmen kannte. „Vielleicht kann ich mit deinem männlichen Verstand nicht mithalten."

Ich presste die Lippen zusammen und ging, wir standen kurz vor dem Ausbruch eines Streits.

Ich konnte ihr wirklich nicht alles über die finanzielle Situation Child Motors sagen. Das wäre unethisch und sie würde sich nur

Sorgen machen, um ihren Job und den ihrer Kollegen. Und diese Sorgen wären mehr als berechtigt.

Andererseits, wenn ich ihr nicht erklärte, was los war, würde sie denken, dass ich auf einer Art gierigem Kreuzzug wäre.

Es dauerte bis ich im 2018 Powerhouse XT - dem Lieblingsauto meines Vaters – saß, bis mir klar wurde, warum mich die Situation so verärgerte.

Wenn sie wirklich glaubte, dass ich absichtlich bei den Angestellten die Sparschrauben anzog, um mir die Taschen vollmachen zu können, dann kannte sie mich nicht so gut, wie ich dachte.

Diese Erkenntnis versetze mir einen Stich ins Herz und ich sackte in meinem Autositz zusammen.

War es möglich, dass ich Aura auch nicht so gut kannte, wie ich geglaubt hatte?

KAPITEL 7

Aura

Ich hatte das Gefühl, dass er etwas vor mir verheimlichte und das war kein gutes Gefühl. Beinahe über Nacht hatten wir uns von jungen Leuten, die verliebt ineinander waren, in zwei junge Leute, die einander misstrauten, verwandelt. Entweder stritten wir uns, oder wir sprachen überhaupt nicht miteinander.

Ich verbrachte die meisten Nächte in meiner Wohnung, in der Villa hatte ich immer das Gefühl, dass die höhlenartigen Wände mich beobachten. Nicht falsch verstehen: das Haus war wunderschön, mit all dem Marmor und den Holzvertäfelungen. Es war beinahe unmöglich, nicht von den wunderbaren Kunstwerken und den Coromandel-Böden beeindruckt zu sein. Es gehörte einfach in diese Stadt. Es hielt aber auch die Erinnerung an George Child lebendig.

Es war mir nicht in den Sinn gekommen, dass Javvy ohne die Anwesenheit seines Vaters Ruhe und Frieden in diesem Haus fand. Mir kam es so vor, als sei die Seele des gierigen CEOs in die Mauern gefahren und griff dort mit unsichtbaren Armen nach der unbekümmerten Seele seines Sohnes.

Ich versuchte, mir klarzumachen, dass die Veränderungen Javvy schwer zu schaffen machten, aber ich konnte es nicht ertragen, dass er nicht mit mir redete. Ich schien ihn alleine durch meine Anwesenheit zu nerven und um ehrlich zu sein, sein geringes Verlangen daran, das Leben seiner Angestellten zu verbessern, machte mich wahnsinnig. Sobald ich das Thema auch nur ansatzweise zur Sprache brachte, folgte seinerseits ein Wutanfall, als hätte ich seinen Hund ermordet.

Also hörte ich auf, davon zu sprechen und die Zeit verging, während unsere Beziehung immer stärker in der Luft hing. Ich wollte sie aber nicht beenden. Es hatte so gut angefangen, es hatte sich so richtig angefühlt. Ich wusste, dass wir die Dinge wieder hinbiegen könnten, wenn ich ihn nur dazu bringen konnte, sich etwas zu entspannen. Aber wie? Ich konnte nicht wissen, ob alles jemals wieder wie vorher werden würde.

Ich saß an meinem Schreibtisch, als mir etwas schwindelig wurde.

„Hast du noch vor, ranzugehen?", rief Steph, als sie an meinem Platz vorbeiging. Erst in diesem Moment nahm ich wahr, dass mein Telefon klingelte.

Schlafmangel und Stress begannen, sich auf meinen Tag auszuwirken. Ich machte mich selbst fertig, aber was blieb mir anderes übrig? Falls ich jemals auch nur mit dem Gedanken gespielt hatte, in die Villa zu ziehen, war das jetzt überhaupt nicht mehr vorstellbar. Ich war mir nicht mal mehr sicher, ob unsere Beziehung das nächste Wochenende überstehen würde.

Plötzlich kam mir Gallenflüssigkeit hoch, doch ich schluckte sie wieder herunter und nahm den Anruf entgegen.

„Vielen Dank, dass Sie die Verwaltung angerufen haben. Mit wem darf ich Sie verbinden?"

Ich verband den Anrufer mit der entsprechenden Nummer. Dann sprang ich auf und warf das Headset auf den Schreibtisch.

„Aura. Was zur Hölle...?"

Ich rannte. Ich rannte über den Korridor in den Waschraum und schaffte es gerade rechtzeitig auf die Toilette, bevor ich mich übergab.

Ich hörte, wie sich die Tür öffnete und schloss meine Kabinentüre.

„Bist du krank?", fragte Steph gefühllos. „Du solltest nicht zur Arbeit kommen, wenn du krank bist. Du steckst hier noch alle an."

„Ich bin nicht krank", schnauzte ich zurück. „Die Milch für mein Müsli heute Morgen muss schlecht gewesen sein."

„Hmm", antwortete sie und blieb vor der Kabine stehen. „Vielleicht solltest du trotzdem nach Hause gehen. Du stehst heute völlig neben dir. Kommt wahrscheinlich davon, wenn man die ganze Nacht den Boss rammelt."

Wütend riss ich die Kabinentür auf und schaute sie ernst an.

„Mir geht es gut."

Sie zuckte nur mit den Schultern.

„Ich verstehe ohnehin nicht, warum du überhaupt arbeitest. Du hast mit Javier den Jackpot gewonnen. Oder zwingt er dich, weiterzuarbeiten?"

Ihre Fragen machten mich noch wütender. Mit wackeligen Beinen stand ich auf, auch wenn ich mir nicht sicher war, dass wirklich alles draußen war.

„Steph, wann genau sind wir Busenfreundinnen geworden?", brachte ich heraus und sah sie mit blutunterlaufenen Augen an. „Warum gehst du nicht zurück an die Arbeit und kümmerst dich um deinen eigenen Scheiß?"

Sie schaute mich etwas überrascht an. Sie war es nicht gewohnt, dass ich so mit ihr redete, aber ich war dermaßen gereizt, dass ich keine Rücksicht auf Manieren nehmen wollte. Schon gar nicht, wenn meine dämliche Chefin mich ausfragen wollte.

„Oh", kicherte sie. „Ärger im Paradies."

„Steph", warnte ich, „wenn du nicht -"

„An alle Mitarbeiter!", ertönte es über die Lautsprecher. „Bitte begeben sie sich alle an ihre Schreibtische für eine wichtige Mitteilung. Unser CEO und Präsident, Javier Child, hat eine Rundmail an alle verschickt."

Steph und ich schauten uns an.

„Was soll das denn?", fragte sie und ich zuckte mit den Schultern.

„Woher zum Teufel soll ich das wissen?"

411

„Naja, du schläfst mit dem Boss", erinnerte sie mich. Ich ballte die Fäuste und zwang mich, sie nicht zu schlagen.

„Bist du in Ordnung?", fragte sie und schaute zu, wie ich auf wackeligen Beinen zum Waschbecken ging und mir die Hände wusch. Die Absätze meiner Schuhe kamen mir plötzlich unglaublich hoch vor und mein ganzer Körper tat weh. Vielleicht hatte ich mir ja doch die Grippe eingefangen.

„Ich brauche keinen Babysitter", antwortete ich trotzig. „Geh, wenn du nicht pinkeln musst."

Zu meiner Erleichterung verschwand sie und ich betrachtete mich im Spiegel. Ich war blass und mein Magen gab noch immer keine Ruhe. Ich atmete tief durch, was zu helfen schien – wenigstens für eine Minute.

Ich sah weiter in den Spiegel und versuchte, mich an eine wichtige, persönliche Information zu erinnern, konnte es aber nicht wirklich.

Nein, letzten Monat hatte ich sie ... oder nicht?

Ich biss mir auf die Unterlippe und zermarterte mir das Hirn, doch bevor ich die Möglichkeit in Betracht ziehen konnte, sprang die Tür auf und eine Gruppe Frauen kam herein. Sie alle sahen ziemlich geschockt aus.

„Ich glaube das einfach nicht!", jammerte Sarah mit Tränen in den Augen. „Erst unsere Versicherung und jetzt das!"

„Was für ein Bastard. Genau wie sein Vater", stimmte Jocelyn zu und legte den Arm um Sarahs Schulter. Ich schaute sie an.

„Was ist los?"

Sie drehten sich zu mir und schienen erst jetzt gemerkt zu haben, dass ich überhaupt da war. Jocelyn verzog den Mund zu einem schiefen Lächeln.

„Oh, ich wette, du wurdest verschont, nicht wahr?", fragte sie spöttisch. „Wahrscheinlich hast du sogar eine Gehaltserhöhung bekommen."

„Ich habe keine Ahnung, wovon du redest. Wovon verschont?"

Ich blickte die anderen Frauen an, doch sie wandten ihren Blick ab. Die Tür öffnete sich erneut und noch mehr aufgeregte Frauen strömten herein.

„Du hast wirklich keine Ahnung?", flüsterte Carla und ich schüttelte den Kopf.

„Die halbe Abteilung wurde entlassen. Sie fordern Budgetkürzungen."

Ich war geschockt und mir wurde wieder schwindelig. Ich musste mich am Waschbecken festhalten.

„Wie auch immer", zischte Jocelyn. „Du musst etwas gewusst haben."

„Das habe ich nicht!", entgegnete ich entschieden. Die wachsende Menge löste langsam ein Gefühl von Platzangst in mir aus.

Was zur Hölle war hier los? Warum sollte er so etwas tun? Warum sollte er so etwas tun, ohne mir etwas davon zu sagen?

Ich ging zurück an meinen Schreibtisch und bemerkte, dass Steph mich kopfschüttelnd ansah. Plötzlich war ich der Feind, obwohl ich mit alldem nichts zu tun hatte.

Mein Handy klingelte und ohne nachzusehen, wusste ich, dass Javvy mich anrief. Ich dachte nicht einmal daran, das Gespräch anzunehmen. Ich musste meine E-Mails checken, um zu sehen, was das Schicksal für mich bereithielt.

Während ich mich in meinen Stuhl fallen ließ und die Finger auf die Tastatur legte, bildeten sich Schweißperlen auf meiner Stirn.

Da war die E-Mail. Keine Ahnung, warum ich deshalb geschockt war.

Sehr geehrte Mitarbeiter,

Aufgrund kürzlich vorgenommener Budgetkürzungen, müssen wir Sie leider darüber informieren, dass wir folgende Mitarbeiter bis auf Weiteres und mit sofortiger Wirkung aus ihrer Anstellung bei Child Motors entlassen müssen. Bitte seien Sie versichert, dass wir alles tun werden, um diese Positionen so schnell wie möglich wieder zu besetzen.

Wir danken Ihnen für Ihren engagierte Einsatz in unserem Unternehmen und wir freuen uns darauf, bald wieder mit Ihnen arbeiten zu können.

Javier Child

Präsident und CEO

Ich scrollte weiter und sah, dass Jocelyn die Wahrheit gesagt hatte: die halbe Abteilung wurde entlassen.

Und mein Name stand auch auf der Liste.

Empörung, Ekel und Zorn trafen mich wie ein Tsunami. Ich konnte nichts mehr sehen, mein gesamtes Blickfeld verschwamm vor meinen Augen.

„Richtig Ärger im Paradies, was?", kicherte Steph. Ich schnappte mir den naheliegendsten Gegenstand von meinem Schreibtisch und zielte genau auf ihren Kopf. Glücklicherweise – oder auch nicht – war es nur ein unangespitzter Bleistift und kein Tacker.

Ich stand auf, nahm meine Handtasche und stolperte aus dem Büro. Ich hörte mein Handy klingeln. Ich hatte es auf dem Tisch liegen gelassen, aber nicht die Absicht, es zu holen. In ein paar Wochen würde ich es mir ohnehin nicht mehr leisten können.

Wie konnte er uns so etwas antun? Warum hat er mich nicht zumindest gewarnt?

Ich wusste, dass er einige Erklärungen für seine Handlungen hatte, aber ich wollte sie nicht hören. Die ganze Sache hatte nur bestätigt, was ich längst wusste. Ich hatte versucht, die Anzeichen zu ignorieren, aber das war jetzt nicht mehr möglich. Nicht nach dieser symbolischen Ohrfeige.

Javier Child verwandelte sich in seinen Vater – ob mir das gefiel oder nicht – und ich konnte nichts dagegen tun.

Selbst wenn ich zu ihm gehe und ihm ins Gesicht schreie, würde das nichts ändern. Er hat den Respekt seiner Angestellten verloren und meinen auf jeden Fall auch.

Ein Teil von mir fragte sich, ob er mich auf diese Weise dazu bringen wollte, bei ihm einzuziehen, indem er mir meinen Lebensunterhalt wegnahm. Ich hatte zwar noch El Chapo's, doch das allein reichte nicht aus.

Ich verließ den Aufzug und rannte die Treppe hinunter. Auf dem Weg nach unten klangen mir immer noch die Stimmen der Angestellten in den Ohren.

Ich finde schon einen Weg, um für mich zu sorgen, dachte ich verbissen. *Das habe ich immer.*

Ich musste Javier nicht um Hilfe bitten. Offensichtlich hatte ich einen Fehler gemacht. Ich hatte mir den falschen Typen ausgesucht. Frauen hatten schon größere Fehler gemacht.

Nein, ich war fertig. Ich würde ihn vergessen. Egal, wie wütend ich in diesem Moment war oder wie schwer es war zu glauben, dass er so etwas Gefühlloses wirklich getan hatte.

Geld bringt Menschen dazu, schlimme Dinge zu tun. Ich wollte seine Ausreden nicht hören. Tatsache blieb, dass er etwas Unentschuldbares getan hatte.

Ich war völlig außer Atem, als ich die Lobby erreicht hatte, behielt mein Tempo aber bei und eilte in die Tiefgarage. Ich wollte so schnell wie möglich so viel Distanz wie möglich zwischen mich und dieses Gebäude bringen.

Als ich mich in meinen Autositz fallen ließ, überkam mich ein weiteres Mal ein Schwindelgefühl. Ich wartete einen Augenblick, bis die Übelkeit wieder verschwand.

Weitere Mitarbeiter erreichten die Tiefgarage und warfen mir merkwürdige Blicke zu. Mir war klar, dass ich mit Sicherheit leichenblass war, aber ich störte mich nicht wirklich an den Blicken. Ich war mit meinen Gedanken ganz woanders, als mir plötzlich diese eine Frage in den Kopf schoss.

Wann hatte ich das letzte Mal meine Periode gehabt?

Egal, wie lange ich darüber nachdachte, ich fand keine klare Antwort darauf.

KAPITEL 8

Javvy

Zwei Jahre später

„Der Wagen ist bereit, Mr. Child", teilte Cory mir durch die geöffnete Tür meiner Suite mit.

„Ich bin einer Minute unten." Ich seufzte und betrachtete mein Spiegelbild. Wann bin ich überhaupt das letzte Mal auf einer Hochzeit gewesen?

Es war nicht wirklich mein Ding. Mir kam es auch nicht in den Sinn, so etwas wie die Romantik zu feiern, nicht, seit ich Aura so plötzlich verloren hatte.

Ich erstarrte und ärgerte mich über mich selber, dass ich es zuließ, an sie zu denken. Ich hatte mir geschworen, den heutigen Tag durch nichts zu ruinieren.

Ich zwang mich, einen letzten, prüfenden Blick in den Spiegel zu werfen. Ich sah gut aus – wenn man das von sich selbst behaupten durfte. Meine dunkelblonde Frisur betonte mein Gesicht auf positive

Weise. Mein Smoking war maßgeschneidert, ein schwarzer Zweireiher im üblichen Pinguinstil. Die Anreise zum Veranstaltungsort dauerte mit dem Privatjet zwar nur eineinhalb Stunden, dennoch würde ich den Kummerbund erst dort anlegen.

Ich drehte meinem Spiegelbild den Rücken zu, nahm meine Brieftasche und ging zum Wagen.

Meine Mutter heiratete wieder, nachdem sie dreizehn Jahre lang allein gewesen war. Und auch wenn ich sie seit dem Tod meines Vaters erst einmal wiedergesehen hatte, war es doch das Mindeste, an diesem Tag für sie da zu sein.

Ich kannte weder meinen zukünftigen Stiefvater noch meine Stiefgeschwister, aber ehrlich gesagt war es mir auch egal. Diese Leute waren Fremde für mich, sie waren nicht meine Familie. Und auch wenn ich für meine Mutter da sein wollte, so war ich mir doch ziemlich sicher, dass ich ihren Ehemann nach der Hochzeit nie wieder sehen würde.

„Cory, Sie haben den Scheck schon abgeschickt, nicht wahr?", fragte ich meinen Assistenten und er nickte.

„Ja, Sir. Sie sollten ihn bereits erhalten haben."

Ich nickte mit dem Kopf. Mein Hochzeitsgeschenk kam in Form einer nennenswerten Summe, denn woher sollte ich schließlich wissen, wie man die richtige Sauciere aussucht? Und wenn ich Mom richtig kannte, konnte sie mit Geld ohnehin mehr anfangen als mit Porzellan. Über Mitch Harper – den Mann, den sie heiratete – wusste ich nicht viel, aber was ich gehört hatte, ließ mich vermuten, dass er aus bescheidenen Verhältnissen stammte.

Aber auch das spielte keine Rolle, ich hatte nun einmal das Geld, um es zu verschenken. Innerhalb von achtzehn Monaten hatte ich es geschafft, Child Motors aus den roten Zahlen zu holen und sogar einen ordentlichen Profit zu erzielen. Leider waren dafür mehr Kürzungen und Verhandlungen nötig gewesen, als mir lieb war, aber die Automarke war endlich wieder das, was sie einmal war: ein Luxus- und Prestigesymbol.

Ich stieg in die Limousine, lehnte mich nach hinten an den kühlen Sitz und schloss die Augen. Ich war so müde. Ein Teil von mir wünschte sich, dass ich mich für die fünfeinhalbstündige Autofahrt entschieden hätte, um etwas Schlaf nachholen zu können. Der Tag hatte einfach nicht genug Stunden.

„Wir erreichen den Flugplatz in fünfzehn Minuten", ließ mich der Fahrer wissen und ich nickte ihm zu.

Fünfzehn Minuten waren genug für ein kurzes Nickerchen.

KAPITEL 9

Als ich aus dem Taxi stieg, spürte ich die Wärme der Sonne auf meinem Rücken. Ich erblickte die festliche Villa, die aussah, als stamme sie direkt aus einem mexikanischen Märchen. Die Farben waren beinahe widerlich grell und ich musste grinsen.

Heiraten Mexikaner überhaupt auf diese Art oder verfälschen Auswanderer hier einfach nur die Traditionen?

Ich musste zugeben, dass es schön aussah: Lichterketten umrandeten das gesamte Haus, und jede mögliche Oberfläche war mit bunten Piñatas und Blumen dekoriert.

Als ich den bogenförmigen Eingang erreichte, rief mich jemand auf Spanisch.

„Javier, *mijo*! Hier!"

Ich erkannte die Stimme meiner Mutter und als ich mich umdrehte, wurde mir ganz warm ums Herz. Sie trug ein schulterfreies Kleid aus weißer Spitze und ihre Haare fielen ihr offen auf die Schultern. Sie lächelte mich mit strahlend weißen Zähnen an.

Ihre blauen Augen schauten mich beinahe ungläubig an.

„Ich kann nicht glauben, dass du gekommen bist!", rief sie und nahm mich fest in die Arme. Ich lachte nervös, löste die Umarmung aber nicht. Stattdessen atmete ich den Duft ihres blumigen Parfüms tief ein. Seit meiner Kindheit war sie kaum einen Tag gealtert.

„Natürlich bin ich gekommen! Du heiratest!"

Sie machte einen Schritt zurück und schaute mich prüfend an, als ob sie sehen wollte, ob ich glücklich oder traurig war.

„Du siehst wunderschön aus. Aber muss die Braut sich nicht bis zur Zeremonie verstecken?"

Lachend hakte sie sich bei mir unter und führte mich zum Hinterhof.

„Wir sind alt, mijo", scherzte sie. „Aberglauben haben wir schon vor langer Zeit aufgegeben."

„Wo ist Mitch?", fragte ich und schaute mich, in der immer größer werdenden Gästeschar, nach meinem Stiefvater um.

„Ruhig Brauner", lachte sie. „Was glaubst du, wo ich dich hinbringe?"

„Abuela, kannst du eine Minute auf Ava aufpassen?" Hinter mir quietschte ein kleines Mädchen vergnügt. Ich drehte mich um und sah ein Kleinkind, dass seiner Aufpasserin entkommen war. „Ich muss ihre Mutter finden, sie ist wieder verschwunden!"

„Sí, amor", antwortete meine Mutter lachend. „Mach dich auf die Suche, ich passe auf sie auf."

„Abuela?", fragte ich ungläubig. „Du bist Großmutter?"

„Stiefgroßmutter, wenn man's genau nimmt. Aber eine zweite Großmutter hat die arme Maus nicht. Sie ist die Tochter deiner Stiefschwester."

„Oh."

Mir wurde klar, dass meine Mutter das Kleinkind meinte und nicht den Teenager, der panisch davongerannt war.

„Süßes Kind."

Ich konnte nicht anders, als sie zu mustern. Ihre großen grünen Augen und dunklen Haare erinnerten mich an Aura. Doch bevor ich mir weitere Gedanken über dieses Baby machen konnte, tauchte ein Mann neben mir auf. Da sah ich, woher das Kind sein Aussehen herhatte. Die Gene von Mitch Harper setzten sich deutlich durch. So deutlich, dass mein Herz bei seinem Anblick anfing, zu rasen.

Er sieht Aura noch ähnlicher als die Kleine.

„Du musst Javier sein. In den letzten zwei Jahren habe ich dein Gesicht überall im Internet gesehen!"

„Mitch, nehme ich an?", erwiderte ich und streckte ihm meine Hand entgegen. „Tut mir leid, dass wir uns erst jetzt kennenlernen."

Er lachte.

„Mach dir deshalb keine Sorgen. Ich habe gehört, dass du eine Menge zu tun hattest. Mein Beileid, wegen deines Vaters."

Ich warf meiner Mutter einen Blick zu und sie senkte den Blick.

„Danke", antwortete ich kurz. „Es kam ziemlich plötzlich."

Keine Ahnung, warum ich das noch hinzufügte. Es war eine Selbstverständlichkeit.

„Genug von diesem traurigen Thema", sagte Mom. „Ich werde mal deine Stiefgeschwister suchen. Ich hoffe doch, ihr sprecht bei der Feier alle einen Toast aus."

„Ach Cate, er muss doch völlig erschöpft sein. Gib dem Jungen wenigstens einen Drink, bevor du ihn durch die Gegend schleppst", sagte Mitch lachend.

„Cate?", schmunzelte ich. Ich hatte noch nie gehört, dass sie so genannt wurde. Ihr Name war Cateyana.

„So lautet Mitchs Spitzname für mich und der hat sich irgendwie durchgesetzt", erklärte Mom und schaute mich warnend an, als ob sie befürchtete, dass ich etwas Peinliches sagen könnte.

„Nun ja, das klingt ziemlich westlich", neckte ich sie augenzwinkernd.

Sie schien erleichtert. Als sie einen Blick über meine Schulter warf, wurden ihre Augen größer.

„Alex!", rief sie. „Alex, komm! Komm her und lerne deinen Stiefbruder kennen!"

Mir stockte der Atem.

Alex. So lautet der Name von Auras Bruder.

Ich schüttelte den Kopf, um diesen lächerlichen Gedanken loszuwerden und drehte mich zu dem Mann um, der auf mich zukam. Er hatte ebenfalls dieses dunkle Haar und diese strahlend grünen Augen, die anscheinend in der Familie lagen.

421

„Wow, Javier Child", rief Alex und schüttelte mir überschwänglich die Hand. „Toll, dich kennenzulernen. Ich bin Alex. Alex Cameron. Dein zukünftiger Bruder."

Mein Lächeln erstarrte und ich schaute mich im Raum nach versteckten Kameras um.

War das ein Witz?

„Cameron?", wiederholte ich mit heiserer Stimme. „Du bist ..."

Alex schaute mich an und wartete darauf, dass ich meinen Satz beendete, doch ich konnte nicht. Das war surreal. Sie hatten nicht den gleichen Nachnamen wie ihr Vater.

Ich dachte an Auras Kindheit, an ihre spielsüchtige Mutter, die mit Worten verletzte. Sie hatte nie die Scheidung verlangt. Sie hätten durchaus ein unverheiratetes Paar sein können.

Ruckartig drehte ich mich zu meiner Mutter um und öffnete den Mund.

„Aura."

Mom nickte zustimmend.

„Sie muss hier irgendwo sein." Sie schaute sich um, aber die Zahl der Anwesenden schien sich seit meiner Ankunft verdoppelt zu haben.

Ich starrte sie ungläubig an und versuchte mich daran zu erinnern, ob sie mir zuvor die Namen meiner künftigen Stiefgeschwister genannt hatte. Aber ich konnte mich nicht daran erinnern. Und sicher hätte ich mich daran erinnert, wenn meine Exfreundin plötzlich meine Stiefschwester werden sollte.

Hat Aura etwas gewusst? Und wenn, warum hatte sie mir nichts gesagt? Mich vorgewarnt?

Ich kannte die Antwort: Sie war immer noch wütend auf mich. Sie verstand noch immer nicht, warum ich getan hatte, was ich getan hatte. Warum nicht nur diese ganzen Kürzungen, sondern auch ihre Entlassung nötig gewesen waren.

Hätte ich auch nur geahnt, dass sie wort- und spurlos verschwinden würde, hätte ich meine Handlungen damals natürlich noch einmal überdacht. Ich hätte nie gedacht, dass sie mich einfach *ghosten* würde.

Ich bin so wütend gewesen, damals. Halbherzig habe ich versucht, sie mithilfe von Google und sozialen Medien zu finden, aber ich war einfach zu verletzt, um einen Privatdetektiv damit zu beauftragen, sie zu finden. Ich redete mir ein, dass, wenn sie gefunden werden wollte, sie schon wieder auftauchen würde. Und solange sie nicht wie eine Erwachsene mit mir reden wollte, konnte sie mir gestohlen bleiben.

Aber das hatte nichts an der Tatsache geändert, dass ich zutiefst verletzt darüber war, wie die Dinge gelaufen waren und dass ich mir so viel mehr von ihr erhofft hatte.

„Ah, da ist sie!", rief Mitch und deutete mit dem Finger in eine Richtung. In diesem Moment schien die Zeit stehenzubleiben.

Ich drehte den Kopf und da war Aura, sie stand keine drei Meter von mir entfernt und unterhielt sich mit einer Frau in einem hellrosa Kleid.

Sie selbst trug ein elegantes Sommerkleid mit tiefem Ausschnitt. Ihr Kleid hatte den gleichen weißen Farbton wie das Kleid meiner Mutter. Ein Teil von mir wunderte sich darüber, obwohl das in diesem Moment wohl meine geringste Sorge war.

Sie hatte mich noch nicht gesehen, aber während ich sie weiter anstarrte, rief Mitch ihr zu:

„Aura! Komm her und lerne deinen Stiefbruder kennen!"

Ihr Kopf schoss in die Höhe und ich sah, wie sich ihre Lippen verkrampften. Sie sah überhaupt nicht überrascht aus, als sie sich von ihrer Freundin verabschiedete und zu uns kam.

Sie hat es gewusst!

Ich biss die Zähne zusammen und spürte die Anspannung in meinen Schultern. Ich blickte sie finster an, konnte die Anziehungskraft, die sie immer noch auf mich ausübte, aber nicht leugnen. Sie war noch schöner geworden, ihre Haut noch rosiger und ihre Augen noch leuchtender. Sie strahlte regelrecht.

Ich fragte mich, ob sie wohl in Begleitung hier war.

„Aura, das ist -"

„Ich weiß, wer das ist", unterbrach Aura ihren Vater. „Ich habe in seiner Firma gearbeitet, bevor er mich gefeuert hat."

Nun war es raus. Jetzt wusste die Familie Bescheid.

„Aura, es war eine Menge los -"

„Das ist Vergangenheit", unterbrach sie mich knapp, während ihr Blick durch den Raum wanderte. „Wo ist Ava?"

Ein merkwürdiger Knoten bildete sich in meinem Magen und ich verstand zuerst nicht, warum. Erst, als ihr Blick auf das stolpernde Kleinkind fiel, traf es mich wie ein Schlag ins Gesicht.

„Mama!", gurrte das Baby und lief mit leuchtenden Augen auf Aura zu. Ich beobachtete, wie meine Exfreundin das Baby auf den Arm nahm und fest an sich drückte. Gleichzeitig warf sie mir einen warnenden Blick zu, der jedes Wort unnötig machte.

„Nun", kicherte Alex. „Das ist merkwürdig."

„Ist es nicht", widersprach Mom und schaute mich ebenfalls scharf an. Ich fühlte mich langsam genau so, wie ich mich immer in der Anwesenheit meines Vaters gefühlt hatte: gerügt und klein. Aber das Gefühl war nichts gegen die Wut, die in mir aufstieg, als ich Ava ansah und Ähnlichkeiten zu mir suchte.

Wie alt war die Kleine? Konnte sie meine Tochter sein?

„Okay, Mitchie. Zeit, zu heiraten Schatz", schnurrte Mom. Er nickte zustimmend und zwinkerte uns zu.

„Das ist der Moment, auf den ich gewartet habe", entgegnete er und nahm den Arm seiner Verlobten. „Wir sehen euch Kinder, wenn wir verheiratet sind."

Ich konnte nichts anderes tun, als den beiden hinterherzuschauen, bevor ich mich Aura zuwandte.

„Was?", zischte sie. „Hör auf, mich anzustarren!"

Alex blickte uns überrascht an, dann grinste er mich an.

„Nimm es nicht persönlich", sagte er. „Sie kann ziemlich nachtragend sein."

„Aura, kann ich dich eine Sekunde sprechen?", fragte ich mit zusammengebissenen Zähnen. Sie schüttelte den Kopf und ihre mit Perlen verzierten, dunklen Locken wehten sanft hin und her.

„Nein. Hast du nicht gehört? Wir müssen zu einer Hochzeit."

KAPITEL 10

Aura

Ein Jahr vor der Hochzeit hatte ich erfahren, dass Javier mein Stiefbruder werden würde. Es wurde ein langes, schmerzhaftes Jahr der Selbstfindung für mich.

Ich vermutete, dass er es auch wusste und es nicht für nötig hielt, mich vorzuwarnen, weil er sich meine Reaktion nicht entgehen lassen wollte, eine Art kleine Rache. Doch als ich ihn sah, wurde mir klar, dass er keine Ahnung hatte.

Die Wahrheit war, dass ich noch nicht bereit war, ihm von unserem Baby zu erzählen. Mir war klar, dass es eines Tages dazu kommen musste, aber es gab so viele Gründe, die mich davon abhielten, ihm eine einfache E-Mail zu schreiben, in der es hieß: „Ach übrigens, du bist Vater."

Ihm die Nachricht so zu überbringen, wäre durchaus passend gewesen. Immerhin hatte er mich auf eben diese Art abgesägt, ohne den Anstand zu besitzen, es mir direkt zu sagen.

„Mama!", gurrte Ava und zog mir leicht an den Haaren. Ich lächelte sie an.

425

Der Großteil der Zeremonie wurde auf Spanisch abgehalten, was ich komisch fand, da wohl kaum ein Dutzend Spanisch sprechender Gäste anwesend war. Dennoch war es sehr schön. Ich freute mich für meinen Vater und ich mochte Cate. Sie erinnerte mich an Javier, bevor er – wie sein Vater – zu einem gierigen Tyrannen wurde.

Noch am Tag meiner Kündigung hatte ich meine wenigen Habseligkeiten gepackt und mir in der Apotheke einen Schwangerschaftstest besorgt.

Er bestätigte mir, was ich ohnehin schon wusste, und in diesem Moment musste ich einige Entscheidungen für mein Leben treffen.

Die erste war, die Stadt zu verlassen.

Ich schluckte meinen Stolz herunter und rief Alex an, der sich übermäßig freute, als ich ihm erzählte, dass ich bei ihm und Dad in Tijuana wohnen wollte. Ich war mir sicher, dass Dad ausrasten würde, doch zu meiner großen Überraschung hieß er mich mit offenen Armen willkommen.

„Cate hat ihn locker gemacht", erklärte Alex mir. „Sie hat die Geduld einer Heiligen, Ehrenwort. Ich weiß nicht, wie sie es mit ihm aushält."

Sie fragten mich nicht nach dem Vater des Kindes, bis Ava geboren wurde. Dann erfuhr ich, dass Javier Cates Sohn war.

In was für einer verdrehten Welt lebe ich eigentlich?, fragte ich mich und schüttelte bei dem Gedanken daran, wie hoch die Chancen für so etwas standen, den Kopf. Eins zu einer Million? Eins zu einer Milliarde?

Es spielte auch keine Rolle. Javvy und ich würden nicht zusammen sein, aber für Cate und Dad musste es komisch sein, zu wissen, dass ihre Enkelin quasi ihre zweifache Enkelin war.

Ziemlich hinterwäldlerisch, bemerkte ich trocken. Doch als ich darüber nachdachte, stellte ich fest, dass Dad und Cate vor Javvy und mir ein Paar wurden, oder ungefähr zur selben Zeit. Ich hatte nie genau nachgefragt und ehrlich gesagt wollte ich es auch nicht wissen.

Nun, ich wusste, dass Javvy kommen würde und das er eins und eins zusammen zählen und merken würde, dass dieses kleine Mädchen seine Tochter war. Ich dachte darüber nach, bezüglich ihres

Alter zu lügen, doch ich war dem Problem lange genug aus dem Weg gegangen. Er wusste es, beziehungsweise er sollte es wissen und dann könnten wir gemeinsam entscheiden, was wir unseren Eltern sagen würden.

Bei dem Gedanken an ihre mögliche Reaktion wurde mir ganz flau im Magen. Sie waren wundervoll, sie ließen mich auf ihrer bildschönen Hacienda leben und ermutigten mich gleichzeitig dazu, den Roman zu beenden, an dem ich seit meiner Jugend arbeitete.

Nachdem ich das geschafft hatte, vermittelte Cate mich an einen Verleger und begann, die Werbetrommel zu rühren. Nach sechs Wochen war mein Buch ein Bestseller. Die Tantiemen beliefen sich zwar nicht auf Millionen Dollar, aber es war genug, um davon zu leben und am nächsten Buch zu arbeiten. Ich ritt auf einer kreativen Welle, die ich niemals erwischt hätte, hätten die beiden mich nicht bei sich aufgenommen.

„Du stehst auf deinen Stiefbruder."

Alex' Stimme holte mich in die Realität zurück und ich blickte ihn abwertend an.

„Halt die Klappe!", schnauzte ich leise. „Du bist ekelhaft."

„Ich bin nicht derjenige, der ihn anstarrt wie ein verlorener Welpe", antwortete er lachend und ich boxte ihm gegen den Arm. „Hattet ihr in San Jose etwas miteinander?"

„Alex, unser Vater heiratet. Zeig etwas Respekt!"

Er zuckte zwar mit den Schultern, grinste aber anzüglich. Ich versuchte mich auf die Trauung zu konzentrieren, während Ava überall an mir herumzog.

Mein Bruder hatte recht, ich konnte den Blick nicht von meinem früheren Liebhaber abwenden.

Am Traualtar stimmte der Pfarrer etwas Neues an, während Dad Cate den Ring an den Finger steckte und ihr verliebt in die Augen schaute.

Er ist nicht mehr nur dein ehemaliger Liebhaber. Er ist jetzt Familie.

. . .

427

Ich versuchte mein Bestes, um Javvy aus dem Weg zu gehen, wusste aber, dass er mich früher oder später erwischen würde. Ich lief in einem der Gästezimmer auf und ab und starrte hinaus auf den Poolbereich. Das Fensterglas war getönt, so konnte niemand hineinsehen. Ich aber sah all die Gratulanten mit ihren Champagnergläsern, die auf die Frischvermählten anstießen.

Javvy musste mich gesucht haben und er fand mich schließlich. Ich saß auf dem Bett und lehnte mich gegen einen Berg aus Mänteln und Jacken, während ich mir meinen nächsten Schritt überlegte.

„Du kannst dich hier nicht ewig vor mir verstecken", knurrte er und kam auf mich zu. Ich sprang auf. Mir gefiel die Wut in seinem Gesicht nicht.

„Ich verstecke mich nicht. Ich will nur … der Menschenmenge für einen Moment entfliehen", entgegnete ich. Ich konnte sehen, dass er mir kein Wort glaubte.

Er kam immer näher, bis unsere Gesichter nur noch wenige Zentimeter voneinander entfernt waren. Ich hob mein Kinn etwas an und trotze seiner Wut. Er hatte kein Recht, wütend und sauer hier hereinzukommen. Er war derjenige, der es versaut hatte. Es war nicht meine Schuld.

„Ist sie von mir?"

Gut, da war das … Er hatte das Recht, wegen Ava sauer zu sein. Für einen kurzen Moment dachte ich darüber nach, ihn anzulügen, aber das konnte ich nicht. Ich hatte sie ihm bereits seit einem Jahr verheimlicht.

Warum hatte ich das überhaupt getan? Ich hatte meine eigene Mutter immer dafür verachtet, dass sie uns von Mitch ferngehalten hatte, dabei wollte er uns auch nicht. Ich hatte mir immer geschworen, dass meine eigenen Kinder ihren Vater auf jeden Fall kennen sollten, auch wenn er und ich nicht zusammen sein sollten.

„Ja", murmelte ich. „Ist sie."

Ihm stockte der Atem und er wurde blass. Wie in Trance ging er einige Schritte zurück.

„W-Wie konntest du mir das verheimlichen, Aura? Wie? Warum?"

Der Schmerz in seiner Stimme traf mich direkt ins Herz und voller Scham blickte ich zu Boden.

„Weil ...", seufzte ich. „Weil ich damals dachte, dass es das Beste für Ava sei. Und als ich meine Meinung geändert hatte, war es bereits zu spät. Als ich erfahren hatte, dass unsere Eltern heiraten, wollte ich den beiden die Sache nicht kaputt machen. Ich wollte es dir sagen -"

„WAS KANN DARAN GUT SEIN, EIN KIND VON SEINEM VATER FERNZUHALTEN?", schrie er mich an. In seinem Gesicht lag so viel Wut, dass ich fürchtete, er könnte auf mich losgehen. Kurz darauf wandelte sich diese Furcht in Erregung um. Ich hatte schon immer weiche Knie bei ihm bekommen und ihn jetzt so zu sehen, so aufgebracht, so ... gefährlich – nun, das machte mich irgendwie an.

Und ich schämte mich kein bisschen deswegen.

„Du hast dich wie dein Vater benommen", antwortete ich einfach. „Ich war mir sicher, dass du nicht wolltest, dass dein Kind genauso aufwächst wie du."

Er blieb wie angewurzelt stehen und seine Gesichtszüge wurden unsicher. Es war ihm anscheinend nie in den Sinn gekommen, dass meine Handlungen keineswegs böswillig gemeint waren.

„Ich bin nicht mein Vater", sagte er leise. Das Glühen in seinen Augen ließ nach, doch die Wut war noch da. „Ich würde nie etwas tun, das unserem Kind schadet."

„Ich glaube auch nicht, dass du es absichtlich tun würdest", räumte ich schnell ein und legte meine Hand auf seinen Arm. Ich spürte die Spannung zwischen uns und wollte ihn noch einmal in mir spüren.

Sein Blick wanderte über meinen Körper, bis sich unsere Blicke trafen. Die Emotionen, die zwischen uns aufflammten, waren unmiss-verständlich. Er hatte mich genauso sehr vermisst wie ich ihn.

Wir setzten uns gemeinsam auf das Bett. Ich hob meine Hand und legte sie auf seine Wange. Mein Herz raste und ich war mir sicher, dass er es hören konnte.

„Du hast mir gefehlt", sagte er und seine Worte klangen so ehrlich, dass ich von Wehmut übermannt wurde.

Anstatt zu antworten, presste ich meine Lippen auf seine – sanft

429

aber bestimmt – und zog ihn zu mir heran. Ich schloss die Augen und gab mich seiner Umarmung hin.

Sanft drückte er mich gegen den Berg aus Mänteln und Jacken, der auf dem Bett lag. Sein Mund fuhr über mein Kinn und seine Hände glitten unter meinen Hintern.

Ich seufzte tief auf, nach diesem Moment hatte ich mich zwei Jahre lang gesehnt, auch wenn ich mir sicher war, dass Javvy mich nicht länger so sehr wollte wie ich ihn. Selbst in meiner Wut hatte ich mich danach gesehnt, ihn zu sehen. Ich hatte ihn in meinem Roman erwähnt, ich hatte versucht, die Kraft unsere Verbindung auf Papier zu bringen, war mir aber sicher, dass ich dem nicht gerecht wurde. Wie konnte ich auch? Es war unmöglich, solche Gefühle in Worte zu fassen.

Seine Lippen fuhren über mein Schlüsselbein und ließen dabei keinen Zentimeter unberührt. Ich schmolz unter ihm dahin und sehnte mich danach, ihn in mir zu spüren.

„Du hast mir auch gefehlt", flüsterte ich. Er musste wissen, dass ich ihn nicht vergessen hatte, nicht für eine Minute.

Meine Hüften waren entblößt, während die Spitze meines Kleides immer höher rutschte. Ich spürte das Leder einer der Jacken auf meinem nackten Rücken.

Der kalte Stoff auf meiner heißen Haut und Javvys Finger zwischen meinen Beinen löste einen Schwall der Erregung in mir aus.

„Gott, du bist immer so feucht!"

„Nur für dich", hörte ich mich antworten, aber mein Verstand war bereits ganz woanders. Mein Körper erzitterte unter seinen Berührungen.

Sein Kopf bewegte sich weiter hinab und seine Lippen berührten meine empfindlichste Stelle. Ich stöhnte laut auf, während seine Zunge sich auf die Art und Weise bewegte, die mir am besten gefiel.

Er hatte es nicht vergessen, dachte ich und wurde noch stärker erregt. Ich war so dumm gewesen, ihn gehen zu lassen. Ganz egal, wie wütend ich war. Er und ich, wir gehörten zusammen. Es war unverkennbar, wie gut wir zusammenpassten.

Seine Zunge bewegte sich immer schneller und brachte mich an den Rand der Ekstase. Meine Atemzüge wurden schneller und kürzer, bis ich meinen Höhepunkt erreichte.

Ich genoss noch meinen Höhepunkt, als ich plötzlich mit dem Gesicht in dem Haufen Jacken lag.

Er spreizte meine Beine und ich seufzte freudig erregt auf, wusste ich doch, was mich nun erwartete. Mit einem Mal drang er in mich ein.

„Verdammt!", stöhnte ich und genoss das Gefühl, ihn so tief in mir zu spüren. Er machte keine Anstalten, sich zurückzuhalten. Es war, als ließe er seinen ganzen Ärger raus.

Mir stockte der Atem und ich war nicht einmal in der Lage, zu stöhnen, es war ein schöner Schmerz.

„Ich hatte fast vergessen, wie eng du bist", stöhnte er atemlos. Dann folgte ein lautes, finales Stöhnen und ich spürte seinen Samen, der sich in mir ergoss.

Wie ein lebloses Häufchen brach er schließlich auf mir zusammen. Sein Atem an meinem Ohrläppchen löste eine Gänsehaut bei mir aus.

„Du scheinst etwas für Mäntel übrig zu haben" merkte er trocken an, bevor er sich von mir erhob. Ich drehte mich um und sah ihn an.

„Ich habe etwas für dich übrig", antwortete ich leise.

KAPITEL 11

Javvy

Wir richteten unsere Kleidung und setzten uns auf das Bett.

„Was sollen wir jetzt machen, Javvy?", fragte Aura und ich schaute sie von der Seite an.

„Wo liegt das Problem?"

Sie schnaubte und warf mir einen Blick zu, als hätte ich einen dummen Scherz gemacht. Aber ich verstand das Problem tatsächlich nicht.

„Das Problem ist, dass wir jetzt verwandt sind", erinnerte sie mich und ich zuckte bei dieser Vorstellung kurz zusammen.

„Aber doch nicht blutsverwandt", entgegnete ich entschieden. „Und sag das nicht so. Davon bekomme ich eine Gänsehaut."

„Nun, dann stell dir mal vor, was passiert, wenn Ava älter wird und ihr die Leute sagen, dass ihre Eltern Stiefgeschwister sind. So etwas kann und wird dir das Geschäft ruinieren."

Ich starrte sie schockiert und mit zusammen gekniffenen Augenbrauen an.

„Glaubst du wirklich, dass mich das Geschäft auch nur einen

432

Scheiß interessiert?" Ich musste fast lachen. „Herrgott, du kennst mich wirklich kein Stück, oder?"

„Ich weiß, dass du kein Problem damit hattest, einen ganzen Haufen von uns zu entlassen und dich dabei hinter einer E-Mail zu verstecken", antwortete ich verärgert. Ich wusste, dass ich seine Worte verdient hatte, dennoch hatte ich das Gefühl, mich verteidigen zu müssen.

„So war das doch gar nicht, Aura. Mir blieb keine andere Wahl, als das Budget zu kürzen. Mein Dad hat mir eine bankrotte Firma hinterlassen. Ich musste Entscheidungen treffen, harte Entscheidungen."

Sie verzog das Gesicht und schaute mich fragend an.

„Warum hast du mir nichts gesagt?", fragte sie mit stockender Stimme. „Ich hätte dir helfen können, wenn ich es gewusst hätte."

„Wie denn?", erwiderte ich. „Wie hättest du mir helfen können, Schulden von einer halben Milliarde Dollar abzubauen? Ich musste achtzehn Monate lang ohne Gehalt arbeiten und an allen Ecken und Kanten sparen. Wir mussten einen Drahtseilakt vollführen, aber ich habe es geschafft. Ich konnte fast alle wieder einstellen, Aura. Ich bin fast wieder da, wo wir angefangen haben."

Ihr Unterkiefer klappte leicht nach unten. Sie war wirklich erstaunt.

„Ich konnte dir nichts sagen. Das wäre unethisch gewesen. Du warst immerhin eine Angestellte und es bestand die Chance, dass du anderen gegenüber etwas gesagt hättest."

„Das hätte ich niemals!"

„Wahrscheinlich hättest du das nicht, Aura. Aber ich stand mit dem Rücken zur Wand. Es ging nicht darum, dass ich dir nicht vertraut habe, aber es ging ums Geschäft und hatte nichts mit dir zu tun. Ich habe die Liste mit den Namen der Entlassenen nicht einmal gesehen, aber im Nachhinein betrachtet, hätte ich wissen müssen, dass dein Name auch darauf stand. Ich habe versucht, das Beste in einer scheinbar ausweglosen Situation zu tun."

Eine ganze Zeit lang sagte sie nichts, aber ich konnte sehen, dass sie über meine Worte nachdachte.

„Ich habe dich immer geliebt, Aura. Meine Gefühle für dich haben sich nie geändert und das werden sie auch nicht, das schwöre ich dir. Auch wenn ich wütend auf dich bin, liebe ich dich trotzdem. Ich kann einfach nicht anders."

Sie schenkte mir ein Lächeln, doch es war offensichtlich, dass sie noch immer besorgt war.

„Das ändert aber nichts an der Tatsache, dass wir jetzt Stiefgeschwister sind. Es ist egal, wie sehr wir uns lieben, Javvy. Unsere Beziehungen wird Staub aufwirbeln. Und was noch schlimmer ist, Ava wird darunter zu leiden haben."

Da war etwas Wahres dran und ich hatte auch keine einfache Antwort darauf. Alles, was ich wusste, war, dass wir es irgendwie schaffen würden, eine Familie zu werden, egal wie.

KAPITEL 12

Nach der Hochzeit nahm ich Aura und Ava mit mir nach San Jose. Sie war so ein hübsches Kind, süß, aufgeweckt und lebhaft. Ich war erstaunt über die Ähnlichkeit zu ihrer Mutter und ich hoffte, dass sie genauso furchtlos wie Aura werden würde.

„Alex weiß, dass etwas vor sich geht", murmelte Aura, als wir das umzäunte Anwesen erreichten. Sie war während der gesamten Fahrt ungewöhnlich still gewesen, aber ich wollte sie auch nicht dazu drängen, mir den Grund zu verraten.

Ich hatte bereits eine Vermutung, was ihr durch den Kopf ging.

Ava war in ihrem brandneuen Kindersitz, den mein Fahrer freundlicherweise besorgt hatte, eingeschlafen.

„Wir wollten es ihnen sagen, wenn Mom und Mitch zurück sind", entgegnete ich. „Aber es sah nicht so aus, als würde ihn das kümmern. Er sah glücklich aus, die Villa für sich zu haben."

Sie lächelte nicht und ich machte mir langsam Sorgen. Der Wagen hielt vor der großen im Tudorstil gebauten Tür.

„Was sollen wir tun, Javvy?, flüsterte sie. „Wir können das nicht tun. Avas Zukunft steht auf dem Spiel – und dein Geschäft."

„Ja", entgegnete ich trocken. „Diese Argumente hast du bereits genannt und wenn ich mich recht erinnere, waren wir uns einig, dass wir uns etwas überlegen, nicht wahr?"

„Wir sollten uns erst etwas überlegen und dann zusammen sein", erwiderte sie nervös, als der Fahrer ihr die Tür öffnete. „Bevor uns irgendjemand sieht und die Gerüchte losgehen. Falls irgendwer Wind von der Sache bekommt, Javvy, kommen wir aus der Nummer nicht mehr raus."

Ich sah sie ernst an und dachte über ihre Worte nach. Keiner von uns machte irgendwelche Anstalten, das Auto zu verlassen.

„Zuerst einmal: ihr geht nirgendwohin", stellte ich klar. „Ich habe bereits ein Jahr mit meiner Tochter und die gesamte Schwangerschaft verpasst. Wenn du auch nur eine Sekunde lang glaubst, dass ich einen von euch aus den Augen lassen, hast du dich getäuscht."

Wir blickten uns tief in die Augen. Ich wusste, dass sie mit dem, was sie gesagte hatte, recht hatte. Aber ich wusste auch, dass ich sie auf keinen Fall gehen lassen würde – nicht einmal für ein paar Tage.

Ava bewegte sich in ihrem Kindersitz. Aura streckte die Arme nach ihr aus, doch ich hielt sie zurück.

„Lass mich", bat ich sie und sie lehnte sich augenblicklich in ihren Sitz zurück. Ava öffnete die Augen und schaute mich mit leuchtend grünen Augen an.

„Hi, Kleine", flüsterte ich ihr zu. „Komm zu Daddy."

Sie öffnete den Mund und blickte etwas unsicher zwischen mir und ihrer Mutter hin und her. Für einen Augenblick befürchtete ich, dass sie losschreien könnte. Ich hielt den Atem an und lächelte sie weiter beruhigend an. Dann löste ich ihren Gurt und nahm sie vorsichtig in die Arme.

Bitte nicht weinen, flehte ich innerlich, als ob ich fürchtete, dass Avas Tränen Auras Entscheidung beeinflussen könnten, bei mir zu bleiben. *Sieh mich an. Ich bin dein Daddy.*

Als hätte sie meine Gedanken gelesen, schaute sie mich mit großen Augen an und ein kleines Lächeln legte sich auf ihre Lippen. Sie brabbelte etwas vor sich hin, hob eine Faust und brach in lautes Gelächter aus. Ich glaube, mein Herz war noch nie so erfüllt gewesen wie in diesem Moment.

Ich konnte meinen Blick nicht von diesem kleinen Gesicht abwenden und in diesem Moment wurde mir klar, dass ich alles für dieses kleine Wesen tun würde. Ich war ergriffen, als hätte ich mein ganzes Leben darauf gewartet, dieses unschuldige Lebewesen zu treffen. Ich wusste, dass ich alles dafür tun würde, sie zu beschützen.

„Javvy, der Fahrer wartet auf uns", erinnerte Aura mich sanft. Doch mir war das egal. Ich konnte meinen Blick nicht von diesem süßen, lachenden Kind, das die Augen seiner Mutter hatte, abwenden.

Und dann wusste ich, was wir zu tun hatten.

„Javvy ..."

„Ich verkaufe Child Motors."

Der Satz schoss förmlich aus mir heraus und Aura schaute mich schockiert an.

„Was? Nein, das kannst du nicht!", protestierte sie. „Das ist die Firma, die du vor dem Ruin bewahrt hast! Warum solltest du das tun?"

„Es ist nicht meine Firma", entgegnete ich emotionslos. „Es ist die Firma meines Vaters und wenn ich ehrlich bin – auch zu mir selbst – ich wollte sie nie haben. Ich glaube, als Kind hat mir die Vorstellung gefallen. Ich meine, welches Kind will nicht einmal Milliardär werden, aber am Ende, will ich das wirklich nicht."

Aura musterte mich nachdenklich.

„Was hast du dann vor?", fragte sie leise. „Den ganzen Tag am Strand sitzen und Mojitos trinken?"

Ich lächelte und richtete meine Aufmerksamkeit wieder auf Ava, die meinen Finger festhielt und drückte.

„So sehr es mir gefallen würde, jeden wachen Moment mit dir und dieser Schönheit zu verbringen, glaube ich, ich würde ohne Arbeit verrückt werden. Ich werde das Geld einfach in ein anderes Geschäft investieren."

„Und worin?", fragte sie neugierig.

„Ich habe ein paar Ideen", antwortete ich vage. Ich wusste genau, was ich tun würde und wie wir unsere Familie zusammenhalten konnten.

„Javier, das ändert aber nichts. Die Leute werden immer noch wissen -"

„Vertraust du mir, Aura?"

Die Frage schien sie zu verwirren und ich beobachtete sie, während sie gründlich darüber nachdachte.

„Ja", antwortete sie schließlich. „Das tue ich wirklich. Das habe ich auch immer getan, sogar als wir uns noch gar nicht kannten."

„Dann bitte ich dich darum, mir hier wirklich zu vertrauen", sagte ich mit ernster Stimme und Aura nickte langsam.

„Alles klar", stimmte sie leise zu und schaute zu Ava, die uns kichernd ansah.

Ich beugte mich vor und küsste sie sanft auf die Lippen.

„Gib mir zwei Wochen und wir werden das Leben leben, von dem wir immer geträumt haben – gemeinsam."

EPILOG

Aura

„Mama, was ist das?"

Ich hob meinen Kopf ein wenig, die Finger weiterhin auf der Tastatur meines Computers, und versuchte, meinen Gedanken noch zu Ende zu führen, bevor mein Vierjähriger mich komplett ablenken konnte.

„Das ist eine Schreibmaschine", antwortete ich eilig und versuchte, mich weiter auf meine Arbeit zu konzentrieren.

„Was ist eine Schreibmaschine?"

„Austin, du siehst doch, dass Mom arbeitet. Lass sie in Ruhe!"

Ava schmiss einen Plastikball gegen den Kopf ihres Bruders, der erst auf den Schreibtisch flog, bevor er auf den Boden traf.

Mit einem bösen Gesichtsausdruck drehte ich mich zu den beiden um, die daraufhin schnell die Flucht ergriffen.

Gerade, als die beiden den Türrahmen erreicht hatten, tauchte ihr Vater hinter ihnen auf.

„Ich habe euch nur drei Minuten aus den Augen gelassen!", stöhnte Javvy. „Kommt schon! Eure Mutter hat eine Deadline!"

„Entschuldigung!", riefen die Kinder im Chor und eilten davon, bevor die Lage für sie noch schlimmer wurde.

„Entschuldige, Schatz. Das Baby hat geweint und -"

„Ist schon gut", seufzte ich. „Ich hatte nur gehofft, dieses Kapitel fertig zu bekommen, bevor das Chaos ausbricht. Was habe ich mich nur gedacht?"

Javvy lachte sanft und kam näher zu mir.

„Du bist deiner Deadline doch auch so weit voraus", erinnerte er mich und küsste mich sanft. „Mach dich nicht selbst verrückt!"

Kichernd erwiderte ich seinen Kuss und legte meine Hände um seinen Hals.

„Mmh", schnurrte ich. „Es ist auch hilfreich, dass ich den Verlagsbesitzer geheiratet habe, nicht wahr?"

„Ich glaube, der Verlagsbesitzer hat den Verlag nur für dich gegründet, Schönheit!"

Ich lachte erneut und zog ihn für einen weiteren Kuss zu mir heran.

„Mmh", murmelte ich. „Du riechst nach Babykotze."

Er kicherte und schüttelte den Kopf.

„Das sind meine Pheromone, die du da riechst", antwortete er und roch selbst an seinem Shirt. Er verzog das Gesicht und musste einsehen, dass ich recht hatte.

„Dieses Kind ..."

„Hey, du wolltest ein drittes Kind", erinnerte ich ihn. Das Leuchten in seinen Augen verriet mir, dass er auch nichts gegen ein Viertes hätte, aber für mich war das Thema erledigt. Für mich war es unvorstellbar, mit noch mehr Kindern, weiterhin auf diesem Level Mutter zu sein und gleichzeitig meine Karriere voranzutreiben. Egal, wie sehr Javvy mich dabei unterstützte.

Er war ein großartiger Vater und Partner. Dass er den Verlag für mich gegründet hatte, war keine Lüge. Er hatte Child Motors verkauft und innerhalb eines Monats Ava Publishing gegründet. Mein erster Roman wurde teuer von dem Verleger, bei dem ich ihn veröffentlicht hatte, zurückgekauft und überarbeitet und unter Pseudonym neu veröffentlicht.

Plötzlich hatten sich die Tantiemen vervierfacht und ich wurde eine bekannte Autorin.

Nach Austins Geburt gründeten wir Austin Industries. Dabei handelte es sich um einen Mischkonzern, der Ava Publishing und einige andere Juwelen umfasste, darunter ein Immobilienbüro, einen Bootsverleih und eine Fast Food Restaurantkette.

Finanziell ging es uns richtig gut, wir verdienten unser eigenes Geld, indem wir Firmen gründeten, die die Namen unserer Kinder trugen, so bauten wir ihr Erbe auf.

„Alles, was wir tun, tun wir für sie", hatte er erklärt. „Auf diese Weise wird niemand wissen, in welcher Verbindung wir zu diesen Unternehmen stehen. Und für den Rest gilt: Ava, Austin, und Ashley sind die CEOs und Co-Präsidenten von Austin Industries. Wir sind lediglich ihre Treuhänder, gesichts- und namenlos."

Es hatte Jahre gedauert, bis die Presse es aufgab, nach Javvy und seiner Geschichte zu suchen: dem jungen Mann, der die abstürzende Firma seines Vaters geerbt hatte, sie rettete und verkaufte, ohne von dem Aufschwung zu profitieren.

Natürlich hatten wir unseren Eltern und Alex die Wahrheit gesagt. Sie hatten es besser verkraftet, als ich vermutet hatte.

„Du hast noch nie glücklicher ausgesehen, Schwesterlein", merkte Alex an und er hatte recht. Ich tat, was ich liebte, zusammen mit den Menschen, die ich liebte auf einer Insel bei Washington, fern von neugierigen Blicken. Wir waren wirklich frei.

„Hey, wenn du schon eine Pause machst", säuselte Javvy mir ins Ohr und sah mir tief in die Augen. „Ich habe da eine Idee, die Spaß machen könnte."

Ich blickte ihm ebenfalls in die Augen und lächelte.

„Ach ja?", fragte ich. „Und das wäre?"

„Komm her und ich zeig's dir."

Mit diesen Worten nahm er mich in seine Arme, warf mich über die Schulter und eilte die Treppen hinauf zu unserem Schlafzimmer.

Als er mich auf das Bett legte, blickte ich ihn fest an und mein Lächeln verschwand langsam.

„Was?", fragte er und schaute mich besorgt an. „Ist alles in Ordnung?"

Ich nickte.

„Ja", antwortete ich leise. „Ich weiß nicht, was ich ohne dich machen würde."

Auf seinem Gesicht breitete sich ein Grinsen aus.

„Wie gut, dass du dir deswegen keine Gedanken machen musst."

„Ich liebe dich, Javier."

Er beugte sich zu mir herunter und legte seine Stirn an meine.

„Ich liebe dich, Aura."

Ende.

DANCE OF LOVE

Eine Bad Boy Liebesroman

Jessica F.

KLAPPENTEXT

Er ist voller wilder Leidenschaft.

Er ist der Vortänzer.

Er ist ein Flamenco-Zigeuner.

Als ich ihn zum ersten Mal tanzen sah, wäre ich fast dahingeschmolzen.

Aber zu meiner Enttäuschung stellt sich heraus, dass er ein herzloser und zorniger Mann ist.

Ich sollte mich von ihm fernhalten.

Aber so sehr ich mich auch bemühe, ich kann die zunehmende Spannung zwischen uns nicht leugnen.

Ich weiß, dass er mir Ärger einbringen wird. Ich sollte mich von ihm fernhalten. Aber es gelingt mir nicht.

KAPITEL 1

„Donna! Willkommen in España!" Sie hätte seine Stimme überall erkannt. Sie übertönte die belebte Flughafenlobby.

Donna konnte nicht anders, als zu lächeln, als sie mit ihrem Koffer zu José ging, den sie seit Jahren nicht mehr gesehen hatte. José. Die Kofferrollen quietschen widerwillig über den Boden und ihr Herz pochte vor Aufregung.

Und da war er, pünktlich wie eh und je, und wartete nur auf sie. José war viel größer, als sie es in Erinnerung hatte, aber sein breites weißes Lächeln und das makellose lockige Haar, das immer über seiner Stirn hing, war genauso wie früher.

Sie hatte Schmetterlinge im Bauch. Sie hielt einen Moment inne, um das Gefühl zu genießen. *Ich tue das tatsächlich.*

Er kam auf sie zugelaufen, seine langen Beine schafften mit Leichtigkeit die doppelte Strecke von ihr, und ergriff sie, zog sie in die Wärme seiner großen Gestalt.

„Ah, meine kleine Donna! Ich bin so glücklich, dich zu sehen. Lass dich mal anschauen. Oh lá lá, du siehst aber gut aus! Bist du bereit für den Sommer in Spanien?", fragte er in seinem leicht akzentuierten Englisch.

Er hat die Ausgelassenheit eines niedlichen Welpen, dachte sich Donna

446

und war glücklich darüber, dass er sich auch in dieser Hinsicht nicht verändert hatte.

„Aber sicher", antwortete sie und blickte in sein hübsches Gesicht.

„Mal im Ernst, wo ist meine geekige kleine Freundin abgeblieben? Du siehst so gebildet und erwachsen aus."

Seine Stichelei ließ Donna erröten, während er sie noch immer eine Armeslänge von sich festhielt und sie von oben bis unten musterte.

„Nun, ich bin jetzt eine Absolventin. Irgendwann musste ich ja erwachsen werden."

Er schmunzelte und gab ihr noch eine flüchtige Umarmung, bevor er sie losließ. „Du hast mir gefehlt. Ich vermisse Amerika auch, aber dich habe ich am meisten vermisst."

Donna hatte José in ihrem ersten Jahr am College getroffen. Er war für ein Auslandssemester in den Staaten gewesen und sie hatten sich ziemlich schnell gut angefreundet. Allerdings nicht mehr als das, zu Donnas anhaltender Bestürzung. Der Mann war schon damals wunderschön gewesen, als er gerade den Schritt ins Erwachsenenalter getan hatte. Sie hatte sich fast sofort in ihn verliebt und ihre Gefühle für ihn haben sich im Laufe der Jahre dank seiner häufigen Briefe und E-Mails nur noch verstärkt.

„Du hast mir auch gefehlt, sehr sogar", sagte sie und fühlte sich plötzlich verlegen, schaute auf das Karomuster der Bodenfliesen herunter und war unfähig, ihm in die Augen zu schauen.

„Komm, lass uns gehen!" Er schnappte sich den Koffer, mit dem sie zuvor gekämpft hatte, hob ihn hoch und trug ihn, als wäre er leicht wie eine Feder.

Sie versuchte, mit seinen langen Schritten mitzuhalten, aber die roten Absatzschuhe, die sie trug, um ihn zu beeindrucken, waren nicht gerade hilfreich. Normalerweise trug sie keine Absatzschuhe, aber irgendwie schaffte sie es, darin aufrecht zu gehen. Als sie den Ausgang erreichten und in die spanische Hitze hinausgingen, spürte sie ein warmes Glühen von Glückseligkeit, das sich in ihr ausbreitete.

Sie fühlte sich weltgewandt. Sie fühlte sich gut. Sie fühlte sich phänomenal.

Endlich habe ich es geschafft.

José lief ein wenig vor ihr, sein federnder Schritt trieb ihn immer weiter voran.

„Du wirst meinen ... wie sagen die Amerikaner? Meinen Satz Räder lieben. Ja, du wirst ihn wirklich lieben."

Er zeigte auf ein Auto am anderen Ende des Flughafenparkplatzes. Sie sah zwei Autos, ein knallgelbes Cabriolet und einen unauffälligen schwarzen Nissan, der schlecht geparkt war. In dem Cabrio saß jemand, also nahm sie an, dass er über den leeren Nissan sprach.

„Ah, ja. Cool! So schwarz wie das Batmobil", meinte sie und versuchte, etwas Positives zu finden, das sie sagen konnte.

„Nein, nicht das alte Ding. Das tolle dort – die gelbe Bestie!"

Donna blickte wieder zu dem gelben Auto auf und sah sich die Frau, die auf dem Beifahrersitz saß und rauchte, genauer an.

Als sie sie ihre Augen zusammenkniff, um in dem Sonnenschein etwas genauer zu sehen, verfehlte sie den Fußweg, blieb mit ihrem Absatz an der Bordsteinkante hängen und fiel zu Boden.

Donna lag flach auf dem Boden und blickte in den blauen Himmel. Schmerzen durchzogen ihren gesamten Körper. Sie hörte, wie sich die Autotür öffnete und jemand auf sie zulief.

Eine Frau mit rosigen, vollen Lippen und markanten Wangenknochen blickte auf sie herab.

„Oh, mierda! Geht es dir gut?", fragte die Fremde. Trotz ihres starken spanischen Akzents war herauszuhören, dass sie besorgt war.

„Gut, mir geht es gut."

„Kannst du dich bewegen?"

„Ja, ich glaube schon. Ich muss nur kurz hier liegen bleiben. Wer bist du?", fragte sie, wobei ihre Neugierde alle Bedenken überwog, die sie möglicherweise hätte haben können, dass ihre unverblümte Frage unhöflich klang.

Nun erschien das Gesicht von José.

„Donna, oh meine Güte! Geht es dir gut? Donna, das ist meine Verlobte, Maria."

„Deine Verlobte?", schrie sie fast.

„Ja, meine Verlobte." Er nahm Marias Hand und gab ihr einen kleinen Kuss auf die Lippen.

Donna war froh, dass sie am Boden lag und dachte sich, dass es vielleicht besser wäre, wenn sie in ihm versinken würde. Der Tinnitus in ihrem Kopf wurde etwas lauter und sie stöhnte gequält auf.

„Keine Sorge, Maria ist ausgebildete Krankenschwester. Sie wird sich um dich kümmern. Du bist bei ihr gut aufgehoben."

„Oh, gut", murmelte sie.

Donna schloss für einigen kurzen Augenblick die Augen. Sie war dankbar für die Schmerzen in ihrem Knöchel, während sie ein- und ausatmete, und ließ den Schmerz ihrer Enttäuschung mit hineinfließen, sie überfluten.

„Hast du dir den Kopf gestoßen?", fragte Maria.

„Nein, ich glaube nicht", wiederholte sie und versuchte aufzustehen, um dann festzustellen, dass sie am ganzen Körper unvermittelt zitterte.

„So gut siehst du aber nicht aus. Lass mich deinen Puls messen." Maria griff nach Donnas Handgelenk.

„Nun, ich sehe zwar nicht so gut aus wie du, aber du siehst aus wie eine Göttin", sagte Donna und zuckte leicht zusammen, als ihr klar wurde, dass sie ihre Gedanken laut ausgesprochen hatte.

„Du hast Recht, José. Sie ist sehr lustig!", sagte Maria und lachte, bevor sie sich wieder an die Arbeit machte. „Hm ... deine Herzfrequenz ist normal. Versuch mal, deine Zehen zu bewegen."

„Sie bewegen sich ganz gut", sagte José eifrig.

„Wir müssen ihr hochhelfen. José, hilf mir sie hochzubekommen."

Mit José und Maria auf je einer Seite von ihr, wurde Donna hochgezogen, bis sie stehen konnte. Sie fühlte sich wie ein Zwerg neben den zweien, beide überragten sie.

Zwischen den beiden großen, gebräunten und gutaussehenden Gestalten fühlte sie sich wie ein moppeliger kleiner Kobold. Sie sahen aus wie Filmstars.

Als sie nach unten blickte, sah sie, dass ihr neues weißes Kleid jetzt zerrissen war und dass Blut an ihren Armen und Knien heruntertropfte.

449

Ihr Make-up, für dessen sorgfältiges Auftragen sie Ewigkeiten gebraucht hatte, ehe sie aus dem Flugzeug ausgestiegen war,, war verschmiert. Sie versuchte, ihre Würde zu bewahren, indem sie an dem kleinen Baumwollkleid zupfte und sich die Haare aus dem Gesicht wischte.

„Mir geht's gut, danke. Ich glaube, ich war nur müde von der Reise." Sie setzte ein schmerzverzerrtes Lächeln auf und folgte den beiden barfuß zum gelben Auto.

KAPITEL 2

„Geht es dir gut, Donna? Du erscheinst ein bisschen ... komisch?",
fragte José besorgt.

„Mir geht es gut", antwortete sie, setzte ein Lächeln auf und hoffte,
dass er ihr glauben würde.

Donna hatte diesen Ausdruck in den letzten 48 Stunden seit ihrer
Ankunft in dem kleinen spanischen Küstenstädtchen, in dem José
aufgewachsen war, häufig verwendet.

Sie saß nun draußen auf dem Balkon in der Villa von Josés Familie.
Sie hatte ihr angeschwollenes, bandagiertes Bein auf einem Stuhl
hochgelegt.

Beide blickten auf das kristallklare Meer vor ihnen und saßen
einige Minuten lang schweigend da.

„Bist du wütend, dass ich dir nichts von der Verlobung erzählt
habe", fragte er und brach schließlich das Schweigen.

„Nein, warum sollte ich deswegen verärgert sein?" Donna schüttelte wütend den Kopf, ihr prächtiges rotes Haar federte vor ihrer
sommersprossigen Stirn.

„Donna, du warst ... wenn ich dich nicht in Amerika getroffen
hätte, glaube ich nicht, dass ich das College geschafft hätte. Du warst

451

meine beste Freundin, meine Sprachlehrerin, mein Rettungsanker und meine Lieblingsstudienkollegin."

Donna zuckte zusammen. „Deine Sprachlehrerin und Studienkollegin?"

„Natürlich! Nun … und meine beste Freundin. Und ich möchte, dass du nun daran teilhast. Ich wollte nicht ohne dich heiraten."

„Das ist aber sehr nett von dir." Der sarkastische Unterton blieb für das ungeübte Ohr unbemerkt.

José fuhr mit seiner kleinen Ansprache über ihre Freundschaft fort, seine langen Gliedmaßen bewegten sich elegant und theatralisch, als wäre er auf einer Bühne. Es war schwer, jemandem böse zu sein, der so lächerlich und doch so leidenschaftlich aussah.

Sie erinnerte sich daran, dass sie ihn im ersten Jahr ihres Studiums kennengelernt hatte. Sie erinnerte sich daran, wie er sich ihr zum ersten Mal genähert hatte, mit diesem frechen Grinsen auf seinem hübschen Gesicht, völlig unbeeindruckt von den Blicken, die er von den anderen Studentinnen bekam, als er ihr, der schüchternen rothaarigen Brillenschlange, seine ganze Aufmerksamkeit schenkte. Sie erinnerte sich noch daran, wie geschockt und zugleich dankbar sie dafür war, dass er sie vom ersten Tag an gut behandelt hatte und freundlich zu ihr war.

Sie schüttelte den Kopf und realisierte erst jetzt, was er gesagt hatte. „... Du siehst also, wir haben nur sechs Wochen, um alles zu arrangieren."

„Warte mal. Sagtest du gerade, dass du diesen Sommer heiraten wirst? So schnell?" Sie stützte sich auf dem Liegestuhl ab.

„Nun, was heißt schnell. Sie war meine Jugendliebe, unsere Familien kennen sich seit Ewigkeiten. Maria würde nicht sagen, dass es zu schnell ist. Sie hat seit Jahren darauf gewartet, dass ich ihr einen Antrag mache", sagte er lächelnd.

Donna schluckte. Sie musste die Informationen erstmal verarbeiten. Er war drei Jahre in Amerika und hatte nie eine Freundin gehabt. Jetzt wusste sie, warum. Er hatte viel geflirtet, sein starker spanischer Akzent ließ das Herz jedes Mädchens, dem er begegnete, schmelzen, aber dahinter stand keine ernsthafte Absicht. Donna hatte tatsächlich geglaubt, dass es an ihr lag, dass ihre Gefühle füreinander ihn davon abgehalten hatten, sich auf jemand anderen einzulassen.

„Wir müssen so viel vorbereiten und es gibt so viel zu tun. Was ich sagen will, ist ..." Ohne sich der Grausamkeit dieser Geste und Donnas Gefühle bewusst zu sein, ging er auf beide Knie und hielt ihre beiden Hände fest. Sie atmete tief ein und hatte keine Ahnung, was sie erwarten würde. Sie hätte niemals im Leben erraten, was als Nächstes kam.

„Ich möchte, dass du meine Trauzeugin wirst."

KAPITEL 3

Ein paar Tage später war Donna allein in der Villa. Es war ein großes Haus, groß genug für Josés ganze Familie: seine Eltern und Großeltern, seine drei Schwestern und ihren großen weißen plüschigen Hund Barney, der die meiste Zeit vor der Klimaanlage döste, um dem heißen spanischen Wetter zu entkommen.

Heute waren nur Donna und Barney im Haus. Die Familie war zu einem der vielen Grillfeste der Großfamilie am Strand eingeladen, aber sie hatte sich entschieden, zu Hause zu bleiben. Sie war noch ziemlich überwältigt von den vielen Bekanntschaften, die sie gemacht hatte und obendrauf noch ziemlich gejetlagt, weshalb sie froh war, alleine zu sein.

Während Donna barfuß über den weißen Sand lief, klingelte ihr Handy in der Tasche.

Sie schaute auf die Anrufer-ID und rümpfte die Nase. Sie ließ ihr Handy noch ein paar Mal klingeln, bevor sie widerwillig ranging.

„Hallo Mama."

„Liebes, ich habe nichts mehr von dir gehört, seit du aus dem Flugzeug gestiegen bist", belehrte sie ihre Mutter.

„Ich habe dir eine Nachricht geschickt, als ich gelandet bin."

„Ja, aber ich dachte, du würdest anrufen. Wie auch immer, wie geht es dir? Wie ist es in Spanien?"

„Spanien ist toll. Hier ist es sonnig und schön. Ich bin schon zweimal geschwommen."

„Im Meer?", fragte sie und klang dabei etwas aufgeregt und vielleicht auch ein bisschen neidisch.

„Im Meer."

„Oh wow, und wie geht es José? Er freut sich sicher sehr, dich zu sehen! Hast du ihm schon gesagt, wie du dich fühlst?"

„Mama, nein …", zuckte sie zusammen und dachte an den großen Plan, den sie mit ihrer Mutter und ihren Freundinnen ausgearbeitet hatte, bevor sie ins Flugzeug gestiegen war, um José zu besuchen.

„Du willst lieber abwarten, bis er es dir selber sagt?"

„Mama, nein … José und ich … wir werden einfach nur Freunde bleiben. Wir sind nur Freunde."

„Nur Freunde? Komm schon, Schatz. Auf dem College wart ihr unzertrennlich. Wenn du zu Hause warst, hast du die ganze Zeit von ihm geschwärmt … Ich konnte es nicht mehr ertragen! Das ganze Trübsal blasen. Deshalb habe ich dir gesagt, du sollst da rüber fliegen. Damit ihr beide es endlich klärt. Mir ist klar, dass eure Generation anders ist. Ich bin in den Sechzigern aufgewachsen und damals war es anders, es ging viel schneller, nicht so wie heute, wo alle so prüde sind."

Wenn Donna dem Geschwätz ihrer Mutter auch nur eine Sekunde länger zuhören müsste, wüsste sie, dass sie am Ende schreien würde. „Mama, hör endlich auf", unterbrach sie sie. "José wird heiraten."

„Das ist wunderbar! Ging vielleicht ein bisschen zu schnell für meinen Geschmack, aber wow! Verlobt mit deinem ersten Freund! Das ist ganz schön romantisch", fuhr ihre Mutter fort, völlig unbeeindruckt von Donnas Notlage.

„Nicht mich, Mama. Er ist mit einer anderen verlobt. Mit einem anderen Mädchen."

Schweigepause. Donna bemerkte, dass ihre Füße nass waren. Sie sah sich um. Sie war gelaufen, ohne darauf zu achten, wohin sie ging.

Sie war viel zu sehr ins Gespräch vertieft gewesen. Von hier aus konnte sie die Villa nicht mehr sehen.

Sie schaute auf die Strandpromenade mit den kleinen Cafés und orangefarbenen Sonnenschirmen auf den Terrassen. Sorglose Touristen nippten an ihren Sangriakrügen.

Sie würde selbst einen trinken, sobald sie aufgelegt hat.

„Mama? Bist du noch dran?"

„Oh Donna, es tut mir leid. Mein armes Baby ... da draußen, ganz allein ..."

„Ich bin nicht allein", unterbrach Donna sie. Sie konnte den mitleiderregenden Ton, den sie hörte, nicht ertragen. Sie wusste, dass ihre Mutter es gut meinte, aber sie bemitleidete sich selbst schon genug, da brauchte sie nicht noch eine Runde Mitleid von ihrer Mutter. „Ich bin bei Josés Familie."

„Also kommst du früher zurück?"

„Nein, noch nicht", zuckte Donna erneut zusammen, da sie wusste, dass eine weitere Runde Mitleid bevorstand.

„Warum nicht?"

Sie holte tief Luft und antwortete: „Nun ... José möchte, dass ich seine Trauzeugin bin."

Es folgte eine weitere Schweigepause.

„Und was hast du ihm gesagt?" Sie klang so, als würde sie es nicht glauben, was zur Abwechslung mal ganz angenehm war.

„Ich habe ja gesagt."

„Du hast was?!" Die Stimme ihrer Mutter wurde lauter und intensiver und Donna wusste, dass es Zeit war, den Anruf zu beenden, bevor es noch schlimmer wurde.

„Mama, mein Handyakku ist gleich alle. Ich rufe dich später an. Ich liebe dich ... mach's gut ..."

Donna legte auf und war froh, dass sie dieses lange und intensive Gespräch beendet hat, von dem sie sicher war, dass es noch ausgeartet wäre. Das konnte warten, bis sie zu Hause war.

Sie schaute über den Strand, dann zurück zu den Cafés und versuchte, einen freien Sonnenschirm zu finden, unter dem sie sitzen konnte. Sie ging hin und bestellte einen Sangria-Krug. Die

Früchte, die an der Oberfläche schwammen, sahen frisch und köstlich aus.

Sie schüttelte kurz dem Kopf, um die Gedanken an das Gespräch mit ihrer Mutter zu verdrängen. Sie versuchte, das Positive darin zu sehen. *Ja, dir wurde gerade das Herz gebrochen*, dachte sie sich. *Du bist aber nicht die erste Frau, der das passiert. Wenigstens bist du in Spanien, die Sonne scheint und du genießt köstliches Essen und Trinken.*

Nach den paar aufmunternden Worten straffte sie ihre Schultern und war entschlossen, das Beste aus ihrer Reise zu machen. Sie bestellte eine Runde Tapas. Als ihr eine heiße, in Öl triefende Tortilla und ein Teller frischer Oliven serviert wurden, fing sie fast an zu sabbern. *Wer braucht schon einen Mann, wenn es die gute spanische Küche gibt?*

Als die Sonne anfing unterzugehen und sie den letzten Schluck Sangria austrank, beschloss Donna, dass es Zeit war zu gehen.

„La cuenta, por favor?", fragte sie in ihrem wackligen Schulspanisch nach der Rechnung.

Sie sah sich zu den Menschen am Strand um, die schließlich den Kampf mit dem Schatten verloren. Sie seufzte neidisch, weil sie wusste, dass Sonnenbaden nicht auf ihrem Plan stehen würde. Leider gehörte sie nicht zu den Frauen, die eine schimmernde Bräune bekamen – ihre helle Haut wurde krebsrot von dem kleinsten bisschen Sonne.

Die Kellnerin legte Donna die Rechnung auf den Tisch, bevor sie einen anderen Kunden bediente. Donna durchsuchte ihre Hosentasche nach ihrem Portemonnaie. In der linken Tasche fand sie es nicht, obwohl sie sicher war, dass sie es eingesteckt hatte, bevor sie die Villa verließ. Sie durchsuchte auch die rechte und ... nichts.

Sie überprüfte beide Hosentaschen noch einmal, diesmal etwas besorgt. Trotzdem war es nirgends zu finden.

Sie war sich sicher, dass sie das Haus mit ihrem Portemonnaie verlassen hat.

Sie ging schnell zu der Stelle am Strand zurück, an der sie gestanden hatte, als sie ihr Telefonat beendet hatte. Vielleicht hatte sie es ja dort fallen lassen. Allerdings war es auch nicht hier.

Sie ging zurück zum Café und sah sich bestürzt die Rechnung an.

Die junge Kellnerin kam zurück und erwartete, dass das Geld auf dem Tisch liegen würde.

„Hola. Mi ... Geldbörse ist weg ... gestohlen." Sie schüttelte verwirrt den Kopf und wünschte sich, dass José dazu gebracht hätte, ihr Spanisch beizubringen. „Ich habe das Geld nicht hier. Keine Dineros". Sie biss sich auf die Unterlippe und hoffte, dass die Kellnerin Verständnis für ihre Notlage hatte.

Die Kellnerin verzerrte ihr Gesicht. Sie sah zunächst verwirrt aus, dann wurde sie wütend, als Donna erneut versuchte, ihr in gebrochenem Spanisch zu erklären, was passiert war.

„Necesitas pagar ahora!", sagte die Kellnerin und zeigte auf die Rechnung.

Die Kellnerin mit dem langen Pferdeschwanz, der immer mehr hin und her wackelte, je wütender sie wurde, schrie sie nun an und drohte mit der Polizei.

Ihr war nach Heulen zumute. Sie konnte nicht einmal weglaufen, da ihr Bein immer noch angeschwollen war.

Plötzlich spürte sie eine kräftige Hand auf ihrer Schulter.

„Entschuldigen Sie, junge Frau. Ich habe bemerkt, dass Sie in Schwierigkeiten stecken", hörte sie hinter sich sagen, die Hand gehörte eindeutig zu einer Stimme mit dem Akzent eines englischen Gentleman.

Der Mann sprach daraufhin auf Spanisch, sein Befehlston brachte die Kellnerin sofort zum Schweigen.

Donna drehte sich um und sah den Fremden, der sich ihr wieder zugewandt hatte. „Für mich klingt es, als hätten Sie Ihr Portemonnaie verloren", sagte er sanft. „Erlauben Sie mir, die Rechnung für Sie zu bezahlen."

Der Mann hatte lockiges, graumeliertes Haar und einen gepflegten Bart, aber was am meisten auffiel, waren seine verblüffenden, fast beängstigend grünen Augen. Er trug ein dunkelviolettes Hemd und einen winzigen goldenen Ohrring. Als er sie anlächelte, bildeten sich kleine Fältchen um seine Augen. Funkelnde Goldzähne im hinteren Teil seines Mundes kamen zum Vorschein.

„Oh nein. Bitte, das ist nicht nötig", sagte Donna, ein wenig besorgt darüber, was er für diese nette Geste verlangen würde.

„Unsinn." Er drückte der Kellnerin ein paar Scheine in die Hand, die augenblicklich verschwand, sobald sie das Geld in den Händen hielt. „Als Dankeschön würde ich Sie bitten, noch auf einen Drink zu bleiben", sagte er mit einem charmanten Lächeln.

Der Mann deutete auf einen Stuhl und Donna setzte sich zögernd hin.

„Ich habe Sie hier noch nie gesehen", sagte der Mann. Es war keine Frage, sondern eine Aussage.

Donna antwortete trotzdem. „Nein, ich bin gerade erst angekommen. Sind Sie im Urlaub?"

„Nein, werte Dame", schmunzelte er. „Ich bin Spanier durch und durch.", sagte er nun mit einem leichten Akzent. „Ich glaube, ich habe Sie hier noch nie gesehen. Es wäre schwierig, jemanden so schönes wie Sie zu übersehen."

Er scannte sie mit seinen grünen Augen von oben bis unten. Sie zappelte nervös auf ihrem Sitz.

„Sie haben den ganzen Tag hier allein gesessen. Sicherlich besuchen Sie unser kleines Paradies nicht allein", fragte er und ihr Unbehagen wuchs bei dieser Frage.

Sie wollte nicht, dass dieser Fremde dachte, sie sei allein.

„Oh nein, ich bin gekommen, um meinen ... besten Freund zu besuchen. Er wird heiraten. Ich bin seine Trauzeugin."

Er schaute sie ungläubig an und musterte sie nun noch offensichtlicher von oben bis unten.

„Sie sind die attraktivste Trauzeugin, die ich je gesehen habe!", lachte er lauter und ließ die Goldzähne in seinem Mund aufblitzen.

„Gefällt es Ihnen hier?", fragte er, nachdem sein Lachen verstummt war.

„Oh ja", sagte sie automatisch, in der Hoffnung, dass dieses Gespräch bald vorbei sein würde.

„Und damit meine ich: Haben Sie Spaß?"

„Oh, ganz sicher", sagte sie und klang nicht überzeugend.

„Nun, egal was Sie sagen, ich sehe in Ihren Augen was ganz anderes. Schade eigentlich, denn dieser Ort hier, dieses Land ... muss man einfach genießen."

Dem konnte sie nicht widersprechen. Sie hatte gerade einen guten Teil des Tages damit verbracht, zu versuchen, diesen Gedanken in ihren liebeskranken Kopf zu hämmern.

Er steckte seine Hand in seine violette Hemdtasche und zog ein Papier heraus und überreichte es ihr. „Hier, nehmen Sie das. Was auch immer Ihre persönlichen Umstände sind, Sie sollten das Herz Spaniens sehen. Sie sollten etwas von dem sehen, was diesen Ort ausmacht. Sie sollten seine Essenz spüren, alles ausprobieren, was er zu bieten hat."

Es war eine Eintrittskarte.

„Was ist das?"

„Es ist eine Eintrittskarte für meine Show. Sie können es einmalig an jedem beliebigen Abend in der Woche nutzen", sagte er.

„Ich glaube wirklich nicht, dass ich Zeit haben werde und ich bin nicht..."

„Nehmen Sie es einfach!", unterbrach er sie. Es klang fast wie ein Befehl. Er drückte ihr die Eintrittskarte in die Hand.

Mehr sagte sie nicht. Sie saßen noch einen Moment lang da, ohne wirklich was zu sagen. Er versuchte noch etwas Smalltalk zu führen und beobachtete, wie sie am Getränk nippte.

Er hatte für sie beide eine Art Orangenlikör bestellt, sehr süß und viel zu stark, um ihn schnell austrinken zu können.

Sobald sie ausgetrunken hatte, stand sie auf. „Okay, danke für den Drink. Ich muss jetzt wirklich gehen. Mein Freund fragt sich sicherlich schon, wo ich bleibe. Trotzdem, vielen Dank für Ihre Hilfe. Ich wünschte, ich könnte Ihnen das Geld für meine Drinks zurückgeben", sagte sie so eindringlich und höflich, wie sie konnte.

„Sie können es mir zurückzahlen, indem Sie zu meiner Show kommen", antwortete er.

Du sagtest, ein Drink mit dir wäre genug. Jetzt ist es die Show.

Sie musste sich etwas zusammenreißen, als er ihr zum Abschied auf die spanische Art einen Kuss auf beide Wangen gab. Im Anbruch der Dämmerung ging sie langsam zurück nach Hause.

Zurück in ihrem weißen Gästezimmer angekommen, träumte sie von dem Mann. In dem Traum war er jünger, sein Gesicht nahezu perfekt, seine grünen Augen leuchteten im Mondlicht. Er ging auf sie zu und wollte sie küssen, aber als sie sich nach vorne beugte, um seinen Kuss zu erwidern, setzte er ein unangenehmes Grinsen auf. Dieses schreckliche Grinsen verwandelte den Traum in einen Alptraum.

Sie wachste plötzlich auf. Das Licht des Vollmonds schien durch die flatternden Vorhänge des Balkons. Sie ging in die warme Nacht hinaus, die Seebrise wehte ihr sanft ins Gesicht. Plötzlich überkam sie eine komische tiefe Sehnsucht vermischt mit einem Gefühl der Gefahr. Sie konnte es überhaupt nicht einordnen.

Sie seufzte und blickte hinunter auf die Wellen, die gegen die Felsen schlugen. Das Wasser bewegte sich immer wieder hin und her.

Aus dem Augenwinkel sah sie einen sich bewegenden Schatten, der aber schnell verschwand.

Sie zog ihre Schultern instinktiv hoch. Plötzlich hatte sie das Gefühl, dass sie jemand beobachtet.

Sie wickelte ihren offenen Morgenmantel, unter dem sie nichts trug, fest um ihren Körper und stand dann ganz still da. Sie suchte die Küste nach der schattigen Gestalt ab.

Der Strand war menschenleer, die Wellen bewegten sich blitzschnell. Die Palmen entlang des Ufers wiegten hin und her, aber die Strandpromenade war leer.

Sie konnte nichts sehen und nach einer Weile begann sie zu glauben, sie hätte sich das alles nur eingebildet.

Die kühle Meeresbrise betäubte ihre nackten Beine. Sie kehrte schließlich in ihr Zimmer zurück und schloss die Balkontüren hinter sich.

Zum ersten Mal bemerkte sie, dass die Fenster transparente Gardinen hatten, und sie fühlte sich wie in einem Goldfischglas.

Als sie ihre Nachttischlampe ausschaltete, fiel sie in einen leichten und unruhigen Schlaf und wachte erst am Morgen wieder auf.

KAPITEL 4

„Sieht mein Hintern in dieser Hose fett aus, Donna?", fragte José und vergewisserte sich, dass sie seinen Hintern auch tatsächlich anschaute.

„Extrem", sagte Donna, zwischen den Happen eines spanischen Donut und während sie auf ihrem Handy herumspielte.

„Das dachte ich mir ... Wie viel Kilos sollten deiner Meinung nach vor der Hochzeit runter?"

José zog sein T-Shirt hoch, um seinen Sixpack zu enthüllen und zog seinen nicht vorhandenen Bauch ein.

„Oh, vielleicht 100 Pfund oder so. Schon mal überlegt, dir einen Einlauf zu machen? Ist jetzt der letzte Schrei ..."

. . .

„Hey, okay, Trauzeugin. Jetzt mal im Ernst. Konzentrier dich! Das ist der Anzug, in dem ich heiraten werde, denk dran. Alles muss perfekt sein."

Er griff nach ihrem Donut, brach die Hälfte ab und schob ihn schnell in den Mund, bevor sie eine Möglichkeit hatte, ihre entwendete Süßigkeit zurückzuholen.

„Mit wem schreibst du eigentlich? Hast du dir etwa bereits einen Spanier geangelt? Du verschwendest echt keine Zeit", sagte er laut und neckte sie so lange, bis sie ihn gegen seinen Arm schlug. Er lachte über ihren Versuch eines Schlags, der seinem muskulösen Bizeps nicht den geringsten Schaden zufügte.

„Nein, eigentlich suche ich nach einer Adresse. Aber ich finde sie auf Google Maps nicht", sagte sie verärgert.

„Wie heißt sie?"

Sie zog die Eintrittskarte heraus und las die Adresse vor, die auf der Rückseite stand.

„Calle De Los Tristes y Diablo", antwortete sie.

„Ah, nein ... Das wirst du nicht auf Google Maps finden."

„Warum nicht?"

. . .

„Es ist arriba", gestikulierte er mit der Hand. „Oben. Ganz oben in den Bergen." Er zeigte auf etwas jenseits des Einkaufszentrums, in dem sie gerade waren.

„Die Leute gehen da nicht hinauf. Es ist nichts für Touristen – oder überhaupt jemanden –, sondern nur für die alte Zigeunergemeinschaft, die dort lebt. Es gibt keine richtige Straße, nur ein paar Pfade am Hang entlang, mit ausgegrabenen Höhlen, in denen die Zigeuner leben. Warum suchst du denn danach?"

„Warst du schon einmal dort?"

„Schon lange nicht mehr. Als ich ein niño war, ja. Sehr jung, mit sieben oder acht Jahren. Ich hatte einen Spielkameraden, der aus der Gemeinde kam. Er nahm mich ein paar Mal mit dorthin ..." Er unterbrach seine Rede und fing an zu lächeln, als er sich daran erinnerte. „Meine Mama hatte fast einen Herzinfarkt, als sie davon erfuhr! Aber ich würde jetzt nicht hinaufgehen, nicht ohne eine Einladung."

„Warum nicht? Ist der Weg gefährlich?"

„Nein, aber die Menschen sind es. Die Zigeuner hier sind ... unberechenbar. Gefährlich." Er hielt inne und nahm Donnas missbilligendes Gesicht wahr. „Sieh' mich nicht so an, es ist wahr. Ich weiß, du denkst, ich sei unvernünftig und rassistisch, aber du hast keine Ahnung. Du kennst Spanien nicht. Hier ist alles anders. In Amerika gibt es die Zigeuner nicht."

. . .

Sie ignorierte ihn, bemerkte aber seine Engstirnigkeit. Sie hatte festgestellt, dass der einfachste Weg, mit ihrer bisherigen Enttäuschung fertig zu werden, darin bestand, Gründe zu finden, warum es ihr nichts ausmachte, dass er eine andere Frau heiratete.

Die Liste wuchs schneller, als sie erwartet hatte, aber sie konnte nicht aufhören, ihn zu mögen. Das wollte sie auch gar nicht. Er hatte Recht, sie waren die besten Freunde. Sie hatte sich damit abgefunden, sich für ihn zu freuen und allein zu sterben, umgeben von Katzen und bequemen Turnschuhen, in denen sie sich nie den Knöchel verstaucht hätte.

Davon abgesehen, dass sie ihren besten Freund nicht hassen konnte, war auch Maria viel zu nett, um sie nicht zu mögen. Sie vereinte umwerfende Schönheit und eine lächerlich fürsorgliche Natur auf eine Weise, die nervte. Die Art von Frau, die so perfekt war, dass man sie anfangs eigentlich hassen wollte, die man dann aber schnell ins Herz schloss. Sie hatte jeden Tag nach Donna gesehen, um sicherzustellen, dass es ihr gut ging und um ihre Wunde zu verbinden. Sie konnte niemandem vorwerfen, ein Mädchen wie Maria heiraten zu wollen.

„Warum suchst du überhaupt nach dieser Adresse?", fragte José und verwickelte Donna wieder ins Gespräch.

Er schaute ihr über die Schultern auf die Eintrittskarte, die sie schnell in ihren Mantel steckte.

„Nur ein alberner Flyer, den ich mitgenommen habe", sagte Donna und war sich nicht ganz sicher, warum sie ihn anlog. „Okay, José, wir

465

müssen uns noch etwa zehn weitere Läden ansehen und wir haben noch fünf Stunden, bevor die Läden schließen."

„Donna, ich bin ein Mann. Wir gehen in höchstens ein oder zwei Läden, kaufen den Anzug und das war's. Das dauert höchstens eine Stunde. Die restlichen vier Stunden essen wir Tapas."

„Tapas? Ich dachte, du bist auf Hochzeitsdiät …"

Die Eintrittskarte lag eine ganze Woche lang auf ihrem Nachttisch. Manchmal wachte sie mitten in der Nacht auf, schaute instinktiv auf den Tisch und vergewisserte sich, dass sie noch da war.

Unter der Woche hatte sie endlich den Weg gefunden, der zur Calle De Los Tristes y Diablo führte. Er lag hinter dem Touristenzentrum und gut eine halbe Stunde Fußmarsch von der Hauptstraße entfernt. Er lag etwas außerhalb der Stadt, vorbei an Olivenhainen und Gewächshäusern voller Tomaten, die heranreiften.

Der Weg selbst war so mit Unkraut und Ästen bewachsen, dass er überhaupt nicht wie ein Pfad aussah. Sie entdeckte den Eingang erst, als sie einen Mann sah, der zwischen zwei Zitronenbäumen auftauchte und dabei die Äste zurückschob.

Der Mann sah aus wie aus dem Bilderbuch. Er hatte einen langen schwarzen Bart, trug ein rotes Tuch um den Hals und einen Wasserkrug auf dem Rücken.

· · ·

Man hätte sich nie vorstellen können, dass er in eine städtische Bank gehen oder in einem Nachtclub tanzen würde. Er sah aus, als käme er aus einer ganz anderen Zeit.

Sie folgte dem Impuls, sich vor ihm zu verstecken, und verbarg sich im Unterholz, bis er um die Ecke verschwunden war.

Die Sonne stand hoch am Himmel. Bei dem Gedanken an ihr kleines Abenteuer im Alleingang überkam sie ein Gefühl der Erregung, während sie sich ihren Weg durch die Bäume bahnte. Sie hatte José gesagt, dass sie nur noch einen weiteren Spaziergang am Strand machen wolle, da sie wusste, dass er ihre kleine Aufklärungsmission nicht gutheißen würde.

Auf der anderen Seite war der Weg eine kurvenreiche Strecke bis zu einem kleinen Lager. In der Mittagssonne folgte Donna dem Pfad, bis sie zu einer Reihe von Türen am Berghang kam. Es handelte sich um Höhlenhäuser, genau wie José sie beschrieben hatte, deren hervorstehende Steine weiß gestrichen waren.

Über jeder kleinen Tür standen Nummern, die alle geschlossen und verriegelt zu sein schienen. Sie schaute auf die Adresse auf der Eintrittskarte. Sie versuchte, die Nummer 19 zu finden.

Sie ging noch einmal um die Kurve und fand schließlich eine Tür, die etwas größer war als die anderen. Die Nummer war in tiefem Purpur auf die Tür gemalt: Nr. 19.

. . .

467

Sie hielt an der Tür inne und schaute auf die Adresse, bevor sie sich umschaute. Es war keine Menschenseele zu sehen und sie konnte sich das plötzliche Schwindelgefühl, das über sie kam, nicht erklären. Vielleicht war es nur die Hitze der Sonne, die ihr schließlich zusetzte.

Auf der Eintrittskarte stand 22.30 Uhr, also Stunden später.

Sie ging mit benebeltem Kopf zurück in die Stadt. Ihr war nicht ganz klar, warum sie so aufgeregt war. Alles, was sie wusste, war, dass es sehr echt war und dass sie es nicht erwarten konnte, zurückzukommen.

KAPITEL 5

„Weißt du, Donna, als ich das erste Mal von dir gehört habe, war ich ein bisschen Eifersucht … nein, eifersuchtig…" Maria seufzte, weil sie wusste, dass sie nicht das richtige Wort hatte, machte aber trotzdem weiter. „Du weißt schon, mit dir in der Nähe in den Staaten, ich wusste ich nicht, was ich denken sollte."

Donna lachte leicht nervös und hoffte, dass die Fortsetzung ihres Satzes in eine andere Richtung gehen würde.

„Aber jetzt, wo ich dich kennengelernt habe, bin ich froh, dass du hier bist. Du bist wie eine kleine Schwester für José."

Maria hatte sie beide in die nächstgelegene Stadt gefahren, um ein wenig zu shoppen, nur sie beide. José wollte, dass sie sich etwas besser kennenlernten, das war ihm wie die beste Idee dafür vorgekommen.

„Weißt du, Donna, ich würde mich nicht aufregen, wenn ihr Gefühle füreinander hättet. Das ist normal, schließlich habt ihr so viel Zeit miteinander verbracht, aber a-"

Donna hörte nicht mehr zu. Sie schaute nervös auf ihre Uhr und fragte sich, wie lange sie wohl brauchen würden, um nach Hause zu kommen.

Sie hatte sich entschieden, an diesem Abend zu der Show zu gehen, obwohl sie immer noch nicht wusste, was für eine Art von

Show es war. Den ganzen Tag über hatte sie ihren Mut zusammengenommen, um im Mondschein zum Berghang zu gehen. Aber jetzt, angesichts der Zeit, dachte sie, ihr Plan könnte nicht aufgehen.

Zum Glück ging alles schneller als erwartet und um halb zehn war sie wieder am Stadtrand und lief den schmalen, kleinen Feldweg hinauf.

Nachts sah der Ort ganz anders aus. Nur das Licht der Lagerfeuer und der Höhlenhäuser sowie der Sterne erleuchteten den Hang.

Auch die Gerüche der spanischen Hügellandschaft waren in der Nacht stärker. Zitronen und Hibiskusblüten, Haschisch und Rauch von den Feuern vermischten sich und zogen durch die Luft.

Jegliches Gefühl des Unbehagens, welches sie womöglich empfunden hatte, hatte sie bei den Zitronenbäumen hinter sich gelassen. Sie lief zügig den Hügel hinauf und war genauso aufgeregt wie das letzte Mal, das sie diese Wanderung gemacht hatte. Je weiter sie hochkletterte, desto mehr konnte sie den schwachen Klang der Musik hören. Es waren eindringliche Melodien voller Leidenschaft, Schmerz und Herzschmerz und seltsamen Rhythmen. Sie hörte Trommeln und Händeklatschen. Die Klänge vertrieben die Melancholie und schienen stattdessen Energie und Freude heraufzubeschwören.

Verzaubert von diesen Klängen, die sie noch nie zuvor gehört hatte, folgte sie der Musik.

Die Höhlentüren standen nun alle offen und es gab überall Menschen. Männer und Frauen hingen außerhalb der Höhlen herum, wuschen, plauderten, rauchten und beobachteten sie. Als sie an einer der Höhlen vorbeiging, rannte ein dickes kleines Kind mit einem Wabbelgesicht und schwarzen Augen, welches nichts anderes als eine Windel trug, quietschend auf sie zu und packte sie am Bein.

Weitere Kinder kamen aus den Türen heraus, scherzten und lachten. Als sie sie sahen, blieben sie stehen.

Hier war sie eine Fremde, an einem Ort, an den sich Fremde normalerweise nicht wagten.

Trotz der eindringlichen Blicke konzentrierte sie sich darauf, die Musiker zu finden. Ihre ganze Aufmerksamkeit war nun auf die Musik gerichtet. Sie war fasziniert, in einem Trancezustand.

Sie erreichte schließlich die Höhle Nummer 19. Sie war nicht überrascht, als sie mitbekam, dass die Musik aus dieser Höhle kam.

Die Türen standen zwar offen, aber ein dicker roter Vorhang versperrte den Weg.

Ein Mann stand an der Tür und rauchte. Sie erkannte den bärtigen Mann von ihrem ersten Ausflug Anfang der Woche. Er trug ein feines Seidenhemd und bewachte die Tür.

Donna zog ihre Eintrittskarte heraus und übergab sie ihm. Ohne etwas zu sagen, nahm er sie und begleitete sie hinein.

Das Innere der Höhle war weiß gestrichen, genau wie die Außenseite. Sie befand sich in einem länglichen Raum mit Messingtöpfen und Pfannen, die an den Wänden hingen. Es gab viele kleine Stühle im Raum und in der Mitte befand sich eine große Holzbohle, die als Bühne diente.

Die Band stand vor sich hin spielend neben der Bühne.

Da war eine Handvoll anderer Leute, die im Raum verstreut waren, sich über die Musik unterhielten und ziemlich benommen aussahen. Zwei Bodenleuchten strahlten einen bernsteinfarbenen Schein aus, der kaskadenartig von den weißen Steinwänden reflektiert wurde.

Donna schaute auf die anderen Zuschauer im Raum. Da waren ein paar alte spanische Fischer und ein paar Frauen, die lachten und mit den alten Matrosen flirteten. Die anderen waren gekleidet wie die Zigeuner, die José ihr Anfang der Woche in der Stadt gezeigt hatte. Die Musiker wurden zumeist außenvorgelassen, die Leute unterhielten sich und schrien über sie hinweg.

Sie erblickte einen freien Sitz und da sie sich fehl am Platz fühlte, ging sie dorthin und nahm schnell Platz.

Sobald sie sich hingesetzt hatte, wurden die Lichter gedimmt und es wurde plötzlich still im Raum.

In der Mitte der Bühne erschien aus dem Nichts ein Tänzer. Die Art und Weise, wie er durch den Raum kreiste und Augenkontakt zu jeder Person aufnahm, bevor er in die Mitte der Bühne zurückkehrte, erinnerte Donna an ein eingesperrtes Tier. Er trug ein weißes Hemd mit offenem Kragen und hatte lange, rebellische

471

Locken, die er zu einem Pferdeschwanz zusammengebunden hatte. Sein Lächeln war ihr sehr vertraut, solche Augen jedoch hatte sie noch nie zuvor gesehen. Sie waren wie dunkle Höhlen voller Leidenschaft.

Er fing an zu tanzen und Donna war sofort hin und weg. Seine Statur war beeindruckend. Er hatte eine breite Brust, eine schlanke Hüfte und lange, kräftige Beine. Er wirkte anmutig.

So einen Mann hatte sie noch nie zuvor gesehen. Die meisten Jungen in Donnas Alter waren einfach nur Jungs. Plötzlich verspürte sie den Drang, die Hand nach ihm auszustrecken und ihn zu packen, seine Arme zu berühren und sich ihm zu Füßen zu werfen.

Er war agil und zugleich männlich. Sie war völlig fasziniert von ihm und atmete nur, wenn es absolut notwendig war, während sie ihm beim Tanzen zusah. Sein Schweiß auf der dunklen Haut seiner Brust wirkte betörend und sexy zugleich und lenkte ihre Aufmerksamkeit auf den offenen Kragen seines Hemdes. Ihr erster Gedanke war, dass sie bereit wäre, für diesen Mann zu sterben, die Stürme eines jeden Meeres bezwingen, um ihn in der Mitte eines jeden Ozeans zu treffen.

Die Enttäuschung der letzten Wochen geriet völlig in Vergessenheit, bis nur noch das reine Verlangen übrigblieb. Was sie für José empfunden hatte, war im Vergleich dazu lächerlich.

Mit einem abschließenden Händeklatschen und Stampfen der Füße lenkte er die Aufmerksamkeit der Zuschauer auf sich. Es kamen Schreien aus dem Publikum, einige klatschten und riefen „olés!". Dann war die Show vorbei.

Nach und nach verließen die Menschen die Höhle. Donna saß eine Weile wie gefesselt auf ihrem Sitz.

Das unheimliche Gefühl, beobachtet zu werden, überkam sie wieder, genau wie neulich Abend auf dem Balkon.

Plötzlich saß auf dem ihr gegenüberliegenden Sitzplatz der alte Mann, der ihr die Eintrittskarte gegeben hatte, mit seinem goldenen Grinsen und lila Hemd.

Er nickte ihr kurz zu. Ein Schauer lief ihr über den Rücken. Sie wusste nicht, wie er bisher unbemerkt bleiben konnte, realisierte aber dann gleich, dass die Bühnenlichter die Aufmerksamkeit von ihm weggelenkt haben müssen.

„Ich dachte schon, Sie würden nicht kommen", sagte er herzlich, während er sich vorbeugte, um sie mit einem Wangenkuss zu begrüßen. „Nun, hat es Ihnen gefallen?"

„Und wie", antwortete sie.

Er beobachtete sie aufmerksam und sagte dann: „Es ist schwer zu sagen, wie Außenstehende auf unsere Kultur reagieren."

Es gab eine peinliche Schweigepause, während Donna versuchte, etwas zu sagen. Der Tanz hatte sie in den Bann gezogen und sie wollte weder mit ihm noch mit jemand anderem sprechen, solange sie in diesem Zustand war.

„Wie fanden Sie den Tänzer?"

„Er war sehr, sehr gut."

„Ja. Okay, ich möchte Ihnen den tollen Mann persönlich vorstellen."

Er nahm sie an der Hand, bevor sie überhaupt antworten konnte und zog einen weiteren Vorhang zurück, um einen Tunnel freizulegen, der zu einem anderen Raum in der Höhle führte.

Dieser war anders als der Raum, wo die Show stattfand. Er war nur mit Kerzen, die auf den Regalen in der Steinwand standen, ausgeleuchtet. Sie waren allein.

„Bitte, setzen Sie sich, trinken Sie etwas." Er griff nach einem kleinen Krug mit Rotwein, der auf einem kleinen Holztisch stand und schenkte ihr ein Glas ein.

Donna blieb stehen, nahm aber das Glas in die Hand und fragte sich, ob tatsächlich noch jemand kommen würde.

Folgen wir jetzt gruseligen Männern durch dunkle Gänge, Donna? Sehr clever.

„Ich glaube nicht, dass ich mich vorgestellt habe. Mein Name ist Ivan. Und wie heißt du, meine Liebe?"

„Donna."

„Donna. Kleine Donna, du bist echt klein für eine Amerikanerin." Er ließ seine Goldzähne wieder aufblitzen.

Sie unterdrückte ihren Unmut über seine Aussage und fühlte sich

473

durch seinen grünen, auf sie gerichteten Blick angreifbar. Einen solchen Blick hatte sie noch nie zuvor gesehen. Er wirkte manisch, so als ob er sie am liebsten die ganze Nacht anstarren würde, ohne auch nur ein Wort zu sagen.

Jemand bewegte sich am anderen Ende des Raumes und durchbrach die Stille.

Es war der Tänzer, der im Schatten einer anderen Nische stand. Da sie Ivans Anwesenheit entkommen wollte, der immer seltsamer wurde, je länger sie da standen, ging sie auf die andere Gestalt im Raum zu.

Er hatte sich vorgebeugt und zog seine Tanzschuhe aus. Er stand oberkörperfrei da, der Schweiß auf seiner Haut schimmerte im Kerzenlicht.

„Hola", sagte Donna etwas lauter als beabsichtigt und trat an ihn heran. Ivan kam auch dazu.

Sie hatten ihn in einem Moment der Einsamkeit erwischt und sie konnte sehen, dass er über ihre Anwesenheit überrascht war.

„Antonio, das ist unser reizender Gast Donna", sagte Ivan, der zwischen den beiden stand.

Antonio sah sie eine Sekunde lang mit einem eindringlichen, finsteren Blick an und bemerkte sofort den Ausdruck des Unbehagens auf ihrem Gesicht.

„Ivan, kannst du bitte etwas zurücktreten. Es ist sehr heiß hier drin", sagte er in einen tiefen, brummenden Ton.

Ivan trat sofort zurück.

Donna entspannte sich, da sie sich sofort sicherer und beruhigter fühlte, obwohl er ihr immer noch fremd war.

„Schön, dich kennenzulernen", sagte Antonio in gebrochenem Englisch. „Es kommt nicht so oft vor, dass Frauen in meine Garderobe kommen." Anhand seines frechen Grinsens wusste sie, dass das nicht ganz stimmte.

Er streckte seine Hand aus, um ihre zu schütteln, und sie ergriff sie. Ein Stromschlag durchfuhr sie, als sie seine Hand berührte. Auch sein Gesichtsausdruck veränderte sich bei der Berührung, so als ob er das Gleiche spürte.

„Also, was führt dich hierher? Es kommt nicht oft vor, dass Fremde zu dieser Show kommen", sagte Antonio und ließ Donnas Hand los.

„Ich habe sie getroffen, Antonio, und sie hierher eingeladen", sagte Ivan herzlich.

„Ah, mein Onkel hat dich also belästigt?"

„Überhaupt nicht. Ich habe sie lediglich willkommen geheißen.

So hübsche rothaarige Damen findet man in Spanien nicht so oft. Ich war fasziniert von einer so fremden Schönheit."

Antonio zog sich ein schwarzes T-Shirt über und runzelte die Stirn über die Aussage des alten Mannes.

Aus dem Vorführungsraum kam eine weibliche Stimme, die nach Ivan verlangte, wobei die Worte und Flüche auf Spanisch leicht im angrenzenden Zimmer hallten.

Ivan entschuldigte sich sofort und eilte aus dem Raum.

Antonio lachte. „Ich entschuldige mich für meinen Onkel. Er kann manchmal etwas seltsam sein."

Donna zuckte mit den Achseln. „Ich bin dankbar dafür, dass ich hier sein kann."

„Bitte, setz dich zu mir und trink etwas." Er deutete auf das Weinglas, welches sie in ihrer Hand vergessen hatte.

Sie saßen im Kerzenlicht und nippten am Rotwein. Er verschlang sie mit seinen Blicken.

Er zeichnete die Kurven ihrer Hüften, ihrer üppigen Brüste unter ihrem kleinen weißen Kleidchen und die zarte Rundung ihrer lilienweißen Arme und Beine nach.

Ein winziges, kesses kleines Paket, dachte er sich.

Sie ließ ihn schauen, genoss seine Aufmerksamkeit. Es war eine neue Erfahrung, die Augen eines Mannes zu genießen, der sie so innig anschaute.

Es kribbelte auf der Haut, während er sie von oben bis unten musterte.

Sie sah ihn nun auch an. Sie betrachtete seinen Körper und nahm seinen kräftigen Nacken und die breiten Schultern wahr, die sein Baumwollhemd fast zum Platzen brachten. Er war faszinierend und schön, die Art von Mann, die jede Mutter als Gefahr bezeichnen würde. Soviel war klar: Er war kein Gentleman.

Aber heute Abend war ihr das egal.

„Also, Donna, lebst du in Spanien?"

„Bin nur zu Besuch. Deshalb ist auch mein Spanisch so schlecht", sagte sie mit einem schiefen Grinsen.

„Mein Englisch ist auch schlecht, dafür bitte ich um Verzeihung."

„Nun, wir sind ja in Spanien", kicherte sie und erkannte den flirtenden Ton, der aus ihrem Mund kam, kaum wieder. „Und was ist das für ein Ort? Wer sind diese Leute?"

„Das ist die Gemeinschaft, die hier lebt. Wir haben nicht viel, amüsieren uns aber gut, weit weg von den Menschen da unten, die unsere Kultur nicht akzeptieren." Seine Stimme war zwar ruhig, aber Donna sah den leicht wütenden Gesichtsausdruck, bevor er ihn eine Sekunde später wieder verbarg.

Sie saßen da und tranken Wein, wobei Antonio die Rolle des Charmeurs spielte und Donna vorgab, Katz und Maus zu spielen, wohl wissend, dass sie bereits gefangen war.

In dem Moment, wo sich ihre Hände berührten, war das nicht mehr zu vermeiden.

Nach etwa einer Stunde und nachdem er sich sicher war, sagte Antonio: „Sollen wir gehen?"

Donna nickte. Es kribbelte überall auf ihrer Haut.

Sie folgte ihm zurück in den Aufführungsraum, wo die Leute nun tranken und Gitarre spielten und in kleinen Gruppen sangen.

Er nahm sie fest an der Hand und führte sie aus der Höhle heraus. Er war gut zwei Fuß größer als sie. Er wich Ivan, der in der Mitte des Veranstaltungsraums stand und sich sehr laut und schnell mit einem anderen Mann im Anzug unterhielt, gekonnt aus.

Sie gingen Hand in Hand in die Nacht hinein. Antonio brachte sie zu einem gefährlich aussehenden Motorrad. „Spring auf", sagte er, nachdem er einen Helm aufgesetzt hatte. Er saß da und sah aus wie jemand aus der Fantasie eines jeden Teenagermädchens. Er drehte den Motor mit einem teuflischen Lächeln im Gesicht auf, so als ob er sie aus ihrer Komfortzone herauslocken wollte.

„Oh nein, ich bin mir nicht sicher, ob ich das kann!"

„Na sicher kannst du das", antwortete er selbstbewusst und bot ihr seine Hand an.

„Nein, wirklich, ich glaub ich schaff das nicht. Nicht mitten in der Nacht und dann auch noch bergab. Ich bin nicht schwindelfrei."

„Du bist hier bei mir sicherer, als wenn du mitten in der Nacht alleine zurücklaufen müsstest. Du bist hier auf dem Gitano-Gebiet, ist dir das nicht bewusst? Bei mir bist du sicherer." Er klang nun viel bestimmender als zuvor und sie war sich nicht sicher, ob er sie nur neckte oder nicht.

„Gitano?"

„Ja, Gitanos ... die Zigeuner!" Er kicherte und genoss ihren geschockten Gesichtsausdruck.

„Lauf weg, Mond, Mond, Mond.

Wenn die Zigeuner uns finden,

Würden sie dir das Herz rausschneiden,

Um daraus Halsketten und Silberringe zu machen."

Antonio sang dieses Lied, bis Donna schließlich seine Hand nahm. Er half ihr auf den Sozio-Sitz, während sie sich vorsichtig hinsetzte.

KAPITEL 6

Sie war sich ihrer nackten Beine an seinen bewusst, während sie durch die Nacht fuhren. Auf der Fahrt durch die kalte Nacht spürte sie seine Körperwärme, während sie seinen trainierten Bauch fest mit ihren Armen umschlang.

Er entspannte sich, als sie ihn berührte. Sie fühlte seine Bauchmuskeln unter dem Hemd. Ein Moschusgeruch ging von ihm aus und sie musste sich zurückhalten, um ihr Gesicht nicht in dem feinen, dunklen Haar zu vergraben, welches seinen Nacken bedeckte. Er roch so gut.

Die Reise war kurz und sie waren blitzschnell unten, ihr Haar wedelte im Fahrtwind. Obwohl sie während der gesamten Fahrt sich fast in die Hosen machte, hielt sie das nicht davon ab, andere Sachen zu empfinden.

Sie hatte das Gefühl, dass ihre Körper, die so eng aneinandergepresst waren, miteinander kommunizierten.

Sie erreichten das Zentrum der Stadt.

„So", sagte er schließlich mit einem Hauch von Widerwillen. „Wohin soll ich dich bringen?"

„Das Esmerelda Anwesen. Das Haus am Strand, in dem José und seine Familie wohnen. Es ist … ich erinnere mich nicht mehr an die Hausnummer ... lass mich kurz nach der Adresse suchen ...“

„Ich kenne es“, warf er schnell ein.

Als sie das Strandhaus von José erreichten, waren alle Lichter aus. Sie wären fast darein vorbeigefahren.

Donna kletterte etwas unbeholfen vom Motorrad herunter. „Ich danke dir vielmals! Ich weiß nicht, was ich ohne dich gemacht hätte ...“, sagte sie und hielt immer noch seine Hand, um ihr Gleichgewicht nicht zu verlieren.

„Es war mir eine Ehre“, sagte er und unterbrach ihr nervöses Geplapper. Dann zog er seinen Helm ab und gab ihr einen Handkuss. Sein Kuss war kaum zu spüren.

Ein Stromschlag durchfuhr sie.

Vorsichtig blickte sie zu ihm auf, doch die Magie schien verflogen zu sein. Sein sanfter Gesichtsausdruck war verschwunden.

So schnell, wie er angekommen war, machte er sich wieder auf den Weg und winkte zum Abschied, als er in der Nacht verschwand.

Kichernd und etwas berauscht schwebte sie ins Haus und schlich in ihr kleines Zimmer. Sie war froh, dass sie nun alleine war.

Sie lag immer noch angezogen auf ihrem Bett und konnte seinen Handkuss spüren.

Sie führte die Hand, die er geküsste hatte, in ihr feuchtes Höschen. Sie war erregt und fragte sich, ob er ihre Wärme gespürt hatte, als sie auf dem Motorrad ihre Beine an seine Hüften gedrückt hatte. Bei dem Gedanken fing sie an zu zittern.

Sie stellte sich vor, wie er den Rest ihres Körpers küsste, wie er sie entlang des Rückens und an der Innenseite ihrer Oberschenkel küsste. Sie erinnerte sich daran, wie sie ihre Beine an seine gepresst hatte, während sie auf dem Nachhauseweg waren. Er beherrschte das Motorrad sehr gut. Sie stellte sich vor, wie es wäre, wenn er auch ihren Körper beherrschen würde.

Sie erinnerte sich an seinen Körper, als er auf die Bühne trat. Sie erinnerte sich, wie intensiv er sie angeschaut hatte.

In dieser Nacht hatte sie überraschenderweise mehrere intensive Orgasmen. Es war, als hätte er den richtigen Schalter umgelegt.

479

Sie hoffte, dass sie ihn wiedersehen würde, da sie tief im Inneren wusste, dass er mit ihr noch nicht fertig war.

„Wo warst du gestern Abend?", fragte José und warf Donna den Frühstücksteller beinahe zu.

„Mmm ... diese Pfannkuchen sind köstlich, José", antwortete Donna etwas abwesend. Sie war mehr mit ihrem köstlichen Essen beschäftigt als ihm zu antworten.

„Meine Mama wollte, dass du dich wie zu Hause fühlst, deswegen hat sie sie extra gemacht. Aber keiner von uns wusste, dass du so lange schlafen würdest, was nicht überraschend ist, du warst ja schließlich die halbe Nacht unterwegs."

„Es tut mir leid, wenn ich jemanden aufgeweckt habe. Ich war um 1 Uhr zu Hause."

„Wo warst du?", fragte José erneut.

„Ich war bei einer Flamenco-Show, oben in den Bergen. Oben in ... Du weißt schon ... dem Zigeunerviertel der Stadt, über das wir mal gesprochen haben", antwortete sie und zeigte auf den Hügel.

José wurde puterrot.

„Dir ist bewusst, wie gefährlich es ist, da hochzugehen, oder?" Es fiel ihm schwer, es in Worte zu fassen. „Weißt du, wie schlimm es ist? Wie schlimm sie sind? Mein Vater führt eine Kampagne an mit dem Ziel, das Lager zu schließen. Er ist ein guter und gütiger Mann und selbst er hat beschlossen, diese Gemeinschaft aufzugeben. Sie schleppen Drogen und Gewalt in die Stadt. Sie tun überhaupt nichts Gutes. Ich verstehe nicht, warum du dahingegangen bist!"

Donna saß schweigend da. Sie war schockiert über Josés Worte.

„Er führt eine Kampagne an, um die Leute aus ihren Häusern zu vertreiben?"

„Es sind keine Häuser. Es ist eher eine Müllhalde da oben, eine Grube der Sucht und Kriminalität und ... und wer war der Mann, der dich nach Hause gefahren hat? Mein Vater hat euch gesehen, Donna. Wer war er?"

Er sprach nun in einem ganz anderen Ton. Sein Englisch war nun etwas holprig. Außerdem bildete sie sich ein, dass sie auch ein Hauch Eifersucht entdecken konnte.

„Solange du hier bist, bin ich und meine Familie für dich verantwortlich. Mein Vater ist die ganze Nacht aufgeblieben und hat auf dich gewartet. Er sah dich mit einem Mann zurückkommen."

„Es war einer der Tänzer aus der Show. Er war nur nett. Ich konnte im Dunkeln nicht nach Hause laufen."

Josés Vater, der die ganze Zeit über am Tisch gesessen hatte, wurde unruhig und begann, in schnellem Spanisch zu sprechen.

„Der Zigeunerdieb hat dich hierhergebracht!?", fragte José ungläubig, nachdem er seinem Vater zugehört hatte.

„Er ist ein Tänzer, kein Dieb!", sagte Donna mit vor lauter Empörung erhobener Stimme.

„Du solltest auf uns hören, Donna, und dich von diesen Leuten fernhalten."

Donna lief vor Wut rot an. *Diese Leute urteilen über einen Mann, mit dem sie noch nie zuvor gesprochen haben!*

Für den Rest des Frühstücks war sie still und ging dann auf ihr Zimmer, wobei sie versuchte, auf dem Weg nach oben nicht auf der Treppe zu trampeln.

KAPITEL 7

Der Vorfall war schnell vergessen und Donna gewöhnte sich an ihre neue Routine mit José und Maria. Hochzeitspläne und Strandpartys erfüllten die Tage, während sie jede Nacht von Antonio träumte und versuchte, ihre Lust mit ihren Fingern zu stillen.

Sie wusste nicht, ob sie ihn wiedersehen würde oder ob sie überhaupt in die Tanzhöhle zurückgehen konnte. Er hatte sie aufgewühlt, sowohl körperlich als auch emotional.

Etwa eine Woche nach ihrem Ausflug in die Zigeunerhöhle hatte sie einen Tag für sich allein. Sie ging am Strand spazieren. Es war heiß. Sie war nur mit Bikini und einem saphirfarbenen Sarong bekleidet.

Wie sie es zu tun pflegte, wenn sie alleine war, lief sie gedankenversunken an der Küste entlang und lauschte nur dem Rauschen des Meeres. Sie hörte Straßenmusiker, die Gitarre spielten und Lieder über verlorene Liebe, verlorene Seelen und die Grausamkeit des Meeres auf Spanisch sangen. Sie nahm die Geräusche von Möwen und Kindern wahr, die vor Freude über den heißen Sand zwischen ihren Zehen schrien.

Ihr wurde klar, dass sie bis zu dem Café gelaufen war, in dem sie

Ivan getroffen hatte. Sie hatte das komische Gefühl, diesen Moment noch einmal wiedererleben zu wollen.

Sie setzte sich an den gleichen Tisch und schlug die Beine übereinander. Als die Kellnerin vorbeiging, bestellte sie einen Sangriakrug.

Als hätte sie ihn gerufen, fühlte sie eine Hand auf ihrer Schulter und hörte den alten Mann sagen: „Bitte, lass mich das übernehmen."

Sie drehte sich um und sah Ivan in einem glänzenden orangefarbenen Hemd, was ein geradezu unvergesslicher Anblick war. Er hatte die Aura eines gestrandeten Elvis. Er grinste noch breiter, als Donna es in Erinnerung hatte.

Aber heute fühlte sie sich von diesem Grinsen nicht mehr angewidert wie zuvor. Heute war sie froh, ihn zu sehen, wenn nicht sogar ein wenig misstrauisch.

„Ivan, was für ein Zufall, dich hier wiederzusehen!"

„Das ist kein Zufall, meine Liebe. Hier gehe ich immer auf einen Nachmittagsdrink. Ich bin fast ein Stammgast." Er sah heute entspannter aus als zuvor. Er nahm sofort Platz neben ihr und rührte in seinem Orangenlikör herum.

„Die Show hat dir also gefallen, wenn ich das richtig interpretiere."

„Sehr sogar."

„Und der Tanz?"

„Der Tanz war wunderschön."

„Ja, ich könnte mir dich auch da oben auf der Bühne vorstellen." Er schaute sie nun an. „Möchtest du tanzen, Donna?"

Verblüfft über die Frage sagte sie: „Ich habe noch nicht wirklich darüber nachgedacht."

„Nun, denk darüber nach, denn ich möchte dir einen Gefallen tun."

Und wieder wusste Donna nicht, was sie antworten sollte. In Ivans Gegenwart ging es ihr immer so.

„Ich kenne eine sehr gute Tanzschule. Sie ist familiengeführt und du könntest kostenlosen Unterricht bekommen." Er tat sein Bestes, überzeugend zu klingen, aber man hatte den Eindruck, dass man eher einen Vertrag mit ihm abschloss, außer, dass man nie erfuhr, was genau man unterzeichnete.

483

„Das ist sehr nett, aber ich bin keine gute Tänzerin."

Er lachte etwas zu laut. „Unsinn. Ich habe dich bei der Show beobachtet. Du hast Leidenschaft dafür, das kann ich sehen."

Er holte einen Block Papier und einen Bleistift heraus und schrieb ihr eine Adresse mit Uhrzeit und Datum drauf.

„Du solltest dahingehen." Er trank seinen Drink aus und stand auf, um zu gehen. „Sag denen, dass Ivan dich geschickt hat."

KAPITEL 8

Mit demselben Blatt Papier in der Hand ging Donna einige Tage später zurück zum Zigeunerlager auf dem Hügel.

Sie hielt Ausschau nach Antonio, aber genau wie bei ihrem ersten Besuch waren aufgrund der Mittagshitze alle Fenster und Türen geschlossen.

Auf dem Blatt Papier stand: ‚Nummer 21, 12 Uhr‘. Sie war spät dran, aber sie hoffte, dass das nichts ausmachen würde.

Sie hatte sich dazu entschlossen, an einer Unterrichtsstunde teilzunehmen. Ivan hatte Recht gehabt: Dieser leidenschaftliche Tanz hatte sie fasziniert und je mehr sie darüber nachdachte, desto mehr wollte sie ihn selbst lernen.

In den Staaten war sie nur ein einziges Mal beim Tanzunterricht und zwar als sie noch ganz klein war. Die strenge Ballettlehrerin war so angsteinflößend, dass sie Alpträume bekommen hatte. Danach hatte ihre Mutter damit aufgehört, sie zum Unterricht zu bringen.

Sie fragte sich, was für eine Art Frau diese Lehrerin sein würde und wer die anderen Schüler sein würden. Touristen, Frauen aus der Stadt oder andere Frauen aus der Zigeunergemeinschaft.

Bevor Donna durch die offene Tür der Höhle Nr. 21 ging, holte sie noch einmal tief Luft.

485

Der Raum war ähnlich wie die andere Höhle weiß gestrichen, nahezu unmöbliert und mit Holzbrettern ausgelegt. Dort befanden sich drei weitere Mädchen in Flamencotanzschuhen.

Die Mädchen waren überrascht über den Zuwachs in ihrer Gruppe. Sie hatten eine etwas dunklere Hautfarbe als die spanischen Frauen im Dorf. Donna schlussfolgerte, dass es wohl Zigeunerinnen sein mussten.

Sie fühlte sich erneut fehl am Platz. Glücklicherweise lächelten die Mädchen und wirkten sehr freundlich. Sie waren mit dem Stretching und mit dem Aufwärmen beschäftigt und steppten mit den Füßen als Vorbereitung auf die Musik, die bald abgespielt werden sollte. Der Lehrer stand mit dem Rücken zu ihnen, seine dunklen Locken waren zu einem Pferdeschwanz gebunden. Er stand über der Stereoanlage gebeugt und fummelte an ihr rum.

Donna schnappte nach Luft, ihr Herz fing an zu rasen, was jedoch nicht an der Bewegung oder an der Hitze lag.

Er war es! Es war Antonio.

Er drehte sich um und hielt inne, als er sie sah. Er erkannte sie wieder und wurde leicht rot.

„Hallo", sagte Donna unbeholfen.

Er wurde knallrot, als sich sein Gesichtsausdruck von einem Ausdruck der freudigen Überraschung in ... Wut verwandelte? Donna konnte es nicht ganz deuten.

Antonio ignorierte sie, wandte sich schnell den anderen Mädchen zu und begann in schnellem, unverständlichem Spanisch zu sprechen.

Er fing an, Anweisungen auf Spanisch zu geben und Donna versuchte, ihm zu folgen, verstand aber nicht, warum er mit ihr kein Englisch sprechen wollte. Sie wollte jedoch mit den anderen Mädchen Schritt halten, also machte sie alles nach, so gut sie konnte.

Nach der ersten Hälfte des Unterrichts kam Antonio schließlich zu ihr und sprach leise und ernsthaft auf Englisch. Seine Warmherzigkeit, die sie bei ihrer ersten Begegnung gespürt hatte, war verschwunden.

„Der Unterricht ist auf Spanisch. Ich bin mir nicht sicher, ob du folgen kannst."

„Das ist völlig in Ordnung. Ich kann die Bewegungen einfach nachmachen", antwortete sie mit einem süßen Lächeln, obwohl sie sich innerlich über seine Worte ärgerte.

Für einen kurzen Moment schaute er sie an. Sie bemerkte einen Anflug von Wut in seinen Augen, so ähnlich wie bei seinem Onkel.

Vielleicht erkennt er mich nicht wieder. Vielleicht denkt er, ich sei eine Touristin, die sich verlaufen hat.

Er zeigte der Klasse einige Basisschritte. Donna konzentrierte sich auf die Technik und ignorierte ihre Enttäuschung und Verwunderung und den wachsenden Drang, wegzulaufen.

Antonio fuhr mit den grundlegenden Flamenco-Armbewegungen fort, indem er den Arm jedes Mädchens nahm und ihn richtig positionierte. Ab und zu griff er ihre Handgelenke und bewegte sie ein wenig hin und her, bis sie perfekt waren.

Jetzt war Donna dran. Ihr Herz fing an zu klopfen bei dem Gedanken, dass er sie berührte.

Aber er blieb etwa einen Meter von ihr entfernt stehen und beobachtete nachdenklich ihre Armhaltung.

„Gut. Das reicht fürs Erste. Du hast die Grundhaltung", sagte er in einem klaren und strengen Englisch, wobei er Abstand von ihr hielt.

So ging der Unterricht weiter. Während er die Füße der anderen Mädchen herumschiebte, ihre Arme positionierte, ihren Rücken gerade machte, vermied er jeglichen Körperkontakt mit Donna.

Nach dem Unterricht sammelte sie all ihren Mut zusammen und ging zu ihm rüber. „Was muss ich für die Stunde bezahlen?"

Er drehte sich nicht sofort zu ihr um, sondern sprach weiter mit einem der anderen Mädchen. Sie stand da und wartete. Gerade als sie dachte, dass er sie nicht gehört hatte oder dass sie völlig ignoriert wurde, drehte er sich um und sagte: „Ivan hat dich hierher eingeladen, nicht wahr?"

„Ja, das hat er."

„Dann ist sie für dich kostenlos."

„Aber ich möchte gerne bezahlen." Donna hielt ihre Brieftasche hoch.

Antonio belächelte sie leicht und drückte ihre Hand nach unten.

„Du kannst gerne zahlen, wenn du nochmal kommen solltest. Das nächste Mal, okay?"

„Sagen wir, ich würde gerne wiederkommen, was würde es kosten?"

„Sagen wir zehn Euro pro Woche", antwortete er mit zugekniffenen Augen.

„Das ist nicht viel."

„Nun, für einen armen Zigeuner wie mich ist es genug." Donna erkannte in dieser Aussage einen Hauch von Bitterkeit.

„Und wann ist die nächste Stunde?", fragte sie hartnäckig und ignorierte seinen vorherigen Kommentar.

Er seufzte tief und zeigte ein wenig Desinteresse. „Ich unterrichte jeden zweiten Tag, immer mittags."

Nach dieser Aussage verließ sie den Raum und ging den Hügel hinunter.

Eine der anderen Schülerinnen, ein Mädchen mit auffälligen Gesichtszügen und tollen grünen Augen, tauchte plötzlich neben Donna auf. „Bist du Amerikanerin?", fragte das Mädchen.

Donna nickte.

„Willkommen in meinem Dorf. Du bist so schön." Sie sah Donna an, als sei sie ein Ausstellungsstück. „Wunderschönes rotes Haar." Sie beugte sich vor und berührte Donnas Haar.

„Und jetzt wirst du unseren Tanz erlernen! Er ist sehr schön." Das Mädchen sprach nur sehr schlechtes English und schaute Donna mit ihren grünen Augen freundlich an. „Kommst du wieder?"

„Ich glaube, der Lehrer mag mich nicht besonders."

„Was?", kicherte sie. „Nein, du warst viel besser als alle anderen in der Klasse! Ich glaube, er war beeindruckt. Wir waren alle beeindruckt."

Sie gingen stillschweigend den Hügel hinunter. Sie waren erschöpft von dem Unterricht und Donna war viel zu überwältigt, um viel zu reden.

„Würdest du gerne wiederkommen? Antonio ist ein seltsamer Mann, aber er ist ein guter Lehrer. Er wird im Dorf respektiert." Das

Mädchen zeigte auf das gesamte Dorf. „Er tut so viel, um uns zu helfen."

Verblüfft, aber entschlossen sagte Donna: „Ja, ich würde gerne wiederkommen. Ich habe es sehr gemocht."

KAPITEL 9

„Warum können wir die Bühne nicht einfach im hinteren Teil des Gartens aufstellen? Ich will nicht auf einer Bühne heiraten, nur damit dein Vater das Ganze im Fernsehen übertragen kann! Donna, würdest du José bitte sagen, dass er sich wie ein Volltrottel verhält!"

„Er verhält sich nicht nur so, er ist auch einer", korrigierte sie Donna mit einem kleinen Lächeln. Maria und José hatten sich angewöhnt, in Donnas Anwesenheit auf Englisch zu sprechen und sie musste zugeben, dass Maria sich um einiges verbessert hatte, auch wenn sie hin und wieder über einige Ausdrücke stolperte.

Donna war von Tag zu Tag immer mehr von Maria beeindruckt. Jetzt, wo sie gemerkt hatte, dass die Gefühle für José nichts weiter waren als ein bisschen Verknalltsein, erkannte Donna, wie gut die hinreißende und freundliche Frau zu ihrem Freund passte.

„Ja, ein Volltrottel! Das ist *meine* Hochzeit, José, nicht die deines Vaters. Meine!"

Donna war klar geworden, dass Josés Vater die Heirat zum Anlass nahm, um für seine Position als stellvertretender Bürgermeister der Stadt zu werben. Die Schärpen auf den Stühlen und die Farben waren die Farben seiner Partei. Und die ganze Stadt sollte zur anschließenden Party eingeladen werden.

490

José und Maria wurden nicht einmal dazu befragt, bevor die Einladungen verschickt worden.

Das übte Druck auf das sonst so glückliche Paar aus und Donna konnte ihre Frustration durchaus nachempfinden.

José sah nach der Diskussion ein wenig fertig aus. „Sollen wir eine Runde spazieren gehen, Donna?"

Die Frage klang eher wie eine Bitte, sodass Donna ihm pflichtbewusst nach draußen begleitete.

Es dauerte eine ganze Weile, um José zu beruhigen und es fühlte sich ein bisschen an wie in alten Zeiten, nur sie beide zusammen.

Donna fühlte sich allerdings ein wenig schuldig. Sie ging jeden zweiten Tag zum Tanzunterricht und sie wusste, dass sie auch dann gedanklich abwesend war, wenn sie anwesend war.

Sie war so sehr mit dem Erlernen des Tanzes und ihrer wachsenden Leidenschaft für Antonio beschäftigt, dass sie sich fragte, wie sie überhaupt nach Spanien kommen konnte, um ihrem Schwarm José ihre Zuneigung zu gestehen.

Sie besuchte den Unterricht bereits seit ein paar Wochen und trotz der Tatsache, dass ihr Lehrer offensichtlich nicht so ganz mit ihr zufrieden war, genoss sie den Tanz.

Sie übte jeden Tag fleißig und ließ nur ab und zu den Zusatzunterricht ausfallen, um den Tag mit Maria und José entweder am Strand oder beim Wandern zu verbringen.

Sie hatte sich schnell an Antonios Art und Weise gewöhnt. Er verhielt sich, als sei sie eine Bombe, die bei der geringsten Berührung explodieren könnte. Er fasste sie nie an.

Egal, wie unpersönlich und wie unnahbar er auch war, sie konnte auch sehen, dass der Tänzer in ihm fasziniert von ihr war und ihr helfen wollte, besser zu werden.

Trotz seiner Bemühungen förderte er sie, um zu sehen, wie gut dieses kleine amerikanische Mädchen werden konnte. Er sagte ihr widerwillig, dass er noch nie zuvor eine Schülerin mit diesem natürlichen Talent gehabt hatte.

Sie hatte aufgehört, ihn mit diesen großen, fragenden Augen anzuschauen und zwischen ihnen hat sich eine angenehme Distanz entwickelt. Sie hatten ein boshaftes Verhältnis zueinander, das es dem Humor erlaubte, die Bitterkeit zu versüßen, die nun zwischen ihnen herrschte.

Wie sehr er auch über sie schimpfte, sie kam weiterhin jeden Tag zu seinem Unterricht.

Außerhalb des Unterrichts dachte sie ständig an ihn. Trotz allem waren ihre Träume voller heißer Sehnsucht und sie stellte ihn sich so vor, wie er in der ersten Nacht gewesen war, in der sie ihn kennengelernt hatte. Aber in der Klasse war sie die Ruhe selbst.

Eines Morgens unterrichtete er Braceo. Es war ein schwieriger Stil, weil der Tänzer dazu gezwungen war, seine Arme kontinuierlich zu bewegen.

Donna hatte es fast geschafft. Während die anderen Mädchen immer noch damit kämpften, hatte sie es fast geschafft, nur fast.

Mit einem gefrusteten Gesichtsausdruck fing Antonio an, ausnahmsweise mit ihr auf Englisch zu sprechen, wobei er die anderen Mädchen ignorierte, die wie Bäume in einer Grundschulaufführung herumzappelten.

„Nein, Donna, nur ein bisschen weiter nach vorn. Nein, nicht so. Komm schon …"

„Ich versuche es! Ich verstehe nicht, was du willst", sagte sie zu ihrer Verteidigung.

„Oh Dios …", seufzte Antonio noch einmal.

Widerwillig stellte er sich hinter Donna und packte sie fest an den Armen. Er wollte sich davon überzeugen, dass die Verbindung, die sie am ersten Abend hatten, nur ein Zufall war, aber die intensive Reaktion seines Körpers, als er sie endlich wieder berührte, bewies, dass er sich selbst etwas vorgemacht hatte. Die Lust überkam ihn.

Er bekam einen Steifen, als sie sich berührten, und atmete unbewusst den Duft ihres schönen nackten Halses ein. Auch sie reagierte auf seine Berührung auf eine Weise, die nur schwer zu übersehen war. Ihre steifen Brustwarzen waren durch ihre Bluse hindurch zu erkennen. Er hielt ihre Arme wohl etwas zu lange fest.

Die Barriere, die er wochenlang zwischen ihnen aufgebaut hatte, war zertrümmert. Antonios Wangen färbten sich rot, als er seine Augen schließlich von ihr abwandte.

Der Unterricht ging weiter, als wäre nichts geschehen. Die anderen Mädchen hatten das Geschehene nicht mitbekommen.

Im Kurs waren ungewöhnlich viele Schüler, aber Antonio schenkte Donna mehr Aufmerksamkeit und verhielt sich ihr gegenüber ein wenig anders. Er war strenger zu ihr, als je zuvor.

„Mach den Kopf hoch, Donna." Das war sein Lieblingskommando, eines von vielen. Und wenn diese nicht halfen, begann er, ihren Arm in grober Weise zu verdrehen, ihr Kinn mit den Händen zu heben und die Rhythmen laut zu klatschen.

Er berührte und stupste sie mehr als je zuvor, bis es Donna ein wenig peinlich wurde, dass er sie vor den anderen Mädchen so grob behandelt hatte.

Der zermürbende Unterricht war zu Ende und die Schülerinnen und Schüler begannen, sich anzuziehen und zu gehen. Donna hatte bereits ihre Tanzschuhe ausgezogen, als sie ihren Namen hörte.

„Donna, du bleibst bitte noch hier."

Es war ein Befehl und keine Frage.

Er kritisierte ihre Technik so lange, bis auch der letzte der Schüler gegangen war.

„Es tut mir leid, wenn ich etwas getan oder gesagt habe, was dich verärgert haben könnte", entschuldigte er sich, obwohl in seinem Tonfall kein Anzeichen von Reue zu spüren war.

„Nicht mehr als sonst auch." Sie beobachtete, wie er sich ihr näherte und war etwas nervös über den plötzlichen Stimmungswechsel zwischen ihnen.

„Weißt du, du hast ein Gespür für die Linie, für den Rhythmus, viel mehr als diese anderen Mädchen."

Donna stand an der hinteren Wand der Höhle. Er kam ihr immer näher, während sie weitersprachen.

„Danke", antwortete Donna. Sie sah, dass er am ganzen Körper zitterte. „Geht es dir gut? Hast du zu viel Kaffee getrunken?"

„Nein, es ist nicht das Koffein", sagte er und beugte sich nach

493

vorne, legte seine Hand leicht auf ihre Schulter und drückte sie an die Wand. „Es solo pasión", flüsterte er.

Plötzlich standen sie sich sehr nahe, ihre Nasen berührten sich fast.

Sie errötete und konnte seine Körperwärme spüren. Ein Schauer lief ihr den ganzen Körper hinunter, als seine Lippen näherkamen. Sie fing an schwer zu atmen, sie keuchte fast.

„Zieh deinen Rock hoch", befahl er.

Sie hob den schweren Saum des Flamencokleides bis zu ihren Oberschenkeln an.

Er legte seine andere Hand auf ihre Schulter und drückte sie weiter gegen die Wand. Sie konnte durch den Stoff seiner Hose sehen, wie erregt er war.

„Höher."

Sie hob ihr Kleid weiter an, bis ihr Höschen zu sehen war.

Er stöhnte und überwand schließlich den Abstand zwischen ihnen und küsste sie. Dann steckte er mit etwas Brutalität seine Finger in ihren Mund und zwang sie, an ihnen zu lecken. Er schaute ihr tief in die Augen und ließ seine feuchten Finger in ihr Höschen gleiten.

Er stöhnte wieder, als er ihre feuchte Muschi berührte. Er fing an, sie zu fingern. Er kontrollierte ihren Körper. Sie war Wachs in seinen Händen.

Sie winselte, als er ihre Klitoris massierte. Gegen die Wand gepresst, fühlte sie, wie sie in Ekstase geriet. Sie war kurz davor zu kommen. Sie fühlte eine letzte Lustwelle und erreichte ihren Höhepunkt, während seine Finger noch in ihr steckten und sie am ganzen Körper zitterte.

Danach griff er mit seinem freien Arm um sie herum, drückte sie an seine Brust und streichelte sanft über ihre roten Haare, während sie langsam wieder zu sich kam.

Das Schreien von Kindern, welches von draußen kam, unterbrach die Stille.

„Ach Mist! Ich habe Unterricht", sagte Antonio frustriert. Er ging zur Tür und überwachte sie so lange, bis sie sich wieder zurechtgemacht hatte.

Dann packte er sie und küsste sie hart auf den Mund. Ein verwirrtes Raunen ging durch die Schüler, als diese in den Raum schwärmten und Donna hinausstürmte.

Sie ging nicht sofort nach Hause, sondern lief durch die Hügel, erfüllt mit einer Leidenschaft, die sie noch nie zuvor gespürt hatte.

Sie war noch nie von einem Mann berührt worden, nicht auf diese Weise. Sie konnte ihn immer noch auf ihrer Haut spüren. Sie konnte seine Finger in sich spüren. Sie fühlte sich, als hätte er überall auf ihrem Körper Abdrücke von weißem Licht hinterlassen.

Sie konnte nicht klar denken oder ihre eigenen Gefühle richtig einordnen. Sie fühlte nur, dass er sie eingenommen hatte.

Die warme Sonne küsste ihren nackten Hals, während sie lief und lief, ohne ein bestimmtes Ziel vor Augen zu haben. Plötzlich stand sie vor einem Kirschblütenfeld. Sie schloss die Augen und versuchte, ihren Körper in die Realität zurückzuholen.

Sie hörte den Tumult des Lebens, das Summen der Bienen und das Zwitschern der Vögel. Sie konnte ihren eigenen Herzschlag hören und fühlte einen inneren Frieden, den sie noch nie zuvor in ihrem Leben gefühlt hatte.

Jetzt muss ich sie haben, dachte sich Antonio später am Abend. *Ich kann an nichts anderes denken, als meinen Schwanz in ihre enge kleine Pussy zu rammen und ihren Körper und ihre Seele zu besitzen.*

Am nächsten Morgen würde er wieder Tanzunterricht geben und er war sich sicher, dass Donna dort sein würde. Antonio verbrachte die ganze Nacht damit, darüber nachzudenken, was er alles mit dem schönen Körper seiner kleinen Amerikanerin anstellen würde.

KAPITEL 10

Am nächsten Tag um 12.15 Uhr hörte Antonio ein Klopfen an der Tür. Donna kam herein.

Als die Uhr zwölf schlug und sie nicht aufgetaucht war, hatte er sich Sorgen gemacht, dass er sie verschreckt hatte. Aber jetzt, wo sie da war, so nahe bei ihm, fühlte er sich etwas unbeholfen und war leicht verwirrt über die seltsame Wirkung, die diese Frau auf ihn ausübte.

Er hatte noch nie ein Problem damit gehabt, Frauen zu verführen und er hatte sich nie für seine sexuellen Triebe geschämt. Das war ein Teil dessen, was ihn zu einem so großen Tänzer machte, seine Fähigkeit, Sex und Sinnlichkeit in seine Darbietung einfließen zu lassen. Aber diese Frau hatte etwas an sich, was ihn zweifeln ließ, was er als Nächstes tun sollte.

Sie trug ein kleines rotes Kleid, das er noch nie zuvor gesehen hatte und er konnte ihr Höschen unter dem dünnen Stoff sehen. Er schüttelte diesen Gedanken aus seinem Kopf und konzentrierte sich wieder auf den Unterricht.

Sie begannen den Unterricht, als wäre es ein ganz normaler Tag. Donna spielte das Spiel mit und ließ sich nicht anmerken, dass etwas anders war.

496

Während des Unterrichts sah sie etwas anderes in seinem Gesicht, etwas Einfühlsames, eine Art Sehnsucht. Er sah sogar so aus, als sei er verlegen, wenn sie ihn die Stunde über neckte oder mit ihm scherzte.

Nachdem es vorbei war und die anderen Mädchen gegangen waren, wartete Donna ein paar Minuten, bevor sie auf ihn zuging und seine Hände in ihre nahm. Ohne ein Wort zu sagen, legte sie ihre Hände um seine Hüften und küsste ihn.

Er nahm sie und drückte sie gegen die Wand. Ihr wurde plötzlich heiß. Sie machte seinen Hosengürtel auf und zog seinen erigierten Penis heraus.

Sie befreite sich aus seinem Griff und kniete sich hin, um seine Eichel zu lecken. Im Nu hatte sie seinen Schwanz mit ihren rosigen Lippen umschlossen. Ihr Mund war deutlich zu klein, um ihn komplett in den Mund nehmen zu können. Sie fing an, wie eine hungrige Katze an ihm zu lecken.

Sie schaute ihn an, naiv und funkelnd, und der Anblick trieb Antonio an den Rand des Wahnsinns. Er griff ihr ins Haar, während er anfing, unfreiwillig zu stöhnen, wild und außer Kontrolle. Er kam hart und sie kicherte, als er neben ihr auf den Boden sank. Er legte seinen Kopf in ihren Schoss. Sie saßen stillschweigend da und schnappten nach Luft.

„Damit habe ich nicht gerechnet", sagte er, „aber du bist wohl meine beste Schülerin", meinte er mit einem sehr zufriedenen Grinsen.

Sie lachte und sah zufrieden mit sich selbst aus. „Das habe ich noch nie getan."

„Echt?", fragte er ungläubig.

„Ja, echt. Ehrlich gesagt …" Sie zögerte, biss sich auf die Unterlippe und sah ihm tief in die Augen, bevor sie fortfuhr. „Ich bin eine Jungfrau."

Er konnte spüren, wie sein Schwanz wieder hart wurde. Er drehte sich um, packte sie und küsste sie hart. Sein Wunsch, sie zu besitzen, war stärker denn je.

Sie erwiderte seinen Kuss und bald lagen sie am Boden.

„Nicht hier", sagte er.

Er riss sich los und stand auf, wobei er auch sie hochzog.

„Komm mit." Sie folgte ihm nach draußen und setzte sich hinter ihm auf das Motorrad. Sie rasten den Hügel hinunter.

Da ihr Körper noch immer kribbelte und ihr Geist raste, wurde Donna klar, dass sie nicht wirklich wusste, wohin sie fuhren, als er von der unbefestigten Piste abbog und weiter aus der Stadt hinausfuhr.

Sie hielt sich an ihm fest, als er von der Straße abbog und das Motorrad neben einer Lichtung in den dunklen, abgelegenen Wäldern abstellte.

„Es tut mir leid, ich kann mich nicht auf das Fahren konzentrieren." Er half Donna vom Motorrad herunter.

Sie spürte seine Kraft, als er sie in die Mitte der Lichtung trug, wo die Sonne zwischen die Bäume schien und sie sich deutlicher sehen konnten.

Sie wusste, was passieren wird und wurde plötzlich nervös. Dies war Neuland für sie, aber sie konnte es kaum erwarten, es mit ihm zusammen zu erkunden.

Er legte sie auf den Boden und sie unterwarf sich ihm. Sie wusste, dass sie ihm gehörte, aber gleichzeitig hatte sie ein wenig Angst.

„Ich war noch nie mit einem Mann zusammen", sagte Donna, ihre blasse Haut schien im Sonnenschein, „deshalb weiß ich nicht genau, was ich tun soll."

Er drehte sich zu ihr um und sah ihr tief in die Augen. „Hast du Angst?", fragte er sanft.

„Ein wenig", antwortete sie ehrlich. „Aber ... ich will dich. Du kannst mit mir tun, was du willst."

Ihre Worte riefen in ihm eine elektrisierende Reaktion hervor. Seine Augen waren rasend vor Leidenschaft und er wurde zum Handeln angespornt, als ob der Damm, der seine Selbstbeherrschung zurückhielt, gebrochen wäre.

Er steckte seine Hände in ihren Schritt und riss ihr das Höschen vom Leib. Dann schob er sie sanft auf die rote Erde und öffnete seinen Hosenschlitz.

Donna fühlte die heiße Spitze seines harten, nassen Schwanzes auf ihrer Muschi, als er sich über sie beugte. Sie fühlte sein Gewicht, er drückte ihre Hände nach unten.

Sie wollte ihn in sich haben, aber er verweilte eine Weile und rieb die Spitze seines Schwanzes an ihrer Klitoris. Sie war hilflos und konnte nichts anderes tun, als ihre Beine um ihn zu schlingen.

„Willst du es?", fragte er.

Sie nickte.

„Sag mir, dass du willst, dass ich dich ficke."

„Ja."

„Nein, sag es mir richtig." Er schaute ihr tief in die Augen und verlangte eine Antwort von ihr.

„Ja, bitte fick mich!", flehte sie ihn an. Ihr Körper verlangte nach ihm, ihre Fotze war feucht und bereit, ihn zu empfangen.

Mit einem zufriedenen Blick drang er schließlich in sie ein. Er ließ seinen Penis langsam in sie hineingleiten, wobei beide stöhnten, als sein ganzer Schaft in ihr drin war und ihre Muschi dehnte.

Dann spürte sie einen köstlichen Schmerz, als sich ihr Blut mit der roten Erde vermischte.

Als der Schmerz nachließ, überkam sie das Gefühl, dass ihr ganzer Körper jeden Moment explodieren könnte. Sie fühlte sich überwältigt.

Sie spürte sein ganzes Körpergewicht auf ihr, während er immer wieder in sie hineinstieß, mal langsam, mal schnell. Er traf sie genau an der perfekten Stelle. Sie war ihm komplett ausgeliefert, seine muskulöse Brust lag schwer auf ihr.

Sie gab sich dem Moment hin. Beide bewegten sich im gleichen Rhythmus. Sein Penis reichte tief in sie hinein, als er anfing, schneller und härter zu stoßen und die Kontorolle zu verlieren. Als sie hörte, wie er seinen letzten Schrei ausstieß, explodierte auch ihr Körper in winzige Stücke, während er sie mit seinem Samen füllte.

Keuchend rollte er sich aufs Gras. Sie lagen regungslos da und schauten durch die Zweige zum blauen Himmel hinauf.

„Ich hatte eigentlich vorgehabt, dich dafür nach Hause mitzunehmen." Sein schüchterner Tonfall passte so gar nicht zu seiner gebieterischen Art und Weise während des Sex. Donna konnte sich ein Lächeln nicht verkneifen.

Donna lag still da und war rundum zufrieden.

Nach einer Weile stand Antonio auf, zog sich an und griff nach unten und hob sie in seine Arme. Er nahm sie hoch und sie legte ihre Arme um seinen Hals, vollends geborgen von seiner kräftigen Statur und immer noch mit ihrem zerrissenen Höschen um die Knöchel.

Er küsste sie hart auf den Mund und half ihr wieder zurück auf das Motorrad.

Sie fuhren zurück zur Straße, wobei Antonio diesmal viel langsamer fuhr. Es war eine angenehme Fahrt und Donna konnte ihre Hände nicht von seinem muskulösen Körper lassen. Die Streicheleinheiten waren nicht genug, um ihn zu erregen, aber zumindest konnte sie damit die Stimmung zwischen den beiden aufrechterhalten.

Schließlich hielten sie vor einem Tor an. Er gab einen Code ein und das Tor öffnete sich, so dass sie direkt durchfahren konnten.

Bald befanden sie sich im Hof eines eingezäunten Hauses.

Diesmal sprang sie selbst vom Motorrad. „Ist das ein Hotel?"

Er lachte. „Nein. Das ist mein Zuhause."

Sie schaute mit offenem Mund auf die Villa vor ihnen.

Es handelte sich um eine große weiße Villa mit derselben magentafarbenen Bougainvillea wie Josés Haus, nur dass sie sich fast zur Hälfte um das Haus herum erstreckte und gegen eine violette Glyzinie, die sich auf der anderen Seite des Hauses traf, abgesetzt war.

Im Innenhof gab es einen Brunnen und einen großen Eingangsbereich mit zwei Löwen, die den Eingang bewachten.

So etwas hatte sie noch nie zuvor gesehen.

Als er sah, wie erstaunt sie war, sagte er fast defensiv: „Nicht schlecht für ein Zigeunerschloss, was?"

„Von mir aus könnte es auch ein alter Wohnwagen sein", antwortete sie unüberlegt. Sie bereute es sofort und hatte das Gefühl, dass sie vielleicht etwas zu viel preisgegeben hatte.

Aber er schaute sie nur liebevoll an und sagte kein Wort, so, als wüsste er nicht, wie er reagieren sollte.

Er schloss die Haustür auf. Sie wurden von einem kleinen Pudel begrüßt, der bellte, mit dem Schwanz wedelte und sichtlich erfreut war, seinen Besitzer zu sehen.

Nachdem er seinem Hund Hallo gesagt hatte, hob Antonio Donna hoch und trug sie über die Schwelle, wobei sie kicherte, während sie sich an seinem Hals festhielt. Er schloss die Haustür mit seinem Fuß und trug sie bis in sein Schlafzimmer, wo er sie schließlich auf sein Himmelbett legte.

Er zog zuerst sie und dann sich selbst aus, diesmal jedoch etwas langsamer. Sie lagen unter den weißen Satindecken. Beide nickten durch das Geräusch der Klimaanlage weg.

Sie machten ein Nickerchen und erwachten dann mit dem gleichen unersättlichen Gefühl, dem sie zuvor nicht widerstehen konnten. Bald rieben sie ihre Körper aneinander wie zwei Teenager.

Diesmal berührte Antonio sie ganz anders, zärtlicher und erforschender, so als wollte er jeden Zentimeter ihres Körpers kennenlernen.

Seine Lippen streiften über ihre Brustwarzen. Sie erinnerte sich an die erste Nacht, in der sie sich getroffen hatten, als er ihre Hand so sanft küsste.

„Hast du mich erkannt, als ich zum ersten Mal zum Unterricht kam?" Es war das erste Wort, das die beiden seit Stunden gesprochen hatten.

„Natürlich."

"Warum hast du mich ignoriert?"

Er sah ihr in die Augen. „Ich fühlte, dass etwas zwischen uns war, deshalb ging ich auf Abstand."

„Aber es ist ja nicht passiert."

„Nein, aber ich habe es gespürt. Du etwa nicht?" Er strich ihr das Haar aus dem Gesicht, sodass er direkt in ihre wunderschönen Augen blicken konnte.

„Ja", gab sie zu. „Und wie sieht es jetzt aus?", fragte sie schüchtern.

Er hielt einen Moment inne und dachte nach. „Jetzt wird mir klar, dass meine Gefühle für dich vollkommen platonisch sind, siehst du das nicht?"

Er lag zwischen ihren Beinen und küsste ihre Oberschenkel solange, bis er ihre Schamlippen berührte.

Seine Zunge arbeitete sich langsam zu ihren inneren Lippen. Sie fühlte sich, als würde er sie von innen heraus bearbeiten, als kenne er jeden einzelnen geheimen Fleck verborgener Lust. Hungrig verschlang er ihre Muschi.

Die Worte blieben in der Luft hängen, sie gehörte völlig ihm. Mit seiner geschickten Zunge hatte er sie ganz unter Kontrolle.

Es vergingen Stunden, in denen sie im Schlafzimmer blieben und so lange fickten, bis es dunkel wurde.

Schließlich stand sie auf und nahm eine Dusche im anliegenden Badezimmer aus Marmor, während er sich ausruhte.

Sie wanderte in seinem Bademantel in den Flur hinaus, während er noch schlief. Sie saß auf der weißen Marmortreppe, als sie plötzlich das Klirren von Schlüsseln hörte und sich die Haustür öffnete.

Der Ärmel eines glänzenden violetten Hemdes tauchte plötzlich auf und löste das Schloss an der Kette. Ivan tauchte aus der Dunkelheit auf. Sie keuchte und ging wieder schnell die Treppe hinauf, damit er sie nicht bemerkte.

Sie fühlte sich etwas unwohl. Was hatte er hier zu suchen? Wie nahe standen sich Antonio und sein Onkel? Sie verdrängte den Gedanken sofort und versuchte sich zu verstecken. Das allerletzte, was sie wollte, war, dass Ivan sie derart entblößt sah.

KAPITEL 11

Als sie wieder ins Schlafzimmer kam, war Antonio hellwach und starrte sie in der Halbdunkelheit an.

Sie war der Meinung, dass es nun in der Dämmerung etwas einfacher war zu sprechen.

„Dir ist klar, dass wir uns seit zwei Monaten fast jeden Tag sehen und ich nichts über dich weiß? Nun, ich weiß einige Dinge, aber nicht die Details", sagte er.

„Was möchtest du wissen?"

„Alles."

„Nun ... ich bin 22. Ich bin in Chicago geboren. Meine Mutter ist Lehrerin. Ich habe einen Abschluss in Biologie."

„Daher weißt du, wie du all diese Dinge mit mir anstellen kannst", unterbrach er sie und brachte sie in freudiger Verlegenheit ob seines Kompliments zum Lachen.

„Was ist mit deinem Vater?"

„Tot", sagte sie leise. „Bevor ich geboren wurde. Was ist mit dir? Mit deiner Familie? Dieses Haus! Ich dachte, du wohnst selbst im Zigeunerlager."

„Nein. Meine Mutter war eine Zigeunerin, also lebte ich manchmal mit ihr da oben. Mein Vater war aber keiner."

„War deine Mutter Flamencotänzerin?", fragte sie und wickelte spielerisch eine seiner weichen Locken um ihre Finger.

„Das war sie. Sie war auch berühmt. Sie versuchte, alles zu tun, was sie konnte, um ihrer Gemeinde zu helfen. Aber mein Vater war nicht so interessiert daran. Er war ein spanischer Geschäftsmann aus der Stadt." Er hielt inne und sah ein wenig traurig aus. „Den Leuten in der Stadt gefällt das Zigeunerlager nicht. Sie wollen es loswerden."

„Das habe ich gehört", sagte sie mitfühlend.

„Mein Volk ist so arm. Ich versuche zu helfen, so gut ich kann. Ich gebe ihnen Geld, ich ermutige sie. Ich tue, was ich kann."

„Durften sie zusammen sein, deine Eltern?"

„Sie liebten einander trotz aller Einwände und sie waren 30 Jahre lang glücklich verheiratet. Als sie starben, versprach ich meiner Mutter, ich würde der Gemeinde helfen und das tue ich auch. Mir wurde alles hinterlassen. Aber es ist nicht ..." Er zögerte.

„Erzähl weiter?"

„All das, das Haus, das Geld, das hat mir kein Glück gebracht. Alles, was ich tun wollte, war tanzen. Aber die Verantwortung für das Geschäft, das Haus, das Land ... hat mich auf eine Art und Weise gefesselt, die ich nie wollte. Sie hat mich dazu gebracht, falsche Entscheidungen zu treffen."

Sie spürte plötzlich, dass er vielleicht über sie sprach. Ein Anflug von ungewollter Eifersucht überkam sie. Sie fragte leichtsinnig: „Also musst du eine Zigeunerin heiraten?"

„Ich weiß es nicht. Die Gemeinschaft erwartet es. Sie würden sich freuen, wenn ich es täte." Er schaute sie fest an. „Du weißt, dass das nicht nur eine Laune von mir ist? Ich schlafe nicht mit meinen Schülerinnen. Das ist kein Spaß für mich."

Er strahlte für einen kurzen Moment eine große Verletzlichkeit aus.

„Was ist es dann?", flüsterte sie und befürchtete, dass dieser Bann gebrochen werden könnte, wenn sie noch lauter sprechen würde.

„Ich weiß es nicht", sagte er und beugte sich vor, um sie zu küssen. Sie fühlte, wie sein Körper wieder auf ihren reagierte. Ihr Körper reagierte ebenfalls.

Er drehte sie auf den Bauch und sie spürte seinen harten Schwanz in ihrem Rücken.

Seine Hände wanderten über ihren Körper und sie war erneut verloren in dem windenden Rhythmus ihrer Körper.

KAPITEL 12

Am nächsten Tag wachte sie auf und stellte fest, dass das Bett leer war. Das Zimmer war von Sonnenlicht durchflutet.

Das Bett war herrlich weich und die Satinlaken kühlten ihre Haut. Süßer Geruch stieg ihr in die Nase und sie hörte das Brutzeln einer Pfanne. Auf dem Bett lag ein Morgenmantel. Sie zog ihn an und folgte dem Geruch.

Antonio stand nur mit Handtuch bekleidet in der Küche.

Es war das Ansprechendste, das sie je gesehen hatte, dieser Gott von einem Mann, der Frühstück zubereitete, seine glänzende, nackte Brust zur Schau gestellt und seine sanften Augen, die sie ansahen.

„Hol dir ruhig etwas Kaffee aus der Maschine", sagte er und küsste sie auf die Stirn, als sie hereinkam.

. . .

Zum ersten Mal fielen ihr die Glastüren auf der anderen Seite der Küche auf, die zu einem großen Innenhof führten.

Er bemerkte ihren neugierigen Blick. „Du kannst dich sehr gerne umsehen, kein Problem.“

Donna ging durch die Glastüren hindurch in einen wunderschönen Garten mit einem riesigen Swimmingpool, der von Statuen und Zitronenbäumen umgeben war.

Das hier war wie ein kleines Paradies. Ohne nachzudenken, zog sie ihren Morgenmantel aus und sprang nackt in den Pool. Sie kam hoch, um Luft zu holen. Antonio stand da und beobachtete sie.

„Dich nackt im Pool schwimmen zu sehen, wäre für jeden Mann zu viel, als dass er es ignorieren könnte“, lachte er und warf das Handtuch hinunter. „Das Frühstück kann warten!“

Er schwamm auf sie zu wie ein Raubtier, das seine Beute jagte. *Ich bin gerne deine Beute*, dachte sich Donna, als er sie packte und am Hals küsste.

Sie planschten eine Weile herum, bis sie schließlich herausging, um sich auf die Sonnenliege zu legen und ihm beim Schwimmen zuzusehen. Er war ein guter Schwimmer und es machte sie an, ihm dabei zuzuschauen, wie seine Arme sich auf und ab bewegten.

. . .

Sie begann, sich selbst zu berühren, wobei sie sich kaum bewusst war, was ihre Hände taten. Als er sie nackt auf der Liege sah, starrte er ihren Körper wie ein Raubtier an, das im Begriff war, über sie herzufallen.

Er tauchte mit einem lustvollen Blick auf seinem Gesicht aus dem Wasser auf.

„Umdrehen", befahl er.

Sie kicherte nervös und drehte sich um.

„Ich will dich auf allen Vieren." Er meinte es ernst.

Sie ging auf alle Vieren und wartete darauf, was er als Nächstes tun würde.

Er stellte sich hinter sie, sein Penis war erigiert. Sie schaute über ihre Schulter und warf ihm ein schmutziges Lächeln zu.

„Sei vorsichtig, Donna. Mein Appetit ist stark."

Er streichelte ihr über den Hintern und gab ihr instinktiv einen Klatscher auf die eine Pobacke.

· · ·

Sie stöhnte ein wenig auf und Antonio wartete auf ihre nächste Reaktion. Aber sie bewegte sich nicht, sondern streckte nur ihren Hintern weiter heraus, als ob sie mehr wollte. Er schlug sie erneut, diesmal härter, auf die andere Backe.

Er bewegte seine Finger runter zu ihrer Muschi und schob seine Finger in sie hinein. Sie tropfte. Er begann, sie immer härter und härter zu schlagen, wobei sich rote Flecken auf ihrem Hintern bildeten. Sie stöhnte und quietschte und verlangte nach mehr.

Er hielt es schließlich nicht mehr aus und stieß seinen Schwanz in ihre nasse Muschi. Er fing an, sie hart von hinten zu ficken. Sie stöhnte ununterbrochen vor Vergnügen.

„Ich habe dich bei meiner Aufführung gesehen", sagte er ihr in der Hitze der Leidenschaft. „Ich wollte dich bereits dort nehmen. Seitdem musste ich immer wieder an dich denken."

„So ging es mir auch", antwortete sie und schnappte nach Luft, als er seinen harten Schwanz in sie hineinstieß. „Ich musste jede Nacht an dich denken. Ich befriedigte mich selber und dachte an dich. Ich träumte von dir."

Er stellte sich vor, wie sie sich jede Nacht befriedigte, es sich selbst machte, während sie an ihn dachte, genauso wie er es mit ihr getan hatte.

Er fühlte, dass ihre Muschi zu kontrahieren begann und ihr Stöhnen lauter wurde. Er konnte sich nicht mehr zurückhalten und kam in ihrem zitternden Körper.

„Zeit für das Frühstück", sagte er und keuchte zufrieden.

Sie gingen in die schöne gekachelte Küche und er fütterte sie mit frischen Eiertortillas, spanischem Schinken und dem lokalen Honig auf weißem Baguette.

Mit zerzaustem Haar saß sie in ihrem Morgenmantel da und aß hungrig. Beide waren nach ihrer kleinen Poolparty ausgehungert.

Wie jung und verletzlich sie doch aussieht, dachte sich Antonio.

Ich möchte sie beschützen, ihr gefallen. Ich will, dass sie sich nach mir sehnt, dass sie mich bewundert.

Sie ist so heiß und so talentiert und sie hat keine Ahnung.

Sie betrachtete die Schwarz-Weiß-Fotos an der Küchenwand.

„Wer ist das?" Sie runzelte ihre Stirn auf eine Weise, wie sie es tat, wenn sie sich auf etwas konzentrierte.

„Meine Mutter", sagte er. „Das ist sie während einer Tanzaufführung in Madrid."

. . .

„Sie muss wirklich gut gewesen sein."

„Weißt du, du bist auch keine schlechte Tänzerin", sagte er. Sie kicherte verlegen. „Danke, ich nehme es als Kompliment." Sie errötete und genoss das Lob. „Ich habe ja auch einen guten Lehrer."

„Wenn du hart arbeitest, wirst du großartig sein. Glaubst du, du würdest es jemals weiterbringen wollen?"

„Ich werde auf jeden Fall zusehen, dann ich in den Staaten mit dem Unterricht weitermache. Ich werde jetzt nicht aufgeben. Dafür liebe ich es zu sehr."

„Und wenn ich wollen würde, dass du mit mir tanzt?" Die Frage hing in der Luft, so, als ob sich die letzten Teile des Puzzles zusammenfügen würden.

Sie lächelten einander an und ließen die Frage in der Luft hängen.

„Das Schwimmen war großartig. Genau das, was ich brauchte." Sie zwinkerte ihm zu und ließ ihn wissen, dass es nicht nur das Schwimmen war, das sie gebraucht hatte.

Er starrte sie wehmütig an, griff nach ihr und umarmte sie zärtlich. „Es ist schön, dich im Pool schwimmen zu sehen. Ich weiß nicht, wie jemand, der so klein ist, diesen ganzen Ort mit Leben füllen kann."

KAPITEL 13

Nach dem Frühstück schob Antonio seinen Teller weg und gähnte.

Donna sah mit Freude zu, wie sich seine Brust beim Einatmen wölbte. Sie konnte nicht anders, als ihn anzuschauen. Er war großartig. Immer, wenn sie ihn anschaute, hatte sie das Gefühl, ein Meisterwerk, ein besonderes Gemälde zu betrachten.

Er nahm ihre Hand. „Ich würde gerne die nächsten Stunden damit verbringen, jeden Teil von dir zu erkunden, aber ... ich habe dringende Geschäfte zu erledigen. Das Vergnügen muss also ein wenig warten."

„Schon gut, ich lasse dich in Ruhe", sagte sie mit einem neckischen Schmollmund.

„Nein, bitte bleib. Wenn du magst, kannst du gerne den Garten erkunden. Fühl dich wie zu Hause. Und wenn ich fertig bin, fahre ich dich in die Stadt und wir können gemeinsam Mittag essen. An der Strandpromenade gibt es ein kleines Café, das ich kenne. Dort gibt es die köstlichste Paella. Außerdem will ich dich am Strand ficken."

Nun, wie konnte ein Mädchen dazu Nein sagen?

Donna erkundete das Haus, wobei sie in einer Art Trance war.

Es kam ihr vor wie ein Märchen. Sie hatte Herzklopfen und konnte es nicht abstellen.

Es gab eine Bibliothek, ein Spielzimmer, einen Whirlpool und eine Sporthalle. Im Wohnzimmer gab es ein Klavier und eine kleine, mit Markierungen überzogene Bühne, deren Boden mit Flamencotänzerinnen und Flamencotänzern geschmückt war.

Einen solchen Ort hatte sie noch nie zuvor gesehen. Perserteppiche, Kronleuchter und Originalkunstwerke hingen an den Wänden. Dieses Haus war wie ein Schloss. Sie stellte sich vor, hier zu leben, verdrängte dann aber den Gedanken ganz schnell.

Sie wollte nicht zu anhänglich werden. Antonio war Tänzer, Millionär und total heiß.

Er muss diese Art von Dingen sehr oft tun. Er kann sich seine Frauen aussuchen. Der Gedanke daran erschütterte sie bis ins Knochenmark.

Dies, so sagte sie sich selbst, könnte ein wirklich großer Sommer der Liebe werden. *Das ist dann aber auch alles.*

Sie schaute auf ihr Handy und auf ihren Kalender. Ihr Herz rutschte ihr in die Hose als ihr klar wurde, dass sie nur noch vier Wochen vor sich hatte. Das wird sicherlich ein aufregender Monat!

Als sie durch die Räume wanderte, die eher einem Labyrinth glichen, hörte sie das Knarren einer Tür. Sie sah sich um. Niemand.

Sie folgte dem Lärm, ging den Korridor hinunter und erblickte eine lilafarbene Gestalt, die um die Ecke kam. Sofort dachte sie an Ivan. Ein Schauer durchfuhr sie.

Warum machte dieser Mann sie so nervös?

Sie suchte noch ein wenig, aber wer auch immer da gewesen war, war nun verschwunden.

Eine der angrenzenden Türen stand halboffen. Als sie sie ganz aufmachte, kam eine wunderschöne Bibliothek zum Vorschein. Die deckenhohen Regale waren voll mit Büchern.

Es war der schönste Raum, den sie je gesehen hatte. Sie ging zu dem kleinen Kastanienholzschreibtisch in der Mitte des Raumes. Ein grünes Leselicht war an und der Schreibtisch sah unordentlich aus, so, als ob vor Kurzen jemand dagesessen hätte.

Als sie sich vorbeugte, um das Licht auszuschalten, fiel ihr Blick auf die auf dem Tisch verstreuten Fotos. Sie griff instinktiv nach ihnen.

Sie bemerkte etwas Bekanntes auf dem Foto und legte es frei.

Eine tiefe Schwere überkam sie und sie hatte das Gefühl, ohnmächtig zu werden.

KAPITEL 14

„Schluss mit dem Spielchen", sagte Donna so ruhig wie möglich.

Antonio saß in der Küche am Laptop und war überrascht über ihren Ton, als sie reinkam.

„Ich habe sie gefunden."

Er sah sie verwirrt an. „Was gefunden?"

Ihr platzte der Kragen. Sie warf die Fotos und Dokumente auf den Tisch.

Er sah sich die Fotos an: Hunderte von Fotos von ihr. In der Villa von José, auf ihrem Balkon in der Nacht, bei einem Spaziergang durch die Stadt und sogar am Flughafen, Arm in Arm mit José. Jedes Foto war eine Invasion ihrer Privatsphäre.

Antonio schaute zu ihr auf, völlig am Boden zerstört.

„Donna, ich ..."

„Ich weiß nicht, was für ein krankes Spiel du und dein Onkel gespielt habt, aber es ist jetzt vorbei. Das Spiel ist aus." Sie atmete tief durch und versprach sich, dass sie vor ihm nicht weinen würde. Nein, sie konnte später weinen.

„Ich habe es in den Zeitungen gelesen", fuhr sie fort. „Ich habe deine Strategie durchschaut, um mich dazu zu bringen, dir Informationen über Josés Vater zu geben. Ich weiß nicht, warum du dir die

Mühe machst. Was glaubst du, welchen Einfluss ich *habe*? Was glaubst du, wer ich bin?", fragte sie ungläubig. „Und wenn ich daran denke, dass ich dachte, ich hätte mich tatsächlich in dich verliebt", lachte sie bitter unter Tränen.

„Ich kann das erklären, Donna. Ich möchte, dass du es verstehst." Er versuchte, ihr die Hand zu reichen, ihre Hände zu halten, sie zu umarmen, irgendetwas, damit sie sich an die Verbindung erinnert, die sie teilten, aber sie zuckte zurück.

„Sind das deine Sachen oder nicht? Sei ehrlich."

Er nickte, sein Blick voller Reue.

Donna drehte sich auf der Stelle um und rannte aus dem Haus. Sie lief durch den Wald, so lange, bis sie dachte, ihre Lungen würden explodieren.

Schließlich konnte sie weder laufen noch atmen und brach in Tränen aus.

KAPITEL 15

Donna verbrachte die nächsten paar Wochen in der Nähe ihres vorübergehenden Zuhauses. Sie wurde mürrisch und still. Sie verbrachte ihre Zeit mit Maria und José und wagte sich nur aus dem Haus, wenn diese sie begleiteten.

Sie hatte einige ihrer eigenen Nachforschungen angestellt. Sie begann, alte Zeitungsartikel online zu lesen und verfolgte die lokalen Nachrichten. Und sie begann, José unterschwellige Fragen zu stellen. Josés Vater plante, die Zigeunergemeinschaft am Berghang zu zerstören. Er wollte, dass die Gemeinschaft umgesiedelt wurde und zwar so schnell wie möglich. Als eine einflussreiche Figur in der Gemeinde war er in der Lage, viel Schaden anzurichten. Das konnte sie sehen.

Sie konnte verstehen, warum Antonio getan hatte, was er getan hatte. Er wollte seine Gemeinde schützen. Trotzdem hatte er sie ausgenutzt und das tat weh.

Jedes Mal, wenn sie an ihre gemeinsame Zeit zurückdachte, versuchte sie, sie in den Kontext der neuen Informationen zu bringen, die sie ihm unwissentlich hätte geben können. Aber nichts machte Sinn und ihr Herz schmerzte fürchterlich.

Sie war eine Spielfigur in einer Partie, die für die Spieler viel wichtiger war als ihre Gefühle. Das muss sie jetzt akzeptieren und weitermachen.

„Donna, können wir kurz unter vier Augen reden?", fragte José und brachte sie damit in das Hier und Jetzt zurück.

„Sicher", nickte Donna, obwohl sie nicht wirklich zuhörte. Sie saß in der Küche und rührte mit ihrem Löffel in einer Tasse lauwarmen Tee herum und wünschte sich, sie könnte ihr Herz in einem der kleinen Strudel, die sich dabei bildeten, wegspülen. Zu sehr mit sich selbst beschäftigt, bemerkte sie weder den Ton in seiner Stimme noch seinen Blick.

Sie gingen zum Strand. Es dämmerte bereits.

Die Hände in die Hosentaschen gesteckt, begann José zu laufen. Donna hielt automatisch mit ihm Schritt.

Sie liefen eine Zeit lang stillschweigend nebeneinander her, aber José hielt immer wieder inne und versuchte ein Gespräch anzufangen.

„Dich scheint etwas zu bedrücken", sagte er schließlich, während er die Hände noch in den Taschen hielt.

„Vielleicht."

„Ist es ... könnte es ... wegen der Hochzeit sein?"

„Die Hochzeit?"

Donna konzentrierte sich allmählich auf seine Worte und dann auf die Bedeutung.

„Oh. Warum sollte ich wegen der Hochzeit deprimiert sein, José? Ich freue mich sehr für dich."

"Du weißt, warum ..."

Er nahm vorsichtig ihre Hand. Eine Geste, von der sie einst geträumt hatte, auf die sie ihr ganzes Leben gewartet hatte. Jetzt machte es sie traurig.

Er ließ ihre Hand los und wandte sich ab.

„Wir haben so viel Zeit zusammen in Amerika verbracht. Dass du jetzt hier bist ..."

Er hielt inne.

„Ich liebe Maria. Wir sind ... wir haben immer gesagt, wir sind Seelenverwandte. Wir wollten immer heiraten, schon von klein auf." Er suchte nach Worten. „Aber jetzt, da du hier bist, bin ich verwirrt."

Nun schaute er auf den Boden. Er war ein guter Mann. Er war ihr Lieblingsmann. Aber in diesem Moment wusste sie trotz der aussichtslosen Situation, wie sehr sie in einen anderen Mann verliebt war. Das brach ihr das Herz.

Sie umarmte ihn und wischte eine Träne weg.

„José. José ... Ich glaube, das ist der Punkt, an dem ich dir als Trauzeugin sagen muss, dass du dich zusammenreißen musst."

„Ja", sagte er, der Ausdruck auf seinem Gesicht eine Mischung aus Verwirrung und Hoffnung.

„Du bekommst den Hochzeitsbammel und das ist normal", sagte sie mit Nachdruck.

„Ja", sagte er erneut.

„Wir werden für immer gute Freunde bleiben, aber Maria ist deine Seelenverwandte. Wenn du einmal in den Flitterwochen bist und weg bist von all diesem Wahnsinn ..."

Er fing an zu weinen. Es waren Tränen der völligen Erschöpfung und des Stresses. Sie umarmten sich im Mondlicht, zwei beste Freunde.

„Ich finde dich wunderbar, meine kleine Donna. Ich hoffe, du findest jemanden, dem ich nicht ins Gesicht schlagen muss."

„Das hoffe ich auch."

In dieser Nacht träumte sie von dem Mann, der ihr das Herz gebrochen hatte. Sie träumte von seinen dunklen Locken, wie sie ihm ins Gesicht hingen, während er sich auf der Bühne bewegte, und wie sie sich in seinem Bett um sie legten.

Sie wachte mit einem Gefühl tiefer Sehnsucht auf. Der Tag der Hochzeit stand vor der Tür und am Tag darauf würde sie wieder zurückfliegen. Dann würde sie versuchen, ihn zu vergessen.

KAPITEL 16

„Die Krawatte ist zu eng, Donna. Ich denke, sie sollte etwas lockerer sein. Was denkst du?", fragte José, der nicht aufhören konnte zu zappeln, als er in seinem Anzug vor dem Spiegel stand.

Das Haus war voller hektischer Energie.

„Wie spät ist es? Wie lange noch bis zur Zeremonie?"

Donna hatte eine Rede geschrieben, trug ein hellgrünes Kleid, das gut zu ihrem roten Haar passte und bemühte sich sehr, José zu beruhigen.

Die Hochzeit sollte am Strand mit Blick auf die Villa stattfinden. Um das Haus herum herrschte Chaos, als ob der Zirkus zum Aufbau gekommen wäre. Josés Vater hatte Caterer und Zauberer angeheuert und sogar ein Feuerwerk arrangiert.

Es wurden keine Kosten gescheut und die Hochzeit sollte das Spektakel des Jahres in der sonst verschlafenen spanischen Stadt werden.

Sie errichteten eine Bühne am Strand, auf der Reden stattfinden, Entertainer auftreten und Sänger singen und die Familie ehren würden.

Josés normales selbstbewusstes Auftreten hatte ihn völlig im Stich gelassen.

„Ich hoffe, sie taucht auf. Glaubst du, dass sie auftaucht?"

Donna legte ihren Kopf auf seinen und umarmte ihn.

„José, natürlich wird sie das tun. Wahre Liebe hält für immer."

Der Tag verging wie im Flug, das Gelübde, die Fotos, die Musik.

Nach der Zeremonie nahm Maria, die sich für einen ruhigen Moment am Strand von der Menge zurückzog, Donna am Arm. „Sehe ich gut aus?"

„Du siehst so aus, wie ich es erwartet habe, absolut umwerfend."

Sie gaben sich eine herzliche und aufrichtige Umarmung.

„Ich weiß nicht, was wir ohne dich getan hätten, Donna, ohne deine Hilfe bei all dem."

„Und warum hat die Braut kein Getränk in der Hand?"

„Gute Frage, aber ich bin megadurstig!", lachte Maria.

„Ich hol etwas. Champagner?"

„Gerne."

Donna schlenderte durch die Menschenmenge hindurch und in die Küche. Sie nahm ein Glas für die Braut und trank selbst eins, wobei ihr die Kohlensäure in die Nase stieg. Heute wollte sie nicht traurig sein, aber ihr Abschied am nächsten Tag stand vor der Tür.

Als sie wieder hinausging, hörte sie ein vertrautes Geräusch: Trommeln, Klatschen, den Klang einer Gitarre und die Stimme eines Flamencosängers. Sie erreichte den Strand, beide Gläser in der Hand haltend.

Josés Vater ging an ihr vorbei und sagte: „Ich muss den Feind im Auge behalten." Er zwinkerte ihr zu.

Antonio tanzte mit zwei anderen Tänzerinnen auf der Bühne. Während der Aufführung kämpften sie um ihn, zogen ihn in eine Richtung und in die andere. Der Tanz war intensiver, als sie es in Erinnerung hatte. Sie kam näher und erlaubte sich, ihn ganz anzuschauen.

Für einen kurzen Augenblick lag sie wieder in seinem Bett und streichelte ihm über seinen gebräunten Rücken, bevor er sie an den Handgelenken packte und unter sich zog. Sie konnte sein Körpergewicht auf ihr spüren.

Sie hasste sich dafür, dass sie sich immer noch so fühlte.

Plötzlich richtete er seinen Blick auf sie. Er hatte sie in der Menge entdeckt und ließ den Blick nicht von ihr ab. Selbst als der Tanz etwas anderes verlangte, schaute er nicht weg. Sie stand still da, unfähig, sich zu bewegen oder ihren Blick abzuwenden.

Die Anziehungskraft zwischen ihnen war so stark wie eh und je.

Der Tanz war zu Ende und die Stadtbewohner klatschten begeistert.

Antonio verbeugte sich und sprang dann von der Bühne runter. Dann stand er plötzlich neben ihr.

Donna lief weg.

„Donna, bitte warte."

Sie lief weiter über den Strand bis dorthin, wo sich die Menschenmassen aufgelöst hatten.

Aber er lief ihr nach.

Sie blieb stehen und drehte sich um. Sie war wieder wütend.

„War das alles nur ein Spiel? Hast du irgendetwas davon ernst gemeint?" Sie schubste ihn weg. „Warum? Warum hast du das getan? Du hast mich beschatten lassen, hast deinen Onkel Fotos von mir machen lassen, mich beobachtet ..."

„Bitte, Donna, bitte hör zu. Mein Onkel ist kein schlechter Mensch. Er hat nur versucht, die Gemeinschaft zu schützen. Er hat versucht, die Familie zu schützen. Kannst du das nachvollziehen?"

„Ja, das kann ich. Ich verstehe, dass ihr alles tun wollt, um eure Gemeinde zu schützen. Aber du hast mich ausgenutzt! Du hast meinen Körper ausgenutzt! Wie konntest du mir vormachen, dass du was für mich empfindest und mich dann so ausnutzen?"

„Ich kannte dich nicht! Da kannte ich dich noch nicht. Er dachte, wenn wir uns dem Vater von José annähern, könnten wir seine Entscheidung bezüglich des Dorfes beeinflussen. Ich wusste nicht, dass Ivan dich verfolgt hat. Ich wusste nicht, dass er die ganze Sache eingefädelt hat, bis er es mir gesagt hat und dann war es zu spät."

„Zu spät?"

„Ja, zu spät. Ich hatte mich bereits in dich verliebt und wusste nicht, wie ich dir sagen sollte, was er getan hatte."

Donna sagte nichts. „Ich verstehe nicht. Du wusstest nicht, dass Ivan dich hintergangen hat?"

„Natürlich nicht. Aber als er mir zeigte, was er getan hatte, und herausfand, wer du bist und dich in die Flamenco-Höhle einlud, wurde ich wütend. Danach versuchte ich, dir aus dem Weg zu gehen, aber du bist immer wieder aufgetaucht."

„Warum hast du mir das nicht gesagt?"

„Ich musste meinen Onkel und die Gemeinschaft schützen. Und ich war verwirrt, ich wollte dich, aber ich wusste, dass ich dich nicht berühren sollte. Das musst du mir glauben. All das hier, das ist echt."

Er packte sie an den Hüften und zog sie an sich heran. Trotz ihres Widerstandes verschmolzen ihre Körper.

„Das ist echt." Sie spürte die Stärke seiner Lust, die Härte zwischen ihnen.

Sie streckte ihre Hand nach seinen Lippen aus und küsste ihn. Seine Finger bohrten sich in ihren Rücken.

„Es tut mir leid, es tut mir so leid", flüsterte er zwischen den Küssen an ihre Lippen.

„Jetzt ist es zu spät", sagte sie und vergrub ihr Gesicht in ihren Händen. Sie war nicht in der Lage, etwas anderes zu tun. „Ich reise morgen ab."

Er griff nach unten und hob sie hoch. Er trug sie zu einem abgelegenen Strandplatz und legte sie dann in den Sand.

Ihre letzte gemeinsame Nacht am Strand war ein melancholisches Vergnügen. Sie waren fest umschlungen. Jeder von ihnen war betrunken vor Sehnsucht und Herzschmerz.

KAPITEL 17

Sie stand mit ihrem Koffer vor dem Haus und wartete darauf, dass Antonios Auto auftauchte.

Nach ihrer gemeinsamen Nacht hatte er ihr angeboten, sie zum Flughafen zu fahren. José und Maria waren in ihre Flitterwochen gefahren, sodass sie sich bereits von ihren Freunden verabschiedet hatte.

Schließlich fuhr ein Auto vor und sie stieg ein.

Eine Zeitlang sagten sie nichts. Dann fragte er: „Also, was wirst du in den Staaten tun?"

„Ich weiß es nicht. Ich habe nicht wirklich einen Plan."

Sie fuhren aus dem Dorf heraus.

Sie ließen die unbefestigten Wege und das Dorf hinter sich und befanden sich nun auf der Landstraße.

Sie fuhren in völliger Stille weiter. Keiner konnte die richtigen Worte finden. Der Flughafen kam immer näher und das bedeutete, dass es Zeit war, sich zu verabschieden. Der endgültige Abschied. Bald würden sie ihre letzten Minuten miteinander verbringen. Donna hatte nichts gesagt, was sie eigentlich hätte sagen wollen. Sie knirschte mit den Zähnen.

Schließlich sagte Antonio: „Du hast also keinen wirklichen Grund zurückzufliegen? Keine Deadlines?"

„Nein, ich habe mein Ticket für einen 3-monatigen Aufenthalt gebucht, mehr nicht."

Sie erreichten den letzten Kreisverkehr. Der Flughafen war bereits ausgeschildert. Doch er nahm nicht die Ausfahrt zum Flughafen, sondern fuhr weiter im Kreisverkehr herum und nahm eine andere Ausfahrt.

Er parkte auf dem Parkplatz eines Flughafenhotels.

„Bleib eine Nacht hier bei mir. Ich kann dich noch nicht gehen lassen. Ich bezahle deinen Rückflug morgen. Es ist keine große Sache."

„Was?" Sie fühlte eine seltsame Mischung aus Sehnsucht und Wut.

Er berührte ihre Wange. „Du bedeutest mir etwas. Etwas, das ich nicht erklären kann. Bitte gib mir nur noch eine Nacht."

Jetzt war sie wütend.

„Was willst du von mir? Noch ein paar Stunden? Einen letzten Fick? Ich will nicht dein Spielzeug sein! Jemand, den du einfach ausrangieren kannst!", schrie sie.

„Dann sei meine Frau!", schrie er zurück.

„Was? Das ist doch lächerlich."

„Ja, vielleicht ist es das."

Sie saßen beide da und starrten einander an, schockiert über das, was er gerade gesagt hatte. Dann nahm er ihre Hand, hob sie an seine Lippen und küsste sie.

„Vielleicht ist es gar nicht so lächerlich. Hier bei mir bleiben? Mit mir tanzen? Du musst mich nicht heiraten. Du könntest einfach den Rest deiner Tage hier mit mir verbringen, mit mir leben, mich lieben. Würdest du es in Betracht ziehen?"

„Ich würde ... es in Betracht ziehen", sagte sie langsam.

„Was hältst du davon, wenn wir für eine Nacht hier einchecken? Du wirst deinen Flug verpassen und vielleicht sogar den nächsten."

„Okay", sagte sie mit einem breiten Grinsen. Er fasste sie sanft am Kinn an und küsste sie.

EPILOG

Lieber José,

danke, dass du bei unserem Auftritt in Madrid warst. Es hat mich gefreut, dich zu sehen. Antonio und ich werden in den nächsten sechs Monaten in den USA auf Tournee gehen.

Meine kleine Tochter hat sich gefreut, deine kleine Tochter kennenzulernen. Vielleicht könnten sie Brieffreundinnen werden, während wir weg sind?

Ich kann nicht glauben, dass es sieben Jahre her ist, dass ich dich zum ersten Mal in Spanien besucht habe. Ich glaube, ich war damals sogar in dich verknallt! Wie lustig!

Wer hätte damals gedacht, dass diese Reise mich zu meinem Mann führen würde? Dass ich verheiratet sein würde, eine Tochter und eine Tanzkarriere haben würde, alles dank dir!

Ich hätte dich gerne zur Hochzeit eingeladen, aber es war eine Zigeunerhochzeit, sehr laut und farbenfroh. Ich glaube nicht, dass dein Vater damit einverstanden gewesen wäre.

Grüß Maria und deine Familie von mir und ich weiß, dass ich das immer wiederhole, wenn wir uns über den Weg laufen, aber ich danke dir nochmals für die Einladung in jenem Sommer. Ich bin glücklicher denn je und ohne dich wäre das nie möglich gewesen.

Deine Sprachaustauschpartnerin,
Donna :)
Ende.

❀ Erstellt mit Vellum

CPSIA information can be obtained
at www.ICGtesting.com
Printed in the USA
BVHW091736231221
624747BV00003B/87